KB112626

개정·증보
한국 해외문화유적 답사비평

개정·증보 한국 해외문화유적 답사비평

초판 발행일   2013년 6월 10일
개정·증보판 발행일   2019년 7월 5일

저자   최 근 식
펴낸이   최 이 평
펴낸곳   문명비평사
출판등록일자   2012.12.26.(제301-2012-246호)
출판등록번호   201-90-87504
출판등록주소지   서울시 중구 동호로 10길 30, 115-1602(신당동, 약수하이츠)
이메일   sillaseon@naver.com
전화번호   010-4653-7018   팩스   (02)6280-7018

편집/디자인 (주)북랩
제작처   (주)북랩 www.book.co.kr

ISBN   979-11-967494-0-8 03810 (종이책) 979-11-967494-1-5 05810 (전자책)

이 도서의 국립중앙도서관 출판예정도서목록(CIP)은 서지정보유통지원시스템 홈페이지(http://seoji.nl.go.kr)와
국가자료공동목록시스템(http://www.nl.go.kr/kolisnet)에서 이용하실 수 있습니다.
(CIP제어번호: CIP2019026251)

개정·증보

한국 해외문화유적 탐사비평

세계 곳곳으로 산재한 우리의 역사 문화 유적을 찾아서

최근식
지음

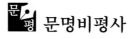
문명비평사

6년 전『한국 해외문화유적 답사비평』출간 후 중앙대학교 명예교수 농훈 김성훈 선생님께 헌정하자 곧 소환당하여 장보고대사 현양사에서 누락된 부분을 지적받은 뒤 줄곧 마음의 빚으로 남아 있었으며, '개정판'에서는 반드시 보완하겠다고 약속 다짐했던 것을 이번 이 개정·증보판을 발행하여 의무 이행하였다.

여기서는 본서 초판 내용의 여러 곳을 교정, 보완했음과 아울러,「산동반도 적산법화원 장보고 전기관 문제」편에 농훈 선생님의 업적 누락분을 보필했고,「장보고대사 신라인 관련 중국지역 2017년 답사기」를 위 글 다음에 추가하여 기념비 멸실, 훼손, 관리 전무, 잡목에 파묻힌 상태 등을 지적했다. 이 역시 일종의 '비평'이라고 판단되어 본문 항목에 추가한 것이다.

그리고 일본 동경 소재 왕인박사비 안내판 문제로 필자가 전라남도 영암군 '왕인박사유적지' 관리사무소장 앞으로 '일본 동경 우에노 공원 내 왕인박사기념비 안내판 설치 건의서'를 2010년 6월 28일 송부한 후, 혹시나 무슨 변동 사항이 있는가 하여 2013년 12월 14일 위 우에노 공원을 답사하니, 동경 타이토구교육위원회(台東區教育委員會)가 2013년 3월 '박사왕인비(博士王仁碑) 안내판'을 세워 놓았던 것이다. 흐뭇한 일이었다. 그 이튿날 15일 아침에, 재차 가서 진짜인가 확인하니 그러했다. 건의서를 보낸 뒤 만 2년 9개월 만에 설치된 것이다. 어떤 기안 경로를 통하여 설립되었는지 혹은 필자의 의견(건의)이 반영되었는지는 알 수 없다. 菅公詠梅, 흰 팻말을 앞에서 보아 '박사왕인비(博士王仁碑)' 오른편으로 옮기고, 박사왕인비(博士王仁碑)와 박사왕인부비(博士王仁副碑) 사이에 세워 놓았다. 일본의 양심이 움직였던 모양이다. 2014년 10월 21일 다시 가 보았더니 안내판이 그대로 있었다. 이제 안심해도 될 것 같다. 나아가 2016년 10월 12일 사단법인한일문화친선협회 회장 윤재명이 뒷면에 새겨진 왕인박사 청동각화비가 세워지고, 아울러 입구에 '王仁博士の碑'라고 쓴 흰색 석주 안내석이 세워져 있는 것을 2017년 11월 24일 필자가 답사하여 확인하였다. 이제 무언가 제대로 되어 가는 것 같다. 박사왕인비 문제를 제기하면서 "그렇게 껄끄러우면 차라리 분쇄처분 해 버리는 것이 낫지 않을까 하는 생각도 든다"거나 "후세에 이런 식으로 대우받을 것 같으면 무엇 하러 문화 전수를 해 주었는지, 왜 그런 바보짓을 했는지, 차라리 한국인의 선조가 아니라고 부정해 버리고 싶기도 하다"고 토로한 필자가 너무 심했다는 생각이 든다. 가슴이 아팠던 만큼 흐뭇함도 크다. 위 사항들(사진 포함)을 본 개정·증보판에 보완했다. 이번 4월 3일 수요일부터 5일 금요일까지 오전, 오후 여섯 차례에 걸쳐 위 기념비, 즉 역사의 현장, 문화전쟁의 유적을 다시 보고 왔다. 그대로 있었다. 반가웠다.

다음 「갈라파고스 푼타아레나스 이스터섬 답사기」는 지난 2월에 이 지역을 답사 여행하고 여행사의 요청으로 여행 후기를 쓰게 되었는데, 갈라파고스 산타크루스 섬 내 인류문명사적 위상을 가지는 찰스 다윈 연구소의 기숙사 '환경우호 태양광발전시스템'을 부산에 본사를 둔 한국남부발전㈜ KOSPO와 에콰도르 BJ POWER 회사의 공동후원과 대한민국대사관의 협조 아래 설치했다는 태극기 포함 안내판을 보고, 이 안내판 또한 '한국의 문화유적'이 된 셈이라는 판단으로 위 답사기를 본 항목에 추가하였다. 지방의 한 기업체까지 이러한 국위선양을 선도함은 한국의 희망으로 부각시켜야 한다는 생각이다.

강호 제현들의 잘못된 부분 지적과 가르침을 바란다.

2019년 6월
서울 다산로 서재에서 최근식 씀

•머리말•

___

답답—하여 시작한 만학의 본업적 역사 공부가 어언 30년이 되었다. 그동안 마른 논이 물먹듯 연구 성과를 마구 퍼마시고 사학도들이 늘 수행하고 있는 국내외 여러 유적지를 답사하면서 그 문제점을 중심으로 짬짬이 답사비평기를 써서 대학 수강생들을 위해 참고 자료로 사용하였다.

특히 한국사 전개에서 다른 나라들, 즉 중국, 일본 등과 문화 교류한 흔적들에 대해 써 둔 것이 어느덧 14편에 다다라 책 한 권 분량이 되었기에, 한걸음 더 나아가 이 방면에 관심 있는 일반 독자를 위해 출판하려는 결심을 하게 된 것이다.

중국 관련 7편, 일본 3편, 영국 1편, 독일 1편, 베트남 1편, 짐바브웨 1편과 부록으로 논문 1편 및 소론 2편으로 구성했다.

중국, 일본 등 지역에서 푸대접받고 있는 선조들의 문화 교류 현장을 보니 처절해 보이기도 했지만 침략을 주고받는 국가 간에는 상대를 존중해 주는 우호적 문화 교류는 결코 가능하지 않고 단지 '문화 전쟁'뿐이라는 생각이 들었다. 될 수 있는 대로 한국의 역사적 위상을 깎아 내리고 문화재 가치를 희석 내지는 무의미화시키려는 의도들이 역력했다. 9세기 장보고 대사가 처음 건립한 산동반도의 적산법화원 경우는 그의 공적이 문헌기록에 명백히 나와 있음에도 불구하고 고의로 외면하는가 하면 교묘히 왜곡하여 날조해 놓고 있다. 일본 소재 유적들 경우에도 그 작품의 한국인 얼굴 원형을 개조해 놓는가 하면, 그들의 주관하에 이미 건립해 놓은 한국인 문화선조 기념비 등도 거의 폐기화시켜 놓고 있다.

다음, 양국 간 역사에 실재한 문화 교류 유적은 아니지만, 연간 관람객이 6백만 명을 넘고 있다는 영국박물관의 한국실 전시물들을 보니 '있는' 한국사마저 제대로 홍보하지 못하는 것 같았다. 독일 구텐베르크박물관의 고려 시대 금속활자 전시 공간에는 'KOREA' 또는 '한국'이라는 명판마저 걸려 있지 않았다. 아무도 애타게 관리해 주지 않는다는 결론이다.

한편 베트남과의 관계에 관하여 '호찌민이 『목민심서』를 애독하고, 베개 머리맡에 두고 잤으며 정약용 선생을 존경하여 제사까지 지냈다'는 낭설이 한국 전역에 광범하게 유포되어 있는데, 일종의 '오리엔탈리즘 역(逆)투사'가 아닌가 여겨질 정도로 일부 저명한 지식인들까지 동참한 잘못된 '애국심'의 광풍이 불고 있었다. 베트남인들이 한국학자들의 지적 수준을 의심할 정도가 되었고 한국 베트남 간의 전략적 우호동맹에까지 영향을 미칠 지경이 되었다.

짐바브웨 동굴벽화 문제는 한국과 직접적 문화 교류는 없었으나 '서구중심주의역사학' 때문에 고통받는 서구 외 지역은 모두 간접적 연관이 있으므로 이의 극복을 위해 실었다. 그 요약된 글은 《한국구석기학보》(등재지)에 이미 발표했는데, 여기에는 독자들에게 답사 과정 전모를 알려 주기 위해 상세하게 써둔 글 모두를 생략함 없이 올렸다.

부록으로 붙인 「호찌민의 『목민심서』 애독 여부와 인정설의 한계」(수정보완 전 원논문 《평화학연구》 게재, 등재지)는 답사비평기에서는 박헌영이 호찌민에게 『목민심서』를 전달했다는 '전설'과 그들이 모스크바 국제레닌대학에서 같이 찍었다고 와전된 단체사진 등에 대한 비판이 제외되었으므로 원논문을 찾아보는 수고를 덜어 주기 위해 게재했고, 《낭만음악》에 발표한 「베토벤의 음악작품에 붙여진 부제(副題)들은 '변혁(變革)'의 이름으로 고쳐져야 한다」는 소고는 왜 첨부했는가 하면, 답사비평 여러 부분에서 서양음악 등 예술 전반에 관한 이야기를 하고 있는데, 필자가 그 분야에 전혀 소양이 없는 것이 아니라 전문 음악지에 글을 싣고 음악 전문가들(발행인, 편집인 모두 한국예술종합학교 총장 역임)의 인정을 받았음을 알려서 독자들이 음악 전공자도 아닌 역사 연구자를 신뢰하지 못하는 불안감을 불식시키기 위함이다. 다음 《여성신문》에 발표한 「현대판 '전족(纏足)' 하이힐은 해롭다」는 글 역시 필자가 일반적 생활문화 전반에 관해 관심을 가지고 비평을 하고 있음을 알려 주어 독자들이 조금이나마 안심하고 이 글들을 읽게 하기 위해서다.

나아가 비평기 내용에 대한 신뢰감을 높이고, 또한 이 글들은 학문적 성격이 강하므로 필요할 때는 원전을 찾아보기 쉽도록 출전에 대한 인용 각주를 충실히 적어 놓았다. 비록 심사를 받지 않는 글이라 하더라도 주석 없는 '학문 절도행위'와 막연하게 근거 없이 '전하는 바에 의하면'이라든가 '카더라 통신'에 의한 작문 풍토는 고쳐 나가야 한다는 생각에서이기도 하다.

아울러 몇몇 답사기 말미에는 문화재 소관 부서 또는 관련 단체 등에 건의서 올린 것을 그대로 실었다. 그 이유는 잘못된 문화재 관리 부분은 누구라도, 아무리 미약한 소리일망정 외쳐 주는 것이, 인터넷에 한 줄이라도 올려 주는 것이 한국사회, 역사 발전에 도움이 될 것으로 판단되기 때문이다.

다음은 독자들의 양해를 구하는 부분이다. 답사비평 각 편이 독립적 글이므로 앞 편에 나오는 중복되는 내용 및 인용 각주 등을 생략 또는 약기하지 않고 그대로 두었다. 앞으로 돌아가 확인할 필요가 없는 장점이 있으므로 같은 내용이 두세 번 거듭 출현하더라도 찌푸리지 말고 복습 아량을 베풀어 주기 바란다.

그리고 이 답사비평 글들은 엄격한 학술논문이 아니므로 답사하면서 느낀 그대로 써 놓았다. 그러하므로 경우에 따라서는 '심한' 억측 내지는 '과도한' 주장이라고 생각되는 부분이 있을 것으로 예상되나 생생한 현장감을 전달하기 위해 다듬어진 언어로 표현을 바꾸지 않고 그대로 두었다. 독자들의 혜량을 빈다.

이 글들이 나오기까지 여러 모로 지도 편달하고 도움을 준 지도 교수 고려대학교 한국사학과 최광식 교수님과 여타 교수님들께 감사드린다. 그리고 너무 강조하면 '야만'이라고도 하고 '파시즘의 씨앗'이라고도 규정되는 가족에게도 아울러 적당하게 고마움을 전한다. 또한 특별한 인사를 올려야 할 분이 있다. 평택 만기사 주지로 계시는 원경스님이다. 『이정 박헌영 전집』 제9권에 수록된 '국제레닌학교 재학 시절 각국 혁명가들과 함께 한 박헌영' 사진 1매의 전재를 쾌히 승낙해주셨다. 머리 숙여 감사의 마음을 전한다.

더불어 이 책을 만들어 준 어드북스/한솜 출판사 남명우 사장님 및 편집부 여러분의 노고에 심심한 사의를 표한다. 부디 판매량이 많아져 사익에 보탬이 되었으면 하는 바람이다. 해외여행이 늘어나고 그 방식이 점차 테마여행으로 바뀌어 가는 추세에서 이 같은 답사비평기의 수요가 혹시 있지 않을까 기대해 본다.

마지막으로 잘못된 자료 인용, 해석 등이 있으면 꾸짖어 주고 고쳐 주기 바란다. 의례적으로 배치하는 끝 구절이 아니라 다음 수준으로 단계 높임을 위해 과학적 비판에 감사하는 석학들의 큰 도량을 따르고자 하는 마음에서다.

2013년 4월 5일 식목일에,
아세아문제연구소 연구실에서 최근식 씀

목차

—

개정·증보 한국 해외문화유적 답사비평

산동반도 적산법화원
장보고 전기관 문제

—

한국 고대사의 한 역사적 인물인 장보고 대사에 대한 개론은 이미 '장보고학' 수준으로 성립되어 한국인의 일반적 상식이 되었다. 그에 대한 추모·현양 작업으로 한국 측에서, 한·중 수교(1992년 8월) 이진, 징보고 해양경영사 연구회와 중앙내학교 동북아연구소가 한국선주협회의 후원으로 1990년 5월 중국 산동반도 영성시 석도진(石島鎮) 적산법화원(赤山法華院)에 국한문으로 새긴 '전면: 장보고 대사 적산 법화원기, 후면: 紀念 張保臯 大使碑記'라는 비석을 공동 건립했고,[1] 1994년에는 다른 민간단체인 한국세계한민족연합회에 의하여 당시 대한민국 대통령 휘호 장보고 기념탑(張保臯紀念 塔)이 세워졌다. 많은 한국인들이 여기를 답사하고 아울러 중국 측에서 만들어 놓은 장보고 전기관 (張保臯傳記館)을 관람하고 있다. 그리고는 감동받고 뿌듯한 한국인의 자부심을 느끼고 있음도 사실이다. 2012년 1월 10일에도 한국의 아무 종합선박회사 신입사원들 수백 명과 일반인 수십 명이 참배하고 있었다.

장보고 전기관 입구

그런데 하나의 큰 문제는 장보고 전기관의 위치 선정에 관한 것이다. 언덕으로 올라가는 길 밑의 자투리땅에 건물을 뒤로 앉히고는 뒷문도 없이 곁의 좁은 샛길로 들어가게 만들어 놓은 것이다. 군이 기념관이 아니더라도 어떤 일반적 건축물이 이런 식으로 막힌 언덕을 보면서 뒤돌아 앉게 설계되는지 묻고 싶다. 이런 상식 이하의 건축 구도를 보면, 오히려 고의로 한국인 장보고 대사에 대한 평가 절하 작업을 하고 있는 것이 아닌가 판단된다.

---

1) 김문경·김성훈·김정호 편, 『장보고 해양경영사연구』「제14장 장보고 대사 해양경영사 연구회 설립경위 및 조사시행일지」, 서울: 도서출판 이진, 1993년, p. 13, 〈사진〉, pp. 363-385.

본 사찰 창업자에 걸맞은 예우가 보이지 않는다. 장보고 대사가 처음 적산법화원을 건축했을 때의 창건자로서의 위상을 나타내 주지 않고 있으며, 더구나 동일한 시대 이 곳에 들러 입당(入唐) 초기에 적산법화원 본원에서 약 8개월, 귀국하기 전 사장(寺庄)에서 약 1년 6개월 도합 약 2년 2개월 동안 기숙한 일본인 승려 원인(圓仁엔닌)선사와의 상대적 관계가 잘못 인식되도록 배치되어 있다는 것이다. 주인과 손님이 완전히 뒤바뀐 주객전도가 되었다.

원인선사는 축전국(筑前國치쿠젠노쿠니, 하카타 항, 다자이후 등이 소재하고 있는 행정구역, 중세의 번(藩)에 해당함) 태수(大守, '太'의 오자인 듯함)가 장보고 대사에게 올리라는 편지를 가지고 갔으며, 원인선사는 장보고 대사에게 극존칭을 사용하여 손수 편지를 쓰기도 했고, 상당한 기간 그 사원으로부터 숙식 및 기타 편의를 제공받았다. 그러한 원인선사 자신이 이 전도(顚倒)된 광경, 즉 적산법화원 주건물과 동격으로 자리 잡고 비슷한 규모의 건축물로 구성되어 있는 적산선원, 원인관 등을 관람한 후, 길을 되돌아가 상식 이하의 장보고 전기관을 내려다보았다면 아마도 지하에서 스스로 얼굴을 붉혔을 것이라는 생각이 들었다.

물론 원인선사의 당나라 여행 기록이 장보고 대사 업적 및 한국 고대사 연구에 큰 도움이 되었고, 한편 이 기록이 없었다면 적산법화원이 장보고 대사 초건 건물이란 사실도 알기 어려웠을 것이며 나아가 현 상태의 법화원 건물 복원도 불가능했을 것임에는 분명하지만, 역사적 진실은 날조함 없이 있는 그대로 말해 주어야 한다. 적산법화원 경구(景區) 전체 건물 배치에서 유독 한 전시관 곧 창업자 장보고 전기관에 대하여 이와 같은 경멸적 홀대를 하고 있다는 연구자적 비판과 의분의 정당성을 뒷받침하기 위해, 우선 본 적산법화원의 건립 내력 및 성격을 알려 두고자 한다.

영성시 석도진에 위치한 적산법화원(赤山法花院, 현 건물 명칭으로는 무슨 까닭인지 '花'를 '華'로 쓰고 있음)은 약 1,200년 전 장보고 대사가 처음으로 지은 사찰이다. 연간 장전(庄田)에서 생산되는 쌀 500석으로 운영되고 있었다. 이 사원이 당시 부근에 산재한 신라방(新羅坊, 신라인들 거주 마을) 사회의 종교적 집회 및 제반 모임들의 장소로 이용되었고 신라와 당나라 간을 왕래하는 사신들의 중간 유숙처, 장보고 교관선(交關船, 즉 무역선) 선단(船團) 운항자들의 숙박 장소로서도 기능하고 있었다.

그 한 예를 들면 839년 12월(필사본에는 11월로 되었으나 詳考됨) 16일부터 다음 해 정월 15일까지 이곳에서 법화경을 강의하였는데 매일 참석자가 40여 명이었고 이 집회에 참석한 스님, 속인, 노인, 젊은이, 존귀한 사람, 비천한 사람 할 것 없이 모두 신라인이었다고 한다. 경전을 강의하는 것과 부처님께 참회하여 예배하고 복을 비는 방법은 모두 신라의 풍속대로 하였으며, 다만 저녁과 아침 두 차례의 예참(禮懺)은 당나라 풍속으로 하고 나머지는 모두 신라의 말과 노래로써 행하였다고 한다. 이 법화회 마지막에는 하루는 250명, 다음 날은 200명의 신라인 남녀 신도들이 참석했었다. 당시 신라인 승려 담표(曇表), 양현(諒賢) 등 20여 명, 비구니 3명, 노파 2명 등 약 30명이 상주하고 있었으니 곧 신라인의 가람이었던 것이다. 승려들의 법명이 모두 기록되어 있다.

그리고 당나라 관청의 공문(839년 7월 24일 작성, 동월 28일 수령한 문등현에서 청녕향으로 통첩한 원인 등 적산법화원 체류 보고 15일 지연 문책 건) 왕래에서도 '적산신라사원(赤山新羅寺院)'이라고 자연스럽게 불리고 있고, 주지승 법청 스님의 답신 보고서에서도 '赤山院主僧法淸狀(적산원 주승 법청 올림)'이라고 썼으며, 840년 3월 2일 원인선사가 오대산으로 가는 도중 등주에 도착하자 성남 지역 담당관에게 그의 행로와 사유를 써 주는데, '적산신라원(赤山新羅院)'에서 한 겨울을 지냈고 '적산원(赤山院)'으로부터 출발해 왔다고 명기하였다. 3일 후 공험(公驗, 관청의 여행 허가증, 여권) 발급 신청서에서도, 등주도독부의 공첩에도 '적산신라원'이라고 써 놓았다. 같은 해 10월 17일 장안 체류 시 저울 한 벌을 '적신사(赤山寺)'에서 산 꿈을 꾸었는데, 그 저울을 판 사람이 이르기를 '이것은 바로 삼천대천세계의 경중을 달 수 있는 저울'이라고 하니, 이 말을 듣고 기이하게 여기면서 기뻐했다는 것이다. 해몽을 어떻게 해야 할지는 모르겠지만, 적산법화원이 원인선사의 온몸 속에 녹아 있는 점만은 분명한 일이다. 이와 같이 적산신라사원, 적산신라원, 적산원, 적산사로 불리어지는 적산법화원은 '신라인'의 사원이고, 적산에 있는 사원이라고 하면 이 절을 말한다는 것을 관속(官俗) 내외국인 모두가 인지하고 상식으로 되어 있었던 것이다.

이러한 사실들이 당시 중국에 불법을 공부하러 간 일본 천태종 승려 원인선사(慈覺大師 圓仁, 793~864)의 10년간(838~847)의 여행기, 『입당구법순례행기(入唐求法巡禮行記)』(이하 『입당행기』로 약칭함)에[2] 기록되어 있다. 1291년에 필사된 관련 사료 원문을 적어 보면 다음과 같다.

『입당행기』 권제2, 개성 4년(839) 6월 7일조, "未申之際 到赤山東邊泊船 乾風大切 其赤山純是巖石高秀處 卽文登縣淸寧鄉赤山村 山裏有寺 名赤山法花院 本張寶高初所建也 長[考]長池本作張]有庄田以充粥飯 其庄田 一年得五百石米"; 동, 11월 16일조, "山院起首講法花經 限來年正月十五日爲其期 十方衆僧及有緣施主皆來會見 就中聖琳和尙 是講經法主 更有 義二人 僧頓證 僧常寂 男女道俗 同集院裏 白日聽講 夜頭 懺聽經及次第 僧等其數卌來人也 其講經 懺 皆據新羅風俗 但黃昏寅朝二時 懺 且依唐風 自餘幷依新羅語音 其集會道俗老少尊卑惣是新羅人"; 동, 개성 5년(840) 정월 15일조, "此日山院法花會

2) 『입당행기』는 교토 동사(東寺) 관지원(觀智院) 구(舊)소장 시 영인본 및 교감활자본이 출간되었으며, 필사본은 현재 기후(岐阜) 안도오가(安藤家) 개인 소장으로 일본국보라고 함. 확인하기 위해 2012년 1월 관지원에 답사하여 사무실 직원에게 문의하니 그곳에 소장하고 있지 않으며, 덧붙이기를 자각대사 원인선사는 '천태종' 제3대좌주이고 동사는 '진언종' 사찰이라고 했음. 東寺(敎王護國寺)宝物館, 2003, 『東寺觀智院の歷史と美術』, 京都: 便利堂, 31쪽.

畢 集會男女 昨日二百五十人 今日二百來人 結願已後 與集會衆 授菩薩戒 齋後皆散去"; 동 일조, "赤山法花院常住僧衆及沙彌等名 僧曇表 僧諒賢 僧聖琳 僧智眞 僧軌範禪門 僧頓 證寺主 明信去年典座 惠覺禪門 修惠 法淸去年院主 金政上座 眞空 法行禪門 忠信禪門 善範 沙彌道眞去年直戈 師教 詠賢 信惠住日本國六年 融洛 師俊 小善 懷亮 智應 尼三人 老婆二人(산속에 절이 있는데 이름하여 적산법화원이라고 하며 본래 장보고가 처음 지은 것이다… 그 모임의 승려, 속 인, 늙은이, 젊은이, 신분이 높거나 낮은 사람 모두가 신라인이었다: 밑줄, 필자"; 동, 개성 4년(839) 7월 28일조, "日本 國船上抛却人三人 右撿案內得前件板頭狀報 其船今月十五日發訖 抛却三人 見在赤山 新羅寺院 其報如前者 依撿前件人 旣船上抛却 卽合村保板頭當日狀報 何得經今十五日 然始狀報 又不見抛却人姓名兼有何行李衣物 幷勘赤山寺院綱維知事僧等 有外國人在 都不申報"; 동, 개성 5년(840) 3월 2일조, "二日平明發…行廿里到登州入開元寺宿 登州去赤 山浦四百里… 城南地界所由喬改來請行由 仍書行曆與之如左…開成四年二月廿一日從 揚州上船發 六月七日到文登縣靑寧鄕寄住赤山新羅院 過一冬 今年二月十九日從赤山院 發 今月二日黃昏到此開元寺宿"; 동, 권제3, 개성 5년(840) 10월 17일조, "於赤山寺 夢見買得 秤一具 其賣秤人云 此是秤定三千大千世界輕重之秤也 聞語奇歡云云".[3]

다음은 원인선사의 장보고 대사와 적산법화원에 대한 태도, 감회 등을 적은 기록을 살펴보고자 한다. 840년 정월 19일, 원인선사가 제1차로 적산법화원에 머문 지 약 6개월이 지난 후 떠나기를 법 화원에 청하는 글을 보면, "일본국 구법승 원인이 당원에 올리는 서장: 여러 곳을 순례하여 스승을 찾고 도(道)를 구하기를 청합니다. 원인은 다행히 인덕을 입어 이 사원에서 평안히 머물고 있습니다. 높고 깊은 후의를 갚고 감사하기가 어렵습니다. 감사하고 부끄러운 마음은 물건에 비유하기 어렵습 니다. 그러나 세월이 바뀌어 봄기운이 점차 따사로워지매 이제 떠나서 여러 곳을 순례하며 불법을 찾아가고자 합니다. 엎드려 청하건대 처분하여 주시옵소서. 위와 같이 글을 갖추어 올립니다. 삼가

---

3) 『入唐求法巡禮行記』全, 圓仁 撰, (大日本佛敎全書遊方傳叢書第一), 國史硏究室, 佛書刊行會 編纂, 1915, 東京: 佛書刊 行會; 堀一郎 1939譯, 1963補筆訂正, 『入唐求法巡禮行記』(國譯一切經, 史傳部 25), 東京: 大東出版社; E. O. Reischauer, 1955, Ennin's Diary-The Record of a Pilgrimage to China in Search of the Law, New York: The Ronald Press Company; 小野勝年, 1964~1969, 『入唐求法巡禮行記の硏究』1~4, 京都: 法藏館; 足立喜六 1947譯注脫稿, 比叡山文庫 寄託, 1949 死亡, 塩入良道 1970/1985補注, 『入唐求法巡禮行記』1, 2, 東洋文庫 157/442, 東京: 平凡社; 顧承甫 何泉達 點校, 1986, 『入唐求法巡禮行記』, 上海: 上海古籍出版社; 深谷憲一 譯, 1990, 『入唐求法巡禮行記』, 東京: 中央公論社; 신복룡 번역/주 해, 1991, 『입당구법순례행기』, 서울: 정신세계사; 白化文 외, 1992, 『入唐求法巡禮行記校註』, 石家莊: 花山文藝出版社; 김문 경 역주, 2001, 『엔닌의 입당구법순례행기』, 서울: 중심. 원인선사의 적산신라원 및 그 장원 체류 기간은 총합 약 2년 2개월로서 현재 적 산법화원 경내 석비 및 안내판에 2년 9개월이라고 써놓은 것은 잘못임. 839. 6. 29 법화원 유숙 논의, 7. 13경 입원 ~ 840. 2. 19 적산 법화원 하직(권제3 개성 5년 4월 28일조, 8월 24일조)까지 약 8개월 적산법화원 본원에서 기거, 2. 25 공험 수령 후 오대산으로 출발 함. 845. 9. 22 장안으로부터 귀환 ~ 847. 3. 12 초주로 출발까지 약 1년 6개월 사장(寺庄)에서 기거함('회창법난'으로 사찰 훼손 연유).

올립니다. 개성 5년 정월 19일 일본국 구법승 원인 아룀"[4]이라고 쓰고 있다.

그리고 같은 해 2월 17일 장보고 대사에게 올린 글을 보면, "태어나서 아직 삼가 뵙지는 못했으나 오랫동안 높으신 덕망을 들어 왔기에 흠앙하는 마음이 더해 갑니다. 봄은 한창이어서 이미 따사롭습니다. 엎드려 바라옵건대 대사님의 존체 거동에 만복이 깃드소서. 곧 이 원인은 멀리서 어진 덕을 입었기에 우러러 받드는 마음 끝이 없습니다. 원인은 예전에 뜻한 바를 이루기 위해 당나라에 머물고 있습니다. 미천한 몸이 다행히도 대사님께서 발원하신 곳에 머물고 있습니다. 감경(感慶)하다는 말 이외 달리 비유해 말씀드리기가 어렵습니다. 원인이 고향을 떠날 때 축전국의 태수님이 보내는 편지 한 통을 엎드려 받았는데, 대사님께 올려 바치라고 하였습니다. 홀연히 배가 얕은 바다에서 침몰하면서 물자를 유실하고 부친 바의 편지도 피도를 따라 가라앉았습니다. 원망하고 한단하는 마음 쌓이지 않는 날이 없었습니다. 엎드려 비옵건대 괴이하게 생각하여 꾸짖지 마옵소서. 언제 뵈올지 기약할 수 없습니다만 다만 간절한 마음만이 더해 갈 뿐입니다. 삼가 글을 바쳐 안부를 여쭙니다. 갖추지 못하옵고 삼가 올립니다. 개성 5년 2월 17일, 일본국 구법승 전등법사위 원인 올림, 청해진 장대사 휘하 근공(His Excellency, with humble respect: Reischauer 영역)"[5]라고 극존칭을 써서 장보고 대사에 대하여 존경을 표현하고 있다.

이와 같은 상보고 대사에 대한 경외 의식 속에서 원인선사는 적산원에서 지내고, 나아가 거의 신라인의 도움으로 당나라에서 10년 구법활동을 이루었던 것이다.

참고로 장보고 대사에 대한 당시 중국 지식인의 평가를 보면, 당대 저명한 시인 중의 한 사람이었던 두목(杜牧, 803~852, 『통전(通典)』 저자 두우(杜佑)의 손자)이 「장보고정년전(張保皐鄭年傳)」(『번천문집(樊川文集)』)을 써서 장보고 대사를 중국 '안사의 난'을 평정한 구국 위인 곽자의(郭子儀, 汾陽) 장군과 같은 위상으로 자리매김하고 있다. 예나 지금이나 화이(華夷)의식에 사로잡혀 있는 중국인들이 한반도인(동쪽 오랑캐라 불렀음)을 그렇게 높게 평가하고 있는 것은 예사로운 일이 아니다. 어떤 외국인이 중국으로부터 그런 평가를 받은 적이 있는지를 상고해 보면 알 수 있다. 그다음, 2백여 년이 지난 1060년 『신당서』 편찬에서 송기(宋祁)는 "누가 동이(東夷, 한반도 지역)에 사람이 없단 말인가!" 하고

---

4) 『입당행기』 권제2, 개성 5년(840) 1월 19일조, "日本國求法僧圓仁牒 當院 請遊禮諸處 尋師訪道 牒 圓仁 幸接仁德 住院穩善 鴻洛[考 洛恐濟誤]高深 難以酬謝 感愧之誠在物難喩 然以歲陰推遷 春景漸暖 今欲出行巡禮諸處 訪尋佛敎 伏請處分 牒件狀如前 謹牒 開成五年正月十九日 日本國求法僧圓仁牒".

5) 『입당행기』 권제2, 개성 5년(840) 2월 17일조, "生年未祇奉 久承高風 伏增欽仰 仲春已暄 伏惟 大使尊(體) 動止万福 卽此圓仁 遙蒙仁德 无任勤仰 圓仁 爲果舊情 淹滯唐境 微身多幸 留遊大使本願之地 感慶之外 難以喻言 圓仁 辭鄕之時 伏蒙筑前大守寄書一封 轉獻大使 忽遇船沈淺海漂失資物 所付書札隨波沈落 悵恨之情 無日不積 伏冀莫賜怪責 祇奉未期 但增馳結不(?之)情 謹奉狀起居 不宣謹狀 開成五年二月十七日 日本國求法僧傳燈法師位圓仁狀上 淸海鎭張大使 麾下 謹空".

평가했다. 이와 같이 장보고 대사는 한국사에서 그 예가 없이 한·중·일 3국에 널리 알려져 있었으며 국내외로 군사력 포함 실력을 행사했고 영향력을 가졌던 인물이었다.

『입당행기』 필사본이 발견된 후 20세기에 들어와서 이를 토대로 장보고 대사, 신라의 해상운송·무역 등에 관하여 일본인, 미국인 학자들의 괄목할 만한 연구가 전개되었다. 1923년 강전정지(岡田正之)는 『동양학보(東洋學報)』에서 장보고 대사의 사망 연대가 841년이었음을 밝히면서, 그를 "웅비(雄飛)"했다고[6] 평가했고, 이어 1927년 저명한 일본 학자 금서룡(今西龍)은 『신라사연구(新羅史研究)』에서 "일본의 해운은 신라선에 의지해야 했단 말인가!" 하고[7] 한탄했으며, 1955년 미국 하버드대학 동양사 교수였던 라이샤워(Reischauer)는 『입당행기』의 영역본과 *Ennin's Travels in T'ang China*(중국 당나라에서 원인의 여행)를 동시에 발행하면서, 장보고 대사를 "a merchant-prince"(무역왕)라고 부르고, 그의 해상무역활동에 관하여 "his maritime commercial empire"(그의 해상상업제국)이라고[8] 왕국이 아니라 '제국'으로 한 단계 높여 평가했었다. 그리고 1960년 일야개삼랑(日野開三郎) 교수는 "동중국해의 해상을 제패"했다고[9] 연구하였던 것이다. 당대부터 현대에 이르기까지 드물게, 높게 평가되는 역사적 인물이 바로 한반도인 장보고 대사였다는 사실을 유념하고 있어야 한다고 생각된다.

이러한 인물이 처음 건립하여 여러 모로 두루 쓰이고 있었던 적산법화원을 1200년 후 그 복원 작업에서는 완벽하게 왜곡하여 거꾸로 세워 놓고 있는 것이다. 필자는 지금까지 적산법화원을 3차에 걸쳐 답사했다. 2005년에 두 번 갔던 것은 학위논문을 바탕으로 한 저술을 위해서였고, 세 번째는 본 답사기를 쓰기 위한 지난 1월(2012년)의 방문이었다.

한국인이라면 누구나 부푼 가슴으로 경건하게 장보고 기념관을 참배하러 가기 마련이다. 그런데 필자에게는 이제 가장 가기 싫은 곳 중에 하나가 되어 버렸다. 한국고대해양사 전공자로서 참으로 기묘한 일이 아닐 수가 없다. 한국사의 자랑스러운 인물과 그 시대를 전공한 연구자로서 불행히도 즐거운 마음으로 둘러볼 수가 없게 되었다.

---

6) 岡田正之, 1921~1923, 「慈覺大師の入唐紀行に就いて」 『東洋學報』 11-4, 12-2, 12-3, 13-1; 岡田正之, 1926, 「入唐求法巡禮行記解說」 『入唐求法巡禮行記』 卷1~4(東寺觀智院藏本景印), 東洋文庫論叢第七附篇, 東洋文庫.

7) 今西龍, 1927, 「慈覺大師入唐求法巡禮行記を讀みて」 『新羅史研究』(1933: 재1970), 國書刊行會.

8) E. O. Reischauer, 1955, *Ennin's Travels in T'ang China*, New York: The Ronald Press Company; E. O. ライシャワー著(1955), 田村完誓 譯(1963), 『世界史上の圓仁—唐代中國への旅—』, 東京: 實業之日本社; E. O. 라이샤워 지음(1955), 조성을 옮김(1991), 『중국 중세사회로의 여행』, 파주: 한울.

9) 日野開三郎, 1960, 「羅末三國の鼎立と對大陸海上交通貿易」(1) 『朝鮮學報』 16, 18쪽, "新羅의 海舶은 東支那海의 海上을 制覇하고 있었다".

첫 번째 답사했을 때 감상을 얘기하자면 이렇다. 약간 언덕진 길을 쭉 따라 올라가니, 화살표가 그려진 張保皐傳記館(장보고 전기관)이란 표지판이 나왔는데, 뒷문도 아니고 건물 뒤로 들어가는 좁은 옆길이 나왔다. 처음부터 뒤로 들어갈 수가 있나, 앞문으로 가야지 생각하고 계속 큰길을 따라갔더니 정문이 나타나는 것이 아니라, 장보고 전기관이 밑으로 내려다보이면서 산정의 적산명신상(赤山明神像)으로 계속 올라가는 것이었다. 장보고 전기관 구역이 끝날 무렵쯤에 밑으로 내려가는 계단길이 나왔는데, 이 길이 정문으로 들어가는 길이었다. '어떻게 이런 경우가 있을 수 있는가' 하는 의문이 드는 건축물 구도였다.

내려다보는 위치에, 위치 선정이 놀라울 정도로 절묘하다. 일반적 건축물은 올려다보게 짓는 것이 당연한 것으로 알고 있는데, 어떤 건축물을 길로부터 내려다보게 짓는 걸까? 동물원이나 수영장밖에는 잘 보지 못했다. 창고나 화장실도 앞문이 보이게 만드는 것인데, 어떤 기념관을 뒤로부터, 옆길로 들어가게 건축하는지 이해되지 않는다. 순간 끓어오르는 분한 마음을 주체하기가 힘들었다.

이층집 구조에서 주로 청소 도구를 넣어두는 계단 올라가는 삼각형 부분의 창고 꼴이다. 적산경구에서 자투리 땅 중 하나를 배정하여 장보고 대사의 품격을 낮출 수 있는 최대치를 만들어 놓았던 것이다. 건축물을 뒤로 앉게 하고 그나마 뒷문마저 없애고, 앞문은 언덕에 꽉 막히게 하면서 적산명신 좌상 엉덩이 바로 밑 부분에 위치시켜 놓았다. 이것을 그저 우연이라고 생각할 수 있겠는가. 일반적 토목공학도, 건축공학도가 어떻게 이런 식의 설계를 할 수 있겠는가. 상식 이하의 건축이라는 것은 이런 경우를 두고 말하는 것이다. 특수한 목적이 없었다면 이러한 배치의 기념관이 건축될 수는 없는 것이다.

창립자가 이런 굴욕스런 대우를 받아도 되는지, 한국인의 선조라고 생각하니 더욱 비참하고 부끄러웠다. 호텔에 돌아와서도 잠자리를 뒤척이면서 괴로워했다. 두 번 다시 적산법화원엘 가기가 싫었다.

이와 같은 건축 배치가 된 이유들 중 하나는 건축 기금 출연이 없었기 때문이기도 했을 것으로 짐작되기는 한다. 출자하지 않으면 발언권, 경영권도 없기 마련일 것이다. 장보고 기념탑 건립 초기, 법화원 관계자가 "여러 한국인들이 이곳을 다녀갔지만, 그들은 말만 번지르르하게 했지 하나도 한 것이 없습니다. 그 옛날에 법화원을 창설한 사람이 장보고라고 하지만, 그 법화원은 당 무종 때 이미 파괴되어 흔적도 없어졌습니다. 지금 이 법화원은 일본인들이 원인을 추모하여 그들이 비용을 들여 새로 지은 것인데, 남이 지은 집에 조상 영정을 모시고도 정작 법화원에 대해서는 담벼락이 무너지거나 말거나 전혀 관심도 없이 관광 명소 정도로 생각하고 구경만 하고 가니, 우리가 우리 돈 들여 가면서 남의 나라 조상을 모셔야 할 의무가 있는 것은 아니겠지요?"라고[10] 한 말과 같은 의식

---

10) 최민자, 2003, 『세계인 장보고와 지구촌 경영』, 서울: 도서출판 범한, 158~175쪽.

에서 그렇게 설계되었는지도 모를 일이다. 자금력이 따르지 않으면 역사 복원도 힘든 일인 모양이다.

장보고 전기관을 한 번이라도 관람한 분은 알겠지만, 기념식은 어디에서 하는가 하면 뒤 통로 샛길 앞의 넓은 공간에서 거행된다. 그곳을 행사장으로 이용하고 있는 것이다. 기념행사를 건물 뒤에서 거행하다니 정말로 기가 막히는 일이다. 돈 내지 않았으니 이런 자리라도 감사히 여겨야 한다는 말인지. 이것이 소위 자랑스러운 '중화'인들의 이성(理性)인지 묻고 싶다. 사방의 네 오랑캐들보다 어떤 면이 낫다고 평가할 수 있을 것인지 의문이다.

장보고 대사가 청해진에서 피살된(841년) 이후, 당나라에서는 842년 3월 3일 '승니에 관한 법규'를 만들어 보외(保外)의 무명승을 쫓아내고 동자와 사미를 두지 못하게 하는 등 무종대(840~846) 폐불 정책(會昌法難회창법난)으로 이 적산법화원까지 황폐화되고[11] 이후 어느 때부터인가 건축물까지 소멸되어 현대에는 그 사원의 존재조차 알려지지 않고 있었던 것이다.

그러다가 1883년, 『입당행기』(1291년 필사본)를 일본에서 발견, 1920년대부터 일본인에 의해 본 여행기에 따른 위치 추정, 발굴 작업이 시도되었으나 근거되는 유물을 발견하지 못했는데, 1980년대 중국 정부에 의해 당시 건축물 자재 등 당나라 시대 유물이 다소 발견되어 그 장소에 적산법화원 복원 공사가 일본인에 의해 시작되었다고 한다.

당시는 아직 한·중 미수교 상태라 이 공사가 진행되고 있었던 사실을 한국에서는 전혀 인지하지 못하고 있었는데, 마침 전 농림부장관 김성훈 중앙대학교 명예교수가 1988년 7월 국제연합 식량농업기구(UN/FAO) 아태 지역 자문관 자격으로 UN 여권을 소지하고 북경회의에 참석한 다음, 산동성 위해시 지구 석도진에 위치한 현 적산법화원을 방문하여 현지조사를 했다고 한다.[12] 그때는 이미 일본인들이 경내에 많은 순례기념비들을 건립해 놓았고 또한 대형 기념비를 제작하고 있음을 확인했다. 바야흐로 장보고 대사 초건 적산법화원이 기식승 '원인선사 사찰'로 둔갑되려는 순간이었다. 이에 김성훈 교수는 국제연합 요원 자격으로 "1천 1백여 년 전 한중 사이는 상호 존중·우호의 관계였는데 오늘날 어찌 이 같은 양상으로 역사를 왜곡할 수가 있느냐"면서 산동성 당국에 강력히 항의하여 경내에 설립한 일본인들의 비석들을 모두 경외로 철거시켜 줄 것을 요구했다고 한다.

귀국 후 언론에 호소하고 한국해운산업연구원에 요청하여 해운업 최고경영자 세미나에서 김성훈 교수가 '장보고 대사의 해운경영사'를 발표, 즉석에서 한국선주협회(회장: 이맹기 제독)가 장보고 대

---

11) 『입당행기』 권제4, 회창 5년(845) 9월 22일조, "本意擬住赤山院 緣州縣准勅毀折盡无房舍可居 大使處分 於寺莊中一房安置 飯食大使供也".

12) 앞의 『장보고 해양경영사연구』, pp. 363-385.

사 해양경영사연구 후원회(회장: 양재원 동남아해운 사장)를 결성, 모금에 착수, 20개사가 이에 참여했다. 이후 김성훈 교수는 재차 산동성 당국을 방문하여 일본인들의 비석을 경외로 철거시키고 한국 측의 장보고 대사 기념비를 국한문으로 세울 뿐만 아니라 중국 측이 따로 비를 세워 이 절이 신라인 장보고 대사의 본원사찰이었음을 밝히겠다는 약속을 받아내었다.

1989년 11월 11일 한국선사문화연구소장 고 손보기 박사님을 회장으로, 숭실대 김문경 교수를 부회장으로 하고 연세대, 단국대 사학과 교수 및 여타 연구자들을 상임연구위원으로, 김성훈 교수를 사무국장으로 하여 장보고 대사 해양경영사연구회를 발족시켰으며, 다음 해 1990년 김성훈 교수는 위 교수님들을 모시고 산동성 정부 당국자들과 담판하여 일본 측이 '원인 승려의 절이었다'는 비석들을 철수시키고 그 대신 장보고 대사 적산 법회 원기리는 국한문 비석을 적신법화원에 건립했다. 위와 같은 혁혁한 활동을 감안할 때 김성훈 교수는 장보고 대사 현양사업에 선구적 공로자였음이 분명하므로 이에 합당한 높은 평가를 해 주어야 할 것이다.[13]

다음, 장보고 기념탑 건립 과정을 보면 이렇다. 1988년 적산법화원 대웅보전 건립에 착공하여 1990년 적산법화원 개광전례를 하게 되었는데, 마침 1991년 초 영성시 부시장 일행이 내한하여 한 모임에서 "한국인들이 역사의식이 부족한 것 같다, 우리 영성시 석도에 있는 적산법화원은 원래 신라인 장보고 대사가 세운 사원이었지요. 그런데 작년에 일본인들이 중건을 했으니…"라는 말을 들은 성신여자대학교 최민자 교수는 같은 해 4월 민간문화경제사절단을 구성하여 적산법화원을 답사했다고 한다. 중건된 법화원을 보니 형태도 일본식에 가까웠고 별전(別殿) 중앙에는 원인 영정이 모셔져 있었으며, 한쪽 구석에 장보고 대사 영정이 초라하게 모셔져 있었다고 한다. 이를 보고는 '세월이 흐르면 이렇게 주객이 전도될 수도 있는 것인지…'라는 마음이 들었다는 것이다.

이에 그는 여러 방면으로 힘을 기울여, 한국세계한민족연합회장 직함으로 장보고 기념탑 건립을 주도하고 1993년 착공, 1994년 장보고 기념탑(당시 김영삼 대통령 휘호) 준공식을 갖게 되었다.

최민자 교수의 장보고 기념탑 설립을 위한 열정적 활동을 보고서, "1991년 혹자는 수교도 안 된 중국 땅에 장보고 기념탑을 세우는 것이 가능하겠느냐고 했다. 1992년 몇몇 사람들은 장보고 기념탑을 세우는 것이 현실성이 없다고 했다. 1993년 많은 사람들은 장보고 기념탑을 세우는 것이 불가능하다고 했다. 1994년 7월 24일 준공식 때 모든 사람들은 적산에 펄펄 휘날리는 태극기를 바라보

---

13) 김성훈 교수와 면담 중 장보고대사에 대한 관심이 언제부터였나는 질문에, 미국 EWC하와이대학교 자원경제학박사학위 과정 시 무역학 한 과목을 수강할 때 〈장보고대사 해상무역〉을 주제로 발표하여 A+ 학점을 취득했다고 한다. 이후 UN요원으로서 수교 전 중공지역에 수차례 왕래하면서 국가최고기관에 농업정책을 자문해주고 틈나는 대로 한국고대사 관련 유적지를 답사하고 기록/발표했다고 한다(2013. 6. 30. 서울 강남 아무 호텔 커피숍에서 필자와 대담).

며 장보고 기념탑을 세운 것이 '민간외교의 승리요, 역사적인 일대 쾌거'라고 했다"고 하며, "당시 중국《위해일보(威海日報)》에는 '고유장보고 금유최민자(古有張保皐 今有崔眠子)', 즉 옛날에는 장보고가 있었고 오늘에는 최민자가 있다는 글이 실렸다"고 한다. 이와 같은 어려움 속에서 장보고 기념탑을 중국 땅에 건립한 한 학자의 업적 또한 적극적으로 평가·감동하지 않을 수가 없는 것이다.

이후 적산법화원 경구 내 건축의 진척 과정은 다음과[14] 같다.

2000년 삼불보전(三佛寶殿) 개방의식

2002년 산동적산집단유한공사(山東赤山集団有限公司) 적산법화원경구(赤山法華院景區) 관리권 접수

2002년 10월 장보고 전기관 착공

2002년 11월 적산선원(赤山禪院) 착공

2003년 적산명신(赤山明神)상 착공

2003년 6월 적산선원, 장보고 전기관 준공

2003년 9월 적산명신상 안장

2003년 12월 장보고 전기관, 원인입당구법관(圓仁入唐求法館) 개관

2004년 장보고동상(張保皐銅像) 안장

위와 같은 건립 공정을 보면 설계 단계부터 일본 측의 적극적 참여와 막대한 자금 투여가 있었던 것으로 판단된다. '적산선원'이란 교토 소재, 원인의 유덕(遺德)을 추모하여 설립한 사찰인데 그 이름을 그대로 사용하고 있으며, 이 내부에 원인입당구법관, 적산각, 장경루 등이 건립되어 있다.

원인입당구법관은 『입당행기』를 기초로 전시 구성되어 있다. 그런데 전시 내용, 안내 설명문 등을 읽어 보니 여행 기록과는 판이한 '새로운 역사'를 창조하고 있다는 느낌이었다. 정확하게 표현하면 '역사 날조'를 하고 있었다.

또한 기본적으로 장보고 대사라든가 신라인들의 도움이라는 의식은 어느 한 부분에서도 새겨져 있지 않다. 오히려 장보고 대사의 위문 인사를 받고, 적산법화원을 관리, 불경 강의를 한 것처럼 커다랗게 그림을 그려 놓는가 하면 설명문을 만들어 놓고 있다. 그들의 선조가 10년간 당나라에서 체험한 구법활동은 신라인들의 도움에 의해 이루어졌다고 『입당행기』에서 기록한 내용과는 너무 다르

---

14) 王玉春 주편, 姜宗懷 저, 2008, 「大事記」『赤山法華院史話』, 179~200쪽.

다. 처음 당나라에 상륙했을 때부터 신라인들이 원인선사 일행을 거의 숨겨 주다시피 하여 체류할 수 있게 해주었고, 귀국할 때조차 신라인의 도움으로 신라인 선박을 타고 일본으로 돌아간다.

그런데 제3전시실(第三展廳) 내 留住法華院(유주법화원)이란 제목의 설명판에 다음과 같이 기재되어 있다. 여기에서 어떤 연구자라도 '역사 날조'의 표본을 알아볼 수 있을 것이다.

적산선원

"在滯留法華院期間, 圓仁參與法華院的講經,誦經,法華會等活動, 与衆僧 ·起度過了新羅獨有的八月十五勝利節. 張保皐得知圓仁一行滯留法華院, 特遣大唐賣物使崔兵馬司來寺問慰. 圓仁對法華院衆僧的殷勤接待和關照非常感激, 他作狀當院表示致謝, 幷寫信給崔兵馬司及張保皐大使表示感謝. 法華院寺中聖林和尙曾去五台山及長安巡禮二十餘年, 他告訴圓仁五台山有位高僧志遠和尙, 幷說去天台山遠, 到五台山近. 于是, 圓仁改変去天台山的初衷, 決定去五台山. 아래쪽에 영어 번역문."

"<법화원에 머물다> 법화원에 머물고 있었던 기간 동안, 원인은 법화원의 강경, 송경, 법화회 등 활동에 참여하고, 여러 승려들과 함께 신라에만 있는 8월 15일 승리절을 지냈다. 장보고는 원인 일행이 법화원에 체류한다는 것을 알고는, 특별히 대당매물사 최병마사를 사원으로 보내어 위문하게 했다. 원인은 법화원 여러 승려들의 은근한 접대와 보살핌에 대해 비상히 감격하여, 그는 서류를 작성하여 당 법화원에 감사의 표시를 했고, 아울러 편지를 써서 최병마사 및 장보고 대사에게 감사의 표시를 했다. 법화원 사원 내 성림화상은 일찍이 오대산 및 장안을 순례하기를 20여 년이었는데, 그가 원인에게 알려 올리기를 오대산에는 지원화상과 같은 지위가 높은 고승이 있고, 아울러 천태산은 가기가 멀고, 오대산은 도달하기가 가깝다고 말했다. 이에, 원인은 천태산으로 가려는 처음 마음을 고쳐서, 오대산으로 가기를 결정했다(필자 역)."

이 설명문을 읽으니 진실로 어안이 벙벙해졌다. '역사왜곡 변조'가 어떤 것인가는 이 전시실 설명문들을 읽으면 이해할 수 있다. 원인선사를 폄하하기 위함이 아니다. 원인선사 자신이 기록한 사실을 살펴보는 것이 제일 정확할 것이다.

우선 그는 적산법화원을 목표로 하여 그곳에 간 것이 아니다. 838년 7월 초 중국 양자강 하구 부근에 상륙한 이후, 천태종의 본산인 천태산에 구법하러 가려고 했으나, 839년 2월 27일 동행한 유학(留學)승 원재(圓載엔사이)선사 이외는 중국정부의 허락을 얻지 못하고 나머지는 모두 본국으로 돌아가게 했으므로, 청익(請益)승 원인선사는 신라선 9척을 고용하여 귀국하는 견당사 일행과 행동을 같이 하게 되는데, 839년 4월 5일 해주관내 동해현 동해산 동변에서 견당대사(일본인)의 묵인(금 20대량 하사)하에 원인선사 포함 4명은 그들로부터 무단이탈(불법입국)하여 여러 곳을 전전하게 된다. 그러나 당나라의 엄격한 외국인 통제 때문에 당나라에 머무는 것이 어렵다는 사실을 인지하고, 4월 8일, "관청은 엄하게 감시하여 하나도 면해 주지 않는다. 이에 <u>제2박(舶)[15]을 타고 본국으로 돌아가려고 한다</u>. 전에 양주와 초주에 있을 적에 얻은 불경과 여러 가지 물건들은 제8선(견당사 귀국선 신라선 9척 중)에 남겨 두었다. 남아 있으려고 가지고 있던 물건들을 호홍도(胡洪島)와 주(州)의 집회소에 이르는 사이에 아울러 모두 남들에게 주었다. 빈손으로 배를 타니 다만 탄식이 더할 뿐이다. 이것은 모두 아직 구법을 이루지 못했기 때문이다"고 한탄했다. 그러고는 일본으로 돌아가기 위해 산동반도 동쪽 해안을 이리 저리 옮겨 다니고 있었던 것이다.

4월 17일에는 어느 해변에 닿았는데 위치를 정확히 알지 못하고 있던 차에, 뭍에 보냈던 사수와 선원이 당나라 사람 2명을 데리고 올라와서 그들이 말하길, "등주 모평현 당양도촌의 남쪽 해안인데, 현으로부터 160리 떨어져 있고, 주로부터 300리 떨어져 있습니다. 이곳으로부터 동쪽으로 가면 신라국이 있는데, 좋은 바람을 얻으면 이삼일 만에 도착할 수 있습니다"고 했다. 4월 18일에는 "<u>청익승(원인)은 본국에 조속히 돌아가 근년에 발원했던 여러 서원을 이루기 위해 복부(卜部)로 하여금 신 등에게 기도하도록 했다</u>. 화주(火珠, 서역에서 나는 수정을 갈아서 만든 렌즈) 한 개를 스미요시 오오카미(住吉大神)에게 시주하여 제사 지내고, 수정 염주 한 꿰미를 해룡왕(海龍王)에게 시주하였으며, 머리 깎는 칼 한 자루를 <u>선박을 주관하는 신</u>에게 시주하여 평안히 본국으로 돌아가도록 빌었다"고 했다.

이러던 중 원인선사 일행은 6월 7일 적산포에 닻을 내리고 정박하게 되었다. 이곳이 문등현 청녕향 적산촌이고 산속에 적산법화원이 있으며 장보고 대사가 처음 지은 절이고 장전에서 소출되는 연간 500석의 쌀로 양식을 충당하며 신라인 장영, 임대사, 왕훈 등이 이곳의 업무를 담당하고 있다고 기록하고 있다. 6월 8일, 9일에는 적산원에 올라가 차를 마시기도 하고 식사를 같이 하기도 했으며 이후 일본의 승려 7명이 산사에 7일간 머물기도 했다. 6월 22일, 23일에는 큰 바람이 불어 선박이 심하게 파손되어 6월 26일 선박 수선 재료를 찾게 했다. 다음 날 6월 27일 장보고 대사의 교관선

---

15) 견당사선 제2박으로, 제1, 4박과는 별도로 뒤에 출항하여 산동반도 해주(海州)항에 기착, 체류하고 있었음.

두 척이 입항했다는 소식을 듣게 된다. 6월 28일 대당(大唐) 황제가 새로 즉위한 신라왕을 위로하러 보냈던 사절단(정확히는 책봉위문사일 것임) 30여 명이 올라와 사원 안에서 서로 인사했다. 밤에 장보고 대사가 보낸 대당매물사 최병마사가 사원으로 와서 위문했다. 이튿날 29일 새벽 신라인 통역 도현(道玄)사리(闍梨, 승려를 가르치는 스승)와 함께 객실로 들어가 사원에 머무르는(留住) 문제를 상의했다. 곧 배가 있는 곳으로 돌아갔다. 7월 10일, 11일 바다에 바람은 없는데 파도는 맹렬하고 밑으로부터 솟아올라 파도소리가 우레와 같았다. 선박들이 표류 진동하여 두려움이 적지 않았다.

7월 28일 문등현에서 청녕향으로 공문서를 보내기를 "(일본국 선상에서) 버려진 3명은 적산신라사원에 있는 것으로 보인다. … (담당자는) 그날 보고했어야 했는데 어찌하여 지금 15일이 지난 연후에 처음으로 보고하였는가. 아울러 외국인이 머물고 있는 것을 모두 신고하지 아니한 적산사원의 강유, 지사승 등을 조사하라. … 만약 기한을 어기거나 조사가 상세하지 못하면 원래 이 일을 조사한 사람은 반드시 무거운 벌을 받게 될 것이다"고 했다. 이어서 원인선사 및 적산원 주승 법청(法淸)이 "조공사가 일찍 돌아가므로 남게 되었다, 소지품은 쇠로 만든 바리때, 의복 등 외에 별다른 물건은 없다, 산원에서 더위를 피하고 서늘해지면 떠나려고 한다"는 내용의 보고서를 올렸다.[16]

위와 같이 여행기를 순서대로 쭉 훑어보면, 원인선사가 장보고 대사가 파견한 최병마사의 위로를 받고 적산법화원으로부터 '은근한 접대와 보살핌'을 받는 광경이 아니라, 기숙 문제를 상의하는 일개 과객승으로 나타나고, 불법 체류에 대해 관청으로부터 문책 공문이 오는가 하면 그에 대해 보고서를 제출하고 있는 상황인데, 어떻게 당황제의 책봉사절단을 위문하러 온 장보고 대사의 대리인들을 원인선사를 위문하러 왔다고 살짝 위문 대상을 바꾸어 놓는지 어이가 없어진다. 마치 외국 공항에 비행기를 내리니까 군악대가 연주하면서 외국 귀빈 영접행사 하는 것을 보고는 '와아, 나를 맞이하는구나' 하는 꼴이 아닌가 싶다.

---

16) 『입당행기』 권제1, 개성 4년(839) 4월 8일조, "官家嚴撿 不免一介 仍擬駕第二舶歸本國 先在揚州楚州 覓得法門幷諸資物 留在第八船 臨留却所將隨身之物 胡洪島至州之會 竝皆與他 空手駕船 但增歎息 是皆爲未遂求法耳"; 동 4월 17일조, "所遣水手射手等 將唐人二人來 便遣登州牟平縣靑陽陶村之南邊 去縣百六十里 去州三百里 從此東有新羅國 得好風 兩三日得到 云云"; 동 4월 18일조, "請益僧爲早到本國 遂果近年所發諸願 令卜部祈禱神等 火珠一箇 祭施於住吉大神 水精念珠一串 施於海龍王 剃刀一柄 施於主舶之神 以祈平歸本國"; 동 권제2, 개성 4년(839) 6월 27일/28일조, "卄七日 聞張大使交關船二隻到旦山浦 卄八日 大唐天子差入新羅慰問新卽位王之使 靑州兵馬使吳子陳 崔副使 王判官等卅餘人登來 寺裏相看 夜頭張寶高遣大唐賣物使崔兵馬司來寺問慰"; 동 7월 23일조, "依新羅僧聖林和尙口說記之 此僧入五臺及長安 遊行得十年 來此山院語話之次 常聞臺山聖跡甚有奇特 深喜近於聖境 暫休向天台之議更發入五臺之意 仍改先意便擬山院過冬到春遊行巡禮臺山"; 동 7월 28일조, "卄八日申時 縣使賣文至等兩人 將縣帖來 其狀偁 縣 帖靑寧鄕 得板頭賣文至狀報 日本國船上拋却人三人 右撿案內得前件板頭狀報 其船今月十五日發訖 拋却三人 見在赤山新羅寺院 其報如前者 依撿前件人 旣船上拋却 卽合村保板頭當日狀報 何得經今十五日 然始狀報 又不見拋却人姓名兼有何行李衣物 幷勘赤山寺院綱維知事僧等 有外國人在 都不申報 事須帖鄕專老人 勘事由 限帖到當日 具分拆狀上 如勘到一事不同 及妄有拒注 幷追上勘責 如違限勘事不子細 元勘事人 必重科決者 開成四年七月卄四日 典王佐帖 主簿副尉胡君直 攝令成宣員".

전후 사정을 보면 원인선사 일행이 6월 7일 적산포에 정박한 뒤 적산법화원을 한 번씩 방문하곤 하다가, 6월 27일 장보고 대사의 교관선 두 척이 도착했다는 소식을 듣고 다음 날 적산원에 올라가 본 것으로 파악되는데, 그런 식으로 피사체를 바꾸어 버리는 처사는 곤란하지 않을까 한다. 여행기에 기록된 장보고 관련 왕위계승 전쟁, 이어진 신왕 즉위 등 기사들을 참고하면, 당황제의 신문왕 책봉사절단 왕래는 장보고 대사의 대당(對唐) 정치력에 의하여 당시 관례에 비해 상상하지도 못할 만큼 신속하게 이루어진 것으로 짐작할 수 있는데, 그런 정치 활동에 과객승 원인선사를 끼워 넣는 다는 것은 너무 심하다. 그렇다면 차라리 사절단 30여 명도 원인선사에게 인사하러 법화원으로 올라왔다고 써 버리는 것이 낫지 않을까 한다.

840년 2월 17일 "태어나서 아직 삼가 뵙지는 못했으나…"라고 원인 스님 스스로 편지를 쓰고 있는데, 당시 그 시점에서 장보고 대사가 어떻게 원인선사를 알고 있을 것이며, 원인 일행은 혹시나 법화원에 기숙할 수 있을까 의논하는 단계에 있고, 그들의 불법체류에 대하여 주지승이 관할 관청으로부터 문책당하고 처벌될 수 있는 경황인데, 어떻게 법화원의 모든 구성원들이 그를 환영할 수가 있겠는지 이해되지 않는다. 더하여 축전국 태수가 장보고 대사에게 보내는 편지를 가지고 있다가 잃어버렸다는 이야기라든가 자신이 장보고 대사를 알고 있다는 등의 얘기들을 중국 땅에 상륙 이후부터 지금까지, 법화원 체류 8개월 후 떠날 무렵까지 어떠한 관련자에게도 심지어 장보고 대사 본원 사찰인 적산법화원 관리자들에게조차도 일절 하지 않았다. 이러한 사실은 또한 어떻게 받아들여야 할지 의문이다.

위에 인용한 안내 설명판을 만든 이들도 『입당행기』를 거듭거듭 숙독했으리라 추측되지만, 사실의 방향이 아니라 어떻게 하면 교묘하게 변조를 해 볼까에 초점을 맞추어 '연구'했던 것 같다. 정직하게 쓴 조상의 글을, 선조를 빛내려고 후손들이 거짓으로 조작해 놓은 꼴이다. 지하의 선조가 과연 달가워할지 의문이다. 조상을 빛내고 싶지만 진실로부터 벗어난다면 도리어 그분을 욕되게 하는 일일 것이다.

또한 원인선사가 처음 뜻한 바의 천태산에서 오대산으로 순례지를 바꾸게 되는 계기도 신라인 승려 성림화상의 상세한 설명과 권유에 의해서였다. 원인선사는 "신라승 성림화상이 입으로 말하는 것을 적었다"고 써놓았다. 원문에 "新羅僧聖林和尙"이라고 분명히 적혀 있는데도 불구하고 안내판 제작자가 '新羅僧' 세 글자는 빼 버리는가 하면, "알려 올리기를(告訴)"이라고 상하관계를 반대로 설정하여 묘사하고 있다. 이러한 위조는 범죄행위에 가깝다고 할 수 있다. 신라인의 설명을 듣고, 가르침·권유를 받아 원래의 뜻을 바꾸는 일이 매우 자존심 상한다고 판단했기 때문이 아니었을까 짐작되는데, 이것이 '3국인연대'를 원한다는 사람들의 '솔직한' 행위이다. 상대를 깔아뭉갤 것이 아니라 가능한 한 부각시켜 주어야 가능하다는 '연대'에 대한 의식이 크게 부족하다고 판정할 수 있다.

오대산으로 출발하는 첫 여행 허가서도 신라사원인 적산법화원에서 신청하여 발급해 주었다. 9월 26일 원인선사는 적산법화원에 공험 발급 신청을 해달라고 문서를 올린다. "엎드려 바라옵건대 당 적산법화원이 당국의 규식 예에 따라 주현에 공문을 올려 공험을 발급해 주노록 정하여 수십시오. 그렇게 하면 곧 강유(綱維, 사원의 관리자)가 홍법(불법을 널리 알림)하는 아름다운 명성이 멀리 해외에까지 떨칠 것이며, 그것을 재촉하여 권해 주시는 은덕은 부처님의 해를 받들어 높이는 일이 될 것입니다. 정성스러운 마음과 생각이 닿아 건디지 못하옵니다. 전과 같이 서장을 갖추었습니다. 편지의 문건은 전과 같습니다. 삼가 아룁니다"라고 썼다. 다음 해(840년) 2월 20일 아침 원인선사는 구당신라소로 가서 장영 압아로부터 현청 송부 허가 공문서를 받은 후, 장영 대사와 적산원주승 법청 스님과 헤어져 문등현으로 간다. 2월 24일 현청에서 공험을 발급받고, 25일 오대산으로 떠나게 되는 것이다.

오대산을 순례한 후 840년 8월 23일 당의 수도 장안에 도착한다. 거기에서 불행히도 '회창법난'을 맞아, 841년 8월 7일 귀국원서를 제출하나 불허되는 등 쉽게 귀국하지 못하고, 845년 5월 15일까지 약 4년 9개월을 장안에서 체류하게 되는데, 이곳에서도 좌국중위친사압아인 신라인 이원좌 좌신책군압아은청광록대부검교국자제주전중감찰시어사상주국의 호의를 받게 된다. 귀국허가를 의논하기도 하고 물자가 부족하면 도움을 받기도 하는 등 정분이 매우 친했다고 한다.[17]

이러한 신라인들의 은덕을 고맙게 생각하여 귀국 후에는 적산궁을 세워 신라적산명신을 제사하고 유훈으로 적산선원을 건립케 한 것이다.

다음, 圓仁東返(원인동반, 원인이 동쪽으로 돌아 옴, 즉 귀국) 설명문을 읽어 보면, 이들은 진정으로 고마움을 표시하는 데에 인색한 사람들이라는 생각이 든다. 도움 받은 장영(원인선사가 처음 적산법화원에 갔을 때 그 사원의 세 관리인 중 한 명이었으며, 구당신라소 압아로서 원인선사의 공험 발급에 힘써 준 인물) 대사를 결코 신라인이란 말을 사용하지 않는다. 845년(회창 5년) 8월 24일 원인 일행은 문등현에 이르러 현령을 뵙고, 이 현의 동쪽에 있는 구당신라소로 가서 음식을 구걸하고 배를 구하여 본국으로 돌아가게 해달라고 청원하니, 그들을 구당신라소로 보내 주었다. 8월 27일 구당신라소에 도착하니 신라인 호구를 담당하는 신라인 압아 장영 대사가 반가이 맞아 주고 머무는 것을 허락하면서 배를 구하여 귀

17) 『입당행기』 권제2, 개성 4년(839) 9월 26일조, "日本國求法僧等牒 當寺 僧圓仁 從僧惟正惟曉 行者丁雄萬 請寺帖報州縣給與隨緣頭陀公驗牒…伏望當寺 准當國格例 帖報州縣 請經(?給)公驗 然則綱維弘法之芳聲 遠振海外 催勸之恩賴 快揚佛日 不任思誠之至 具狀如前 牒件狀如前 謹牒 開成四年九月十六日 日本國延曆寺求法僧圓仁牒"; 동 권제4, 회창 3년(843) 8월 13일조, "爲求歸國 投左神策軍押衙李元佐 是左軍中尉親事押衙也 信敬佛法極有道心 本是新羅人…到宅相見 許計會也"; 동 회창 5년(845) 5월 14일조, "左神策軍押衙銀青光祿大夫檢校國子祭酒殿中監察侍御 史上柱國李元佐 因求歸國事投 相識來近二年 情分最親 客中之資 有所關者 盡能相濟".

국하는 것을 허락해 주었다. 그러함에도 "勾當新羅所大使張咏按排其住于赤山寺庄"이라고만 쓰고 '신라인'이란 말은 하지 않는다. 장영 대사, 이신혜 환속승 등 도와준 이들이 모두 신라인이었음에도 불구하고. 구당신라소라고 공적 관공서 명칭만 적어 놓고 담당자의 출신 국가명은 빼 버리고 있는 것이다. 전시실 내 모든 설명문을 읽어 봐도 단 한 구절 신라인들에 대한 감사의 말을 적어 놓지 않았다.

또한 이보다 앞서 845년 7월 3일 장안으로부터 돌아와 초주에 처음 도착했을 때도 그러하다. 귀국선 준비 등으로 신라방 총관인 신라인 설전 대사, 신라인 유신언 통역관의 헌신적 도움을 받았음에도 불구하고 이 부분 이야기는 한 마디도 입 밖에 내지 않고 있다. 이런 처사는 그들의 선조 원인선사를 배반하는 일이기도 하다. 『입당행기』의 전체 내용과 귀국 후 신라적산명신을 제사 지내는 일 등을 상기할 때 완벽한 '조상의 정체성 말살 작업'이라고도 규정할 수 있다. 1,200년 전 선조가 일구어놓은 한·일 간의 소중한 우정을 후손들이 하루아침에 팽개쳐 버렸다.

적산선원(赤山禪院) 입구 주련(柱聯) 대구(對句) 중 오른쪽 기둥에 黃金紐帶連三國人人生蓮界(3국인의 삶을 잇는 좋은 유대)라고 적혀져 있다. 한, 중, 일 3국을 말하는 것 같은데, 그 속의 전시 내용에는 일본, 중국만 있고 한국은 빼 버렸다. '신라인'은 아예 언급하지 않고 있다. 존재하지 않는 나라와 어떻게 연대할 수가 있겠는지 의문이다. 원인선사가 장안으로부터 돌아와 중국의 동해안에서 귀국하려 할 때, 가장 가까운 항구로 가려고 할 때마다 허락하지 않는 자들이 중국인 관리들이었고, 그때마다 빠른 길로 갈 수 있도록 음으로 양으로 힘써 주는 사람이 한국인들이었는데 원인전시관을 만든 이들은 과연 그의 여행기를 읽을 때 도대체 어느 부분을 탐독했는지 모르겠다.

그리고 원인입당구법관 전시에도 주관자가 양식(良識) 있고 진정 '평화'와 '우정'을 지향한다면 원인선사가 중국인, 일본인이 아닌 거의 신라인의 도움으로 10년간 구법활동을 할 수 있었고 그에 대해 원인선사 자신이 신라인들에게 고마움을 표시하면서, 귀국하면 신라인을 위한 사찰을 짓겠다고 발원한 사실 등을 적어 놓아야 한다. 그러나 이와 같은 표현은 일언반구도 없다. 중국인들에게는 감사의 말을 할 수 있는데 신라인들에게는 차마 고맙다는 말을 할 수가 없다는 이야기이다. 결코 정당한 자존심이라고 할 수는 없을 것 같다.

그런데 적산법화원 경내에는 '세계인류의 평화가 이룩되도록 / 我們祝愿世界人類的和平 / 世界人類が平和でありますように / May Peace Prevail On Earth'라는 4개 국어로 된 기원문구 막대기가 입구에 꽂혀 있다. 쓴 웃음을 짓게 한다. 침략 원흉 이등박문의『동양평화론』(서원귀삼西原龜三이 초안 작성)과 이에 대항하여 그를 저격한 안중근 의사의 같은 제목으로 된 옥중『동양평화론』이 상기되었다. 그는 하얼빈 역에서 거사 후 바로 체포되어 심문받을 때 진술한 조서에서 이등박문을 처단하는 근거로 15개 항목을 제시하는데 그 제14조를 보면 '동양평화를 깨뜨린 죄'로 처형한다

는 것이었다.[18] 역사적 진실을 왜곡하여 전시하는 행위도 한·중·일 간 평화를 깨뜨리는 항목에 속할 것이다.

어떤 종류의 '평화'인지 의심케 하고 있다. '너는 별것 아니고 나만이 제일이여'라고 하는 곳에 과연 '평화'가 이루어질 수 있을 것인지 의문이다. 늘상 그러하듯 침략 전쟁 준비 완료까지의 역거운 이념, 구호에 불과한 것은 아닌지, 나아가 무단 강제 점령 역시 '동양평화'를 위하고 '세계평화'를 위해 이루어지고 있다고 말해지는 역사와 현실의 성격으로 이해하는 것이 맞을 것 같기도 하다.

다음, 제5전시실(第五展廳) 내 '적산명신' 큰 그림 밑에 赤山明神相助(적산명신상조)라는 제목의 설명판에는 적산명신이 '신라명신'임을 명시하지 않고, 다음과 같은 내용이 창조되어 있다. 적신명신의 출자 국적이 교토 적산선원에는 '중국의 적산에 있는 태산부군(음명도조신)'으로, 적산법화원 산정에 앉혀 놓은 거대한 적산명신상 비문에는 '적산홍문동(赤山紅門洞)'으로 적혀 있기 때문에 관람객들은 자연스럽게 '중국' 출신 신으로 인식할 수밖에 없도록 작성되어 있다. 한편으로 그림을 보면 양쪽 눈썹이 밖으로 올라간 것이 마치 일본 무사의 얼굴, 자세로 보이기도 한다.

적산명신 그림 및 안내판

"圓仁由赤山浦經鎮鄒島回國, 船在海上突遇風暴, 天昏地暗, 濁浪排空. 危難之時, 圓仁叩拜赤山, 祈求赤山明神保佑, 幷誓願:"到本國之日, 專建神社, 永充祭祀." 刹時, 赤山山峰出現一个巨大的五彩光環, 赤山明神隨卽現身, 向空中射出一支白翎箭, 海面頓時風平靜, 晴空万里, 圓仁一行化險爲夷, 平安回國." 아래쪽에 영어 번역문.

"<적산명신이 서로 도움> 원인은 적산포로부터 막야도를 지나서 귀국하는데, 배가 해상에서 갑자기 폭풍을 만나니, 하늘과 땅이 캄캄하였고, 거친 물결이 공중으로 솟아올라, 위험에 처했을 때, 원인은 적산에 머리를 조아려 절하고, 적산명신의 도움을 기도하여 구하면서, 아울러 서원을 하였다:

---

18) 장학근, 1980, 「일본의 <동양평화론>에 대한 구한말~독립운동기의 반응」, 고려대학교 사학과 석사논문; 金宇鍾 主編, 2006, 『安重根和哈爾濱-안중근과 할빈』, 牧丹江: 黑龍江朝鮮民族出版社, 86쪽.

"본국에 도착하는 날 오로지 신사를 지어, 영원히 제사를 지내겠습니다". 그 찰나에 적산의 산봉에 하나의 거대한 오색 빛 고리가 나타나고, 적산명신이 따라서 곧 몸을 나타내면서, 공중을 향해 하나의 흰 깃 화살을 쏘아 보내니, 해면이 갑자기 바람이 가라앉고 파도가 조용해졌으며, 푸른 하늘이 만리에 펼쳐지니, 원인 일행은 위험이 평이하게 되어 평안하게 귀국했다."(필자 역)

위 설명을 보면 경탄스러울 만큼 거짓 창조력이 대단하다. 원인선사가 귀국할 때는 해상에 돌풍도 불지 않았고 거센 파도도 없었으며 또한 그는 적산명신을 구체적으로 부르면서 도움을 청한 적은 없다. 『입당행기』 전편을 통하여 적산명신이란 이름의 신은 등장하지 않을 뿐만 아니라 기도·제사의 대상으로 거명되지도 않는다. 적산명신은 원인선사가 귀국 후 신라명신을 모시는 〈적산궁〉과 그의 유명에 의해 창립된 적산선원을 지을 때 '적산신라명신'으로 불리어졌을 것인데 이러한 역사적 사실을 전혀 감안하지 않고 오히려 '신라'명신 말살 작업을 하는 한 과정으로, 역사를 조작하고 있는 것이다.

여행기 말미의 귀국 부분을 확인하면, 원인선사는 847년 9월 2일 오시(낮 12시경)에 적산포를 떠나 막야도 입구를 지나서 정동을 향해 나아간다. 하루 낮 하루 밤이 지나(약 18시간 후), 3일 새벽에 동쪽을 바라보니 신라국 서쪽의 산이 보였다. 바람이 정북으로 바뀌어 돛을 기울여 동남쪽을 향해 갔다. 또 하루 낮 하루 밤이 지나, 4일 새벽에 동쪽을 바라보니 산과 섬이 겹겹이 이어져 있어서 노를 젓는 사공에게 물었다. 이에 답하기를 여기가 신라국 서쪽 웅주의 서쪽 경계인데 본시 백제국의 땅이었다고 했다. 하루 종일 동남쪽을 향해 갔다.

만 이틀도 지나지 않아 웅주 서쪽까지 왔다면 폭풍, 큰 파도가 아니라 순풍에 잔잔한 바다를 항해해 왔다고 추론할 수 있다. 9월 8일에는 오히려 <u>바람이 없어서</u> 신에게 빌고 당해 섬의 토지 및 대인, 소인신 등에게 염송하고 함께 본국에 도달할 수 있도록 기원하였다. 9월 10일 저녁 비전국(肥前國히젠노쿠니) 송포군(松浦郡) 북부의 녹도(鹿嶋)에 정박하였다.[19]

19)『입당행기』권제4, 회창 7년 9월 2일조, "午時從赤浦渡海 出赤山莫耶口 向正東行 一日一夜 至三日平明 向東望見新羅國西面之山 風變正北 側帆向東南行 一日一夜 至四日曉 向東見山嶋段段而接連 問楫工等 乃云 是新羅國西熊州西界 本是百濟國之地 終日向東南行 東西山嶋聯翩 欲二更到高移島泊船 屬武州西南界 嶋之東北 去百里許 有黑山 山體東西漸長見訖 百濟第三王子 逃入避難之地 今有三四百家在山中住 五日風變東南 發不得 到三更得西北風發 六日卯時 到武州南界黃茅島泥浦泊船 亦名丘草嶋有四五人 在山上差人取之 其人走藏 取不得處 是新羅國第三宰相放馬處 從高移島至此丘草嶋 山嶋相連 向東南遙見耽羅嶋 此丘草嶋 去新羅陸地 好風一日得到 少時守嶋一人 兼武州太守家 投鷹人二人 來船上語話云 國家安泰 今有唐勅使 上下五百餘人 在京城四月中 …"; 동 9월 6/7/8일조, "六日 七日 无風信 八日 聞惡消息 異常驚怕 无風發不得 船衆捨鏡等 祭神求風 僧等燒香 爲當嶋土地及大人小人神等念誦 祈願平等得到本國 即在彼處 爲此土地及大人少人神等 轉金剛經百卷至五更 雖无風而發去 纔出浦口 西風忽至 便上帆向東行"; 동 10일조, "十日平明 向東遙見對馬嶋 午時 前路見本國山 從東至西南 相連而分明 至初夜 到肥前國松浦郡北界鹿嶋泊船".

이 귀국 과정을 살펴볼 때, 폭풍, 풍랑, 적산명신, 오색 빛 고리, 흰 깃 화살 운운은 매우 황당한 이야기임을 알 수 있다. 여행기 본문에서 같은 문구 하나가 나오는데 이를 토대로 허위문서를 작성한 것이라고 판단된다. 839년 5월 27일 원인 일행이 석산법화원에 노착하기 전 유산박(乳山泊)인가에서 폭우, 풍랑에 시달리고 있던 중, 새벽에 벼락이 떨어져 돛대가 부러지고 선미 갑판이 쪼개어져 나가는 해난을 당하자, 바로 위 설명판에서 적어 놓은 바와 같은 "到本國之日, 專建神社, 永充祭祀"라고 서원을 했었다. 이 문구를 중심으로 '적산명신상조'를 '창조'해 낸 것이다.

원인선사가 견당사선에 승선하여 입당할 처음부터 귀국 항해 때까지, 풍랑 또는 난관 봉착 시 부처와 여러 신들에게 염불하고 제사 지낸 기록 19건을 모두 적어 보면 다음과 같다.

838년 6월 24일 일본 출항 후 관음보살상을 그리고(畵) 불경을 읽음. 6월 28일 큰 풍랑에 조우하여 선박 파손 극심, 부처와 신에 의탁하고 빎. 7월 2일 양주 해릉현 백조진 상전향 동량풍촌에 도착했으나 파도가 거세어 관음보살과 묘견보살을 칭송함. 839년 3월 22일 귀국선 9척 중 제2선에 승선, 신에게 빌어 액을 물리치고, 배에 올라 스미요시 오오카미(住吉大神)에 제사 지냄. 3월 28일 순풍을 얻기 위해 스미요시 오오카미에 제사. 4월 1일 견당대사 이하 물에 올라 천신·지신에 제사. 4월 13일 배에 올라 액을 제거하고 스미요시 오오카미에 배례. 4월 14일 순풍을 얻기 위해 관정경에 의하여 5곡 공양, 5방의 용왕에 제사, 불경과 다라니를 염송. 4월 15일 순풍을 위해 5곡 공양, 반야경, 관정경 등 불경을 독송, 신에게 빌고 부처님께 귀의. 4월 18일 신에 기도, 화주(火珠, 서역에서 나는 수정을 갈아서 만든 렌즈) 한 개를 스미요시 오오카미에게 제물로 바쳤고, 수정으로 만든 염주 한 개를 해룡왕(海龍王)에게 제물로 바쳤으며, 머리 깎는 칼 한 개를 선박을 주관하는 신에게 바쳐 무사 귀국을 빎. 5월 2일 천신, 지신에 제사. 관물, 거울 등 선상의 스미요시 오오카미에게 바침. 5월 5일부터 삼일 동안 경을 읽고 염불하여 순풍을 빎. 5월 6일 선상에서 재를 지냄, 5방 용왕에 제사. 5월 11일 대당(大唐)의 천신과 지신에 제사. 5월 27일 유산박(乳山泊)인가에서 폭우, 풍랑에 시달리고 있던 중, 새벽에 벼락이 떨어져 돛대가 부러지고 선미 갑판이 쪼개어져 나가는 재난을 당하자, 폐백으로 제사 지내고, "到本國之日, 專建神社, 永充祭祀"라고 서원을 했음. 상도(桑嶋)에서 액을 해제, 그곳 신에 제사. 6월 3일 폭풍, 큰 비, 천둥, 번개. 창과 도끼, 큰 칼을 흔들면서 목이 쉬도록 부르짖으면서 벼락을 막으려 했음. 6월 5일 적산 부근 산에서 조금 먼 해중에 정박. 천둥, 구름, 뇌신에 제사, 선상의 스미요시 오오카미에 제사, 본국의 야하타(八幡) 등 오오카미(大神) 및 해룡왕, 등주 여러 산과 섬의 신 등에 각각 서원함. 847년 8월 24일 (귀국선에서) 신에게 제사함. 9월 8일 바람이 없어서 거울 등을 던져 신에게 제사, 순풍 기원. 향을 피우고 구초도(한반도 무주 남계 소재)의 토지신

과 대인신, 소인신에게 기원.[20]

    이상이 『입당행기』 전편에 나오는 항해 도중 제사 지내는 총 항목들이다. 아무리 찾아 봐도 적산명신 또는 적산신은 없다. 일본의 고유한 신, 부처님, 중요한 항해신 스미요시 오오카미(住吉大神)와 해룡왕 그리고 선박 자체 및 지역의 토지신, 대인 소인 등 사람신들이 거의 전부다. 그러함에도 전시관 주관자는 일본 연력사 및 적산선원에 존재하는 '적산신라명신'을 이곳으로 가져와서 '신라'는 빼고 중국과 일본을 근거 없이 연결해 놓고 있는 것이다. 이것은 심한 거짓말이다.

    그들은 무슨 목적으로 이러한 거짓으로 중국과 일본의 '적산명신'을 만들어 놓았는지 고구해 봐야 될 것이다. 그 날조 동기를 짐작하건대 죄질이 나쁘다고 할 수 있다. 한마디로 표현하면 한반도 관련성을 완전히 배제하기 위한 역사 날조라고 판단할 수 있다. 그 근거를 제시하고자 한다.

    일본 교토 부근 히에이산(比叡山)에 위치한 천태종 총본산 연력사(延曆寺)의 동탑, 서탑과 더불어 3대 부분의 하나인 횡천중당(橫川中堂, 수악엄원(首楞嚴院)이라고도 칭하는데, 횡천의 중심이 되는 큰 절. 천태종 3대좌주 자각대사 원인상인(上人)(793~864)이 당나라로부터 귀국한 다음 해인 848년 개창하고 성관음(聖觀音)을 본존으로 모셔 놓았음) 앞에 설치해 놓은 작은 신전인 적산궁(赤山宮) 안내판 설명문을 읽어 보면 다음과 같다.

    "赤山宮: 慈覺大師圓仁和尙が勅許を得て入唐留學の時　中國の<u>赤山</u>に於て, <u>新羅明神</u>を留學中佛法硏究の守護神として勸請自からの咒命(じゅみょう)神として受持しその功德によつて十年間修行が無事終つたので歸國後この地に祠られた, 以來全國の寺院では慈覺大師を天台法義傳承の大師と仰き<u>赤山新羅明神を天台佛法守護神として祠つている</u>. 御益は除災延壽と方除の神として赤山明神と拜唱し地藏菩薩の化身でもある."

    "적산궁: 자각대사 원인화상이 칙허를 얻어 당나라에 들어가 유학할 때 중국의 <u>적산에서, 신라명신을 유학 중 불법 연구의 수호신으로</u> 왕림·계시를 빌어, 스스로의 수명을 비는 신으로 받아 가지고서, 그의 공덕에 의해 십년간 수행이 무사히 끝났기 때문에 귀국 후 이 곳에 사당을 지었다. 이래

---

20) 비는 대상이 주로 스미요시 오오카미(住吉大神)인데, 이 대신은 오사카항의 수호신으로 8세기 이전에 성립, 항해신으로 발전되어 신격화되었다고 한다. 율령 시대에는 견당사의 출발에 즈음하여서는 반드시 스미요시대사(住吉大社)에 가서 항로의 무사를 기원했다고 한다; 京大日本史辭典編纂會 編, 1990, 『新編 日本史辭典』, 東京: 東京創元社, 549쪽, "住吉大社: 大阪市住吉區に鎭坐. 〈延喜式〉內の名神大社, 住吉大神3座と神功皇后を祭る. 記·紀によれば神功皇后が新羅征討のときの守護を感謝して創建したという. 難波津の守護神から航海神に發展した神格で, <u>律令時代には遣唐使の出發にあたつて必ずこの社に航路の無事を祈つた</u>."(밑줄 필자)

적산궁 안내판

연력사 횡천중당 앞 적산궁

전국의 사원에서는 자각대사를 천태 법의를 전승하는 대사로서 우러르고 적산신라명신을 천태불법의 수호신으로서 제사지내고 있다. 그 이로움은 재액을 없애고 수명을 늘린다는 방도와 제거의 신으로서 적산명신이라고 절하며 노래 부르기도 하고, 지장보살의 화신이기도 하다."(번역 및 밑줄 필자)

일본 천태종 총본산 연력사 적산궁에 적산신라명신(赤山新羅明神)이라고 명백히 적어 놓았다. 더 이상 무슨 증명 자료가 필요한지 모르겠다. 이 적산궁은 뒤에서 제시할 오오츠시 소재 신라선신당, 신라명신좌상과 더불어 누구나 쉽게 알 수 있는 가시적 '신라명신' 증거라고 할 수 있다. 적산명신은 신라명신이다.

따라서 교토 소재 원인의 유훈에 의해 건립된 적산선원(赤山禪院) 역시 적산명신을 모시고 있으므로 적산신라명신의 사찰임을 알 수 있다. 그런데 오늘날 사원 내 안내판에 적어 놓은 본 선원의 연기 내력을 읽어 보면 어리둥절해진다.

"赤山禪院(せきざんぜんいん): 平安時代の仁和四年(888)に, 天台座主(延暦寺住職)安慧が師の慈覺大師圓仁の遺命によつて創建した天台宗の寺院である. 本尊の赤山明神は, 慈覺大師が中國の赤山にある泰山府君(陰明道祖神)を勸請したもので, 御神體は, 毘沙門天に似た武將を象る神像で, 延命富貴の神とされている. 後水尾上皇の修學院 宮御幸の際には, 上皇より社殿の修築及び赤山大明神の勅額を賜つた. この地は, 京都の東北表鬼門に当たることから, 方除けの神として人人の崇敬を集めている. また, 赤山明神の祭日に当たる五日に当院に參詣して懸取りに回ると, よく集 ができるといわれ, 商人たちの信仰も厚

교토 적산선원 안내판

교토 적산선원 본관 그림현판

く, このことから「五日拂い」といわれる商慣習ができたと伝えられている. 閑静なこの地には, 松や楓が多く, 秋には紅葉の名所として多くの人人でにぎわう. 京都市."

"적산선원: 헤이안 시대의 인화 4년(888)에, 천태종 좌주(연력사 주직) 안혜가 스승인 자각대사 원인의 유명에 의해 창건했던 천태종 사원이다. 본존의 적산명신은, 자각대사가 중국의 적산에 있는 태산부군(음명도조신)을 권청(왕림·계시를 빎)했던 것인데, 신상의 몸은, 비사문천과 비슷한 무장을 본뜬 신상으로, 수명을 늘리고 부귀를 가져오는 신으로 되어 있다. 후수미 상황이 슈우가쿠인 이궁에 행차했을 때에는, 상황으로부터 사원의 수축 및 '적산대명신'의 칙액을 하사했다. 이 땅은, 교토의 동북 표귀문에 해당하는 것이기 때문에, 액을 막는 신으로서 사람들의 숭배와 존경을 모으고 있다. 또한, 적산명신의 제사일에 해당하는 5일 동안 본원에 참예하고 외상값 받으러 돌면, 잘 수금이 된다고 말해져, 상인들의 신앙도 두텁고, 이것으로부터 '5일지불'이라고 말해지는 상관습이 생겼다고 전해지고 있다. 한가하고 조용한 이 땅에는, 소나무와 단풍나무가 많고, 가을에는 빨간 잎의 명소로서 많은 사람들로 북적인다. 교토시."(밑줄 및 번역, 필자)

앞의 〈적산궁〉 내용과는 전혀 다르게 나와 있다. '신라'라는 문구는 한마디도 없다. 중국 적산, 태산으로부터 직수입했음을 선언하고 있다. 어떤 사료에서 이런 이야기를 인용해 왔는지는 모르겠으나, 원인선사가 직접 쓴 여행기와 천태종 총본산 연력사의 적산궁 설명문을 뒤집을 수 있는 자료일 수 있을지는 의문이다. 한마디로 황당하다.

이 안내판 설명문을 다 읽고는 이 사원에 대한 자료를 더 찾으려고, 구내 법물판매소에 무엇이라도 좋으니 본 선원 건립에 관한 기록물, 책, 홍보물 등이 있으면 달라고 했더니만, 아무 것도 없다는 것이다. 그러면 시내 나가서 큰 서점이나 불교 계통 책방에 가면 구할 수 있느냐고 물으니까, 그것도 전혀 없다는 것이었다.

이것이 도대체 말이 되는 얘기인가. 건립한 지 1,100년이 넘었고, 교토의 '7대 고찰' 중의 하나라고 적산법화원 원인관에 적혀져 있는데, 건립 역사에 관한 책자 한 권 없다는 사실이 쉽게 납득될 수 있는가 하는 것이다. 시쳇말로 '장난인가?'이다. 고의적 자료 인멸 작업 없이는 이런 일이 불가능함을 어렵지 않게 알 수 있을 것이다. 혹시 본 설명문을 쓴 교토시(市)에 가면 무슨 자료가 있을지는 모르지만 아마 '있어도' 열람시켜 주지는 않을 것으로 판단된다. 연력사 본사 기록과 전혀 딴판인데 어떻게 설명해 낼 수 있겠는가. 조작이라고 실토하는 수밖에는 없을 것이다.

설명문 중, '무장을 본뜬 신상으로, 수명을 늘리고 부귀를 가져오는 신, 잘 수금이 된다, 상인들의 신앙도 두텁고'라고 설명한 적산명신의 상징어들의 기본 성격을 보면 장보고(張保皐: 원인선사는 여행기에서 '張寶高'라고 썼고 『속일본후기(續日本後紀)』 등 일본 사료에도 모두 '張寶高'라고 기록되어 있음) 대사가 금방 떠오른다. 더하여 본관 정면 위에 걸어 놓은 그림 현판의 배 그림과 깃발에 '寶' 자를 크게 그려 놓은 것을 보면 더욱 확실하다는 느낌이 든다.

오오츠시 신라선신당 안내판

일본에서 '신라명신'은 평지돌출의 황당무계한 존재가 아니다. 오오츠시(大津市, 교토 동쪽) 소재 신라선신당(新羅善神堂) 안내판을 보면, '신라명신(新羅明神)'이라고 명확히 설명되어 있다.

"新羅善神堂: 堂は三間四方の流れ造り. 屋根は檜皮葺きの美しい建物で, 國寶に指定されている. 暦応3年(1339) 足利尊氏が再建した. 新羅明神は園城寺開祖智證大師の守護神で, 本尊新羅明神坐像も國寶. 源頼義の子義光が元服し新羅三郎義光となのつたのは有名である. 大津市."

"신라선신당: 집은 3칸, 사방으로 흐르게 건조, 지붕은 노송나무 껍질로 지붕을 덮은 아름다운 건물로서, 국보로 지정되어 있다. 역응 3년(1339) 족리존씨가 재건했다. 신라명신은 원성사 개조 지증대사의 수호신이고, 본존 신라명신좌상도 국보. 원뢰의의 아들 의광이 원복(관례, 성인식) 때 신라삼랑 의광이라고 자기 이름을 대었던 것은 유명하다. 오오츠시."(번역, 필자)

신라선신당의 본존 신라명신좌상

본 신라선신당이 언제 처음으로 개창되었는가를 추론해보면, '신라명신이 원성사 개조 지증대사 원진(圓珍엔친, 814~891)의 수호신이었다'고 하므로 지증대사가 원성사 즉 현 삼정사(三井寺미이데라)를 859년에 재흥할 즈음 창건하지 않았을까 짐작된다.[21]

그리고 안내문에 기재된 '신라삼랑의광'은 청화천황(清和天皇, 재위 858~876)의 후손으로 그 아버지 원뢰의(998~1075)는 육오수겸진수부장군(陸奥守兼鎮守府將軍)이 되어 난을 평정하는 등 동국(東國) 무사들 사이에서 원씨(源氏)의 명성을 높였다고 한다. 청화천황으로부터 가계를 보면 그 제6자(子) 정순친왕(貞純親王) 원경기(源經基) → 원만중(源滿仲) → 원뢰신(源賴信) → 원뢰의 → 원의광으로 이어졌다.

여기에서 주목하고 싶은 사항은 천황의 6대손이 스스로 '신라3랑'이라고 자칭했다는 사실이다. 구체적 혈통관계는 모르겠으나, 일본의 일부 귀족과 신라와의 사이에는 백제가 그러하듯 '관계가 깊다'는 생각이 든다. 또한 현재도 일본 전역에 신라명신을 모시는 신라신사(新羅神社)가 십여 개나 존재한다고 한다.[22]

이와 같은 구체적 역사 속에서 '신라명신' 신앙이 형성되었는데 이것을 하루아침에 부정해 버리고 중국과 연결시켜 놓는 것은 잘못이라고 확신한다. 일부 몰지각한 광신적 국수주의자들의 소행이 아닌가 추측되기도 하지만, 부끄러움 없이 손바닥으로 하늘을 가리려고 하는 것과 같다.

원인선사는 귀국 후 여러 신전, 사원에 들러서 제사를 올리고 독경했는데, 그의 스승인 천태종 개조 천태 제1대 좌주 최징(最澄사이쪼)대사가 천태산으로 유학 가기 전과 귀국 후에 팔번신사(八幡神社야하(와)타진쟈), 향춘신사(香春神社카와라진쟈)에 먼저 들렀던 것과 같이, 그 역시 팔번신(八幡神),

---

21) 연력사(延曆寺)를 '산(山やま)'['山門さんもん' '山門派']라고 한 데 대해서 삼정사(三井寺)를 '사(寺てら)'['寺門じもん' '寺門派じもんは']라고도 함.

22) 遠藤元男, 1974, 『日本古代史事典』, 東京: 朝倉書店, 479쪽, "圓珍 えんちん(814-91) 諡號智證. 仁壽三年(853) 入唐, 天安二年(858) 歸朝し, 延曆寺 別院として園城寺を興し, 寺門派の祖となつた. 貞觀二年(860) 五世天台座主", 588쪽, "三井寺 みいでら 滋賀縣大津市園城寺町. 本名は園城寺(おんじょうじ). 天台宗寺門派總本山. 壬申の亂(672)に自刃した弘文天皇の皇子与多王の創建と伝う. 貞觀元年(859)圓珍が再興して延曆寺の別院とした. …宮廷貴族の崇敬厚く, 源氏の歸依も厚かつた"; 527~529쪽, 제 원씨 인물들 약전; 김태도, 2000, 「신라명신고」 『일본문화학보』 9권, 한국일본문화학회, 본 논문의 5~6쪽, "859년 園城寺(三井寺)를 修造하고 860년 2월에 新羅善神堂을 창건하여 神體로서 圓珍 자신이 新羅明神의 木像을 안치하였는데, 현재 전하고 있는 것은 平安시대 후기의 것으로 추정된다고 한다. 그리고 園城寺에는 新羅明神의 畵像도 전하는데, 鎌倉시대 말기 전후의 作으로 추정하고 있다".

향춘신(香春神) 등에 더 중점을 두었던 것으로 나타난다.[23]

847년 11월 28일 조문대신(竈門大神)을 위하여 경을 1천 권 전독(轉讀, 핵심 되는 구절만 읽는 것)하고, 다음날 스미요시 오오카미를 위해 5백 권, 향추명신(香椎名神)을 위해 5백 권, 12월 1일 축전명신(筑前名神)을 위해 5백 권, 다음 날 향춘명신(香春名神)을 위해 1천 권, 12월 3일 팔번보살(八幡菩薩)을 위해 1천 권을 전독했다.[24]

1천 권 전독한 대상은 조문대신, 향춘명신, 팔번보살로서 다른 신들보다 두 배를 읽은 셈인데, 그 중요도가 더 높기 때문일 것이다. 여기에서 향춘명신과, 팔번명신이 누구인가 하면 바로 '신라 계통의 신'이라는 것이다. 규일출전(逵日出典)은 『八幡宮寺成立史の硏究』에서 "신라신이 동진하여 향춘신으로, 이어 팔번신으로 갔다"는 것인데, "팔번신은 조선의 신, 그 중 신라신에 기원을 두고 있다는 것은 의심할 여지가 없다"고 했다.[25] 『풍전국풍토기(豊前國風土記)』에도 향춘(香春)에 신라국신이 도래해 왔다고 기록되어 있다.[26]

이러한 기록들과 연구를 보면, 일본 지역에서의 '신라신' 운운은 크게 이상할 것이 없다. 그런데 문제는 일부 일본인들이 이러한 사실들을 이성적으로 받아들이려 하지 않음에 있는 것이다. 이에 더하여 중국인들 일부가 또한 즐겁게 합류하여 역사 조작에 한 짐 거들고 있는 작태이다. 바로 적산법화원 산정의 '적산명신상 비분' 조작이 하나의 표본일 것이나. 마치 한국인들이 이를 빌미로 영토 할양이라도 요구할지 모른다는 우려에서 일부 몰지각한 일본, 중국인들이 미리미리 원초적 싹을

---

23) 木內堯央 監修, 1984, 『最澄 その人と敎え 國の寶を育てる』, すずき出版, 36~37쪽, "弘仁五年(814), 最澄は, 入唐のときに無事往復を果たせたことを神に感謝するために, 九州に向かつた. 九州でまず足を運んだのは, 豊前國(大分縣) 宇佐郡の八幡大神である. 最澄は神前で『法華經』を講じ, 大神はその禮に紫衣を最澄に与えたという. たまたま宇佐八幡は, 最澄の後援者である和氣氏が領するところでもあつたし, 宇佐八幡がもつその大きな文化圈は, 次に訪ねた香春神宮寺とともに, 朝鮮半島新羅にも通じるものであつたから, 最澄が航海に當たつて, また九州滯留中も大きな後ろ楯になつたのであつた. 次に香春神宮寺でも神恩感謝の講經を行つたが, 同寺には次のような言い傳えが殘つている. 最澄が入唐前にここに滯在していると, 半身石になつた僧が夢に現れ, 自分は香春明神であるがこの苦しみを救つてくれと賴んだのであつた. そこで最澄がここに法華院を建て, 『法華經』を講ずると, 夢の僧にそつくりな, 鑛毒によつてただれた香春岳の岩肌に木が生えるようになつたという", "傳說: 千手菩薩像, 『大般若經』二部千二百卷, 『法華經』千部八千卷を, 宇佐と香春の兩神に奉獻したとある".

24) 『입당행기』 권제4, 대중 원년(847) 11월 28/29일조, "卄八日 … 同日 爲竈門大神轉一千卷 卄九日 午前爲住吉大神 轉五佰卷 午後爲香椎名神 轉五百卷"; 동 12월 1/2/3일조, "十二月一日 午前爲筑前名神 轉五百卷 午後爲松浦少貳靈 轉五百卷 二日 爲香春名神 轉一千卷 三日 爲八幡菩薩 轉一千卷".

25) 逵日出典, 2003, 『八幡宮寺成立史の硏究』, 續 群書類從完成會 刊, 119~146쪽, 〈第二編 八幡神の成立〉第一章 豊國に於ける新羅神の東進 ― 香春神から「ヤハタ」神へ ―, 第一節 新羅國神を香春に祀る, 第二節 新羅系渡來集團の東進, "八幡神は朝鮮の神, 就中新羅に源を發していることは疑う余地もない", "『豊前國風土記』逸文の記事: 昔者 新羅國神 自度到來 住此川原 便卽名曰 鹿春神 … 「新羅國神」が渡來してこの地に住み着き「鹿春神(香春神)と称したというが, これは單なる神の渡來ではなく, この神を奉祀する新羅系渡來集團の來住を意味することはいうまでもない".

26) 秋本吉郎 校注, 1958, 『風土記』日本古典文學大系 2, 東京: 岩波書店, 511~512쪽, "豊前國風土記曰 … 今謂鹿春鄕(かはるのさと)訛也 昔者 新羅國神 自度到來 住此河原 便卽 名曰 鹿春神", 상단 주 21, "鹿春鄕: 福岡縣田川郡香春町が遺称地. 和名抄の鄕名に香春(현재 발음: かわら)とある".

잘라 버리는 방어 공작으로 한반도 관련 문구를 배제하면서 얼토당토않은 얘기들을 만들어 놓는 것이 아닌가 추측되기도 한다.

'적산명신'의 정체가 그러함에도 현재 적산법화원 옆 한 산봉우리에 동상(좌상) 높이 58.8m로 석도진 시내에서도 뚜렷이 볼 수가 있도록 거대·웅장하게 만들어 놓은 적산명신상에는 다음과 같이 설명해 놓고 있다. 신상 아래쪽에 별도로 설치한 비문 역시 상당한 규모의 석각구조물로 세워 놓았는데 비문의 앞뒤 문구는 다음과 같다.

赤 山 明 神

赤山明神亦称赤山神, 相傳明神本相出于赤山紅門洞. 赤山明神威鎭四海, 法力無邊, 守護鄕土, 福佑大千, 功德無量, 乃華夏北方庇佑之神. 始皇幷六國, 于嬴政二十八年(前

二一九年)東巡成山, 以求長生 老之葯. 途大病, 李斯遽祈明神, 旋無恙. 唐文宗開成三年(八三八年), 東瀛天台宗三世座主圓仁(慈覺大師)隨遣唐使赴唐求法數載, 曾三赴赤山拜謁. 歸途中, 于滄海屢遭劫難, 幸明神顯灵, 方化險爲夷, 且保全經典數百卷. 圓仁歸國, 遂以赤山明神爲天台宗庇佑之神供奉. 其后弟子秉承其旨意, 于京都修一寺院, 名之曰‥‥『赤山禪院』. 而后, 赤山明神漸爲東瀛等國所崇拜, 乃至波斯·大食等區域. 至今, 日本·韓國等寺院仍多供奉赤山明神, 以福佑天下, 普渡蒼生.

적산법화원 적산명신상

뒷면: 赤山明神碑銘···. 明神寶像時爲亞洲最高鍛銅寶像, 總高五十八点八米, 其基礎高二十五米, 寶像高三十三点八米. 工程建設始于公元二○○三年元月, 告竣于公元二○○五年四月. 耗資人民幣八仟余万······ ···總策劃‥王玉春······ 撰文‥王善强 王本義 田楊 公元二○○五年四月二十八日

"앞면: 적산명신은 또한 적산신이라고도 불리어진다. 대대로 전하는 바에 의하면 명신의 본바탕

적산명신상 비문

은 적산 홍문동에서 나왔다고 한다. 적산명신은 사해를 위엄 있게 진압하고, 법력이 끝이 없으며, 향토를 수호하고, 넓은 세계에 복으로 도우고, 공덕이 셀 수 없으며, 이에 중국 북방을 비호하고 도우는 신이 되었다. (진)시황이 6국을 아우르고, 영정 28년(기원전 219년)에 동쪽으로 성산을 순행하여, 장생불로의 약을 구할 때, 도중 큰 병이 나서, 이사가 급히 명신에게 빌자, 금방 나왔다. 당 문종 개성 3년(838년), 동쪽바다(일본) 천태종 3세좌주 원인(자각대사)이 견당사를 따라 당나라에 와서 구법을 몇 년 했는데, 일찍이 적산에 배알하러 세 번 갔다. 귀국 도중, 창해에서 거듭 겁난에 조우했으나, 다행히 명신이 영험스럽게 나타나서, 위험을 막고 평온하게 했으며, 또한 경전 수백 권을 보전해 주었다. 원인은 귀국하여, 마침내 적산명신을 천태종을 비호하는 신으로 삼아 공양하고 받들었다. 그 후 제자가 그 뜻을 이어서, 쿄오토에 한 사원을 세우고, 이름하기를, ··『적산선원』이라고 했다. 이후 적산명신은 점점 일본 등 국가의 숭배하는 바가 되었고, 이에 페르시아, 아라비아 등 구역에 이르렀다. 지금, 일본·한국 등 사원에서 그대로 많이 적산명신을 공양하고 받들어서, 천하를 복으로 도우고, 창생을 널리 제도하고 있다."(번역, 필자)

<뒷면>

"적산명신비명 ···. 명신보상은 아시아주에서 제일 높은 단조 구리 보상인데, 총 높이 58.8m, 그 기초 높이 25m, 보상 높이 30.8m이다. 공정 건설은 2003년 1월에 시작하여, 2005년 4월에 준공했다. 자금은 중국화 8천여 만 (위엔)이 소모되었다. ·········· 총기획 ·· 왕옥춘 ········ 찬문 ·· 왕선강 왕본의 전양 2005년 4월 28일."(번역, 필자)

이를 읽어 보니, 원인관 적산명신 설명문보다 더 창작력이 풍부한 것으로 느껴져 '창조하는 역사'의 본보기라는 생각이 들었다. 먼저, 적산명신은 적산 홍문동에서 출현한 중국 북방을 보호하는 신이라고 명토 박아 놓았다. 한국의 소설과 드라마 및 일부 연구 논문, 신문 칼럼에서 얘기되는 '장보고 화신(化神)'과는 거리가 멀다. 물론 필자 역시 사실이 아님에도 불구하고 '장보고 화신'이라 주장하는 것은 바람직하지 못하다고 생각한다. 왜냐하면 한국사 속의 뛰어난 인물이라 자랑스럽기도 하지만, 다른 나라 그것도 사사건건 한국에 대해 적대성을 띠고 있는 국가의 잡신이 되어 앉아서 그 나라를 지켜 주고 있는 꼴이 될 수도 있다는 시각이기 때문이다. 어느 쪽에도 기울어지지 않는 '사실'연구가 필요하다.[27]

그리고 '적산명신, 적산신', 재상 이사(李斯)가 급히 '명신'에게 빌자 진시황의 '큰 병'이 나았다는 둥 하는 얘기는 『사기(史記)』를 비롯한 중국 정사(正史) 어디에서도 찾을 수가 없다. 출전 밝히기가 곤란하니까, '상전(相傳, 대대로 전해온 이야기)'으로 표현하고 있다고 판단되는데, 이러한 공적(公的), 영구적 성격을 띠는 건축물의 비문에서는 금지되어야 할 일이 아닌가 한다. '누구인지 기억나지는 않는데, 지나가는 사람이 그러더라'라고 하면 그뿐이다. 책임질 필요가 없는 '상전'이다.

다음, 원인선사가 "일찍이 적산에 배알하러 세 번 갔다"라고 마치 '적산'을 참배하러 온 것처럼 표현하여 '적산법화원'을 교묘하게 배제시키면서 사실을 왜곡하고 있다. 그리고 적산명신이 페르시아, 아라비아까지 갔고, 지금, 일본·한국 등 사원에서 그대로 적산명신을 많이 봉공하고 있다고 했다. 한국에서 무슨 이유로 '그러한 성격'의 '적산명신'을 공양해야 하는지 알 수 없다. 유럽 지역과 미국 지역에 상륙시키지 않은 것이 아쉬움으로 남는다.

비문 총 264글자(앞면, 구두점, 부호 제외) 중 장보고대사에 관한 기사는 한 글자도 없고 '신라' 자도 없으며, 비문의 절반 정도가 기식승 원인선사에 관한 이야기이다. 이런 비문을 받아들일 수 있는지 의문이다. 왜 장보고 대사에 관한 전기는 완벽하게 제거해 버리고 일본승려 원인에 대한 얘기만 필요 이상 부각시켜 놓았는지 이유를 이해하기 어렵다. 혹시 현재 진행되고 있는 '동북공정'의 일환이 아닌지 의심되기도 한다.

'적산'이 장보고 대사가 신라인 승속으로 구성된 '적산법화원'을 초건한 이래 역사적 지명이 되었다면, 중국 지방 '상전', 야사보다는 검증된 사료 『입당행기』에 서술된 부분을 먼저 홍보해 주고, 또한 일본인 행려승 원인선사보다는 신라인 창업자 장보고 대사 행적을 먼저 중후하게 기술해 주는 것이 도리가 아닐까 생각한다. 원인선사 역시 그렇게 하였다.

본 비문 내용 정도면 역사의 왜곡·날조라고 판정할 수 있는데, 거대한 적산명신상을 만들어 놓고, 아마도 원인관에서 폭풍우, 파도, 명신발현 등 그림·설명에서 부분부분 빌려와 거짓 비문을 만들어서, 장보고 대사의 공적·기상을 없애 버리면서 중국의 신상으로 상징화해 놓은 것이 아닌가 한다. 대표적 '역사 날조 현장'의 본보기가 되었다.

2005년 4월 28일 장보고 전기관을 개관했을 때, 장보고 대사의 신라인 성격 등이 적극적으로 부

---

27) 최근식, 『신라해양사연구』, 고려대학교출판부, 2005년, 270~271쪽, 각주) 200.

각되지도 않았음과, 관내에 전시된 일부 왜곡된 역사 설명 및 역사 지도에 대해서는 한국기자협회 인천·경기지회가 항의서한을 보내어(2005.05.01.) 수정했다고 한다. 본 적산명신상 비문에 대해서도 적극 항의하여 고쳐 쓰게 했으면 하는 바람이다. 잘못된 것은 고쳐야 한다.

이렇게 허구의 큰 건축 단지를 만들어 놓은 지금, 어떻게 바로잡을 수 있을까 역시 고민해 보아야 한다. 국내에서 이루어지고 있는 반역사적 작업들도 바로잡기가 힘이 드는데, 주권이 미치지 않는 외국에서 어떻게 할 수 있을까 생각하니 막막해지기는 하다. 하지만 만든 사람도 있는데 고치는 것은 그보다는 쉽지 않겠나 하는 어리석은 생각으로 제안해 보고자 한다.

문제는 역사의식과 재력, 설계력이다. 어떤 사항이 한국사 발전을 위해 중요하다는 것을 먼저 알아야, 자금을 투자할 수 있을 것이고, 그다음 공간 설정, 건축 설계를 해야 하는데 여기에 모든 지혜를 총결집시켜야 한다. 마치 일본인들이 영국박물관 내 일본실 하나를 만드는 데도 거국적 참여를 하는 것과 비슷하다.

제일 큰 문제가 장보고 전기관을 정당(正當)한 장소로 옮기는 일일 것이다. 자금이 얼마나 소요될지는 모르지만 장소는 물색해 보았다. 현재로서 가장 적합한 장소는 세렴아석관(수석전시관)과 영성민속관이 세워진 자리가 아닐까 생각한다. 이 건물들은 적산법화원과 직접적 연관은 없다는 생각에서 그들을 시내 장소를 구하여 별도 건축물을 지어 주고 그 자리에 새롭게 장보고 기념관을 짓는 것이 제일 나을 것 같다. 전망을 볼 때도 적산법화원 본원 건물과 적산선원 등과 마주 보고 있어 합당하다. 앞 주차장을 진입 부분으로 사용하면 될 것이다. 그러자면 자연히 막대한 자금이 필요할 것인데 어떤 단체가 이 정도 자금을 공여할 수 있을지 걱정이다. 민관 일체가 된 거국적 사업이 되어야 할 것이다.

이상 간략하나마 중국 산동반도 소재 적산법화원 장보고 전기관에 대한 문제점을 지적하고 그 대안을 제시해 보는 것으로 이 글을 마친다. 장보고 대사 현양사업에 관심을 가진 분들과 그곳을 답사하고자 하는 분들에게 도움이 되었으면 한다. 잘못된 자료, 서술이 있으면 고쳐 주기 바란다.

장보고 대사 신라인 관련
중국 지역 2017년 답사기

—

최근식((사)장보고글로벌재단 이사, 전 고려대 연구교수)

(사)장보고글로벌재단 주최 해외답사에 참여한 두 번째 여행이었다. 지난해 12월 일본 오사카 교토 지역 3박 4일 답사 여행에 이어, 이번에는 중국 동해안 신라인과 장보고 대사 관련 지역을 8월 14일(월) 옌타이(烟台)공항 도착부터 21일(월) 상하이 푸동(浦東)공항 출발까지 7박 8일 동안 다녔다. 전과는 달리 특별한 문제점이 보이지 않아서 이번 답사기는 생략하려고 했는데, 단장인 전 농림부 장관 전 상지대학교 총장 중앙대학교 명예교수 농훈 김성훈 이사장 선생님께서 9월말까지 뭐라도 무조건 써내라는 엄명을 내려서 할 수 없이 기억을 짜내어, '사슴을 말이라' 하지 않고, '본 대로, 들은 대로, 느낀 대로' 써 보려고 한다.

첫날 비바람 속에서 봉래각을 둘러봤을 때 처음부터 기분 좋은 일이 하나 있었다. 가이드 김성일 사장님이 봉래각 입장권을 나눠 주고 있기에 "최근식이도 한 장 주시오" 했더니, "만 70세 이상이므로 표가 필요 없습니다, 그대로 여권만 보여 주고 들어가세요" 하는 것이었다. '아니, 이게 웬 떡이냐, 몇 년 전에는 없더니만 중국도 이제 경로우대 정책을 펼치는구나, 나한테 잘해 주므로 참으로 좋은 나라다', 이런 생각들이 떠올랐는데, 어쨌든 공짜로 들어가라고 하니 순간적으로 너무 기뻤다. 그래서 줄을 서 가지고 쇠 분리대를 따라 들어가는데, 김덕수 교수님이 분리대 밖에서 손으로 철봉을 잡고 있기에 "김 교수님, 들어갑시다, 우리는 공짜라고 하네요" 했더니 답하기를 "몇 달 모자란대요"라고 하는 것이었다. 김 교수님과는 약 20년 전부터 면식이 있었는데 계속 본인과 동갑인 줄 알고 깍듯이 대했었다. 그런데 '몇 달 모자란다'니, 이것이 무슨 해괴한 봉변이란 말인가. 곧바로, "나이도 어린 것이, 쯧쯧쯧, 그러면 인자부터 말 놓겠네잉, 덕수 아우야"라고 말하려고 돌아봤더니 이미 어디론가 사라지고 없었다. 저녁에 호텔 체크인 때 룸메이트로 배정되어 7박 동안 같은 방을 사용했는데 덕분에 중국의 일대일로(一帶一路), 대외 정치, 경제 등 많은 것을 배웠다. 감사의 마음을 전한다.

그다음 바로 옆에 있는 봉래고선박물관에 들렀다. 2005년도에는 13~14세기 원나라 시대 전선인

1호선 밖에 없었던 등주고선박물관이었는데 그 후 명나라 시대 선박 3척이 추가 발굴되어 확장 개조하면서 이름을 바꾼 모양이다. 선저, 선수 형태, 모형선박의 돛대 수, 돛 모양, 피수판 장치 등 참고할 사항이 많았다. 해양사 전공자로서 추후 시간을 넉넉히 잡아 재답사할 필요가 있었다.

　　다음은 적산법화원에 갔다. 이번이 네 번째다. 학위논문을 바탕으로『신라해양사연구』(2006년도 대한민국학술원 기초학문육성 우수학술도서 선정 및 수상)를 쓰기 위해 2005년도에 두 번 왔고, 그다음「적산법화원의 장보고 전기관 문제점을 중심으로」(『한국 해외문화유적 답사비평』 수록) 글을 쓰기 위해 2012년에 한 번 왔었다. 그 '문제점' 때문에 이후에는 오기가 싫었다. 그런데 또 와서 보니까 한 장면이라도 놓치기 싫어서 열심히 사진 찌으면서 둘러보았다. 이번에 처음 본 것은 '적산명신상' 내부였다. 세 번이나 왔는데 어떻게 그 안쪽을 안 봤는지 모르겠다. 다른 말 할 것 없이 '내 인생에 100점은 없구나' 하고 넘어가는 수밖에.

그리고 가장 중요한 성과는 김성훈 이사장님이 고 손보기 선생님, 김문경 선생님과 함께 중국과 수교하기 전 1990년 5월에 세운 최초의 장보고 기념비 '장보고 대사 적산 법화원기' 위치를 확인한 것이다. 그 후 언젠가 중국 관리인들이 없애버렸기 때문에 어느 곳에 세웠는지를 알 수가 없었다. 기념비 복원 시에 필요한 일이다. 혹시나 현 '청해진대사 장보고공적비'(장씨 종친회 건립) 위치였나 의심하기도 했으나 그 위치가 아니라고 하였다. 그래서 김성훈 선생님이 기억을 더듬어, 일본인들이 세운 '적산법화원지' 적색 글씨의 큰 기념바위 옆쪽을 손가락으로 가리키고 모두들 사진을 찍어 뒀다. "손가락질 하세요"라고 고함친 사람이 누구였을까? 바로 본 필자가 아니었겠는가! 이런 것이라도 한몫을 한 셈이라고 자랑 쳐 본다. 원체 알아주지 않는 사람의 표본이다.

　　다음은 같은 해 위 적산법화원기 기념비보다 조금 먼저, 즉 1990년 4월 29일 장보고대사해양경영사연구회가 세운 유산포신라인구거유지 기념비 발견이다. 감격이었다. 잡목 속에 파묻혀 버린 비석을 김성훈 이사장님, 김덕수 교수님, 가이드 김성일 사장님 등이 물어 물어서 유산포 부두 공사 업

체 사장님의 자가용 차량 인도로 찾아
낸 것이다. '해락수산' 건물과 전 고위
관직자 별장 옆 사유지 안에 위치해
있었다. 이분들에게 뜨거운 감사를 드
린다. 사진 찍는다고 보지는 못했지만
아마도 모든 참관자들이 희열에 들떴
을 것이다. 우리의 선조들이 여기에서
살고 있었다. 멀리 유산이 바라보였다.

앞으로 우리들이 할 일은 일반인들
이 쉽게 답사할 수 있도록 현지 토지 소유자와 상의하여 길을 내고 주위를 정돈 관리하는 것이다.

다음은 강소성 연운항시 숙성향 선산(船山)으로 향했다. 왜 '선산'으로 이름 지었는가 하면 산 모
양이 마치 선박을 뒤집어 놓은 것 같기 때문이라고 주위에서 누군가가 말했다. 그런데 필자는 산을
아무리 봐도 배를 뒤집어 놓은 모양 같지는 않았고 또한 동서양 여러 선박박물관, 해양박물관을 둘
러봤어도 선박을 뒤집어 전시한 것은 한 척도 보지 못했다.[1] 다만 해수욕장 모래사장에 놀이용 보

---

1) 동서양 각국의 해양선박박물관 즉, 국립해양유물전시관(발굴 신안선, 한국 목포시), 국립해양박물관(한국 부산시), 천주해외교통사박
물관(별관 개원사 내 천주만고선진열관 포함, 중국 泉州), 등주고선박물관(현 봉래고선박물관 중국 蓬萊市), 董浩雲해운박물관(상해
교통대학 내, 중국 上海), 상해박물관(4층 소수민족공예관 대만고산족 목조어선2척, 중국 上海), 홍콩해사박물관(중국 香港), 홍콩역
사박물관(중국 香港), 해사박물관(금년8월말태풍피해복구휴관중, 중국 澳門마카오), 광동해상사주지로박물관('남해1호' 미개봉, 중
국 陽江市), 長榮해사박물관Evergreen Maritime Museum(대만 타이베이), 선박(船の)과학관(일본 동경), 오사카시립해양박물관
(2013년폐쇄, 일본 오사카), 사카이市박물관(한반도 남부지역 도래인 신기술 전수 5세기 전반 須惠器스에키 船形토기 등, 일본 오
사카), 코베해양박물관(일본 코베), 후쿠오카시박물관(일본 후쿠오카), 요코하마미나토박물관(일본 요코하마), 대양박물관(말레이시
아 말라카시), 말레이시아 해군박물관(말레이시아 말락카시), 국립박물관(말레이시아 쿠알라룸푸르), 아시아문명들박물관(싱가포르),
해군박물관(싱가포르), 해양경험박물관(싱가포르), Bahari해양박물관(인도네시아 자카르타), 국립박물관(인도네시아 자카르타), 왕선
(Royal Barge)국립박물관(국왕전용선들, 태국 방콕), 방콕국립박물관(모형선2척, 태국 방콕), 방콕예술문화센터('희망의 보트', 태국
방콕), 찬타부리국립해양박물관(태국 찬타부리시), 탁신대왕조선소(태국 찬타부리시), 호찌민박물관(21세 호찌민 취직 출국 프랑스 화
물선 Amiral Latouche Tréville호 모형선, 베트남 호찌민시), 호찌민시역사박물관(통나무배 등, 베트남 호찌민시), 호찌민시박물관(통
나무배 늑골구조선 등, 베트남 호찌민시), 독립궁(모형선들, 베트남 호찌민시), 호찌민시미술관(선박 회화들, 베트남 호찌민시), 국립인
류학박물관(발굴16C3장무역범선SanDiego호1/50복원모형선, 필리핀 마닐라), 마닐라요트클럽(필리핀 마닐라), 국립우주관(모형보
트들, 필리핀 마닐라), 해양고고학박물관(스리랑카 Galle시), 스리랑카항만청해양박물관(스리랑카 콜롬보), 해양해군역사박물관(발굴
통나무배, 스리랑카 Trincomalee시), 뱃위경사/지주정박선들(인도 뭄바이 엘레판타섬 정박지), 쿠푸왕태양선1호박물관(이집트 카이
로 쿠푸왕피라미드 옆), Olympias3단갤리복원선(그리스 아테네 해군부두 Palaio Faliro), 국립고고학박물관(그리스 아테네), 헬레닉
해양박물관(그리스 피레우스), 피레우스고고학박물관(그리스 피레우스), 테살로니키고고학박물관(그리스 테살로니키마케도니아), 크
레타해양박물관(그리스 크레타 섬 하니아 항), 해군박물관(터키 이스탄불), 이슬람과학기술역사박물관(터키 이스탄불), Galata해양
박물관(이탈리아 제노바), 해군[선박]역사박물관(이탈리아 베네치아), 국립레오나르도다빈치과학기술박물관(이탈리아 밀라노), 바이
킹선박박물관(덴마크 Roskilde시), 덴마크국립박물관(덴마크 코펜하겐), 바이킹선박물관(노르웨이 오슬로), 노르웨이해양박물관
(노르웨이 오슬로), FRAM호박물관(노르웨이 오슬로), 콘티키박물관(노르웨이 오슬로), 오슬로대학교문화역사박물관(노르웨이 오슬
로), 해양史박물관(스웨덴 스톡홀름), VASA호박물관(스웨덴 스톡홀름), afChapman3檣범선(스웨덴 스톡홀름 항내 계류, 현재 유스
호스텔 사용), 역사박물관(스웨덴 스톡홀름), 기술해양박물관(스웨덴 말뫼), 해양박물관(스웨덴 예테보리), 예테보리박물관(스웨덴 예
테보리), ForumMarinum(해양센터, 핀란드 Turku시), 올란드해양박물관(거대범선Pommern호, 핀란드 Åland섬 Mariehamn시),

트들을 뒤집어 놓은 것은 보았지만 말이다. 이런 의문이 들자, '이제야 문제를 발견했다, 글 한 편을 쓸 수 있겠다, 아마도 선박을 계류해 놓는 곳, 즉 산 밑의 장소라고 '선산'으로 작명했는데 어느 때인가 누가 '산 모양이 배를 뒤집어 놓은 것 같아서 선산으로 했다'고 잘못 전했을 것이다'고 추리를 하고는 흐뭇해하면서, 옆에 강봉룡 교수님께 "이제야 문제점을 하나 발견했습니다. 선산 이름이 잘못 전해진 것 같습니다. 비평 글을 써야겠습니다. 편집되거나 이 사람들 펄쩍 뛰지는 않겠습니까"라고 자문자답하면서 포부를 발표했다.

그런데 귀국 후 집에 와서 안내판 사진을 읽어 보니, "山巒峻峭산만준초 狀如大船상여대선"(죽 잇대어 있는 산들은 높고 험한데 모양이 큰 배와 같다: 번역, 필자)이라고 적혀 있는 것이 아닌가. 그렇다면 내가 바라본 산은 바로 앞의 산 하나뿐이었으니 안내판의 '죽 잇대어 있는 산들'이 아니었다는 사실이다. 기가 막힌다. 헛된 추리, 꿈이었다. '쓰레기 input, 쓰레기 output'였다. 그런데 어찌하여 많은 사람들이 앞에 산을 보고는 '배가 뒤집어 있는 모양'이라고 말하고, 전달하고 있는가이다. 이것이 '불가항'의 군중심리인지, 어떤 현상인지 심리학자에게 물어보아야 할 사항이다.

애당초 혹시 누군가 아는 척하면서 '배를 뒤집어 놓은 모양'이라고 말한 것이 아닌지도 모르겠다. 어디로 갈 때인가 버스 안에서 가이드 김 사장님이 고전 문구를 예로 들면서 '아는 것과 모르는 것 운운, 공사 노사 만난 사건' 등을 얘기하는데 핵심적인 뜻이 잘못 설명되는 것 같았다. 누군가 교수님들께서 바로잡아 줄 거라 생각하고 한참 동안 기다렸는데 아무도 말씀하시는 분이 안 계셨다. '이러면 안 되는데' 싶어서 이 부분만은 본인이 확실히 공부한 바가 있으니 바로잡아야 된다고 생각하고는 미천한 신분을 무릅쓰고 앞으로 나아가 마이크를 잡고는 출전을 얘기하고 바르게 전달했었다. 즉, '아는 것은 안다고 하고 모르는 것은 모른다고 하는 것이 아는 것이다'(知之爲知之, 不知爲不知, 是知也:『논어』, 권2, 爲政)고 '안다는 것이 무엇인가'를 분명히 선 그어 준 내용이다. 물론 무엇을 모

해양구역(Maritime Quarter, 전통조선소 등, 핀란드 Åland섬 Mariehamn시), 마리에하른MARINA(핀란드 Åland섬 Mariehamn시), 핀란드해양박물관(핀란드 Kotka시), 라우마해양박물관(핀란드 Rauma시), 해군박물관(스페인 마드리드), 국립인류학박물관 Museo Nacional de Antropologia(발굴통나무배 등, 스페인 마드리드), 바르셀로나해양박물관(스페인 바르셀로나), 국립해양박물관1915(칠레 발파라이소), 해군해양박물관(칠레 푼타아레나스), 마젤란빅토리아/찰스다윈Beagle선 1:1 복원선(칠레 푼타아레나스), 푼타아레나스선박들(군함 등, 칠레 푼타아레나스), 푼타아레나스박물관(통나무배 등, 칠레 푼타아레나스), 마죠리노보르가텔로박물관(통나무배 등, 칠레 푼타아레나스), 국립역사박물관(LaCaprichosa호모형선 등, 칠레 산티아고), 라파누이박물관("세계최고보트", 칠레 이스터섬), 이스터섬선박들(칠레 이스터섬), 해양박물관(포르투갈 리스본), 바다박물관(포르투갈 카스카이스), 카스카이스MARINA(포르투갈 카스카이스), 국립해양박물관(네덜란드 암스텔담), 암스텔담박물관(네덜란드 암스텔담), 해양박물관(네덜란드 로테르담), 국립해양박물관(영국 런던 그리니치), 과학박물관(영국 런던), 범선 커티사크호(영국 런던 그리니치 템스강변), 해양(해군)박물관(프랑스 파리), 함부르크국제해양박물관Internationales Maritimes Museum(독일 함부르크), 독일기술박물관(선박들, 독일 베를린), 중앙해군박물관Central Naval Museum(러시아 상트페테르부르크), Krassin1917쇄빙선박물관(러시아 상트페테르부르크 네바강변 계류), 예르미타시미술관겸박물관(1층고대관입구 발굴통나무배, 러시아 상트페테르부르크), 크론시타트 발틱함대기지(러시아 상트페테르부르크 앞 크론시타트 섬(연육)), 호주국립해양박물관(제임스 쿡 선장 범선 등, 호주 시드니), 캔터베리박물관(선박들, 뉴질랜드 크라이스트처치시), 피지MARINA(피지 난디시), 국립미국해군박물관(미국 워싱턴 DC), 스미소니언국립항공우주박물관(선박들, 미국 워싱턴 DC), '용감무쌍INTREPID'항공모함박물관(미국 뉴욕 일반부두 계류), 해양산업박물관(미국 뉴욕 주립뉴욕대학교해양대학 내) 등을 답사 관찰하면 알 수 있다.

르는지 그것을 모르는 사람에게는 어려운 단계일 것이다. 본인을 포함해서 거의 모든 사람들은 '모른다'고 말하는 것을 부끄러워하여 대충 얼렁뚱땅 아는 척 말해버리는 경우가 다반사이다. 즉, '모르는 것이 없다'는 말이다. 그렇다면 '아는 것도 없다'는 의미가 아닌지. 프로와 아마추어의 차이는 '프로는 모르는 것이 많고' 아마추어는 '아는 것이 많아서', 아마추어는 '많이 가르치려 하고' 프로는 '많이 배우려고 한다'는 것이다(최근식 버전). 본인은 아마추어다. 프로는 '모르는데도 묻지 않는 것을 더 부끄럽게 여긴다'는데 대다수가 잘 실천하지 않는다.

그리고 공자가 노자를 만나 거의 모독적 질책에 가까운 꾸지람을 듣는 장면을 보자면, "군자는 덕을 많이 지니고 있으면서도 겉보기에는 마치 어수룩하게 보인다고 했소. 그대도 그 교만과 욕심, 그리고 그럴 듯한 자태와 잡념을 버리는 것이 좋을 것이오. 이런 것들은 그대에게 무익한 것들이오. 내가 그대에게 당부하고 싶은 말은 이것뿐이라오 … 내가 오늘 만나본 노자는 마치 용과 같은 인물이었다."(君子盛德容貌若愚, 去子之驕氣與多欲, 態色與淫志, 是皆無益於子之身 吾所以告子, 若是而已 … 吾今日見老子, 其猶龍邪: 『사기』, 권63, 老子韓非列傳제3, 임헌규 역)고 한다.

다시 '선산 내력'으로 돌아가 반성을 하자면, 전해진 말을 왜 그 자리에서 안내판을 보면서 확인하지 않았던가 하는 것이다. 물론 시간도 촉박했을 뿐만 아니라 중한사전도 가져가지 않았으니 山巒峻峭의 뜻을 알 수도 없었다. 다만 재미있는 추억이 되었고 김성훈 이사장님의 엄명 답사기를 쓰는데 자료가 되었다는 것이다. 이 부분으로 분량이 엄청 불었다. 너무 기쁘다.

다음은 1990년 7월 19일부터 21일까지 공사한 장보고해양경영사연구회 중앙대학교중국연구소 공동 건립 숙성촌신라인주거유지 기념비 탐방이다. 김성훈 단장님의 회고에 의하면 당시 가정집 마당이었는데 그 주인이 사용료 없이 비석을 세우게 했다고 한다. 한국인, 신라인과 인연이 있었던 모양이다. 고마운 분이었다.

그 부근에 '해신 장보고'라는 한문·한글 석판 명패가 붙어 있고 입구 좌우에 배의 (조)타륜 잡은 장보고, 노 잡은 정년의 제주도 '돌하르방' 형식 입상이 세워진 쉼터가 있었는데 혹시 〈해신〉 영화 촬영지였는지 모르겠다. 그리고 옆에 장보고 기념관을 건립하고 있었다. 연운항시 숙성향은 신라촌유지와 차(茶)문화, 장보고대사 발자취가 있으므로 이 지역을 해상 운태산 관광구역과 더불어 강소성 5성급 '향촌 생태' 관광 기지 '중한문화원(園)'으로 만들고 있다고 홍보하고 있었다.

다음은 강소성 회안시 연수현 소재 연수대교(현 남문대교), 경항대운하 강소단(江蘇段) 고말구유지(古末口遺址), 신라방유지, 폐황하회안보류구(廢黃河淮安保留區) 등을 답사하고, 같은 강소성 양주시 당성유지박물관, 최치원기념관, 정몽주 동상, 양주고운하유지, 동문유지, 마르코폴로 기마동상, 마르코폴로기념관 외관, 현재 운행되는 용 두 마리가 선수에서 선미까지 새겨지고 두 개의 이층 누각을 연결하여 건조된 화려한 운하유람선 등을 관람했다. 바라보는 것보다는 배를 타고 옛 물길을 오르내려 보는 것이 더 감회가 깊을 것인데 시간이 없었다. 항주에서 북경까지 이어진 경항대운하의 한 부분이다.

다음으로 양자강 다리를 건너 소주 한산사 풍교고운하를 급히 쳐다보고 종소리는 듣지 못한 채 천태산으로 향했다. 천태종의 총본산인 태주 국청사에 들렀다. 일본 천태종 초대 좌주 최징대사의 기념비가 있었다. 그 제자로서『입당구법순례행기』의 저자인 원인스님은 838년 불법을 구하러 당나라에 왔으나 유학(문)승 신분이 아니라 청익승 자격이었으므로 중국 당국의 허가증(公驗)을 얻지 못해 여기 천태산 국청사에는 오지 못했다. 따라서 그의 기념비는 없었고, 귀국 후 교토 부근 히에이산 연력사에서 천태종 제3대 좌주로 취임했다.

이튿날 새벽에 다시 뒤쪽 상단 건물을 살펴보니 고려시대 의천 대각국사(1055~1101) 황금동불 모양의 좌상이 있었다. 대각국사는 고려 문종의 넷째 아들로 11세에 출가하여 불학을 포함한 제반 학문을 공부한 후 송나라(북송) 수도 변경(현 개봉), 항주 부근 등으로 유학, 귀국한 뒤 개성 국청사(1097년 완공)에서 천태종을 개장, 강의하여 해동천태종의 개조가 되었다.

다음으로 영파와 주산군도를 잇는 긴 다리를 건너 주산시에 있는 절강해양대학을 방문했다. 마침 무역학 전공인 김덕수 교수님이 본교에 재직하고 있어서 학장님과 직원들로부터 점심식사 등 환대를 받으며 둘러보았다. 큰 건물들이 즐비하고 여러 학과가 있었다. 중국의 일대일로 정책에 발맞추어 해양계의 큰 인물들이 배출될 것으로 느껴졌다. '아우야, 단디 하거래이'.

그리고는 페리보트를 타고 보타도로 건너갔다. 장보고기념사업회에서 건립한 보타산 '신라초기념비'를 탐방하고 멀리 보이는 신라초를 기념 촬영했다. 불긍거관음원은 찾지 못했다. 차기 답사로 미루어야 할 항목이다. 다음으로 영파 '고려사관유지', 수나라 시대 고찰 아육왕사 등을 둘러보고, 영파와 가흥을 잇는 36㎞ 항주만 대교를 지나 상해임시정부구지를 경건하게 답사한 후, 상해 '신천지', 토착 중국식 건물로 이루어진 '예원시장', 황포강변 야경 등을 구경하며 이번 중국 답사 여행을 끝마쳤다.

이번 여행에서 상기하면 웃음이 절로 나오는 중요한 구호는 '이얼쌍'(유영인) '개고생'(김풍호) '단디바라단디바라'(강병철) 등이 있었다. 기억해 두기 바란다.

본 답사 여행 감상을 한마디로 표현하자면 '감동적'이었다. 무사히 답사 여행을 끝마치게 되었음에 가이드 김성일 사장님, 이름 모르는 운전 기사님 그리고 이얼쌍 유영인 감독을 비롯한 참가 회원 여러분들께 감사드린다. 참가회원 한 분 한 분 거명하지 않았음과 특히 금품 후원자에 대한 감사 인사를 본 답사기에서 논하지 않았음에 대하여 깊은 혜량을 빈다. 실무 담당인 황상석 사무총장도 수고했고, 단장인 김성훈 이사장님의 탁월한 지도력 덕분에 총 20명이 우왕좌왕하지 않고 일사분란하게 움직였음은 아무도 부정하지 않을 것이다. 김성훈 선생님은 장보고대사와 신라인 유적지 확인 및 기념비 건립 작업에서 절대적 역할을 했음도 이번 답사 여행에서 실증되었듯이 고 손보기 선생님, 김문경 선생님과 더불어 이에 걸맞은 평가와 예우가 따라야 할 것이다. 그런데 장보고대사 현양 사업에서 정작 가장 중요한 석도진 적산법화원 경내에는 장보고 기념탑을 비롯하여 어느 한 곳에도 '김성훈' 이름 세 글자가 적혀져 있지 않았다. 안타까운 일이다. 또 천년을 기다려야 할 것인지. 장보고현양사(史)에서 역사적 의의 및 위상을 가지는 최초의 기념비 '장보고 대사 적산 법화원기'를 복원하고 앞에 서술한 '유산포신라인구거유지' 기념비 주위 정리 등을 해야 할 것이다. 김성훈 이사장님은 장보고 대사 기념사업에서 단연 앞자리에 모셔져야 마땅하다. 건강만 허락된다면 종신토록 이 사업을 맡아 주었으면 좋겠다. 감사 올린다.

영국박물관 한국실 및
일본실 전시 문제

—

몇 년 전 영국 소재 신석기 유적 Avebury 입석군(群), Silbury 고분, Stonehenge 석구조물 등을 답사한 뒤 영국박물관(The British Museum), 소위 '대영'박물관을 관람하였다. 그 2층인가 3층인가에 위치한 한국실, 북한 구역(2011년 10월 답사 때는 없어졌음) 포함, 일본실을 유심히 살펴보았는데 '있는 한국사'마저 제대로 전시·홍보하지 못하고 있는 것 같았다.

영국박물관이 뭐 특별히 취급되어야 한다든가 존경스러워서가 아니라 1년 관람객이 평균 6백만 명을 넘어가고[1] 있기 때문이다. 적지 않은 수의 세계 각국 사람들의 뇌리에 한국을 각인시키지 못하고 특히 일본실에 비해 질적으로 너무 차이가 난다는 느낌에 답답했다. 자연스럽게 두 나라 전시실 관람객 숫자도 현격히 차이가 나고 있었다.

이 같은 전시현황을 곧바로 답사기를 써서 알리고 시정 건의도 해야 하는데 여러 가지 일 때문에 미루게 되었다. 누군가는 문제를 제기해야 한다. 5년이 지난 후 다시 기억을 더듬어 쓰려니 아슴푸레하여 잘 되지 않았다. 그리하여 지난 10월(2011년) 중순 재차 한국실, 일본실을 연 3일 동안 계속 다니면서 꼼꼼하게 관람(觀)하고 왔다. 확인하고 싶은 사항이 잇따라서 떠오르기 때문이기도 했지만 박물관 입장료가 없는 것도 한 구실을 했다. 그 대신 헌금(donate £5/€6/$7)통만 곳곳에 비치하고 있었는데, 사진만 찍어 두었다.

2006년 12월 11일(월) 영국박물관을 처음으로 관람했다. 높고 큰 돔식 지붕의 원형 독서실(THE

---

1) The Trustees of The British Museum, 2003, *The British Museum*, London: The British Museum Press, p. 10, "By the 1990s the number of visitors in some years exceeded 6 million".

READING ROOM)을 비롯하여 이집트실, 한국실(남, 북한 구역), 일본실 등등 두루두루 둘러보았다. 한국실 입구 복도 왼쪽 긴 유리 진열장 안에는 일본의 고지도가 그려진 4폭짜리 대형 병풍이 전시되어 있고, 한국실 문틀 위에 'KOREA 한국'이라고 영어와 한글로 쓰어 있었다. 정면에서 바로 보이는 것이 북한 구역의 단군왕릉 그림이고, 그 옆으로 'ART IN NORTH KOREA(북한의 예술)'이라는 안내판, 남녀 노동자들의 광업, 농업 등 생산 작업 그림 몇 점과 묵화 금강봉황폭포절경 등이 걸려 있었다. 2011년 10월에는 북한 구역이 없어지고 중국 도자기실로 사용되고 있었다.

남북한 구역 사이쯤 벽면에 'KOREA - THE KOREA FOUNDATION GALLERY'라는 제목으로 한국실 전시품에 대해 간략히 설명해 놓은 안내판이 걸려 있었다. 마지막 부분에는 한글 번역문도 적어 놓았다. '한국재단(필자 역) 화랑'이라고 한 것을 보면 전시 주관자가 영국박물관이 아닌 한국인 단체인 것 같은데 그 성격이나 더 이상의 구체적 설명은 없었다. 그리고 그 옆에는 'ACKNOWLEDGEMENTS(감사의 글: 필자 역)' 알림판이 걸려 있으며, 한국의 국립중앙박물관과 한(Hahn)박물관재단 및 영국의 4개 박물관들이 전시품을 대여해 주었음에 대해 감사의 글을 써 놓았다.

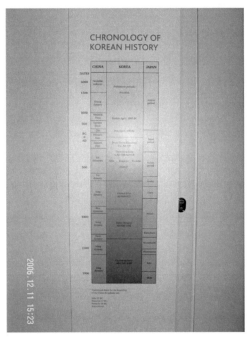

오른쪽으로 돌아 들어가니 남한 구역이 시작되었다. 첫 번째 보이는 것이 한국사 연표(CHRONOLOGY OF KOREAN HISTORY)였는데 사진에서 보는 바와 같이 위로부터, 선사 시대(Prehistoric periods): 신석기 시대(Neolithic), 청동기 시대 대략 B.C. 1000년(Bronze Age c. 1000 B.C.), 철기 시대 대략

B.C. 400년(Iron Age c. 400 B.C.), 원삼국 시대 0-대략 A.D. 300년(Proto-Three Kingdoms 0-c. A.D. 300), 삼국시대 대략 A.D. 300-A.D. 668(Three Kingdoms c. A.D. 300-A.D. 668), 신라, 고구려, 백제, (가야)*, 통일신라(Unified Silla) A.D. 668-935, 고려왕조(Koryo dynasty) A.D. 918-1392, 조선왕조(Choson dynasty) A.D. 1392-1910라고 본표에 넣고, 아래쪽에 별표를 하여 삼국 건국의 전통적 연대는 신라 57 B.C., 고구려 37 B.C., 백제 18 B.C., 가야 A.D. 42라고 적어 놓았다.

왜 이렇게 연표 내용을 처음부터 끝까지 모두 써 보이는가 하면 연표는 한 나라의 역사를 한눈에 보여주는 가장 중요한 인식표, 조감도라고 필자는 생각하기 때문이다. 따라서 역사박물관에는 입구 바로 옆에 제일 먼저 붙여 놓는 것이 통례이다. 이를 보니 한국사에는 구석기 시대도 없고, 고조선도 없으며, 발해도 없었다. 마치 일본의 식민사학자 또는 중국의 동북공정 연구자가 만들어 놓은 것 같았다. 한마디로 기가 막히고 평정한 마음을 가질 수가 없었다. 몇 년 전 서울의 국립중앙박물관에 갔을 때 여러 시대 전시실에 붙여 놓은 여남은 개 되는 연표 중에 대다수에서 고조선이 빠져 있었고, 그나마 고조선을 넣어 놓은 연표에는 괄호를 쳐서 『삼국유사』2333 B.C.'라고 써놓은 것을 보았을 때하고 비슷한 충격을 받았다. 그 의미는 '이 연표를 만든 본 박물관 담당자는 고조선을 한국사에 넣고 싶지 않은데 『삼국유사』에서 그렇다고 하니까 할 수 없이 써둔다'는 느낌을 강하게 받았기 때문이다. 한국인이 주도하여 한국사를 연구하고 써 온 지가 60년이 더 지났음에도 여전히 일제 식민지 시대 수준으로 한국사를 인식하고 있는 것이다.

그런데 다음 차례를 보니 '선사시대' 안내판을 걸어 놓고는 "구석기 시대가 적어도 30만 년 이전에 한반도에서 시작되었다"고 설명하고 있었으며, 이어서 유리 덮개 전시대(展示臺)에 펼쳐 놓은 것들이 단양군 적성면 수양개 출토 돌 손도끼(Stone hand-axe from Suyang-gae) 등 구석기 유물 깬석기들이었다. 수량이 많았다. 구석기 시대가 연표에는 존재하지 않는데 안내판에서는 설명하면서 그 시대 유물을 전시하고 있는 것이다. 이것은 또 무슨 해괴한 장단인지. 연표 만드는 사람 따로, 유물 전시하는 사람 따로라는 말인지 모르겠다. 무책임하고 불성실한 전시라는 생각이 든다. 국위선양이 아니라 국사를 천덕꾸러기로 만드는 전시였다.

그다음 선사 시대 신석기, 청동기, 철기 시대 유물 전시는 특별히 생각나지 않고, 고조선 시대와 남북국 시대의 발해 관련 유물은 당연히 아무것도 없었던 것으로 기억된다. 고려청자기는 유독 많이 전시되어 있었다. 이런 도자기들이 한국사 발전에 과연 어떤 의의를 지니고 있는지 아직도 의문이다.

조선시대 작품으로는 백자기 등과 더불어 겸재 정선(1676~1759)의 「고양이와 나비」, 「여치와 괴석」 두 그림과 단원 김홍도(1745~1805 말 이후 1809년 이전)의 「지붕에 기와 올리는 광경」, 「주막집 아낙네와 나그네」 두 그림이 전시되어 있었다. 점입가경이란 말이 이럴 때 쓰는 용어인 모양이다. 겸재와 단원은 한국 미술사에 우뚝 솟은 두 화가라고 알고 있는데 이러한 그림으로 그들이 그렇게 높은 평가를 받게 되었는지 모르겠다.[2] '고양이, 나비, 여치, 괴석, 주막집'이 한국 미술을 대표하는지, 한국 미술사 발전에 어떠한 역할을 해 왔는지 재고할 필요가 있을 것 같다. 너무 기가 막혀서 분노에 가까운 심정이 되었다.

가슴이 뭉클해지고 한국을 생각나게 해주는 그들의 대표적 작품들은 원체 고가라서 구입할 수도 빌릴 수도 없다고 변명할 수도 있겠지만, 대부분의 박물관에서 원출토 유물이나 진본 예술작품을 전시하는 경우보다 이들을 보호하기 위하여 모조품 내지 모사화를 대용 전시하는 경우가 더 많다고 한다. 일반 관람자들이 받는 감흥이 크게 차이가 나지 않기 때문일 것이다. 물론 전문가들이 논문을 쓴다든가 특별히 조사해야 할 부분이 있다면 진품을 봐야 하겠지만 그렇지 않은 경우는 모사품으로 충분할 것으로 생각된다. 작가가 표현하고자 하는 의미, 의도는 충분히 전달될 것이다. 전문가들 사이에서 벌어지고 있는 가짜, 진짜 미술품 논쟁·법정투쟁 등이 이를 증명하고 있다. '진위 판별'이 그만큼 어렵다는 사실이다. 한국의 경우 심지어 중학교 2학년생이 그린 20여 점의 유명 화가 그림(모사화)이 일반인들 사이에서 그대로 '진품'으로 거래되고 있었다는 것이다. 심지어 라스코, 알타미라 등 구석기 동굴벽화까지 원동굴은 폐쇄하고 모조 동굴·모사화(replica, facsimile)를 제작하여 일반인들에게 관람시키고 있다.[3]

2) 한국민족미술연구소, 2004, 『간송문화』 회화 41 대겸재, 3쪽, "겸재(謙齋) 정선(鄭敾, 1676~1759)은 우리나라 회화사상 가장 위대한 업적을 남긴 대화가로 화성(畵聖)의 칭호를 올려야 마땅한 인물이다(한국민족미술연구소장 전영우)"; 이태호, 1996, 『조선후기 회화의 사실정신』, 서울: 학고재, 29쪽, "김홍도는 18세기의 후반부를 풍미하면서 산수화·풍속화·고사인물도·도석인물화·화조·영모화·사군자 등을 두루 섭렵하였고, 타고난 예술가 자질과 자유자재의 표현력으로 사실상 후기 회화를 집약한 화가이다. 그 이전에 찾아 볼 수 없는 천재성이 돋보이며 후기 문화를 융성케 한 전형적 작가상이다. 김홍도의 회화는 현장을 정확한 시각으로 그려낸 풍속화와 진경산수, 그리고 완숙한 경지의 다른 회화 유형까지 정조년간의 시대적 미의식을 대표하는 것이다".

3) 연합뉴스, 2007-10-16, 〈'이중섭·박수근 2천800여점 모두 위작' 결론〉, "서울중앙지검 형사7부(변찬우 부장검사)는 16일 2005년 불거진 이중섭·박수근 화백의 그림 2천827점의 위작 논란과 관련해 이 작품들 모두가 위작이라는 판단을 내렸다고 밝혔다"; 연합뉴스,

그다음 한국실 내에 대형 작품을 만들어 놓은 것이 한영실(韓英室)이다. 선비의 공간인 기와집 사랑방이라고 한다. 여초 김응현 원로 서예가가 휘호한 가로 현판이 걸려 있다. '선비의 정신'을 전달하고자 제작한 것으로 생각되는데 얼핏 그 '정신'이 떠오르지 않는다. 무엇인지는 모르겠는데 구체적 사물로써 더 채워 줬으면 하는 바람이다.

그런데 세계문명사적 의의를 가지는, 세계적 석학들 및 국제기구로부터 공인되어 있는 한국사에서 내세울 만한 사물인 한글, 금속활자,『직지』등은 별도의 공간으로 설정되어 있지도 않고, 언급조차 되지 않거나 소략하게 취급되고 있었다. 초등학교 때부터 인류역사상 가장 과학적인 표음문자, 세계 최초의 금속활자로서 세계적으로 자랑스러운 한민족의 발명품이라고 귀에 못이 박히도록 들어왔는데, 어떻게 이런 항목들이 크게 부각되지 않고 한데 묶어서 간략히 설명되고 있는지 이해되지 않는다.[4] 더하여 세계무형문화유산에 등재된(2003년) 한국의 음악양식인 판소리에 대해서는 일절 말이 없었다.[5] 이런 사항에 대해서는 아무리 두드러지게 전시한다 해도 어느 나라 누구도 시비를 할 수가 없는 것이다. 세계사에서 어느 나라, 어느 민족도 발명하지 못한 한글, 판소리 등은 진정 한국의 국보 제1, 2호라고 필자는 생각하고 있는데 이러한 사물들이 확대 전시되지 않고 있음은 어떤 연유인지 알 수가 없다. 판소리는 음악인데 어떻게 전시할 수 있는가 반문할 수도 있지만, 영국도서관(THE BRITISH LIBRARY)에서 서양 고전 음악가들과 현대 대중 음악가들인 비틀즈(The Beatles: 구성원은 존 레논, 폴 메카트니, 조지 해리슨, 링고 스타) 등의 음악을 전시하고 있는 방법을 참고하면 될 것이다. 설명문, 사진, 악보, 유품(베토벤이 사용한 튠 포크 등등) 등과 함께 헤드폰 장치를 해 놓아 그들의 음악을 들을 수 있게도 하고 있었다.

'PRINTING'(인쇄) 부분 안내판을 보면 목판활자는 "A.D. 751 이전 경주 불국사 출토 불교 서권, 세계 최초 인쇄물 그리고 고려 시대 팔만대장경", 금속활자는 "1377년 가장 빠른 시기 인쇄"라고 매우 포괄적 설명을 하고 해인사 팔만대장경실 사진을 실어 놓았는데, 정작『무구정광대다라니경』이

2007-10-23, 〈'이중섭·박수근 그림 위작' 김용수씨 영장〉, "특히 '가짜 그림'들 중 20여점은 '태안중학교 제이학년 이래란'이라는 글자가 적혀 있었고 실제로 50여 년 전 당시 같은 이름의 여중생이 그림을 그렸던 것으로 조사됐다".

4) Frits Vos, "Korean Writing : Idu and Hangul", *Yamagiwa*, 1964; Joseph K. Yamagiwa, ed., *Papers of the CIC Far Eastern language Institute*, University of Michigan, Ann Arbor, 1964; James D. McCawley, "Review of Yamagiwa 1964", *Language* 42, 1966; Geoffrey Sampson, *Writing Systems*, London, 1985; 이기문, 1998,「한글」『한국사시민강좌』23, 서울: 일조각.

5) 정병욱, 1981,『한국의 판소리』, 서울: 집문당, 19~20쪽, "판소리 음악은…선행하는 모든 음악 예술의 유산을 디디고 서서 그 바탕을 잃지 않으면서 새 시대의 감각에 맞도록 재창조하는 데 성공한 새로운 예술 형태라면…판소리 예술을 민족적 정통 음악을 대표하는 본격 예술로 내세우는 데 결코 인색할 수는 없는 것이다".

라든가 『직지』라든가 하는 책명을 기재하지도 않고 지나치게 소홀하게 다루고 있었다.[6]

특히 『직지』는 이미 백여 년 전인 1903년 프랑스 역사예술고고학 학회지에서 1900년 파리 만국박람회 한국관에 전시된 고서를 소개하면서 "꼴랭 드 쁠랑시의 개인 소유인 『직지』는 1377년 한국의 청주 흥덕사에서 인쇄한 것으로 세계에서 가장 앞선 금속활자 인쇄물이며, 금속활자 발명은 독일 구텐베르크보다 먼저 한국에서 있었다"고 설명하였고, 1972년 유네스코가 정한 제1회 세계 책의 해를 기념하여 프랑스 국립도서관은 소장본 중에서 『직지』를 포함하여 동서양의 책 가운데 귀중본을 엄선하여 도서관 전시실에서 5월부터 10월까지 약 6개월 반 동안 전시했는데 "한국에서는 13세기에 금속활자가 최초로 사용되었다"고 설명하고 있으며, 2001년 유네스코는 『직지』를 세계기록유산으로 등재하고 2004년에는 유네스코 『직지』상을 제정하였다. 이러한 세계문명사적 위상을 가지는 한국의 역사적 사물이 해외 유수한 박물관에서 그 고유한 문서명을 구체적으로 기재·설명하지 않고 있다는 사실을 어떻게 이해할 수 있을지 의문이다.

그리고 구석기 유물도 수양개 돌 손도끼보다는 서구중심주의 역사학에서 아시아적 정체론의 한 부분을 이루고 있었던 미국의 고고학자 뫼비우스의 '단면 돌 손도끼의 다음 단계인 양면 돌 손도끼, 즉 아슈리안형 양면주먹도끼가 인도 이동(in Southern and Eastern Asia)에서는 출토되지 않았다, 따라서 아시아 지역은 구석기 때부터 문명·문화 발전이 늦었다'는 의미를 내포하고 있는 이른바 '구석기문화2원론'을 일거에 폐기시킨 연천군 전곡리에서 출토된 약 20만 년 전으로 추정되는 아슈리안형 양면주먹도끼가 더 세계사적 의의가 있다고 생각할 수 있는데 그 얘기는 일언반구도 없었다. 복제품 몇 개 만들어서 설명문과 함께 전시하면 되는 것이다.[7]

이상이 2006년도에 관람한 영국박물관 한국실의 전시 내용이었다. 세계인들이 한국의 문명 제 발명품들, 세계사적 의의를 가지는 유물 등을 감상하고 한국사를 의미 있게 인식할 수 있도록 더

---

6) T. F. 카터 원저/ L. C. 구드리히 개정/ 강순애·송일기 공역, 1925/1955/1995, 『인쇄문화사』(The invention of printing in China and its spread westward), 서울: 아세아문화사, 270쪽, "금속활자에 관한 초기의 기술은 원지배하에 있던 그 시대 이전으로 소급된다. 1241년, 즉 이규보(李奎報: 1168~1241)가 세상을 떠났던 바로 그해에 활자를 사용하여 『상정예문』 50권 28부를 출판하였다"; J. D. Bernal, Science in History, Volume I: The Emergence of Science, The M.I.T. Press, Cambridge, Massachusetts, 1954(1st), 1965(3rd), 1969, (in 4 volumes), p. 327, "Printing with movable wooden type was originally a Chinese invention of the eleventh century. Movable metal types were first used by the Koreans in the fourteenth century. It was introduced into Europe in the mid fifteenth century and spread extraordinarily rapidly, first for prayers and then for books(이동할 수 있는 금속활자들은 14세기 한국인에 의해 처음 사용되었다. 그것은 15세기 중엽 유럽으로 소개되어, 처음에는 기도서에 그리고는 일반 책들로 비상히 빠르게 전파되었다: 밑줄 및 번역, 필자)"; Pow-key Sohn(Uneversity of California), "Early Korean Printing" Journal of the American Oriental Society, Vol. 79, No. 2 (Apr. - Jun., 1959), pp. 95-103, "PRINTING WITH movable type in Korea was developed at least two centuries earlier than in the West"; 손보기, 1968, 『한국인쇄기술사』 『한국문화사대계』 III 과학·기술사, 고려대학교민족문화연구소; 황정하, 2006, 「고려시대 금속활자본 『직지』의 전존 경위-프랑스 국립도서관(BNF) 소장을 중심으로-」 『고인쇄문화』 제13집, 청주: 청주고인쇄박물관; 청주고인쇄박물관, 2005년 9월 '직지의 날' 이후, 『너나들이 직지』, 청주: 도서출판 직지.

7) 국사편찬위원회, 1997, 『한국사』 2 구석기문화와 신석기문화, 33~35쪽.

충실한 전시실이 되었으면 한다. 아울러 한국실 앞 일본 측에서 사용하고 있는 복도 구역도 잘 섭외하여 한국 측이 임대, 한국의 역사적 사물을 전시했으면 하는 바람이다. 내 상점 앞에 다른 사람의 성품이 진열되어 있는 꼴인데 아마도 좋아힐 사람은 없을 것이다. 비용이 들더라도 그 값은 충분히 보상될 것으로 판단된다.

다음으로 일본실에 가보았다. 국가의 경제력 때문인지 한국실보다 두세 배 더 넓었고 한국실 앞 복도에 '일본의 고시도 4폭 내형 병풍'을 전시하고 있는 등 복도//사시 점유하고 있었나. 입구 오른쪽 전시창에 'JAPAN 日本'이라고 커다랗게 써 놓았다. 그 안에 번쩍번쩍 빛나는 일본도(日本刀, 설명문에는 太刀타찌라고 쓰여 있음)를 흰색 보자기로 덮어 놓은 거치대 위에 전시하고 있다. 이 한 전시물이 이곳이 일본 유물 전시실이란 것을 한마디로 나타내고 있었다. 일본의 상징물로 작동되고 있다. 19세기 후반 명치유신 때까지 무사(武士)제도가 존속했고 그들 계급의 특권으로 긴 칼, 짧은 칼 두 자루의 일본도를 차고 다녔으며 즉결처분권(切リ御免키리고멘)이 주어진 실재의 역사를 가지고 있기 때문에 왜 이와 같은 섬뜩한 무기를 전시하고 있느냐고 항의를 할 수도 없을 것 같다. 우에노 공원 소재 동경국립박물관을 비롯하여 일본 내 많은 박물관에서 일본도를 상설전시하고 있을 뿐만 아니라 '명품 일본도'를 순회 특별전시하고 있다. 심지어 '미술'관에서까지 '名物刀劍—寶物の日本刀'란 제목으로 특별전을 개최하고 있었다(德川美術館, 2012.01.04.水.~2012.02.05.日., 特別展).

전시실 내부로 들어가 보니 우선 한국실보다 두세 배 더 넓어 보였다. 그다음 전시 내용들을 관찰하니 그들의 역사에서 의미 있는, 자랑스러운 항목들이 차례로 두드러지게 전시되어 있었다. 선사시대의 여러 출토물과 더불어 전국(戰國)시대 장수 갑옷, 투구, 일본도 등 무구(武具)들이 놓여 있고, 헤이안(平安) 시대(794~1192) 9세기 중엽부터 본격적으로 사용되기 시작하였다는 일본 글자(假名카나)로 쓴 소설 중, 집필할 때부터 이미 호평을 받았고 지금까지 대중들에게 많이 읽히고 있는 일본의 대표적 고전문학소설, 여류문학가 무라사키시키부(紫式部, 대략 973년생, 중하급 귀족 출신, 1001년부터

葛飾北齋 神奈川沖浪裏 우키요에

집필 시작)가 11세기 초에 저술한 54권의 『겐지모노가타리(源氏物語)』, 12세기 전반에 이 소설 내용을 그림으로 그려 놓은 일본 국보 「겐지모노가타리에마키(源氏物語繪卷)」[이 그림 두루마리(繪卷)는 각 권에 대한 그림(繪)과 사설(詞)로 구성되어 있는데, 전체 원본 두루마리의 반 정도가 현존하고 있으며, 나고야 소재 토쿠가와미술관(德川美術館)에 繪 15面, 詞 28面, 동경 소재 고토오미술관(五島美術館)에 繪 4面, 詞 9面이 있고, 서예문화원(書藝文化院), 동경국립박물관, 개인 등에 한두 점씩 소장되어 있다고 함],[8] 같은 세기 중엽 동물들에 빗대어 지배 계급을 비판해 놓은 풍자화 「쬬오쥬기가도(鳥獸戱畵圖)」, 호쿠사이(葛飾北齋, 1760~1849)의 유명한 「후지산 우키요에」[神奈川沖浪裏 카나가와 먼바다 파도 속(의 후지산, 후지산 36경 중 하나), 프랑스 인상파 음악의 선두주자인 드뷔시(Claude Debussy, 1862~1918)는 이 판화에 영감 받아 교향적 스케치 『La Mer(바다)』를 작곡,[9] 1905년 파리에서 초연하였음, 필자 역시 이 그림을 보고 크

8) 宇治市源氏物語ミュージアム, 2008,『宇治市源氏物語ミュージアム常設展示案内』, 宇治: 宇治市源氏物語ミュージアム, 4쪽; 德川美術館, 德川義宣 解說, 1995,『源氏物語繪卷 新版 德川美術館藏品抄②』, 名古屋: 德川美術館, 147쪽, "執筆中からすでに好評を博していた様子が『紫式部日記』に見られる"; 德川美術館/五島美術館 監修, 2005, 『よみがえる源氏物語繪卷 ~平成復元繪卷のすべて~』, 名古屋: NHK名古屋放送局/NHK中部ブレーンズ, 3쪽.

9) Richard Lane, 1989, Hokusai LIFE AND WORK, New York: E. P. Dutton, a division of Penguin Books, pp. 190-192, "It was this 'Great Wave' more than any other Japanese print that astounded and delighted artists in Paris around the close of the nineteenth century. Debussy, too, is said to have used it as his inspiration for the orchestral piece La Mer, and Rilke for the verse series Der Berg. Equally great as works of art, the 'Red Fuji' and the 'Great Wave' will affect the viewer in different ways: for those who prefer a human element with which to identify, 'The Great Wave' will prove most compelling; for others, to whom Nature alone suffices, the 'Red Fuji' may well linger longest in the mind's eye"; Amanda Steadman, 2009, A Thesis, "IMAGES OF JAPONISME: THE PORTRAYAL OF JAPAN IN SELECT MUSICAL WORKS", Submitted to the Graduate College of Bowling Green State University in partial fulfillment of the requirements for the degree of MASTER OF MUSIC, December 2009, Committee: Eftychia Papanikolaou, Advisor Mary Natvig, "La Mer: For the cover of the original piano score for this piece, Debussy chose a modified version of a famous Hokusai woodcut, "The Great Wave off Kanagawa" (better known as just "The Great Wave")(《바다》: 이 작품의 원 피아노 악보의 표지로 드뷔시는 유명한 호쿠사이의 목판화 〈카나가와의 큰 파도〉의 수정판을 선택했다: 필자 역)". 최근 한 예로는 중국 광동성 양강시 소재 남송시대 무역선인, 유물의 총 가치가 대략 미화 1천억 달러가 된다는 〈남해1호〉선 박물관 《광동해상사주지로박물관》 2층 벽면에 붙인 긴 전시대 유리창 문양을 호쿠사이의 바로 그 파도 모양으로 넣어 놓고 있었다. 이 목판화의 '파도'는 이미 세계적 상표가 된 것 같다; 삼호출판사 편집부 편,『최신명곡해설』, 서울: 삼호출판사, 371쪽; Robert Friedman, 1998, THE LIFE MILLENNIUM - THE 100 MOST IMPORTANT EVENTS & PEOPLE OF THE PAST 1,000 YEARS, New York: LIFE BOOKS Time Inc., p. 185, "86th: HOKUSAI(1760-1849): At the age of 74, Hokusai, one of the greatest artists of the millennium, bemoaned his lack of talent. "Of all I drew prior to the age of seventy there is truly nothing of any great note", he wrote, predicting that "at 100 I shall have become truly marvelous." The master painter, illustrator and printmaker of the Japanese Ukiyo-e school of art didn't make it to his century mark, but he did create thousands of treasured images—of landscapes, flora, fauna, historical scenes—including the print series Thirty-six Views of Mount Fuji. His work influenced the French Impressionists, especially Paul Gauguin"; 大久保純一, 2005,

게 감동되었음은 부인할 수 없는 사실임], 샤라쿠(東洲齋寫樂, 1794년경 약 9개월간 활동, 생몰연대 불명), 우타마로(喜多川歌麿, 1753~1806) 등의 대표적 우키요에(浮世繪) 그림들,[10] 에도(江戸 현재 도쿄) 토쿠가와 (德川家康) 막부 성립 시 대형 채색 그림 등이 전시되고 있었는데, 얼핏 보아도 일본이라는 것을 쉽게 알 수 있게 해 놓았다. 특히 강렬한 채색목판화 우키요에는 일본도(刀)와 함께 일본의 이데올로기로 기능하고 있다고 할 수 있는데, 19세기 후반 유럽에 회화, 음악, 문학 등 예술분야에 광범하게 형성된 자포니즘(Japonism, 일본 취미)을 가져오는 데에 시발점이 된 이후 이미 세계적 인식을 획득하고 있다.[11] 이들 전시물 모두가 자국에서뿐만 아니라 세계사적 의의를 가지고 있는 사물들이라 잘 만들어 놓은 전시실이라는 느낌이 들었다. 전시물들은 거의 모두 모조품, 모사화라고 한다.

한국실, 일본실을 다 둘러보고 나오면서 기념품을 사려고 구내 서점 겸 기념품을 판매하고 있는 'THE READING ROOM' 옆에 붙은 상점으로 갔다. 책들이 많았다. 세계 각 지역으로 나누어져 있었는데, 벽면의 'ASIA' 팻말이 붙은 서가 앞 가운데 공간의 책꽂이 하나가 'JAPAN'이라고 명패가 붙여져 있었다. 가로 약 2.5m, 높이 약 2m 책꽂이에 영어판 일본책들이 꽉 차 있었다. 한국 책은 어디 있는가 하여 'KOREA' 명패를 두리번두리번 찾았다. 아무리 둘러보아도 없기에 혹시 'ASIA' 코너에 있는가 하여 쭉 훑어보았더니 맨 밑 부분에 북한 책 2종을 포함하여 한국 책 총 11권이 꽂혀 있었다. 다시 한 번 충격 받았음은 말하지 않아도 이해할 것이다. '축소지향적 일본인'도 아니고 '일본은 없다'도 아니었다. 그런 말을 하여 상대방을 경멸하면서 거짓된 위로감을 찾는다거나 상대에 대한 경계심을 해이하게 만드는 자(者)들은 엄중히 비판되어야 할 것이다.

그다음 5년이 지난 뒤 제2차로 2011년 10월 14일(금), 15일(토), 16일(일) 연속 사흘 간 한국실, 일본실을 관찰하고 왔다. 오래 전에 관람한 전시품들이 잘 기억나지 않아서였다.

한국실은 그대로 위치하고 있었으나 북한 구역이 없어지고 그 부분은 중국의 도자기(Ceramics) 전시장으로 바뀌어져 있었다. 입구 앞 복도를 점유하여 일본의 고지도 대형 4폭 병풍이 있던 자리는

『北齋富嶽の三十六景』, 東京: 小學館, 24~25, 44쪽; 永田生慈, 2005, 『葛飾北齋生涯と作品』, 東京: 東京美術, 56~57쪽.

10) 안혜정, 2003, 『내가 만난 일본미술 이야기』, 파주: 아트북스; 中右瑛 監修, 2008, 『四大浮世繪師-寫樂 歌麿 北齋 廣重』, 京都: 靑幻舍.

11) E. H. Gombrich, 1950(1st edit.)/1995, *The Story of Art*(16th edit.), Phaidon, London & New York, pp. 523-525, "… the ultimate victory of the Impressionist programme. Perhaps this victory would not have been so quick and so thorough had it not been for two allies which helped people of the nineteenth century to see the world with different eyes. One of these allies was photography. … The second ally which the Impressionists found in their adventurous quest for new motifs and new colour schemes was the Japanese colour-print".

역시 일본의 큰 도자기 3점으로 대체되어 전시되고 있었다. 현대 작품이었는데 예술성이 매우 높은 것으로 감상되었다. 한국실 입구 문틀 위의 큰 글씨 'KOREA 한국'이 영어로만 쓰여진 'SIR PERCIVAL DAVID COLLECTION / SIR JOSEPH HOTUNG CENTRE FOR CERAMIC STUDIES / KOREA FOUNDATION GALLERY'로 바뀌어져 있었다. '한국'이 없어졌고 다른 한글 글자도 없었다. 입구에서부터 필자를 사색하게 만들었다. 이것이 국제화, 세계화인지 아니면 영국화, 미국화인지. 한국재단을 한국 정부의 예속 기관으로 생각했었는데 그렇지 않고 혹시 영국박물관 소속인지도 모르겠다. 참고로 일본실을 보면 이전에는 한편에만 적혀 있었는데 이번에는 입구 양 편에 'JAPAN 日本'이라고 커다랗게 써 놓고 있다. 좋은 대비가 된다.

마찬가지 영어 글자 실명(室名)으로 써 놓은 안쪽 출입문을 열고 들어가니 이전의 연표가 그대로 걸려 있었다. 5년 동안 역사 인식의 근본적 전환은 없었다는 의미이다.

전시물은 많이 교체되어 있었다. 구석기 유물들이 대부분 치워지고 대신 가야 지역 마구(馬具) 포함 삼국시대 무구(武具)들이 여러 점 전시되어 있었으며 벽면에서 약간 떼어서 고려 시대 가부좌상 철불이 놓여 있었다. 고려자기, 청화백자기 등 도자기 종류는 여전히 많았다. 인쇄 부분에서는 목판 실물, 인쇄 서적 등 이전보다 구체적 유물들이 많이 보완되어 있었고 무구정광대다라니경에 대해서도 석가탑 사진과 함께 'Dharani Sutra of Pure Light'라고 책명을 영어로 기재하고 세계 최초 인쇄물이라고 하면서 모조품 두루마리 서권을 전시하고 있었다. 그러나 여전히 금속활자 세계 최초 인쇄물『직지』에 대해서는 구체적 언급이 없었다. 한글에 대해서도 독자적 공간이 설정되어 있지 않았다.

한영실 앞에는 큰 장독 2개와 문신석 2개를 좌우로 배치해 놓았다. 지난번「고양이와 나비」그림 등은 단원 김홍도의「서당: 훈장과 학동들」과 혜원 신윤복(1758~?)의「빨래터: 여인들과 훔쳐보는 선비」그림으로 바뀌어져 있었고 잘 듣지 못한 여타 작가들의 작품들이 전시되고 있었다. 필자의 과문한 탓이겠지만 이러한 작가들의 한국미술사적 위상은 어떠한지 잘 모르겠다.「인왕제색도」,「금강전도」,「박연폭포도」,「구룡폭포도」등 시원하고 가슴 뭉클한 국보급 그림의 모사화 전시를 적극적으로 추진했으면 한다.

이어서 일본실로 가 보았다. 복도 벽 방향표지판에 전시실 번호 '92-4 Japan'라고 적혀 있는데 두 층에 걸쳐 있었다. '67 Korea' 대비 3배의 방 번호를 가지고 있으며, 복도까지 점유하고 있으니 전시 면적이 한국의 약 3배라고 생각하면 될 것 같다. 입구로 올라가는 계단 벽에까지 일본 고대 여성 토우(埴輪 하니와), '敬愛'라고 굵은 붓으로 쓴 큰 액자 서에 작품,「早春の響」이라는 일본 현대 화가의 그림 등이 전시되어 있었다. 이러한 작품들의 면적까지 합치면 3배 이상이 될지도 모르겠다.

입구의 좌측에는 이전의 일본도와 다른 현대 예술 작품으로서 만들어진 유사 형태의 일본도「刀(도) Katana blade」가 놓여 있고, 우측에는「翔 쇼」라는 청백색(blue-white)의 현대 도자기 작품을 전시하고 있었는데 비상(飛翔)과 일본 칼이 동시에 느껴지는 대단한 미술 작품으로 생각되었다.

실내로 들어가니 和英庵(화영암)이라는 일본 다실(茶室 Tea house) 앞에 많은 외국인들이 간이 의자에 앉아서 전통 일본 옷(기모노)을 입은 여성 두 명이 시연하는 다도(茶道)를 감상하고 있었다. 다실 안과 밖에는 다기구들을 진열해 놓고 있었다. 和英庵은 판자 지붕의 소박한 목조 다다미방이었는데 기와집 한영실에 비하여 '내용'이 차 있었던 것 같다. 필자는 일본 문화 찬미자가 아니다. 또한 누구누구와 같이 친일파도 친미파도 아니다. 그러나 사실, 진실이 어떠한가는 알아야만 한국사 발전에 도움이 될 것으로 생각되기 때문에 그 실재, 진면목을 밝히고자 하는 학구욕에 충실한 연구자일 따름이다. 다도 시연을 진지하게 보고, 듣고 있는 많은 외국인들을 볼 때 한영실 앞에서도 무엇인가 그로부터 우러나오는 이런 전시 행위가 있어 주었으면 하는 바람이다.

여기에서 한 가지 흐뭇한 광경은 다실 바로 앞에 일본 나라(奈良) 법륭사 소장「百濟觀音立像(백제관음입상) Statue of Kudara Kannon」(일본 국보) 모조품이 전시되고 있었던 것이다. 법륭사에서는 '백제' 호칭이 달갑지 않은지 이미 뒤로 돌려「觀音菩薩像(百濟觀音)」[관음보살상(백제관음)]이라고 괄호 처리한 표제판을 만들어 놓고 있음에 비하면, 이것이 진실된 명칭이라고 판단할 수 있다. 고대로부터 자연스럽게 내려온 관음상의 이름일 것이다. 어느 쪽 명칭이 먼저인가 하는 선후 관계 문제는 생각할 수 있는 연령에 도달한 사람이라면 쉽게 판단할 수 있을 것이다.

우키요에 전시는 지난번 호쿠사이 그림 대신에 이번에는 역시 4대가 중의 한 화가인 히로시게(歌川廣重, 1797~1858, 이전 성명, 안도오 히로시게 安藤廣重, 서양 화가 고흐가 그의 두 작품을 그대로 모사했음)의 작품「庄野白雨(Driving Rain at Shono)」라는 그림과 샤라쿠(東洲齋寫樂)의「가부키 여성 배우」(1794) 그림,「쬬오쥬기가도(鳥獸戲畵圖)」의 새로운 우키요에 버전 등이 전시되어 있었다.『겐지모노가타리(源氏物語)』소설과 그림은 여전히 전시되고 있었다. 교토와 나라(奈良) 사이에 위치한 우지시(宇治市)에 단일 항목으로는 드물게 독자적 '겐지모노가타리 박물관'까지 존재하는 것을 보면[京阪(케이한)전철

우지역에서 도보 약 8분, 월요일 휴관| 한국의 『훈민정음 해례본』과 비슷한 위상을 가진 역사적 사물인 모양이다.

다음은 한일 관계 문제에서 고약한 전시 장면 하나가 나온다. 조선통신사 행렬도 배치 문제이다. 근대 부분, '近世日本-世界への四つの窓口'(근세 일본-세계로의 4개 창구) 라는 제목으로 전시된 그림 및 설명들을 보면 조선의 국가적 위상이 매우 교묘하게 구도·전시되어 있다. 화란(네덜란드) 상관의 설치, 중국 상선의 나가사키항 입항도, 류큐(琉球, 현재 오키나와)의 경하사(慶賀使) 행렬도에 이어서 조선통신사 행렬도를 배치해 놓았는데, '사대교린(事大交隣)'하는 조선의 '평등'외교 성격이 드러나지 않는다. 「琉球國兩使登城之行列繪卷」 그림 및 '薩摩(사쓰마)-琉球王國への窓口' 설명, 「朝鮮通信使繪卷」 그림 및 '對馬(대마도)-朝鮮國への窓口' 설명으로 구성되어 류큐국(오키나와)과 조선국은 동일한 국격(國格)으로 인식될 수밖에 없다.

류큐(琉球) 왕국은 1609년 이후 일본의 조공국이 되고, 1879년 메이지 정부가 류큐왕국을 해체하여 오키나와현을 설치하였다.[12] 이에 비해 조선은 일방적으로 통신사를 파견한 잘못은 있다고 생각되나 명목상으로 조공국은 아니었는데 불행히도 1905년 주권 상실 후 40년간 식민 지배를 받았기 때문에 일본인의 일반적 인식이 평등 관계가 아니고 류큐 왕국과 동일한 관계로 형성되어 있는 것 같다. 앞으로 전시 관련자들과 진지하게 토론하여 바로잡아야 할 것이다.

이상과 같은 일본의 전시실을 만들어 놓은 주관자를 찾아보았다. 전시실 층계 사이 벽면에 三菱商事(미쯔비시 상사) 日本ギヤラリ(일본 갤러리)[THE MITSUBISHI CORPORATION JAPANESE GALLERIES]라고 쓰여 있고 후원 단체들(1990년) 이름이 안내판에 모두 적혀 있었다. 아사히신문사, 코니카 미놀타 지주(持株)회사, BRIAN AND ESTHER PILKINGTON, DR SEN SOSHITSU XV AND THE URASENKE FOUNDATION, ASSOCIATION OF TOKYO STOCK EXCHANGE REGULAR MEMBERS, COMMUNICATION INDUSTRY ASSOCIATION OF JAPAN, ELECTRONIC INDUSTRIES ASSOCIATION OF JAPAN, FEDERATION OF CONSTRUCTION CONTRACTORS ASSOCIATION, FEDERATION OF ELECTRIC POWER COMPANIES, FEDERATION OF PHARMACEUTICAL MANUFACTURER'S ASSOCIATION IN JAPAN, FIVE CITIES ART DEALERS UNION, GOVERNMENT OF JAPAN, KAMPO MARADA, 이하 14개 단체 등 주관하고 있는 민간인 종합상사인 미쯔비시 상

---

12) 민두기 편저, 1976, 『일본의 역사』, 서울: 지식산업사, 90, 138, 229쪽; 동양사사전편찬위원회 엮음, 신연철 감수, 1989, 『동양사 사전』, 서울: 일월서각, 598쪽.

사 포함 총 28개 단체 및 개인이 참여하고 정부까지 지원하고 있다. 가히 '거국적'이라고 말해도 틀림없을 것이다. 이 하나의 전시관을 위해 국가총력을 기울이고 있는 셈이다. 그만큼 중요하다고 판단하기 때문일 것이다. 연간 600만 명이라는 숫자는 무심하게 넘겨버릴 숫자가 아니다. "숫자는 역사에서 중요성을 지닌다"는[13] 저명한 역사학자인 동시 정치외교학 석학의 한 명제가 새삼 상기된다. 이같이 수많은 후원 기관들을 보니 '일본은 없다'가 아니고 '일본은 많다'는 생각이 들었다. 한국재단과는 양적으로 이미 많이 다르다.

사흘 동안 한국실, 일본실을 관찰한 뒤 마지막으로 서점을 들렀다. 〈독서실〉을 폐쇄/수리하고 있어서인지 서점(Book Shop)은 박물관 입구의 좁은 공간으로 옮겨져 있었다. 일본 관련 책은 수십 권으로 줄어들었고 한국 책은 딱 1권만 있었다. 5년 전 11권이 1권으로 되었으니 1/11로 줄어든 셈이다. 기념으로 한 권 사왔다.

KOREA - ART AND ARCHEOLOGY(한국-미술과 고고학)라는 책인데, 한국인이 지은 것이 아니고, 영국박물관 소속인 듯한 Jane Portal이라는 한국(북한 포함), 중국 미술 연구자의 저술이었다.[14] 전체적으로 판정하건대 한국실의 전시 내용보다는 몇 배 낫다는 생각이다. 서문(INTRODUCTION / Korea: Land and People)에서 비록 소략하고 작은 글씨로 쓰고 있기는 하지만, 한글부터 기술하고 있다. "자음과 모음을 나타내는 뛰어나게 논리적이고 과학적인 28글자(현재는 24자)의 도형 기호들"이라고 서술했다. 그리고 현대 서예가가 쓴 훈민정음 해례 앞부분을 그림으로 실어 놓고 있다. 왜 훈민정음 해례 원본 사진판을 싣지 않았는지 불만스럽지만, 이 정도 얘기도 잘 하지 않고 있는 현실을 감안할 때 그대로 넘어가야 할 것 같다. 그런데 조선시대 부분에서 한글 창제에 대해서는 지나치게 소략·짧게 말하고 있으며 독립된 문단으로 다루지도 않고 있다. 오히려 인쇄 기술의 발전에 대해 더 많이 서술하고 있는 점이 아쉽다.

연표는 그대로이고, 『무구정광대다라니경』에 대한 언급도 없으나, 첨성대, 석굴암 석불, 금동반가상(국보 제83호), 겸재의 「금강전도」, 단원의 「씨름」, 현대 그림 등 한국실에서 소개되지 않은 많은 중요한 문화재, 예술품들을 실어 놓았다.

한 가지 반가운 장면은 일본실 내 전시와 같이 일본 나라(奈良) 법륭사 소장 「백제관음입상」을 사

13) E. H. Carr, 1961/1981 제2판 서문/1987 제2판, *What is History?*, Penguin Books(1990), p. 50, "Numbers count in history".

14) Jane Portal/The Trustees of The British Museum, 2000, *KOREA - ART AND ARCHEOLOGY*, The British Museum, London: The British Museum Press, p. 11, "A remarkably logical and scientific system of twenty-eight (now twenty-four) graphic signs representing consonants and vowels"; p. 20, "Korea was a vassal kingdom of China for hundreds of years and latterly a colony of Japan. These are historical facts which cannot be ignored".

진과 함께 "Kudara Kannon(백제관음)"이라고 설명하고 있는 것이다. 이 책의 저자가 특별히 '친한국적'이라서 '백제'를 앞에 두는 것은 아닐 것이다. 왜냐하면 "한국은 몇 백 년 동안 중국의 제후국이었고 최근에는 일본의 식민지였다. 이것들은 무시할 수 없는 역사적 사실들이다"고 한 역사 인식을 보면 진실을 탐구하는 연구자라는 생각이 들기 때문이다. 이와 같은 백제관음에 대한 제3국인의 자연스러운 이해를 볼 때 법륭사에서 현재 '백제'라는 글자를 뒤로 돌려 괄호 처리하고 있음은 진실의 왜곡으로 비판받아 마땅하다.

한편 완전히 잘못된 목판화 사진 한 점이 실려 있다. 조선통신사(the procession of the official Korean envoys to Japan in 1711) 행렬도라고 하면서 중국인들 행렬도, 「唐人行烈之繪圖(당인행렬지회도)」(烈은 列의 잘못인 듯함, 필자)를 올려놓았다. '唐人(당인, 중국인)' 운운 제목과 한국인의 모자 갓이 아닌 중국식 모자를 쓰고 있고 인물 형태도 얼굴이 통통한 것이 한국인과 상당히 다름에도 불구하고 이를 조선통신사로 잘못 알고 있음을 보면 저자가 한국사, 한자어, 한국 의상 등에 소양이 없든가 아니면 인쇄 과정에서 큰 착오가 있었음에 틀림없다.

팔만대장경 사진은 그대로 싣고 있고, 인쇄 부분에서는 금속활자가 세계 최초로 사용되었다고 적기하고 있으면서도 『직지』에 대한 언급이 없다. '세계 최초' 부분도 다른 설명과 똑같은 작은 글씨로 적어 놓아 제대로 전달이 될 수 있을까 걱정된다.

한국이 경제 외형은 세계 10위권으로 다가섰다는 말을 들었는데 문화적 수준은 어느 정도인지 모르겠다. 문화의 축적은 경제적 문제보다 더 오래 걸릴 것 같지만 최소한 해외 박물관 전시에서 일본 정도는 조속히 따라잡았으면 좋겠다는 생각이다. 이상 간략하나마 영국박물관 한국실, 일본실에 대한 답사기를 마친다. 그곳을 둘러보고자 하는 분이 있으면 참고가 되었으면 한다. 그리고 혹시나 필자의 기억이 잘못되어 사실과 다르게 서술한 부분에 대해서는 독자 여러분에게 용서를 구하니 꾸짖어 주고 고쳐 주기 바란다.

교토 광륭사 '일본 국보 제1호'
신라 전래 목조반가상

—

광륭사 정문 옆 안내판

일본의 교토 광륭사(廣隆寺코오류우지)에 소장되어 있는 '국보제1호 미륵보살상'이라고 불리는 신라 전래 목조 미륵반가사유상이 변조 수리되었다고 한다. 황수영 선생의 『반가사유상』, 57쪽에서 수리전후 사진이 대조되면서, "얼굴 모습은 수리 전의 인상과 달라져 일본 불상의 얼굴 모습(상호, 相好)으로 바뀐 느낌이 든다"라고 설명되었다.[1] 한국인 얼굴에서 일본인 얼굴로 바뀌어졌다는 것이다.

일본의 미술사학자 영정신일(永井信一)도 다음과 같이 말하고 있다. "얼굴이다. 한국상은 조선풍의 얼굴이고, 광륭사의 그것은 일본풍의 얼굴이다. … 그런데 그 후 광륭사의 이 불상을 명치(明治)시대에 수리했을 때, 수리하기 전에 형(型)을 떠 놓은 두부(頭部)의 석고상을 보면, 한국의 금동으로 만든 미륵반가사유상(한국 국립중앙박물관 소장 국보 제83호)과 몹시 꼭 닮아서 일본풍이라고는 말할 수

수리 전   수리 후   수리 전   수리 후

1) 황수영, 1992, 『반가사유상』, 서울: 대원사.

없다. 조선반도로부터 청하여 오게 되었다는 것에 의심을 품을 여지가 없다는 사실을 알았다.

구야건(久野健)은 같은 석고를 보고 현재의 면상과는 상당히 달라져 있다는 것을 지적하면서, '아마도 조선으로부터 도래상(渡來像)의 하나가 아닐까 생각하고 있다'고 말하고 있다'.[2]

이와 같이 관련 전문학자들이 반가상의 얼굴을 바꾸어놓았다고 한결같이 말하고 있으며, 이에 더하여 1951년 소원차랑(小原次郎) 교수는 일본의 700여 불상의 나무 재질을 연구한 결과 7, 8세기 일본 불상들은 녹나무[樟木(장목)くすのき]인 데 비해 광륭사 반가상의 재질은 적송(赤松)이라는 것을 밝혔다고 한다.[3]

금동반가상(국립중앙박물관)

한편 황수영 선생은 재료상의 문제에서 일본의 초기 반가사유상은 모두 히노끼(노송나무, 檜 회)를 사용하였는데, 이 불상만이 적송을 사용한 것이 밝혀졌으며, 우리나라가 적송의 산출이 많으므로 이 반가상은 한반도 제작품으로 추정되었다고 한다.

기가 막힐 일이다. 일본에 소재하는 한 예술 작품의 얼굴이 '한국인'의 얼굴이므로 고쳐 버렸다는 것이다. 한 인터넷 사이트에서는 이런 사실에 분개하여 "목조미륵보살반가상 앞에서 감동하는 일은 그만두라, 성형 사실을 대충 넘긴 국내 학자의 책, 인공적으로 바뀐 훼손된 불상 앞에서 흘리는 눈물을 거두게 하라, 일본인의 모습으로 바꿔 놓은 미륵상 앞에서 감탄하는 것은 바보들의 합창일 뿐이다"고[4] 일본인의 야만적 행위와 한국학자의 소극적 대응을 성토했다.

이런 작품인 경우에는 일단 실물을 확인해 보아야겠다는 생각으로 12월 3일(2010년) 오전 일찍 교토로 갔다. 교토역 앞 C6 정류장에서 73번 시내버스를 타고 문제의 목조반가상이 전시되어 있다는 광륭사[우즈마사(太秦) 지역에 위치함]에 도착했다. 약 40분 걸렸다.

오래된 가람이었다. 광륭사는 603년 성덕태자(聖德太子)와 가까웠던 신라계 귀화인 진하승(秦河

2) 永井信一, 2006, 『日本 アジア美術探索』, 東京: 東信堂, 74~77쪽; 久野健, 1979, 『古代朝鮮仏と飛鳥仏』, 東京: 東出版, 3~7쪽.

3) 한국언론의 세대교체 ◆브레이크뉴스◆ 김영조 이윤옥 기자 pine4808@paran.com 「목조미륵반가상 얼굴 바꾼 진짜 이유… 한국산 감추려는 일본의 만행」 http://www.breaknews.com/newnews/print.php?uid=123206; 小原次郎, 1951, 「上代조각 재료 사적고찰」 『佛敎藝術』13호.

4) http://media.paran.com/news/view.kth?dirnews=3116976&year=2009

목조반가상(광륭사)

勝)이 창건했고, 621년 춘2월(『일본서기』) 성덕태자가 병사한 후 623년 신라에서 불상 등을 보내와 이 사원에 안치했다고 한다. 현 반가상은 이때의 불상으로 짐작되고 있다. 초건 때 사찰 이름은 봉강사(蜂岡寺)였으며 진사(秦寺), 진공사(秦公寺), 갈야사(葛野寺), 태진사(太秦寺), 갈야진사(葛野秦寺) 등으로 불리기도 한다.

『일본서기』의 기록에 의하면 신라에서 일본으로 불상이 전달된 것은 579년, 616년, 623년, 688년, 689년 총 5회라고 하는데, 623년의 경우에는 불상 1구를 갈야진사(葛野秦寺)에 두었다고 한다.[5] 이러한 기사와 불상의 양식 등을 감안해 볼 때 현재의 광륭사의 목조반가상은 당시 전래된 불상이라고 추정된다는 것이다.

위의 여러 사실과 연구들을 종합해 보면 이 반가상은 신라 전래가 분명함을 알 수 있다. 그러함에도 광륭사 안내책자에는 "용재는 적송이고 아스카시대(飛鳥時代, 552~645)에 만들어졌다"고 하면서 신라 전래라는 문구는 한마디도 쓰여 있지 않다. 이 설명을 보고는 당연히 일본에서 일본인에 의해 제작된 것으로 생각할 것이다. 특별한 관심을 가지지 않는 관람객은 일본인, 한국인을 막론하고 아무도 그 원산지를 알지 못하게 되었다.

광륭사 정문 옆에 '국보 제1호 미륵보살상'이란 안내판이 붙어 있었다. 현재 일본은 국보 번호 체제를 없앴다고도 하는데, 그 자세한 내력을 확인하지는 못했으나, 하여튼 붉은 색으로 '국보 제1호'라고 써 있었다. 입장권 대신 받은 안내 팸플릿에도 '1951년에 국보 제1호로 지정되었습니다'라고 영어 및 한글로 적혀 있다.

안으로 들어가 한참을 걸어가니 반가상 등 여러 작품들이 소장되어 있는 영보전(靈寶殿) 입구에 매표소가 있었다. 이날도 일반인, 학생들이 줄을 지어 입장했는데, 관람객들이 워낙 많아서 입장료 하나만으로도 사찰의 재정을 담당하는 주인공이 되었다고 한다. 영수증까지 발행하지 않으니 총수입을 가늠하기도 어려울 것이다. 대인 700엔(한화 약 1만 원), 고교생 500엔, 중학생 400엔이었다. 한국인 선조들이 일본 사찰을 먹여 살리는 셈이다.

필자 역시 어두컴컴한 전시실 속에서 약 45분이 넘게 이쪽저쪽을 쳐다보았으나 그래도 이 목조반

5) 황수영, 1986, 「초기불상양식의 교류 -반가사유상을 중심으로-」, 『한국사론』 16 고대한일관계사, 국사편찬위원회, 253~254쪽.

가상을 떠나오기가 싫었다. 이미 작품을 변조했다는 괘씸한 생각은 사라지고 한심하게도 반가상의 아름다움 속으로 푹 빠져들었던 것이다. '바보가 되어 독창했다'. 특히 이 작품에서는 반가상의 오른쪽 30도 정도에서 바라본 그 미소를 잊을 수가 없다. 한국의 국립중앙박물관 소장 금동반가상 둘은 왼쪽 45도 정도 방향에서 바라보는 것이 제일 낫다고 생각했는데 이 목조반가상은 오른쪽에서였다. 조각품은 정면이 얼굴이라고 하던데 반가상들의 경우는 그렇지가 않은 것 같았다. 순전히 필자의 주관적 기분인지 모르겠다.

강우방 이화여대 초빙교수는 국립중앙박물관 소장 금동반가사유상 작품 해설 「인간의 영원한 자화상—사유상의 모습」에서 "스스로 질문하며 스스로 자각하려는 인간의 모습인, '사유하는 나'를 조각으로 나타내면 사유상이 되지 않을까" 하면서 자세의 표현인 '半跏(반가, 책상다리)'의 관형(冠形) 없이 그저 '사유상'이라 해도 충분하다고[6] 했으나, 이들 반가상은 사유상이라기보다는 '미소'상이라고 부르는 것이 더 합당하지 않을까 제안해 본다. 아무리 보아도 인생 여러 문제들을 심각하게 '사유'하고 있는 것은 아니라는 생각이다.

서산마애석불반가상

일본의 저명한 미술사학자 전촌원징(田村圓澄)은 이 반가상을 '고독과 젊음', '심사명상(深思瞑想)', '고독성(孤獨性)', '절망(絶望)', 등으로 표현하고 있으나[7] 도무지 출가(出家)하기 전의 그런 고통스러운 사유, 사색, 절망은 아니라는 느낌이 들기 때문이다. 다른 사유상들 예를 들어, 천룡산 석굴의 수하 반가사유상,[8] 국립중앙박물관에서 소장하고 있는 턱을 괴고 있는 금동반가사유상[9] 등 몇몇 점은 고독한 '사유'가 맞는 것 같으나, 국립중앙박물관의 금동반가상 2구(국보 제78호, 83호), 광륭사의 목조반가상, 서산마애석불반가상 등은 그런 심각한 '사유'가 아니라 빙긋이 웃는 모습이다. 번뇌를 벗어난 기쁨의 경지, 득도의 은은한 미소가 분명하다. 특히 일본 나가노현 관송원 동제 반가사유상(백제 전래)은 온 얼굴로 웃으면서 '안녕하

---

6) 강우방/사진: 국립중앙박물관, 2005, 『반가사유상』, 서울: 민음사, 1~2쪽.

7) 田村圓澄, 1983, 『半跏像の道』, 東京: 學生社, 22쪽.

8) 황수영, 앞의 『책』, 10쪽.

9) 정예경, 1998, 『반가사유상 연구』, 서울: 혜안, 217쪽.

수하반가사유상(천룡산)

금동반가사유상(국립중앙박물관)

동제반가상(나가노현)

세요' 하는 모습인데[10] 어떻게 '고독'을 느끼라고 강요하는지 모르겠다. 희극 장면을 보고 있는데 울라고 하는 것과 다를 바가 없다. 초기의 일반적 명칭인 반가사유상(半跏思惟像)의 '사유'라는 이름에 얽매여 '미소'조차도 감지되지 않는, 인식해서는 '안 되는' 파쇼적 감상법이라고 생각된다.

숙소인 오사카 소재 호텔로 돌아와서 뭔가 빠진 듯하여 곰곰이 반성하니, 출발하기 전부터 답사 계획서에 신라 전래 목조반가상에 더하여 백제 전래 보계(寶髻, 상투) '우는' 미륵상(역시 일본 국보)을 커다랗게 써 놓고서는 정작 '우는 미륵상'은 확인하지 못하고 왔다는 걸 알았다. 차마 정신 나간 답사자였다고 자책하는 대신 목조반가상에 너무 매료된 나머지 잊어버린 결과였다고 스스로 위로하고 있다. 넋이 빠져 그것만 보고 온 것은 사실이다. 또 언젠가는 광륭사에 다시 가 볼 것임에는 틀림없다.

---

10) 황수영, 앞의 『책』, 36쪽.

백제관음(법륭사)

그리고 구입한 『廣隆寺』 책자를[11] 읽어 보니 독일의 실존철학자 칼 야스퍼스가 이 목조반가상을 보고 극찬한 문구가 쓰여 있다. 세계적 학자가 감탄했다고 하니 흐뭇한 일이긴 하지만 예술 작품은 작품과 나만의 1:1 대화라는 평소의 소신으로 그 철학자의 감탄사 전달은 하지 않기로 한다. 완당 김정희가 겸재 정선이나 현재 심사정을 얕보았던 사실을[12] 감안하면 예술은 '대가에 의존하는 감상 항목이 아닌 것으로 생각된다.

예술 작품의 원형을 변조시키는 작태는 진실의 날조, 만행(Vandalism)임에는 틀림없으나, 그런 행위에 대해 이해되지 않는 것은 아니다. 명색이 '일본 국보 제1호'라는 인물상이 보면 볼수록 한국인 모습이라 불쾌해서 건딜 수가 없는데 어쩌란 말이냐, 도리 없이 고쳐야 할 것 아니냐, 내 물건 내 마음대로 하는데 네가 왜, 하는 것이다. 성형수술도 그래서 하는 것이리라.

이를 보면 문화 교류란 개인이나 집단을 막론하고 그 한계가 뚜렷하다는 사실을 실감하게 된다. 특히 국가 간에는 더욱 어렵다. 막연하게 상호 존중하자, 진실되게 하자는 등 하는 말은 다만 구호에 불과하다는 결론이다. 도쿄 우에노 공원 소재 왕인박사 기념비 관리의 소홀함을 보면 '있는 그대로'의 문화 교류는 불가함이 분명하다. 정치적 이데올로기 범주를 벗어날 수가 없는 것 같다. 일제 말 '내선일체'가 강조되던 당시에는 한국의 금동반가상(국보 제83호)과 이 목조반가상을 병치하여 그 혹사(酷似, 꼭 같다고 할 만큼 닮다)함을 설명하기도 했다는 것이다[13].

나라(奈良) 소재 법륭사(法隆寺호오류우지)에 소장되어 있는 역시 일본 국보 백제관음상(百濟觀音像)에 대한 연구자들의 견해를 보면 더욱 할 말을 잃는다. 목조관음상의 이름이 '백제(百濟)'임에도 불구하고, '이 호칭은 명치 시대에 이르러 붙여진 것이기 때문에, 작자(作者)는 물론, 유래(由來)도 불명

11) 廣隆寺, 『廣隆寺』, 京都: 便利堂.

12) 이동주, 1995, 『우리나라의 옛 그림』(증보·보급판), 서울: 학고재, 375~376쪽; 한국민족미술연구소, 2004, 『간송문화』 회화 41 대겸재, 3쪽, "겸재(謙齋) 정선(鄭敾, 1676-1759)은 우리나라 회화사상 가장 위대한 업적을 남긴 대화가로 화성(畫聖)의 칭호를 올려야 마땅한 인물이다(한국민족미술연구소장 전영우)".

13) 황수영, 앞의 「논문」, 254쪽.

이다'[14]라는 것이다. 그런데 명치 시대에 왜 이 호칭을 붙였는지에 대한 설명은 없다. 저자의 주장대로라면 명치는 합리적 근거 없는 자의적 작명자에 불과하게 된다. 납득할 수 있는가? 또한 이전에는 '허공장보살(虛空藏菩薩)'로서 신앙되어 있다가, 1698년 『和州法隆寺堂社靈驗 幷 佛菩薩像數量 等』(화주법륭사당사영험 병 불보살상수량 등)에 "백제국(百濟國)으로부터 도래되었다. 단 인도의 상(像)이다'[15]고 기록되었다고 하는데, 그때 왜 백제국으로부터 도래되었다고 판정했는지에 대한 설명이 없다. 이러한 근원적 자료를 밝혀서 비판·극복하지 않는 한 백제라는 원산지 명칭을 쉽게 지워 버리기는 어렵다. 오히려 적대시하는 한반도 국가인 백제로 결정했다는 것은 원체 사실 관계가 이론의 여지가 없을 만큼 확실하였기 때문이 아니었을까 추론된다.

그런데 상(像) 옆에 이미 '觀音菩薩像(百濟觀音)'[관음보살상(백제관음)]이라고 표제판을 써 놓고 있다. 이를 보니 차근차근 백제라는 머리 명칭을 빼 버릴 준비를 하고 있는 것 같았다. 당해 사찰에서 『百濟觀音』(백제관음)이라는 제목으로 실명 책자를 간행하고[16] 있고, 영국박물관(The British Museum, 이른바 '대영박물관') 일본실 내 다실(茶室 Tea house) 和英庵(화영암) 앞에 전시된 모조 백제관음상의 표지판이 '百濟觀音立像(백제관음입상) Statue of Kudara Kannon'이라고 되어 있는 것을 보면(2011년 10월), 그 이전 표제판에도 분명히 단지 '百濟觀音'이라고 쓰어 있었던 것이 아니었을까 판단되는데, 명칭을 전환시키기 위한 중간 단계로서 백제를 뒤로 돌리면서 괄호 처리해 놓은 것이 아닌가 짐작된다. 아마도 몇십 년 후에는 뒤의 괄호 부분은 삭제해 버릴 것이 분명하리라 예측된다.

이런 현상들이 한일 간 문명 교류의 진면목이다. 우호다, 선린이다 아무리 떠들어 보아야 상대를 인정해 준다든가 한반도인에 대한 고마운 마음, 존경심은 가질 수가 없다는 것이다. 어떤 면에 있어서도 문화 원산지 상대와 연결고리를 끊고 싶다는 것이다. 마치 유럽인들이 서양 고대 그리스 문명

14) 永井信一, 앞의 『책』, 37쪽.

15) 法隆寺, 2006, 『法隆寺』, 東京: 小學館, 65쪽.

16) 法隆寺, 1993, 『百濟觀音』, 東京: 小學館.

을 그보다 수천 년이 앞서 있는 주변의 거대 문명인 아프리카의 나일강(이집트) 문명, 아시아의 티그리스 유프라테스 양강(이라크 시리아 등) 문명으로부터 문화의 자연스런 중력적 흐름을 단절시켜 놓는 흉모와 유사하다.[17] 얼굴을 고쳐 놓지를 않나, 이름을 없애려고 하지를 않나. 그런데 어떻게 '문화 교류', '우호 증진'을 운운할 수가 있겠는지 의심된다. '역사는 사실대로 써야한다'고 아무리 외쳐 봐야, 사실대로 쓰지 않는 것이 역사인 모양이다. 현실을 직시하고 새로운 대책이 필요하다. 한술 더 떠서 더 심한 왜곡, 날조로서 '새로운' 역사를 만들어 놓는 것이 오히려 현명한 대안이 아닐까 싶다.

실크로드 길(나라공원실크로드교류관)

일본은 이미 정치, 경제, 과학·기술, 문예, 군사 등에서 세계적 대국이 되었음에도 문화 원류에 대한 문제는 여전히 한반도를 제외시키고자 한다. 문명 교류의 지리적 순로 문제는 안중에 없다는 것이다. 고대의 실크로드도 육·해상을 막론하고 한반도 지역 경유에는 인색하다.

1988년 나라(奈良)에서 나라·실크로드 박람회를 개최하고, 1991년에는 유네스코 실크로드 해양루트 조사 나라국제(奈良國際) 심포지움을 개최하며, 이 무렵 나라공원 내에 실크로드교류관을 건립하였는데, 그 전시실에 붙여 놓은 실크로드 노선도를 보면 육상로는 중국의 봉래(蓬萊), 등주(登州) → 인천, 서울 → 경주 → 하카다(博多) → 나라(奈良)로 연결해 놓았으며, 해상로는 중국의 여러 항구를 들리면서, 즉 광주(廣州) → 천주(泉州) → 복주(福州) → 온주(溫州) → 영파(寧波) → 하카다(博多) → 나라(奈良), 교토로 연결해 놓고 있다. 그렇게 빈번하게 왕래했던 백제, 신라의 제 항구, 도시들은 항행노선에서 빼 버렸다. 그 부작용적 효과로 한반도 지역은 해상실크로드와는 무관하게 되었다. 한국의 고대 사회에는 해상 활동이 존재하지 않았다는 해괴한 결말이다. 한반도 해상 세력이 "8, 9세기 동아시아 해역의 '해상상업제국(maritime commercial empire)'을

---

17) "이에 반하여 구대륙에서 발생한 이후의 모든 문명들은 어떤 점에서 이집트, 메소포타미아 혹은 인더스 문명들의 직계 후예로 간주될 수도 있다. … 오늘날까지도 우리는 이집트인의 달력과 수메르인의 하루 및 시간구분을 사용한다. 우리의 유럽인 조상들은 그들 스스로 이러한 시간구분방법을 발명하지도 않았고 그러한 방법을 찾기 위한 관찰을 반복하지도 안았다. 그들은 다만 그 문화적 자본을 받아드렸고 5,000년 전에 이미 정교하게 만들어진 체계를 아주 약간 개선했을 뿐이다.", 고든 차일드 지음, 토머스 패터슨·찰스 오서 엮음, 김권구 옮김, 『고든 차일드의 사회고고학』, 서울: 사회평론, 176쪽; V. G. Childe, *FOUNDATIONS OF SOCIAL ARCHAEOLOGY* Selected Writings of V. Gordon Childe Edited by Thomas C. Patterson and Charles E. Orser Jr., Berg Oxford·New York(2004), p. 116; 마틴 버넬 지음(오흥식 옮김), 1987, 『블랙아테나-서양고전문명의 아프리카·아시아적 뿌리』제1권 날조된 고대 그리스, 1785~1985, 서울: 소나무(2006); 강철구, 2006, 『역사와 이데올로기』, 서울: 용의숲.

이루었다"는 동서양 학자들의 연구가 무색하게 되어 버렸다.[18]

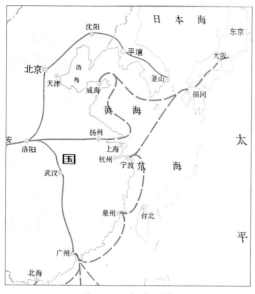

실크로드 노선도(손의부)

섬서역사박물관 당대중외교통노선도

자자 이해할 수 없는 경시로 들어가고 있다. 위의 실크로드 육상로에서 고중세 이후의 인천, 서울을 넣어 놓은 것은 매우 어색한데 사실(史實)과는 멀어도 그저 구색 맞추느라 진열해 놓은 것 같다. 이런 일본의 '앞서나가는' 연구 성과와 물량적 공세의 영향으로 중국의 일반 대중들 인식이라고 할 수 있는 한 중국화보 문헌은 육상로마저 한반도와 일본을 연결시키지 않고 있다.[19]

그리고 중국 서안[唐 長安(당 장안)]이 육상 실크로드의 시작이라고 장안성 서문 밖에 낙타를 이끌고, 타고 출발하는 대상(隊商)들의 조각물을 길게 대형으로 설치하여 널리 홍보하고 있는 섬서성은 서안에 위치하고 있는 섬서 역사박물관의 전시실에 당대중외교통노선도(唐代中外交通路線圖)를 그려 놓았는데, 이를 보면 육상로는 평양에서 멈추어 있고, 해상로는 아예 한반도 항만에는 기항하지 않고 있다. 백제와 신라는 육상로, 해상로 어느 길과도 연결되어 있지 않다. 이 경우에는 중국 측의 한반도 지역 고대 역사 경시 의식의 바탕 위에, 일본 학계의 영향에 더하여 한국 학계의 연구

성과 홍보 활동이 미흡했던 결과로 생각된다.

---

18) E. O. Reischauer, 1955, *Ennin's Travels in T'ang China*, New York: The Ronald Press Company; E. O. ライシャワ 著(1955), 田村完誓 譯(1963), 『世界史上の圓仁―唐代中國への旅―』, 東京: 實業之日本社; E. O. 라이샤워 지음(1955), 조성을 옮김(1991), 『중국 중세사회로의 여행』, 파주: 한울; 최근식, 2005, 『신라해양사연구』, 고려대학교출판부.

19) 孫毅夫, 1992, 『從威尼斯到大阪 FROM VENICE TO OSAKA』, 北京: 中國畵報出版社, 179, 259쪽.

저명한 실크로드 연구자 와세다대학 교수 장택화준(長澤和俊)은 일본의 당(唐)문화 유입은 실크로드의 연장이며 그 유물은 동대사(東大寺) 정창원(正倉院)에 많이 수장되어 있는데, 동아시아의 여러 나라 중에서도 일본이 가장 열심히 당의 문화를 흡수했기 때문에 많은 유물이 들어오게 되었다고[20] 한다. 이미 정창원에서 752년의 신라물품구입청구서(買新羅物解매신라물해)가 발견되었음에도[21] 불구하고 신라라든가 한반도 국가로부터 문물의 직수입 또는 경유에 대해서는 한마디도 언급하지 않고 있다.

일본은 중국까지 차단해 버리고 싶겠지만 그렇게 되면 일본인의 문맹지수(文盲指數)가 문제되어 만국인의 조롱거리가 될 것이 분명하므로, 차마 그러지는 못하고 중국으로부터 문화·문명 직수입을 줄기차게 주장하고 있는 것이다. 그리고 한반도는 일본의 번국(藩國, 조공 제후국)으로 인식하고자 한다. 그들의 지적 수준을 의심하기는커녕 오히려 지적 수준이 '높음'을 알아야 할 것이다.

일본인들이 이런 식으로 조작, 은폐를 하고 있으니 한국의 어떤 도서 저자는 '일본의 국보는 모두 한국인이 만들었다'고 반격하고 나섰다. 예를 들어 법륭사와 접해 있는 중궁사(中宮寺)의 목조반가상(일본 국보)도 신라 전래라고 주장하고 있다. 이 반가상의 분위기를 보면 그럴 가능성은 있지만 구체적 문헌, 또는 전설 자료 등이 나타나지 않았으므로 그저 모양이나 조각수법만 일별하고서 신라 원산지라고 단정하기는 좀 주저된다. 당시 일본의 예술 활동 수준도 비슷하지 않았을까 짐작되기 때문이다.

한국 전래 작품들이 일본의 국보로 지정된 것이 다수이고, 아울러 그런 사실들을 은폐 또는 날조하는 그들의 짓거리가 못마땅하여 위와 같은 주장을 하는 측면도 있겠지만, 모두 다 한국인이 만들어 주었다면 또한 어떤 논리적 귀결에 봉착하는가 하면, 당시 한국인은 일본에 노예노동을 제공했다는 결말이 된다. 오늘날과 같이 일본 건축물 내지 공예품 제작 프로젝트에 입찰·낙찰되어 총 공사대금을 받고 작업을 해 주던 시대는 아니었잖은가 하는 것이다. 그렇다면 남는 것은 공납, 강제 노역 내지 노예노동뿐이다. 선물도 많이 주면 상급자에 대한 뇌물 내지 헌납의 성격이다. 따라서 '모든 것은 한국 것이다'라는 것도 사실이 아닐 뿐만 아니라 내키지도 않는 일한 주종 관계이다. 그렇다면 한반도 제국이 조공국이었다는 『일본서기』 기록이 정확하다는 사실을 증명해 주는 꼴밖에 더 되겠는가 싶다.

---

20) 나가사와 가즈도시(長澤和俊)/ 이재성 옮김, 1962, 『실크로드의 역사와 문화』, 서울: 민족사(1990), 129쪽.

21) 東野治之, 1992, 『遣唐使と正倉院』, 東京: 岩波書店, 117쪽.

목조반가상(중궁사)

문화 교류 문제에서 어떤 대책을 세울 수가 있는지 모르겠다. 얼굴 등을 고칠 염려가 있는 '우범' 국가에는 고품격 예술 작품을 선물해서는 안 된다는 규정을 제정하는 것도 한 방법일 것이다. 기피하는 나라 문화 감추기에 급급하고 말살 작업에 앞장서고 있는 현실이므로 상대국을 높여 주는 진실한 문화 교류는 불가능하다고 판단된다. 문화 교류가 아니라 문화 전쟁이다. 이런 상황에서 '한반도 작품이라는 원산지를 밝혀라, 한국인을 예우해 달라'고 아무리 외쳐 봐야 헛수고에 불과하다. 다만 연구자로서 사실을 밝힐 뿐이라는 생각이다.

도쿄 우에노 공원 소재 왕인박사비도 마찬가지다. 식민지 시대 한국인 동원을 위해 '내선일체'가 필요하다고 생각될 때는 수도 한복판에 비를 세우고 큰 안내판을 설치하면서 문화의 선조, 은인이라고 대대적으로 선전하더니만 그런 상황이 끝나자 안내판을 뽑아버리고 지금은 거의 폐기물같이 버려져 있는 상태다. 문화를 전수해 주는 측만 어리석은 자가 되는 꼴이다. 다만 진실 앞에서 성숙된 포용심, 자신감, 의연함을 보여 주지 못하는 그들의 지성적, 철학적 수준을 보면서 적으나마 안도감을 가질 뿐이다. 국가 간의 진정한 문화 교류는 없다고 보아야 할 것이다. 국가적 이해 관계만 있을 뿐 그다음은 모두 상황에 따른 임시 수식어일 뿐이다.

그리고 또 하나의 큰 문제는 변조하고 난 뒤의 작품을 보고도 깊은 감동을 받았다는 사실이다. 45분 동안 '바보 독창' 하면서 이리 보고 저리 보고도 떠나기가 싫었으니 감동을 받았다고 말할 수 있겠다. 예술 작품이란 약간의 개조에는 별문제가 없고 한국인 얼굴인가 일본인 얼굴인가에 따라서 감동 강도가 달라지는 것은 아닌 모양이다. 이 작품 이외 다른 미술 작품들 예를 들어 우키요에(浮世繪) 등에서 나오는 일본인 얼굴이라든가, 여타 세계 여러 나라의 회화, 조각 등에서 표현된 외국인들의 얼굴을 보고서 아무런 이국인 갈등 없이 감동을 받는 것은 사실이다. 굳이 국적에 구애되지 않는다. 예술의 목적은 감동을 주는 것 아닌가. 그렇다면 구태여 일본인들의 변조에 대해 시비를 할 필요가 있겠는가 싶기도 하다. 감동을 주면 그만 아닌가. 도무지 무엇을 어떻게 생각하고 판단해야 할지를 모르겠다. 두고두고 고민해야 할 사항이다.

덧붙임:

이로부터 약 석 달이 지난 뒤 2011년 3월 1일 화요일 오후에 광륭사 영보전을 다시 찾아 갔었다. 지난번엔 신라 전래 목조반가상에 넋이 빠져 백제 전래 보계(寶髻, 상투) '우는' 미륵상(역시 일본 국보)

을 확인하지 못하고 와서 마저 보러 갔던 것이다.

매표소에서부터 일찌감치 '우는(なき) 미륵상'이 있는지를 물어 보았다. 전시되어 있다고 하였다. 헛걸음이 아니구나 하고 마음을 놓았다. 혹시, 한국의 국립중앙박물관에서 두 금동반가상을 6개월마다 교체 전시하는 것과 같이, 주기적으로 전시하고 있을 수도 있기 때문이다.

전시실에 들어가자마자 큐레이터에게 물었다, '우는 미륵상'이 어디 있느냐고. 저기에 있다고 하는데 보니까, 신라 전래 목조반가상의 바로 왼쪽(관람자가 보는 방향은 오른쪽)에 놓여 있는 것이 아닌가! 또 한 번 뒤통수를 얻어맞은 기분이었다. 그동안 다른 작품과 교체해 놓은 것 같지는 않은데, 그렇다면 지난번에도 그대로 바로 옆에 앉아 있었다는 말이 아닌가 하는 것이다. 위 반가상을 중심으로 좌우에 다소 작은 상들이 배치되어 3구 1조로 전시되어 있는데, 그중 하나였다. 이런 배치에서 빠트리고 보지 않고 오는 경우는 반성한다고 고쳐질 수 있을지 모르겠다. 특정 감각이 한 사물(인간 포함)에 빠져 있을 때는 다른 감각 주머니들은 작동되지 않는다거나 혹은 그중에서 바로 옆 봉지가 빠져버리는 연동적 기제를 가지고 있다고 스스로 체념할 수밖에 없는 것이 아닌지 의문이다. 이 3구의 상(像)들은 전시실(영보전) 중앙부에 진열되어 있어 그 중요도를 명확하게 나타내고 있음을 알 수 있는데, 그것을 보지도 않고 왔다는 사실은 전시 주관 측의 전시 위치 선정 등을 포함하여 어떤 점에 있어서든지 간에 바로잡아야 할 일임은 분명하다.

백제 전래 반가상(광룡사)

백제 전래 반가상 옆에 설치해 놓은 표제판부터 확인했다. '국보 미륵보살반가사유상 (백제 전래) 飛鳥(아스카)시대'라고 써 있었다. 어쩐 일인지 이 반가상은 비록 괄호 처리를 해 놓고 있지만, '백제 전래'라고 명기해 놓고 있다. 이 장면을 보고서 '이들은 정직하다'고 금방 판정하기에는 개운치가 않다. 왜냐하면 지금까지 살펴본 다른 작품들의 원산지 증명이 그러하지 않았기 때문이다. 혹시 또 무슨 저의가 있어서 그런 것이 아닌지 일단 의심해 보고 싶다.

세계적 학자가 찬탄한 작품도 아니기 때문에 이 정도는 사실대로 알려 주어도 국민적 자존심이 크게 상하지 않는다고 판단했을지도 모르는 일이다. 그리고 바로 곁에 원체 대단한 작품이 전시되어 있으므로 관람자들의 주의도 잘 끌지 않을 것이라는 계산을 했을 수도 있다. 한국에서 일부러 보러 왔다가도 깜빡하고 돌아가는 수도 있음을 보면 충분히 그럴 수 있다. 필자의 관견으로는 국보급 작품은 한꺼번에 붙여서 전시할 것이 아니라 다른 위치에 독자적으로 공간을 마련해 주어야 한다고 생각한다. 잘못하면 옆의 강한 빛 때문에 그 광도를 잃어 버릴 염려가 있기 때문이다. 약간 못난 들러리를 옆에 세우는 원리이다. 오히려 이런 점에 착목하여 고의로 그런 배치를 했다면 경악을 금치 못할 일이다. 그들의 지적 수준이 '높음'을 보면 이러한 의심들이 지나치다고 비난받지는 않을 것으로 생각된다.

백제 전래 보계반가상('우는 미륵상')은 크기도 작고 관람할 수 있는 최근접 위치로부터의 거리도 상대적으로 너무 떨어져 있어서(약 4m) 얼굴 모양 등을 잘 볼 수가 없었다. 크기 비례를 생각하면 신라 전래 반가상보다는 더 앞으로 당겨 놓아야 하는데 같은 거리의 선에 진열하고 있다. 사진으로 보면 이 역시 대단한 작품으로 생각되지만 어두컴컴한 속에서 면밀하게 감상할 수가 없었다. 국보로 지정되어 있으니 보통 작품들보다 뛰어남은 틀림없을 것 같다. 그렇지만 개인적인 나대로의 1:1 감상을 해야 하는데 뭐가 잘 보여야 하지 말이다. 다음에는 휴대용 망원경을 반드시 가지고 오겠다고 마음먹었다.

신라 전래 반가상 우측 45도(광륭사)

그리고 각 상들의 명패를 꼼꼼하게 확인했다. 신라 전래 목조 반가상의 오른쪽에 앉아 있는 상(像)에는 '重文(중요 문화재 의미) 미륵보살좌상'이라고 본 영보전 안에 전시된 다른 모든 작품들과 마찬가지로 각기 표제판을 설치해 놓았는데, 정작 가장 중요한 목조반가상에는 유독 표제판이 없고, 약 4m 앞에 설치된 제단 위에 '미륵보살진언(眞言) -ㄅ-ㅄ-ㅛ-ㄷ-ㄲ-(이상한 글자 그림)' 판을 가운데에 두고 그 옆에 징 대용 금속 그릇(시주할 때 가볍게 한 번 두드림), 두드리는 봉, 시주 나무상자 2개만을 놓아 두고 있었다. 즉, 이 상에는 이름패가 없었다. 필자가 관람한 일본의 실내에 전시된 문화재 중에서 유일한 것으로 기억된다. 말하지 않아도 다 알고 있다는 얘기인지, 아니면 계속 연구 중인지는 모르겠다.

이번에는 두 반가상을 서로 비교, 관찰, 감상한다고 한 시간 반을 넘게 머물면서 보고 왔다. 하루 종일 비가 내려 날씨도 추웠는데 그래도 또 떠나오기가 싫었다. 이제 남은 평생 몇 번을 더 보겠는 가 생각을 하니 눈, 코, 머리, 가슴도 찡해지고 하여 몇 번이나 돌아가서 다시 보곤 하였다. 예술 작품은 볼 때마다 감흥이 다르다고 하더니만 과연 그러했다. 처음에 느끼지 못했던 역동성, 풍부함, 양감(量感)이 온몸으로 엄습해 왔다. 이것을 만든 조각가는 이 세상 제일의 예술가라는 생각이 들었다.

서안 흥교사 원측탑 및
광복군

—

아무 지역 문제 연구소 동북아문화교류연구실에 소속되어 무엇부터 먼저 해야 할까 망설여졌다. 문화 교류라는 이름에 걸맞은 일을 하자면 지난날 문화 교류 담당자들의 행적을 두루두루 살피는 일부터 해야 할 것 같아서, 사학도들이 늘상 해 오던 대로 동북아 여러 지역에 산재하고 있는 한국 관련 유적지 답사부터 시작하기로 했다.

동북아 문화 교류라고 하니까 금방 떠오르는 것이 '실크로드'였다. 몇천 년 동안 동서문화교류의 대동맥이 되어 왔던 실크로드를 부분적으로나마 밟아 보는 것이 순서일 것 같았다. 아무 대학에서 한국고대문명사 강의를 몇 년 동안 맡아 왔기 때문에 세계 고대문명 유적을 틈나는 대로 둘러보았는데 어쩐 일인지 실크로드 쪽으로는 가 보지 못했었다. 2007년에 섬서성 서안 지역에는 가 보았으나 그보다 더 서쪽, 즉 돈황, 뚜루판, 중앙아시아 등으로는 가 보지 않았다. 뜨거운 사막 길도 걸어 보아야 문명 교류의 직접 담당자였던 대상들의 노고도 짐작할 수 있을 것인데 책상 앞에서만 그리고 있었던 셈이다.

처음 가 보는 길을 단독으로 움직이자니 비용이나 길 찾는 일이 너무 벅차서 여행사 모객 단체여행 상품을 찾아보았다. 지난날 안면 있는 직원이 있었던 한 여행사 홈페이지에 들어가 보았더니만 패키지 상품으로 내놓은 직항 노선의 '정통 실크로드 10일' 상품이 있었다. 서안 지역 몇 군데 들르고, 천수의 맥적산 석굴, 난주의 병령사 석굴, 돈황 막고굴, 뚜루판, 우루무치 등을 돌아보는 일정이었다. 7월 29일 수요일에 인천을 출발하여 8월 7일 금요일에 인천에 도착하는 데 가격은 1인당 180만 원이었다.

적당한 여행 조건이었는데 필자는 서안 부근에서 원측탑이 있는 홍교사, 의상대사 10년간 주석의 지상사, 혜초기념비정이 건립된 선유사, 한강 옆 안강의 신라사유지 등 답사할 곳이 많았기 때문에, 며칠 전에 서안으로 먼저 가서 둘러보고 난 뒤 7월 29일 패키지 팀과 서안 공항에서 합류하면 안 되겠냐고 물었더니만, 가능한데 개인 항공료 20만 원을 추가로 부담해야 한다는 것이었다. 참으로 합리적이다 싶어서 쾌히 예약금 30만 원을 지불하고 계약 등록했다. 필자는 5일 전, 즉 7월 24일 (금) 동일한 항공편으로 출발하기로 했다.

『고대 한중문화교류의 참모습, 당 장안의 신라사적』[1] 등 자료들을 열심히 읽고 답사를 준비하고 있는데 신강위구르자치구 우루무치에서 위구르족 독립운동이 터졌다. 여행사에서 연락오길 우루무치 지역 여행 금지령이 내렸다는 것이다. 단체여행이 취소되는 바람에 할 수 없이 개인으로 움직일 수밖에 없었다. 그 여행사로부터 서안에 있는 제휴 여행사인 섬서원동국제여행사를 소개 받아 서안, 돈황 5박 5일 가이드 따른 여행 견적을 내 달라고 했다. 서안 홍교사, 지상사, 선유사, 법문사, 비림, 돈황 막고굴, 명사산 월아천, 양관, 백마탑, 돈황박물관, 사주야시장 등이었다. 돈황 왕복은 국내 항공편(510미화불/인)으로 하여 석식 제외 총 2,394미화불이 견적되었다. 몇 사람이 서안 갔다 오는 비용 비슷하게 나온 셈인데 그다음부터는 풍찬노숙하면서 아껴 쓰면 되지 않겠나 싶어서 결정하고 준비해 달라고 했다.[2]

2009년 7월 24일(금) 오전 9시 20분경 대한항공 KE807편으로 인천 공항을 출항하여 11시 20분경 서안 공항에 도착하-니 여행사 직원이[3] 마중 나와 있었다. 곧바로 한국 요리 음식점인 경복궁 식당으로 가서 삼겹살 백반으로 점심을 맛있게 먹었다. 가이드와 기사는 자기들이 도시락을 사 와서 차 안에서 먹었다고 했다. 그들의 수당은 식대까지 일괄해서 지급하는 모양이다. 그다음 날 점심은 중국 음식을 한 식탁에서 같이 먹었는데 아마도 계산은 별도로 하지 않았겠나 싶다.

밥을 먹고는 홍교사로 달려갔다. 2년 전 서안에 갔을 때는 홍교사의 존재도, 거기에 원측탑이 있는 줄도 몰랐는데 이번에는 임시정부 광복군 제2지대 사령부가 주둔하여 병사로 사용했었다는 사실까지 알고 갔다. 국외에 존재하는 한국 고대사에서 현대사까지 연결된 '한국의 유적'이라고 할 만한 곳이다. "답사 길에서 늘 마음에 새기는 것은 우리 역사나 문화와의 상관성을 찾아내는 일"[4]인데 한국 현대사까지 상기하게 해 주는 이 유적지는 반드시 들러야 할 곳이라는 생각이 든다. 홍교사는 1945년 광복군 제2지대 총사령관 이범석 장군과 그 부관으로 김준엽 선생 등이 머물러 있었던 곳이다. 김준엽 선생님의 『장정-나의 광복군 시절』[5]을 읽어 보니 홍교사에서의 추억이 남달랐던 것으로 쓰여 있다. 사학도였던 선생이 평소에 중국 고대사에서 오랫동안 수도로 이용된 서안 지역

1) 변인석, 2008, 『고대 한중문화교류의 참모습, 당 장안의 신라사적』, 파주: 한국학술정보.

2) 참고로 서안 섬서원동국제여행사 연락처는, 전화 (국가번호86) 029-8522-5223, 팩스 029-8523-8262, 한국부 담당자 류영애, 휴대전화 159-9194-4302, 이메일 yuandong68@hotmail.com인데, 이메일로 하면 빠르고 요금도 들지 않아 좋다. 담당자 및 가이드는 기간 내내 친절하고 정확하게 잘 수배, 안내해 주었다.

3) 조선족 가이드 최문건씨(휴대전화 139-1113-0731)와 한족 개인택시 운전기사.

4) 정수일, 2006, 『실크로드 문명기행』, 서울: 한겨레출판, 291쪽.

5) 김준엽, 1987, 『장정-나의 광복군 시절』, 서울: 나남.

유적지를 답사하기를 원했고 특히 원측탑이 건립되어 있는 이 사찰에 대해서 잘 알고 있었을 뿐만 아니라 거기서 결혼까지 하셨으니 이 가람을 잊을 수가 없을 것이다.

오후 2시경 흥교사에 도착했다. 대문 위에 '호국흥교사'라고 쓰여 있고 벽에는 '제1급전국중요문물보호단위 흥교사탑(섬서성인민위원회, 1962년)'이라고 문화재 표지판이 새겨져 있었다. 당나라 시대 대표적 고승으로『대당서역기(大唐西域記)』저자인 삼장법사 현장의 탑과 그 제자 원측, 규기의 세 탑이 여기에 건립되어 있기 때문에 이렇게 문화재 지정이 되어 있는 모양이다. 현장의 20여 명에 달하는 제자 가운데에 신라인 원측(613~696)이 뽑혀서 이와 같이 스승과 함께 기념된다는 사실은 가볍게 보아 넘길 일이 아니다. 현재 인구 비례를 감안하면 1당 20 이상이 될 것이다. 힘이 용솟음친다. 승려들 역시 당시의 대표적 지식인 집단이었을 것이다. 아울러 놓쳐서는 안 될 이면의 사실은 지금까지도 불교 국가라 할 수 있는 일본의 승려들 이름은 보이지 않는다는 것이다. 그들의 한반도인 경시, 배제 의식을 상기하면 이 부분은 기회 있을 때마다 거론해야 할 사실이다.

출발하기 전 수원에 살고 계시는 변인석(卞麟錫) 전 아주대학교 교수님을 찾아뵙고 사전 가르침을 구했었다. 중국 답사를 이미 80번, 그중 서안은 22차례, 흥교사에는 열 번을 들렀으며, 세계 4대 여행기 중의 하나인『왕오천축국전(往五天竺國傳)』저자 혜초 스님이 황제 대종의 칙명에 의해 774년 1월 말경 기우제를 지냈다는 기록과 그 현장인 선유사 경내 옥녀담을 발견하고 한국불교조계종에 건의하여 혜초기념비정(현판 글씨는 김대중 전 대통령 휘호임)을 건립케 한 학자이므로 여러 가지 좋은 말씀을 많이 들었다. 그리고 흥교사의 주지 방장인 상명(常明창밍) 법사를 찾아 문안 인사 드리고 붓글씨를 잘 쓰시니 휘호를 하나 받아 오라고

측사탑

하면서 명함에 소개장까지 써 주셨다. 현재 중국에서 고명한 스님이고 광복군 주둔 사실까지 알고 있다는 것이다. 그래서 필자가 확실히 변인석 교수님과 담소했다는 사실을 더욱 강하게 증명하기 위해 커피숍 여사장님께 부탁하여 나란히 앉아 있는 두 사람의 사진을 두 컷 찍어 두었다. 나중에 곳곳에 가서 나를 소개할 때, 특히 언어능력이 부족할 때 이보다 더 좋은 증명자료가 없었다. 커다랗게 인화하여 두 장을 투명 비닐 커버에 앞뒤로 넣어 보여 주니까 금방 "아하, 삐엔시엔성(卞先生)" 하였다. 더 이상 묻고 대답할 필요가 없었다.

홍교사 정문 앞에서 현판 표지판 등 이 방향 저 방향으로 사진을 여러 장 찍고 난 뒤 옆문으로 들어가 매표소로 갔다. 가이드를 시켜 창밍 방장님을 뵙기를 원한다고 했더니만, 오늘이 100일재라고 하였다. 93세로 돌아가셨다는 것이다. 선물을 준비하고 휘호 받아 올 문구까지 작성해 갔는데 말이다. '신라고승 원측 광복군 김준엽 류처 홍교사 아무대학교 아무지역문제연구소 최근식 예방기념 방장 상밍'이라고 써 갔는데 꺼내지도 못했다. 신도들이 많이 모여서 재를 지내고 음식을 나누어 주었다. 휘호는 다음 세상으로 미루고 수박만 얻어먹고 온 셈이다.

우선 <측사탑(測師塔)>으로 가서 묵념했다. 원측은 신라 왕손으로 출가하여 삼장법사 현장에게 배웠다고 한다. 왕손으로 태어났으면 뭐 크게 아쉬울 것도 없을 텐데 뭐 하려고 이 먼 곳엘 왔을까 싶어 한심한 한편 심오한 생각을 하면서 탑 밑에 만들어 놓은 진흙상도 보고 비문도 읽고 사진도 찍으면서 관람했다. 중앙이 현장탑인데 5층탑으로 제일 높고 그 좌우에 낮게 원측탑, 규기탑이 세워져 있다. 세 탑 모두 수리를 한다고 비계를 얽어 놓았고 세 탑 전체를 동시에 사

진으로 담을 수 있는 위치는 평지에는 없었다. 할 수 없이 부분 부분으로 찍어 왔다.

뒤로 돌아가니 와불전(臥佛殿)이 있는데 그 안에는 금빛 찬란하게 누워 있는 부처상을 만들어 놓았다. 재료는 무엇인지 모르겠으나 이 역시 중요한 문화재라고 한다. 동아시아 지역 여러 나라들을 답사하면서 와불상을 많이

보았는데 그때마다 의문이 '어떻게 누워서 도를 닦을 수 있는지, 나는 누우면 잠밖에 안 오던데' 하는 것이었다. 이번에 또다시 같은 의문이 들었다. 진작 불교 전문가에게 물어봤어야 하는데 넘어가 버렸다. 며칠 후 돈황 막고굴에 가서 그곳 전문 해설자 가이드로부터 한 와불 벽화 설명을 들으면서 그것이 열반불이라는 사실을 알았다. 그 순간 나도 참으로 한심한 사학도라는 느낌이 들었다. 역사학을 전공하는 사람은 머리가 조금 둔해도 꾸준히 자료를 모으고 답사만 부지런히 하면 된다고 생각하지만, 추리력 또한 역사 공부에서 필수적인데 이정도 추리력도 없어 가지고는 곤란하지 않겠는가 하는 느낌이 들었다. 그러나 지금까지 나의 미련함은 제쳐두고 '와불'이라는 명칭은 그대로 놔둬서는 안 되고 반드시 '열반불'로 고쳐야 한다고 판단했다. 왜냐하면 누워 있다는 것보다는 죽었다는 사실이 더 적확하고 중요한 것이 아닌가 해서이다. 잘 먹혀들지는 않겠지만 일단 그렇게 주장해 본다.

계속해서 경내를 쭉 돌아보니 어이 없는 장면이 벌어져 있었다. 일본인들이 벚꽃나무 정원을 꾸며 놓고 '중일우호앵화주기념비(中日友好櫻花株紀念碑)'라고 쓴 안내판 겸 기념비를 세워 놓고는 양 옆 벚꽃 사이를 쭉 걸어서 들어가는 보도 마지막에 '중일영원우호(中日永遠友好)'라는 큰 비석을 거북 받침대를 놓고 세워 놓았다. 다른 한편에

는 '중일우호석서심경광명탑(中日友好石書心經光明塔)'을 또한 상당한 규모의 크기로 자리 잡아 건립해 놓았는데 2002년 10월 21일 건립, 일본국 관음성교(觀音聖敎)라고 쓰여 있다. 아마도 불교계 서

예 관련 단체가 아닌가 짐작된다. 이런 장면을 보고 정신이 멍해지지 않을 사람이 몇 사람이 될는지. 참으로 염치없는 짓이다. 언제부터 중일'우호'인가. 지나가는 소도 웃을 일이다.

저녁에 숙소에 들어가 구내 상점에서 구입한 책을 보고 알았는데 1982년부터 지금(2000년경)까지 수리 비용으로 350만 위엔(元)을 넘게 썼다고 한다. 그 중 상당 부분이 일본으로부터 기부되지 않았을까 추측된다. 그렇지 않다면 어찌 중국에서도 중요한 문화 유적 구역 현장에 일본인과는 전혀 역사적 관련이 없는 이곳에 이렇게 넓게 자리 잡고 그들의 국화인 벚꽃 정원을 꾸며 놓는가 하면 큰 기념비를 두 개, 안내판비 두 개를 건립할 수 있겠는가 말이다. 일종의 영토 확장 사업일 것이다. 아울러 한국사 관련 유적의 위상을 낮추거나 인식도를 희석시키기는 일이기도 하다. 중일'우호'를 지금부터 하겠다고 약속한다고 쳐도 하필 왜 이곳 흥교사인지 의문이다.

한반도인 관련 문화 유적이 있는 중국 도처에서 이런 일이 벌어지고 있다. 중국인들의 적극적 협조 없이는 불가능한 일이기도 하다. 문화재 훼손은 문화재를 파괴하는 일뿐만 아니라 역사성 없는 구조물을 그 주위에 남설하는 일 또한 해당할 것이다. 차라리 임시정부 광복군 제2지대 주둔 기념비를 세우는 것이 더 명분이 있고 역사적이지 않겠는가.

편치 않은 마음을 억누르고 구내 상점에 들어갔다. 〈법물유통처(法物流通處)〉라는 간판이 붙어 있다. 불교 관련 기구 및 서화들이 전시되어 있었다. 미리부터 원측의 저서『해심밀경소(解深密經疏)』(金陵經版)가 이곳에 있다는 말을 듣고 갔기에 점원에게 책이름을 써 놓은 종이를 내밀었다. 먼 옛날에 저술한 것이기에 한두 권이 아니겠는가 생각했는데 꺼내 놓는 것을 보고는 처음에 여러 질을 내놓는가 싶었다. 두꺼운 책 통에서 한

권 두 권 꺼내서 읽어 보니 제1권부터 제40권까지였다. 기가 막혔다. 책값 (1,000위엔, 한화 20만 원 상당)도 만만찮거니와 부피와 무게를 보니 이것을 들고 어찌 보름 동안 다닐 수가 있겠는가 싶어서 한참 동안 이리 만지고 저리 만지작거리다가 결국 다음 기회로 미루자 결심하고는 구입을 포기했다. 그 안타까운 마음은 책 사는 것을 취미로 해본 사람들은 짐작할 수 있으리라. 원측 저서는 관람만 하고 대신 번요정(樊耀亭)의 책 두 권, 섬서인민출판사 발행 『장안흥교사(長安興敎寺)』(1997), 『종남산불사유방기(終南山佛寺遊訪記)』(2003)를 구입하여 나왔다.

그런데 유통처 판매 담당자가 따라 나오더니 나보고 여기 보라고 하면서 종루 밑 창고 문을 열어 주었다. 원측 저서를 만지작거리는 것을 보고 한국인이라는 것을 알아차리고는 보여 준 모양이다. 종이 하나 걸려 있었다. 성덕대왕신종 모형이라는 것은 금방 알았는데 이것이 왜 여기 있는가 하고 다가가서 명문과 시주들 이름을 읽어 보았다. 원측을 기념하여 한국의 불국사에서 기증했다고 쓰여 있었다. 더 기가 막혔다. 세상에, 한국의 불국사에서 원측을 기념하여 기증한 종이 종루 밑 창고 안에 잠궈 놓여 있다는 사실이다. 원측탑이 있는 흥교사에 어떤 무리는 없는 '우호'도 창조하여 벚꽃 정원을 만들어 놓는 마당에 3.7톤이나 되는 원측 기념 청동종을 창고 안에 방치해 놓고 있다니

기가 막힐 일 아닌가 말이다. 참으로 '역사는 전쟁'이라는 사실이 새삼 떠올랐다. 귀국한 뒤 곧바로 경주 불국사에 다음과 같이 건의서를 한 장 올렸다.

건 의 서

　수신: 대한불교조계종 불국사 회주 주지
　참조: 총무국장, 문화부 해외 기념물 설치 담당자
　발신: 아무대학교 아무지역문제연구소
　동북아문화교류실 실장 연구교수 최근식
　제목: 중국 서안 흥교사 소재
　불국사기증 <원측기념종> 창고 밖으로 설치 건의

　귀 가람의 무궁한 발전을 기원합니다.

　저는 아무대학교 아무지역문제연구소 동북아문화교류실에서 한국고대사를 전공하고 있는 연구자로서 지난 7월에 중국 西安 興敎寺(흥교사)에 있는 <測師塔>(원측스님 기념탑)을 답사, 참배하고 왔습니다.

　그리고 구내상점 점원의 호의로 종루 밑 창고에 잠겨져 있는 귀 사원에서 기증한 <원측기념종>(성덕대왕신종 모형)을 관람했습니다. 종에 새겨진 '신라' '원측' '불국사' 등 글자를 보니 가슴이 벅찼습니다. 본인이 답사하기 전에 이미 한국 불국사에서 이렇게 해 놓았구나 생각하니 감회가 깊었습니다.

　그런데 문제는 이렇게 기증한 종이 왜 창고 속에 잠겨져 있어야 하는지 하는 것이었습니다. 혹시 설치 계약서 같은 것은 없는지 하는 의문입니다.

　흥교사와 아무 역사적 관련이 없는 일본인들도 중일우호탑(서에 관련)이다, 앵화원을 조성한다, 중일우호앵화주기념비(櫻花株: 벚꽃나무 기념비)다 이런 어이없는 짓들을 해놓고 있는데 말입니다.(사진 별첨) 삼장법사 현장탑, 원측탑, 규기탑이 세워져 있는 흥교사는 중국에서도 중요한 사적지로 지정되어 있는데, 일본인들이 사원 안에 넓게 터를 잡아 정원을 조성하고 기념비를 세우고는 진입로를 닦아 놓고 있으니 도가 지나치지 않는가 하는 생각이 들었습니다. 1982년부터 사원 보수 비용으로 350万元이 넘게 투입되었다 하는데 그중 상당 부분이 일본으로부터 기부되지 않았을까 하는 판단이 듭니다. 일종의 영토 확장 작업이므로 엄청난 자금을 쏟아 붓는 셈입니다.

이들은 한반도인의 유적이 있는 곳이면 어디든지 이런 식의 한국인 업적 평가절하 내지는 희석작업을 하고 있습니다. 서안에서 조금 떨어진 周至에 위치한 仙遊寺(선유사) 경내의 <혜초기념비정>(2001년) 옆에는 <일본인서예가기념비정>(2003년)을 건립하는 등 일종의 문화재 훼손 작업을 벌리고 있습니다. 문화재를 파괴하는 것뿐만 아니라 남설 또한 문화재 훼손 행위에 해당할 것이기 때문입니다.

산동반도 적산법화원 <적산명신상비문>의 경우는 더욱 분노케 합니다. 적산법화원 창건자인 장보고 대사 및 상주 신라인 승려(27명, 법명까지 기록되어 있음) 등 이야기는 일언반구도 언급하지 않고 寄食僧인 圓仁(엔닌, 일본인, 장보고대사에 대하여 극존칭을 썼으며 장보고대사의 폭넓은 도움을 받았고, 후에 일본천태종 3대교주가 됨) 행적만 부각되어 있습니다. 圓仁 교주도 이런 <비문>을 봤다면 아마 얼굴을 붉혔을 겁니다. 이런 행위는 중국이 주도했고 일본측이 동조한 중일 합작품이라고 보아야 옳을 것 같습니다. 어느 나라도 한반도인이 부각됨을 좋아하지 않을 것이기 때문입니다.

귀 사찰에서 의미 있게 기증한 <원측기념종>이 창고 안에서 '유폐'되어 있는 모습을 보니 너무 가슴이 아팠습니다. 한국인이라면 누구라도 마찬가지 느낌을 받았을 것입니다. 처음부터 이렇게 넣어두자고 보낸 것은 아니라는 생각에서, 이 종을 창고 밖에 공간을 확보하여 내다 걸어서, 한국 불국사에서 원측스님을 기념하여 기증했다는 사실을 알리면서 국위도 선양하고 종소리도 들으면서 아울러 한중문화교류를 증진케 해주십사고 건의하는 바입니다.

첨부: 흥교사 종루 창고안 <원측기념종> 및 주위 사진 16매

2009년 8월 26일   최 근 식 올림

(전자우편: 주소)

(연구실 전화번호, 휴대전화번호)

대한불교조계종·불 국 사   귀 중

그랬더니 불국사에서 8월 29일 토요일에 다음과 같은 회신을 보내 왔고, 흥교사의 주소를 묻기에 알려 주었다. 주소는 간단하다. 中國 陝西 西安市 長安縣 興教寺(중국 섬서 서안시 장안현 흥교사)이다.

최근식 선생님께.

선생님의 건승을 기원합니다.

보내주신 건의서는 감사하게 받았습니다.

사찰을 방문하는 모든 사람들이 볼 수 있는 곳에 원측기념종을 설치하도록 흥교사에 요청하겠습니다.

한중 불교의 오랜 인연을 기념하는 소중한 기념물이 방치되지 않도록 신경써 주신 점, 진심으로 감사드립니다.

앞으로도 불국사에 많은 관심을 갖고 지켜봐주십시오.

이 지면을 빌어 불국사 담당자 사무장님께 감사의 말을 올린다. 아울러 흥교사 유통처 담당자에게도 감사의 말을 전한다. 이름도 적어 오지 않았지만 고마운 중국인도 있었다. 그 아들과 찍어 놓은 사진을 부쳐 주려고 몇 장 인화해 놓았다. 그런데 정작 보내기는 약 1년 뒤에 우송했었다. 게으름의 소치였다.

원측기념종을 보고 난 뒤 다시 흥교사 경내를 한 바퀴 둘러보았다. 아무지역 관련 문제 연구소 창립자이신 김준엽(1920년생) 선생님께서 광복군 시절 여기를 거닐었다 생각을 하니 감회가 더욱 깊기에 64년 전을 상상하면서 거닐어 보았다. 건물들 사이에 백일홍이 몇 그루 자라고 있었는데 이 나무들이 그때에도 있었겠지 싶었고, 사모님 또한 독립투사 신규식 선생의 외손녀이자 임시정부 비서실장이었던 민필호 선생의 영애로서 광복군 제2지대 소속으로 근무하고 있었다는데 두 분이 사령관 이범석 장군의 아침 조회 때 "오늘부터 김준엽 동지와 민영주 동지는 부부가 된다"라는 선포로 여기서 결혼을 하셨다니까 분명히 이 백일홍들 사이를 거닐지 않았을까 상상하면서 사진을 몇장 찍어 두었다. 같잖은 일본인들의 '우호'비 운운보다는 한국임시정부 광복군 제2지대 주둔 기념비를 세우는 것이 몇백 배나 더 명분이 있고 의미 있는 일이 아닌가 싶다. 광복군제2지대주둔기념비 건립을 강력히 제안하는 바이다. 그런데 지금까지 관련 기관에 건의서를 올리지 못했다.

오후 4시경 답사를 마치고 흥교사를 나왔다. 서안 시내로 오는 길에 화엄사 유지에 잠깐 들러서

남은 탑 2기를 멀리서 사진만 찍어 두었다. 이름대로 화엄종의 조정(祖庭)이라고 하는데 건물들을 복원, 재건하지는 않고 있다. 사회주의 국가라 그 돈 있으면 배고픈 사람 몇 사람 더 먹이겠다 싶어서 그런지는 모르겠는데, 내일 답사할 상상하기 어려운 거석문화 본보기의 법문사를 둘러보니 그것도 아닌 것 같다. 역사학은 평가학문이라고 하던데 아직 경지에 오르지 못해서 그런지 어느 것이 옳은지를 모르겠다. 이런 저런 생각을 하면서 숙소로 향했다.

베트남 하노이 호찌민 박물관
『목민심서』 부재 확인

—

베트남의 고 호찌민 주석이 다산 정약용의 목민심서를 "읽고 또 읽었다"는 등의 '전설'이 진위의 확인 작업 없이 확대 재생산되고 있으며, 2005년 11월에는 두 인물의 생가가 있는 경기도 남양주시와 베트남 빈(Vinh)시 사이에 자매결연을 맺었다고 한다. 그 역사적 사실 여부를 찾아내어야 한다. 두 인물 모두 각기 나라에서 중요한 역사적 위상을 가지고 있으므로 가볍게 다루어서는 안 될 것이다.

다산 정약용 선생은 주지하다시피 한국사에서 뚜렷한 자리를 차지하고 있는 큰 학자이고,[1] 호찌민 주석 역시 베트남 역사에서뿐만 아니라 세계사적 위상을 가지는 역사적 인물로[2] 생각된다. 이러한 두 인물을 확실한 근거도 없이 엮어 놓는다는 것은 두 나라 모두에게 불명예라고 판단된다. 특히 베트남에서는 더 예민한 반응을 보일 것임이 분명하다. 호찌민은 베트남에서 국부적 존재 이상으로 예우되고 있는데 남의 나라 한 학자의 책을 아무 역사적 근거 없이 침대 한편에 놓고 읽었으며 이로부터 호찌민의 사상과 철학이 나왔음을 암시하는가 하면 공무원들에게 이 책을 권장했고 심지어 정약용 선생의 제삿날까지 알아서 호젓이 제사를 지냈다고 얘기되고 있다.

만약 그것이 사실이 아니고 날조된 허구의 '전설'이라고 판정된다면 큰 문제임에는 틀림없다. 먼저, 국제관계에서 중요한 상대국의 신뢰를 얻지 못할 뿐만 아니라 잘못되면 전략적 동반 관계로 진입한[3] 한국과 베트남 간의 외교적 문제로까지 비화될 수도 있을 것이다. 사실을 밝혀야 한다. 이에 대한 진위 검토가 중요하다.

2009년 10월 초 같이 연구 활동을 하고 있는 정치학 박사 아무로부터 "호찌민이 목민심서를 읽었

---

1) 백남운, 정인보, 안재홍, 백낙준, 월탄 등, 1935, 『신조선』 8월호(신조선 제12호) 〈정다산특집〉, 경성: 신조선사, 27쪽, "다산선생은 조선이 가졌던 최대학자이다"(안재홍).

2) 윌리엄 J. 듀이커/ 정영목 옮김, 『호치민 평전』, 서울: 푸른숲(2001), 15쪽, "모스크바 코민테른의 요원이자, 국제 공산주의 운동 참여자이자, 베트남 승전의 기획자로서 호치민은 의문의 여지없이 20세기의 가장 영향력 있는 정치적 인물 가운데 하나로 꼽힌다.": William J. Duiker, *HO CHI MINH*, New York: Hyperion(2000), p. 2, 〈Introduction〉, "Agent of the Comintern in Moscow, member of the international Communist movement, architect of victory in Vietnam, Ho Chi Minh is unquestionably one of the most influential political figures of the twentieth century".

3) 추승호 이승우 기자, 「한국-베트남 전략적 협력 동반자 관계 구축을 위한 공동성명[한·베트남 정상 공동성명 전문]」 『하노이=연합뉴스』, 2009.10.21.

다"는 말을 듣고 필자는 상당히 감격되어 주위에 있는 두 명의 역사 전공 문학박사들에게 확인했더니 한국의 저명한 지성의 책에도 나오고, 나아가 "호찌민 박물관에 『목민심서』가 전시되어 있다"고 딱 잘라 매듭지어 주는 것이었다.

문명사 강의를 한다는 필자가 그런 사실을 어찌 여태 몰랐단 말인가. 한심스럽다. 이제야 확실하구나 싶어서 그다음 날 강의에 들어가서 당장 전달하고 말았던 것이다. 세계사적 위상을 가지는 베트남의 호찌민 주석이 한국사에서 또 한 큰 산인 다산 정약용 선생의 『목민심서』를 숙독했다는 것은 그저 넘길 일이 아니다, 다산 선생님의 저서를 꼼꼼히 읽어야 한다, 그리고 한국-베트남 문화 교류사 측면에서도 다루어야 할 일이다 등등 열강해 버렸던 것이다.

열이 조금 식고 나니까 필자가 너무 성급했던 것은 아닌가 하는 반성이 들었다. 출전을 확인하지도 않고 말만 듣고, 그것도 살을 약간 더 붙여서 학생들에게 전달한다는 것은 사이비 언론기관들이 하는 짓거리가 아닌가 자책되었다. 큰일이다 싶어서 부랴부랴 인터넷을 뒤지고 책을 찾아보고 하였다.

첫 번째 찾은 문건이 곧바로 필자의 성급한 말옮김을 질타하는 것이었다. 다산연구소 소장이고 전 단국대학교 이사장이며 한국고전번역원 원장인 박석무 선생님의 인터뷰 기사였다. 『민족21』에 나와 있는 정용일 취재부장과 박석무 선생님과의 대담을[4] 그대로 인용해 본다.

▶ 다산의 저작 중에서 대표적인 책이 『목민심서』인데요, 베트남의 호치민 주석도 항상 머리말에 두고 읽었다는 얘기가 있습니다.

▶ 언젠가 베트남을 방문한 기회에 호치민 박물관에 가 봤지만 목민심서는 없었어요. 관장의 말이 그런 얘기는 들었지만 자기들로서는 구체적인 기록을 발견할 수는 없었다고 해요. 관장의 견해에 의하면 호 주석은 독서광이라 중국 망명 시절에 많은 한서 고전을 탐독했는데 그때 읽었을 개연성은 있지만 확증은 없다고 해요. 내 생각에는 '공직자로서 가장 도덕적이기 위해서는 청렴해야 한다, 자기는 조국과 결혼했다, 아내가 있으면 사심이 생긴다'며 평생 독신으로 살고, 청탁을 거절하기 위해 고향을 알리지 않았다는 점을 보면 목민심서를 읽었을 가능성도 있는 것 같아요.

지금까지 호찌민·『목민심서』 관련설을 자랑스럽게 늘어놓았던 사실에 비하면 참으로 기가 막히는 사실고증 방법·결과이다. 물증은 없고 다만 '개연성', '가능성'밖에 없다는 것이다. 그것도 베트남 하

---

4) 정용일, 「[박석무 한국고전번역원 원장] "지도자일수록 다산茶山의 목민牧民 정신 되새겨야"」『민족21』 2008년 8월호 (통권 제89호), (주)민족21, 20~27쪽을 DBpia에서 프린터 출력하였음.

노이 호찌민 박물관장의 '개연성'은 한국으로부터 경제 원조를 받고 있는[한국은 2008년 4월 말 누적 투자 승인액 147억 불로서 당시 베트남에서 제1위 투자국이었는데 베트남 정부는 이에 대해 매우 감사하게 생각하고 있었다고 하며, 1992년 베트남과 수교한 이래 무상 원조 1억 1,000만 불, 유상 원조 9억 8,000만 불 등 총 11억 불 규모의 개발원조ODA를 제공했고, 2007년부터는 매년 2억 7,000만 불가량을 서약했다는 것임(주 베트남 한국대사관 자료)]⁵⁾ 약자의 입장에서 한국인들의 터무니없는 '전설'에 대해 단호하게 자르지를 못하고 머뭇거리는 수준에서 위로 차원의 외교적 입발림(립서비스) 외교사(外交辭) 정도로 보여지는데, 박석무 선생님의 '가능성'은 무슨 그런 근거에서 가능성을 도출하고 있는지 어이가 없다. 그러면 아내가 있고 그런 심성, 정치 철학이 전혀 없다고 생각되는 아무개 대통령이『목민심서』를 '읽은 사실'은⁶⁾ 어떻게 설명할 수 있는지 의문이다. 기가 막히는 일이었다.

또한 호찌민 주석은 '아내가 있으면 사심이 생긴다, 운운' 하는 부분적 '도덕성' 성품과는 다소 거리가 있는 것으로 생각된다. 윌든 벨로, 소피 퀸-저지 등의 연구에 의하면 "그를 공산주의의 성자로 보기는 힘들다. 그는 여자와 함께 많은 시간을 보냈고, 자주 타협했으며, 다른 민족주의 정당에 잠입하기도 했다. 언제나 정직했던 건 아니었으며, 정치적 신념을 순수하게 따르는 것을 무모하다고 여겼다", "호찌민은 독신주의 수도사와 같은 부류는 아니었다; 그는 여기서 검토하고 있는 기간 동안 여자들과 관계를 가졌던 두 개의 실례가 있다[저자 서문 미주 24 …]. 그는 복합적인 정치적 동물이었지 신이 아니었다. 호찌민의 모범적 지도자 정신에 맞춘 전통적 베트남의 초점은 그를 어떠한 경우에서도 그 원동력으로 보려는 경향으로 끌었다—그는 일련의 도덕적 희곡들에서 주도적 인물로 묘사되었다"(필자 옮김)는⁷⁾ 것이다. 어떤 정치적 인물을 무오류성 인간으로 상정하여 맹목적으로 경외함에는 주의를 해야 할 것 같다.

---

5) 임홍재, 2010, 『베트남 견문록』, 파주: 김영사, 31, 52쪽.

6) 민주언론운동협의회 편, 1988, 『보도지침』, 서울: 두레, 319~320쪽, "대통령집무실, "목민심서가 눈길을 끈다"고 쓸 것. 4. 19. ▲대통령 기상회견에 대한 스케치 기사에서, 기내 임시집무실에 "다산의 목민심서(牧民心書)가 있는 것이 눈길을 끈다"는 식으로 뽑을 것"; 1986년 4월 19일, 20일 중앙지 여러 일간신문들 동일 문구 보도문들 참조.

7) 호찌민 지음/윌든 벨로 서문/배기현 옮김, 2007/2009, 『호치민: 식민주의를 타도하라』, 서울: 프레시안북, 14쪽; Sophie Quinn-Judge, 2002, *Ho Chi Minh: The Missing Years, 1919-1941*, University of California Press, Berkeley Los Angeles, 〈Introduction〉, p. 1, "Ho is still held personally responsible by many Vietnamese for all the suffering which war and communism brought to their country."("호찌민은 전쟁과 공산주의가 그들의 나라에 가져온 모든 고통에 대하여 개인적으로 여전히 많은 베트남인들에게 책임을 져야한다": 필자 옮김), p. 6, "Ho was not some sort of a celibate monk; he had two documented relationships with women during the period under examination here.[저자 서문 미주 24: The first of these women, known as 'Tuyet Minh', was a Cantonese student of midwifery who started living with Ho as his wife in October 1926. She is not mentioned in Chapter 3 on Canton, since the relationship ended when Ho fled from China in the spring of 1927. … The second relationship, with Nguyen Thi Minh Khai, was politically more significant(see Chapter 5, 6 and 7).] He was a complex political animal and not a god. The traditional Vietnamese focus on Ho's exemplary leadership has led to a tendency to see him as the prime mover in any situation—he is pictured as the lead character in a series of morality plays".

하노이 소재 호찌민 박물관

일이 이쯤 되고 보니 큰일났다 싶고 강의실로 돌아가 학생들에게 어떻게 정정 발언해야 할지가 궁색해졌다. 그렇다면 이제는 사람들의 말만 듣고 '없다'고 전달하기보다는 일단 내가 직접 확인하고 잘못된 얘기들을 고쳐 말해 주어야 된다고 결심하고는 호찌민 박물관에 답사 갈 계획을 세웠다.

급하게 여행 일정을 잡아 10월 17일 토요일 오후 베트남 하노이에 있는 호찌민 영묘 광장, 호찌민 주거 집무실, 호찌민 박물관 등에 갔었다. 서재, 박물관 등 꼼꼼히 찾아보았으나 목민심서는 어디에도 없었다. 없다는 것을 알고는 갔으나 막상 진열되어 있지 않았음을 확인했을 때는 다소 기묘한, 덧없는 느낌이 들었다. 그러나 '학자의 본분은 진실을 탐구하는 것뿐이다'는 가르침을 되뇌면서 내 얼굴이 들어간 것을 포함하여 사진만 여러 장 찍어왔다. 필자가 직접 가서 확인했음을 증명해 주기 위함이다.

박물관 입구

답사를 다녀온 뒤 강의실로 돌아와 학생들에게 곧바로 고쳐 알려 주고 계속하여 인터넷을 뒤졌다. 《연합뉴스》의 〈정약용 17대종손 베트남 첫 환경상 수상〉[8]이라는 기사에 따르면 한국환경자원공사 베트남사무소 소장 정건영 씨(35세, 나중에 전화로 대담한 결과 17대가 아니라 7대라고 했음)가 베트남에 폐유 유출 사고가 났을 때 해양 오염 폐유 샘플 분석 등을 지원해 준 공로로 베트남의 환경상을 받았다고 하면서, "베트남은 국부(國父)로 불리는 호찌민 주석이 다산 정약용의 『목민심서』를 탐독하고 끝까지 보유하고 있었다는 말이 있어 정약용에 대한 연구가 지금도 계속되고 있다"고 한다. 이제는 한걸음 더 나아가 베트남도 연구를 계속하고 있다는 것이다. 베트남이 정약용을 빛내 줄 이유가 어디에 있는지 의문이다.

---

8) 권쾌현, 〈정약용 17대종손 베트남서 첫 환경상 수상〉, 《연합뉴스》, 2008.01.15.

박물관 내 호찌민 애독 서적 전시

호찌민 주석 주거 집무실

집무실 내 서재

한국환경자원공사에 전화하여 베트남 사무소 전화번호를 문의한 뒤 정건영 소장에게 바로 전화했다. 나는 이러이러한 연구자인데 그저께 그 목적으로 하노이에 갔다 왔었다 등등 보고를 하고는 혹시 호찌민-목민심서 관련 자료가 있는지, 무어라도 좋으니 보내 달라고 간청했다. 정 소장 역시 가문의 중책을 짊어지고 호찌민-목민심서 관련설을 찾으려고 수년 동안 애써 왔다고 한다. 호찌민 주석과 같이 활동하던, 현재 살아 계시는 두 분, 프랑스와의 전쟁 중 디엔비엔푸 전투의 승전(서양 제국주의 군대가 제3세계 군대에게 패배한 첫 사례, 야포 사령관 찰스 피로트 대령이 책임지고 자살했고, 총사령관 드 카스트리 장군이 생포되었으며 이하 16,000여 명의 엘리트 군대가 항복, 포로가 된 사건)[9]으로 유명한 전쟁 영웅 보응우옌지압 장군(98세)과 썬뚱 수행비서(82세)를 만나 뵙고 그 사실 여부를 물어보았으나 잘 모른다는 것이었다. 하지만 썬뚱 수행비서가 정 소장을 안타깝게 생각하여 나주정씨종친회로 친서를 하나 보내어 위로했다고 한다.

썬뚱 수행비서가 써 보낸 글을 보니 호찌민 주석이 『목민심서』를 읽었다는 말은 없었다. 혹시 어떤 목적으로 부정하고 싶은, 거짓말을 할 이유가 어딘가에 있을까 아무리 생각해도 찾을 수가 없다. '전략적 동반관계'를 위해서는 오히려 호재(好材)가 되었으면 되었지 있는 사실(史實)을 구태여 암장할 필요는 없을 것이기 때문이다. 바로 옆에서 주석을 보살핀 비서가 모른다면 가능성은 거의 없다고 판단해도 좋을 것 같다.

계속 자료를 찾던 중 《연합뉴스》의 '호찌민 주석 옆에는 목민심서 없다'는 기사를 보았다. 중요하

---

9) 임홍재, 앞의 『베트남 견문록』, 155, 168쪽; Vo Nguyen Giap, *DIEN BIEN PHU: Rendezvous with History* Annotated Translation by Lady Borton(Ha Noi: The Gioi Publishers, 2000/2004), pp. 144-145.

다고 생각되므로 일부 소개한다.

호찌민 주석 옆에는 목민심서 없다

(하노이=연합뉴스) 김선한 특파원 = "호찌민박물관과 집무실에는 목민심서가 없다."

프랑스로부터 베트남을 해방시킨 호찌민(胡志明) 前 베트남 국가주석의 유품을 모은 호찌민박물관과 그가 생전에 사용하던 집무실에는 다산(茶山) 정약용 선생이 쓴 목민심서가 없는 것으로 확인됐다.

베트남 수도 하노이에 위치한 호찌민박물의 응웬 티 띵 관장은 9일 오전 박석무(朴錫武) 단국대 이사장 겸 다산연구소 이사장 등 한국방문단과 만난 자리에서 "호찌민박물관에는 고인과 관련된 유품 12만여 점이 소장돼 있지만 목민심서가 유품 목록에 포함돼 있다는 것은 처음 듣는다"고 목민심서 소장 사실을 사실상 부인했다고 배석했던 한 인사가 밝혔다. … 한편 한국의 일부 언론과 인터넷 사이트 등에서 한동안 이런 주장이 계속돼 베트남에 진출한 일부 대기업 주재원들이 확인작업에 나서는 등 소동을 벌이기도 했다.

그런데 박석무 이사장이 2005년 자신의 저서 『풀어쓰는 다산이야기』에서 다음과 같이 써 놓았던 것이다.

호치민의 사상과 철학이 어디서 나왔을까가 세상의 관심거리였는데, 그 호치민의 머리맡에는 바로 『목민심서』가 항상 놓여 있었다는 것입니다. 책이 닳도록 『목민심서』를 읽고 또 읽었다는 호치민은 한시(漢詩)도 뛰어나게 잘 지을 정도로 한문에 밝은 분이었습니다. 『목민심서』를 읽는 데 그치지 않고 그 책을 지은 다산 선생을 너무도 존경하여서, 다산의 제삿날까지 알아내서 해마다 제사를 극진하게 모시기도 했다는 것입니다.

베트남의 위대한 지도자 호치민은 『목민심서』를 읽고 조국의 해방과 통일을 이룩했는데, 『목민심서』의 종주국인 이 나라에서는 왜 그러한 지도자가 나오지 않을까요.

호치민의 이상도 서려 있는 고전 중의 고전인 『목민심서』![10]

책이 닳도록 읽고 또 읽었으며 제사까지 지냈다고 한다. 기가 막힌다. 호찌민이 살아 있을 때는

---

10) 박석무, 2005, 『풀어쓰는 다산이야기』, 파주: 문학수첩, 44~47쪽.

한국과 전쟁 중이어서 한국 측에서는 그는 격멸시켜야 할 극악무도한 공산주의 흉적이었는데[11] 그의 사상과 철학이 『목민심서』로부터 나왔다는 말이 모순됨 없이 사리에 맞는가 하는 의심도 없고, 월맹 측에서 보면 다산 선생은 필살해야 되는 적들의 가까운 조상인데 과연 그를 제사 지냈음이 사실일까 하는 의문조차 암시되지 않은 위의 글은 두 인물 모두에 대한 찬사 일변도의 시공간 개념이 없는 난해한 인식이라고 판단된다. 다산 연구의 대가가 이렇게 전달해 놓았으니 일반 독자들이 믿지 않을 수가 없게 되었다.

이에 대하여 한인섭 서울대 법대 교수는 강하게 의문을 제기하면서 제국주의와의 식민지 해방전쟁, 혁명투쟁 와중에서 그 개연성마저 회박함을 피력했다. "양식 있는 베트남인들이 한국에 퍼져 있는 호지명-정약용의 연관성에 대해 듣는다면, 한국인의 지적 수준을 어떻게 볼지 궁금하다". 최소한 '합리적 의심'까지 하지 않고 '카더라 명제'를 믿어 버렸다는 것이다.

문제는 '합리적 의심'을 본령으로 삼아야 할 학자군, 전문가군들도 너무나 쉽사리 '카더라통신'에 추종하고 있음이다. 평생에 걸쳐 다산 연구에 진력해 온 박석무, 조선후기 예술에 대해 많은 책자를 내고 문화유산답사의 유행을 불러일으킨 유홍준, 그리고 고종석 같은 글 잘 쓰는 언론인, 존경을 받고 있는 김진홍 목사, 《내일신문》의 장명국 등도 예외가 없다. 우리의 자랑스런 과거를 역설하기 위해서는 가장 기본적인 '합리적 의심'도 없이 조상 예찬에 아낌없이 동참해 버리는 것이다.

민족주의, 애국심은 사실 검증에 눈멀게 한다. 우리의 '조국'은 우리의 위대한 '님'이다. … 베트남전에서 총부리를 맞대었던 월맹의 빨갱이 수괴(首魁)라 할지라도 우리 조상을 선양했다는 말을 들으면, 투철한 반공의식도 합리적 의심의 과학도 물러서버리는 것이다.

나는 박석무 선생에게 호지명의 『목민심서』애독설에 대해 근거가 있는가고 이메일로 두 번이나 물은 적이 있다. … 답은 오지 않았다.

학자는 무엇보다 의심하는 존재이며, 조사하고 확인하는 존재이다. … 그러나 때로는 어렵다. 그 누구도 애국심과 민족정서, 그리고 순식간에 형성되어 광풍을 떨치는 국민정서에 홀로 맞서기는. 그

---

11) 김효성, 「총쏘고 칼로 찌르고 독약 먹이고 1시간 만에 380명 살육한 한국군」『오마이뉴스』, 2007.5.22. 08:42; 김효성, 「미군 학살 박물관에 걸려있는 한국군 사진」『오마이뉴스』, 2007.6.15. 16:22.

러나 '인위적 실수'도, '학문적 사기'도 하지 않고, 홀로 서야 한다. 그러라고 우리 헌법은 일반적인 언론의 자유 조항에도 불구하고, 학문과 예술의 자유, 대학의 자율성을 별도의 규정을 통해 보장하고 있지 않던가.[12]

한인섭 교수의 두 번에 걸친 이메일 문의에 박석무 이사장이 얼마나 고통스러웠겠는가는 짐작할 만하다. 이메일은 날아 오는데 호찌민-목민심서 연결고리는 찾을 수 없으니, 아차 싶어서 뒤늦게 확인하러 호찌민 박물관에 갔던 것이 아닐까 억측해 본다. 학문이 깊을수록 잘못된 글자 하나라도 자신을 찔러 올 것이기 때문이다. 제사까지 지냈다고 해 놨으니 바로 달려갈 만도 하다.

그런데 호찌민-목민심서 관련설 배포 문헌, 문건들을 시간적 순서대로 정렬해 보면 다음과 같다. 문헌상 처음으로 언급된 것은 1992년 4월 소설가 황인경의 소설 『소설 목민심서』 제1권 머리말이다.

작고한 베트남의 호치민은 일생 동안 머리말에 『목민심서(牧民心書)』를 두고 교훈으로 삼았다고 한다.[13]

이와 같이 기술되었다. 2004년 11월 20일 4판 1쇄까지는 이 머리말이 그대로 실려 있다. 2007년 4월 30일 랜덤하우스코리아(주)에서 펴낸 5판 1쇄에서는 머리말 내용이 바뀌면서 호찌민 운운도 제외되었다. 그리고 책 날개 안쪽 작가 소개 란에 "현재까지 500만 부가 넘는 판매를 올리고 있는 스테디셀러이다"고 선전되어 있다. 만약 판매 부수가 사실이라면 호찌민-목민심서 애독설에 대한 한국인의 일반적 인식을 확대시키는 데에 큰 영향을 미쳤다고 판단할 수 있다.

1993년 미술사학자 유홍준 교수는 그의 저서 『나의 문화유산답사기』 제1권에서 다음과 같이 썼다.

월맹의 호지명이 부정과 비리의 척결을 위해서는 조선 정약용의 『목민심서』가 필독의 서라고 꼽은 사실[14]

이 책 역시 '우리 인문서 최초의 밀리언셀러! 230만 독자를 감동시킨 국토 답사의 길잡이. 1권

---

12) 한인섭, 「호지명이 『목민심서』를 애독했다고?(2007.3.27.)[『한인섭의 '반딧불처럼'』」 http://saegil.or.kr/SGS/20_13.pdf (검색일: 2009.10.26).

13) 황인경, 1992, 『소설 목민심서』 제1권, 서울: 삼진기획.

14) 유홍준, 1993년 초판/1994년 개정판, 『나의 문화유산답사기』 1, 서울: (주)창비, 54쪽.

100쇄 발행, 1·2·3권 통합 200쇄 발행'이라고 (주)창비에서 홍보하고 있다.

다음 1994년 7월 17일《경향신문》제9면에 반판 정도 분량으로 고은 시인의 '혁명가의 죽음과 시인의 죽음'이란 큰 글자 제목을 붙인 글이 올라와 있다. 그 밑에 세로로 된 중간 크기 글자로 "호지명은 목민심서 읽고 다산의 기일추모"라고 작은 내용 제목으로 뽑아 놓았는데 다음과 같이 써 놓았다.

북베트남의 살아 있는 신(神) 호치민(胡志明)이 세상을 떠났다. … 아무튼 그는 소년시대 극동의 조선후기 실학자 정약용의 『목민심서』를 구해 읽고 한동안 丁(정)의 기일(忌日)을 알아 추모하기를 잊지 않기도 했다.[15]

그는 소년시대에 『목민심서』를 구해 읽고 다산의 기일을 알아 추모까지 했다고 서술했다.

이어서 고은 시인은 1997년 그의 시집 『만인보』 15에서 다음과 같이 썼다.

월남의 정신 호지명 / 일찍이 어린 시절 / 동북아시아 한자권의 조선 정약용의 책 / 그『목민심서』 따위 구해본 뒤 / 정약용의 제삿날 알아내어 / 호젓이 추모하기도 했던 사람[16]

위와 같이 호찌민의 『목민심서』 애독설은 처음에는 소설가, 미술사학자, 시인 등 다양한 분야의 전문가들에 의해 언급되었던 것이다.

따라서 필자는 황인경 소설가, 유홍준 교수, 고은 시인 등에게 차례로 위 기사의 출전을 알려 달라고 이메일을 보냈다. '여전히 박물관에 전시되어 있으니까 안심하고 쓰라'고 답장이 왔는가 하면, 들어서 썼다는 분도 계시고 아예 묵묵부답인 분도 계셨다.

한인섭 교수의 위의 글 끝에 붙은 덧글을 소개한다. 안경환 교수는 현재 조선대학교에 재직 중이고 언어교육원 원장을 담임하고 있다.

덧글: 영산대 안경환 교수는 <호지명의 옥중일기>를 번역한 바 있는 베트남 전문학자이다. <옥중일기>는 1942년부터 380일간 중국 감옥에 수감되어 있으면서 옥중감회를 한문시로 쓴 것이며, 본 번역서에는 한문원문과 베트남어번역 그리고 한글번역이 함께 나와 있다. 위 글을 쓰고 난 뒤, 안교

15) 고은, 「혁명가의 죽음과 시인의 죽음」 『경향신문』, 1994.7.17.

16) 고은, 1997, 「호지명」 『만인보』 15, 서울: 창작과비평사, 35쪽.

수에게 몇가지 질문을 드렸던 바 다음과 같은 답을 얻었다. 앞서 지적한 '합리적 의심'을 완전 해갈 한 것은 아니지만, 정확한 증거에 기초한 지식을 추구하는 그 모습을 소개할 겸 안교수의 답변을 소개하고자 한다. 수록에 동의해준 안교수께 깊은 감사를 표한다.

"목민심서 이야기로 문의하시는 분이 많아 궁금하던 차에 호찌민 옥중일기 작품에 대한 한국 서 예전 준비 관계로 호찌민박물관장을 여러 차례 만날 기회가 있어 상세히 문의해 본 바, 호찌민박물 관에서는 전혀 아는 바가 없으며 목민심서에 관한 자료는 전혀 없을 뿐더러 호 주석이 목민심서를 애독하였다는 이야기는 처음 듣는다는 응웬 티 띤(Nguyen Thi Tinh) 박물관장의 답변을 받았습니 다.(2005년 9월 8일)

목민심서를 호찌민 주석이 탐독하고 하였다는 설은 최초에 누군가 잘못알고 이야기한 것이 사실 인 것처럼 전해져 온 것으로 판단됩니다. 저도 호찌민 주석과 목민심서와는 전혀 관계가 없다고 생 각합니다.
호 주석의 한문 실력은 그가 과거 제도가 시행되는 시기의 인물이고, 동 시대의 지식인은 모두 한 자에 수준 높은 실력이 있다고 판단됩니다. 특히, 호찌민 주석은 중국어 실력이 뛰어난 분이라 목민 심서를 소화할 수준은 충분히 된다고 봅니다.
그 분이 남긴 한문 작품은 옥중일기에 있는 134편의 한시를 포함하여 모두 170편의 한시가 있습 니다. 한자로 기타 언론에 기고한 글은 몇 편이나 되는 지 현재 제가 자료를 가지고 있지 못합니다."

그리고 일반인의 애독설 인식이 여러 가지 형태로 확대되었다. 인터넷에도 이를 다룬 글이 블로 그 등에 퍼져 있는 것을 여러 차례 확인했다.

어떤 글에서는『중국어판 목민심서』를 애독했다고 한다. 중국은 1956년 이래 번체자(繁體字) 문자 를 간략화 하여 간화자(簡化字), 이른바 간체를 사용했다고 하는데 어떤 중국어판인지 검토해 보아 야 할 것이다.

최근 2009년 11월 2일 고양시 전(현 재선) 시의원 김혜련의 독서노트에 다음과 같은 기사가 적혀져 있다. 다소 길지만 호찌민-목민심서에 대한 일반적 인식을 극명하게 나타내주는 중요한 자료라고 판단되어 거의 전문을 인용한다.

한 달 전부터 읽기 시작한 『평전 박헌영』을 어제 다 읽었다. 『평전 박헌영』에 대한 리뷰는 『이현상 평전』, 『조봉암과 진보당』을 엮어서 할까 한다.

몇 년 전 베트남에 갔을 때 호찌민이 『목민심서』를 항상 갖고 다녔다는 사실을 들었다. 그리고 전두환 대통령이 베트남을 방문했을 때, 『목민심서』 얘기를 듣고 공직자들에게 『목민심서』를 필독할 것을 지시했다는 기사도 보았다.

어떻게 호찌민이 목민심서를 읽게 되었을지 궁금했는데, 박헌영 평전에 얘기가 나왔다. 박헌영이 1차 투옥 중 재판을 받던 도중 정신병자 행세를 하고 가석방되었을 때, 만삭이었던 부인 주세죽과 함께 두만강을 넘어 소련으로 망명한다. … 소련으로 망명한 박헌영과 주세죽은 당시 혁명에 성공한 소련의 극진한 대접을 받으며 지냈고 1929년 1월 레닌국제학교에 입학하게 된다. 이곳에서 박헌영은 세계의 혁명가들과 함께 공부하게 된다.

호찌민과 박헌영이 국제레닌학교의 동기동창이었다. 이때 박헌영이 호찌민에게 『목민심서』를 건네주었다고 한다. 러시아어판이었을지, 영어판이었을지 알 수 없지만.

어쨌든 호찌민은 『목민심서』를 열독하였고, 죽을 때까지 갖고 다녔다고 한다. 덕분에 베트남을 관광하는 한국 사람들은 호찌민과 『목민심서』 얘기를 다 듣고, 나름 자부심도 가지게 된다. 나도 그랬다. 의원 시절 민주평통 어르신들과 베트남을 갔었는데, 어르신들도 호찌민과 『목민심서』 얘기를 들으면서 '흠, 그래' 이런 분위기였다. 하지만 그 책을 전해 준 사람이 천하의 빨갱이 '박헌영'이었다는 사실을 알았다면 완전 뒤집어지지 않았을까.

호찌민은 치밀한 전술로 베트남을 통일시키는 데에 성공했지만. 그에 비하면 박헌영의 삶은 '비극' 그 자체이다. 자세한 이야기는 『평전 박헌영』 리뷰에 다시.[17]

그리고 레닌국제학교에서 기념 촬영했다는 단체사진을 첨부하면서 다음과 같이 설명해 놓았다.

사진 맨 앞줄 왼쪽에서 세 번째가 박헌영, 박헌영의 왼쪽은 김단야, 뒷줄 오른쪽에서 세 번째가 박헌영의 첫 번째 부인 주세죽, 맨 뒷줄 오른쪽 끝에 나비넥타이 맨 이가 호치민이다. 이 사진은 주세죽의 유품으로 주세죽의 딸 박비비안나가 소장하고 있던 것이다.

박헌영, 호찌민이 레닌국제학교 동기동창이었다고까지 발전했다. 점점 더 구체화되었다.

---

17) 김혜련, 「호찌민에게 목민심서를 건네준 사람은 누구일까?(2009.11.2.)」 http://passionkim.tistory.com/trackback/162 (검색일: 2009.11.10).

이상 살펴본 바와 같이 호찌민-목민심서 애독설 내용은 소설가, 학자 등 전문가, 다산 관련단체, 일반인에 의해 양질 모두 확대 재생산되어 이미 한국인의 일반 교양 상식 수준이 되어 버렸다. 이 정도면 '일반적 인식'이라고 말해도 큰 무리가 없을 듯하다. 1992년 황인경 작가의 한 줄 정도에서 2009년 김혜련 고양시 전 의원에 이르러서는 스무 줄 이상으로 되어 17년 만에 양적으로 스무 배 정도 늘어났으며 질적으로도 '베트남 건국 동인' 정도로까지 심화되었다.

이에 필자는 사태의 심각함을 인지하고 잘못된 '전설'이 계속 확대 재생산되는 것을 그대로 보고만 있는 것도 연구자로서의 본분이 아니라는 판단에서 그 진위 여부에 관해 논문을 발표하였다. 2010년 9월 한국평화연구학회의 《평화학연구》 제11권 제3호에 「호치민의 『목민심서』 애독 여부와 인정설의 한계」라는 제목의 논문을 게재하였다. 그 후 호찌민의 『옥중일기』에 대한 사항을 추가하는 등 부분적으로 수정/보완하여 2011년 5월 17일 조선대학교에서 개최된 한국·베트남국제학술대회에서 발표한 후, 다시 호찌민의 「유언장」에 관한 내용을 추가하여 2011년 7월 6일 중국 장춘 길림대학에서 개최된 2011년 장춘국제학술대회에서 발표하였다.

그 논지는 호찌민의 『목민심서』 애독설은 허구에 불과하다는 것이다. 정약용, 호찌민과 박헌영의 정치사상적 경향, 『목민심서』의 내용 및 성격, 조선 후기 실학 사상의 성격 및 한계, 호찌민의 『옥중일기』, 「유언장」 등의 검토에서도 애독설을 발견하기는 어려우므로 애독 인정설에는 한계가 있음을 알았다.

『목민심서』는 중세 전제군주사회에서 왕으로부터 관리로 임명받아 백성을 다스릴 때 부임부터 퇴임까지 어떻게 처신, 선정을 베풀 것인가를 이야기해 놓은 책이다. 위계질서, 즉 계급 질서 속에서 백성들에게 베풀어 보자는 덕목이 근간을 이룬다고 보아야 한다. 그러므로 이 서적이 사회 체제를 어떻게 바꿀 것인가를 기획하는 혁명 사상의 보고라고 보기는 어렵다. 실학사상의 한계가 무엇인가 하면 당시 봉건사회 체제의 부정까지 가지는 못했다는 점이라고 한다. 다산 정약용은 조선 후기의 실학을 집대성한 학자라고 연구되어져[18] 있으며 그의 대표작인 『목민심서』 또한 이 실학 학문 체계의 범주에 속함은 분명하다.

한국사학자 강만길 고려대 명예교수는 실학 사상의 성격을 다음과 같이 규정하고 있다.

그들의 교양과 사상적 바탕이 성리학에서 완전히 이탈하지 못한 한계성 때문에 그 이론도 반성리학적·반조선왕조적 단계까지 나아가지 못했고, 이 때문에 그들이 제시한 방법론은 대체로 개량주의

---

18) 이우성, 1970, 「여유당전서 해제」 『증보 여유당전서』 1, 서울: 경인문화사.

적 한계에 머물러 있었다.

실학사상은 … 그것은 혁명주의적 사상이라기보다 조선왕조의 존재를 인정하는 범위 안에서의 개량주의적 사상일 수밖에 없었다. 이 때문에 "봉건국가의 왕권 강화에 봉사한 사상"으로 평가되기도 한다.[19]

한영우 서울대 명예교수도 『여유당전서』에 대한 논문에서 "다산은 정치의 주체를 민중이라고 보았고, 또 민중을 위한 정치를 강조하였으나, 민중을 정치의 담당자로까지 적극적으로 주장한 것은 아니었다. 즉, 그는 군주의 존재를 전적으로 부정하지는 아니하였으며, 오히려 덕과 예를 바탕으로 한 '왕정'을 이상적인 정치 형태로 생각하였다"[20]고 했다.

『목민심서』를 일별하면 정치 체제 개혁에 대한 제안이 전무함은 물론이려니와 토지 제도에 관한 「호전: 전정, 세법」 항목에서도 획기적인 경제 제도 개선 방안을 찾기는 어렵다. 전정은 '수령의 직책 54조 중에서 가장 어려운 것'이라고 규정하면서 양전법, 진전 감세, 은결, 여결 등에 관해 언급하고 아전, 감관 등의 농간 등을 지적하고 있으나, 이런 폐해를 적극적으로 개혁할 방안, 즉 침탈 토지를 상제 몰수한다든가 농간 아전들에게 엄한 형벌을 내려야 한다거나 하는 대책을 제시하지는 않고 있다. 백성들을 긍휼히 여기는 마음은 문구마다 배어나 있고 관리들의 부정부패를 여러 부분에서 고발하고 있으나, 폭력혁명을 통해 전제군주제도를 폐지하고 민주공화국을 지향하며 기본적으로 토지의 무상몰수, 무상분배를 기획하는 공산주의자들의 방법과는 달리 기존의 토지 제도 속에서 담당 관리들을 훈유하고 백성들의 부담을 덜어 주는 소극적 개량 방법을 모색하고 있다.[21]

따라서 『목민심서』는 가혹한 식민지배 현실 속에서 제국주의로부터 해방을 갈구하여 투쟁하고 있는 독립운동, 공산주의운동 현장에는 잘 부합하지 않는 서적이라는 판단이다.

호찌민은 1890년 프랑스 식민지배하의 베트남에서 태어났다. 그의 아버지는 관리였으나 프랑스 지배에 반대하여 파면당하거나 또는 사임하고 순회 교사 또는 약제를 처방하는 일까지 하면서 민족독립운동에 관여하였다. 호찌민에게 누나와 형이 있었는데 그들은 아버지보다 훨씬 더 전투적인 자세를 취했다. 호찌민은 이 같은 가족의 분위기 속에서 성장했고 아버지의 친구인 독립운동가 판

---

19) 강만길, 1994, 『고쳐쓴 한국근대사』, 서울: 창작과비평사, 150, 158쪽.

20) 한영우, 1973/중판1983, 「정약용의 『여유당전서』」 『실학연구입문』(역사학회 편), 서울: 일조각, 323쪽.

21) 정약용 저/다산연구회 역주, 1985, 「호전: 전정, 세법」 『역주 목민심서』 II, 서울: 창작과비평사, 174~269쪽.

보이쩌우의 영향도 받으면서 15세경에 이미 독립운동의 대열에 끼게 되었다고 한다. 판보이쩌우의 '불온'행위로 호찌민이 프랑스 지방장관에게 소환당하여 최초의 사법기록을 남겼다. 이후 호찌민은 프랑스인 교사진으로 구성된 프랑스식 중학교에 입학하여 4년 동안 소속되어 있었는데 1908년 대대적인 반란에도 참가하는 등 이로부터 그는 더욱더 활발하게 혁명운동에 빠져들었다고 한다. 같은 해 조세 반대 시위에 가담하여 학교에서 퇴학을 당했다. 이 같은 성장 배경, 과정을 보면 다산 정약용의 경우와는 매우 다르다.

그 후 1911년 프랑스 Freighter[화물(객)선] 요리사로 취직하여[22] 2년 동안 선원 생활을 한 뒤 1913년 말경 프랑스 르아브르 항에 도착하고, 프랑스, 런던 등지에서 민족해방운동, 공산주의운동 등에 참여하여 청년 시절을 보내게 된다. 30대 초반, 1923년 6월 모스크바로 탈출하여 스탈린 학교에서 교육받고 사회주의 혁명, 식민지 해방투쟁 등에 관한 글들을 잇달아 써 내면서 실천 또한 뒤따라 공산주의 국가 베트남을 건국하는 데 핵심적 인물이 되었다.[23] 다산 정약용의 삶과 봉건시대의 관리들에 대한 훈유 성격이 짙은 『목민심서』와는 거리가 멀다.

50대 초반에는 중국 장개석 군대에 체포되어 1942년 8월부터 1943년 9월까지 중국 광서성에서 감옥 생활을 하게 되는데, 그때 쓴 호찌민의 『옥중일기』를[24] 읽어 보면, 총 134편의 한시(漢詩) 중에 어느 부분도 다산 정약용 또는 『목민심서』를 서술하거나 회상케 하는 대목이 없다. 인도의 네루에게는 두 편의 시를 부치면서, 장개석의 훈사를 칭송하고, "어려서는 배우고 장성하면 행하라. / 위로는 당과 국가에, 아래로는 국민에 충성하라. / 근검하고 용감하며 염정하라는 / 양(梁)공의 가르침을 저버릴 수 없구나"라는 소후해(小候海)에게 주는 글은 쓰면서, 그렇게 청렴결백하여 제사를 지낼 만한 스승'이었고 『목민심서』를 머리맡에 두고 책이 닳도록 읽었다'면 어찌 380일 동안의 감옥 생활에서 다산 선생의 '청렴, 정직'과 그의 18년간의 유배 생활이 상기되지 않았겠는지 상상할 수 없다. 일반적으로 독립·민주 투사들이 투옥되어 거의 죽을 고생을 할 때는 더욱더 평소에 존경하던 인물을 상기하는 것이 자연스러울 것이다. 따라서 『옥중일기』를 보아도 호찌민은 다산이라든가 『목민심서』와는 전혀 관계가 없다는 사실을 알 수 있다.

---

22) 2018년 12월 18일 호찌민시 소재 《《호찌민박물관》》(출국 때 부두 선박사무소)을 답사하니, 1911년 프랑스 화물[객]선 Amiral Latouche Tréville호 모형선과 당시 선원 Van Ba 즉 호찌민의 급여대장이 전시되어 있었다.

23) 윌리엄 J. 듀이커/정영목 옮김, 앞의 『호치민 평전』; 찰스 펜 지음/김기태 옮김, 『호치민 평전』, 서울: 자인(1973/2001); Chares Fenn, *Ho Chi Minh-a biographical introduction* (New York: Charles Scribner's Sons, 1973); Pierre Brocheux, *Ho Chi Minh* (Cambridge, New York, etc.: Cambridge University Press, 2007(2003/2007 English translation)).

24) 호찌민 저/ 안경환 역, 『옥중일기』, 서울: 지만지(2008); Lady Borton, *HO CHI MINH - A JOURNEY*, Vietnam: The Gioi Publishers(2007), pp. 81-82, "*Prison Diary*".

다음으로, 이 문제에서 가장 중요한 입증 자료라고도 생각할 수 있는, 1965년에 쓰고 1968년과 1969년 5월에 보완된 호찌민의 자필 「유언장」[25]을 보면, 미국 또는 미제국주의의 침략에 대하여 투쟁할 것을 모두 6개소에서 언급하면서, "나는, 칼 마르크스, V. I. 레닌과 다른 혁명적 선배들을 만나야 할 그날을 기대하면서 이 몇 줄을 남긴다: 이리하여 이 나라 민인들, 공산당 동지들, 그리고 세계의 우리 친구들이 놀라지 않게 될 것이다"라고 했다. 그리고 공산당, 단결, 사회주의를 건설하는 데에 마르크스주의-레닌주의와 프롤레타리아 국제주의를 바탕으로 할 것과 '붉음', '전문가' 등을 얘기하면서, 주검은 화장을 해 달라고 써 놓았다. 4년에 걸쳐 고쳐 쓴 「유언장」 어느 문장 속에도 '목민심서', '정약용' 얘기는 없다.

살아생전과 죽은 뒤에도 모두 중요하다고 생가되는 일들을 적어 놓는 것이 「유언장」이다. 그렇디면 이 「유언장」만 보아도 호찌민-목민심서 애독설은 상상할 수도 없는 황당무계한 낭설이라고 판단할 수 있을 것이다.

지금까지의 진위 확인 결과를 보면 호찌민의 『목민심서』 '애독설'은 거의 무근거 날조 전설이 아닌가 판단된다. 그렇다면 누가 무슨 목적으로 이 같은 '전설'을 조작하여 유포했는지가 의문인데 앞으로 연구해 볼 문제이다.

1992년부터 현재까지 호찌민-목민심서 애독설을 전파한 인쇄된 문헌들 발행 숫자는 기록적이다. 『소설 목민심서』가 '현재까지 500만 부가 넘는 판매를 올리고 있는 스테디셀러'이고, 『나의 문화유산 답사기』는 '우리 인문서 최초의 밀리언셀러! 230만 독자를 감동시킨 국토 답사의 길잡이, 1권 100쇄 발행, 1·2·3권 통합 200쇄 발행'되었으며, 『만인보』, 『풀어쓰는 다산이야기』, 《경향신문》, 《조선일보》의 판매 부수 또한 상당할 것으로 생각된다.

그 결과 거의 허구에 가까운 전설을 한국의 일반인들이 역사적 사실로 믿게 되었다. 허구를 토대로 한 조상 선양 작업은 멀지 않아 허물어질 것이고 그 결과 또한 참담하게 될 것이다. 선조를 빛내려고 하다가 도리어 선조를 불경스럽게 만드는 것이다. 무지 또는 거짓과 비굴함, 자괴감만 남을 것이다.

---

25) Ho Chi Minh, 1965/1969, The Central Committee of The Communist Party of Vietnam(1989), *PRESIDENT HO CHI MINH'S TESTAMENT*, Vietnam: The Gioi Publishers(2001), p. 50, "I therefore leave these few lines in anticipation of the day when I shall go and join Karl Marx, V. I. Lenin and other revolutionary elders; this way, our people throughout the country, our comrades in the Party, and our friends in the world will not be taken by surprise.", p. 51, "The working Youth Union members and our young people in general are good; they are always ready to come forward, fearless of difficulties and eager for progress. The Party must foster their *revolutionary virtues* and train them to be our successors, both "red" and "expert", in the building of socialism.".

다산 정약용 선생은 그대로 하나의 큰 산이다. 아무의 도움 없이도 그대로 한국사에서 우뚝 솟은 큰 학자이다. 어떠한 인물의 후광, 광배도 필요하지 않다. 호찌민 주석이 그의 작품을 읽지 않아도 다산 선생은 그대로 후손들에게 가르침을 주는 한국의 석학이다. 왜 구태여 다른 나라 인물들을 빌어서 다산의 크기를 재단해야 하는지 이해할 수 없다. 일종의 사대주의 의식의 발로가 아닌가 생각된다. 식민지 의식이라고 평가할 수도 있을 것이다. 한글, 금속활자, 성덕대왕신종, 백제선, 신라선 등 내 것이 그 자체로 자랑스러운 사물인 줄 모르고 꼭 외국인들 특히 구미제국의 학자들이 평가한 뒤라야만 자랑스럽게 생각하는 것과 비슷한 경우가 아닐까 한다.

만약 호찌민 주석이 『목민심서』를 읽었다는 것이 사실이 아님에도 불구하고 그런 얘기를 한다면 지하에 계시는 다산 선생님 자신은 어떻게 말하겠는지 곰곰이 생각해야 한다. 잘하는 일이라고 칭찬하겠는지 하는 것이다. 다산 선생의 가르침을 상기할 때, 반드시 큰 꾸지람을 하지 않을까 짐작된다. '나의 이름을 더럽히는 부정직한 사람들아' 하고 말이다. '사실은 아니지만 내 이름을 더 알리는 계기가 되므로 적당하게 얼버무리면서 그렇게 얘기하면서 살아라'라고 하겠는가? 평생을 정직하게 살아가신 분이 그렇게 말씀하시지는 않을 것이라는 것은 분명하다.

한국인에게 널리 회자되고 있는 호찌민-목민심서 전설을 빨리 바로 잡아야 한다. 우선 진실을 밝히는 것이 무엇보다 중요하다. 그다음 양국 간의 전략적 동반관계 외교를 위해서도 그러하다. 진실을 토대로 해야 한다. 그래야 상대의 신뢰와 마음을 얻을 수 있다. 어떤 '숭고한' 목적이 있더라도 사실의 날조, 왜곡은 안 된다. 비열함이 생산될 뿐이다. 이로 인해 외교적 문제가 야기될지도 모른다. 이미 일부 베트남인들은 베트남 주재 한국인들에게 바르게 고쳐 달라고 요청하기도 했다는 것이다. 그들의 국부 이상의 존재가 잘못 인식되는 황당함과 상처받는 마음을 이해해야 할 것이다.

예를 들어 '한국의 이순신 장군이 일본의 풍신수길의 『전략전술』을 읽고 또 읽었다, 베개로 삼았다, 이순신의 전술은 거기로부터 나왔다'라고 아무 근거 없이 일본인들이 유포하고 다닌다고 가정해 볼 때, 그 속뜻은 귀국에서는 '상승장군 충무공, 성웅'으로 높이 평가하고 있으나, 우리나라의 전국(戰國)을 통일한 인물이 '한 수 가르쳐 준 거여'라는 것인데, 그럴 때 과연 어떤 느낌이 들겠는지, 이 '사람들'이 한국인을 예우하기는커녕 참으로 낮추어 보고, 경멸하고 있구나 하는 생각이 들지 않겠는지, 그다음 그들에게 무슨 말로 대응할지를 생각해 보면 확연히 이해될 것으로 판단된다. 400년보다 더 지났지만 한국인들의 마음이 그러할진대, 당대의 자신들의 독립 영웅이 남의 나라 한 학자로부터 아무런 근거 없이 '한 수 배웠다'는 말을 들으면 기분이 어떠할지를 곰곰이 생각해 보아야 한다. 나의 선조가 중요하면 남의 부모도 중요하다.

호찌민 박물관에 『목민심서』가 없다는 사실은 확실하고 더 이상 동일한 주장이 어려우니까 이제는 '그 당시에는 호찌민 박물관에 분명히 있었는데 지금은 누가 치워 버렸다고 하더라'라는 얘기까지 만들어 놓았다.[26] 이 정도면 국가 차원에서 나서서 바로잡아야 하지 않을까 판단된다. 특히 베트남 지역 한국인 관광 가이드들로부터 전해 들었다고 하는 분들이 많다. 김혜련 의원이 "몇 년 전 베트남에 갔을 때 호찌민이 『목민심서』를 항상 갖고 다녔다는 사실을 들었다. … 덕분에 베트남을 관광하는 한국 사람들은 호찌민과 목민심서 얘기를 다 듣고, 나름 자부심도 가지게 된다"라고 한 것도 필경 관광 가이드로부터 들었을 것으로 짐작된다. 그런데 어느 공직자의 말씀에 의하면 법규상으로 한국인이 베트남에서 관광 가이드 행위를 하는 것은 불법이라고 한다. 원천적으로 금지하는 것이 어려우면 최소한 이 같은 허위 사실을 한국인들에게 계속 전달하지는 못하게 해야 할 것이다. 국위 선양이 아니라 국위 먹칠이다. 특별한 대책이 요망된다.

필자는 논문을 발표한 뒤 문헌상에 언급한 전문 학자들, 시인, 정치가 등에게 간곡한 편지와 함께 논문별쇄본을 등기 우송했었다. 필자와 같은 무명 연구자 100명이 100년 동안 얘기하는 것보다 지명도 높은 전문 학자 1명이 고쳐 주는 것이 더 효과적일 것이라고 읍소했었다. 그런데 허공 중에 날아간 울음이 되어 버렸다.

하기야 필자의 논문을 읽은 어떤 지식인(?)은 '그대로 놔두지 그런 걸 무엇 하러 밝히는지 모르겠다'라고 했다. 대다수 한국 지식인들의 풍토가 이 정도 수준은 아니라고 믿고 있으며 그들에 대해 학문을 연구하는 사람으로서 분노와 서글픔을 함께 느낀다. 진리 탐구는커녕 거짓을 그대로 덮어두라 하고 다른 사람의 명예 역시 내 알 바 아니라고 하면서 그런 허구의 저열한 자존타비(自尊他卑) 근성, 비굴한 '자부심'을 가지고 살아가겠다는 부류들이 과연 시정잡배 사기꾼들과 무엇이 다른지 잘 모르겠다.

간략하나마 하노이 호찌민 박물관에 『목민심서』가 전시되어 있지 않음과 호찌민 『목민심서』 애독설의 허구에 관한 글을 마친다. 잘못된 자료, 서술 등에 대하여는 독자의 질정을 간구한다. 박헌영과 호찌민의 관계, 그들의 국제레닌학교 시절 사진이라고 와전되고 있는 전설 등에 관한 더욱 자세한 사항은 앞에서 언급한 필자의 2010년 9월 논문과 2011년 5월 조선대학교 한국·베트남국제학술대회에서 발표한 보완 논문, 2011년 7월 장춘시 길림대학 2011년 장춘국제학술대회에서 발표한 추가·보완 논문을 참고하기 바란다.

---

26) '그 중요한 유물을 왜 치워버리지?' 라는 가장 단순한 반문조차 할 수 없는 단세포 동물 수준의 '변호'가 아닌지 물어본다.

주지(周至, 서안 부근)
혜초기념비정 선유사

—

　본 책자 뒷부분에 기술할 의상대사 10년 주석 지상사를 출발하여 혜초기념비정이 있는 선유사 (仙游寺)로 향해 가면서 줄곧 이번 답사 여행에서 제일 흐뭇한 순간이라는 생각이 들었다. 중국 여행사에서도 찾지 못한 지상사를 문헌으로 찾아 답사를 했으니 이런 느낌은 마땅할 것이다.

　　　　　　　　　　　　　2009년 7월 25일 토요일 오전 11시 경 주지현(周至縣)에 위치한 선유사 박물관에 도착했다. 이번 선유사 답사 주목적은 혜초기념비정의 보존 상태를 점검하고 미비한 점들에 대해 관리 담당자에게 부탁, 항의를 겸해 볼 양이었다. 2001년 전 아주대학교 변인석 교수의 주도로 대한불교조계종에서 건립한 혜초기념비정이 재작년에 와 보니 황폐하기가 그지없어서 귀국 후 조계종 총무원 앞으로 보수 건의서를 올린 바 있었는데 아무런 응답이 없었다. 혹시나 말없이 무슨 조치가 있었는가 확인도 하고 싶은 마음이었다.

　중화인민공화국국무원 1996년 지정 전국중점 문물보호단위 '선유사법왕탑(仙遊寺法王塔)'이란 돌비석이 앞에 세워져 있고 '선유사박물관'이란 현판이 정문 위에 걸려 있었다. 안을 대충 둘러보고 바로 박물관장실을 찾아갔다. 한국을 출발하기 전 변인석 교수로부터 당시 소장의 성명과 주지현 재정부 소속 팽지단(彭志團)씨의 전화번호를 적어 두었는데, 관장을 만나 보니 이 분이 현재 선유사 박물관장 겸 문물관리소 소장이 되어 있었다. 반가웠다. 조선족 가이드의 소개로 인사를 마친 뒤 변인석 교수와 찍은 사진을 보여 주니 금방 "아, 뻬엔시엔셩(卞先生)" 하고 알아보는 것이었다. 명함보다 더 효과적이었다.

적어간 질문 사항을 내밀었다.

1 혜초비문 정자 등 훼손 심함, 건립 시 보수, 수리는 중국 측이 담당하기로 약정되었다는데 전혀 관리가 되지 않고 있음, 한국 측에서 조만간 확인 조사가 나올 예정임, '건립관리보수계약서'를 보여 주기 바람.
2. 혜초기념비정 처마 밑 나머지 3면에 현판을 달 수 있는지 여부.
3. 역사적 연고 미약한 일본인 서예가 기념비정 설립 내력 알려 주기 바람. 혜초기념비정과 동일 크기이고 위치도 법왕탑과 동시에 보이고 있음, 한국인의 체면이 서지 않음.

다행히 가이드의 통역으로 대화가 순조롭게 진행되었다. 우선 관리보수계약서는 없다고 했다. 있다손 치더라도 내놓겠는가. 대신 '선유사문관소 혜초기념정 공정결산서'를 보여 주었다. 2001년 5월 20일 편제(編制)되었고 총공사비는 134555.29元으로 적혀 있었다. 사진을 두 컷 찍어 두었다. 건립계약을 할 때 공사비를 당시 재정 담당이었던 현 팽 관장에게 전달했다고 한다. 어찌하였거나 현재 선유사 경내에 위치하고 있으므로 선유사에서 합당한 관리를 해 주어야 되는 것이 아니겠느냐고 다그쳤더니만 관리비 예산이 없다는 것이었다. 즉, 청소미화원을 고용할 비용이 없다는 말이다. 그러고는 입을 꾹 다물고 있었다. 결국 한국 쪽에서 사비를 내 주든지 중국 정부를 움직이든지 할 수밖에 없다는 판단이 든다. 다음에는 정치외교학 박사 학위 소지자를 모시고 오는 것이 좋을 것 같다. 반드시.

다음, 여백의 3면에 현판을 다는 것은 언제라도 좋다고 했다. 건립 때 전면에 고 김대중 전 대통령 휘호의 '혜초기념비정' 현판을 달면서 옆과 뒤의 나머지 세 면에도 관련자들(조계종 총무원장, 중국 측 관련자, 학계 관련자)의 휘호를 걸 예정이었는데 자금 사정 등으로 이루지 못했다는 것이다. 특별한 어려움도 큰돈도 들지 않을 것 같으므로 진행해도 될 것 같다. 다만 높이와 크기가 같을 것이므로 한국 대통령과의 격이 문제가 될 것 같다. 생각해 볼 일이다.

법왕탑과 동시에 보이는 일본인서예가 기념비정

마지막으로, '들보잡'은 아니나 혜초 대덕에 비하면 그 정도밖에 되지 않는다고 판단되는 일본인 서예가 기념비정에 대해 열을 올렸다. 누가 이런 '짓'을 했느냐, 그것도 바로 2년 뒤에 라고 물었더니만, 섬서성 대외교류협회 일본부에서 명령이 내려와 설립했기 때문에 자기들은 전혀 모른다는 것이다. 그 일본 서예가가 이 선유사와 무슨 연고가 있는지, 무슨 연유로 혜초기념

비정과 똑같은 크기로 만들었는지, 설립 주체가 누구인지 등 아는 것이 없다는 것이다. 얼핏 들으면 꼭 파렴치범들 국회 청문회 답변 같기도 하지만 이 팽 관장은 실제 모르고 있는 것 같았다. 왜냐면 그것을 알아야 할 필요가 없을 것이기 때문이다. 일본인, 한국인의 비석에 무슨 흥미가 있을 것인가. 혜초가 어떤 분인지 아느냐고 물으니까 그조차도 어물어물하고 있었으니 말이다. 하도 급해서 통역을 시키지 않고 들고 다니는 답사 계획서 뒷면에다가 '慧超 著書『往五天竺國傳(왕오천축국전)』'을 써 가지고 이 책을 아느냐고 물었더니만, 묵묵부답이었다. 이 책이 현장의 『대당서역기』, 이븐바

열악한 주위 환경의 혜초기념비정

투타의 『이븐바투타 여행기』, 마르코폴로의 『동방견문록』과 더불어 세계 4대 여행기 중의 하나이며, 혜초는 '1300 年前 唐 代宗 皇帝 命'으로 여기 선유사 옥녀담 거북바위에서 기우제를 지냈다고 하면서 그런 위상의 인물 기념비정과 꼭 같은 크기의 기념비정을 세워서 되겠느냐, 발칙하다, 그 '世界的(세계적) 地位相(지위상)'은 하늘과 땅 차이라고 양 손바닥으로 위아래를 수

평으로 놓고 가리키면서 흥분하여 항의했다. "가능하면 옮겨 주기 바란다"라고 했더니만, 눈만 멀뚱 멀뚱하고 있었다. 이 정도 지위의 사람이 어떻게 그런 일을 할 수 있단 말인가, 전봇대도 아니고. 나도 참으로 한심한 축인 것은 분명하다. 그렇다면 필자가 그들에게 편지라도 쓸 것이니까 주소를 적어 달라고 했더니만 그것도 알 수가 없으니 섬서성 정부청사 내 대외교류협회일본부 부장에게 가보라는 것이다.

"혜초는 한국의 첫 세계인이며, 문명 교류의 거룩한 선구자다. 내로라 하는 현장을 비롯해 그 누구도 혜초에 앞서 아시아 대륙의 중심부를 해로와 육로로 일주하고, 더욱이 그 서쪽 끝까지 다녀와서 불후의 현지 견문록을 남긴 사람은 없었다"[1]는 답사 계획서에 넣어 놓은 문구를 가이드에게 보여 주면서 통역을 하게 했다. 팽 관장의 눈치를 보니 속으로 '오늘 재수 더럽게 없다'고 생각하는 것 같았다. 이렇게라도 홍보 활동을 하는 것이 필자의 여생 임무가 아니겠는가 하고 다짐했다.

오늘 정말 고마웠다고 필자가 확실하게 알고 있는 중국어 두 마디 중의 하나인 "씨에씨에"를 반복하면서 기념비정으로 올라가보겠다고 하직인사를 하니까, 굳이 박물관을 보고 가라는 것이었다. 사무실 건물 이 층에 꾸며 놓고 있었다. 댐 공사로 인하여 수몰될 법왕탑 및 선유사 전부를 옮기면서 출토된 유물들을 전시해 놓았다. 석가모니 진신 사리를 보관해 두었다고 '법왕탑'이라 명명했다는데 탑을 옮기면서 꺼내 놓은 진신 사리 몇 점도 전시해 두었다. 사진을 찍고 싶어서 되냐고 물었더니만 안내 책자에 이미 사진을 다 올려 놓았으니까 찍지 말라고 하였다. '그래, 맞다, 찍어서 뭐하노, 부질없는 짓이다'라며 체념하고 박물관을 나섰다. 그런데 불교도들에게는 다소 미안한 의문이지만 사리는 왜 남겨 두는지, 무슨 의미가 있는지, 물리적인 효과는 있는지 등을 생각했다. 현 사회주의 국가들에서 초대 주석들을, 화장하여 뿌려 달라는 본인들의 간곡한 유언에도 불구하고, 구태어 미라로 처리해 놓는 것을 보면 현대인 역시 그런 '물신성'으로부터 완전히 벗어나지는

---

1) 정수일, 2006, 『실크로드 문명기행』, 서울: 한겨레출판, 225쪽.

못하고 있다는 생각이 들기는 한다. 이집트인들은 이런 면에서도 선두적 세계 문명을 거친 민족이 아닌지 생각된다.

박물관 정문을 나와 담을 따라 뼁 두른 언덕길로 올라갔다. 법왕탑이 높게 보였다. 그 옆쪽 조금 멀리에 일본인 서예가 기념비정이 같이 보였다. 혜초 대덕을 참배하러 가는데 이 같은 풍경이 펼쳐지니 왕릉 입구에 도열한 문무신 석상도 아니고 영 개운치가 않다. 보고용으로 사진을 여러 장 찍어 두었다. 한참을 가다가 왼쪽을 쳐다보니 혜초기념비정이 보였다. 법왕탑을 중심으로 볼 양이면 마치 제사 때 서자들이 마당 한쪽 구석에 물러서 있는 모양이다. 법왕탑과 같이 사진기에 담으려고 언덕 위를 이리저리 다 가 보아도 촬영 위치가 없었다. 옆에 산 위에 올라가든지 촬영 비행기를 타고 찍든지 하는 수밖에 없다. 짜증이 났다. 처음 자리 잡을 때 어찌 이런 주변 지세, 정황도 감안하지 못하고 설립했는지, 2년 뒤 일본인들은 어떻게 저런 자리를 잡았는지 등으로. 다음에 혹여 혜초기념관을 짓게 된다면 건축학 전문가를 반드시 동참시켜야 한다는 다짐을 했다.

慧超祈雨祭坪(혜초기우제평)

혜초기념비정에 가까이 가 보니 동네 사람들 휴식처, 어린이 놀이터가 되어 있었다. 혜초의 가르침을 생각하면 이보다 더 좋은 일이 없을 것도 같지만, 비석에다 온통 낙서를 해 놓고 비석 뒷면의 글씨는 훼손되어 보이지도 않으니 기가 막혔다. 귀국하여 비문찬자이기도 한 변인석 교수님에게 사진을 보여드렸더니 눈물을 쏟으려고 했다. 앞면에 큰 글자로 '新羅國高僧慧超紀念碑(신라국고승혜초기념비)'라고 쓰여 있으니 신라 승려 혜초라는 사실은 알 수 있지만 이 사람이 어떤 인물인지 그 세계사적 위상은 어떠한지는 뒷면 비문이 훼손되어 보이지 않으니 알 도리가 없게 되었다. 우선 급하게는 큼직한 안내 설명판을 설치해야 된다는 판단이다. 그다음 비석의 글자가 보이게 보수하고 불가하면 비석을 교체해야 할 것이다. 혜초 대덕의 세계사적 위상도 그러하거니와 한국의 대통령 휘호까지 걸려 있는 기념비정의 체통도 생각해야 한다. 어찌 이것을 두고만 볼 것인가.

정자 앞 오른쪽에는 당시 기우제를 지냈던 옥녀담 거북바위 일부를 갖다 놓고 '慧超祈雨祭坪(혜초기우제평)'이라고 음각, 채색해 놓았는데 그 앞에 라면봉지 등 쓰레기가 수북이 쌓여 있었고 뒤쪽으로는 흙무더기가 쌓여서 도무지 기념비정의 품위가 풍겨나지 않았다. 정자 위로는 전선줄들이 어지럽게 지나가고 있어서 마치 건설 공사 현장의 가건물 같은 느낌이 들었다.

한편 2년 뒤에 세운 일본인 서예가 기념비정에 가 보니 이 역시 동네사람 휴식처로 사용되고 있기는 마찬가지였으나, 비문 글씨가 크고 석재가 좋은지 변색이 되지 않았다. "임전방원(林田芳園) 선생(1926~1997년)은 일본국 오사카 사람으로 일본의 대표적 서법가인데 일생 동안 중국 문화를 열렬히 사랑하고 당시(唐詩)와 맛있는 술을 좋아하여 그 족적이 중국대륙에 두루 미쳐 - - - 그 7주기에 그를 기념하여 여기에 이 비를 세운다"고 쓰여져 있다. 현대인, 일본인이 이 정도 경력으로 혜초대덕 기념비와 대적을 하고 있는 셈이다. 글씨는 더 잘 보이고 있다. 분노하고 있는 필자 자신이 잘못인지 모르겠다.

귀국한 뒤 곧바로 설립 주체인 대한불교조계종 앞으로 다음과 같은 건의서를 올렸다.

건 의 서

수신: 대한불교조계종 총무원장
참조: 문화부장, 문화국장, 문화팀, 해외 기념비 담당자
발신: 아무대학교 아무지역문제연구소 동북아문화교류실 실장 연구교수 최근식
제목: 慧超紀念碑亭(혜초기념비정 중국 周至 소재) 보수·관리 및 기념관건립 건의

귀 종단의 무궁한 발전을 기원합니다.

저는 아무대학교 아무지역문제연구소 동북아문화교류실에서 한국고대사를 전공하고 있는 연구자로서 지난 7월에 귀 종단에서 건립한(2001년, 비문찬자 전 아주대학교 교수 변인석) 중국 섬서성

西安 부근 周至 소재 仙遊寺(선유사) 경내 혜초기념비정(고 김대중 전 대통령 휘호 현판, 新羅國高僧 慧超紀念碑)을 제2차로 답사, 참배하였습니다.

2007년 제1차 참배 후 귀 종단에 <보수 관리 건의서>를 올린 바 있으나 이번에 답사 결과 기념비정 부근 및 기념비에 대한 보수 관리가 여전히 이루어지지 않아 무척 황폐하였습니다. 774년 1월 말경 당시 代宗(대종) 황제의 칙명으로 혜초 대덕이 기우제를 지낸 옥녀담 거북바위(慧超祈雨祭坪이라고 음각, 채색되어 있음) 앞에는 쓰레기가 흩어져 있고 기념비정 뒤에는 흙무더기가 쌓여서 보기가 흉했습니다. 기념비정은 주민들의 휴식 놀이터로(사진 별첨) 이용되고 있습니다.

여러 연구자들이 지적했듯이 주 관리자인 선유사에 관리비가 지급되지 않아 그렇게 된 것 같습니다. 정자 주변도 그러하지만 기념비의 글자도 잘 보이지 않았습니다. 특히 약간 떨어진 곳에 있는 <일본서예가기념비>의 명확하게 보이는 글자들과 비교해 보면 부끄럽기까지 하였습니다. 어느 답사자가 지적했듯이 '생뚱맞게' 세워져 있는 일본서예가기념비가 더 깔끔하게 보이는 실정이었습니다.

특별한 연고도 없고 혜초스님의 역사적 위상과 비교해 볼 때 참으로 비교도 되지 않는 현대의 일본서예가 기념비가 왜 그 곳에 나란히, 비슷한 규모로, 그것도 바로 2년 뒤(2003년)에 세워졌는가를 한참이나 생각해 보았습니다. 산동반도 적산법화원 <적산명신상 비문>에 적산법화원 창건자인 장보고 대사 및 상주한 신라인 승려 27명(법명까지 기록되어 있음)과 수 백 명의 신라인 신도들 얘기는 한 구절도 없고, 오히려 일본 寄食僧 圓仁 이야기만 기록한 일, 동북공정에서 고구려 등 역사를 중국역사로 편입하는 일 등과 같은 맥락이 아닌가 하는 의심이 들었습니다. 일본서예가 후예들이 먼저 신청했다기 보다는 혜초의 위상을 평가절하 시키고 신라의 역사적 의미를 희석시키기 위해 중국 측에서 먼저 제안, 동기가 딱 맞아떨어진 일본인이 흥감동조 건립했다고 판단하는 것이 더 사실에 가깝지 않을까 생각합니다.

지난 7월 25일 선유사박물관 팽지단(彭志團) 관장(선유사문물관리소 소장 겸임)을 방문하여 혜초기념비정 관리 문제와 일본인서예가기념비정 설립에 관해 문의하고 항의를 했더니만, 관리 의무에 관한 계약서는 없고 다만 건립 당시 <공정결산서>만 보여주길래 사진 찍어 왔으며(별첨함), 일본인서예가기념비 설립 문제는 섬서성대외교류협회 일본부의 지시에 의해 건립했기 때문에 설립허가 등 문제는 자신들은 전혀 알지 못한다고 섬서성 정부에 문의해 보라고 했습니다. 정부 차원에서 이루어진 일이라는 것입니다. 건립 위치도 선유사박물관을 지나 법왕탑(진신사리탑)으로 올라가면 법왕탑과 일본인서예가기념비정이 나란히 보이는 곳에 있습니다. 한편 혜초기념비정은 왼쪽으로 한참이나 구석에 치우쳐 있어서 법왕탑과 동시에 볼 수 있는 관람 장소가 없습니다. 게다가 안내표지판도 없으므로 저 기념비정이 무슨 기념비인지를 알려면 비문 등을 읽어 봐야 하는데 비문조차 변색, 훼손되어 보이지 않으니, 일반인들이 혜초가 어떤 인물인지 그의 여행기 <<往五天竺國傳(왕오천축국전)>>이 무엇인지 그 세계사적 위상이 어떠한지 조차 알 수가 없게 되어 있습니다.

　　이 같은 현실과 문화재훼손 범주로 간주할 수 있는 타국의 방해 작태를 막기 위해 다음 사항들을 건의합니다. 차제에 혜초기념관을 건립하여 널리 홍보하면 가일층 국위를 선양할 것이고 한국의 답사여행자들이 분명히 늘어나서 한국인의 자부심도 더 깊게 새겨줄 것이며, 한중문화 교류 증진은 물론이고 귀 종단에 대한 인식도 아울러 높아질 것이라 판단됩니다.

<건의사항>

* 혜초기념비정 안내표지판 설치
* 혜초기념비정 주위 울타리 등 설치 및 지속적 미화 관리
* 기념비 재 제작 설치
* 혜초기념관 건립(법왕탑 옆, 일본서예가기념비정을 차폐하는 위치)

첨부: 혜초기념비정 및 주위 사진 20매

2009년　8월　25일　　최 근 식 올림
(전자우편 주소)
(연구실 전화번호, 휴대전화번호)

대 한 불 교 조 계 종　귀 중

　　등기 우편으로 발송했으니 분명히 수령했을 터인데 아직 회답은 오지 않고 있다. 말없이 진행되고 있는지 아니면 재정 문제로 어려움이 많아서 보류해 둔 건지는 모르겠다. 좀 더 기다려 보고 아무 답이 없으면 다른 관련 단체에다 호소를 하는 수밖에 없을 것 같다.

　　오후 1시 30분경 선유사를 떠났다. 조금 내려오니 주지현 상가 거리가 나왔다. 중국 음식점에 들어가 점심을 먹고 최치원 선생이 당시 황제의 멍에 의해 불지골사리첨례찬(佛指骨舍利瞻禮撰)을 지었다는 법문사(法門寺)로 향했다.

조선 후기 나산 박안기 선생
천문학·수학 일본 전수

—

　조선 후기 1643년(인조 21) 조선통신사 정사(正使) 윤순지(尹順之) 일행 462명 중 고위급인 독축관[1]으로 일본에 갔던 나산(螺山) 박안기[2] 선생이 덕천(德川토쿠가와) 막부 시대 최고위 원로 학자였던 임나산(林羅山)[3]과 필담을 나누었고, "교토인 (천문학자) 강야정현정(岡野井玄貞)은 그에게 수시력법의 단초를 배웠다"[4]고 하며, 막부어용화가(幕府御用繪師) 수야탐유[5]가 박안기 선생의 초상화를 그리고 그 위에 임나산이 다음과 같은 찬(贊)을 썼다는 것이다. 이 때 임나산은 61세, 박안기 선생은 36세였다고 한다.

　繪是日東繪 人是朝鮮人 仙螺　卷石
　臥龍裁冠巾 奇哉朴進士 認假以爲眞
　眞假同一理 隱現其分身 彼此奈消息
　請看手澤新[6]

　아울러 박안기 선생은 통신사 왕래 길에 위치한 시즈오카(靜岡)시 시미즈(淸水)구 청견사(淸見寺세이켄지)를 귀로에 다시 들리게 되어 종루 현판 '瓊瑤世界(경요세계)'를 써주었으며 청견사에 관한 시(詩)를 한 수 남겼다는 것이다.

---

1) 독축관(讀祝官): 제술관(製述官)에 해당. 특히 文才가 뛰어난 學士로서 문서의 起草 및 일본인과의 筆談唱和를 담당.

2) 박안기(朴安期, 1608?~미상, 1682년 이후 별세로 필자 추정).

3) 임신승(林信勝, 호 羅山, 道春, 夕顔巷, 자 子信, 1583~1657).

4) 西內雅, 1940, 『澁川春海の硏究』, 東京: 錦正社, 18쪽, "朝鮮の容螺山 來朝に際し 京都の人 岡野井玄貞は これに 授時曆法の端緒を 學んだのである". 澁川春海는 '천년에 한 명 나올까 말까한 천문학자였다'고 하는데 그의 스승이 岡野井玄貞이었다.

5) 수야탐유(狩野探幽, 1602~1674): 11세에 덕천가강(德川家康)을 알현한 뒤 16세에 막부어용화가(幕府御用繪師)가 된 천재화가.

6) 『羅山林先生文集』 卷 60 與朝鮮進士朴安期筆語.

이번 학기 '과학과 기술로 본 한국사' 강의 준비로 원로 한국과학사학자 박성래 한국외국어대 명예교수의 『한국사에도 과학이 있는가』[7](1998)를 읽던 중 위의 사실을 알고는 상당한 감동을 받았다. 고대 사회에서는 그래도 한반도가 일본에게 여러 가지를 가르쳐도 주고(왕인박사의 학문 선수 등),[8] 귀중 문화재(법흥사 등)의 건축도 도와주었으며[9] 백제선, 신라선 등 선박 건조 기술을 전수하면서,[10] 8, 9세기에는 해상 운송에도 도움을 주고 했는데 그 이후에는 왜구들의 침략만 받았고 과학 기술 분야에서 도무지 내세울 만한 것이 생각나지 않던 차에 17세기 중반에 일본인 천문학자가 그에게 천문학·수학을 배웠다고 하니 이 역사적 사실에 감흥이 고조되지 않을 수가 없었던 것이다. 한국사에도 과학이 있었다는 증거가 아닌가 말이다.

곧바로 여행을 준비하여 3박 4일 청건시 답사에 나섰다. 2010년 4월 30일 금요일 오전 10시 인천 공항을 출발하여 약 2시간 후 일본 나리타(成田)공항에 도착, 우에노 공원 옆 작은 호텔에 여장을 풀고는 쉬지 않고 칸다(神田) 고서점가로 달려갔다.

박성래 교수의 글에 나온 일본 문헌들, 위 『삽천춘해의 연구』, 『일본의 천문학』,[11] 『일본과학사』[12] 등이 학교 도서관에 소장되어 있지 않기에 답사 간 김에 구해 올 생각이었다. 여러 고서점을 뒤져도 나오지가 않았다. 적어간 책 목록을 보여 주면서 잘 통하지도 않는 서툰 일본말로 어쩌고저쩌고하니까 한 서점의 점원이 이러지 말고 책과 서점 안내소(本と街の案内所)가 바로 옆에 있으니까 거기로 가 보라는 것이었다. 고맙다고 하고는 찾아가니까 좁은 공간에 책상과 컴퓨터를 놓고 여직원 두 명이 안내를 해 주고 있었는데, 그 사람 홀리는 듯한 친절함은 일본을 여행해 본 사람은 짐작할 수 있을 것이다. 까딱하면 '절 값' 내라고 하지 않을까 겁날 정도였다. 컴퓨터에 책 제목을 입력하니까 칸다 고서점가뿐만 아니라 일본 전역의 서점, 책들 현황이 나오는 것 같았다. 어느 서점에 있는지, 책 값까지 적혀져 있었다. 그런데 유독 『일본의 천문학』이 재고 목록에 잡히지 않았다. 한참 생각하더니 그 출판사가 岩波書店이니까, 암파서점 책들을 전문으로 취급하는 고서점이 이 거리 어느 곳에 있으므로 거기로 가 보라고 했다. 혹시 있을지도 모른다는 것이었다. 과연 거기에 있었다. 적어 간

7) 박성래, 1998, 『한국사에도 과학이 있는가』, 서울: 교보문고.

8) 이병도, 1976(초판)/1987(수정중판), 〈백제와 왜와의 정식통교/백제문화의 동류〉, 『(수정판)한국고대사연구』, 서울: 박영사, 574~592쪽, "(근초고왕) 이후 兩國間의 빈번한 交使와 아울러 친선이 더욱 두터워졌다. …백제문화의 東流는 마치 홍수의 勢와 같아, 온갖 부문의 전문가와 서적 기타가 왜국으로 건너가 그 나라 문화를 개발시키는데 바빴다".

9) 이기동, 1996, 〈백제사 총설〉, 『백제사연구』, 서울: 일조각, 49쪽, "588년 일본왕실의 외척으로 권세가였던 소가(蘇我) 씨가 法興寺(일명 飛鳥寺) 건립에 착수했을 때 실로 많은 백제의 일급 기술자들이 초빙되어" 갔다.

10) 최근식, 2010, 〈백제의 조선·항해 기술〉, 『백제논총』 제9집, 백제문화개발연구원.

11) 中山茂, 1972, 『日本の天文學』, 東京: 岩波書店.

12) 吉田光邦, 1976, 『日本科學史』, 東京: 講談社.

책들을 모두 구하고 난 뒤의 흐뭇함은 책 수집을 전문으로 해 본 사람들은 짐작할 수 있을 것이다.

이튿날 5월 1일 토요일 아침 일찍 역에 나가서 기차표를 끊었다. 요금과 소요 시간을 물으니 초고속 전차 신칸센 히까리호가 시간은 반밖에 걸리지 않으나 값은 두 배라는 것이다. 총 답사 비용을 비교·감안할 때 시간이 돈이다 싶어서, 거금 약 5,700엔(한화 7만 원 정도) 주고 편도 신칸센 표를 샀다. 시즈오카역까지 약 60분 걸렸는데 처음 타 봐서 그런지, 땅위 철로를 초고속으로 달리니까 덜덜거리는 가운데 섬뜩한 질주감이, 이보다 몇 배 더 빠르지만 무속도감의 조용한 비행기와는 느낌이 달랐다. 도쿄역에서 신호 대기로 5분 연발을 만회하려고 그랬는지 시속 200㎞/h가 넘게 달리는 것 같았다. 결국 3분을 당겼다. 일본 지역을 답사하노라면 항상 마음이 무거웠으나, 히까리호 5분 연발을 보고는 오래간만에 기분이 상당히 가벼워졌는데 철로 위 가공할 속도를 경험하고는 또다시 침울해졌다. 약 40여 분간 우측 차창 멀리 또는 가까이 바라보이는 일본 이데올로기 후지산(富士山)이 더욱 지수를 높였고.

시즈오카역에 도착하여 다시 일반 기차로 갈아타고 되돌아가는 쪽에 있는 시미즈역으로 갔다. 약 10분 정도 걸렸다. 시미즈역 서쪽 출구에서 57번 시내버스를 타고 또다시 약 10분 정도 달려가니 청건사가 나왔다. 정류장 바로 옆이고, 기찻길이 사찰 정면 밑으로 통과하고 있었다.

청건사는 다소 가파른 위치에 자리 잡고 있었다. 밑에서 쳐다보니 사찰 건물들이 상당히 오래된 것으로 보였고 산 위까지 나무들이 우거져 있었다. 종루도 보였다. 계단을 한참 올라 東海名區(동해명구)라는 현판이 붙어 있는 일주문을 지나고 다시 철로 위 육교를 지나 입구로 들어가서 곧바로 종루로 갔다. 제일 급한 것부터 먼저 봐야 할 것이 아닌가.

과연 종루 이층쯤에 '瓊瑤世界 螺山(경요세계 나산)' 현판이 걸려 있었다. 그 감동이 어떠했을지는 상상할 수 있을 것이다. 사진부터 마구 찍어 댔다. 혹시나 이 친구들 구석기 유물 날조, 교토 광륭사 소장 '일본의 국보 제1호' 한반도 전래 木彫彌勒半跏思惟像(목조미륵반가사유상) 얼굴 수리 변조 전례와 같이 없애 버리거나 개조하지나

종루현판 경요세계

않을까 싶어서 허겁지겁 증빙자료를 마련해 두려는 것처럼 말이다.

그러고는 사찰 경내를 차근차근 둘러보았다. 청견사는 덕천막부시대 에도(江戶, 도쿄)와 교토(京都) 사이의 중요한 간선 도로인 동해도(東海道)에 설치된 53개의 전마역 중 17번째 역인 홍진숙(興津宿)에 위치하고 있는데, 7세기에 건립된 임제종 사찰로서 14~16세기에는 일본의 중요십찰(重要十刹)의 하나로 지정되었으며, 풍신수길과 덕천가강 시대에는 그 외호에 힘입어 동해도의 굴지의 큰 사찰이 되었다고 한다. 절 안에는 덕천가강이 전시 진중에서 타고 다니던 수레[乘輿] 비슷한 유물 등이 있으며, 역대 천황들도 기념식수 하는 등 상당히 현양되고 있었다. 가파른 산세에도 불구하고 산골물이 내려오는 것을 보면 산도 깊을 것으로 짐작된다. 나산 선생이 남긴 시에서도 계곡물과 폭포를 묘사하고 있다.

다시 청견사를 찾아 붓을 달려 시를 남기다
청견사는 해동의 경승 / 다시 찾으니 정은 더욱 깊어만 가네 /
이미 속세를 뛰어넘으니 / 어찌 한 조각 티끌인들 범할 수 있을까! /
깊은 계곡물 흘러 폭포 이루고 / 기화요초 우거져 숲을 이루네 /
여행하는 수레 문 밖에 세운 채 / 해가 이미 서산에 진 줄을 모르네.

대웅전 격인 기도처 건물에는 '興國(흥국)', 참선 등 수도처 건물에는 '潮音閣(조음각)'이라는 현판이 걸려 있었다. 이 건물들을 다 둘러보고 산 중턱쯤 통행 제한 구역까지 가파른 계단을 올라갔다가 왔다. 계곡물이 옆으로 번지고 있었다. 앞에 펼쳐지는 바다 풍경이 시원하였다. 내려와서는 이제 시(詩)가 어디 있는지 찾으려고 사무처를 찾았다. 조음각 입구에 '견학을 원하는 사람은 종을 두드리시오'라는 문구가 적혀 있기에 나무 방망이로 '댕-' 치니까 사무 보는 스님 한 분이 나왔다. 내가 여차여차해서 왔는데 박안기 선생의 시가 어디 있느냐 물으니까, 일단 청견사 안내 팸플릿 하나를 주면서 3백 엔 내라고 하여 납부했다. 그다음 신발을 벗고 따라 가니까 큰 모임 다다미 방 문 위 부분에 글씨, 시문들이 새겨진 나무 편액·현판들이 쭉 걸려 있었는데 여기에서 찾아보라고 하였다.

德川時代來朝 朝鮮國通信使詩文

하나하나 확인하다가 〈德川時代來朝 朝鮮國通信使詩文(덕천시대래조 조선국통신사시문)〉이라고 적혀진 세로로 된 작은 안내 나무판을 발견하고는 깜짝 놀랐다. 한쪽 편에 걸려 있는 현판들이 모두 조선통신사들의 작품이라는 것이다. 박안기 선생의 '경요세계'만 알고 갔다가 이 무슨 횡재인가 싶었다. 청견사야말로 조선후기 한일 문화 교류의 보물창고임을 알았다.

한참을 감동 속에서 쳐다본 뒤에 박안기 선생의 시구를 찾으려고 두리번거렸으나 찾지를 못했다. 초서 비슷하게 휘갈겨 쓴 한문들이라 잘 이해하지는 못했으나 '螺山'이라는 글자는 알 수 있을 것인데 말이다. 그래서 그 사무처 스님에게 도로 가서 못 찾겠으니 도와달라고 했다. 그랬더니 책을 한 권 가지고 나와서는 옆방 좌식 탁자 위 전등까지 켜 주면서 거기서 찾아보라는 것이었다. 2006년 12월 한국 조선통신사문화사업회, 일본 시즈오카시 공동 발행, 『청견사소장 조선통신사 유물도록』이라는 한국어·일어판 책이었다. 순간 나는 참으로 독서 폭이 좁았구나 싶었다. 역사학도라고 하면서 이런 서적이 출판된 줄도 모르고 있었는지 부끄럽기도 하고, 박안기 선생에 대한 내용은 이미 일반인들의 상식이 되어 있지 않은가 하는 생각이 들었다.

거기를 보니까 '瓊瑤世界(경요세계)'뿐만 아니라 '東海名區(동해명구)', '興國(흥국)', '潮音閣(조음각)' 등이 모두 조선통신사들의 글씨였다. '東海名區'와 '潮音閣'은 숙종 신묘(1711)사행에 왜학상통사(倭學上通事)로 수행한 금곡 현덕윤의 필적이고, '興國'은 효종 을미(1655)사행의 정사(正使) 취병 조형의 필적이라고 한다. 청견사를 별칭 '조선통신사寺'라고 불러도 좋을 것 같았다. 나산 선생의 시구도 나왔다. 掛幅裝 52.8×55.8 五言律詩라고 주해된 다음 문구인데 두루마리 걸개로 만들어 놓은 모양이다.

再尋淸見寺走筆　題
淸見海東勝 重來情更深
已超三界外 那有一塵侵
幽澗流成瀑 奇花蔚作林
征車門外住 忘却日西沈
癸未仲秋 螺山居士

사진을 여러 장 찍고는 책을 돌려주면서 이 작품을 보여줄 수 있는가 하고 물었더니 창고에 보관되어 있고 안 된다는 대답이었다. 정히 보고 싶으면 인정될 만한 기관을 통하여 공식적 요청을 하고 허락을 받아야 할 것 같았다. 이 정도 확인 답사한 것만 해도 목표량 초과 달성이다 싶어서 흐뭇한 마음으로 청견사를 출발해 나왔다.

청견사에 현판과 시구를 써 준 시기는, '癸未仲秋(계미중추)'라는 간지 해와 달이 적혀 있으므로 1643년 8월이 확실하다고 생각된다. 왕행 시도 잠시 휴식하지만 시 제복 '再尋淸見寺운운'에서 알 수 있듯이 淸見寺를 다시 찾았을 때이므로 복귀 시일 것이다. 귀로 시 청견사를 통과하는 날짜가 8월 10일이다.

당시 기록에서 재미있는 사실은 1643년 한 사신의 기록인『국역 해행총재 제5권, 계미동사일기』를 보면, 왕행 시 7월 2일 江尻(강고)를 출발하여 三島(삼도)까지 하루 110리를 주행하는데, 청견사는 잠시 휴식하며, 귀환 시 8월 10일에는 삼도를 출발하여 청견사에 머물렀다는 언급도 없고 역시 하루 110리를 전진하여 곧바로 숙박지 강고에 도착한 것으로 나온다. 그렇다면 언제 글씨를 써 주었는가 하는 의문이 드는 것이다.

붓글씨 휘호 시간이 어느 정도 걸리는지 모르겠는데 아마도 잠시 숨을 돌리고는 일필휘지로 시원하게 써 버리는 것이 아닌지 추측해 본다. 청견사 휴식 기록은 없으나, 사찰 측에서 미리 지필묵 탁자 등을 완벽하게 준비해 놓고 행렬을 기다리고 있으면 휘호가들은 도착하자마자 "수레 문 밖에 세운 채" 물 한 잔 마신 뒤 몇 장 쓱 그려 주고는 행진을 계속했던 것 같다. 통신 부사(副使) 용주(龍洲) 조경(趙絅) 선생 역시 귀행 시 "거듭 절을 지나며 난간에 기대어 바라보니"라는 문구가 있는「重過淸見寺」라는 제목으로 시를 남기고 있다.

그 후 나산 선생이 능서가(能書家)로서 방일했을 때 작품으로 牛窓(우시마도)[일본 내 오사카(大阪)

까지 해로인 세토나이카이(瀬戸內海) 중간쯤에 위치한 항구, 오카야마(岡山) 부근 본련사(本蓮寺)에는 '螺山翁題本蓮寺(나산옹제본련사)'라고 한 다음의 칠언절구 서축(書軸)이 현존한다고 한다.

蓮花本色法王心 玉柱鑴鑗大字深
若道奢維名實異 門前船有海潮音

이 작품의 제작 연대는 시 제목에 '翁'이 들어간 것을 보면, 36세경인 1643년은 분명히 아니고, 그 다음 사행이 1655년으로 이어지는데 그해는 나산 선생의 나이가 약 47세가량이므로 역시 아직 '翁'이라고 부르기에는 이를 것 같으며, 74세쯤 되는 1682년(숙종 8) 사행시 능서가로 동행하여 휘호해 준 것이 아닐까 추측해 본다.

박안기 선생의 또 하나의 작품 '諸佛宅(제불택)'이라는 현판이 역시 청견사에 있다는 설명을 『국역 해행총재』 제7권, 180쪽 및 동 제10권 143쪽에서 읽고는 답사계획서에 다른 작품명과 같이 적어 갔는데 어찌된 영문인지 '諸佛宅'은 까마득하게 잊어버린 채 찾아보지를 않고 돌아왔다. 참으로 잊어버리는 것이 많은 답사학도라고 판단된다.

1748년 조선통신사 종사관(從事官) 조명채(曹命采) 선생의 『奉使日本時聞見錄(봉사일본시문견록)』을 보면 "또 '諸佛宅(제불택)' 석 자의 현액(懸額)이 있는데, 이것은 계미년(인조 21, 1643) 제술관(製述官) 박안기(朴安期)의 글씨이다"라는 기록이 있고, 1764년 조선통신사 정사(正使) 조엄(趙曮) 선생의 『海槎日記(해사일기)』를 보면 "또 '諸佛宅(제불택)' 3자가 쓰인 현판이 있기에 물었더니, 이는 신묘년(숙종 37, 1711)의 제술관(製述官) 박안기(朴安期)의 필적이라 한다"라는 문구가 있다.

이 기록들을 보면 박안기 선생의 일본 사행 시기가 다르게 나타나는데 신묘년 운운 기사가 저술자의 착오인 듯하다. 왜냐하면 이때는 박안기 선생의 연세가 이미 백세에 다다랐으니 가능성이 희박하다. 그러나 전후 시기 모두에서 '박안기의 필적'이라고 대답한 청견사 측 설명은 특별히 사실과 다르게 전할 이유가 없으므로 박안기 선생의 작품인 것은 분명한 것으로 추정된다.

그런데 필자가 지금 청견사 경내 현판 전부를 회상해도 '諸佛宅'은 없었고, 앞의 『청견사소장 조선통신사 유물도록』에도 수록되어 있지 않았다. 누가 떼어가서 자기 집에 걸어두었는지는 모르겠다. 그 사람 '宅'이 과연 글자 의미와 맞아 떨어지려는지 의문이다.

조선통신사 성격에 관해 몇 년 전 조선 후기 전공자 학우에게 혹시 군사(왜구 포함) 강대국에 대한 두려움 내지 비굴함의 결과가 아닌가 하고 물었더니 절대 '사대'가 아니고 '교린'의 차원이라고 답을 들었고, 어떤 연구자는 "조선통신사의 도일을 조공시했다는 견해는 도저히 용납할 수 없는 말이다"[13]고 강변하고 있지만, 그렇다면 왜 쌍무가 아닌 한 방향으로만 '통신사(通信使)'가 진행되었는가, 덕천 가의 아들 가강(家綱) 탄생 축하사로 사절이 파견되었는데(그 이유로 제술관 직위를 독축관으로 명명했다 함) 조선왕조 세자 탄생에 일본 사절 역시 내조했는지, 의전 문제, 주고받는 국서 서식 등에서 대등하지 못한 굴욕적 부분은 없었는지, 사절단이 수신국으로부터 가무향연을 접대받기는 커녕 오히려 기마곡예단을 데리고 가서 위무공연을 해 주었다고 하는데 국가 공식 사절단이 수행할 적절한 임무인지, 신미년(1811) 사행(使行)은 대마도로 역지행례(易地行禮)가 이루어졌다고 하는데 조선은 대마도와 동격이 되어 지금까지의 조선통신사 행렬은 조공 성격임이 극명하게 나타난 것이 아닌지, 막연한 나들이 식 '교린' 말고 어떤 실제적 국익이 있었는지(최소한 일본은 내부 일본인들에게 류큐(琉球)의 경하사(慶賀使)·사은사(謝恩使)와 네덜란드 상관장(商館長)의 에도 참부(江戶參府) 비슷한 조선의 조공행렬이라는 인식을 심어주는 정치적 효과를 기도하지 않았는지, 따라서 앞의 청견사 내 전시실 벽 '조선국통신사시문' 팻말에서도 덕천시대 '來訪(내방)'이 아니라 자연스럽게 '來朝(내조)'라고 표현하고 있는 것은 아닌지), 경제적 손익 관계는 어떠했는지, 학문과 예술을 과시(일본인들이 통신사 일행의 글씨를 받으려고 줄을 서서 기다렸다고 함) 내지 전수만 해 주고 나가사키 데지마(出島) 형식의 서양과학 기술 문명을 수용하는 방법은 왜 배워오지 못했는지, 그렇게 '우의'를 다졌음에도 불구하고 결국 왜 식민지 종으로 밖에 전환되지 못했는지, 그렇다면 뭐 하러 다녔는가, 이런 구차스러운 교류를 왜 해야만 되었던가, "오라(日本國以其國有錫羨 請我信使同其慶)"면 오고, "멈추라(島中及江戶事多未備 使行姑十餘日從徐入來云 故還下船候風)"면 멈추고, "가라(日光行禮無事往還 不勝喜幸云)"면 가는 행렬이 그렇게 자랑스럽나 하는 의문들은 여전히 머릿속에 맴돌고 있으나, 한일 간 문화 교류에 관심이 있는 사람뿐만 아니라 단순 일본 여행자들도 이 근처에 가면 한 번 들러 보기를 추천하고 싶고, 특히 조선 후기 통신사들이 일본에서 남긴 작품들에 관해 관심이 있는 분들은 한번 답사해 보면 좋을 곳으로 생각되었다.

나아가 영국박물관(The British Museum, 이른바 '대영박물관') 일본실 근대 부분, '近世日本-世界への四つの窓口'라는 제목으로 전시된(2011년 10월) 그림 및 설명들을 보면 조선통신사에 대한 일본의 일반적 인식을 쉽게 알 수 있다. 조선의 국가적 위상이 매우 교묘하게 구도·전시되어 있다.

화란(네덜란드) 상관의 설치, 중국 상선의 나가사키항 입항도, 류큐(琉球, 현재 오키나와)의 경하사(慶賀使) 행렬도에 이어서 조선통신사 행렬도를 그려 놓았는데, '사대교린(事大交隣)'하는 조선의 '평등'외교 성격이 드러나지 않는다. 「琉球國兩使登城之行列繪卷」 그림 및 '薩摩(사쓰마)-琉球王國への

---

13) 이원식, 1991, 『조선통신사』, 대우학술총서-인문사회과학 59, 서울: 민음사.

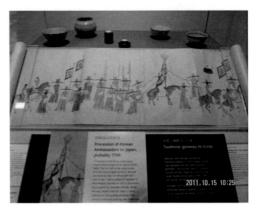

영국박물관 일본실 류큐경하사 행렬도　　　　　　　　　영국박물관 일본실 조선통신사 행렬도

窓口' 설명, 「朝鮮通信使繪卷」 그림 및 '對馬(대마도)-朝鮮國への窓口' 설명으로 구성되어 류큐국 (오키나와)과 조선국은 동일한 국격(國格)으로 인식될 수밖에 없다.

전시실 벽에 '三菱商事(미쯔비시 상사) 日本ギャラリ(일본 갤러리)[THE MITSUBISHI CORPORA-TION JAPANESE GALLERIES]'라고 쓰여 있는 것을 보면 일본의 민간인 종합상사가 담당하여 전시실을 만들어 놓은 것으로 판단되는데, 일반인들의 조선에 대한 인식이 류큐국과 동일함을 알 수 있다.

류큐(琉球) 왕국은 1372년 명(明) 태조 때부터 시작하여 19세기 말까지 대(對)중국 조공을 계속하고 있었다. 1609년 3월경 3,000명의 일본의 사쓰마 번(藩)[현재 카고시마현(鹿兒島縣) 서반부] 군대가 아마미 제도 이남의 섬을 공격하기 시작하여 4월경에는 수리성을 포위, 상녕왕(尙寧王)을 항복시킨 뒤, 일본에 대해서도 조공국이 되었는데, 1879년 메이지 정부가 류큐왕국을 해체하고 오키나와현을 설치하였다.[14]

하나하나의 전시 그림 및 설명이 모두 틀림없는 역사적 사실이므로 어떻게 항의를 해야 할지 의문이다. 왜 그렇게 배치를 해 놓았느냐고 할 수밖에 없는데, 전시자 고유의 구성 자유 및 권한이라고 답변해 버리면 제1차 항의전은 끝나 버릴 것 같다. 여기서 중요한 것은 조선에 대한 일본인들의 일반적 인식이 이러하다는 사실이다.

'과학과 기술로 본 한국사' 강의안에 한 항목이 추가된 기쁨이 컸다. 조선 후기에 일본인 학자가 한국인에게 천문학/수학을 배웠다는 사실은 한국의 학문 수준을 가늠할 수 있는 단면이라 그저 넘

---

14) 민두기 편저, 1976, 『일본의 역사』, 서울: 지식산업사, 90, 138, 229쪽; 동양사사전편찬위원회 엮음, 신연철 감수, 1989, 『동양사 사전』, 서울: 일월서각, 598쪽.

어갈 사항이 아니다. 중국인들도 그렇지만 일본인들 또한 한국 인물들에 대한 평가에 매우 인색한데 누구누구에게 '배웠다(學)'고 명기하고 있음을 보면 확실하다는 결론이다. 그런데 구입한 책들을 호텔로 돌아와서 확인해 보니 두 책에서는 '學'이라고 바르게 써 놓았는데, 『일본의 천문학』에서는 '討論'이라고 왜곡 기술해 놓았다. '배웠다'는 것과 '토론했다'는 것은 차원이 다른 개념인데, 바람직스럽지 못한 자존심이 작동된 것으로 판단된다. 직접 당사자 선학들이 '배웠다'고 기록해 놓은 것을 후대 연구자가 마음대로 대등한 입장의 '토론'으로 서술하는 것은 술이부작(述而不作)이 아닌 정직하지 못한 일이라고 생각된다. 박안기 선생이 교토 지역에서 10일 정도 체류한 것으로 나오는데 열흘 아니라 한 시간을 배워도 배운 것은 배운 것이다. 1시간 예능 레슨 받고 난 뒤에 '나, 선생하고 토론하고 왔어'라고 한다면 누가 들이도 웃지 않겠는가.

청건사를 답사하고 난 뒤 시즈오카시로 돌아와서 숨푸(駿府)박물관에 들러 호쿠사이(葛飾北齋)의 후지산 우키요에(浮世繪) 152경 전시를 관람하고, 생맥주 두 잔에 스시 몇 개를 마시고 먹고 난 후 호텔로 돌아와 숙박한 뒤, 그 이튿날 아침에 도쿄 우에노 숙소로 돌아왔다. 우에노역 부근을 왜 선호하게 되었는가 하면, 바로 인접한 우에노 공원 안에 일본국립과학(科學)박물관, 동경국립박물관, 서양미술관, 동경도미술관 등이 있어 짬나는 대로 둘러볼 수가 있고 도심 한복판의 우거진 숲, 분수 옆길 등 산책하기도 좋기 때문이다. 또한 바로 옆에 아메야요코라는 서민 시장이 있어 인파가 미어지고 분위기도 훈훈하며 아울러 한국인 음식점이 많기 때문에 육개장, 쇠고기 내장 구이 등을 마음대로 먹을 수 있기도 하다.

이 글이 조선통신사들이 동해도를 오가며 남긴 작품이 있는 시즈오카시 시미즈구 청건사를 답사하고자 하는 분들에게 도움이 되었으면 한다.

독일 구텐베르크 박물관
고려시대 『직지(直指)』 전시

—

　　독일 마인츠(Mainz)시에 위치한 구텐베르크 박물관(Gutenberg Museum)의 한국 유물 전시 구역에는 고려 시대 금속활자로 인쇄된 1377년 기념『직지』복사본과 당시 인쇄 과정 밀납 모형 등을 전시해 놓고 있다. 이 서적은 1455년 구텐베르크의 첫 인쇄물보다 78년이 앞서 있는 것이다. 필자는 '과학과 기술로 본 한국사'의 강의 자료 준비를 위해 2007년 4월 제1차로 이 박물관을 답사했다. 그러고는 3층에 위치한 동양 3국, 즉 중국, 한국, 일본의 전시 구역 중 유독 한국 구역 부분에만 'KOREA'라는 명패가 누락된 것을 발견하였다. 담당 큐레이터에게 명패 부착을 부탁하고, 귀국 후 미심쩍어서 박물관장에게 이메일로 재차 요구한 뒤, 2008년 8월 제2차로 명패부착 여부를 확인하러 이 박물관을 답사하고 왔다. 가서 보니 전시 벽면 및 전시대 속『직지』옆에 'KOREA'라고 크게 붙여져 있었다.

　　인쇄술이 인류 역사 발전에 기여한 바는 아무도 과소평가하지는 못하겠지만 특히 17세기 영국의 유명한 철학자 베이컨(F. Bacon)은 고대 사회 이후 3대 발명품으로 인쇄술(Printing), 화약(Gunpowder), 나침반(Magnet)을 들면서 인쇄술을 제일 먼저 거명하고 있다.[1] 그만큼 인류 사회 변화를 위한 역할이 컸음을 시사하는 것이라 생각할 수 있다. 지식·정보의 대량·신속 전달로 인한 다수 민인들의 의식 개혁이 이루어졌기 때문일 것이다. 특히 1455년 구텐베르크 금속활자 발명 이후 유럽 사회 전반

---

[1]　프랜시스 베이컨 지음/ 진석용 옮김, 2001, 『신기관-자연의 해석과 인간의 자연 지배에 관한 잠언』, 서울: 한길사, 137쪽, "다음으로 발명된 것의 힘과 효능과 결과를 생각해볼 필요도 있다. 이것은 고대인들은 전혀 모르고 있었던 저 3대발명, 즉 인쇄술·화약·나침반이 어떠했는가를 살펴보면 금방 알 수 있다. 이 세 가지는 천지개벽을 가져왔으니, 인쇄술은 학문에서, 화약은 전쟁에서, 나침반은 항해에서 세상을 완전히 바꾸어놓았던 것이다. 또한 그로 말미암아 헤아릴 수 없이 많은 변화가 천지에 가득했으니, 그 어느 제국도 그 어느 종파도 그 어느 별[star]을 '인기인' 또는 '위인'으로 번역함이 어떨지 제안해 본다: 필자]도 인간의 생활에 이 세 가지 발명보다 더 큰 힘과 영향을 미친 것은 없었다"; Francis Bacon(1561~1626), 1620, "Aphorisms" *Novum Organum, Book I*, Chicago Illinois, The Great Books Foundation(1955, *Readings for Discussion* THIRD YEAR COURSE), pp. 84-85, "Again, it is well to observe the force and virtue and consequences of discoveries; and these are to be seen nowhere more conspicuously than in those three which were unknown to the ancients, and of which the origin, though recent, is obscure and inglorious; namely, printing, gunpowder, and the magnet. For these three have changed the whole face and state of things throughout the world; the first in literature, the second in warfare, the third in navigation; whence have followed innumerable changes; insomuch that no empire, no sect, no star seems to have exerted greater power and influence in human affairs than these mechanical discoveries".

의 급속한 변화, 성장이 촉진되었음을 경험한 결과일 것으로 판단된다.

한국의 역사학자 고 손보기 박사님은 그의 저서『한국의 고활자』에서 "활자 인쇄의 발달은 곧 지식의 보급을 가져오고, 지식의 보급은 인류 문화의 발전을 촉진하였다. 과학이나 지식은 한 사람이나 사회의 한 계층에서 독차지하여서는 아니되는바, 활자 인쇄의 발전은 곧 과학과 지식을 넓게 펴는 데 가장 기본이 되는 수단으로 이용되어 온 것이다"[2]라고 인쇄술의 역사적 의의를 정의하였다.

그리고 이어진 저서『금속활자와 인쇄술』[3]에서는 금속활자의 발명이 서양에서는 곧 중세와 근대의 기술을 나누는 분계선으로 평가되기도 한다고 했다.

이와 같은 인식 속에서 한국의 고려 금속활자, 즉 세계 최초의 금속활자를 한국사의 자랑으로 인류문명사에 내놓게 되었던 것이다. 국적을 불문하고 어느 누구의 부정적 의견이나 불평도 듣지 않을 것이다. 이에 대하여 세계 석학들이 공인한 사실을 보자면, 1925년 초판, 1955년 제2판으로 간행된 카터(T. F. Carter, 1882~1925) 박사의『인쇄문화사』에서 한국의 금속활자에 관한 부분을 들 수 있다.

금속활자에 관한 초기의 기술은 원지배하에 있던 그 시대 이전으로 소급된다. 1241년, 즉 이규보(李奎報: 1168~1241)가 세상을 떠났던 바로 그해에 활자를 사용하여『상정예문』50권 28부를 출판하였다.[4]

1954년 영국의 과학사학자 버날(J. D. Bernal) 교수는 그의 저서『역사 속의 과학』에서 한국의 금속활자에 대하여 다음과 같이 서술하고 있다.

Printing with movable wooden type was originally a Chinese invention of the eleventh century. <u>Movable metal types were first used by the Koreans in the fourteenth century. It was introduced into Europe in the mid fifteenth century</u> and spread extraordinarily rapidly, first for prayers and then for books(이동할 수 있는 금속활자들은 14세기 한국인들에 의해 처음 사용되었다. 그것은 15세기 중엽 유럽으로 소개되어, 처음에는 기도서에 그리고는 일반 책들로 비상히 빠르게 전파되었다: 밑줄 및 번역, 필자).[5]

---

2) 손보기, 1971,『한국의고활자』, 한국도서관학연구회, 서울: 보진재, 5쪽.

3) 손보기, 1974/2000,『금속활자와 인쇄술』, 서울: 세종대왕기념사업회, 19쪽.

4) T. F. 카터 원저/ L. C. 구드리히 개정/ 강순애·송일기 공역, 1925/1955/1995,『인쇄문화사』(The invention of printing in China and its spread westward), 서울: 아세아문화사, 270쪽.

5) J. D. Bernal, Science in History, Volume Ⅰ: The Emergence of Science, The M.I.T. Press, Cambridge, Massachusetts, 1954(1st), 1965(3rd), 1969, (in 4 volumes), p. 327.

버날 교수의 평가는 특히 무심하게 지나칠 수 없는 문구이다. 한국의 원로 과학사학자 전상운 교수님은 이 구절을 읽고 "이러한 금속 활자 인쇄술 발명에 대한 학문적인 견해는 나를 한국 과학사에 조금 더 접근하게 하는 하나의 계기가 되었다"[6]라고 술회했다.

1956년 손보기 선생님은 한 미국대학(Berkeley, California) 학회에서 한국의 초기 인쇄술에 관하여 발표한 뒤, 1959년《Journal of the American Oriental Society》계간지에 논문을 발표하면서 "한국의 인쇄활자는 서양보다 최소한 2세기 이상 더 일찍 발전되었다"[7]고 모두에 서술했다. 그리고 1968년 『한국인쇄기술사』에 "우리나라 인쇄 기술의 발달은 중국 문화의 자극을 받아 발달하였으나, 인쇄의 기본이 되는 여러 기술은 우리나라에서 창안, 또는 발전시켜 일본, 중국, 요(遼) 등에는 물론, 중국을 통해서 간접적으로 서구의 인쇄 기술의 발달에 기여한 것도 거의 의심할 여지가 없는 것으로 알려지고 있다"[8]라고 설명했다.

'최소한 2세기 이상 더 일찍 발전되었다'고 하는 것은 고려의 금속활자 인쇄 기원이 1102년(숙종 7) 또는 1047~1083년(문종 시기)의 두 설이 있고, 고려시대 문장가 이규보(李奎報, 1168~1241)가 당시 권력자였던 최이[崔怡, 최우(崔瑀)의 고친 이름] 진양공(晉陽公)을 대행하여 1234년(고종 21)에서 1241년 사이 저술한 「신인상정예문발미(新印詳定禮文跋尾)」(定을 印으로 민영규 교수가 바로잡음)에 "마침내 주물 활자로 28부를 인쇄하여 여러 관아에 나누어 보관케 하였다(遂用鑄字印成二十八本 分付諸司 藏之)"라고 쓴 기록이 그의 시문집 『동국이상국집 후집(東國李相國集 後集)』에 실려 있기 때문이다.[9]

그리고 한국의 금속활자에 대한 근래 국제적 공인 과정을 보면, 2001년 『직지』가 유네스코 세계기록유산으로 등재된 데 이어 2004년 4월에는 유네스코 '직지상'이 제정되어 그 위상이 세계적으로 확고하게 되었다.

『직지』란 『백운화상초록불조직지심체요절(白雲和尙抄錄佛祖直指心體要節)』의 약칭이다. 1377년(고려 우왕 3년) 청주 흥덕사에서 금속활자로 찍은 책이다. 책 말미에 다음과 같이 간기(刊記)돼 있다.

直下 三十九: 宣光七年丁巳七月 日 淸州牧外興德寺鑄字印施 緣化 門人 釋璨 達湛 施主 比丘尼 妙德(직지 하권 제39장: 북원(北元) 선광 7년 정사년, 즉 1377년 7월 일, 청주목 외곽 흥덕

6) 전상운, 1988, 『한국과학기술사』, 서울: 정음사, 2쪽.

7) Pow-key Sohn(Uneversity of California), "Early Korean Printing" *Journal of the American Oriental Society*, Vol. 79, No. 2 (Apr. - Jun., 1959), pp. 95-103, "PRINTING WITH movable type in Korea was developed at least two centuries earlier than in the West".

8) 손보기, 1968, 『한국인쇄기술사』 『한국문화사대계』 III 과학·기술사, 고려대학교민족문화연구소.

9) 김두종, 1974, 〈附圖中-41〉 『한국고인쇄기술사』, 서울: 탐구당, 부도 57쪽; 천혜봉, 1982/1995, 『나려인쇄술의 연구』, 서울: 경인문화사, 157~171쪽.

사에서 금속활자로 인쇄하여 배포함. (백운화상의) 제자인 석찬, 달잠이 보[포]시 요청, 비구니 묘덕이 시주했음: 번역, 필자)

　　그 주된 내용은 백운화상이 『경덕전등록(景德傳燈錄)』, 『선문념송집(禪門拈頌集)』 등의 사전부(史傳部)의 여러 불교 서적을 섭렵하고 역대의 제불조사(諸佛祖師)의 게(偈), 송(頌), 찬(讚), 가(歌), 명(銘), 서(書), 법어(法語), 문답(問答) 중에서 선(禪)의 요체(要諦)를 깨닫는 데 필요한 것만을 초록하여 찬술한 것이다. 이 책은 우리나라 학승(學僧)들이 대교과(大敎科)를 마치고 수의과(隨意科)에서 공부하는 데에 사용되는 대표적 학습서라고 한다.

　　『직지』는 1377년 청주 흥덕사 주자본(鑄字本)과 1378년 여주 취암사(鷲巖寺) 목판본(木版本)으로 간행되었는데, 주자본은 프랑스 국립도서관에, 목판본은 한국 국립중앙도서관, 한국학중앙연구원(藏書閣 장서각, 보물 제1132호), 전라남도 영광 불갑사(보물 제1470호)에 소장되어 있다고 한다. 장서각본의 한 서문은 목은 이색(李穡) 선생이 썼다.[10]

　　1377년 주자본 『직지』는 그 하권(下卷)만 프랑스 국립도서관(BNF)에 현재 소장되어 있는데 그 전존 과정을 살펴보면 다음과 같다.

　　프랑스 주한공사 겸 총영사로 임명되어 두 번째로 조선에 머물렀던 빅토르 꼴랭 드 쁠랑시(Victor Collin de Plancy, 1853~1922)가 1896에서 1899년 사이에 주자본 『직지』 하권을 수집하고, 그 표지에 "주조된 글자로 인쇄된 책으로 알려진 것 중 가장 오래된 한국 책. 연대 = 1377년"이라고 펜으로 기록했다. 책의 간지(間紙)에는 "불교 교리 내용: 1377년 흥덕(사)에서 금속활자로 인쇄된 현존하는 가장 오래된 한국 인쇄본"이라고 연필로 쓰여져 있는데, 이 부분은 쁠랑시 이후 소장자가 작성한 것으로 보인다고 한다. 그리고 프랑스 주한공사관 통역 서기관이었던 모리스 꾸랑(Maurice Courant)이 1901년 『한국서지(韓國書誌)』 보유판(補遺版)에 해제(解題)하여 기록하였다.

　　이후 1903년 프랑스 역사예술고고학 학회지에서 1900년 파리 만국박람회 한국관에 전시된 고서와 쁠랑시의 소장품들도 소개하면서 『직지』를 "꼴랭 드 쁠랑시의 개인 소유인 직지는 1377년 한국의 청주 흥덕사에서 인쇄한 것으로 세계에서 가장 앞선 금속활자 인쇄물이며, 금속활자 발명은 독일 구텐베르크보다 먼저 한국에서 있었다"라고 설명한 것을 보면, 그때 본서가 한국관에 전시된 것으로 보인다고 한다.

---

10) 백운선사 지음/ 박문열 옮김, 1377/1997, 『불조직지심체요절』, 서울: 범우사; 황정하, 2006, 「고려시대 금속활자본 『직지』의 전존 경위-프랑스 국립도서관(BNF) 소장을 중심으로-」 『고인쇄문화』 제13집, 청주: 청주고인쇄박물관; 청주고인쇄박물관, 2005년 9월 '직지의 날' 이후, 『너나들이 직지』, 청주: 도서출판 직지.

1911년 뿔랑시는 『직지』를 비롯한 883종을 경매 처분하였다. 경매 카탈로그 서문에 "구텐베르크가 유럽에 그의 경이로운 발명을 주기 훨씬 전 한국이 금속 인쇄술을 알고 있었다"라고 주의를 끌어, 보석상 겸 예술품 수집가인 앙리 베베르(Henri Vever, 1854~1943)가 『직지』를 180프랑에 구입하여 소장했다. 베베르 사후, 그의 유언에 따라 손자 모탱(Mautin)이 1952년에 프랑스 국립도서관에 기증하였다고 한다.

1972년은 유네스코가 정한 제1회 '세계 책의 해'였다. 이를 기념하여 프랑스 국립도서관은 소장본 중에서 동서양의 책 가운데 귀중본을 엄선하여 도서관 전시실에서 5월부터 10월까지 약 6개월 반 동안 전시회를 개최했다. 전시도록 *LE LIVRE*의 제3장 「극동의 인쇄술」에는 "11세기 초부터 책 형태의 변형과 함께 활자 인쇄술이 출현한다. 현존하는 가장 오래된 중국 책은 15세기 말이다. 따라서 한국보다 늦다. 한국에서는 13세기에 금속활자가 최초로 사용되었고, 목활자는 14세기에 사용되었다. 그런데 활자를 사용한 인쇄는 중국에서도 한국에서도 일반화되지 못했고, 일반적으로 목판 인쇄가 중요한 책을 인쇄하는 데 사용되었다", "42. 직지심경, 한국. 1377년. 1권38장, 246x170㎜: 도서 한국 109: 백운(14세기)이라는 수도승에 의해 수집된 불교 승려 교육 교본. 1377년 홍덕사에서 금속활자로 인쇄됨"이라고 설명되어 있다.

1973년에는 제29회 동양학 국제학술대회가 프랑스 파리에서 개최되었는데 62개국 4천여 명이 참석하였으며 한국에서도 국내 학자 20명과 해외 거주 학자 20명이 참가하였다. 이에 프랑스 국립도서관은 6월부터 10월까지 약 4개월 반 동안 '동양의 보물'이라는 전시회를 개최하였다. 한국의 자료는 『여지도』, 『혜초왕오천축국전』을 앞 번호로 하여 『직지』, 『생생자보』까지 21점이 수록, 전시되었다. 전시회 도록에는 "13세기부터 새로운 기술이 고려에 도입된다. 즉, 11세기에 중국에서 발명된 활자들을 이용하여 발전시킨 인쇄가 바로 그것이다. 인쇄술은 한국이 중국을 능가하였으며 유럽(독일)을 앞서갔다"고 한국을 소개했으며, 『직지』에 대해서는 "백운(14세기)이라는 수도승에 의한 '선'의 정신으로 쓰인 불경. 1377년 청주(서울 남쪽) 지방의 홍덕사에서 금속활자로 인쇄됨(대부분). 활자로 인쇄된 현존하는 가장 오래된 책일 것임. 한국에서 최초의 금속활자 사용은 1234년으로 거슬러 올라간다. 최초의 인쇄본은 『상정예문』일 것이나 불행히도 어떤 인쇄본도 남아 있지 않다"라고 소개하였다.

한편 한국에서는 1972년 유네스코 제정 제1회 '세계 책의 해' 기념 프랑스 국립도서관 전시회 이후 그동안 몰랐던 『직지』의 소장처를 확인할 수 있었으며, 문화공보부 문화재관리국에서는 1973년에 박병선 씨로부터 흑백사진을 구입하여 영인본을 발간함에 따라 연구할 수 있는 계기가 마련되었다.

청주에서는 1985년에 홍덕사의 유지가 확인되어 이 절터를 정비하면서 1992년 3월에 청주 고인쇄 박물관을 개관하였다. 그리고 2001년 『직지』의 유네스코 세계기록유산 등재, 2004년 유네스코

직지상 제정으로 이어지게 된 것이다.

필자는 뒤늦게 2007년 4월 5일 청주 고인쇄 박물관을 처음 답사했다. 그 감동은 컸다. 오히려 이런 세계사적 위상을 가지는 사물의 박물관이 어떻게 국립으로 운영되지 않고 청주 시립으로 되었는지, 왜 이렇게 왜소한지 부족감을 느낄 정도였다. 이 같은 감흥이 비단 과학기술사 전공자에게만 국한되지는 않을 것이다. 그런데 입구 좌측에 "박병선(1926~, Dr. Park, Byung-Sun) 박사는 … 1972년에 프랑스 소르본느대학에서 한국학으로 박사학위를 취득하였다. 1967년부터 1980년까지 프랑스 국립도서관에서 근무한 박병선 박사는 1967년에『백운화상초록불조직지심체요절』이 프랑스 국립도서관에 소장되어 있음을 확인히고, 3년간의 연구 끝에 이것이 세계 최고의 금속활자본임을 고증하기에 이르렀다. 박병선 박사는 1972년 유네스코가 제정한 '세계 도서의 해'를 기념하여 프랑스 국립도서관이 주최하는 책 전시회에 출품하게 되었다. 또한 이때에 영인(影印)의 허가를 받아 자료를 국내로 보냄으로써 영인본을 발간하는 계기가 되었다. 이때부터『백운화상초록불조직지심체요절』에 대한 연구가 국내에서 본격적으로 진행되었다. 청주시에서는 그 뜻을 기리기 위해 1998년에 명예시민증을 주었으며, 정부에서는 1999년에 은관 문화훈장을 수여했다"라는 홍보 현판(영문 번역, 사진 포함)을 읽고는 크게 어리둥절하였다. 지금까지 살펴본 관련 문헌들에서의『직지』발견자, 전존 과정, 평가 등과는 사뭇 달랐다. 나아가 어찌하여 '흑백사진을 판매한 사람'에게 국가훈장이 수여되고 이러한 홍보관이 붙게 되었는지 의문이 생겼다. 어느 쪽이든 간에 바로잡아야만 한다고 생각했는데, 2010년 6월 29일 재차 관람 시에는 "박병선 박사는 프랑스 국립도서관에 근무하던 중에 금속활자본『직지』를 한국에 소개하였으며, 또 국내에서 영인본을 발간할 수 있도록 교두보를 마련함으로써『직지』에 대한 연구가 국내에서 본격적으로 진행될 수 있는 계기를 만들어 주었다. 청주시에서는 그 뜻을 기리기 위해 1998년 명예시민증을 수여하였으며, 한국 정부에서는 1999년 은관 문화훈장, 2007년 국민훈장 동백장을 전수하였다"로 다소 고쳐져 있었다. 역사에서뿐만 아니라 삶 속에서는 진실이 제일 중요할 것이다.

구텐베르크 박물관 제1차 답사는 2007년이었다. 4월 17일 인천공항을 출발, 홍콩 경유, 4월 18일 수요일 아침 독일 프랑크푸르트 공항에 도착, 구내 서틀버스로 이동, 장거리역(Fernbanhof)에서 전차를 타고 약 20분을 달려가 마인츠시 중앙역(Stadt Mainz Hauptbahnhof)에서 하차했는데, 광장에 있는 도로 안내판을 보니 구시가지(Altstadt)라고 쓰여 있었다. 역 앞 정류장에서 60(또는 62)번 시내버스로 갈아타고 Höfchen 정류장에서 하차, 오전 11시경 목적지 구텐베르크 박물관에 다다랐다. 월요일은 휴관이라고 쓰여 있었다.

입구로 들어가니 1층과 지하층 비슷한 전시실에는 당시부터 사용된 인쇄기들이 가득 차 있었다. 그리고 제작대, 활자통, 제작 과정 사진들이 전시되어 있었다. 2층에는 1455년 당시부터 인쇄한 서적들이 놓여 있었다. 자녀들을 데리고 온 부모들, 학생들이 많았다.

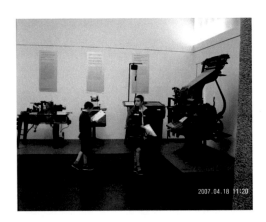

　3층으로 올라가니 중국, 한국, 일본 인쇄 유물들이 배치되어 있었다. 별도 칸막이로 전시실을 구분하지 않고 트인 공간에 구역만 나누어 자리 잡고 있었다. 정면에 'CHINA'라고 명패가 붙여져 목판 인쇄물들이 걸려 있고 오른쪽으로 방향을 바꾸니, 12시 방향에 'JAPAN'이라고 명패가 붙어 있고 현란한 색과 강렬한 표현의 채색목판화 우키요에(浮世繪), 토슈사이 샤라쿠(東洲齋寫樂) 작품「에도베에(江戶兵衛, えどべえ)[11] 제작 과정 그림이 걸려 있었으며, 3시 방향에 한국 인쇄 유물들이 전시되어 있었다. 상대적 전시 면적을 봤을 때 제일 넓었고『직지』를 비롯한 인쇄물들, 금속활자 제작 과정 밀납 모형 등 많은 유물들이 전시되어 있었으나 정작 '한국'이라는 명패가 보이지 않았다.

---

11) 淺野秀剛, 2006,『寫樂の意氣』, 東京: 小學館, 17쪽, "三代目 大谷鬼次의 江戶兵衛, 寬政 6年(1794), 大判錦繪, 종래 〈奴江戶兵衛〉라고 했으나, 실제, 그는 무가(武家)의 '노복(奴僕)'이 아니고 무뢰한이며 도적집단의 우두머리였으므로 '奴(やっこ, 약코)'를 붙이지 않는 것이 맞음".

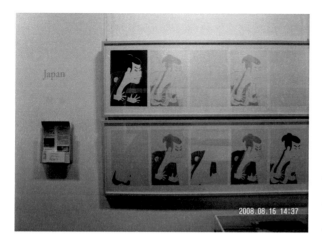

중국, 일본의 작품들은 '목판' 인쇄물로서 '금속활자' 구텐베르크박물관에 조연으로 전시하고 있는 셈인데, 특히 찬란한 색깔을 사용하여 관람객들의 시선을 일시에 모으고 있는, 일본의 유명한 가부키(歌舞伎) 연극배우를 그린 우키요에를 보고는 오른쪽 한국의 금속활자 인쇄물들도 역시 일본(JAPAN) 유물이라고 일반인들은 잘못 생각하기가 십상이었다. 완전히 주객이 전도되는 장면이었다. 채색 목판화 우키요에는 이미 범세계적으로 일본을 상징하는 표상물이 되어 있다. 즉, 일본 이데올로기로서 기능하고 있다.

이것은 공연한 걱정이 아닐 것이다. 일본인들이 세계 각지에서 홍보, 선전 활동을 하는 양상을 보면 긴장을 늦출 수 있는 사항이 아니다. 예를 들어 프랑크푸르트 응용예술박물관(Museum für Ange-wandte Kunst, 구 수공예박물관) 2층에 일본실을 넓게 마련하고 일본장수 갑옷, 투구, 무사(武士) 일본도(刀), 샤라쿠의 우키요에 작품, 부목(浮木) 등을 전시해 놓은 것을 보면 어이없어 하지 않을 수가 없다. 이 박물관 역시 2007년, 2008년 2차에 걸쳐 관람했는데 일본 작품들이 변함없이 그대로 전시되어 있었다. 독일에 있는 이 응용미술박물관이 도대체 일본 유물과 무슨 관계가 있기에 이런 전시 공간을 점유하고 있는지 의심하지 않을 수가 없다. 필경 막대한 후원 자금이 투여되었을 가능성도 있을 것이다.

1855년 파리에서 개최된 제2회 만국박람회 때부터 우키요에가 소개되어 서양 인상파 미술 성립에 사진술과 더불어 2대 요소로 작용되었고,[12] 1868년 인상파 그림의 선두주자인 마네(Edouard Manet, 1832~1883)는 우키요에를 배경으로 한 「에밀 졸라 초상화」를 그렸으며, 고흐(Vincent van Gogh, 1853~1890)는 우키요에 작가 우타가와 히로시게(歌川廣重, 1797~1858, 이전 성명, 안도오 히로시게(安藤廣重)의 두 작품 「龜戸梅屋舗(모사 영문명 Plum Tree in Bloom, 梅の花)」, 「大はしあたけの夕立(모사 영문명 Bridge in the Rain, 雨の大橋)」를 그대로 모사하는 등 여러 인상파 화가들이 일본의 채색 목판화에 열

---

12) E. H. Gombrich, 1995, *The Story of Art*(16th edit.), Phaidon, London & New York, pp. 523-525, "⋯ the ultimate victory of the Impressionist programme. Perhaps this victory would not have been so quick and so thorough had it not been for two allies which helped people of the nineteenth century to see the world with different eyes. One of these allies was photography. ⋯ The second ally which the Impressionists found in their adventurous quest for new motifs and new colour schemes was the Japanese colour-print".

광하였다. 그 후 1889년 파리에서 개최된 만국박람회에 통역차 온 하야시 타다마사(林忠正)는 파리에 일본미술품 가게를 열어 일본의 여러 물건을 계속해서 유럽에 소개하고 있었는데, 1890년부터 1901년까지 11년 동안 하야시의 가게에서 판매된 우키요에가 15만 6,487매에 이르렀다고 한다.[13] 인류역사상 인쇄술을 가장 슬기롭게 이용한 민족·국가 중의 하나라는 생각이 든다.[14]

1890년 아일랜드 출신 영국의 유미주의(唯美主義 Aestheticism) 극작가 오스카 와일드(Oscar Wilde, 1854~1900)는 그의 유일한 장편소설『도리언 그레이의 초상화(*The Picture of Dorian Gray*)』제1장 첫 부분에서, "그리고 때때로 … 나는 새들의 환상적 그림자는 순간적인 일본(화)적 효과의 한 종류를 만들어 내면서, 그리고 필연적으로 부동적(不動的)일 수밖에 없는 미술의 매개체를 통하여, 순간과 동작의 느낌을 전달하는 방법을 모색하는 도쿄의 싸늘한 옥빛 얼굴 화가들을 그로 하여금 생각하게 만든다(번역 필자)"[15]라고 실내 장면을 일본 미술, 화가들에 대한 깊은 조예를 동원하여 묘사하고 있다.

또한 그는 1882년 미주 순회 강연 중 한 카나다 여류 화가에게 보낸 편지에서 "나는 일본에 있게 될 것입니다. 편도나무 아래 앉아서, 푸르고 흰 찻잔에 담긴 황갈색 차를 마시면서, 장식적인 풍경들을 찬찬히 바라보며 감상할 것입니다"[16]라고 하여 일본적 취향에 매우 경도되어 있었음을 알 수 있다.

1904년 이탈리아 오페라 작가 푸치니(Giacomo Puccini, 1858~1924)는 일본 나가사키(長崎) 항구를 배경으로 하여 미국 해군 사관과 일본 게이샤(藝者) 사이의 비극적 사랑 이야기를 주제로 한 가극「Madama Butterfly(나비부인)」을 작곡, 밀라노에서 초연하였고, 1905년 프랑스 인상파 음악의 선두주자인 드뷔시(Claude Debussy, 1862~1918)는 일본 우키요에 화가 카츠시카 호쿠사이(葛飾北齋, 1760~1849)의 유명한 후지산 우키요에, 「神奈川沖浪裏」[かながわおきなみうら, 카나가와 먼바다 파도 속(의 후지산, 『후지산36경』 중 하나)」판화에 영감을 받아 교향적 스케치「La Mer(바다)」를 작곡, 파리에서 초연하였다.

---

13) 안혜정, 2003, 『내가 만난 일본미술 이야기』, 파주: 아트북스, 18쪽.

14) 中右瑛 監修, 2008, 『四大浮世繪師-寫樂 歌麿 北齋 廣重』, 京都: 靑幻舍.

15) Oscar Wilde, 1890년 월간잡지 발표/1891 수정·보완 단행본 초판/2010, *The Picture of Dorian Gray*, London: Penguin Books, p. 5, "··· and now and then the fantastic shadows of birds in flight flitted across the long tussore-silk curtains that were stretched in front of the huge window, producing a kind of momentary Japanese effect, and making him think of those pallid jade-faced painters of Tokio who, through the medium of an art that is necessarily immobile, seek to convey the sense of swiftness and motion"; p. 177, "It was Gautier's 'Emaux et Camees', Charpentier's Japanese-paper edition, with the Jacquemart etching".

16) Oscar Wilde, *The Letters of Oscar Wilde*, edited by Rupert Hart-Davis, Harcourt, Brace & World, Inc. New York(1962), p. 119, "To Frances Richards [Circa 16 May 1882] [? Ottawa]: ··· I wish I could be in London to show you a few houses and a few men and women, but I will be in Japan, sitting under an almond tree, drinking amber-coloured tea out of a blue and white cup, and contemplating a decorative landscape. ··· Oscar Wilde".

이와 같이 형성된 19세기 후반부터의 유럽의 자포니즘(Japonism 혹은 Japanism, 일본풍 애호주의)이 막연한 허구의 소문이 아니고 현재까지 지속되고 있다는 사실이 피부에 와닿았다. '축소 지향 일본'도 아니고 '일본은 없다'도 아니었다. 그런 헛소리를 하여 자아도취, 환상 속에서 상대방에 대한 경계심을 해이하게 만드는 작자들은 1592년 조선·일본 사이 임진전쟁 발발 직전 일본에 사신으로 갔던 통신부사(通信副使) 김성일을 상기하고 각성해야 할 것이며 단호한 견책을 받아야 할 것이다. 상대의 실력을 모르고 싸우면 백전백패할 것임은 명약관화하다. '축소 지향'인데 어떻게 한반도로 영토를 '확대 점령'하게 되었는지, '없는 일본'이 어떻게 '있는 한국'을 식민지화할 수 있었는지를 반성해 보아야 한다. 상대를 경멸, 무시한다고 상대가 없어져 주면 필자 역시 하루에 백 번이라도 그렇게 하겠지만, 현실은 그렇지 않음이 빤히 보이고 있지 않은가 하는 것이다. 잘못하면 자신감 진작보다는 무식함 또는 '열등감의 허세'로밖에 인식되지 않는다. 역사와 현실은 향정신성 마약으로 해결될 문제는 아니다.

이 사진들에서 보이듯이 이 유물들이 한국 작품이라고 쉽게 인식할 수 있을 만한 표시가 없었다. 어느 누가 꼼꼼하게 『직지』 오른쪽 밑에 'COREEN'이라고 쓴 글자를 확인할 것이며, 게다가 프랑스어 표기 한국을 어떻게 쉽게 알 수 있겠는가 말이다. 이거 보통 문제가 아니라고 생각하여 감시하고 있는 큐레이터(여성)를 불렀다. "왜 한국 명패가 없느냐?"고 물으니까, 무어라 무어라고 영어로 설명을 하는데 도무지 알아들을 수가 없었다. 대충 눈치로 감지하니 원래는 붙여 놓았는데 무슨 행사를 한다고 가려졌다는 정도로 해석되었다. "좌우간 무슨 말 하는지 잘 모르겠는데, '한국' 명패를 붙여 달라, 내년에 다시 와 보고 안 붙어 있으면 가만히 있지 않겠다"고 손짓, 고갯짓을 곁들여 목적어, 동사, 주어 순서 없이 대충 중요한 단어만 영어로 나열하여 윽박질러 놓았다.

그리고는 한국에 돌아와서 곰곰이 생각해 보니, 중국 섬서성 서안(西安) 옆 한강(漢江) 가 안강(安

康)시 소재 향계공원(香溪公園)에 소장되어 있는 송대(宋代)에 철(鐵)로 주조한 '신라사종(新羅寺鐘)'[당대(唐代) 창건된 신라사(新羅寺, 현재 유지만 존재)에 설치한 종] 종신(鐘身)에 양각된 명문(銘文) 중 '신라사' 세 글자만 깨끗이 긁어내 버린 것과 같이,[17] 혹시 한국이 부각되는 것을 달가워하지 않는 어떤 세력들에 의해 한국 명패가 고의로 차폐, 없어진 것은 아닌지 염려되었고, 또한 큐레이터가 무슨 설치 권한이 있겠는가 싶어서 안내 카탈로그에 나와 있는 구텐베르크 박물관 이메일 주소로, 관장 앞으로 다음과 같은 메일을 보냈다.

Re: Require Korea Room name plate

Dear Director,

I am a Korean history lecturer in Korea University who visited your Gutenberg Museum last month, 18th April. I was very impressed to have seen your displaying historic materials to which I would give you much appreciation.

However I would like to express my complaint concerning not attached Korea Room name plate, on the other hand China and Japan Room name plates were apparently fixed on the wall. I was very depressed to look those sights. As for Metal types Printing, should Korean historic material to be displayed and emphasized before above all(금속활자 인쇄에 관한 한 한국의 역사적 자료들이 다른 모든 것에 앞서서 전시되고 강조되어야 하는 것이 아닌지요)?

Please make a Korea Room name plate and fix it on the wall to be seen in good looking(한국실 명패를 만들어 벽에 붙여서 잘 보이게 해 주십시오).

I wish your Gutenberg Museum eternal progress with my heart.

Thanks, yours sincerely, Keunsik Choi
15th May 2007, Seoul, Korea

---

17) 李啓良, 2005, 「唐代金州新羅寺」『신라사학보』 3, 신라사학회; 李啓良 등 수집정리교주, 1998, 「附錄: 新羅寺鐘銘」 『安康碑版鉤沈』, 西安: 陝西人民出版社, 484~485쪽, "…大宋金州江西新 (羅寺) 化到十方施主…".

라고 발송하고는, 특별한 권한, 정치력이 없는 한국사 전공자로서 필자가 할 일은 여기까지일 뿐이다 단념하고, 설마 답장이 오겠는가 하면서 기대하지 않고 있었다.

그런데 엿새째 되는 날 덜커덩 다음과 같은 답장이 구텐베르크 박물관 관장님으로으로부터 송신되어 왔다.

제목: Require Korea Room name plate

Dear Mr. Choi,

Thank you for your mail.

I entirely agree with you. We had the name "Korea" on the wall, but then the printing plates attached to the same wall, and the name cannot be seen anymore.

We ordered the new name and an explanation for the printing plates (the printing blocks for the book "Jikji") to be made.

So I can assure you that within a few days these text will be applied to the wall in the Korea-department.

We have very good and friendly contacts with collegues in Korea and try to cooperate as much as possible.

Yours sincerely
Dr. Eva Hanebutt-Benz

필자의 기쁨이 어느 정도였는지는 필설로는 다 표현할 수 없었다. 특히 필자의 의견에 대해 'fully' 도 아니고 더 강도가 높다고 생각되는 'entirely' agree with you('전적으로' 당신에게 동의한다)라고 표현하고 있으니 말이다. 뛰는 가슴을 억누르고 곧바로 감사의 답장을 써 보냈다.

Dear Dr. Hanebutt-Benz,

thank you very much for your arranging new 'Korea' name plate and Jikji explanation
plate. I really want to go there to see them soon. Visiting your country next year, at first I
should go to your Museum and meet you with my thankful mind. Once again express my
appreciation for you suppressing my dancing heart with pleasure. (기쁨으로 춤추는 나의 가슴을
억누르면서 다시 한 번 당신에게 나의 감사를 표현합니다.)

Yours sincerely
Phd. Keunsik Choi
21st May 2007, Seoul, Korea

옆에서 누가 이 문장을 보고는 영어
에 그런 표현이 있느냐고 물었다. "영
어가 뭐 별것인가, 생각대로 쓰면 되는
거다, 이런 문장은 셰익스피어 같은 사
람 100명이 와도 못 만들 것이여"라고
응수하고는 홍분 속에서 엔터키를 눌
러 보냈다.

2008년 8월 16일(토) 한국 유물 전시
구역 명패 부착 여부를 확인하러 제2
차로 구텐베르크 박물관 답사를 갔다.
가 보니 'KOREA'라고 커다랗게 써서
다음과 같이 벽면과 전시대 안에 붙여
놓고 있었다.
이 순간 뿌듯한 가슴과 보람은 쉽게
이해할 수 있을 것이다. 마침 토요일이
라 관장님이 출근하지 않아서 사 가지
고 간 선물인 한국 수저를 입구 카운

터 매표 직원에게 전달해 달라고 맡기고 왔다.

한국에 돌아와 지도교수님께 사진과 함께 'KOREA' 명패 부착 무용담 보고를 드리니까 첫 말씀이 "이거 신문에 내야 되겠는데"라고 하셨다. "괜찮습니다, 고쳤으면 됐습니다"라고 검사하고는, 혹시 신문에 뜨는가 기다려 봤더니 소식이 없었다.

지금에야 깨닫게 된 사항이 무엇인가 하면 명패를 그렇게 종이로 (두껍다 하더라도) 만들지 말고 좀 더 중량감 있는 물질, 즉 플라스틱 등으로 만들어 고착시켜야 나을 것 같다는 생각이다. 구텐베르크박물관과 대화를 할 수 있는 관계자에게 부탁해야 할 것 같다. 다음으로 미룬다.

그러고는 과학기술사 강의를 잘 하고 있었는데 작년 6월 한 수강생으로부터 "전 미국 부통령 엘고어가 말하길, 15세기 교황 사절단이 한국을 다녀가서 구텐베르크에게 인쇄술을 전해 주었다고 하는데 사실 여부를 답해 주십시오"라는 질문을 받고, 금시초문이다, 미안하다, 조사해서 알려주겠다고 하고는 그 내력을 찾아보았다.

연합뉴스 김준억 기자의 2005년 5월 19일 기사를 보니, 엘 고어 전 미국부통령이 이날 서울 신라호텔에서 열린 '서울디지털포럼 2005'에서 "서양에서는 구텐베르크가 인쇄술을 발명한 것으로 알고 있지만 이는 당시 교황 사절단이 한국을 방문한 이후 얻어 온 기술이다", 그는 "스위스의 인쇄 박물관에서 알게 된 것"이라며 "구텐베르크가 인쇄술을 발명할 때 교황의 사절단과 이야기했는데 그 사절단은 한국을 방문하고 여러 가지 인쇄 기술 기록을 가져온 구텐베르크의 친구였다"는 것이다.

한국 금속활자의 세계로의 전파에서 이보다 더 중요한 실증적 자료가 어디 있겠는가 싶었다. 엘 고어의 사회적 지위로 볼 때 이런 세계사적 큰 문제를 단지 아첨의 말 또는 헛소리로 하지는 않았을 것으로 판단되기 때문이다.

그리고 계속 기사들을 찾아보니, 다음 해 2006년 12월 16일 한국방송 이동식 기자는 KBS 홈페이지 그의 칼럼에서 한국의 인쇄술에 관해 폭넓게 연구, 설명하면서, 엘 고어의 발언에 대해 다음과 같이 따가운 논평을 하고 있었다.

그런데도 엘 고어가 이 발언을 한 지 일 년 반 이상 지났지만 아직까지 우리 대사관에서 이 문제를 알아보았다는 소식을 들은 바가 없다. 또한 국내의 많은 연구기관에서도 이 문제를 알아보았다는 소식을 들은 바가 없다.

왜 이런 중요한 문제를 아무도 알아보지 않는가? 엘 고어에게 그 박물관이 어디에 있었는지를 물어보는 것으로도 금방 알 수 있는 일이다. 이 문제가 규명되면 세계사를 새로 써야할 사안이 아니던가?

그런데 지난해 이 소식이 우리에게 알려진 이후 사람들은, 앨 고어 부통령이 이런 사실을 전했다는 점에만 만족하고, 아무도 그 뒤의 보다 큰 역사적 사실을 확인하려 하지 않는다. 그야말로 고어의 특종보도가 그대로 사장되는 듯한 느낌이다.[18]

필자는 한국의 금속활자에 대해 많이 알고 있다고 자부했던 사실이 무참하였다. 신문도, 인터넷 뉴스도 보지 않고 지냈다는 결론이다. 그러고서도 대학에서 강의를 하고 있다니! 자포자기, 자학만 하고 있을 수는 없어서, 곧바로 청주 고인쇄 박물관으로 뛰어갔었다. 혹시 진전된 사항이 있는지 해서였다. 황정하 학예연구실장님을 비롯하여 여러 연구자들에게 문의하여 가르침을 받고 자료도 많이 얻어왔다.

청주 고인쇄 박물관에서도 그 소식을 듣자마자 바로 스위스 바젤시 소재 종이 박물관으로 달려가 보았다고 하였다. 여러 곳에 여러 박물관들이 있는데 그중 인쇄 관련으로는 제일 큰 박물관이었다고 한다. 가 보았으나 한국 금속활자와 관련하여서는 아무 자료도 찾을 수 없었다는 것이다. 그 후 별다른 추적 연구 없이 그대로 있다는 것이었다.

그렇다면 필자라도 힘닿는 데까지 수색 작업을 해 보자고 마음먹고는 우선 엘 고어 연설문부터 찾아보았다. 물어물어 서울 SBS 텔레비전에서 녹음한 파일을 찾아서 그의 연설을 들어보았다. 약 수 분 동안 영어로 얘기했던데, 약 10회 정도 반복 청취했으나 단어 하나 알아들을 수가 없었다. 결국 "엘 고어는 영어 발음이 나쁘다. 이름을 봐라 영어식이 아니잖느냐"고 결론짓고는 연설 내용 확인을 포기했다.

그다음 순서로 엘 고어에게 이메일을 보내는 것이다. 담당 기자 등 두서너 곳에 주소를 문의해 보았으나 답이 없었다. 그렇다면, 직접 만나보러 갈 수밖에 없는데, 엘 고어는 이미 유명인사가 되어서 만나기도 어려울 뿐만 아니라, 만나서 얘기를 나누더라도 인터뷰 값을 내야 한다는 것이다. 시간당 지불하는 변호사 상담료 비슷한 모양이다. 그래서 필자 역시 그 방면은 포기하고, 스위스로 가서 푹 눌러 앉아서는 박물관마다 찾아보려는 계획을 세웠다. 그런데 작년 7월부터 급한 논문들이 계속 밀려서 지금까지 실천하지 못하고 있다. 청주 고인쇄 박물관에 재차 문의해 봤으나 그 후 진전사항이 없다는 것이다.

다음은 한국 인쇄문화의 기원인 '목판인쇄'에 관하여도 세계 최고(最古)의 국제적 공인을 조속히 받았으면 한다. 1966년 10월 경주 불국사 석가탑에서 『무구정광대다라니경(無垢淨光大陀羅尼經)』(이

---

18) http://news.kbs.co.kr/bbs/exec/ps00404.php?bid=101&id=418&sec=&page=10

하『무구정광경』으로 약칭함)이 발견되었다. 저지(楮紙, 닥종이 즉 일반적으로 한지), 지폭 6.5㎝, 전장 7m 정도라고 한다. 고 이홍직 박사님은 1968년「경주 불국사 석가탑 발견의 무구정광대다라니경」이라는 논문에서 여러 사항을 밝혀 놓았다.

그 자체(字體)는 무던히 정균(整均)된 해자(楷字)로 되어 있는데, 육필(肉筆)은 아니고 간간이 목리(木理)가 보이며 자획(字劃)에 도법(刀法)이 나타나서 목판인쇄(木板印刷)로 된 것이 분명하였다.

「불국사고금역대기(佛國寺古今歷代記)」에 의하면 불국사의 가람은 경덕왕 10년(751)에 중창한 후 여러 번 중건되었지마는 석가탑의 중수는 없으니 종래 이 탑은 금일까지 손대지 않았다고 보며 따라서 사리(舍利)장치도 경덕왕 중창 당시의 것으로 생각한다.

그렇다면 종래 인쇄된 경문으로서 현존 최고(最古)의 것은 일본의 백만탑다라니경(百萬塔陀羅尼經, 770년)으로 생각하여 왔는데, 본 다라니경은 751년을 하한기(下限期)로 잡고 그 이전으로 거슬러 올라간 시기의 것으로 생각할 수 있으며 그것이 자양(字樣)으로 보나 지질(紙質)로 보아서 당(唐)의 수입품은 아니고 신라 자체로서 주조 인쇄한 것으로 볼 때에 지금으로서는 일본의 백만탑의 다라니경보다 수십 년 앞선다고 볼 수 있다.

이상으로 본 다라니경에 대하여 해인사의 고려대상경에 수록된 다라니경을 저본으로 대교(對校)하고 거기에 나타난 측천무후 신제자(新制字)와 그 자체(字體) 중 사경체(寫經體)를 널리 참고 비교해 본 결과 본경의 인출(印出)이 751년 석가탑 건립 이전 40여 년 간에 이루어진 것을 추정하였다.

위와 같이 밝히면서 "종래 일본의 백만탑 다라니가 현존 세계 최고의 인본(印本)으로 과시하였던 것을 적어도 20년 이상 앞 선 왕좌를 차지하게 된 것은 비단 신라의 자랑뿐만 아니라 동양 인쇄사상에 거대한 지보(地步)를 점유하는 귀중한 자료를 제공한 것"이라고 하였다.[19]

이어서 고 손보기 선생님은『한국인쇄기술사』에서 "706년(성덕왕 5)에 이「무구정광대다라니경」1권이 신문왕비인 신목대비와 효소왕의 명복을 빌기 위하여 황복사지(皇福寺址)[경주낭산동록(慶州狼山東麓) 구황리(九黃里): 필자 보충] 석탑 2층에 안치되었다는 사실이 사리금동함 개부(蓋部)에 음각된 명문(銘文)으로 나타난다. 이제 목판 인쇄된「무구정광대다라니경」이 석가탑 사리함 위에서 발견되었으므로, 목판 인쇄도 중국과 거의 같은 시기가 아니면 신라에서 먼저 발명되었을 것으로 추측된

19) 이홍직, 1954,「경주낭산동록(慶州狼山東麓) 삼층석탑내 발견품」『한국고문화논고』, 서울: 을유문화사; 이홍직, 1968,「경주 불국사 석가탑 발견의 무구정광대다라니경」『백산학보』제4호.

다. 즉, 우리나라에서의 목판 인쇄술 발달은 세계에서 가장 빨랐을 수 있었을 것 같다"[20]라고 추리
했다.

고 김두종 교수님은 무후제자 사용 시기, 신문왕의 명복을 빌기 위해 692년에 건립한 삼층석탑
내에서 발견된 청동함 음각 기록 등 여러 자료를 근거로 하여, "늦어도 본 경축(經軸)의 인쇄를 석가
탑이 건립되던 신라 경덕왕 10년(751)보다는 상당히 앞선 무후(武后)의 집권이 끝나던 장안 4년(704)
이후 얼마 되지 않은 성덕왕 5년(706)의 전후로 보는 것이 더 타당한 견해가 아닌가도 생각된다"[21]라
고 하였다.

천혜봉 교수님은 1974년 논문 「한국인쇄술의 남상」 및 1982년 저서 『나려인쇄술의 연구』에서 본
다라니경은 첫째, 형태서지(形態書誌)적 측면에서 볼 때 초기의 치졸한 소간본(小刊本)의 성격을 가
지고 있어, 영국박물관 소장 868년(당 함통 9년) 간행 『금강반야바라밀경(金剛般若波羅蜜經)』보다 더 이
른 시기에 간행된 것으로 판단되고, 둘째 인쇄술의 발달사적 견지에서 볼 때 도각술(刀刻術)이 치졸
한 느낌이 있어, 1007년(목종 10) 총지사(摠持寺) 간행 『보협인다라니경(寶篋印陀羅尼經)』보다 더 빠른
시기의 작품이라는 것이다. 그러나 임창순 교수님이 지적한 자체(字體)가 8세기 후반 안진경 서풍(書
風)이라는 의견과 상반대정(常盤大定) 교수가 찾아 낸 무후제자(武后制字)의 후대까지 사용례를 감
안하여 다라니경의 간행시기에 대하여는 학구적인 입장에서 그러한 속단보다는 좀 더 신중하게 검
토되어야 한다고 했다.[22]

이후 국내외 학자들의 연구, 토론이 계속되었는데 1994년 서예가, 중요무형문화재 제101호 금속활
자장(金屬活字匠) 기능 보유자였던 이른바 '인간문화재' 고 오국진 선생님은 황복사탑 사리함의 명문
탁본을 확인한 결과, 이 명문에 나타나는 "무구정광대다라니경" 9자의 필체와 석가탑 『무구정광경』
권미제(卷尾題)의 필체가 동일인의 필치임을 직감하고, 이에 관하여 그의 저서 『한국의 고인쇄문화』
에 간단히 수록한 후, 1997년 「석가탑 무구정광대다라니경의 필체로 본 간행연대 규명」 논문에서 탁
본과 경문의 대표적 글자들을 중국의 여러 시대 서체와 비교하여, 황복사탑, 석가탑의 두 글은 동일
인에 의해 쓰여졌고 중국 서체와 다른 신라 서풍임과 705년에 목판 인쇄되었음을 규명하였다.[23]

1994년 문헌정보학 전공 김성수 교수는 「한국 목판인쇄의 기원연대에 관한 연구」에서 722년 중국
의 〈개원석교록(開元釋敎錄)〉에서 무주제자(武周制字)가 자취를 감춘 점과 733년 고구려의 〈천비

20) 손보기, 1968, 『한국인쇄기술사』 『한국문화사대계』 III 과학·기술사, 고려대학교민족문화연구소, 974~976쪽.

21) 김두종, 1974, 『한국고인쇄기술사』, 서울: 탐구당, 21쪽.

22) 천혜봉, 1974, 「한국인쇄술의 남상」 『성대논문집』 제19집, 150~180쪽, 재인용; 천혜봉, 1982, 앞의 책, 22~31쪽.

23) 오국진, 1994, 『한국의 고인쇄문화』, 청주: 일산, 31~36쪽, 재인용; 오국진, 1997, 「석가탑 무구정광대다라니경의 필체로 본 간행년대
규명」 『월간서예』 제192호; 동 논문, 『고인쇄문화』 제4집(1997. 11, 청주: 청주고인쇄박물관), 전재.

묘지명(泉㢱墓誌銘)〉에서도 역시 무주제자가 아주 자취를 감추고 무후대(武后代)에 만들어진 글자들이 이전의 자형으로 복원된 점에 착목하고, 다른 여러 사료들을 인용, 고증하여 한국 목판 인쇄의 기원 연대는 706년부터 722년 사이에 있음을 밝혔다. 이어서 1998년 「『무구정광경』의 간행과 관련한 몇 가지 논증」과 2000년 「『무구정광대다라니경』의 간행사항 고증에 의한 한국인쇄문화의 기원 연대 연구」 논문에서, 『무구정광경』의 필법을 중국의 여러 시대에 걸친 서법들과 비교하여 중국의 필법과는 판이함을 밝혔고, 아울러 한국의 봉평 신라비 및 냉수리 신라비 등 신라 및 통일신라의 여러 유물에 나타나는 서법과의 공통점을 도출하여, 석가탑 『무구정광경』의 필법은 '신라서체(新羅書體)'임을 규명하였으며, 박지선 교수의 1996년 「기록물의 복원사례」, 1997년 「화엄사 서오층석탑 출토 지류유물 보전처리」, 1998년 「지류 유물 보존처리」 논문 등의 연구에 힘입어 신라의 닥종이는 조선 시대까지 계속하여 발전되어 온 닥나무 껍질을 두드려서 만든 도침지(搗砧紙)였음에 반해 중국 고대의 종이는 대부분이 마지(麻紙)였고 종이 가공법은 도침의 방법을 사용하지 않고 아교, 백토(白土), 밀랍 등을 가하는 방법을 사용하였음과 중국의 저지(楮紙)는 연구 대상 종이들에서, 돈황석굴 출토 23종 중 1종, 신강지역 출토 31종 중 1종으로 극소수임에 불과했음을 확인함으로써 『무구정광경』은 신라에서 인쇄되었음이 합리적일 것으로 추정하였다. 또한 고 오국진 금속활자장의 선행 연구에 뒤이어 『무구정광경』의 권미제(卷尾題)와 구황리(九黃里)석탑 사리함의 명문(銘文)과 비교함으로써, 석가탑 『무구정광경』 권미제의 필사자와 위 사리함 명문의 서사자가 동일 인물임을 증명하고, 학남 정환섭 한국 서예계 원로, 여초 김응현 국제서법예술연합회 한국본부 이사장, 최완수 한국민족미술연구소 연구실장, 국립과학수사연구소 필적감정실장을 12년간 역임한 김형영 제일문서감정원 원장 등의 필체 감정을 바탕으로 『무구정광경』의 간행지는 신라의 경주 지역이고 간행연대는 706~751년임을 입증하였다. 최근 2007년에는 「『무구정광대다라니경』의 간행 시기에 관한 재검증 연구」 논문을 발표, 석가탑 사리공(舍利孔)의 바닥에서 발견된 묵서지편(墨書紙片: 불국사 무구정광탑 중수기)이 최근에 해독되는 과정에서, 고려시대에는 조탑(造塔) 공양 경전으로 『무구정광경』 대신 『보협인다라니경』을 납입하는 사실도 인지하지 못하고 있는 익명을 요구한 한 문화재 위원의 무지하고 무책임한 발언, 즉 '석가탑 『무구정광경』은 고려 시대의 소산(所産)'이라는, 증언으로 채택할 수도 없다고 판단되는 '익명 증언'을 빌미로 전국 규모의 '영향력' 있는 모 언론 기관이 거듭 잘못 보도하여 학술적·문화적·사회적 물의를 일으킨 사항을 시정 연구했고, 구황리석탑 사리함 명문과 『무구정광경』 권미제의 글씨를 컴퓨터 그래픽으로 비교·분석하여 그 필법이 양식적 측면에서 일치하기 때문에 명문의 서사자(書寫者)와 권미제의 필사자(筆寫者)는 동일 인물이며, 같은 인물이라 하더라도 해수의 경과에 따라 글씨의 양식, 형식이 달라질 수 있음을 감안하여, 이 동일 인물이 동일 연도에 명문과 권미제를 각각 다른 형식으로 사성(寫成)하였음이 가장 합당할 것으로 증명하였다. 그리하여 『무구정광경』의 간행 시기(목판 판각의 연도)는 구황리석탑 사리함 명문의 서사(書寫)연도인 '706년'임을 입증하였다.[24]

한편 중국 당국 및 관련 학자들은 1996년 12월 27일 중국 국가 문물국과 북경시 문물국이 연합·주최한 대규모 학술회의를 북경에서 개최하고 '인쇄술 발명권 수호를 위한 노·장·청년 연합 특별대책반'을 결성한 후, '석가탑 『무구정광경』은 701년에 번역되고, 중국 낙양(洛陽)에서 702년에 각인(刻印)된 중국의 인쇄 도서'라고 주장하고 있으며, 1906년 중국 신강(新疆)의 토로번에서 발견되어 현재 일본 서도박물관(書道博物館)에 소장되어 있는 『묘법법화경(妙法法華經)』은 무주자(武周字)가 포함되어 있기 때문에 690~705년 사이에 인쇄된 것으로, 이것이 측천무후 시대의 첫 번째 간행본으로서 현존하는 세계 최고(最古)의 인쇄 도서'라고 억지를 부리고 있다.

이와 같은 여러 연구, 주장들을 하나하나 검토하여 국가적·민족적 감정을 배제한 과학적, 학문적 연구 결과를 종합해 내어야 한다. 억지 주장들에서도 한두 가지 자료 정도는 근거가 있을지도 모르므로 차근차근 합리적 비판, 논리적으로 풀어 나가야 할 것이다. 최고(最古)보다는 진실이 더 중요하다. 그리하여 한국 인쇄 문화의 기원인 석가탑 『무구정광대다라니경』이 세계최고의 목판 인쇄물이라고 판정되면 순차적으로 세계 석학들과 유네스코 등 국제 기구의 공인을 정당하게 받아 놓아야 할 것이다.

마지막으로 한국 금속활자 발명의 역사적(세계사적) 의의에 관해 의견을 얘기하고자 한다. 작년 1학기 때 한 학생으로부터 다음과 같은 이메일을 받았다.

지난 시간에 금속활자에 대해서 강의하셨는데요. 제가 고등학교 국사 시간에 교사에게 배운 내용인데 구텐베르크의 금속활자는 종교개혁을 촉진해서 서양 중세 사회를 붕괴시키는 역사적 의의를 갖지만 우리나라의 금속활자는 단지 연도만 빠를 뿐 역사적 의의는 없다고 얘기했는데 과연 우리 금속활자는 그러한지 선생님의 생각이 궁금합니다. 건강하십시오.

일단 여러 면에서 상당한 충격을 받았다. 필자가 강의를 충분히 잘 하지 못한 점도 있지만, 왜 자

---

24) 김성수, 1994, 「한국 목판인쇄의 기원년대에 관한 연구」『서지학연구』 제10집; 박지선, 1996, 「기록물의 복원사례」『기록보존과 관리』 창간호, 26~29쪽, 재인용; 박지선, 1997, 「화엄사 서오층석탑 출토 지류유물 보전처리」 국립문화재연구소 제출 보고서, 재인용; 박지선, 1998, 「지류유물 보존처리」『경주 나원리 오층석탑 사리장엄』, 서울: 국립문화재연구소, 재인용; 潘吉星, 1979, 『中國造紙技術史稿』, 北京: 文物出版社, 184~186쪽, 재인용; 김성수, 1998, 「『무구정광경』의 간행과 관련한 몇 가지 논증」『서지학연구』 제16집; 김성수, 2000, 「『무구정광대다라니경』의 간행사항 고증에 의한 한국인쇄문화의 기원연대 연구」『서지학연구』 제19집; 김성수, 2007, 「『무구정광대다라니경』의 간행시기에 관한 재검증 연구」『서지학연구』 제36집.

신의 정당한 역사적 사물에 대해서조차 자기비하적(自己卑下的)이 되어 자국의 역사를 이렇게 자조적(自嘲的)으로 인식하고 있는지 하는 것이었다. '지속적으로 더 발전을 시키지는 못했지만 세계 최초의 발명이라는 역사적 의의는 가지고 있다'고 역접의 순서를 바꾸어 한국사를 인식하고 있어야 하는 것이 아닌가 하는 통한(痛恨)에서였다.

이 메일을 강의실에 가지고 와서는 우선 "참으로 좋은 질문이다. 잘 모르겠다. 대학에서는 이런 것을 얘기(토론)해야 한다. 그리하여 학문이 깊게 되고 역사 인식의 전환을 기대할 수 있다"라고 답해 놓고, 토론 수업을 하자고 제안했다. 한 학생에게, '역사적 의의가 있다', 다른 한 학생에게는 '역사적 의의가 없다'는 주장을 각기 뒷받침할 자료를 준비해 가지고 와서 각자 5분씩 발표하도록 했고, 이메일 보낸 학생 역시 5분을 발표해 달라고 주문했다.

그러고는 각자 사용하는 용어들부터 정의해 오라고 했다. 즉, '종교', '개혁', '종교개혁', '중세 사회'의 특성, '중세 사회'를 붕괴시켰다면, 어떤 구체적 내용을 붕괴시켰으며, 다음 사회는 어떤 특성으로 재건되었는지, '역사적 의의'는 무엇을 말하는지 등을 생각해 오라고 했다.

다음 시간에 상당히 성실하게 준비해 와서 발표들을 하였다. 학점에 반영하겠다고 했기 때문에 꼼꼼하게 조사해 오지 않을 수도 없었을 것이다. 찬반 토론을 성공적으로 치렀다.

필자는 다음과 같은 문제 제기로 끝을 맺었다. 대학에서는 정답도 없고 오답도 없다. 단지 이론과 주장뿐이므로 답은 각자가 챙기라고 하였다. 우선 조선 초기 인쇄술의 지속적 발전 및 세종대 '황금시기'의 과학, 기술, 서적 문화 제 영역에서의 괄목할 만한 발전 양상을 보면 고려 금속활자가 의미 없었다고 하기에는 부당한 판정이 아닌가? 결국 식민지로 전락했기 때문에 이전의 모든 사물들은 역사적 의의가 없어지는 것인가? 특히 세계 최초의 금속활자 발명조차도 인류문명사적 의의가 없다는 말인가? 종이, 화약, 나침반을 최초로 발명한 중국 역시 거란족, 몽골족, 여진족, 서양 제국, 일본 제국 등의 침략, 지배를 수백 년간 받았기 때문에 이 발명품들의 역사적 의의는 없는 것인가? 그런데 왜 중국인들은 '인쇄술 발명권 수호를 위한 노·장·청년 연합 특별대책반'을 결성하여 억지를 부리고 있는가? 이집트는 2천 2, 3백 년간 식민 지배를 받았기 때문에 4천 6백 년 전 피라미드는 별 역사적 의의가 없는 것인가? '개혁'은 대상이 있어야 하고, 그 내용은 발전, 즉 '역사적 발전'이라는 의미를 핵심으로 하는데, 그 대상은 분명히 구기독교, 즉 구교(가톨릭, 로만가톨릭, 천주교)가 아닌가? 개혁한 이후의 형태는 신교(프로테스탄트 제 종파 및 동방정교 등)가 아닌가? 개혁한 이후 형태 '신교'는 과연 구교와 무엇이 본질적으로 다르게 개혁되었는가? 현재 여전히 구교가 존재하고 있는데 과연 그들은 스스로 개혁되어야 할 대상이었다고 승복, 수긍하고 있는가? 만약 기독교가 '개혁'되었으면 개혁된 형태(즉 신교)로 변환되어야 하는 것이 아닌가? 전혀 그렇지 않고, 오히려 신구 종교간 살육전쟁(17세기 초반 30년 종교 전쟁 등)만 전개해 온 것은 아닌지? 현재까지도 그 종파 시비와 알력은 대단한 것이 아닌가? 그렇다면 '종교 개혁'이 아니고 '종교 분열'은 아닌가? 만약 그렇다면 질문 명제 '종교 개혁이 중세 사회를 붕괴시키고'는 성립되지 않는 것이 아닌가? 더 정확하게 표현하자면, '인쇄술이 종교 분열을 가속화시켰다'로 바꾸어야 하는 것은 아닌가? 그다음, '종교 개혁이 중세 사회를 붕괴시키고'라는 명제는 참으로 막연하여 폐기되어야 하는 것이 아닌가? 아니면 '종교 분열이 중세 사회를 붕괴시키고'라고 명제를 바꾸어야 하는 것이 아닌가? 예술에서 '발전'이란 개념은 없듯이(표현의 변화, 양식의 변화, 예술가의 내적 변화만 존재) 종교 역시 '개혁' 개념은 없는 것은 아닌가? 일반적 인식으로 되고 있는 고려 금속활자 기술이 중국, 서양으로 전파되었다고 한다면 세계사에서의 '역사적 의의'는 어떻게 인식해야 하는지? '한국의 활자 인쇄술 발명은 인류 문화에 공헌한 뚜렷한 업적의 하나'라고 생각할 수는 없는가? 역사상 아무리 "연도가 빠르다"(제일 먼저 발견·발명했다)고 하더라도 그 후 어떤 역사적 역할, 즉 '사회 붕괴 등'의 촉매가 되지 않았다면 '역사적 의의'는 없는 것인가? 재언하면 역사적으로 제대로 '발전'해 오지 않았다면 '역사적 의의'는 없는 것인가? '발전'의 기준은 무엇인가? 세계사를 지배하고 있는 '힘의 논리'인가? 그렇다면, 모든 사물 판단의 기준은 힘의 논리에 의거하여 '현재' 누가 인류사회를 지배하느냐에 달려있는 것인가? 서구중심주의, 유럽중심주의 역사학의 일환 또는 식민사학의 일종이 아닌지? 이렇게 낭독해 주고는 강의를 마쳤다.

이상 간략하나마 구텐베르크 박물관 답사기를 끝맺는다. 혹시 그곳을 답사하고자 하는 분들이 있으면 도움이 되었으면 하고 한국의 과학기술사 및 다른 지역과의 문명 교류 인식에 참고가 되었으면 한다. 또한 잘못된 자료, 서술 등이 있으면 고쳐 주기 바란다.

장춘 위만황궁 하얼빈 안중근의사기념실,
마루타731부대

—

 2011년 7월 6일 중국 길림성 장춘시 소재 길림대학교에서 국제학술회의가 개최되어 필자도 논문 한 편을 발표한 다음, 학회 회원들과 더불어 위만황궁박물원(僞滿皇宮博物院), 장춘삼림공원, 즉 정월담(淨月潭) 등을 관람하고, 길림시에 있는 길림육문중학(吉林毓文中學), 송화강(松花江) 유원지 등을 둘러본 후에, 하얼빈(哈爾濱)시로 가서 조선민족예술관에 있는 안중근의사기념실(安重根義士紀念室) 및 일본 관동군 731부대 유지를 답사하였다.

 행사 길놀이에 가름하여 한국 출발 전 에피소드 하나를 소개하고자 한다. 아침 7시 30분까지 인천공항 3층 출국 수속 미팅 장소로 오라고 하여 필자는 비슷하게 맞추어 갔다. 벌써 많은 분들이 와 계셨다. 그런데 이번 모임에서 필자가 알고 있는 딱 한 사람, 필자를 권유하여 동참케 한 J박사가 보이지 않았다. 이분이 시간이 되어도 나타나지 않으니 필자가 얼마나 초조했겠는지 짐작될 것이다. 학회 이사장님, 학회장님이 서서 기다리며 반갑게 맞아 주고 있었는데 누군지를 몰라서 "뵙기는 한 것 같은데 성함을 기억하지 못하고 있습니다. 죄송합니다" 하면서 진땀을 흘리고 있는 판이니 오죽했겠는가. 애탐 속에서 전화를 거니까 "전원이 꺼져 있습니다"라는 안내 방송만 나왔다.

 집합하라는 시간보다 30분이 지나서 J박사로부터 전화가 왔다. 공항에 도착했다는 것이다. 너무 반가웠다. 다 모여 있으니 M 카운터로 빨리 오라고 했다. 'A는 오른쪽, 대한항공, M은 왼쪽, 아시아나'라고 며칠 전부터 몇 번이나 노래 불러 주었는데 한참 있다가 또 전화가 오길 "36번 테이블에 왔는데, 사람들이 보이지가 않는다"라는 것이다. 카운터 명패를 보라고 했더니만 A라고 했다. 기어코 일을 저지르고 말았던 것이다. 반대편 끝까지 막 뛰어오라고 했는데, 아차 또 헛소리 했구나 자책했다. 결코 그렇게 할 사람인가. 드디어 나타났다. 참으로 '생각 없이 걷는' 사람이었다. '무사(無思)'의 경지에 올라 서 있는 셈이다. 하여, 아호를 '무사행(無思行)'이라 불러도 괜찮을 듯하다.

 장춘(長春)은 1932년 3월 1일부터 1945년 8월 17일까지 14년간 존속한 중국 동북 지역 만주국의 수도였다. 당시 지명은 신경(新京)이었다고 한다. 만주족의 왕조였던 청나라 마지막 황제 선통제

(1908.12.02.~1912.02.12.) 부의(溥儀, 1906.02.07.~1967.10.17.)[1]가 일본 관동군에 의해 황제로 추대되어 현재 위만황궁박물원에 기거했다고 한다. 괴뢰국이었다고 '위(僞)' 자를 붙여 놓은 모양이다.

7월 7일 오전부터 유적지 관람에 나섰다. 당시 일본 관동군사령부, 만주군관학교 등은 현재 중국 정부에서 사용하고 있으며 '민감 지역'으로 지정하여 사진도 찍지 못하게 했다. 버스로 지나가면서 길옆에 일본 오사카 성(城) 모양으로 지어 놓은 구 관동군사령부 건물 한 두 개만 보았는데, 황궁은 박물원으로 이름 붙여 일반에게 공개하고 있었다.

흔히 만주국하면 '가짜' 또는 일본 관동군의 '괴뢰국'이라는 속성이 금방 떠올라 하나의 하찮은 '국가'였다고 백안시하게 되는데 괴뢰국이 아니었던 것은 아니지만, 훗날 2차 대전 후 등장하는 이른바 위성국, 꼭두각시 나라들(Client states, Puppets, Stooges)의 원형이었음과 냉전 시대에 많은 약소 국가들이 이 같은 범주에 속해 있었음을[2] 감안하면 '별것 아니다'라고 일소해 버리기에는 개운치 않다는 생각이다. 현재까지 그러한 속성을 가지고 있는 약소 국가들에게 '너희들은 별 의미가 없어'라고 한다면 섭섭해하지 않겠는가.

위만황궁박물원

따라서 필자는 참고 삼아 역사적 사실만 몇 개 찾아 놓고자 한다. 황궁 전시실 벽면 전시판에 사진과 함께 '3세 등극'이라고 명확히 쓰어 있음에도 불구하고 박물원의 전속 가이드조차 부의가 등극할 때의 나이가 7세였다고 무심하게 설명하고 있었으며, 강택민(江澤民) 전 주석이 휘호로 '勿忘"九.一八"(잊지 말자 9.18)'이라고 써 놓았기에 9.18이 무엇이냐고 물어도 모른다는 것이었다.

부의는 1906년에 태어나, 그의 할머니 자매였던 당시 권력자 자희황태후(慈禧皇太后) 곧 서태후 (1835.11.29.~1908.11.15.)가 죽기 직전에 지명되어, 1908년, 즉 3살 때에 황위에 올랐다. 1911년 신해혁명

---

1) 부의(중국어 간화자: 爱新觉罗溥仪, 번체자: 愛新覺羅溥儀, 병음: Àixīnjuéluó Pǔyí 아이신쥐뤄 푸이, 만주어 발음: 아이신기오로 푸이).

2) 한석정, 2007, 『만주국 건국의 재해석』(개정판), 부산: 동아대학교 출판부, 13~14, 30~31쪽.

으로 1912년 퇴위하지만 거처는 그대로 자금성이었고 호칭 역시 황제로 부르는 것이 허락되었다고 한다. 1917년 6월 장훈(張勳)은 군대를 거느리고 북경으로 진입하여, 7월 1일 강유위(姜有爲) 등의 보황당(保皇黨) 일파와 함께 부의의 황제 복위를 선포하였다. 그러나 그해 12월 부의는 성토 속에서 다시 퇴위가 선포되었다. 1924년 풍옥상(馮玉祥)은 녹종린(鹿鍾麟)에게 군대를 이끌고 자금성으로 들어가 부의를 쫓아내게 했다. 이후 제사(帝師), 즉 황제의 사부(師傅)였던 영국인 존스턴(R. F. Johnston)의 도움으로 일본 공사관으로 피신하여 일본 공사 방택겸길(芳澤謙吉)의 보호를 받는다. 존스턴은 1919년 이홍장의 아들 이경매의 천거로 부의의 사부가 되는데 1924년 말 부의가 일본의 보호를 받게 되자 다시 영국 관리로 돌아갔다고 한다. 중국의 마지막 왕조, 마지막 황제에게 충성을 다한 마지막 신하였다는 것이다.[3]

한편 만주 지역에서 1931년 9월 18일 일본 관동군은 일본이 경영하는 남만주철도 레일을 파괴하는 자작극, 즉 '만주사변'을 일으키고, 이를 빌미로 중국의 전(全) 동북 지역을 무력 점령하여 일본의 중국 침략 교두보로 활용하였다. 다음 해 1932년 3월 1일 만주국이 건국되어 부의가 '집정'으로 추대되었고 다시 2년 후 1934년 3월 1일 대관식을 거행하면서 황제로 등극했다. 여기서 재미있는 사실은 건국, 대관식을 공히 3월 1일에 거행했다는 것이다. 동아대학교 한석정 교수는 이것을 조선의 3·1 운동이 일본에 미친 충격으로 이에 대한 의도적 억제였다고 이해했다.[4]

1945년 8월 17일 부의는 심양에서 소련군에 체포되어 소련으로 끌려갔다. 1950년 8월 초 중국으로 압송되어 무순(撫順) 전범관리소에서 야채 물 주기, 쓰레기 치우기, 빨래, 청소, 바느질까지 손수하는 사람으로 환생되는 사상 개조 교육을 받는다. 1959년 12월 4일 중화인민공화국 주석 모택동은 특별사면령을 내렸다.

---

3) 레지널드 존스턴 지음/김성배 옮김, 1934/2008, 『자금성의 황혼』(Twilight in the Forbidden City), 파주: 돌베개, 9~10, 22쪽.

4) 오카베 마키오 지음/최혜주 옮김, 1978/2009, 『만주국의 탄생과 유산-제국 일본의 교두보』, 서울: 어문학사, 22쪽; 한석정, 앞의 책, 29쪽, 각주 17.

복역하는 부의 황제

위만황궁(宮)을 둘러보고 난 뒤 필자의 첫 느낌은 위만황'옥(獄)'이라고 부르는 것이 더 적합할 것이라는 생각이었다. 나라 망할 때 '출옥'한 셈일 것이고. 자금성에는 없었던 것으로 기억되는, 한국 창경원의 벚꽃, 동물들과는 성격이 다르다고 생각되는, 포마장(跑馬場)이라는 구내 승마장과 경마장과 실내 당구대는 있었지만 아무 실권 없이 얼마나 답답했겠나 하는 생각에서였는데, '괴뢰국' 의식이 깊었기 때문이었다. 그리고 전범관리소에서 10년이나 복역했다고 하기에 그렇다면 대한제국황제도 복역해야 되는가 하고 반문해 보았는데, '괴뢰국'의 정의, 범주 등을 고려해야 한다는 글을 읽고는 만주국에 대하여 상당한 인식의 전환이 있었다. 이 답사기를 쓴다고 관련 도서 몇 권을 구입하여 읽고 있다.

다음은 옆 건물 동북윤함사진열관(東北淪陷史陳列館)을 관람했다. 일본의 만주 침략사를 전시해 놓은 공간이었다. 입구에 들어서니 전면에 '勿忘 "九.一八"'과 그 밑 아크릴 전광판에 '일본침략중국동북사실전람'이라고 크게 쓰여 있었다. 일본의 만주 침략사를 실물 모형으로도 만들어 놓는 등 자세하게 전시, 설명하고 있었다.

오전 답사를 마치고 味都鄕(맛고을)이라는 한국 음식점에서 점심을 맛있게 먹은 후 장춘삼림공원엘 갔다. 공원 입구에 정월담(淨月潭)이라고 나무 간판이 붙어 있었는데 안으로 들어가니 넓은 호수와 주위의 삼림 등으로 이루어진 큰 '자연' 공원이었다. 산책, 관람객들이 많았다. 공원 내 관광 전기차를 타고 호수의 반 정도 거리에 있는 종점까지 갔다가 되돌아왔는데, 마침 자전거 임대 코너가 먼저 보이고 있어서 자전거 타기를 우선하기가 십상이었다. 2인용 자전거도 있었고 여러 명이 타는 것을 보고는 룸메이트 J박사가 2인용 자전거를 타자고 제안했다. 잘 타냐고 물었더니 애기들 키우면서 같이 탔기 때문에 탈 수 있다는 것이다. 필자는 자전거 타 본 지가 이미 40여 년이 지났기 때문에 괜히 안 하던 짓을 하면 내일 아침 못 일어난다고 우기고는 전기차를 타고 돌았는데, 언덕길, 하루 종일 걸어도 못다 갈 길 등을 다 둘러보고 난 뒤 판결하니 이번 답사 여행에서 제일 현명한 결정이었다는 생각이 들었다. 생각 없이 탔다가는 필자 역시 '생각 없이 타는' 사람 '무사승(無思乘)' 될 뻔했다. 오르막길 끌고 가기는 힘들어도 내려올 때 그 기분은 아무도 모를 것이라고 주장하는 사람은 자전거를 타도 좋겠지만 하여튼 신중하게 선택하라고 주위 분들에게 일러주기 바란다.

이튿날 7월 8일 아침 일찍 호텔에서 체크아웃하고 길림시로 향했다. 현 가이드(조선족 출신 여성)가 집안(集安) 출신이라 장춘 등 지역 안내에 미숙하여 연길대학 한국 역사 전공 안화춘(安花春, 조선족) 교수님이 긴급 호출되어 도착했다. 버스 안에서 큰 목소리로 '내 꽃이 피어야 중국에 봄이 온다'고 자신을 소개하면서 시원하게 설명해 주었다. 역사를 해석하자면 서로 골치 아프니까, '있는 그대로' 만 보자고 제안했다. 참으로 슬기로운 발언이었다. 교수 100명이 모이면 100가지 주장이 나온다는 백화만발(百花滿發) 사실을 익히 알고 있는 교수님이었다.

필자는 J박사와 함께 버스 맨 뒤로부터 3번째 자리에 앉아서 여행했는데, 맨 뒷좌석에 앉은 교수님 몇 분들의 얘기가 파안대소를 금치 못하게 했다. 어제 저녁에 과음한 한 분은 아예 뒷자리에 그대로 누워서 오는 것 같았다. 아직 개인적으로 인사를 나누지 않아서 차마 뒤돌아볼 수도 없고 하여 그저 앞만 보고 웃고만 왔다.

"나한테는 아무것도 안 사 주고 그럴 수가 있어유?"

"꼬치 사 줬잖아."

"성님이 사 준 거 다 토해 버렸시유."

"어제 밤에 그 술집에서 재미있었제?"

"저는 왜 안 데리고 갔어유?"

"같이 갔지. 생각 안 나?"

"2차는 안 간 것 같아유. 아침에 일어나니 복도에서 자고 있더구먼유."

조금 있다가 국제전화가 왔다. C 경찰서라고 했다.

"경찰에서 벌써 알고 있군, 왜 복도에서 잤는지 조사하려고 걸었구먼!"

기막히는 대사가 더 있는데 기억하지 못하겠다.

뒤돌아보고 싶은 충동을 참느라 혼났다. 아직도 그분들이 누구인지 모른다. 단체여행의 즐거움 중 하나였다.

11시경 길림시에 도착했다. 송화강변에 위치한 육문중학교로 바로 갔다. 길림육문중학(吉林毓文中學)이라고 쓰어 있다. 안내판을 읽어 보니 1917년에 창립되어 김일성이 1927년에서 1930년까지 다니면서 독서했고 혁명 사업에 종사했다고 하는데 북한 정권에서는 '성지'로 관리하고 있다고 한다. 교정 안에는 김일성 동상이 서 있었다. 좌우간 한국사와 관련이 있음은 분명하여 학교 주위를 둘러보고 사진들을 찍어 왔다. 필자는 사진기와 메모장이 있기 때문에 계속 찍고, 써 두고 있다.

길림육문중학

금순조선식당에서 점심을 먹고 송화 강 유원지를 관광한 뒤 하얼빈시로 향 했다. 4~5시간이 소요된다고 하여 버 스 내에서 학술회의에서 못다 한 말, 노래 등을 하면서 갔는데, 필자도 개인 소개를 하라고 하여 할 수 없이 연구 교수 칭호 직함 등을 자세하게 신고했 다. 일부에서 와전되고 있는 '66년생'이 아니라 '66년간 생'한 사람인 것도 밝 혔다. '퐁당퐁당 돌을 던지자' 변주곡 을 들려준 분, '우리의 존재 가치는 무엇인가?' 하고 의문을 제기해 준 분, 「선구자」 노래를 들려준 분 도 계셨는데 여전히 눈물이 나왔다, 나는 왜 그런 사람이 못 되었는가 하고. 예술의 힘은 강하고, 예악(禮樂)으로 다스린다는 말도 의미 있는 것 같다.

저녁 6시 30분경 하얼빈시 조선민족 예술관에 도착했다. 입구로 들어가니 왼쪽은 조선족민속박물관이고 오른쪽 이 안중근 의사 기념실이었다. 현지 가 이드 조선족 이원동(李遠東) 씨의 특별 부탁으로 관리인들이 퇴근하지 않고 기다리고 있었다. 조선민족예술관은 사적(私的)인 건물이라고 한다. 여러 가 지 국제적 문제 때문에 공공화시키지 는 못하고 있는 모양이다.

안중근 의사 기념실로 들어가니 정면에 안중근 의사의 동상이 세워져 있고 주위 벽면에 안중근 의사 단지묵관(斷指墨款) 친필의 여러 글들이 전시되어 있었다. 다만 숙연해질 뿐이다. 한국 사람이 라면 누가 감히 무심한 마음으로 바라볼 수가 있겠는가. 어두컴컴한 전시실 속에서도 몇몇 교수님 들의 눈시울이 붉어져 있음이 보였다. 역사는 냉정하게 보아야 한다지만 냉정하지 않는 것이 역사 라는 자기모순을 어떻게 소화시켜야 할지가 의문이다. 동상 앞에서 단체기념사진을 찍었다. 그리고 영상 홍보실에서 안중근 의사에 관한 사실(史實), 연구 등 영상물을 관람했다.

안중근 의사 기념실

잠시 냉정을 되찾아 의문을 제기해 보면, 침략 원흉 이등박문 역시 일본의 『동양평화론』[서원귀삼(西原龜三)이 초안 작성]을 바탕으로 '동양 전체의 평화를 위해 노력해 왔다'라는 것인데, 개화기 내지 대한제국 말기에 많은 '명석한' 조선의 '지식인'들이 그 '평화론'을 지지했다는 것이다. 그러함에도 안중근 의사는 일본의 『동양평화론』과 똑같은 제목으로 옥중에서 별개의 『동양평화론』을 집필했으며, 거사 후 심문받을 때 진술한 조서에서 이등박문을 처단하는 근거로 15개 항목을 제시하는데 그 제14조를 보면 '동양평화를 깨뜨린 죄'로 처형한다는 것이다.[5] 표방하는 구호와 실제 내용이 정반대였기 때문에 그렇게 결정했다고 판단된다. '평화'라는 글자는 꼭 같은데 그 내용이 사뭇 다르다. 침략을 위장하기 위한 '평화론'이라는 것이다. 오늘날은 이와 유사한 형태가 없는지 역사를 거울 삼아 그 진위를 살펴보아야 할 것이다. 그리고 또 하나의 문제는 일본역사 책에서 이 사건에 대해 어떻게 평가하고 있는가에 관계없이 이등박문 개인 및 일본과 일본인들을 여전히 증오해야 하는가 하는 것이다. 순전히 필자 개인적 생각이다.

7월 9일 마지막 일정은 731부대 답사였다. 부대까지 가는 동안 버스 안에서 이원동 가이드가 자세하게 그 내력을 설명해 주었다. 관동군 내에 소속되어 있으면서도 관동군사령관의 지휘를 받지 않는 특수 부대였다는 것이다. 몇 년 전 어떤 정치인이 국회 청문회에서 '731부대'와 '마루타'가 무엇인지 몰라서 쩔쩔맸다는 얘기를 들었는데, 이번 학회에 참석하신 분들은 혹시 국회에서 같은 문제가 나오면 쉽게 대답할 수 있을 것이다.

5) 장학근, 1980, 「일본의 〈동양평화론〉에 대한 구한말~독립운동기의 반응」, 고려대학교 사학과 석사논문; 金宇鍾 主編, 2006, 『安重根和哈爾濱-안중근과 할빈』, 牧丹江: 黑龍江朝鮮民族出版社, 86쪽.

오전 10시경 731부대 구지(舊址)에 도착했다. 남문 위병소 앞에 '侵華日軍第七三一部隊遺址'라고 석재에 음각하고 흑색으로 페인트칠한 뒤 가로로 길게 붙여 놓았다. 이 부대는 일본이 세균전을 위해 설치하여 산 사람으로 실험하는 곳이었는데, 의학을 전공했다는 이시이 시로(石井四郞, 1892~1959, 교토 제국대학 의학부 수학, 유럽 유학, 값싸고 강력한 전쟁 무기가 세균 무기라는 것을 터득, 1927년 6월 미생물학 전공 박사학위 취득)가 부대장으로 지휘하면서 1933년부터 1945년까지 13년간 약 5천 명 이상의 마루타(丸太, マルタ, 통나무라는 뜻의 일반명사인데, 여기서는 마음대로 잘라 쓸 수 있는 '인간 재료'라는 의미로 고유명사화함)를 생체 실험하여 살해한 곳이다. 마루타로 사용한 사람은 중국인, 한국인, 몽골인, 소련인 등이었다고 한다. 이 731부대의 지대(支隊)가 하이라얼 등 5개소에 있었고, 같은 성격의 부대가 중국 기타 지역 및 싱가포르 등에 5개 더 있었다고 하니 학살된 총 마루타 수자는 가늠하기 어려울 것이다. 이들의 연구 성과를 이용하여 일본군은 중국 20개의 성에서 대규모의 세균전을 36차례 강행하였는데 이 과정에서 참사된 중국인만 200만 명을 넘는다고 한다. 그리고 8년간 항일전쟁 시기 변방지구에서 예의 세균에 의한 전염병에 걸린 사람들만 약 1,200만 명이 된다는 것이다.[6] 이 같은 '전과'를 올렸으니 '값싸고 강력한 전쟁 무기인 세균 무기' 즉 가장 '경제적 무기'라고 할 수 있겠다.

'본부대루(本部大樓)'라고 간판이 붙은 복원한 옛 지휘부 2층 건물 안에 사진들과 모형들로 채워진 십여 개의 전시실을 쭉 둘러보았다. 그리고는 일행 중 아무도 말을 하지 않았다. 무슨 말을 할 수 있겠는가. 이것이 '평화'를 이루겠다고 선전한 이들의 '의학 연구' 행위였다. 그런데 이들이 패전 후 이 부대의 시설, 장비, 문서, 마루타, 자료 등 모든 것을 폭파, 살해, 방화하여 증거를 인멸시킨 사실과 "비밀을 무덤까지 가져가야 한다"고 밀령(密令)한 것을 보면 이러한 '연구'가 범죄 행위였음을 스스로 알고는 있었던 모양이다.

전쟁이 끝난 뒤 세균전에 참여한 일본 전범들에 대한 재판이 하바롭스크, 심양(沈[瀋]陽, 구 봉천), 도쿄(東京) 등에서 진행되었는데, 하바롭스크에서는 12명이 기소되어 모두 2~25년간의 노동교도소 복역이 언도되었고, 심양에서는 11명이 12~20년 유기징역으로 판결되었으나, 도쿄에서는 세균전 전범 재판은 원초적으로 없었고 이시이 시로 및 그 부하 3천 명은 계속하여 일본 각 기관, 학교, 병원, 기업 등에서 직무를 맡고 있었다고 한다. 이것은 또 무슨 가락인지 모르겠다.

그 사유를 살펴보니 제731부대의 연구성과를 미국에 넘겨주는 대가로 전원 사면해 주었다는 것이다. 도쿄 재판장은 미국이었고, 그들도 1943년 4월 15일 메릴랜드주 프레더릭시에 있는 데트릭 군영에 세균전 연구기지를 설립했다고 한다. 이 역시 가장 '경제적' 결정들이었다. 그 者이 그 者이여.

---

6) 金成民 지음/ 河成錦 옮김, 2008/2010, 『일본군 세균전-제731부대의 진상을 파헤친』, 서울: 청문각, 1~30, 895~918, 953쪽.

731부대 증거인멸 유지

훗날 1982년 그의 딸 이시이 하루미(石井春海)는 《영문시보》에 쓴 글에서 "내가 알기로는 거래를 한 깃임이 확실했다. 하지만 이는 미국 측에서 아버지를 찾은 것이지, 절대 아버지가 찾아간 것은 아니다. 내가 강조하고 싶은 것은 아버지의 부하들은 그 어느 누구도 전쟁범으로서의 재판을 받지 않았다는 것인데, 이것이 과연 중요하지 않단 말인가?"라고 했다.

전쟁 후 "일본 정부는 '자료가 없다'는 구실로 오랫동안 일본군의 세균전을 인정하지 않았다. 일본 작가 모리무라 세이이치(森村誠一)가 1981년에 『식인마굴(食人魔窟)』이라는 책을 내면서 처음으로 제731부대의 죄행을 폭로하였고 2002년 8월 27일에 도쿄의 지방 법원의 판결에서 처음으로 제731부대의 존재와 일부 범죄 사실을 인정하였다". 전쟁 끝난 후 만 57년 만이다.

지금 회상하니 유적지 전시실에서 전범 재판에 관한 사항은 읽지를 못한 것 같은데, 선범들의 죄악상도 중요하지만 그런 패악범들을 어떻게 처리하는가도 중요할 것이다. 일벌백계라는 점에서는 오히려 가형(加刑)함이 더 합당하다는 판단이다. 왜냐하면 그런 암거래는 이후 이러한 범죄 행위를 더욱 조장시킬지도 모르기 때문이다. 혹시 재판 판결이 게시되어 있지 않다면 그것은 또 무슨 장단인가?

마루타 731부대를 둘러보고 난 뒤 하얼빈 공항으로 갔다. 이번 학술 여행은 필자에게는 목표 200% 달성이었다. 평소에 역사학도로서 꼭 가 보고 싶은 유적지들이었기 때문이다. 학술회의에 참여시켜 준 집행부에 감사드린다. 한 분의 성함을 거명하지 않았는데 묵묵히 행사를 진행시키고 있었던 배낭 맨(負) 학회 지킴이 J국장님이었다. 반드시 한번은 묘사해야 한다고 마음먹었는데 적당한 장면이 떠오르지를 않았다. 고의로라도 호명하는 것이다.

이상 간단하나마 중국 동북 지역 답사기를 마친다. 이 지역을 답사하고자 하는 분들에게 조금이나마 도움이 되었으면 한다.

안강시(서안 근접 도시)
신라사지 및 신라사종

—

선유사를 출발한 뒤 법문사로 갔다가, 그 이튿날 7월(2009년) 26일 오전에 비림을 답사 후 오후 항공편으로 돈황에 가서 이틀간 막고굴을 둘러본 뒤 서안으로 돌아와서, 7월 29일 신라사(新羅寺) 유지와 신라사종(新羅寺鐘)이 현존하며 한강(漢江)이 흐르고 있는 안강시(安康市)를 향해 출발했다. 남부버스터미널(城南客運站)에서 직행버스로 요금 66元(한화 13,000원 정도), 안강터미널까지 2시간 20분 소요되었다. 몇 년 전만 해도 기차로 14시간이나 걸렸다고 하는데 진령(秦岭)산맥 종남산(終南山)에 통굴을 뚫어 놓아 시간이 획기적으로 단축된 것이다. 어떤 굴은 18㎞나 되는 것이 있었는데 통과하는 데에 13~14분이나 소요되었다.

주권국가 내에서 타국가명을 붙인 사찰 이름이 허용되는 것이 예나 지금이나 쉬운 일은 아닐 것이다. 특히 당나라 시대에는 황제의 윤허가 있어야 한다는 것이다. 따라서 그 시대에 '신라사'라는 이름으로 사찰이 존재했다는 얘기는, 신라와 당 사이의 문화 교류, 우호 관계가 특별했음을 뜻한다고 할 수 있다. 중국 문화의 일부분이 된 불교 문화 성립에서 현장(삼장법사), 의정 때에 번역한 불교 경전 총수량의 60%가 원측, 승장, 신방, 지인, 현범, 무저, 혜초, 혜일 등 신라인 고승들에 의해 이루어졌기 때문에 신라인이 중국 문화 형성에 직접 영향을 끼쳤다고 보아야 한다는 것이다.[1]

아울러 이곳의 지명들이 한국에도 같은 이름으로 존재한다는 점이 흥미롭다. 안강의 신라사는 당 태종대(627~649)에 창립되어 "당대 금주(金州) 불교의 4대 총림의 하나였다"라고 한다. 당 현종대 (신라 경덕왕대) 금주(金州)는 안강군(安康郡)으로 개명되었었다.[2]

이곳 지명들에서 우선 호기심이 생기는 것은 한국의 경주시에 소속된 안강읍(安康邑)과 서울 지역의 한강(漢江)의 한자 이름들이 꼭 같다는 것 때문이다. 몇 년 전 한 학우에게 "서울을 왜 '한성(漢城)'이라 하고 강을 왜 '한강(漢江)'이라 하느냐, 한국 고대사에 등장하는 '삼한(三韓)'또는 오늘날 '한국(韓國)'이라고 부르게 된 연유였던 '한(韓)'을 쓰지 않고 왜 '한(漢)'이라고 했느냐, 자의든 타의든 중

---

1) 변인석, 앞의 책.

2) 李啓良, 앞의 논문 및 책.

국의 한(漢)나라를 기념·흠모해서 그렇게 작명한 것이 아닌가"하고 물었다. 그랬더니 그는 "전혀 그렇지 않다. '漢'자가 '크다'는 의미 또는 '하나'라는 의미가 있다"라고 했다.

그러면 서울시는 무엇 때문에 근래에 '漢城(하안청)'을 '首爾(쇼우얼)'로 바꾸었는가, 국가적 자존심 때문에 그런 것이 아닌가 하고 되물었더니, 그는 "전혀 그것이 아니다. 어쩌다가 그렇게 바꾸게 되었다"라고 대답했다. 곧바로 한자 자전(諸橋轍次, 『大漢和辭典』; 漢語大詞典編輯委員會 編, 『漢語大詞典』; 민중서림 편집국 편, 『漢韓大字典』 등)을 찾아보니 '漢'자에는 '크다'라든가, '하나'라는 뜻은 어디에도 나오지 않았고 다만 물이름(양자강 지류), 한나라(유방 건국) 등만이 새겨져 있었다.

좀 더 오래된 자료에 근거가 있는가 하여 『삼국사기 지리지』를 살펴보았다. 제37권 「백제」 조를 보니 "『북사(北史)』에서 이르길, '백제의 동쪽 끝은 신라이고, 서쪽과 남쪽은 모두 큰 바다를 한계로 했으며, 북쪽 끝은 한강(漢江)에 접했다(北際漢江)'… '고전의 기록을 살펴보니 … 13대 근초고왕에 이르러, 고구려의 남평양(南平壤)을 뺏어서 한성(漢城)에 도읍했다'"고 설명되어 있다. '한강'이란 지명이 이미 『북사』에서 나타났고, 어떤 고전에서 '한성'이 언급되었다는 것이다.

인용된 자료를 확인하려고 『북사』[3]를 들춰 보니, '북쪽 끝은 한강(漢江)에 접했다'가 아니라 "북쪽은 고구려에 접했다(北接高句麗)"로 나와 있다. 혹시나 착간되었나 하여 대만의 인터넷 한적 사이트 중앙연구원(中央研究院) 한적전자문헌(漢籍電子文獻)을 조회해도 동일하게 기재되어 있었다. 글자 한두 개 실수로 잘못 골라진 것이 아니라, '北接高句麗'가 '北際漢江'으로 문장이 완전히 다르게 변조된 것이다. 분명히 어느 쪽이 잘못된 것은 분명한데 판단하기가 힘들다. 중국 사료이므로 중국 측 교감인쇄기록이 바르다고 본다면, 『삼국사기』 찬자는 왜 여타 문구는 동일하게 옮기면서 그 부분만의 내용은 다르게 표현했는지가 의문이다. 사료의 정직한 인용은 아니며, '술이부작(述而不作)'과는 거리가 멀다는 생각이다.

한반도(만주 포함) 지역에서 한성(漢城)이란 지명은 『주서(周書)』[4]에서 처음으로 등장한다. 즉, 고(구)려는 "동쪽은 신라에 닿고, 남쪽은 백제에 접했으며 … 평양성을 다스렸고 … 그 외 국내성(國內城) 및 한성(漢城)이 있었는데 역시 별도의 도읍이다"라는 기록이다.

고구려 장수왕대(413~491) 평양으로 천도(427년) 이후의 상황을 말하는 것으로 판단되는데, 그 '漢城'의 위치가 정확하게 기술되지는 않았다. 그 역시 도읍이고 일러 '삼경(三京)'[5]이라고 하므로, 평양성을 가운데로 북쪽은 국내성, 남쪽은 한성이 아니었을까 추측해 보는데, 그렇다면 한강 유역에 한

---

3) 당(唐) 초기 이연수(李延壽) 찬.

4) 令狐德棻 等 撰(635년), 『周書』 第49卷, 列傳 高麗.

5) 『隋書』 列傳 高麗條.

한성세무소

성이 있을 것으로 추론된다.

위의 한적 사이트에서 중국 25사 전체를 대상으로 '漢城'을 검색해 보니, '吐蕃望漢城'(『구당서』), '安西入西域道 城東又有漢城'(『신당서』), '契丹 漢城'(『구오대사』), '上京道/上京臨潢府 南城謂之漢城'(『요사』), '東京道/東京 遼陽府 外城謂之漢城'(『요사』) 등이 나왔다. 현재 섬서성 서안시(西安市, 고대 長安城) 미앙구(未央區) 한성(漢城)

이외에도 중국 변방 지역 곳곳에 '漢城'이란 지명이 존재하고 있다. 마치 마케도니아 출신 알렉산더 3세('알렉산더대왕')가 정복 지역마다 그의 이름을 따서 '알렉산드리아'라고 명명해 놓았듯이 한나라가 점령한 곳에는 성을 쌓고 '漢城'으로 이름을 붙여 놓은 것이 아닌가 짐작된다.

그렇다면 아마도 한나라 무제(武帝) 때 고조선(위만조선)을 멸망시키고 난 후 '한사군'을 설치했을 때부터 명명되지 않았을까 추측해 본다. 사서에 등장하는 북한산주, 한산주, 한주 등은 모두 여기에서 연원하고 漢城(한성) 주위로 흐르는 물은 자연스럽게 '漢水(한수)'또는 '漢江(한강)'으로 불리었을 것이다. 신라 경덕왕 대에 한양군(漢陽郡), 고려 충렬왕 대에 한양부(漢陽府)로 개명했다가, 조선 태조 3년 이곳에 도읍을 정하고 '한성부(漢城府)'라는 명칭으로 고쳤다고 한다.[6]

다음 안강(安康)에 대해 알아보려고, 우선 경주시 인터넷 홈페이지에 들어가서 안강읍 항목을 쳐 보니 지명 변경 내력이 다음과 같이 나와 있었다. 안강은 삼한시대 진한의 음즙벌국으로 성립하여, 신라시대 파사이사금 23년(102)에 비화현이라 칭했고, 통일신라시대 경덕왕 16년(757) 안강현으로 개칭했다고 한다.

한편 『삼국사기』 신라본기 지증왕 15년(514) 조에서는 아시촌(阿尸村)에 소경을 두었다고 했고, 『한국사강좌』 고대편에서는 이 해에 아시소경(阿尸小京, 안강)이 설치되었다고 서술하고 있음을 보면 '아시촌'이 당시 안강의 지명이었던 것 같다.[7] 8세기 중엽 경덕왕대는 연구된 바와 같이 군현제 실시

---

6) 『신증동국여지승람』 권3.

7) 김형규, 1949, 「삼국사기 지명고」『진단학보』 16; 이기백, 이기동 공저, 1982, 『한국사강좌』Ⅰ 고대편, 서울: 일조각; 김태식, 1995, 「『삼국사기』 지리지 신라조의 사료적 검토」『삼국사기의 원전 검토』, 한국정신문화연구원.

등 '한화정책(漢化政策)'이 광범위하게 이루어졌던 시기였으므로 아마도 이때에 당나라의 수도 장안(長安) 옆에 위치한 安康 지명을 본떠서 경주 옆에 위치한 비화현 아시소경을 안강현으로 개칭한 것이 아닌가 짐작해 본다.

어떤 연구자들은 지명을 "아화(雅化)된 한자명(漢字名)으로 고친 것이다"또는 "전국 군현이 세련된 한식(漢式)으로 정비되었다"는 표현을 하고 있다.[8] 한(漢)나라식으로 고치는 것이 '아화'이고 '세련된' 행위라는 것이다.

당시 안록산의 난으로 당 현종이 진령산맥을 넘어 사천성[촉(蜀) 지역] 성도(成都)까지 피신했다고 하는데, 그때 신라는 성도까지 강(江)을 거슬러 올라가 사신을 파견했다고 한다(『삼국사기』권9). 여기에서 '江(강)'은 일반적으로 장강, 즉 양자강을 말하고 있으나, 상류로 올라가서 장안으로 통로가 되는 무한(武漢)부터 안강, 한중을 통과하고 있는 '한강'까지 아울러 지칭하고 있을 수도 있다. 당시 안강(安康)에 신라사(新羅寺)가 존재했음을 보면, 산동반도에 위치한 장보고 대사 초건의 적산법화원 주위에 신라교민들이 산재하면서 경제활동을 영위했음과 마찬가지로, 이곳 안강 역시 신라인들의 삶터로서 양자강 지류인 한강이 당시 신라인들의 상용 항로였다고 추측되기 때문이다. 익숙한 한강 항로를 따라 안강, 한중을 거쳐 한강 상류까지 간 다음 현종의 피난길을[9] 따라서 성도(成都)로 갔다면 '漢江(한강)', '安康(안강)'은 신라 사신들에게 특별히 기억되지 않았을까 짐작되는 바이다. 안강(安康) 지명 연혁은, 618년(당 고조 원년) 서성군(西城郡)에서 금주(金州)로 바꾼 것을 742년(당 현종 천보 원년)에 '안강군(安康郡)'으로 고쳐 설치했었다. 당시 신라 사신이 갔을 때의 이름이 안강(安康)이었던 것이다.[10]

또한 안강과 그 상류에 있는 한중(漢中)에서 장안까지는 8일에서 십수 일 정도 육로라고 하니, 양자강 하류 양주(揚州)에서 서주(徐州) 등을 통하는 운하, 정주, 낙양을 거쳐 장안에 닿는 사신로와 함께 이 통항로 역시 때에 따라서는 장안까지의 사신 왕복로로 사용되었을 개연성도 있다.

안강시 외곽에 위치한 시외버스터미널에 도착한 뒤 곧바로 택시를 타고 섬서성 안강시 역사박물관(歷史博物館)으로 갔다. 오후 시간이 넉넉지 않아서 호텔에 체크인을 먼저 하지 않고 짐가방을 가진 채 박물관장을 만나러 직행했던 것이다. 위 「신라사, 신라사종」 등 논문을 쓴 이계량(李啓良) 선생이 바로 현직 안강시 역사박물관장이기 때문이었다.

---

8) 한준수, 1998, 「신라 경덕왕대 군현제의 개편」 『북악사론』 5집.

9) 郭沫若 主編, 1990, 『中國史稿地圖集』 下冊, 上海: 中國地圖出版社, 19쪽.

10) 『中國歷史地名大辭典』, 廣州: 廣東敎育出版社(1995).

중국말은 아예 입 밖에 내지 않고 필기장 위에 '歷史博物館'이라고 커다 랗게 쓴 것을 택시기사에게 보여 주니 알겠다고 뭐라고 하면서 데려다 주었 다. 괜히 중국말 몇 마디 안다고 떠듬 떠듬 읊다가는 큰 낭패를 보기 때문 이다. 중국말을 잘하는 줄 알고는 좔 좔좔 내리 쏟으면 감당할 수가 없게 된다.

오후 3시경 박물관에 도착했다. 택시가 정문을 통과하여 안으로 들어가서 내려주었다. 작은 도시 라 그런지 박물관 내 관람객이 드물었다. 짐을 내리고 택시비를 주고 있으려니까 저 안쪽에서 위에 는 그저 속적삼(런닝 셔츠) 차림을 한 나이 든 사람이 다가왔다. 상해(上海) 시내에는 위통을 벌거벗 은 채 다니는 사람도 많고, 정화(鄭和)의 대형 선박 대규모 선단 서양 원정항해 600주년 기념 사람 바다 학술 세미나 때 한 학자는 속적삼 차림으로 강단에 올라와서 연설하는 모습도 봤기 때문에 홑속옷 차림의 위통은 '상식적'이다 싶어서 놀라지도 않고 인사를 나누었다.

확실하게 알고 있는 말 '니하오마'를 하고 난 뒤에는 곧바로 '李啓良(이계량) 博物館長(박물관장)'이 라고 쓴 종이 쪽지를 내보였다. 그랬더니, 그것이 바로 자기라고 손가락으로 가리키는 게 아닌가. 처 음부터 참으로 훈훈한 분위기였다. 그다음, 선유사에서와 마찬가지로 변인석 교수님과 함께 찍어 둔 커다란 사진 두 장을 보여 주니까 역시 '아하, 삐엔시엔셩'하면서 반가워하는 것이었다. 그래서 악수하고 손을 흔들면서 서로 알지도 못하는 말로 한참을 떠들다가 뭐라고 묻는데, 알 수가 있나. 마침내 필담(筆談)의 순서가 돌아온 것이다.

필자가 종이를 들이밀면서 쓰라고 하니까, "您有什麼要求?"(당신은 무슨 요구가 있느냐?)라고 쓰기에, 미리 준비해 간 졸저『신라해양사연구』를 건네면서 필자는 한국의 아무대학에서 한국 고대 해양사 를 전공하고 있는데, 신라사 유지와 신라사종을 보고 싶고 안강을 출발하여 양자강 본류와 합류하 는 무한(武漢)까지 한강을 주행(舟行)하여 내려가는 배를 타 보고 싶다고 써 주었다. 그랬더니 신라 사와 신라사종은 내일 자기가 안내해 줄 수 있는데, 한강 하류로 내려가는 배는 없다고 했다. 20세 기 중기(中期) 까지는 화물선이 다녔으나 지금은 여러 곳에 댐을 만들어 놓았기 때문에 선박으로 다 닐 수가 없다는 것이다.

'항운중단(航運中斷)'을 듣고 서운하기는 하였으나, 이 한마디의 증언이 한편 얼마나 반가웠는지 모른다. 왜냐하면 그 이전에는 선박 통항이 있었다는 말이기 때문이다. 당연히 신라 시대에도 선운

이 있었을 것이다. 1천 수백 년 전에는 강바닥 퇴적이 적었을 것이므로 수심이 더 깊었을 것이고, 따라서 오히려 선박 깊이(흘수)가 더 큰 선박까지도 통항했을 것이란 추론이 떠오르기 때문이었다. 나중에 자료를 읽고 알았지만 안사의 난 때 이 수로를 통해 장안까지 국내 조운 일부가 이루어졌다는 것이다.

신라사 유지

우선 이계량 관장이 편집한 앞의『안강비판구침』을 박물관 구내 판매점에서 한 권 구입한 뒤, 안강, 한강에 대한 자료를 좀 달라고 했더니만 사무실로 기지고 하여 관장실로 갔다. 위「신라사」논문 별쇄본 한 부를 받고, 박물관에 소장된『흥안부지(興安府志)』를 보여 주기에 필사하기에는 시간이 부족하여 급한 대로 수로(水路) 관련 기사들을 사진 찍어 놓고는, 내일 아침 8시 30분에 신라사 유지와 신라사종을 보러 가기로 약속하고 박물관을 물러 나왔다.

한강

7월 30일 아침 8시경 박물관에 도착하니 이계량 관장 역시 일찌감치 나와서 승용차를 세차하고 있었다. 부하 직원인가 하는 사람과 함께 신라사 유지로 향했다. 한참 가다가 차를 세우는데 멀리 신라사 유지가 보이는 지점이었다. 산등성이 하나 건너편이었는데 현재 밭으로 사용하고 있는 유지 전경이며 경작하고 있는 농가 등이 잘 보였다. 사진을 찍어 두고는 다시 출발하여 신라사 유지 산 밑에 다다랐다. 이곳의 주소는 안강시 건민진(建民鎭) 칠리구촌(七里泃村)이라고 한다. 도로 확장 공사를 하는지 큰 포클레인 한 대가 산 밑을 파 내고 있었다. 공사장 한 편에 차를 세워 두고는 좁은 언덕길을 한참이나 올라갔다.

먼저 닿은 곳이 오는 길에 멀리서 보였던 농가였는데 밑으로 한강과 큰 다리가 훤히 내려다보였다. 나이 많은 농부 부부가 일하고 있었다. 남자 농부는 위통을 완전히 벗고 있었는데 우리들을 반

석와

석구좌

가이 맞아 주었다. 이 관장 및 같이 간 직원을 잘 알고 있었다. 집 안으로 들어가니 농기구들을 넣어 놓은 창고 같은 공간이 집 중앙을 차지하고 있었다. 거기 앉아서 인사를 나누고 통성명을 했다. 참으로 소탈하여 평생 친구로 남을 것 같았다. 노인의 이름이 장전검(張全儉)이라고 이관장이 써 주면서 변인석 교수를 잘 알고 있다고 했다. 그래서 역시 변인석 교수님과 같이 찍은 사진을 보여 주니까 마찬가지로 '아하, 삐엔시엔셩'하고 반가워 하는 것이었다. 변인석 교수는 이곳에만도 서너 번 이상 왔었다고 한다. 사진의 위력이 대단하였다. 귀국한 후 변인석 교수님께 보고를 드리면서 깊은 감사의 인사를 올렸다.

환담을 나눈 뒤 농가를 나와서 유물이 남아 있는 유지로 걸어갔다. 과일 나무, 채소 등을 심어 놓은 밭을 지나 조금 더 나아가니 옥수수 밭 옆에 마침내 유물 2점이 놓여 있었다. 석구좌(石龜座)와 석와(石窩)였다. 두 개 모두 비석의 받침대였는데 석와는 후세에 절구통으로 쓰여서 움푹 들어갔기 때문에 그렇게 부르는 모양이다. 이 관장은 이 두 개의 비좌가 신라사 정문 양측의 비석 받침대였을 것으로 추측하고 있다. 주위에 흩어져 있는 기왓장, 벽돌 조각 등을 주워 보이면서 모두 당대 유물 파편들이라고 했다.

『明一統志(명일통지)』와 『興安州志(흥안주지)』에 신라사가 이 부근에 존재했다는 기록은 있는데 그 실제 위치를 알지 못하여 찾던 중, 1997년 방전란(方典蘭)이라는 팔순 노파의 '전해 온 신라사 이야기'에 따라 이 밭의 유물들을 발견했다는 것이다. 중국뿐만 아니라 한국의 여러 연구자들이 다녀갔다고 한다.

산 중턱의 신라사유지에서 앞에 펼쳐지는 경치를 보니 시원하였다. 강폭 1~2백 미터 정도 되는 한강이 굽이굽이 펼쳐져 있고, 강변 양쪽을 잇는 큰 다리, 멀리 안강시가 훤하게 내려다보였다. 신

라사는 깊은 산 속이 아니라 생필품 운송로인 넓은 강 바로 옆에 위치하고 있어서 신라인뿐만 아니라 신라와 관련된 사람들이 쉽게 오갈 수 있었을 것으로 생각된다. 산동반도 적산법화원(赤山法花院)과 같이 신라인 승려들이 상주하고 있었을 가능성도 있다. 적산법화원이 신라와 당나라 왕래 사신들의 중간 숙박처, 연락처 등으로 사용되고 있었듯이 이 신라사 또한 당연히 그런 역할을 하고 있었을 것으로 짐작한다.

귀국하면 관련 기관·단체에 신라사 기념비 또는 기념비정 건립 건의서를 올려야겠다고 마음먹었다. 발견된 지 10여 년이 넘었는데도 아직 기념비, 유허비 하나 세워져 있지 않다. 홍교사, 선유사 등 예를 보면 일본인들은 자신들과 전혀 관련이 없는 사찰임에도 불구하고 무슨 이유를 갖다 붙여서라도 '기념비'를 건립하고 있는 실정인데, 역사 문헌 기록뿐 아니라 실제 유물까지 출토되었음에도 기념비 하나 세우지 못한다는 것은 국위선양 또는 한중문화교류사를 포기하는 것과 같다는 판단이다.

이계량 관장에게 중국 측 허가 문제를 물으니 자신은 대환영이고 안강시, 섬서성, 중국 정부 측도 별문제가 없을 것으로 생각한다고 대답하였다. 영토 할양을 요구하는 것도 아니므로 크게 반대하지는 않을 것으로 판단된다. 지금까지 이런 문제로 한국에 돌아와서 두세 번 건의서를 올렸는데 '허공중에 헤어진 이름이여'가 되었지만, 건의서 올리는 것까지는 역사학도인 내가 해야 할 일일 것이다. 그다음은 문화 유산 업무 담당자, 결정권자들 몫이고. 기념비정 또는 비석 관리는 앞의 장전검 농부에게 맡기면 될 것 같다.

밭 전체를 한 바퀴 돌아본 뒤에 신라사유지를 내려왔다. 승용차를 다시 타고 한강대교를 건넌 뒤, 차를 세워 강 건너편에서 산 중턱의 신라사유지 전경을 사진 찍어 두었다. 위치가 조만간 큰 관광 호텔 등이 들어서지 않겠나 하는 생각이 들 정도로 트이게 자리 잡고 있었다. 강 가운데 얕은 곳에서는 중장비, 차량들이 골재 채취 작업을 하고 있었다.

신라사종

신라사 세 글자 지워졌음

곧 이어 신라사종이 걸려 있는 향계공원(香溪公園)으로 달려갔다. 이름을 보니 도교(道敎) 취향이 풍긴다 생각했더니 과연 공원 내에는 옥황각(玉皇閣), 삼청전(三淸殿) 등 도교 사원이 건립되어 있었다. 복전(福殿)을 지나 조금 올라가니 종정(鐘亭), 고정(鼓亭)이 마주보고 있었는데 신라사종은 바로 이 종정 안에 설치되어 있었다.

신라사종은 13세기 송대에 철(鐵)로 주조된 것으로 높이 2.5m, 직경 1.55m에 달한다고 한다. 훗날 신라사가 훼손된 후 여러 장소로 옮겨져 사용되다가 1980년대에 이곳 향계공원에 장치되었다고 한다. 한국 신라범종 형태가 아니어서 서안 홍교사 창고에 갇혀 있던 축소 주조 성덕대왕신종 모형을 봤을 때와 같은 가슴속으로부터의 찡한 감흥과는 달랐으나 신라사의 유물이라고 하니 감격하지 않을 수가 없었다.

먼저 훼손된 '신라사'글자 부분을 확인했다. 변인석 교수님이 보았을 때는 '立'부분은 남아 있었다고 했는데 이제는 그것마저 잘 보이지가 않았다. 자연 마모가 아니라는 사실은 금방 알 수 있었다. 자연 마모라면 주위가 두루두루 닳아버렸을 것인데 '신라사'세 글자만 깨끗이 없어져 버렸으니 이것은 누군가 고의로 긁어내 버리지 않으면 이런 결과가 오지 않을 것이란 것은 분명하지 않겠는가 하는 점이다.

누구의 소행인가에 대해서는 일본인들이다, 중국인이다 등등 의견이 분분한데 확실한 증거를 찾을 때까지는 단정할 수는 없으나, 산동반도 적산법화원의 장보고(張保皐) 대사(大使) 출자(出自) 설명에서 '신라인'이라는 사실을 소극적으로 서술하고 있으며 중국인화 한 점, 적산명신상(赤山明神像) 비문에 식객인 원인(圓仁) 선사는 높이 내세우는 반면 정작 법화원 주인이었고 원인 선사가 극존칭을 써서 존경하던 장보고 대사의 이름은 '장'자 한 글자도 넣지 않는[11] 고의성, 서안의 선유사에 생뚱맞은 현대 일본인 서예가 기념비정을 혜초고승기념비정과 꼭 같은 크기로 건립하여 혜초 대덕 기념을 희석시키고 있는 작태, 홍교사에 어처구니없는 20세기 '중일영원우호탑 및 벚꽃화원'을 만들어 7세기 신라고승 원측의 탑 의미를 축소시키는 일종의 문화재훼손행위 등을 볼 때 두 집단 공동의 야만적 즐거운 작업이었을 것으로 짐작된다. 역사 연구는 전쟁이라는 말이 실감 난다.

종 표면의 명문 등 사진을 두루 찍어 놓고는 걸어 둔 당목으로 종을 세 번 쳤다. 한 번 치는데 1元이라고 쓰여 있기에 3원을 주고는 먼 옛날 선조들을 생각하며 엄숙하게 치면서 종소리를 묵묵히 들었다. 그런데 여기서 감동적 장면이 나왔다. 종정 옆에서 음료수, 과자 등을 팔면서 종치는 값을 받고 있던 여성 관리인이 이 관장에게 무어라 무어라 묻더니만 돈 3元을 도로 내어 주는 것이 아닌가. 왜 그러느냐고 하니까, 한국에서 역사 연구하러 여기를 왔기 때문에 돈을 받지 않겠다는 것이었다. 아마 필자가 진지하게 종을 치면서 듣고 하는 것을 보고는 그 내력을 물었던 것 같다. 참으로 신기한 일이다. 그래서 고맙다고 하면서 그렇지만 나도 이 종정 관리비 보탬으로 성금을 내고 싶으니까 받아 달라고 하면서 10원을 내니까 극구 안 받는 것이었다. 이런 고마운 일이 있었다.

그런데 이 종에 대한 안내판이 없었다. 일반 관광객은 아무도 이 종이 신라사종이었다는 것을 알 도리가 없을 것이다. 안내판을 하나 만들면 어떻겠느냐고 이 관장에게 신의했다. 쉽게 될 것 같지는 않다. 다음번 이 종은 장래 신라사유지에 기념비정을 세운다면 그 옆에다 옮겨 놓으면 좋겠다는 생각을 했다.

신라사종을 잘 둘러보고 향계공원을 내려왔다. 저녁에 맥주 한잔 대접하겠다고 약속하고는 잠시 호텔로 돌아와 휴식을 취했다.

2009.07.30 20:52

저녁에 이 관장이 호텔로 찾아와 같이 한강변 물가 바로 옆 옥외 파라솔 천막 식당가로 갔다. 한강대교, 작은 유람선, 불빛이 이어진 강변의 경치가 좋았다. 많은 사람들이 강가에서 여름 저녁을 만끽하고 있었다. 마침 폭우가 쏟아져 정취를 더하였고 강물은 도도히 흘러갔다. 이런 수량, 강폭이라면 오가는 뱃길에는 아무 문제가

---

11) 최근식, 앞의 책, 271쪽.

없을 것으로 판단되었다. 맥주 및 여러 가지 맛좋은 안주들을 시켰다. 미주가효보다 더 좋은 문화 교류 우호 증진 재료는 드물 것이다.

즐겁게 먹고 마시고 하던 중, 또 한 차례 술과 안주를 나르던 청년 점원이 필자에게 중국말로 무어라고 무어라고 하는데 내가 알아듣지 못하고 멍하니 쳐다보고 있으니까 이 관장이 무언가 그 젊은이를 나무라면서 제지하는 것 같기에, 그럴 것 없이 여기다 써 보라고 하면서 필기장을 내밀었더니 다음과 같이 쓰는 것이 아닌가.

我看韓劇比如大長今 你們韓國也有漢江是我們這里發源的 我的意思是韓中一家親."

(나는 〈대장금〉 같은 한국 드라마를 봤습니다. 당신들 한국에 한강이 있는데 우리들 이곳에서 시작되었습니다. 나는 한국과 중국은 일가로서 친하다고 생각합니다: 번역, 필자)

필자는 깜짝 놀랐다. 필자가 의문을 가졌던 한강의 어원 문제를 이곳의 식당 한 젊은이마저 알고 있는 것이 아닌가. 그래서 '맞는다고 생각한다. 그 점원을 나무라지 말라'라고 이 관장에게 얘기했다. 필자가 지금까지 자료를 찾아본 결과가 그러한데 어떻게 부정할 수가 있단 말인가. 사실이 그렇다면 그렇다고 해야 하는 것이 아닌가. 역사학도는 더더욱 정직하게 자기가 찾아낸 대로 말해야지 그런 사실이 부끄럽기 때문에 은폐한다든가, 사실과 다르게 왜곡 해석한다거나 하는 것은 자주적 역사 인식이 아닐 것이다. 자신의 역사는 자신이 책임져야 할 것이다. 또한 부정한다고 지워질 것인가? 일본의 식민지배가 부끄럽다고 그런 적 없다고 한다면 없어질 것인가.

『청사고(清史稿)』「권526」를 보니 조선을 아예 '속국(屬國)'으로 분류하고 "永爲臣僕"(영원히 신하 종이 되었다: 번역, 필자)이라고 기록해 놓았다. 국가적 독립성을 유지하지 못하고 중국에 대해 조공국·제후국·속국으로 존재하고 중국 문화·역사가 흠모의 대상이 되었고 기준이 되었다면 그렇다고 하는 것이 진정 '자존심'일 것이다. 도처에 배어 있는 중국 문화가, 그것을 부정한다고 해서 없어지는 것은 아닐 것이다. 세종대왕이 경연에서 신하들과 역사를 논할 때 "경들은 중국사에 대해서는 하나부터 열까지 꿰고 있으면서 어찌 우리나라 역사는 그렇게 모른단 말이오"하고 나무란 사실 하나만 보아도 중국에 편향된 문화 의식은 짐작할 수 있을 것이다.

필자는 그 청년 점원에게 전혀 불쾌감을 느끼지 않았고 오히려 일반적 중국인의 역사 인식을 확인할 수 있는 좋은 기회였다고 생각했다. 나아가 한강 관련 단체 사이 또는 한국의 안강읍(경주시)과 중국 안강시 사이에 자매결연 등을 맺는 것도 한중 문화 교류를 위해 좋을 것으로 생각되었다. 거기다가 신라사 기념비정까지 곁들이면 비단 위에 꽃이라는 생각이다. 기분 좋게 먹고 마신 뒤 숙소로 돌아왔다. 즐거운 한강 가 한여름 저녁 밤이었다.

안강-백하 한강

이튿날, 7월 31일에는 육로로 한강을 따라 하류 쪽에 있는 백하(白河)라는 곳까지 갔다 올 작정이었다. 수로 항운이 끊어졌으므로 육로로라도 답사하여 물길을 살펴보는 것이 좋을 것 같았다. 지도를 보니 다행히 백하까지는 강을 따라서 길이 나있었다. 지도상에서 측량을 해 보니 약 110km 정도였다. 서안-안강이 약 180km 정도였으니 거리가 그 반 조금 넘는 셈이다. 아침 8시, 근거리(?) 시외버스 시내터미널(市內客運站)에서 한 명당 35元(한화 7천 원 정도)인 소형 버스를 타고 백하로 출발했다. 계속해서 강을 끼고 가는 길이었는데 굴곡이 심하고 절벽길, 비포장길도 있었다. 이럴수록 보는 경치는 더 좋은 것이 자연 이치일 것이다. 강을 보니 어떤 곳은 폭이 1, 2백 미터보다 더 넓기도, 좁기도 하고, 대부분은 수량이 풍부한 것으로 보였는데 어느 곳은 강바닥이 다 드러나 있기도 했으며, 어떤 부분은 급류가 있기도 했다. 이런 급류 부분에서는 강 옆에서 인부들이 배를 끌고 갔을 것이다. 러시아 볼가강 역시 그러했다고 한다. 「볼가강 뱃노래」가 느린 이유가 그 때문이리라.

강 가운데 여러 곳에서 골재 채취선, 준설선들이 작업을 하고 있었다. 백하까지 거리의 2/3 정도쯤, 촉하대교(蜀河大橋) 부근에서는 댐 공사가 한창이었다. 이 같은 댐이 무한까지 여러 개가 있기 때문에 한강에서의 장거리 선박운송이 중단된 것이라고 한다. 부분적으로는 골재 운반선 등이 짐을 나르고 있었고 강 양안을 도강선(Ferry boat)들이 건너다니고 있었다.

12시 20분에 백하에 도착했다. 4시간 20분이 걸렸다. 서안-안강에 비해 반 조금 넘는 거리이고 운전기사는 역시 중국의 '상식적'기사로서 마구 달렸음에도 불구하고 이 정도 시간이 소요되었다는 것은 안강-백하 찻길의 굴곡, 노면 상태가 어떠한가를 알 수 있다는 의미이다. 버스 운임에 1위엔인가 2위엔의 생명보험료는 포함되어 있었다.

백하에서 점심을 먹고 오후 2시에 같은 차를 타고 안강으로 돌아왔다. 같은 차가 왕복하는 방식이니까 다른 차를 선택할 여지가 없었다. 필자가 같은 차로 금방 돌아가니까 운전기사는 의아해하면서도 반갑게 대해 주었다. 무슨 말인지를 알아들을 수가 없는데도 불구하고 친절하게 무언가 자꾸 묻는 것이었다. 필자는, 다만 좀 천천히 가자고 부탁만 했다. 전혀 쓸데없는 부탁이었음을 안강에 도착한 뒤에 알았다. 안강에 저녁 6시 20분에 도착했으니 마찬가지로 4시간 20분이 걸렸다는 결론이다.

8월 1일에는 비가 조금 내리는 가운데 안강을 출발하여 한강 상류에 있는 한중(漢中)으로 갔다. 지도를 보니 안강-한중 직행 길에서 한강 변을 따라가는 것은 버스길도 기찻길도 없었다. 안강으로 부터 한강 상류를 보려고 하면 작은 도시 자양(紫陽)으로 가서 거기서는 택시 등으로 움직이면 될 것 같았는데 비용, 시간도 문제이지만 한반도-안강/신라사까지 항로 문제를 고찰하는 데에 이 부분은 답사하지 않아도 큰 지장은 없을 것으로 판단하여, 한중까지 기찻길로 가기로 했다.

아침 9시 25분 기차로 한중으로 출발했다. 한강이 보이지 않으니 크게 할 일이 없어서 그저 투자한 여행 경비 효과를 극대화시켜야 한다는 생각에 창밖을 열심히 내다보면서 갔다. 오후 2시 10분 한중역에 도착한 뒤 바로 택시를 타고 시외버스터미널로 갔다. 3시 10분 서안행 고속버스(운임 83.5원/인)를 타고 서안으로 출발했다.

저녁 6시 40분경 서안 남부버스터미널에 도착했다. 약 3시간 30분 걸린 셈인데 안강-서안 보다 약 1시간 더 소요된 것이다. 진령산맥 넘는 것조차 시간이 더 걸리니 신라 시대 사신들이 혹시 한강 수로를 이용해서 장안으로 갔다면 분명히 안강-서안 길을 택했을 것으로 판단된다. 특별한 사유가 없는 한 더 먼 길을 택할 이유가 없기 때문이다.

저녁 8시경 서안 기차역 앞 양광국제대주점이란 호텔에 투숙하여 여장을 풀었다.

귀국한 뒤 다음과 같은 건의서를 국립문화재연구소장 앞으로 올렸다.

중국 섬서성 안강시 신라사 유지 기념비정 설립 건의서

귀 연구소의 무궁한 발전을 기원합니다.

중국 섬서성 안강시(安康市)에 위치한, 7세기 당(唐) 태종대에 건립된 신라사(新羅寺)의 비석 기단 두 개를 포함한 유지가, 1997년 안강시역사박물관(安康市歷史博物館) 이계량(李啓良) 관장에 의해 발견되었습니다.

이후 중국을 포함한 한국의 여러 연구자들이 확인했고 본 건의자 역시 작년 7월에 유물 등을 확인 답사했습니다.

한국의 국위를 선양하고 추후 활발한 한중 문화 교류를 위해 위 신라사 유지에 기념비를 포함한 기념비정 건립을 건의합니다.

2010년 6월 14일
최근식 올림

참조:

* 李啓良, 2005, <唐代金州新羅寺> <<신라사학보>> 3, 신라사학회.
* 李啓良 등 수집정리교주, 1998, <附錄: 新羅寺鐘銘> <<安康碑版鉤沈>>, 陝西人民
  出版社, 484~485쪽, "…大宋金州江西新 (羅寺) 化到十方施主…".
* 변인석, 2008, <신라사> <<당 장안의 신라사적>>, 한국학술정보.
* 최근식, <중국답사기4 안강시 신라사유시 및 신라사종>, <사신 10매>
  아무대학 아무지역문제연구소 홈페이지 동북아지식커뮤니티>동북아문화교류연구실게시
  판>중국답사기4 및 사진

국립문화재연구소 귀중

6월 18일 담당자로부터 다음과 같은 회답을 받았다.

먼저 저희 국립문화재연구소와 수행 사업에 대해 관심을 가져 주셔서 감사합니다.

최근식 교수님께서 우리 연구소 홈페이지를 통해 건의하신 중국 섬서성 안강시 신라사 유지 기념비정 설립에 관한 사항에 대해서는 잘 받았습니다.

국립문화재연구소는 문화재 발굴에서 보존·관리에 걸쳐 전통문화 계승을 위한 문화 유산의 학술적 조사와 연구를 수행하고 있습니다. 국제 협력 분야에 있어서 러시아 연해주 등 한민족 관련 고고학 공동 연구를 관련 국가와 협정을 통해 진행하고 있으며, 외국 박물관, 미술관에 소장된 우리 문화재 현황 파악 및 보존 처리 지원, 활용 방안을 모색하는 한편, 국외 문화재연구 기관과 공동 연구 내실화를 위해 노력하고 있습니다.

이에 따라 교수님께서 건의하신 신라사 유지에 기념비를 포함한 기념비정 건립에 관련된 사

항은 우리 기관의 기능과 목적, 예산 등 제반 여건상 적정하지 않다고 사료되며, 현재 해외 문화재 기념비 설립 관련 업무도 수행하지 않고 있음을 알려드리니, 널리 이해하여 주시기를 바랍니다.

앞으로도 국립문화재연구소에 대한 많은 관심을 가져주시기를 바랍니다.

감사합니다.

이상 중국 섬서성 한강 가 안강시 소재 당(唐) 시대 신라사 유지 및 신라사종 답사기를 마친다. 이곳에 대한 관심을 가진 분들에게 도움이 되었으면 한다.

왕인 박사
일본 동경 우에노 공원 기념비

—

도쿄 우에노공원 박사왕인비 및 박사왕인부비

한일 간 문화교류의 원조에 해당하는 왕인 박사 기념비가 동경 우에노 공원(上野公園) 내에 건립되어 있다. 1939년, 1940년 2차에 걸쳐 두 기가 세워졌다고 기록되어 있다. 덮개돌을 얹은 주된 비석은 '박사왕인비(博士王仁碑)'라고 새겨져 있고, 두 번째 비에는 '류방만고(流芳萬古) 박사왕인부비(博士王仁副碑)'라고 적혀져 있다.

그동안 일본 지역을 여러 차례 답사했고 특히 우에노 공원은 국립과학박물관을 비롯한 여러 박물관들이 모여 있기에 동경을 들를 때마다 관람 또는 산책하기도 했는데 지금까지 왕인 박사의 기념비가 세워져 있다는 사실을 몰랐던 것이다. 초등학교 때부터 백제의 아직기, 왕인 박사가 일본에 문화 전수를 해 주었다고 자랑스럽게 들어왔는데, 어떻게 그런 선조의 기념비가 당해 지역 일본에 그것도 수도 동경의 한복판 역사 유적이 집중되어 있고 수많은 일본인들의 휴식처, 배움터로 기능해 오고 있는 우에노 공원 안에, 더하여 한 쪽 구석이 아니라 입구 조금 지나서 곧바로 오른편에 두 기가 나란히 세워져 있는 사실을 몰랐는지 너무 무심했다는 생각이 있었는가 하면, 이네들의 건립 동기 및 용도가 의심스럽기도 하였다.

약 보름 전 2010년 6월 11일 오후에 왕인 박사 기념비를 확인하려고 우에노 공원엘 갔었다. (사)상야법인회(上野法人會)에서 2003년에 발행한 『상야주변산보맵뿌(上野周邊散步map)』라는 작은 홍보 책자의 '⑥ 박사왕인비(博士王仁碑, はかせわにひ)(淸水堂裏, 청수당 안)'라는 소제목 밑에 "고대, 백제(百濟, くだら)로부터의 귀화인(歸化人). 한(漢) 고조(高祖)의 자손이라고 전해진다. 4세기 말, 응신천황 때에 일본에 왔다. 『논어』 10권, 『천자문』 1권을 가져와 전하고, 태자(太子)·토도아낭자(菟道雅郞子, うじのわきいらつこ)의 스승이 되었다"[비문에는 태자토도치낭자(太子菟道稚郞子)로 쓰여져 있음]라는 설명

2010.06.12 08:52

2010.06.12 08:54

을 읽고는 감격하여 우에노 공원엘 바로 달려간 것이다.

공원 입구를 지나면 왼편에 큰 사찰 청수관음당(淸水觀音堂)이 보인다. 위 책자에 '裏(리)'라고 되어 있으므로, 청수당 안으로 들어가서 구석구석 다 뒤져 보았다. 그런데 왕인비가 나오지 않았다. 순간 여러 생각들이 교차했다. 원체 인멸, 날조, 억지 주장 등을 잘하는 집단이라 '이 친구들 그새 없애 버렸나, 옮겨 버렸나'하는 생각에 잠시 낙심했었다. 다음 단계로 밖으로 나와서 사찰 주위를 담장을 따라 가면서 둘러보았다. 없었다. 관리사무소에 가서 물어볼까 생각하다가 청수당을 중심으로 더 큰 원을 그리고 범위를 넓혀 일단 찾아보자 싶어서 나무 사이사이를 살펴보았다. 바로 옆길 건너편에 큰 비석 두 개가 있기에 이것이 무엇인가 하고 비문을 한참 쳐다보았다. 금방 잘 보이지는 않았는데 꼼꼼히 확인하니까 '博士王仁碑'라고 쓰여 있는 것이 아닌가. 그때의 감동은 충분히 이해될 것이다.

사진을 찍어 두고는 곧바로 공원관리사무소에 찾아가서는 비문 등 관련 자료를 복사해 얻어왔다. 보통 보안, 청소 등만을 담당하는 사무소가 아니라 설립 내력 등 문서를 보관하고 있었고 일지까지 기록하고 있었다. 연도는 없는데 '3/25 한국대통령의 기념식수에 대하여, 4/8 김영삼 〈하나미(꽃놀이) 지나서 …〉'라고 적혀 있었다. 아마도 김영삼 대통령이 재임 시에 이 비석에 참배하고 기념식수도 한 것이 아닌가 짐작된다.

그런데 문제는 왜 안내 표지판이 없는가 하는 것이다. 인접한 국가 원수가 예방할 정도의 비석이라면 보통 등급으로 관리를 하는 사물이 아닐 것으로 판단되는데, 어찌하여 두 기의 비석 앞에 '왕인기념비'라는 나무쪼가리 표지 안내판 하나도 설치하지 않고 있는가 하는 점이다. 다만 '菅公詠

梅: 東風吹かば においおこせよ 梅の花 あるじなしとて 春な忘れそ'이라고 쓰인 나지막한 흰 나무 팻말판이 있을 뿐이다. 관공(菅公)이 매화를 읊는다는 시인 것 같은데, 이 장면에서 왜 갑자기 관공이 튀어나오는지 의문이다. 당시 왕인 박사를 부르던 일반적 호칭인지도 모르겠으나, 매화를 읊조리는 관공이 누구인지 참으로 막막하다. 비문을 대충 읽어 보니 왕인 박사의 뛰어난 제자로 '관원도진(菅原道眞)'이 나오는데 그 제자를 말하는지도 모르겠다. 모로하시 데쓰지(諸橋轍次)의『大漢和辭典(대한화사전)』을 들춰 보니 관원도진은 9세기 후반의 인물로『류취국사(類聚國史)』,『삼대실록(三代實錄)』등을 지은 사람이라고 설명되어 있다. 만약 관공이 이 관원도진이 맞다면 아마도 대를 이은 격세제자인 모양이다(왕인 박사가 도일한 해는 405년임).[1] 그런데, 왕인 박사 기념비 앞에 정작 주인공인 '왕인'이란 말은 쓰지 않고 그 재전 제자 호칭 성을 쓰면서 매화를 읊었다고 써 놓는 처사가 도대체 무슨 경우인지 의문이다. 납득할 수 없는 기가 막히는 사실이다. 혹시 당시 왕인 박사의 호칭이라고 하더라도 그러하다. 비문상에 제목으로 나와 있고 일반적으로 왕인(와니) 박사라고 일컬어지고 있는데, 왜 오늘날 잘 알지 못하는 '관공'으로 부르면서, 그것도 '관공의 기념비'라고 써 놓는 것이 아니라, '관공이 매화를 읊었다'는 출전, 작가 등을 전혀 알 수 없는 얘기를 적어 놓고 있는지 이해하기 힘들다.

'백제인 또는 한반도인 왕인 박사'라고 쓰기 싫으면, 단순하게 '왕인 기념비'라고는 써 놓는 것이 도리가 아닌가 하는 것이다. "문화 시조 왕인 박사"라고 자신들이 규정해 놓는, 어떤 목적에서든 간에 그 기념비를 세워 놓았으면 용도 상실이 되었다 하더라도, 최소한 이 비가 무슨 비라고는 알리는 것이 문명인의 교양 수준이 아닌가 하는 점이다. 같은 조상이라고 치켜세울 때는 언제고 그런 거짓이 더 이상 필요 없게 되자 한반도인을 문화 선조로 기념하는 일에 자존심이 상한다고 생각될 때는 또 언제인가. 올려놓고 흔드는 꼴이 되어 버렸다. 그렇게 껄끄러우면 차라리 분쇄 처분 해 버리는 것이 낫지 않을까 하는 생각도 든다.

도쿄에서 3일 동안 머무르면서 매일 찾아가 사진을 찍어 두고, 공원 내 주위의 건축물, 사적 등에 대한 여타 정상적 안내 표지판을 일일이 사진으로 담아 두었다. 혹시 필요할 때 자료로 제시하기

---

1) 전라남도(사)왕인박사현창회, 1975,『왕인박사 유적지 종합조사보고서』, 17, 40쪽.

위함이다. 무(無)안내판 처사는 고의적 문화재 냉대에 해당될 것이다.

오사카와 교토 사이에 위치한 오사카부(大阪府) 히라카타(枚方)시에 있는[JR전철 나가오(長尾)역에서 75번·25번 버스로 두 정류장째 나가오다이(長尾台) 우편국(郵便局) 바로 앞, 히라카타(枚方)역에서 가면 30분 이상 소요됨] 사적 전왕인묘(史跡 傳王仁墓)에 대해서도 지금부터 약 40년 전 1972년 8월 17일 목요일《산케이신문》제5면 정론(正論) 란에 동대(東大) 교수 십촌명(辻村明) 선생이 문화 면에 쓴 '일한(日韓) 갑뿌, 망은(忘恩)의 무리가 되려는가, 황폐하게 된 왕인(王仁)의 묘(墓)를 생각한다' 라는 제목의 글에서 '불친절한 안내도, 소관이 경찰서라는 것' 등을 지적하면서 반성을 촉구하고 있다.[2] 이와 같이 일부 양식 있는 학자들이 있기는 하지만 쉽게 바뀌어지지는 않는 것 같다. 은덕을 원수로 갚고 있는 현실을 감내하기에는 그나마 양심이 남아 있으므로 외면일변도로 나아가는 것이 마음 편하기 때문이기도 할 것이다. 후세에 이런 식으로 대우받을 것 같으면 무엇 하러 문화 전수를 해 주었는지, 왜 그런 바보짓을 했는지, 차라리 한국인의 선조가 아니라고 부정해 버리고 싶기도 하다.

귀국하여 왕인 박사 기념비에 관해 문헌들을 조사해 보니, 한창 아시아 지역 전체, 세계를 상대로 전쟁을 치루고 있던 상황에서 군이 돈 들여서 왕인 박사 기념비를 세운 것은 내선일체를 공고히 하여 가일층 황민화시키고 조선인들을 전쟁에 동원시키려는 목적이었음을 알았다. 1940년 선현 왕인 건비후원회(대표 사궁현장)에서 발행한 『박사왕인비(博士王仁碑)』를 읽어 보니 건립 내력이 자세하게 나와 있었다.

처음에 '일본 동경에서 왕인 박사 기념비라니'라고 감동했던 자신이 재차 부끄러워졌다. 처음에 의심이 조금은 났지만 이렇게까지 거국적으로, 조직적으로 '현양'사업이 진행되었을 줄은 몰랐던 것이다. 모든 사물은 정치적 소산인 모양이다.

국립중앙도서관 소장 위 문헌에 대한 김승 교수의 해제를 소개한다.

박사왕인비

일제 시기 연도 표기법 중 하나인 천황 기원 2600년을 맞아 일본 도쿄(東京) 우에노(上野) 공원의 사쿠라가오카(櫻ヶ丘)에 건립한 박사왕인비(博士王仁碑) 낙성식과 관련된 자료집이다. 이때 기원

---

2) (사)한일문화친선협회, 2002, 『왕인박사와 일본문화(博士王仁と日本文化)』 부록, 서울: 홍익재, 583쪽.

2600년은 1940년(昭和 15)년을 의미한다. 왕인(王仁)은 백제에서 일본으로 건너가 한자와 유학을 가르친 인물이다. 『일본서기(日本書紀)』에서는 와니(王仁), 『고사기(古事記)』에서는 와니키시(和邇吉師)라는 이름으로 적혀 있다. 또한 『속일본기(續日本紀)』에서는 그 후예들이 왕인에 대하여 중국 한(漢)나라의 말예라고 말하고 있으며, 이 때문에 왕인이 낙랑(樂浪)에서 백제로 망명한 낙랑 왕씨의 일원이라는 추측도 있다. 하지만 한국 측 사서에는 전혀 기록되어 있지 않다. 일제 시기에 문화적 일선동조론의 일환으로 왕인은 본격적으로 추앙되었다.

비석을 건립하고 책을 편찬한 선현왕인건비후원회(先賢王仁建碑後援會)는 황명회(皇明會)의 회장인 요쓰미야 겐조(四宮憲章)와 조낙규(趙洛奎) 등이 주축이 되었다. 황명회는 천황중심사상을 고취시키고자 한 제국주의 어용 단체 중 하나였다. 또한 함안 조씨로 진주에서 활동하던 유학자 조낙규는 왕인 박사의 후학을 자처하고 있었는데 박사왕인비 낙성 전에 사망하였다. 비석은 박사왕인비와 부비(副碑)의 2개로 이루어졌다. 전자는 조낙규가, 후자는 요쓰미야 겐조가 비문을 작성하였다. 이 비석은 아직도 그 위치에 남아 있다.

양 비석의 전문 및 그 제막사(除幕詞)는 책의 앞부분에 실려 있다. 특히 제막사는 유교 인물인 왕인을 기리는 행사임에도 일본 신도의 대교정(大教正)이자 일본 민족주의 학자인 히라다 모리타네(平田盛胤)가 작성하였다. 이를 통해 낙성 행사의 성격을 알 수 있다. 이밖에 국가주의 철학자였던 이노우에 테쓰지로(井上哲次郎)의 축사를 비롯, 궁내(宮內), 문부(文部), 후생(厚生), 척무(拓務) 등 각부 장관과 당시 조선 총독이었던 미나미 지로(南次郎), 유명한 언론인 도쿠토미 소호(德富蘇峰) 등의 축문을 싣고 있다. 이외에 서간 및 전보를 통한 축문, 축시, 축가 등이 실려 있다. 후원회와 축사를 쓴 인물들을 통해 양국의 유학계 간의 교류를 알 수 있으며 또한 식민지배가 계속되면서 한국 유학계에 어떠한 변질이 일어났는지 살펴볼 수 있는 좋은 자료이다.

건립 당시 두 비석 사이 안내판

그러면 앞으로 이 비를 어떻게 관리할 것인가에 대해 생각해 보면, 건립 당시 일본 내 각부 장관인 궁내대신, 문부대신, 후생대신, 척무대신, 조선총독, 대장대신, 상공대신, 운수대신, 노동대신, 동경도지사를 비롯하여 동경시장, 하곡구장, 청포백작, 덕부소봉선생, 남작 황목정부대장, 육군대장 임선십랑, 동경시교육국장, 이송학사학장, 경기도

지사, 경상남도지사, 전라남도지사, 경상북도유도연합회장, 대판공창 육군보병대좌 팔목웅마, 육군보병중좌 석정일송, 여수경찰서일동, 안등정순, 마연예태랑, 조선 공성학, 대만 등하리주, 조선 강대성, 방조선일보사장, 학강팔버궁궁사 재전사씨, 지상본문사 주정일신, 성성 암수헌덕, 대동문화협회 가등매사랑, 복산시 이염회원 소산오천석, 반도인 대표 황해도벽성군추화면유신학사 덕전녹일랑 등이 참여하여 거국적으로 힘을 모아 만들었음을 감안하고, 또한 미래의 인접 국가 간의 동반발전, 친선, 우호를 위해 폐기처분해 버릴 것이 아니라 부정하려야 부정할 수가 없는 역사적 사실은 그대로 인식하여 하나의 좋은 소재로 사용하는 것이 낫지 않을까 일반적인 수준에서 제안해 본다. 파괴, 인멸, 외면 행위는 열등감의 발로일 것이다. 경제, 과학 기술 등에서 세계적 강대국이 된 국가의 양식 있는 행동은 아닐 것이라는 판단이다.

건립 당시 사진을 보니 두 비석 사이에 '先賢王仁博士碑二基(선현왕인박사비2기)'라고 쓴 안내판이 보였다. 높이가 본 비의 약 2/3 정도 되는 흰색 판에 큰 검은 글씨로 써서 금방 눈에 띌 듯했다. 비석의 글씨도 흰색이 그대로 드러나 잘 보이고 있다. 이 안내판이 어느 시점에서 뽑아 내버려졌는지 알 수 없으나, 대략 더 이상 내선일체가 필요 없게 된 1945년 시점이 아니었을까 판단된다.

비문이 왕인 박사를 한고조 유방의 후손으로 설명하는 등의 부분이 영 마음에 들지는 않지만, 비문 찬자가 조선인 조낙규(趙洛奎)였으니 입술을 깨물 수밖에 없고 또한 지금 비문을 다시 고친다는 것은 불가능할 것이므로, 그대로 '백제인 왕인 박사' 한 가지만 가지고 기념할 도리밖에 없다. 건립 당시 사실을 거울 삼아, 비석들의 글자를 청소한 뒤 흰 색으로 그려 넣고, 안내판도 적당한 크기로 만들어 놓아서 한국인, 일본인 모든 사람들이 잘 볼 수 있게 해 놓았으면 한다. 내선일체감, 적대감, 반감, 문화시조에 대한 열등감보다는 양국의 동반 발전을 위한 오히려 훈훈한 이웃 감정이 살아나지 않을까 판단된다.

귀국한 뒤 다음과 같은 건의서를 전라남도 영암군 왕인 박사 유적지 관리사무소장 앞으로 송부했다.

일본 동경 우에노 공원 내 왕인 박사 기념비 안내판 설치 건의서

귀 관리사무소의 무궁한 발전을 기원합니다.

일본 동경 우에노 공원 내에 건립된 왕인 박사 기념비 2기(주비 및 부비)에 대한 안내 표지판이

없습니다. 이 비는 1940년 제막되어 오늘에 이르고 있는데 김영삼 대통령이 재임 시에 참배를 하고 기념식수도 한 것으로 알고 있습니다. 설립 당시에는 '先賢王仁博士碑二基(선현왕인박사비2기)'라고 크게 써서 안내 표지판을 만들어 놓았었는데 지금은 비석 주위뿐만 아니라, 공원 전체 안내판에도 표시되어 있지 않습니다.

건립 동기, 목적이 어떠하였든지 간에 한일 간 문화 교류 측면에서는 매우 중요한 문화재라고 생각됩니다. '문화 시조 왕인 박사'라고 일본인 자신들이 규정해 놓고 그 기념비를 아무도 알지 못하게 방치한다는 사실은 자기모순이라고 판단됩니다. 없는 관계도 만들어서 서로 오고가고 하는 마당에 그렇게 명확하고 의미 있는 한일 간 문화교류 소재를 팽개쳐 두고 어떻게 한일 간 우의, 친선을 다질 수가 있겠는지요.

부디 일본인들을 잘 달래어서 왕인 박사비 주위에 안내 표지판을 설치할 뿐만 아니라 공원입구 전체 조감도에도 명기하도록 부탁해 주었으면 합니다. 아울러 비석 청소도 하고 흰색으로 덧칠까지 하여 글자가 잘 보이도록 해 주었으면 좋을 것 같습니다.

2010년 6월 28일 최근식 올림

왕인박사유적지 관리사무소 귀중

아직까지 회답은 없었다. 이상 일본 동경 우에노 공원 소재 왕인 박사비 답사기를 마친다. 그곳을 답사하고자 하는 분들에게 도움이 되었으면 한다.

* 2019년 4월 보완:

필자가 2013년 12월 14일 위 우에노 공원을 답사하니 동경 타이토구교육위원회(台東區敎育委員會)가 2013년 3월 〈박사왕인비(博士王仁碑) 안내판〉을 세워 놓았다. 흐뭇한 일이었다. 그 이튿날 15일 아침에, 재차 가서 진짜인가 확인하니 그러했다. 필자가 전라남도 영암군 왕인 박사 유적지 관리사무소장 앞으로 일본 동경 우에노 공원 내 왕인 박사기념비 안내판 설치 건의서를 송부한 날짜가 2010년 6월 28일이었으니 만 2년 9개월 만에 설치된 것이다. 어떤 경로를 통했는지 필자의 의견·건의가 반영되었는지는 알 수 없다. '菅公詠梅'흰 팻말을 앞에서 보아 박사왕인비(博士王仁碑) 오른편으로 옮기고, 박사왕인비(博士王仁碑)와 박사왕인부비(博士王仁副碑) 사이에 세워 놓았다. 일본의 양심이 움직였던 모양이다.

2014년 10월 21일 다시 가 보았더니 안내판이 그대로 있었다. 이제 안심해도 될 것 같다.

나아가 2016년 10월 12일 사단법인한일문화친선협회 회장 윤재명이 뒷면에 새겨진 왕인 박사 청동각화비가 건립되고, 아울러 입구에 '王仁博士の碑'라고 쓴 흰색 석주 표지석이 세워져 있는 것을 2017년 11월 24일 필자가 방문하여 확인하였다. 菅公詠梅 휘 팻말은 보이지 않았다. 치워 버린 모양이다. 이제 무언가 제대로 되어 가는 것 같다.

박사왕인비 문제를 제기하면서 "그렇게 껄끄러우면 차라리 분쇄처분해 버리는 것이 낫지 않을까 하는 생각도 든다"거나 "후세에 이런 식으로 대우받을 것 같으면 무엇 하러 문화 전수를 해 주었는지, 왜 그런 바보짓을 했는지, 차라리 한국인의 선조가 아니라고 부정해 버리고 싶기도 하다"라고 토로한 필자가 너무 심했다는 생각이 든다. 가슴이 아팠던 만큼 흐뭇함도 크다.

2018년 11월 26일에 가 보니 그대로 있었다. 일본 동경 지역 답사·여행 시는 우에노 공원에는 반드시 들르기 때문에 박사왕인비를 확인하게 되는 것이다. 우에노 공원 내에는 국립과학박물관, 동경국립박물관, 동경도미술관, 동경예술대학대학미술관, 국립서양미술관, 우에노森(모리)미술관(월요일도 개관함) 등이 모여 있기 때문에 산책 삼아 가 보는 것이다. 특히 국립과학박물관은 규모 면에서는 미국이나 서양 제국에 못 미치나 '과학(모든 분야)박물관'으로서의 내용 면에서는 단연 뛰어난 것 같아서 필자의 '과학과 기술로 본 한국사' 강의를 위해서도 반드시 갈 때마다 들르는 것이다. 인류사회는 '영원한 적도 없고 영원한 동지도 없다'는 것이 필자의 역사 인식이고 '단지 이해 관계만 있을 뿐이다'. 특히 국가 간에는 더욱 그러하다는 판단이다. 어제의 적국이 오늘의 동맹국이 되고 또한 그 반대가 되는 것이 현 실정 아닌가. '센티멘털리즘(Sentimentalism)'에 매몰되어서는 안 될 것이다. 한일 간에도 상호 인식의 전환이 필요하다는 생각이다. 박사왕인비 처우 문제도 잘 돼 가서 기쁘다.

왕인박사 청동각화비

이번 2019년 4월 3일 수요일부터 5일 금요일까지 연 3일 동안 오전, 오후 6차에 걸쳐 위 기념비, 즉 역사의 현장, 문화전쟁의 유적을 다시 보고 왔다. 그대로 있었다. 반가웠다. 마침 우에노 공원 벚꽃축제 기간(3월 21일 목요일부터 4월 7일 일요일까지 '제70회 우에노 벚꽃축제 桜まつり')라 상춘객들이 많았다. "벚꽃이라고 하면 우에노"(동경국립박물관 팸플릿)라고 하듯이 온 동경 시민이 다 나온 것 같았다. 외국 관광객들도 무척 많았다. 사진기 등으로 만개한 갖가지 벚꽃과 사람들을 연신 찍어 대고 있었다. 옆 사찰 동예산관영사(東叡山寛永寺) 우에노대불(上野大佛)로 합격기원 차 올라가는 승려·신도들의 긴 행렬이 사람들 물결 속을 헤쳐 지나가고 있었다. 가관이었다.

왜 계속하여 이곳을 방문했는가 하면 축제 인파 속에서 왕인박사비가 어떻게 취급되고 있는가를 보고 싶어서였다. 오전에 들러서 확인하고 국립과학박물관, 동경국립박물관, 동경도미술관을 관람한 뒤 오후에 다시 왕인박사비를 둘러보았다. 사람들이 기념비의 앞, 뒤, 옆으로 앉아서 음식을 먹으며 환담하는가 하면 주위에 돗자리를 깔고 빙 둘러앉아 즐겁게 놀고 있었다. 기뻤다. 마지막 날 오후에는 조타모, 빵모자를 쓴 한국인 노년층 두 분이 안내 석주 앞에서 한국말로 "왕인박사비로구나"하고 소리 내어 읽으며 흐뭇해하는 것을 보았다. 진작 이렇게 해놔야지는! 안내 석주, 안내판, 각화비 등을 설립한 분들에게 감사드린다.

서안 의상대사
10년 주석 지상사

一

2009년 7월 24일 오후 5시 30분경 서안 장안성 서문 북쪽 옥상문(玉祥門) 맞은편 성 밖에 위치한 자금산(紫金山)호텔(4성급)에 투숙했다. 시내가 좀 멀고 바로 옆에 시장이 없어서 불편했지만 값이 싸고 깨끗하였다. 여장을 풀고 일단 저녁밥부터 지었다. 여행 경비를 절약하기도 하고(호텔 예약 시 유료 조식, 석식을 제외시킴) 외국에서 입맛에 맞지 않는 음식이 내키지 않아서 몇 년 전부터 한국을 출발할 때 전기밥솥(2인용), 전기화로(직경 10㎝ 정도 최소형), 코펠 등 취사도구와 쌀, 김치, 고추장, 김, 간장, 멸치, 단무지 등을 준비한다. 만능 콘센트와 5m짜리 3구(전기밥솥, 전화기 충전, 사진기 충전 등) 연결 콘센트 또한 필수품이다. 어떤 호텔은 콘센트 형태가 틀린다거나 화장실 내에 겨우 하나뿐인 경우가 있기 때문이다. 그리고 대부분의 호텔방 실내조명이 희미하기 때문에 간편 접개 전기스탠드를 가지고 다닌다. 저녁에는 그날 수집한 문헌 자료들을 읽어야 하기 때문이다. 이런 '비상식적'인 도구들로 인하여 세관 통과 시에 꼭 한두 번씩 검사대로 불려 들어가서 짐을 꺼내어 보여 주고 다시 싸는 일을 하곤 하지만, 저녁밥 지어 먹을 때, 스탠드를 켜고 책을 읽을 때 그 짜증스러움을 잊게 된다.

종남산 사찰 분포도

저녁을 먹고 홍교사에서 사 온 책들을 뒤적여 보는데 이렇게 큰 수확이 있는가 싶은 희열의 장면이 튀어나왔다. 『종남산불사유방기[1]』의 제일 앞부분에 종남산에 분포되어 있는 사찰들 지도가 있는데 거기서 섬서원동여행사 직원들까지 찾지 못한 의상대사(625~702)

---

1) 樊耀亭, 2003, 『終南山佛寺遊訪記』, 西安: 陝西人民出版社.

가 10년 동안 주석한 지상사 위치를 찾은 것이다. 한국에서부터 요청했으나 장소를 모른다고 하여 포기하고 대신 초당사를 여행 계획에 넣어 놓은 것이다. 조선족 가이드와 한족 운전기사에게 물어봐도 모른다는 것이었다. 그런데 오늘 구입한 책에서 발견했으니 얼마나 기쁜지는 짐작할 수 있으리라. 내일 모든 일정을 포기하더라도 <<지상사>>부터 먼저 답사해야겠다고 결심했다. 혹시 가는 길이 까다로울 수도 있기 때문이다.

아울러 이 책에서 일본인들이 1992년 봄에 벚꽃 400주를 홍교사에 심었다는 것과 막대한 자금을 공여했다는 사실을 알았다. 1982년부터 지금까지 사찰 중건에 350만 위엔이 넘게 사용되었다는 것이다. 금력을 앞세운 중일 합작 문화재 훼손 행위를 어떻게 막을 것인지 정치·경제적 구체적인 방안을 연구해야 할 것이다. 또한 불국사에서 기증한 종이 3.7돈 칭동종이란 사실과 빙치되어 있다는 것까지 기술되어 있다.

7월 25일 아침 7시 30분경 호텔을 출발하여 지상사로 향했다. 가이드와 호텔 로비에서 만나자마자 위 책의 지도와 본문을 보여 주면서 지상사로 가는 길을 찾아보라고 했다. 아울러 초당사 대신에 가려고 하니까 여행사 본부에 추가 경비가 필요한지도 물어보라고 했다. 일단 지상사 위치는 운전기사와 상의를 하면서 출발했다. 본부와는 차를 타고 가면서 전화로 연락하던데 별도 비용을 요구하지 않는 것을 보면 그리 멀지는 않은 모양이다.

처음 찾는 길이라 한족 운전기사도 중간에 내려서 주민들에게 묻기도 하면서 조금 더듬거렸다. 그런데 종남산 산기슭에 다다르니까 큰 길 옆에 지상사 방향 표지 간판이 붙어 있었다. 불안감이 해소되고 기쁨으로 춤추는 가슴이 되었다. 마을길로 접어들어 시골 동네 집들 사이를 지나갔다. 이 산골에 당고조[李淵(이연)]가

피난해 있을 때 당태종[李世民(이세민)]이 태어났다고 여기를 '천자곡'이라 부르고 있다고 한다. 마을을 지나니 다소 가파른 좁은 산길이 계속되었다. 큰 버스로는 통행이 어려울 것 같다. 산중턱보다 훨씬 더 올라갔다. 구름으로 가려서 멀리 안 보이기도 하고 첩첩산중이었다. 과연 저 위에 사찰이 있기는 한지라는 생각이 들었다. 그리하여 고행 수도자들이 모여들었던 모양이다. 잡스러운 인간도 보이지 않고 상당한 경치, 운치가 있기도 하였으나 걸어왔을 경우는 땀이 더했을 것이다. 먼 옛날 의상대사 역시 마찬가지였으리라. 『송고승전』(권4)에 의하면 의상은 669년에 상선을 타고 등주(登州) 연안에 도착하였다고 한다.[2]

8시 45분경 마침내 지상사에 도착했다. 591년에 창립되었다고 하는데 어느 시기에는 국청사(國淸寺) 또는 국청선사(國淸禪寺)로 사찰 이름이 바뀐 적도 있은 모양이다. 위 문헌에는 괄호 안에 국청사를 병기해 놓고 있다. 위치가 거의 산 정상 근처에 있으니 사원이 암자 정도로 작을 것이라 생각했는데 예상과는 달리 보통 이상 규모의 사찰이었다. 들어가서 내력을 살펴보니 몇 년 전인가 크게 중건을 했다고 한다. 중국 화엄종 제2대 교주 지엄(智儼)이 주석하여 화엄종의 근본 도량이 되었기 때문에 지상사는 화엄사와 더불어 화엄종의 양 조정(祖庭)으로 여겨지고 있다. 의상대사도 지엄에게 가르침을 구하러 여기에 왔다고 한다. 이후 의상은 법장(法藏)과 더불어 지엄의 양대 제자가 되는데, 법장은 화엄종 제3대 교주가 되고 의상은 해동의 화엄종 초조가 되었다.

『삼국유사』에서는 지엄이 이미 의상이 해동으로부터 올 줄을 알고 있었다고 하는데 시비를 가릴 필요는 없을 것 같다. 드라마 〈대장금〉에 출연하는 도사도 장금이 아버지의 운명을 가르는 세 여인의 이름까지 써 줄 정도이니 그 정도는 그저 넘어가는 것이 좋을 것이다. 의상에 얽힌 설화는 많다. 그중 선묘(善妙)라는 한 중국 처녀가 의상을 몰래 연모했는데 의상대사가 10년 수업을 마친 뒤 홀홀히 신라로 떠나 버리자 서해로 뛰어들어 용이 되어 의상의 귀국 뱃길을 지켜 주었고, 의상이 영주 부석사를 개창할 때 도적떼들이 들끓는 것을 돌을 띄워 그들을 쫓아버렸다는 전설이다. 그래

2) 변인석, 앞의 책, 261쪽.

의상대사기념비

서 사찰의 이름을 부석사(浮石寺)라 지었다고 한다. 이후 의상은 한국 화엄종의 개조가 된다. 김순엽 선생님도 이 설화를 매우 좋아하여 태평양 전쟁 후 아무대학교에서 봉직하면서 영주 부석사를 찾는 것을 큰 기쁨의 하나로 여기고 있다고 하였다.

절 안에 들어가니까 스님 한 분이 나무 주위를 빙빙 돌고 있었다. 아마 탑돌이를 하는 모양이다. 이 경우에는 '나무돌이'라 부르면 될 것 같다. 사학도의 추리력을 발동해 보면 장시간 부동 자세 수행 시 운동 부족을 메우기 위한 한 수련 방법일 것이다. 경내가 매우 넓고 건물들이 많았다. 입구 왼편 건물 벽에 재미있는 후원금 명단이 돌에 새겨져 붙어 있었다. 중수지상사 공덕방명(重修至相寺功德芳名)이란 제목 다음에 장소화(張小華)라는 사람이 제일 먼저 적혀져 있는데 출연 금액이 1만 50元(一万零五十元)이었다. 그다음 여러 명이 1만 원을 낸 것으로 되어 있다. 50元 더 내고 제일 먼저 호명된다는 영광을 차지한 것이다. '작은 꽃'님으로부터 한 수 배웠다.

안쪽으로 들어가니 대웅보전, 지장전, 관음전, 문수전, 화엄종풍, 법당, 객당, 승려 숙소 등 여러 건물들이 있고 몇백 년은 넘을 것 같은 고목이 있었으며 그 옆으로 무궁화 나무 몇 그루가 심어져 있었다. 혹시 그 옛날 의상대사가 심은 것은 아닐까 망상도 해 보았다. 1,300년밖에 안 되었으니까 가능할 수도 있다. 몇 년 전 이란 지역으로 답사 갔을 때 야즈드에서 파사르가데로 가는 길에 나무 이름이 CUPRESUS SEMPERVIRENS CUPRESACEAE CYPRESS 이고 수령이 4,500~5,000년 된 나무를 봤는데 나무가 그렇게 오래 살 수 있냐고 의문을 품었더니 안내판에 설명되길 세계적 저명 과학자인 알렉산드로프 박사의 고증을 거쳤다는 것이다. 어떤 수목은 수명이 그러하다면 이 나무에도 적당한 전설을 하나 만들어 두면 어떻겠는지 엉뚱한 생각을 해봤다. 가지가 몇 개 벼락 맞

은 것처럼 잎이 떨어져 바짝 말라 있는 것이 전설 하나 정도 만들기는 넉넉할 것 같았다. '의상대사가 짚고 간 지팡이를 마당에 꽂아 놓고 나에게 깨달음이 있으면 이 지팡이에서 싹이 날 것이다 하고 정진하자 5년 만에 잎이 나왔다는구먼, 천년 뒤 후손들이 와서 보고 명상 사색하라고 옆에 무궁화까지 몇 그루 심어 놓았던 거여' 이런 식으로.

1,300년 전 서른일곱 살 의상은 큰 뜻을 품고 법을 구하러 여기에 와서 (661~670) 고생했을 텐데 1,300년 후 예순네 살 필자는 자동차 타고 쉽게 올라와서 약간 죄송한 마음이 들기는 하지만 나도 귀국하여 의상대사기념비를 건립하자는 건의서를 관련 단체에 올리고 아울러 친구들에게 지상사 가는

길이나마 쉽게 찾을 수 있게 해 주어야겠다는 소박한 소원을 했다.

그런데 문수전인가를 보고 내려오는 길에 웬 기념비가 하나 있었다. 흰 돌로 만들었는데 지붕이 한국 기와집 모양이었다. 이게 무엇인가 상기된 마음으로 다가서서 읽어 보니, 2007년 12월에 한국의 숙명여자대학교 정병삼 교수 주도로 의상대사 기념비를 세워 놓은 것이었다. 가슴속이 찡하니 감동되었다. 무슨 말이 필요하겠는지. 묵묵히 비문만 쳐다보았다. 한글과 한자를 섞어 써 놓았다. 이미 누군가가 해 놓았구나, 건의서를 올릴 필요가 없구나 싶었다. 하지만 필자가 강의하고 있는 아무대학교에 다른 한국 관련 유적지에 기념비를 하나 세우자고 건의할 마음이 생겼다. 나라 밖을 나와 멀리서 한국의 대학교 이름을 대하니 한층 깊은 감흥이 있었다. 건립비 본전이 빠지는 것은 물론 더 큰 홍보 효과가 있을 것 같다. 며칠 뒤 답사할 한강(漢江)변 안강(安康)에 있는 신라사(新羅寺) 유지가 좋을 것 같다.

대충 다 둘러보고 화장실을 갔더니만 중국 '전통적' 구조의 측간이었다. 칸막이는 있으나 문이 없다. 쪼그리고 앉아서 대변 보는 것이 다 보인다. 북경 한복판 큰 서점에서 보았고 서안의 음식점에

서도 보았기 때문에 크게 놀라지는 않았지만 서로 마주보고 밥 먹을 때와 같은 평상심으로 큰일 보는 전통이 어떻게 형성되었을까 사색해 보았다. 답은 모르겠으나, 우선 문을 달지 않기 때문에 건축 비용이 절감되는 것은 확실하고, 사람이 있는지 없는지 금방 알 수 있으니까 문을 두드린다거나 하는 수고를 덜 수 있을 것이다. 그다음은 연구과제로 남겨 두고 사진만은 여러 장 찍어 두었다.

9시 30분경 답사를 마치고 지상사를 출발했다. 산길을 거의 다 내려오다 백탑사(百塔寺) 유지를 보았다. 이 사원은 삼계교(三階敎) 조정으로 6세기 말부터 4백 년간 유지되었다고 한다. 삼계교는 원광법사, 의상대사와 관련이 있었고 신라 불교의 정립에 영향이 컸다고 한다. 주된 가르침은 음식은 하루 한 끼로 족하고 사람이 죽으면 아무데나 시체를 던져 금수의 밥이 되도록 하여 몸소 보시를 실천한다는 것이었다. 천하의 패륜으로 생각할 수도 있으나 풍장(風葬)[폭장(曝葬)], 화장(火葬), 인도의 수장(水葬), 티베트의 조장(鳥葬)[천장(天葬)] 등[3]을 참작하면 꼭 그렇지만은 않은 것 같다. 먹이사슬을 보완하여 자연 생태계를 잘 유지하는 방법일지도 모르는 일이다. 서양화가 고흐(V. van Gogh, 1853~1890)가 열광하여 「비 내리는 큰 다리」, 「매화꽃」 등 그의 작품을 완전 모사한 일본의 우키요에(浮世繪) 화가 우타가와 히로시게[歌川廣重, 1797~1858, 이전 성명, 안도오 히로시게(安藤廣重)]는 유언으로 자신의 유체를 들판에 던져서 들짐승들의 밥이 되게 해 달라고 했다는 것이다. 처음 들었을 때 매우 혁명적인 사람이라고 생각했는데 아마도 삼계교의 가르침을 받아들인 것이 아닌가 판단된다. 이런저런 생각을 하면서 지상사 산골짜기를 떠났다.

---

3) 이옥순 심혁주 김선자 이평래 선정규 이용범 함께 씀, 2010, 『아시아의 죽음 문화』, 서울: 소나무.

광주 월수공원 내
해동경기원 일명 한국원

—

    2010년 6월 23일 광주[廣州(광쩌우)] 시내에 위치한 월수공원(越秀公園) 안에 자리 잡고 있는, 한국의 경기도와 광동성이 협력하여 만들어 놓은 해동경기원(海東京畿園), 일명 한국원(韓國園)을 둘러보았다.

해동경기원 세종루 등

    중국 땅에 대규모의 한국 정원이 설치되어 있다는 사실을 알고는 매우 놀랐다. 또한 감격스러웠다. 그동안 '중일 우호탑', '일본원'은 몇 개를 보았으나 '한국원'이라고 쓰인 구조물은 처음 보았기 때문이다. 현금 한중 문화 교류의 활발한 양상을 보여 주는 사물이다.

    해동경기원 입구 앞에 세워진 안내 판각에 '海東京畿園 簡介(해동경기원 안내)'라고 제목을 쓰고 다음과 같이 중국어 및 한글 2개 국어로 설명되어 있는데 한국어만 옮겨 보면 다음과 같다.

    해동경기원은 중국 광동성과 대한민국 경기도의 우호 교류 발전에 관한 공동성명(2002년 10월)에 따라 양 도·성 간 전통 정원을 조성하여 문화와 관광 교류 활성화에 기여하고자 조성되었다.

    이 정원은 별서 양식으로 자연에 순응하는 형식을 취하고 있으며, 바깥마당, 안마당, 주정, 후정 등의 공간으로 구성되어 있으며 그 규모는 8천5백㎡이다.

바깥마당은 정원의 입구로서 기존 광장을 활용하여 관람객들이 모이고 흩어지는 기능을 가지고 있으며, 마을의 수호신 및 경계를 상징하는 솟대를 설치하여 월수공원을 찾는 관람객에게 한국 전통 정원의 위치를 쉽게 알려 줄 수 있도록 하였다.

안마당 전면에는 세종루(누대)가 위치하여 행사를 위한 장소로 이용되도록 하였으며, 오른편에 위치한 홍보관에서는 대한민국 및 경기도에 대한 홍보 자료를 접할 수 있게 하였다.

주정에는 방지와 성호정(사모정)이 있고 그 건너편 낮은 경사면에는 화계와 율곡재(재실)가 위치하고 있다. 주변에는 낮은 담장으로 둘러쳐져 있어서 정원 안 풍경과 바깥 풍경을 조화롭게 즐길 수 있도록 하였다. 또한 담장 사이를 지나 숲이 우거진 후정에 이르게 되면 높은 다신정(2칸 정자)에서 작은 폭포의 물줄기와 초정을 감상할 수 있도록 하였다.

이 정원의 설계와 시공은 한국 조경가에 의해 이루어졌으며, 정원의 이름은 '한국 경기도에서 만든 정원'이라는 뜻에서 '해동경기원'이라 하였다.

그리고 솟대 옆에 묻어둔 공사내력 돌동판을 보니 다음 내용이 있었다.

공사명: 한국 전통정원 조성공사
위 치: 중국 광동성 광주시 월수공원
면 적: 8,500㎡
준공일: 2005. 12. 5
시행청: 대한민국 경기도, 경기관광공사
시공사: 이우종합건설(주), 동안종합건설(주)
감리사: 삼풍엔지니어링건축사사무소
설계사: 조경설계서안, 삼풍엔지니어링건축사사무소

결코 작은 규모의 공사가 아닌 것으로 생각된다. 별서(別墅)란 농장이나 들이 있는 근처에 한적하게 지은 집이라고 한다. 입구를 들어서면 마당을 앞에 두고 세종루가 크게 지어져 있다. 처마 밑에 걸린 가로 현판을 보니 '世宗樓 大韓民國 京畿道知事 孫鶴圭(세종루 대한민국 경기도지사 손학규)'라고 쓰여 있고, 마당 앞에는 해시계 '앙부일구'와 측우기 '측우대'모형을 만들어 전시해 놓았다. 뒤로 올라가면 방지원도(方池圓島), 접하여 성호정(星湖亭), 율곡재(栗谷齋), 다산정(茶山亭) 등이 건립되어 있고 제일 위쪽 출구에는 사주문(四柱門)이 세워져 있다. 그리고 몇 군데 동자석 등 익숙한 한국의 돌상들을 배치해 두고 있었다. 먼 이국땅에서 우리나라의 건축물, 석상 등을 보니 감회가 깊었고 가슴이 찡하게 느껴졌다. 중국인들에게는 그들의 작품들과는 다른 단순 소박한 감흥이라든가 또 다른 흥취가 있을 것으로 기대된다.

그런데 문제는 공원 정문 밖의 안내판에 표기된 '韓國園 PLAYGROUND(한국원 운동장/놀이터)'라 는 표지가, 공원을 들어서자마자 큰길에서 안내판 화살표 표지 하나가 나오더니만, 〈한국원〉 약 80~90m 앞에서 두 길로 갈라지는 결정적인 순간에 안내판이 없다는 사실이다. 필자도 그 갈림길 에서 올라가던 관성대로 큰 길을 따라서 공원 언덕, 즉 월수산(越秀山)을 쭉 올라갔었다.

상당히 올라가 이리저리 살펴보았으 나 한국원을 찾지 못했다. 우거진 숲속 을 보기도 하고 한참을 헤맨 후에, 한 국원 출구에 위치한 사주문을 발견하 고는 대문이 한국 양식과 비슷하다 싶 어서 다가가니까, 그 앞 한쪽 편에 중 국어로 된 주의사항 안내판이 세워져 있었다. 읽어 보니 '參觀海東京畿園 注意事項(참관해동경기원주의사항)'이라 는 제목을 붙이고 주의사항 몇 가지를 써 놓았다. 처음 제목을 볼 때까지만 해도 이곳이 한국원이라는 생각은 하 지 못했다. 왜냐하면 공원 정문 밖의 안내판이나 안쪽 표지판에서도 모두 한국원이라고 써 놓았기 때문에 '한국' 글자만 찾고 있었으니 '해동경기원'이 라는 제목을 보아도 퍼뜩 감이 오지 않았던 것이다. 바로 밑줄 설명문, '海

東京畿園是廣東省与韓國京畿道作爲友好合作省道(해동경기원은 광동성과 한국경기도가 우호를 위해 성·도간 합작하여 만들었다)'는 문구를 읽고 나서야 이곳이 한국원이란 것을 알고는 출구로부터 들어갔 던 것이다.

그리고는 거꾸로 산을 내려오면서 다산정, 폭포, 율곡재, 성호정, 세종루를 관람했던 것이다. 참으로 기가 막히는 순간이다. 이런 순서로 감상해도 되는 일인지 모르겠다. 막상 언덕을 다 내려오니 다시 세종루부터 시작해서 올라가면서 둘러볼 마음은 나지 않았다. 남쪽 지방의 한 여름 날씨라 땀이 온 속옷 및 바깥옷을 다 적시고 있었으니 오르막길을 다시 왕복할 결심은 생기지 않았던 것이다.

갈림길 이정표 하나가 없었기 때문에 이런 결과가 발생하게 된 것이다. 또 어떤 야만 세력이 고의로 이런 짓을 하지 않았는지 하는 의심이 들었다. 외국 특히 일본, 중국 지역에 산재한 한국 관련 문화재에 대한 안내판이 부재 또는 소홀한 곳이 많기 때문에 순간적으로 이런 생각이 들었던 것이다. 중요한 갈림길 위치에 표지판을 붙이기가 그렇게 싫으면 무엇 하러 합작하여 공원을 만들긴 만들었는지 이해하기 어렵다. 다른 곳 다 둘러보고 가 보라는 말인지. 길 나 있는 곳은 다 가 보고 공원 전체를 모두 확인하면 찾기는 찾겠지만 사람이 진이 빠져서 어떻게 상쾌한 관람을 할 수 있겠는가. 귀국하면 경기도청에 즉각 건의서를 올려야겠다고 마음먹었다. 한국원의 영어 번역도 PLAYGROUND라고 한 것은 잘못된 것 같다. 이 단어는 운동장, 놀이터 등의 의미가 앞서고 있다.

그리고 '海東京畿園 簡介(해동경기원 안내)'에서 '바깥마당'으로 시작하는 문단이 여타 구절과 달리, 들여쓰기를 하지 않고 첫 칸에서 시작하고 있다. 사소한 일이라 생각할 수도 있으나 '안내판'은 사물의 얼굴 역할을 한다는 판단인데, 문구 배열이 불균형스러울 때는 사물 전체가 산뜻하게 인식되지 않을 수가 있다. 특별한 의도가 없다면 고치는 것이 긴 잔여 기간을 위해 좋을 것 같다.

다음은 홍보관이 문이 닫혀 있었다는 사실을 말하고 싶다. 세종루 앞마당 한 옆에 홍보관을 적당한 규모로 깔끔하게 건립해 놓았는데, 입구 앞에 쇠줄로 막으면서 '非開放區(비개방구)'라는 팻말을 세워 놓고는 문을 닫아 놓았다. 내부 수리, 정리 등 사정이 있어서 잠시 닫은 것이라면 괜찮지만 걱정스러운 것은 개관 이후 줄 곧 닫아 놓은 것은 아닌가 하는 점이다. 평일(수요일) 오전 11시경이었는데 닫혀 있으니 이런 의심이 든 것이다.

시원한 에어컨을 틀어 놓고 한국 홍보 사진 등을 전시해 놓으면 이 더운 여름 날씨에 오지 말라고 해도 오지 않겠나 하는 생각이 들었다. 저절로 한국, 경기도가 선전될 것인데 국위선양할 절호의 기회를 놓치고 있는 것이 아닌가 해서이다. 활성화된 홍보관, 예를 들어 세계문명사적 위상을 가지는 한글, 금속활자 등을 홍보한다면 또 다른 차원의 문화 교류를 유도할 수 있을 것이라는 판단이다.

한국의 국위선양과 한중 문화 교류를 위해 이런 규모의 한국 정원을 만들어 놓은 경기도에 고마움을 느끼고, 관람하고 나니까 가슴이 뿌듯했다. 마지막으로 하나 의문점은 중국인들이 공원 밖 안내판과 내부에 설치한 몇 개의 안내 표지판에 한국원이라고 알기 쉽게 표현했듯이, 왜 정원 이름을 처음부터 한국원이라고 하지 않고 한국인, 중국인 누구에게도 이해되기 어렵고 생소한 해동경기원으로 작명했을까 하는 것이었다. 어떤 정치적, 외교적 문제가 있었는지는 모르지만 가능하다면 지금이라도 알기 쉽게 고칠 수는 없을까 하는 생각들을 하면서 공원을 나왔다.

귀국한 후 다음과 같은 건의서를 경기도지사 앞으로 올렸다.

중국 광주시 월수공원 내 한국원 안내 표지판 설치 건의서

귀청의 무궁한 발전을 기원합니다.

중국 광주시에 귀청이 주도하여 해동경기원(안내판 등에는 '한국원'으로 표기되어 있음)을 만들어 놓아 국위를 선양하고 한중 간 문화 교류, 우호 증진을 강화하고 있음에 감사드립니다.

본 건의자는 2010년 6월 23일(수) 위 한국 정원을 관람하였고, 그렇게 대규모로 아울러 세심하게 만들어 놓았음에 감동되었습니다. 많은 한국인들 그리고 중국인들까지 가슴에 와닿을 것으로 생각됩니다.

그런데 몇 가지 불편하고 잘못되었다고 생각되는 사항이 있어서 다음과 같이 건의하고자 합니다.

1. 갈림길에 화살 표지판 설치망: 입구를 지나 조금 올라가다가 갈림길이 나오는데 표지판이 없어서 위쪽 출구 사주문까지 가게 되었습니다.

2. 한국원의 영어 번역 PLAYGROUND 재고망: 일반적 용법에서 잘못된 것 같습니다. 고쳐 주셨으면 합니다.

3. 입구 안내판각에서 '바깥마당'문단도 들여쓰기를 해 주시기 바랍니다.

4. 홍보관 닫혀 있음: 홍보관이 닫혀 있었습니다. 활성화시켜 주시기 바랍니다.

5. 정원 이름을 가능하다면 해동경기원에서 한국원으로 변경해 주었으면 합니다. 중국인들은 모두 한국원이라고 안내판에 표기해 놓았습니다.

2010년 7월 5일 최근식 올림

경기도청 귀중

위의 건의서에 대하여 다음과 같은 민원 답변서를 받았다.

경기도청 국민신문고 답변서

1. 우리 도의 관광 진흥 정책에 대하여 깊은 관심을 보내 주신 점에 감사드립니다.

2. 귀하께서 온라인 상담민원 16619호 및 16620호(2010.07.12.)로 건의하신 내용을 검토한 결과, 우리 도에서 조성한 중국 광동성 소재 '해동경기원'과 관련하여 '해동경기원'내 갈림길 화살 표지판 설치 등 안내표지판 추가 설치, '한국원(PLAYGROUND)'으로 사용되는 안내표지판의 영문 수정, 닫혀 있는 홍보관 개관 및 , 「해동경기원」에서 「한국원」으로 명칭 변경 등을 요청하신 사항으로

3. 동 건의사항에 대하여는 지역 여건상 현지 확인 등 필요할 경우를 제외하고는 빠른 시일 내 검토·조치할 계획이며 '한국원'으로의 명칭 변경은 현재 검토된 바 없음을 알려 드립니다. 끝.

이상 중국 광주시 소재 해동경기원(海東京畿園), 일명 한국원(韓國園)의 답사기를 마친다.

갈라파고스 푼타아레나스 이스터섬
답사기

—

최근식(전 고려대 연구교수, 전 (사)장보고글로벌재단 이사)

2019년 2월 2일부터 2월 22일까지 20일 동안 에콰도르 갈라파고스 제도, 칠레 푼타 아레나스, 이스터 섬 지역 등을 답사 여행하였다. 이 글은 필자의 '쓴 것은 남기 때문'과 여행사의 피드백 및 같은 지역을 답사 여행하고자 하는 분들에게 다소의 도움이 될까 하여 썼다.

남아메리카 여러 지역을 동시연결 여행계획하기에는 힘에 벅차 ㈜신발끈여행사(담당 나슬기님)에 부탁하여 항공 스케쥴, 호텔 예약, 미국 ESTA 신청서 등을 확정·완수하였다. 여행사 및 담당자님께 감사드린다.

2월 2일 오전 9시 35분 델타항공(대한항공 코드쉐어, KAL 항공기)편으로 인천공항 제2터미널을 출발, 같은 날 오전 9시 10분 애틀랜타(시차 14시간)공항에 도착, 패스포트 컨트롤(출입국수속) 통과 후, 수하물 가방 1개를 찾아서 다시 화물 벨트에 드롭(Drop)한 뒤, 안전 검사 등을 받고, Transfer/Transit(환승) 게이트로 갔다. 미국 환승이 세 번째(이전 멕시코/페루로 갈 때)인데 이제는 입국신고서도 작성하지 않고, 여타에 비해 제일 쉬운 환승 공항으로 느껴졌다. 환승 시간이 총 8시간 46분이나 되어 잠을 좀 자 두려고 Minute Suites(구내 단시간 호텔)을 찾아 5시간 자는데 얼마냐고 물었더니, 1시간당 40불, 5시간에 200불인데 180불로 해 주겠다는 거였다. 고맙긴 하나, 별다른 질문토를 달지 않고 'Bye bye'한 뒤 물러나왔다. 그 돈이면 손주들 용돈 주겠다는 마음이었다.

칸막이 팔걸이를 떼 내어 길게 된 의자를 찾아서 몇 시간 자는 둥 마는 둥 했다. 오후 5시 56분 델타항공편으로 에콰도르 수도 키토로 출발하여 오후 11시 20분 도착, 미주 지역 소수 그룹 전문 투어 회사인 A의 픽업 운전사 안내로 호텔에 체크인했다. 방이 추워서(해발고도가 높다 함) 히터와 담요 2장을 더(1장은 캐비닛에 비치돼 있었음) 달라고 했더니 보이 1명, 룸메이드 1명이 각각 들고 왔다. 팁으로 각 1불씩 주지 않을 수가 없었다.

　　이튿날(3일) 오후 6시에 A 안내원과 미팅했다. 이번 갈라파고스 투어 팀은 필자까지 총 13명, 즉 미국 노부인(친구 사이 70대) 2명, 캐나다 노부부(70대), 덴마크 젊은 부부(30대, 6개월간 남미 지역을 여행하고 있다 함), 오스트리아 부부 2조(50대 후반), 독일 아버지와 딸(50대, 20대) 그리고 필자(만 72세 한국 나이 74살)였다. 해산할 때까지 9일 동안 같이 다녔다. 영어 회화 공부는 약간 된 셈인데 역시 듣기는 2% 밖에 안 되었다. 미팅 때 여성 안내원의 얘기를 거의 못 알아들어서 손을 들고 "I am Korean, I am poor in English, Please speak more slowly and easy words"리고 요청했더니, "Okay"하더니만, 긴장했는지 더 빨라진 것 같았다. '인간은 역시 제쪼대로 살다가 갈 뿐'이라는 사실을 확실히 증명해 주었다. 오스트리아인 네 명에게 "My English reading 60%, speaking 20%, hearing 2% only, I cannot understand her 98%, I'll follow you, please lead me"라고 했더니, 웃으면서 "Follow us"라고 했다. 그리고 매 미팅이 끝날 때마다, 반드시 손을 들어 "What time next meeting and Where?"라고 확인했더니 다음부터는 끝날 때는 꼭 그 안내원이 "Mr. Choi, next meeting is 몇시, the place is 어디"라고 말해주었다. 역시 '반복 훈련'이 교육의 지름길이었다. 그리고 필자는 '시간 맞춰서, 줄지어, 뒤따라가면' 되었다. 한 가지 탄복한 일은 유럽인들은 영어를 자기 모국어처럼 구사하는 것이었다. 언어 구조가 비슷한지 어떤지 모르겠으나, '인간은 확실히 불평등하게 태어난 것은 틀림없다'는 판단이다.

　　다음 날 새벽 3~4시경 호텔 체크아웃, 아침 대용인 밀 박스(Meal box)를 받은 후, 안내원 동행 키토 공항으로 가서 갈라파고스행 항공기(중간 1 stop)를 타고 과야킬을 거쳐 갈라파고스 발트라 섬 공항에 도착했다. 남성 현지 가이드가 A 표지판을 들고 기다리고 있었다. 드디어 찰스 다윈이 탐사했던 갈라파고스 섬에 온 것이다. 찰스 다윈은 1835년 9월 15일부터 10월 20일까지 35일 동안 4개 섬에 상륙하여 조사했다.[1] 산크리스토발 섬(당시 Chatham Island), 플로레아나 섬(당시 Charles Island), 이사벨라 섬(당시 Albemarle Island), 산티아고 섬(당시 James Island) 등이었다. 오늘날 주도인 산타크루스 섬에는 상륙하지 않았고 그 옆 발트라 섬이 현재 비행장으로 조성·사용되고 있다.

　　찰스 다윈 연구소가 있는 산타크루스 섬으로 가려고 큰 로비토(LOBITO) 버스를 타고 페리 통선

---

1) CHARLES DARWIN, *THE VOYAGE OF THE BEAGLE*, with an Introduction by Walter Sullivan(1972), Completed and Unabridged, Meridian Book Penguin Books, New York, Chapter XⅦ Galapagos Archipelago, pp. 322-347; 찰스 다윈 지음, 장순근 옮김, 1993, 『찰스 다윈의 비글호 항해기』, 서울: 전파과학사, 제17장 갈라파고스 제도, 475~508쪽.

장인 발트라 부두(BALTRA DOCK)로 갔다. 여기에서 황당한 일이 벌어졌다. 페리보트를 타고 가방이 오기를 기다리는데 필자 가방 두 개 포함 총 4개가 환적되지 않는 거였다. 이미 버스는 가고 없는데 가방은 보이지 않으니 말이다.

가이드인 알렉스 씨에게 "이것이 무슨 일이냐? 훤한 대낮에 이게 무슨 믿어지지 않는 일인가?"하고 격노하여 항의했더니, 공항으로 돌아간 버스 등으로 전화를 하더니만 한참 후에 "찾았다, 곧 가져 온다고 한다"라고 별일 아닌 듯이 전했다.

문제는, 이것이 과연 '별일 아니고', 개인적으로나 공식적으로 사과 한마디 하지 않아도 되는, 늘상 일어나는 일인가 하는 것이다. 기가 막힌다. 처음 버스에서 내려 가방을 가지러 옆 뒤쪽으로 갔더니만, 가이드가 "짐꾼들이 모두 옮겨 주니까 그대로 놔두고 페리보트에 타라"라고 하여 순종했더니 이런 불상사가 일어난 것이다. 여행 중 가방 내용물은 장식품이 아니라 압축 선택해 놓은 '생존 필수품(survival kit)'들이기 때문에, 그 가치는 평소 거주 자택의 생활용품들의 가치와는 판연히 다르다. 없어지면 하늘이 캄캄해진다. 어찌 격분하지 않을 수가 있단 말인가.

가방들을 내가 직접 들고 보트에 탄 후, 일행들에게 "내 나이 72세이고 세계 여러 나라들을 여행했었는데, 이런 사건은 평생 처음이다, 이런 일은, unimaginable, unbelievable, ugly 어느 나라 사람"이라고 토로했다. 좀 심한 말인 것 같으나 격분 상태의 발언 사실을 그대로 전하느라 '어느 나라 사람'을 삭제하지 않고 그대로 옮겼는데 일단 읽은 뒤에는 독자 각자가 기억에서 지워 주기 바란다. 그 나라 사람임은 분명하지만 국민 전체를 매도한 자신이 너무 심했다는 생각에 부끄럽다. 대낮 밝은 햇빛 아래 버스 화물칸이 거침없이 훤하고(사진 뒤쪽으로 화물칸 내 가방들이 보이고 있음) 가방이 4개나 되는 다수라는 사실 때문에, 절도 동기 없이 단지 실수였다고 생각하기에는 다소 무리라는 추측이다.

찰스다윈연구소 대형 거북이들

산타크루스 통선장에 하선 후 버스로 약 40분 이동하여, 중심지 아요라(Ayora)항에 위치한 호텔에 일단 짐을 맡기고, 걸어서 약 10분 거리에 있는 찰스 다윈 연구소로 향했다. 가는 길 옆 도처에 물개들, 이구아나 등이 낮잠을 즐긴다거나 나를 '빤히 쳐다보고' 있었다. 물개는 당연하지만 이구아나까지 이렇게 귀여운 줄은 '예전엔 미처 몰

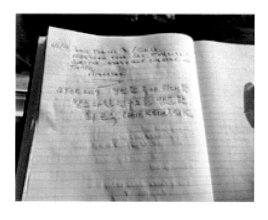

랐다'. '국립갈라파고스공원'이란 안내 표지판을 보고 안으로 들어갔다. 매우 넓었다. 『비글호항해기』에 묘사된 '거북이들의 물 먹으러 가는 길'을 충실히 구현해 놓았다. '종(Species)'이 다른 육상 거북이들(Tortoise) 사육장이 여러 곳에 만들어져 있었다. 알(Egg)로부터 100살 가까이 되는 대형 거북이들(the giant tortoise)이 있었다. 자그마한 연구소 주건물은 깔끔하게 정리되어 있었다. 방명록에 한 줄 적었다. '쓴 것은 남는다'. 미국 오바마 전 대통령이 영국 의회 연설에서 "뉴턴과 다윈으로부터 에디슨과 아인슈타인으로, 앨런 튜링으로부터 스티브 잡스에 이르기까지…"[2]라고 말하기 이전부터 필자는 인류문명사상 찰스 다윈의 위상을 알고 있었고 특히 『비글호항해기』를 읽고 난 뒤에는 더욱 여기 갈라파고스 섬에 와 보고 싶었다. 기쁘다. 감동이 유난히 컸다. 그런데 저 한 줄밖에 못 쓰다니 부끄럽다.

한국남부발전(주)와 에콰도르 회사 공동후원 기숙사
태양광발전설비 안내판

그리고 이곳에서, 부산에 본사를 둔 한국남부발전(주) KOSPO와 에콰도르 회사 BJ POWER의 공동 후원과 대한민국대사관의 협조아래, 2013년 12월 찰스 다윈 연구소 기숙사에 연간 12,264kWh환경우호 태양광발전시스템을 설치했는데, 이것은 소나무 1,154그루를 심어 연간 5.3톤 CO_2 감소 효과를 가져오게 한다는 안내판을 발견했다. 예상외의 흐뭇한 일이었다. 이로써 이 안내판이 '한국의 문화 유적'이 된 셈이다. 얼떨결에 이 사진만 찍어 왔는데 사무소 담당 직원 등이나 만나서 좀 더 자세한 얘기를 듣고 오지 못한 점이 아쉽다. 필자의 저서 『한국 해외문화유적 답사비평』 개정증보판에 본 답사기가 들어갈 자격을 얻었다. 굳이 '비평' 한마디를 하자면, 안내판에 추가하여 무언가를 창조하여 좀 더 적극적 '문화 유적'을 만들어 주었으면 하는 것이다. 이런 작업을 특히 잘하는 나라가 일본이라는 생각이 든다. 세계 곳곳에, 박물관이든 역사 유적·건물이든 문화 형태든 그들 나라와 조그만 소재만 있으면 그럴듯하게 만

---

2) "For from Newton and Darwin to Edison and Einstein, from Alan Turing to Steve Jobs, we have led the world in our commitment to science and cutting-edge research, the discovery of new medicines and technologies.", Barack Obama, Speech to UK Parliament Westminster Hall, London, 25 May 2011.

들어 놓는 것이다. 물론 재력이 기본이고 연구인력, 상사(商社), 정부 등이 혼연일체가 되어 작품을 만든다. 그 대표적 예가 런던 소재 소위 '대영박물관'이라 일컫는 영국박물관의 일본실이다.[3] 그에 비하면 한국은 '있는' 역사마저 제대로 홍보·선양을 못하고 있는 형편이다.

다음 날 쾌속정으로 두 시간 조금 넘게 걸려서 플로레아나 섬으로 갔다. 한적한 곳이었다. 이 섬은 찰스 다윈이 두 번째로 탐사한 찰스 섬(Charles Island)였다. 당시는 유형지로서 에콰도르 공화국으로부터 추방된 정치범 200~300명 정도가 약 4.5마일 안쪽에서 거주하고 있었다고 기록되어 있다. 거주지가 생긴 것은 다윈 방문 6년 전이라고 하는데, 유형지는 공식적으로 1959년에 폐쇄되었다고 역자주(註)가 있다. 현재 그 위치 정도에 주민들이 있느냐고 가이드에게 물어보니, 다만 농장들만 있을 뿐 살고 있는 사람들은 없다고 하였다. 물론 찰스 다윈이 이 섬을 '정치범 유형지'라고 써 놨더라는 말은 하지 않았다. 필자도 경우에 따라서는 입이 무겁기도 하다는 말을 하고 싶다.

이 섬에 오기 전, 오전에 산타크루스 섬의 라스 그리에타스(Las Grietas)라는 용암으로 둘러싸인 해수와 청수가 섞인[Brackish(담함수)] 물 놀이터에 갔었다. 스노클링 등을 하면서 놀았는데 그곳의 경치는 말할 것도 없고 가는 길 주위로 키 큰 선인장, 희귀 조류, 식물류, '빤히 쳐다보는' 이구아나 등기가 막혔다. 물놀이, 경치 구경 등은 갈라파고스 투어 내내 틈틈이 이루어지고 있어서 필자가 기록하지 않더라도 매일 꾸준히 실행되고 있다는 사실을 알아 두기 바란다. 프로그램 및 가이드가 제 값을 하고 있다는 말이다. 필자는 물에 들어가지 않기 때문에 수온이 어떤지, 재미는 어느 정도인지는 모르겠고, 다만 일행들에게 물어보니 '좌우간 오른쪽 엄지손가락이다'고 했다. '보는 것도 스포츠다'라고 생각하면서 같이 즐거워했다.

플로레아나 섬에 도착할 때 돌고래들의 환영 퍼레이드가 있었다. 가이드는 "역시 '매직넘버 팀'(13명이었으므로 별칭이 되었음)이 오니까 돌고래들까지 춤을 춘다"라고 환상적 해석을 해주었다. 본인이 과학적으로 판단하기에는 조용한 섬에 굉음의 쾌속정이 다가오니까 우선 새끼들이 놀라 가지고 펄쩍펄쩍 뛰고 다음 에미 애비들이 걱정 말라고 뒤따라가면서 뛰는 것이 아닐까 생각된다. 선장이 속도를 낮추어 몇 바퀴 빙빙 돌아 주었다. 필시 다른 관광팀이 올 때 또한 마찬가지였을 것이다. 그때마다 적절한 이유를 갖다 붙여서 여행객들의 '특별한 존재' 의식 기분을 맞춰 주는 것이 영리한 가이드들의 역할일 것이다.

---

3) 최근식, 2013, 『한국 해외문화유적 답사비평』「영국박물관 한국실/일본실 전시 문제」, 「中國 西安 흥교사 원측탑 및 광복군」 등, 서울: 어드북스.

이 섬에도 마찬가지로 자연 속 대형 거북이 사육장이 있었고, '해적 동굴', 자연 용암바위 인물 조각, 전주민이 마실 수 있는 산속 '역사적 청수 샘' 등이 위치한 미로(Labyrinth) 트레킹 길이 있었다. 약간 가파른 부분도 있어서 필자는 뒤에서 쉬엄쉬엄 따라갔다. 하지만 미국인 노부인 두 명 중 한 분이 지팡이까지 짚고 다니기 때문에 최소한 꼴찌 낙오는 없을 것이라 안심하고 다녔다. 해변 용암 길 상당히 멀리에 스노클링 물놀이 적소가 있었다. 경치는 더 이상 묘사하지 않아도 잘 짐작되리라 믿는다.

7일. 이사벨라 섬으로 향했다. 같은 쾌속정으로 2시간 20분 걸렸다. 이 섬온 찰스 다윈이 탐사한 세 번째 섬 당시 앨버말 섬(Albemarle Island)이었다. 갈라파고스 제도에서 제일 큰 섬이다. 여기에도 대형 육상 거북이 대규모 사육장이 있었다. 교육 시설도 체계적으로 잘 만들어 놓았다. 찰스 다윈은 거북이가 선인장을 먹는다고 했는데 여기서 거북이 먹이는 '코끼리 귀(Elephant ear)' 식물 잎이었다. 입사귀가 바나나 잎과 달리 마치 코끼리 귀 모양으로 큰 것이었다. 섬에는 여러 개의 화산이 존재하는데 본팀이 답사한 곳은 항구에서 멀리 떨어져 있는 '치코 화산(Volcán Chico)'이었다. 분화구가 굉장히 넓었고 물은 고이지 않았으며 풀조차 나지 않았다. 왜 그러냐고 가이드에게 물었더니 용암의 독성이 아직 희석이 되지 않았기 때문이라고 답했다. 더하여 크레이터(Crater, 분화구)가 맞느냐고 오스트리아인에게 물었더니, 크레이터가 아니고 칼데라(Caldera)라고 답해 주었다. 어떻게 다르냐고 재차 질문하니, 크레이터(Crater)는 용암이 흘러나온 분화구이고 칼데라(Caldera)는 지층이 침몰하여 생긴 분화구라는 것이다. 지질학적으로 어떻게 다른지 확실히 이해하지 못했으나, 영어가 딸리니까 더 이상 질문하지 못하고 관두었다. 찰스 다윈도 뱅크만(Bank's Cove)에 닻을 내리고 다음 날 산책을 나가서 화산 한 곳을 탐사, 분화구의 얕은 호수 물맛을 보니 소금처럼 짠 물이었다는데, 그 현 위치를 못 찾았고, 문맥으로 봐서 항구에서 가까운 곳으로, 본 칼데라 분화구는 아닌 것 같다.

한 번의 물놀이는 옵션 60불로 했는데 필자는 '보는 스포츠'로 만족했고 용암 바위 사이로 기어 다니는 빨간색 작은 게들, 이구아나들을 보면서 즐거워했다. 용암으로 외해와 분리된 석호[潟湖(lagoon)]로 가서 서식 상어군, 바다거북이, 테두리 밖으로는 새끼 물개를 교육시키는 어미 물개 등을 관찰했다. 평소 안 보던 사물들이라 신기할 수밖에 없었다.

이 섬에서 스케줄이 대략 끝나가는 것 같았는데 계획표에 나와 있는 플라밍고 라군(Flamingo Lagoon)에는 들르지 않은 것 같았다. 가이드에게, 질책하듯이 부정적으로 '왜 플라밍고 라군에는 가지 않느냐'고 묻지 않고, 상냥한 긍정문으로 "우리들 혹시 플라밍고 라군에 갔었냐"고 물었더니 "같이 가지 않았냐"는 것이다. 그래서 "아니 나는 플라밍고 춤추는 호수에 가 본 적은 없다"고 했더니, "아, 그 플라멩코 춤이 아니라 플라밍고는 붉은 학이다. 같이 걸으면서 보지 않았느냐"고 해서 "아, 그러냐, 내가 단어를 몰랐다. 미안하다"고 했다. 참으로 한심한 영어 실력이었다. 바르셀로나의 카르멘 아마야 플라멩코 춤만 외우고 있다가 이런 불상사가 일어난 것이다. 옆에 있던 사람들에게 개그 웃음을 선사한 셈이다.

9일에 다시 산타크루스 섬으로 돌아왔다. 동일 쾌속정으로 2시간 20분 정도 걸렸다. 지난번 호텔에 가방들을 맡기고 바로 토르투가 베이(TOR-TUGA BAY, 거북이 만)로 걸어서 갔다. 약 3km 거리인데 70대 노인들 몇몇 분들은 너무 멀다고 수상택시를 타고 갔고 오스트리아인, 덴마크인 그리고 필자는 가이드를 따라서 걸어갔다. 이 경우는 택시비를 아끼려는 것이 아니라 건강유지를 위해 하루 10km 정도는 걷는 것을 목표로 하기 때문이다. 조금 걸어가니 2.5km 화살표 표지판이 나왔다. 걷다 보니 수상택시 타고 간 분들이 불쌍했다. 이런 숲길 경치와 이종(異種)의 키 큰 선인장들, 이구아나들, 온갖 '잡새'들 등등은 갈라파고스 아니면 볼수 없는 것들이다. 특히 지팡이 짚은 노부인은 무엇 하나 놓치지 않고 보려고 했고, 나에게 '천천히, 쉬운 단어로 또렷또렷하게' 얘기해 주어서 고마움을 느꼈으며, 따라서 나도 여러 가지로 도와드렸더니 찬 콜라까지 대접을 받았는데 너무 안됐다는 생각이 들었다. 언젠가 잡담하는 것을 들으니 시카고에서 약간 떨어진 도시에서 교사 생활을 했다고 한다. '흠, 그렇구나. 역시 교사의 기본이 있었구나'하고 감동했다.

도착하니 대단한 해변이었다. 용암 지역에 어찌 이렇게 고운 흰모래 백사장이 길게 펼쳐져 있단 말인가 탄성이 튀어나왔다. '바다거북이(the marine/sea turtles)' 서식처이므로 그들의 보금자리를 훼손하지 말고 보호해 달라는 경고판이 붙어 있었다. 백사장 끝까지 걸어가 보았다. 헤엄은 치지 않더라도 바닷물에 발을 담그고 걸어 보고 싶었다. 하지만 그때는 좋은데 나중에 소금물 말리고, 모래 털고, 발 닦고 양말 도로 신고 … 하자니, 에이 귀찮다 싶어서 관두었다. 한마디로 이 토르투가 베이 또한 '명품 백사장·해수욕장'이었다.

돌아올 때는 본인 혼자였다. 걷기 힘들다고 모두 기권, 수상택시로 전향했던 것이다. 자연스럽게 가이드도 그들을 따라갔다. 외길이라 온 대로 따라가면 되므로 아무 걱정 없이 풍경을 즐기면서 되돌아왔다. 그런데 거주 지역으로 들어와서 문제가 발생했다. 갈림길이 나온 것이다. 어느 쪽인지 영 기억나지 않았다. 이쪽저쪽 살펴보니 마침 'DOBLE VIA'라는 노로 표지판이 붙은 것을 발견했다. 맞다, 호텔 나올 때 얼핏 'DOBLE VIA' 표지판이 있었다는 기억이 났다. 흐뭇한 표정을 지으면서 그 길을 따라 갔던 것이다. 그런데 이게 웬일이냐, 도무지 못 본 거리와 집들이 나오면서 번잡해지는 것이었다. 큰일났다. 길을 잃어버렸다. 순간 막막한 심정은 경험해 본 사람만이 알 수 있을 것이다. 진정하고, 찬찬히 지형을 살펴보니 앞의 길이 오른쪽으로 경사져 내려가고 있었다. 그렇다면 저쪽이 해변, 항구 쪽이 분명하다, 항구 선착장에서 호텔까지 길은 외길로 잘 알고 있으니까 저쪽으로 가자 결정하고 길 따라 내려갔다. 조금 가니까 선박들 돛대 등이 보이기 시작했다. 휴, 살았다 싶었다. 작은 도시라 그리 오래 걸리진 않았지만 그 순간이야말로 시쳇말로 '일각이 여삼추' 아니었겠나.

참으로 무지·무식이 빚어낸 해프닝이었다. 한참 뒤에 호텔 주위로 이리저리 돌아보니, 'DOBLE VIA', 'UNA VIA'라는 화살표 포함 표지판이 여러 곳에 붙어 있었다. 순간, 번쩍하고 이 우둔한 머리에 섬광이 비쳤다. UNA VIA는 'One way street'이고 DOBLE VIA는 'Double way', 즉 양방향 도로라는 의미로구나 하고 말이다. 참으로 한심한 인간이다 싶어 실소를 금치 못했다. 저녁에 이 얘기를 일행들에게 해 주면서 한 유럽 소설작가 서머셋 모옴(Somerset Maugham)(?)의 「ONE WAY」라는 단편 소설을 읽었냐고 물었다. 그 내용은, 어느 유럽인 여행자가 미국에서 길을 잃어버리고는 경찰서에 가서 신고를 하는데 자기 호텔 거리 이름을 적어놨다고 하면서 내미는 쪽지가 'ONE WAY'였다는 것이라고 전하면서, "How stupid I was!"라고 했더니, 모두들 배꼽을 잡고 웃었는데, 지팡이 노부인만이 "아니다. 절대 stupid가 아니다"라고 변호해 주었다. 혹시나 스페인어권 지역에 여행하시는 분들은 참고하기 바란다.

생선판매대 물개 펠리컨 어울림

10일. 갈라파고스 제도 출발 날이다. 금방 7~8일이 지났다. 와 보길 잘했다. 새벽에 일찍 일어나 찰스 다윈 연구소 쪽으로 걸어 보았다. 중간쯤에 어선 계류장 생선 판매대가 있는데 도착 다음 날 아침의 생선장수가 생선들을 다듬고 그 옆에 물개와 펠리컨 새 등이 기다리고 있으며 생선 사려는 사람들과 구경꾼 등이 붐비는 장면이 그리워 다시 한 번 보려고 가 봤더니 너무 이른 시간이라 아무도 없었다. 물개들만 어선 위 또는 계단 밑에 누워 있었다. 그들이 어울려 있는 모습이 참으로 푸근하였다. 그날 사진을 올려 본다. 생선을 다듬고 남은 껍데기 꼬리 등을 던져 주면 물개는 고개를 들어 한입에 삼키고 펠리컨들은 날쌔게 달려들어 서로 찍어 먹으려고 다투고 하는 모습이 흥미진진하였다. 진화 속도·등급이 다른 생물들이 서로 사이좋게 어울려 살아가는 양상이다.

오전 7시 호텔 출발, 8시 통선장 도착, 페리보트로 건너서 발트라 부두에서 버스로 이동, 8시 30분 발트라 공항 도착, 10시 30분 출발, 과야킬을 거쳐 오후 2시 50분 키토 도착, 오후 4시 같은 호텔 체크인, 내일 아침 식사 포함 프로그램의 모든 일정 완료, 각자 해산, 갈 길을 간다.

적도기념탑

필자는 다음 날(11일) 오전 6시 25분에 과야킬 환승, 산티아고 환승을 거쳐 푼타 아레나스로 출발하기 위해 새벽 3시 택시 예약, 호텔에 아침 대신 밀박스를 요청해 놨다. 그리고 방에 들어갈 여유도 없이 바로 택시 대절하여 적도기념탑으로 출발했다. 원거리 여행에서는 자투리 시간을 잘 이용해야 한다. 기념탑이 6시인가에 문을 닫는다고 한다. '시간과의 전쟁'이기 때문에 택시비를 아낄 차제가 아니다. 대신 항공 운임이 절약된다. 다시 오려면 최소한 항공료 100만 원 이상일 것이다. 지난 3일도 낮 시간이 비어서 택시를 대절해 가지고 현대미술센터, 군사회의실 건물, 시립문화센터, 전망탑 등을 답사했었다. 에콰도르는 적도(Equator)에 위치한다고 이름 지어진 것으로 생각되어 적도기념탑에 가 보고 싶었던 것이다. 현대 GPS 기술로 측정하니 실제는 약 240m 북쪽이라고 한다.[4] 잘 가 보았다. 하기야 이 세상에 '꼭 가 봐야 할 곳도 없고, 꼭 가지 말아야 할 곳도 없지만(최근식 버전)' 지구 운행과 관계가 있으니 흥미가 더 유발된 것이다. 증명사진을 찍고 나니 자랑 칠 것이 생겼다고 마음이 든든하고 뿌듯해졌다.

12일에는 오전 6시 2분에 푼타 아레나스에 도착하여 호텔에 체크인하고 아침을 먹은 뒤 빅토리아호 '박물관'이라고 불리어지는 장소에 전시된 마젤란 선단 빅토리아(VICTORIA)호 및 찰스 다윈 탐사선 비글(BEAGLE)호 1:1 복원선들을 견학하러 갔다. 마젤란 해협 해변에 자리 잡고 있었다.

마젤란의 빅토리아호에 대해서는 사전 지식이 없었다. 이곳에 와서 '박물관' 이름 등의 사정을 알

---

4) "It has since been determined, with the use of Global Positioning System technology, that the actual equator is some 240 metres (790 ft) north of the monument area", https://en.wikipedia.org/wiki/Quito.

VICTORIA호 1:1 복원선

게 되었다. 이 도시 이름이 한때(1927~1938)는 '마가야네스(Magal-lanes)', 마젤란시(?)였다. 위키피디아 영문판을 찾으니 "Magallanes may refer to: Ferdinand Magellan, a Portuguese explorer who led part of the first expedition around the world; Strait of Magellan, the strait between the Pacific and Atlantic oceans, located in Chile"으로 나오는 것과 시내 마젤란 기념상 동판 명패를 보니 'HERNANDO DE MAGALLANES'로 새겨져 있으므로 Magallanes는 마젤란이 분명하다. 따라서 '마젤란시'로 번역하면 될 것 같다. 그는 포르투갈 사람이었으니 스페인 왕실의 후원으로 선단을 조직, 세계 일주 탐험을 하게 되었다고 한다. 그 선단 중 한 척이 빅토리아호였는데, 한 독지가가 사비로 1:1 복제품을 만들어 전시하고 있는 것이라고 한다. 선내를 살펴보니 대포도 몇 문 놓여 있고 여러 선박 비품들이 꼼꼼하게 갖추어져 있었다. 특히 키(방향타)를 움직이는 장치가 매우 독특하였다. 일반적으로 선미 상부에서 동력 전달 장치를 통해 움직이게 되어 있으나, 빅토리아호는 선미 갑판 밑에서 긴 지렛대로 움직이는데 작은 쇠바퀴(Roller)를 달아서 그 마찰력을 적게 하고 있다. 이런 장치는 처음 보았다.

그런데 문제는 '박물관'이란 이름이었다. 넓은 의미에서는 세상 모든 사물이 박물이고 그것을 모아 놓은 집(건물)이면 박물관이라고 할 수 있는데, 일반적으로 박물관이라 할 때는 좁은 의미의 박물관으로서 당시에 사용되던 물건, 즉 역사적 사물을 모아 놓은 곳을 말한다. 그런 의미에서는 이 '박물관'은 매우 부족한 것 같다. 마젤란 당시 사용하던 물건은 잘 보이지 않는다. 따라서 박물관이라 이름하기보다는 '빅토리아호 복원선 전시소'라고 부르는 것이 맞을 것 같다.

BEAGLE호 1:1 복원선

다음은 푼타 아레나스에 오게 된 주된 목표인 비글호 복원선이다. 찰스 다윈은 그의 자서전에서 "비글호 항해는 내 생애에서 가장 중요한 사건이었다. 인생의 진로를 결정지어 준 계기가 되었으니 말이다"라고 하였다.[5] 따라서 그 선박의 원

5) 찰스 다윈 지음, 이한중 옮김, 2018(1판 2003), 『찰스 다윈 자서전: 나의 삶은 서서히 진화해왔다』, 서울: 갈라파고스, 83쪽; "The voyage of the *Beagle* has been by far the most important event in my life and has determined my whole career ⋯ I have always felt that I owe to the voyage the first real training or education of my mind. I was led to attend closely to several branches of natural history, and thus my powers of observation were improved, though they were already fairly

형도 한번 보고 싶었던 것이다. 그는 영국 해군 측량 탐사선 HMS BEAGLE호를 타고 1831년부터 1836년까지 거의 만 5년 동안 세계를 일주 탐사하였다. HMS는 Her Majesty's Ship의 약자이다. 영국의 모든 군함은 여왕의 소유라는 뜻인 모양이다.

이 복원선 역시 동일 독지가가 건조한 것 같다. 선내로 올라가 보니 각종 설계도들을 여기저기 꼼꼼하게 붙여 놓았다. 무척 공들여서 실제에 가깝게 복원하려고 노력한 흔적들이 역력하다. 찰스 다윈이 어느 선실에서 생활했는지 보려고 선실로 내려가 보았다. 아쉽게도 아직 선실 명패들은 달아 놓지 않았다. 더 많은 사실들을 고증하여 알려 주었으면 한다. 기부금·후원금은 내지 않으면서 해 주기만 바라는 '얌체족' 부류인가, 나는.

선체 외형에서 하나 재미있는 사항은 선수 끝머리의 호선상이었다. 보통 서양 선박들은 여신상을 많이 조각해 놓던데 비글호는 개(Dog)를 조각해 놓았다. 고증된 원래 모습인지 아니면 복원선 건조 독지가의 뜻인지 의문이다. 앞으로의 숙제로 남겨둔다. 서양인들의 개사랑은 끔찍하니까 말이다. 사람은 끌고 가고 개는 안고 가는 인간들이 서양인들 아닌가 싶다. 수의사를 하려면 미국 가서 하는 것이 돈을 제일 많이 번다고 한다. 지난번 갈라파고스 여행 때 일행이었던 캐나다인 부부 중 남편 말이 "한국인들이 개를 먹기 때문에 한국에 가기 싫다"라고 했다. 그래서 내가 위로하기를, 사실 나도 개고기를 먹었는데 지난 1988년 한국 올림픽 이후 안 먹는다, 이제는 안심하고 한국에 와도 된다고 말했다. 내 평생 처음으로 거짓말 했다.

오후부터 다음 날까지는 시내 박물관들을 답사했다. 해군해양 박물관, 마젤란 기념상, 푼타 아레나스 박물관, 해변가 많은 군함 포함 선박들, 마죠리노보르가텔로 박물관 등을 둘러보았다.

14일 9시 27분에 푼타 아레나스를 출발하여 12시 52분에 산티아고에 도착하였다. 오후 시간에는 시내 박물관, 산티아고 박물관, 카사콜로라다(폐쇄되었음), 국립 역사 박물관, 콜럼버스 이전 칠레 미술관 등을 둘러보았다. 가까워서 걸어 다녔다.

15일 6시 30분에 산티아고를 출발하여 9시 40분에 이스터 섬에 도착하였다. 공항 출구에서 A 팻말을 든 마중인을 아무리 찾아도 없었다. 승객들이 거의 다 빠져나갔다. 불안해서 신발끈 나슬기 님께 '도착했음. 어드벤처 마중이 안 보입니다'라고 카톡 문자를 보냈다. 그리고 고개를 드니까 한 남자가 다가와 말을 거는 거였다. 이름판을 보니 'MAURURU TRAVEL' 밑에 필자 포함 다섯 명의

---

developed", Charles Darwin, *THE AUTOBIOGRAPHY OF CHARLES DARWIN 1809-1882* Edited by Nora Barlow, The Only Complete Edition, W. W. Norton & Company, New York, London, p. 64.

영문이름이 적혀 있었다. 곧바로 '마우루루에서 나왔습니다. 호텔 도착 후 연락하겠습니다'라고 카톡 문자를 다시 보냈다. 왜 A 로고와 이름을 사용하지 않는지 본사에 문의할 필요가 있다. 사정이 불가하다면 대리점 이름이라도 미리 알려 주어야 한다는 주장이다. 승객들이 다 나갈 때까지 얼마나 불안에 떨었는지 모른다. 피드백해 주기 바란다.

항가 로아 항구 모아이

11시 10분에 호텔에 도착하였는데 체크인 시간이 오후 2시라 일단 가방을 맡기고 밖으로 나왔다. 오랫동안 그리워했으니 무엇보다 먼저 모아이(Moai)를 '만나 봐야' 되잖겠는가. 드디어 만났다. 항가 로아(Hanga Roa) 항구에 비디 쪽으로 보는 모아이와 마을 쪽으로 보는 모아이가 있었다. 막연한 상상과는 달리 일반적으로 모아이들은 마을 쪽, 즉 섬 안쪽을 보고 있다고 한다. "왔노라, 만났노라"로 버전 업 했다.

탐험·모험정신, 용감성이 넘쳐흐르는 토르 헤이에르달의 콘티키(KON-TIKI)에[6] 푹 빠져 5년 전에(2014.04.16.) 노르웨이 오슬로 소재 콘티키 박물관에 가서 소장 전시된 콘티키 뗏목 실물도 보고 왔고, 3년 전에는(2016.01.24.) 해발 3,809m에 위치한 티티카카(현지 발음 '띠띠까까'로 들렸음) 호수에 가서 수상 거주민들이 여전히 이용하고 있는 갈대 뗏목판·배에도 올라가 보고, 타 보기도 했으며, 나아가 페루 티티카카 호수로부터 문명이동설이 제기된 이스터 섬의 거석문화 모아이도 보고 싶었던 것이다.

이번 이스터 섬에 와서 가이드의 얘기와 한 연구자의 안내 책자를 읽어 보니[7] 고고학적, 언어학적 및 인간 유전학적 자료에 의해 이스터 섬의 초기 정착민·인간들은 A.D. 600~900년경(대략 700년경) 폴리네시아의 다른 섬으로부터 왔다는 사실이 명백히 증명됨에 따라 헤이에르달의 남아메리카 문명이동설은 부정되었다는 것이다. 1955년 헤이에르달은 7개월 동안 이 섬에 머물면서 광범위한 발굴 작업을 했다고 한다. 채석장 부근인가에 '기도하는 승려 모아이'가 있었는데 헤이에르달이 발견한 것이라고 가이드가 설명해 주었다. 필자도 비전문가이긴 하지만 '작은 섬에서 그 정도의 예술

6) THOR HEYERDAHL, Translated by F. H. Lyon, *KON-TIKI ACROSS THE PACIFIC BY RAFT*, Rand Mcnally & Company · Chicago(1950); 소르 헤이에르달 지음 · 황의방 옮김, 1995, 『콘티키』, 서울: 한길사.

7) "The Early Settlers: *approx. 700 AD*, Contrary to Thor Heyerdahl's well-documented theories linking Easter Island to South American cultures, archeological, linguistic and human genetic data have now categorically proven that the first humans to reach Easter Island came from another island in Polynesia, sometime between 600 and 900 AD", James Grant-Peterkin, 2019, *A COMPANION TO EASTER ISLAND*, A concise guide to the history, culture and individual archeological sites of Rapa Nui, Printed by Gráfica LOM, Chile, p. 15.

성을 지닌 거석문화가 자생하기는 어려울 것이다, 필시 높은 문명 단계에 있는 지역, 즉 섬들보다는 대륙으로부터 이동되어 왔을 것이다'라고 짐작하면서 내심 헤이에르달을 깊이 지지하고 있었는데, 이번 답사 결과 그 이론이 과학적 증거로 부정됨을 보고는 담담히 수용하였다. 과학 앞에 겸허하지 않으면 진짜 '×××'이 될 것이기 때문이다. 이론이 부정되었다고 하여 투지로 일관된 그의 삶 전체가 무용했었다고 비판되어서는 곤란하다. 그는 여전히 경외할 한 사람의 역사적 인물임은 분명하다.

이튿날(16일) 강풍폭우였으나 가이드를 동행하여 스케줄대로 여러 장소를 탐방하였다. 일행은 10여 명이었던 것 같은데 숙소도 분산되어 있고, 투어 버스에 다른 팀들도 혼합되어 있어서 갈라파고스에서와 같은 공동체 일체감을 가지고 움직이는 것과는 달랐다. 필자 호텔에 같이 숙박한 프랑스인 4명(50대 후반, 부인 1명)하고만 담소했었지, 다른 이들은 어느 나라 사람들인지도 모르고 개인적 얘기를 나눌 기회가 전혀 없었다. 가이드 동행 단체 투어도 오늘 하루 종일과 내일 오전 오후 나누어 다닌 것뿐이다. 남는 하루는 혼자서 몇 군데 가 보고 두 항구 사이 해변 길을 따라 산책했으며 출발 날에는 오전에 택시를 대절하여 라파누이(RAPANUI) 박물관(월요일에는 휴관이었기에)을 답사하고 이스터 섬을 출발했던 것이다.

오전 강풍폭우 속에 처음 방문한 곳은 아카항가(Akahanga)라는 의식 센터였다. 돌로 제단을 쌓아놓기도 하고 흙가마, 보트 보관소, 포장도로 등 씨족 집단이 생활한 흔적들이 많다고 안내판에 적혀 있는데, 큰 모아이는 없고 넘어진 미완성 모아이들이 몇 점 보이고 있다. 비바람이 너무 세니까 가이드 설명을 들을 여유도 없었고 더욱이 필자는 미끄러져 크게 다칠 뻔 했는데 마침 옆인가 뒤에 있던 아들 동반 젊은 어머니가 잡아 주어서 살아났다. 미끄러지는 순간 큰 사고로 이어질 것 같은 느낌이 들었으니 말이다. 고마움을 전한다.

통가리키 모아이들

다음은 그 유명한 일열 15개 모아이상들이 서 있는 통가리키(Tongariki)로 갔다. 대단했다. 비바람이 약간 멎어서 사진들을 많이 찍었다. 감회가 깊었다. 이거 하나만 봐도 이번 여행은 100점이다 싶었다. 주위에 혼자 서 있는 모아이, 누워 있는 모아이 등이 더 있었다.

1960년 5월 리히터 9.5 규모의 지진, 11m 파도 쓰나미의 영향으로 칠레 발디비아(Valdivia)시 부근 해안 전 지역 수천 명 사망 재난뿐만 아니라 본 통가리키 모아이들도 넘어지고 플랫폼이 파괴된 것을 일본 정부가 2백만 불을 지급하고 개인 건설회사 타다노(Tadano)가 대형 크레인을 제공하여 복구했다고 한다. 게다가 2006년 크레인이 부서지자 신형으로 교환해 주어 "Customer service indeed!"라고 감탄하고 있다.[8] 앞 찰스 다윈 연구소 답사에서 잠깐 언급했지만 일본은 이런 식으로 외교 사업을 하고 있다.

이어서 테 피토 쿠라(Te Pito Kura)로 갔다. 해변에 돌 조합 방향 표시 장치가 있었다. 가이드가 나침판을 들고는 무엇인가 설명을 하고 있는데 아마 동서남북 방향이 정확하다는 말이었을 것이다. 선사시대에도 별자리 등을 파악하여 방향을 알고 있었던 예가 많다. 선사인의 지식(지혜) 중 하나이다. 그 외에 넘어져 있는 모이이 몇 점이 있었다.

모아이 채석장

다음은 라노 라라쿠(Rano Raraku)로 갔다. 채석장이었다. 거창했다. 본 채석장까지 가는 주위에 산재한 모아이들이 참으로 볼 만했다. 이 한 장소에서 동영상을 쭉 촬영해 놓아도 훌륭한 작품이 될 것이다. 이들의 창작 활동, 예술 활동 등을 볼 때 단순하게 큰 돌을 떼 내어 위신재로 사용한다거나 묘석으로 배치한다거나 하는 수준과는 차이가 있다는 생각이다. 입구 검표소 앞 선반에 놓인 조각 공구들을 보면 모두 단단한 돌로 된 '석재 도구'였다. 금속 도구는 없었다. 문명 단계가 어느 정도인지 전문 고고학자에게 문의해 보면 좋을 것 같다.

채석장 입구 식당에서 점심을 먹었다. 프로그램에 포함된 것이라 했다. 튀김 닭다리와 쌀밥 채소 등이었다. 맛있게 잘 먹었다.

식후 곧바로 아나케나(Anakena)라는 해수욕장으로 갔다. 버스 안에서 보기에 훌륭한 물놀이 터인 것 같았다. 비가 약간 많이 와서 모두 차 안에 있고 프랑스인 네 명만 비 맞으며 물놀이를 하러 갔다. 어젠가 잠깐 이야기할 때 어디 사느냐고 물었더니 프랑스 중부 지역이라고 했다. 순박한 사람들이었다. 나보고도 다음 프랑스에 오거든 자기들 만나러 오라고 하는 걸 보면 알 수 있다. 나는 지금까지 한 번도 인사치레나마 누구를 초청해 본 적이 없다. 이메일 주소와 이름만 영어로 찍힌 명함을 건네면서 이메일로 연락해 달라고 했다. 그런데 지금까지 여행지에서 만난 사람들과 명함을 주

---

8) 앞의 책 *A COMPANION TO EASTER ISLAND*, p. 73.

고반아도 한 번도 연락한 적이 없었다. 물론 받은 적도 없고. 집에 돌아가면 부담스럽고 귀찮아지면 서 또 다른 생활이 전개되기 때문일 것이다.

그들이 수영하고 온 후 출발하여 오후 4시경 호텔로 돌아왔다. 각자 호텔에 순서대로 하차하면 약 20분이 걸린다.

17일 오전 10시경 비나푸(Vinapu)에 갔다. 큰 사각 돌 석축 유적이 있었다. 헤이에르달이 아마도 이 유적을 보고 페루 문명 이동설에 더 자신을 갖게 된 것이 아닌가 하는 억측을 해본다. 페루 쿠 스코(Cusco) 소재 석벽 사진을 아래와 같이 비교해 본다. 왼편이 비나푸이고 오른편이 쿠스코이다.

이스터섬 비나푸 석축   페루 쿠스코 석벽

그리고 비나푸에는 대형 붉은 용암석 갓모자형 원형 조각물이 몇 개 놓여 있었고 머리 부분만의 모아이 몇 개가 누워 있었으며 붉은 용암석으로 만든 큰 우물 윗부분 원통형 조각품 등이 있었다.

이어서 Orongo로 갔다. 석축 묘지와 큰 분화구가 있었다. 대형 분묘는 보이지 않았다. 채석장에 보이는 덜 떼 낸 채로 누워 있는 대형 모아이 같은 규모는 없는 것 같다.

이날 정오 조금 전에는 이탈리아 제노아 선적 대형 여객선 코스타 루미노사(Costa Luminosa)호가 항가로아항에 입항했다. 위키피디아를 찾아보니 총톤수 92,720톤, 최대 승객 수 2,826명, 승조원 1,050명으로 나와 있다. 이스터 섬은 이미 세계적 관광지가 되었다는 말이다. 어제 점심때 채석장 식당에서 밥을 먹을 때 중국인 관광객들이 엄청 많았다. 일본인들은 이미 물결이 지나갔는지 몇 명 만나지 못했다.

점심시간에 호텔로 귀환했다가 오후 3시 다시 출발하여 Ahu Huri로 갔다. 훌륭한 모아이 한 점이 있었다. 왼쪽 눈 위 머리 부분이 깨져 나갔으나 전체 모양은 예술성이 넘치고 있었다. 학문과 달리 예술작품은 감상하기가 편하다. 내가 좋으면 훌륭한 작품이고 내가 싫으면 저질품이기 때문이다. 진위의 문제가 아니므로 시비해 봐야 소용없다. 1천 년도 넘었을 텐데, 대단한 조각가라 느껴진다.

다음은 Puna a Pau로 갔다. 화산의 중심이라고 하는데 모아이 모자를 만드는 큰 원석 붉은 돌들이 널려져 있다. 어디로부터 운반해 왔는지 아니면 어디로 운반해 갈 것인지 잘 모르겠다. 좌우간 운반 기술은 상당했음이 틀림없다.

이어서 Ahu a Kivi로 갔다. 모아이 7개가 일렬로 서 있었다. 이 역시 장관이었다. 안내판을 읽어 보니, 구전(口傳)에 의하면 이 7개의 모아이는 본격적 식민 개척자들이 오기 전에 이 섬의 탐험을 위해 파견된 젊은 탐험자들을 나타낸다고 한다. 그리고 모아이는 춘분 추분 시에 해지는 방향을 똑바로 쳐다보기 때문에, 이 제례 센터는 천문학적으로 방향을 가리키게 된다는 것이다.

이상 단체 투어는 종료되고 호텔로 돌아온 뒤 개인적으로 관심 있는 곳을 둘러보게 되었다. 아직 해가 남아 있어서 옆 항구 항가 피코(Hanga Piko)까지 내륙길 따라 갔다가 해변 따라 항가 로아(Hanga Roa)에 있는 호텔로 돌아왔다. 항가 피코 역시 큰 모아이가 내륙 쪽으로 보면서 서 있었고 넓은 의식 센터에는 누워 있는 모아이도 있었다. 선박 수리소, 크레인선, 수리선 등이 있었다. 해변에는 서핑, 스노클링, 물놀이하는 어른과 어린이들이 많았다. 길옆에는 문득문득 모아이가 '지키고' 있었다. '이스터섬=모아이' 등식이 성립한다.

18일. 하루 종일 자유시간이다. 아침 먹고 나와서 혼자 몇 군데를 다녔다. 해변 따라 항가 피코 반대쪽으로 갔다. '2월 축제' 설치물들을 치우고 있었다. 역시 모아이들이 여기 저기 서있었고. 한참

타하이

을 걸어가니 라파누이 박물관이 나왔다. 월요일 휴관이라 문이 닫혀 있었다. 조금 더 가니 Tahai가 나왔다. 중요한 모아이 군상(群像)들이었다. 공식 프로그램에 왜 포함시키지 않았는지 의아했다. 기념품 노점상도 9~10명 정도 넓은 잔디밭 위에 테이블을 설치하여 판매하고 있었다. 바다로 오르내리는 부분도 경사지게 만들어 놓았다. 사진에 보이는 중간 부분이다. 오늘 이쪽으로 오지 않았다면 서운할 뻔했다. 공식적 투어 스케줄에 포함시키도록 건의한다.

조금 더 걸어가니 항가 키오에(Hanga Kioe)가 나왔다. 모아이 1점이 서 있었고 그 옆에 머리 부분만의 둥근 돌이 석축 플랫폼 위에 놓여 있었다. 제단인 모양이다. 굳게 다문 입의 모아이가 자못 심각하다. 섬을 지키는 군인이 아닐까 싶다.

라파누이 박물관 전시물

19일. 출발 날이다. 9시 체크아웃, 가방들을 맡기고 9시 20분 예약 택시로 9시 30분 라파누이 박물관 도착, 둘러보았다. 소규모였지만 잘 꾸며 놓았다. 생활 도구 등 유물들을 많이 모아 놓았다. 한 사진 및 그림 설명에서 유럽인들이 왔을 때 그들의 보트는 세 종류, 즉 Double balancing, Simple balancing, Double canoe 등으로 항해했고, 영국 항해자 William Dampier는 "세계 최고의 보트들로 항해 한다(They navigate the best boats in the world)"고 평가하고 있다. 스페인, 포르투갈, 네덜란드를 포함한 해양강국의 하나인 '영국' 항해사의 말이므로 경청할 만하다고 생각된다. 박물관 밖으로 멀리 그저께와 다른 대형 여객선이 정박하고 있는 것이 보인다. 대형 여객선이 연이어 입항하고 있다. 섬 정부에서 무비자 체류 일수도 90일에서 30일로 줄였다는데 이 정도면 오염 문제도 대처해야만 할 것이다.

10시 30분 호텔로 귀환, 가방 찾아서 공항으로 왔다. 앞의 책 한 권을 구입하고 수속을 끝낸 뒤 탑승 게이트 앞으로 갔다. 이상 이스터 섬 투어 프로그램 답사여행을 모두 마친 셈이다.

오후 3시 5분에 이스터 섬을 출발하여 저녁 9시 55분에 산티아고에 도착했다. 귀국 항공편이 다음 날 9시 50분이므로 하루 동안 자유시간이다. 따라서 새벽에 호텔 체크아웃을 하고 가방을 맡긴 뒤 시외버스 왕복으로 산티아고의 외항인 발파라이소(Valparaiso) 소재 국립 해양 박물관 답사를 계획했었다. 빨리 움직이면 시간이 충분할 것 같았다. 그런데 그동안 칠레에서 여러 경험을 한 결과 이들의 시간 엄수성(Punctuality)이 아직 선진 문명국 수준에 미치지 못하는 것으로 느껴졌다. 만약 비행기를 놓치면 산티아고 미아가 되어 신세가 말이 아니게 될 것이다. 하여, 두 아들들에게 자랑처 놓았던 발파라이소 답사 계획을 아깝지만 포기한다고 문자를 보냈다. 여유를 가지고 다니시라는 답장을 받았다.

그런데 이스터 섬에서 돌아오는 비행기에서, 무슨 방법이 없을까 곰곰이 생각했다. 한참 후에 번쩍하는 섬광이 튀었다. 이 순간 또라이들의 전유물인 '해까닥 발상의 전환'이 작동된 것이다. 즉, 오늘 밤에 산티아고 예약 호텔로 가지 않고 발파라이소로 바로 가면 되지 않겠는가 하는 것이다. 호텔 예약비 20만 원만 포기하면 항공료 100만 원 이상 번다는 판단이었다.

갑자기 바빠졌다. 가방 찾는 콘베이어 벨트는 뒤로 미루고 환전소부터 먼저 찾아갔다. 혹시 밤 10시 정도에 문을 닫을까 염려하여서다. 물어보니 마침 공항 구내라서 그런지 24시간 운영한다고 했다. 환전하고 가방 찾은 뒤 직원에게 발파라이소행 시외버스 타는 곳이 어디냐고 물었다. 공항에서 5번 시내버스 타고 어느 정류장에 내리라고 친절히 적어서 가르쳐 주었다. "알겠다. 고맙다"하고는 밖에 나와서 바로 Official Taxi라고 적힌 창구에 가서 티켓을 발급받아 시외버스 정류장으로 갔다. 지금은 '시간과 전쟁'이라 버스를 탈 계제가 아니기 때문이다. 10시 50분 출발 버스인가에 승차하여 1시간 30분 후에 도착했다. 버스 타고 오면서 신발끈 나슬기 님에게 문자를 보냈다. 계속 도착·출발을 알리는데 시간이 늦어지면 혹시 무슨 사고가 났는가 걱정할 것이기 때문이다. 'Valparaiso Variation(변주곡)'이라 명명하면서 100% 본인 책임이니까 걱정하지 말라고 자초지종 알렸더니 말문이 막히는지 각종 부호 답장이 왔다.

Valparaiso 국립해양박물관 1915

호텔 찾아 투숙, 아침 9시 체크아웃, 가방 맡긴 뒤 택시를 대절하여 국립해양박물관(MUSEO MARITIMO NACIONAL 1915)에 갔었다. 창건이 100년이 넘었으며 해군사령부 내에 있었다. 모두 친절하게 안내해 주었다. 9시 30분경 도착했는데 10시부터 개관이지만 미리 들어와 관람하라고 했다. 여기에서 칠레인에 대한 인식이 바뀌어지기 시작하는구나. 스페인 건축 양식인가 큰 ㅁ자 2층 흰색 건물로서 내용물이 꽉 차 있었다. 훌륭한 해군 해양박물관이었다. 지리적으로 바다를 접하고 남북으로 길게 뻗어 있으니 해양교통뿐만 아니라 해군 해양력이 매우 중요했을 것이다. 건물 안팎에 대포, 폭뢰, 어뢰, 철제 닻 등이 전시되어 있고 해군 영웅 동상들이 있었다. 실내에는 현역에서 활약한 많은 전함들의 복제 모형선들과 역대 해군 사령관들 및 제독들의 사진이 전시되어 있었다. 그리고 한 전시실은 약간 어두컴컴하게 해 놓고 '해골과 칼' 해적 깃발 옆에 드레이크(Drake) 해적 선장의 초상화 및 행적 설명서가 붙어 있었다. 칠레와 남극 사이 해협을 드레이크 패시지(Drake Passage)라고 부르는 것을 보면, 한편 해협 이름에 대한 이론(異論)은 있음, 칠레와도 무슨 관련이 있는 모양이다.

여기 와 보길 잘했다. 이번 답사 여행은 200% 성공이란 생각이 든다. 따라서 선박도록 한 권을 구내 매점에서 구입하여(33,000페소, 미화 50여 달러 상당) 본 박물관에 기증하고 왔다. 흐뭇하다. 칠레 해군과의 우의가 돈독해졌다고 자부한다. 구내 카페에서 커피 한잔 마시고 그대로 놔두고 왔다.

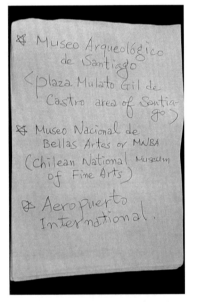

'산티아고 고고학 박물관, 칠레국립미술관, 국제 공항 연속 방문요청서'라고 쓴 메모

11시에 택시가 와서 호텔로 돌아와 가방을 찾고, 버스터미널에 도착했다. 차표를 사서 승차한 후 1시간 30분 걸려 산티아고 버스터미널에 도착했다. 오후 1시가 조금 넘었다. 이렇게 하여 '발파라이소 변주곡'은 대성공한 셈이다. 택시 승차장에 기사들이 죽 모여 있기에 영어가 통하지 않으므로 행선지를 적어 놓은 다음 종이를 보여 주면서 대절 금액이 얼마냐고 물었다. 그네들도 잘 판단을 못하겠는지 본사와 무전 연락을 하더니만, 미화 80불 또는 5만 페소라고 했다. 더 이상 칠레 화폐는 필요 없으므로 페소로 주겠다 하고 적어 놓은 대로 산티아고 고고학 박물관, 국립 미술관, 국립 자연사 박물관 등을 둘러보고 국제공항으로 갔다. 오후 5시경, 즉 출발 5시간 전에 안착한 것이다. 신발끈 나슬기 님에게 도착 문자를 보내고 두 아들들에게도 그제야 사실을 통보했다.

저녁 9시 50분에 산티아고를 출발하여 다음 날(21일) 새벽 5시 33분에 애틀랜타에 도착했다. 오전 11시 55분에 애틀랜타에서 환승 출발, 22일 오후 5시 15분에 인천공항 제2터미널에 도착했다. 20일간의 갈라파고스 푼타 아레나스 이스터 섬 답사 여행을 모두 마쳤다. 신발끈 여행사 및 담당자 나슬기 님께 감사의 인사를 드린다.

덧붙임:

추후 환승 여행 시, 외출 가능한 환승 도시에서는 여유로운 여행을 위해 최소 2박을 예약하는 것이 좋을 것으로 판단되었음.

짐바브웨 석기시대 동굴벽화
- 서구중심주의 역사 서술 비판 -

—

　20세기 후반 서구에서 대두한 서구중심주의에 대한 비판이 전 세계적으로 제기되고 있는 가운데 한국에서도 학문의 서구중심주의를 극복하려는 시도가 역사학, 정치학 등 인문·사회과학 분야 전반에 걸쳐 폭넓게 확산되어 가고 있다.[1]

　역사, 고고학 분야에서는 서양 고전 문명의 아프리카·아시아적 뿌리가 주창되었고,[2] 석기 시대 미술 작품에 대해서도 아프리카의 동굴벽화들이 유럽의 것보다 더 오래되고 풍부하다고 고고학자들에 의해 1900년대 초부터 발굴·보고되었다.

　이 같은 문제의식 속에서 이화여자대학교 인문대학 사학 전공 강철구 교수는 "유럽 중심적 고고학에서 벗어나야: 아프리카의 암각화나 동굴벽화들은 유럽의 것보다 더 풍부하고 그림도 더 화려하다. 그러나 이런 것들은 거의 소개되지 않는다. 또 그런 문제에 대해 누구도 크게 문제 삼지 않는다"[3]고 언급하였다.

　필자는 현금의 서양중심주의 폐해 인식과 아프리카 암벽화 우월성 언급에 충격되어 두 번에 걸쳐 짐바브웨 동굴벽화를 답사하고 왔다. 확인해야 할 일이었다. 역사학도로서 매우 화급한 일이라고 판단되었다.

　'본 대로 느낀 대로' 쓰고자 한다. 이 답사기는 정제된 학술 논문 이전 단계의 글이므로 논의 규범에 얽매이지 않고 답사 중에 일어난 에피소드와 더불어 그 순간 발상된 지극히 주관적 인식, 감흥, 상상까지도 자유롭게 서술해 두고자 한다. 그리고 인용 문구 및 그 출전도 자세하게 적어 놓았다. 여러 면에서 도움이 될 것으로 생각되기 때문이다. 읽는 분들의 혜량을 빈다.

---

1)　강정인, 2004, 『서구중심주의를 넘어서』, 서울: 아카넷, 23쪽.

2)　마틴 버넬 지음(오흥식 옮김), 1987, 『블랙아테나-서양고전문명의 아프리카·아시아적 뿌리』 제1권 날조된 고대 그리스, 1785~1985, 서울: 소나무(2006).

3)　강철구, 2006, 『역사와 이데올로기』, 서울: 용의 숲, 134~135쪽; P. S. Garlake, Archetypes and Attributes : Rock Paintings in Zimbabwe, *World Archaeology*, 1994, V. 25, No. 3. 위 책에서 재인용.

Ⅰ. 짐바브웨의 동굴벽화 분포 및 발굴 현황

짐바브웨의 암벽화 유적 분포, 발굴 현황을 보면, 제2도시 불라와요(Bulawayo) 인근 마토포 구릉 지대[Matop(b)o Hills]에서만도 공식적으로 등록된 암벽화 유적이 3천 개소가 넘고 그 밀집 상태가 세계에서 으뜸이라고 하며,[4] 답사 후 수집한 문헌들을 읽어 보니 여기에서 125,000년 이전 안료(Pigment)와 40,000년 이전 물감 팔레트(Paint palette)가 발굴되었다고 한다.[5] 현존하는 암벽 그림들의 제작 연대는 확실히(Certainly) 30,000~1,000년 사이이고, 대략(Probably) 10,000~2,000년 사이로 추정된다고 하였다.[6] 이 주민들을 한마디로 정의하면 장구한 예술 민족이라고 할 수 있겠다.

한편 인근 지역 동일 문화권이라고 생각할 수 있는 짐바브웨 서쪽에 위치한 국가 나미비아(Namibia) 남부에 있는 아폴로 11호 동굴(Apollo 11 Cave)에서 에릭 벤트(Eric Wendt)에 의해 발굴된 작은 장식판에 그려진 동물 그림들의 제작 연대를 측정해 보니 19,000년에서 27,000년 사이로 나타났다고 한다.[7]

---

4) MATOBO CONSERVATION SOCIETY, 〈BROCHURE〉, "The Matobo Hills contain over 3,000 registered Rock Art Sites, giving it the greatest density of such art in the world".

5) Nick Walker, 1996, *THE PAINTED HILLS-Rock Art of the Matopos*, Mambo Press, Gweru, Zimbabwe, p. 2, "Nswatugi Cave: A paint palette was excavated from a layer dating back over 40,000 years here", p. 3, "Bambata Cave: The earliest deposits are probably more than 130,000 years old, but the paintings probably mainly date between 9,000 and 8,000 and between 4,000 and 2,000 years ago", p. 13, "DATING THE STONE AGE PAINTINGS: Pieces of pigment have been excavated from shelter deposits dating to more than 125,000 years ago and paint palettes to over 40,000 years ago"("석기시대 그림들의 제작 연대: 가려진 장소(얕은 동굴)의 퇴적물로부터 125,000년 이전의 안료 조각과 40,000년 이전의 그림 팔레트가 발굴되었다": 필자 역).

6) Peter Garlake, 1987, *The Painted Caves-An Introduction to the Prehistoric Art of Zimbabwe*, Modus Publications Ltd, Harare, Zimbabwe, p. 4-5, "Dating: It is therefore safe to conclude that the paintings of Zimbabwe certainly date to between 30,000 and 1,000 years ago and probably date to a period from between 10,000 to 2,000 years ago"("제작 연대: 그러므로 짐바브웨 그림들의 연대는 확실하게 30,000년과 1,000년 사이이고 대략적으로 10,000년과 2,000년 사이로 결론짓는 것이 안전하다": 필자 역). There is strong supporting evidence for these dates from finds of fragments of painted granite that have fallen from cave walls and been incorporated in sealed archaeological deposits. Some of these deposits have been carefully excavated and scientifically dated by radiocarbon analyses of charcoal contained in them. These charcoal fragments were closely and certainly associated with the painted rock fragments. In Zimbabwe, four painted fragments have been dated in this way: to about 8,500 BC, 7,500 BC, 3,000 BC and between 3,000 and 2,000 BC. ··· The dates are therefore minimum dates for painting in general"("위의 연대들은 그러므로 대체로 그림에서 최소 연대들이다": 필자 역).

7) David Coulson and Alec Campbell, 2001, *African rock art/ paintings and engravings on stone*, Harry N. Abrams, Inc, New York, p. 76, "The earliest date obtained for African rock art, between 19,000 and 27,000 years ago, relates to small plaquettes bearing paintings of animals excavated by Eric Wendt in the Apollo 11 Cave in southern Namibia(fig. 73). The date comes from charcoal found in the layers of sediment surrounding the plaquettes", p. 77, "In Zimbabwe excavated nodules of pigment have been found in human refuse deposits dated to more than 125,000 years ago, and stained stone palettes have been dated to 40,000 years ago. Although finds like these cannot be ascribed to actual rock paintings, they do indicate very early use of pigments. The oldest reasonably secure dates for rock art paintings in Zimbabwe—about 10,000 years old—have been obtained from layers of sediment containing small pieces of painted rock that fell from shelter walls. But such dates give only minimum ages, not the actual ages, because they measure

II. 답사 준비 및 현지 사정

짐바브웨 유적분포도

제1차로 2008년 1월 4일부터 15일까지 짐바브웨의 수도 하라레(Harare), 불라와요 등 주위의 동굴벽화들을 답사하고 왔다. 그런데 이곳의 1월은 답사에는 부적하게도 비 오는 시기, 즉 우기라 도로가 중간중간 끊어져 있어서 중요한 암벽화 서너 곳을 못 보고 왔다. 따라서 제2차로 건기인 동년 6월 말부터 7월 초까지 열하루에 걸쳐 계획한 대로의 여러 암벽화 유적지를 마저 둘러보고 왔던 것이다. 1월이 우기라는 사실을 모르고 갔기 때문에 미리 4륜구동차를 준비도 못하고 또한 현지에서 긴급 수배하려고 했으나 한두 대 있던 차들이 모두 수리 중이라고 하여 할 수 없이 일반 승용차로 다녔는데, 이 차로는 빗물에 움푹 파인 도로를 건너가지 못하여 산속 깊숙이 들어가 있는 유적지에는 접근하지를 못했다. 따라서 제2차 답사 때는 미리 4륜구동차를 예약해 놓았고 큰 어려움 없이 다녀왔다. 짐바브웨 답사 적기는 건기인 7, 8월이라고 한다.

제1차는 1월 4일 금요일 저녁 9시(CX419) 인천 공항을 출항하여 밤 11시 30분에 홍콩에 도착한 뒤, 비행기를 갈아타고 밤 12시(SA287→CX749) 출발, 1월 5일 아침 7시에 남아프리카공화국 요하네스버그 공항에 도착, 환승한 뒤 오전 11시 10분에(SA22) 출발하여 낮 12시 45분에 짐바브웨 수도인 하라레 공항에 도착했다. 한국과의 시차가 7시간이었으며 총 비행 시간은 약 18시간 정도였다. 답사완료서를 들춰보니 요하네스버그에서 하라레까지 항공기 내에서 '기내 간식 서비스 최상급'이라고 적

when the painted fragments chipped off from the wall and the painting itself may have old when the rock exfoliated", p. 83, "Painting of giraffe, zebra, and large antelope in the Matopo Hills, Zimbabwe. Bits of pigment and a stained palette excavated in this shelter date to 40,000 or more years ago"; Lorraine Adams with assistance from Takesure Handiseni, 1991, *A Tourist Guide to Rock Art Sites in Northern Zimbabwe*, Queen Victoria Museum[현재 하라레 국립박물관], Harare, p. 3, "The paintings do not depict any aspect of the settled way of life of the Early Iron Age which began nearly 2,000 years ago"("이 그림들은 거의 2,000년 전에 시작되는 초기 철기시대의 정착된 생활 방식의 어떠한 양상도 묘사하지 않는다": 필자 역).

혀져 있다. 비행 시간 1시간 반 정도인데 어떤 서비스를 받았는지 무슨 음식을 먹었는지 지금 기억
나지는 않으나 그 정도 비행 시간에 공급되는 일반적 음료와 간소한 샌드위치와는 달리 워낙 좋았
던 모양이다.

암벽화라는 특정 주제의 아프리카 내 특정 지역이라 일반 여행사 패키지 상품이 없었으므로 개
인적으로 항공, 호텔 예약을 포함하여 모든 답사계획을 세워야 했다. 우선, 면식은 없으나 성실한
독자이므로 강철구 교수님께 이메일로 자료 등에 관해 문의했다. 과분한 자료와 안내를 받았다. 본
지면을 통해 감사의 말씀을 올린다. 그리고는 한국 주재 짐바브웨 영사관에 도움을 청했다. 송파구
삼전동에 명예영사관이 설치되어 있었는데 한국인 명예영사 태성유화 백영철 회장님, 박용석 대리,
조현영 씨, 현지에 근무하는 주용석 대리님, 현지 한국인교포모임(당시 약 150명 거주) 전 총무였던 아
리랑 식당 김기표 사장님 등의 도움으로 무사히 답사를 끝낼 수가 있었다. 마찬가지로 고마움의 인
사를 드린다. 이분들의 도움이 없었으면 답사가 불가능했을 것이다.

공항에 도착하니 아리랑 식당 김 사
장님이 마중 나와 있었다. 하라레는
해발고도 천 수백 미터나 되는 고산지
대라고 하여 혹시나 추울까 봐서 겨울
점퍼, 내복 등을 잔뜩 준비해 갔는데
필요 없었다. 내복을 입지 않고 다녔으
니 적당한 날씨였던 것으로 기억된다.
공항으로부터 시내까지 약 20분 걸렸
다. 아리랑 식당에서 식사를 하고 바
로 레인보우 호텔로 가서 체크인 했다.
현관 옆 '나그네 상'이 인상적이었다.
수도 이름 하라레는 '잠들지 않는 자'
라는 뜻이라고 하며, 영국 식민지 당시
국명은 남로디지아였고 수도명은 솔즈
베리(Salisbury)였으며 1980년 독립하여
사회주의 국가로 지향했다고 한다.

지금은 어떠한지 모르겠으나 답사 당시 그 나라의 악성 아니 살인적 인플레이션에 대해 한두 가지 언급하고자 한다. 답사지의 경제적 실정도 중요할 것이다. 제1차 도착한 날 1월 5일 통화의 암시상 환율이 공식 환율의 약 70배 성노였고 출국한 날 1월 14일에는 또 더 뛰어 있었다. 오전 오후 환율이 다르기 때문에 은행 결제도 몇 시에 송금인가에 따라 액수가 다르다고 한다. 따라서 환전을 잘해야 된다고 하므로 아예 김사장에게 현지화를 빌려 쓰고 짐바브웨 출국 시 한꺼번에 계산하기로 했다. 현금출납부 장부 정리가 힘들었을 것이다. 우선 간단한 팁 등을 주기 위해 현지화 몇 뭉치를 받아서 주머니에 넣어 놓았다.

아시아 지역을 여행할 때 일본 이외 지역에서는 호텔 방 룸메이드 팁으로 미화 1불 또는 이에 상당하는 현지화를 침대 머리 쪽에 놔두고 퇴실하라는 일반 여행사 가이드들의 권유에 따라 매번 그렇게 하고 있는데, 여기 짐바브웨에서는 얼마를 두고 나와야 하는지를 몰라서 김사장에게 물었다. 얼마를 두면 되느냐고 하니까, "백만 불만 주면 됩니다"하기에 머릿속에서 계산이 잘 되지를 않았다. 그래서 우리나라 돈으로 하면 얼마냐고 물으니까, "오백 원입니다"고 했다.

계산해 보지는 않았으나 제1차 답사 때도 아마 수천억 내지 수십조 달러를 쓰고 오지 않았는가 싶다. 하라레에서 불라와요 갈 때는 김사장이 등산 배낭에다 돈을 가득 넣고 갔으니까 말이다.

제2차로 갔을 때는 6개월 전에 비해 0(영)이 몇 개나 더 붙어 있었기 때문에 팁뿐만 아니라 모든 대금 지급은 김 사장에게 맡겨 버렸다. 그렇지 않아도 머리가 잘 돌아가지 않는데 몇 천억, 몇 조가 되니까 더 멍청하게 될 것 같았다. 최근 인터넷 사이트[8] 한 기사를 보니까 그 후 100조(0이 14개 붙음) 짐바브웨 달러 지폐가 인쇄되어 나왔는데 사진을 올려놓으면서 이 지폐 1장으로 달걀 3개를 샀다고 한다. 지금은 이 지폐가 '행운'의 기념품으로 매매되고 있다는 것이다.

빈민들이야 '아이구 원수야' 싶어도, 외화를 많이 가진 부유 계층들은 걱정이 없을 뿐만 아니라 어떤 이들에게는 아마 '행운'이 되었을 수도 있었을 것이다. 그때에도 사람들 얘기가 가난한 사람들이 빵조차 사지 못하여 야단들이지 악덕업자들은 이 기회에 돈을 더 모으고 있다는 것이었다.

불라와요에서 보니까 시내 수퍼마켓에 빵이 없어서 주민들이 사지를 못하고 줄을 서서 기다리고 있었다. 다음 날 불라와요 신문에 'Mealie-meal Crisis hits Bulawayo'라는 제목으로 4단 기사가 났는데,[9] 제분업자들이 옥수수를 암시장으로 빼돌려 버렸다는 것이다.

더하여 불라와요에서 웃지 못할 현장 얘기 하나를 하자면, 마토포 국립공원 내 유적지로 가는 도

---

8) http://blog.daum.net/livestory/15930945.

9) *Chronicle, Bulawayo*, 2008. 1. 10., "BULAWAYO and surrounding areas have been hard hit by a severe shortage of mealie-meal amid reports that millers are diverting maize to the black market. - - -".

중 한 아주머니가 길 가에서 바나나를 팔고 있기에 한 송이 사 먹자고 하여 값을 치렀다. 지금 기억에 1천만 달러였던 것 같은데, 돈 한 뭉치를 주니까, 한 장 두 장 세는 것이 아니라 한 손으로 밑둥치를 잡고서는 다른 손으로 윗부분을 주루룩 주루룩 두 번 훑어보더니만 됐다고 고개를 끄덕거렸던 것이다. 순간 어이없는 웃음이 나왔으나, 그래도 학문을 연구한다는 자가 결코 남의 불행한 장면을 자신의 희극으로 만들어서는 안 된다고 반성, 자책하고는 갈 길을 재촉했다. 70배가 넘는 암시세 현실을 극명하게 보여 주는 일상적 실경이었다.

짐바브웨 답사 일정표

답사	하라레(수도) 지역(기점)	불라와요(제2도시) 지역
제1차 2008.01.04.(금) ~01.15.(화) * 우기	1. 돔보샤바 동굴	
	2. 하라레 국립화랑	
	3. 응고마쿠리라 노천암벽(1900년대 초 그림 모사)	
		4. 흰 코뿔소 그늘
		5. 포몽그웨 동굴
		6. 불라와요 국립화랑
		7. 느스와투기 동굴(4만 년 이전 팔레트, 3대 벽화 중 하나, 1932년 발굴)
	8. 그레이트 짐바브웨(12세기부터 축조된 석조 건축물)	
	9. 루사페 맹세바위	
	10. 하라레 국립화랑	
	11. 구루브 추장 기다림	
제2차 2008.06.29.(일) ~07.09.(수) * 건기	1. 치쿠포 동굴	
		2. 밤바타 동굴(125,000년 이전 안료)
		3. 이난케 동굴(3대 벽화 중 하나)
		4. 표범 그늘
		5. 실로즈와느 동굴(3대 벽화 중 하나, 솟대 다리, 1929년 그림 모사)
		6. 구루바훼 동굴(5m 동물 그림)

		7. 자료 복사 및 CD 구입
제2차 2008.06.29.(일) ~07.09.(수) * 건기	8. 구루브 쯤베파타 동굴	
	9. 루체라 동굴(솟대몸통)	
	10. 마넴바 동굴(역삼각형 상체)	
	11. 마드찌무드짱가라 동굴	
	12. 악어 사람들 바위	
	13. 응도마 바위그늘	
	14. 답사 마무리	

III. 제1차 답사

1. 돔보샤바 동굴[Domboshav(w)a('Red Rock')]:
온갖 동작의 사람들, 코끼리, 코뿔소, 사슴 등등

이튿날 1월 6일 일요일에는 시차도 있고 하여 늦게 아침을 해 먹고 현지 주재원 주용석 대리의 안내로 오후 2시에서 5시까지 하라레 북동쪽 25㎞ 정도에 위치한 돔보샤바 동굴벽화를 답사하고 왔다. 주차장 옆에 매표소가 있었고 작은 박물관이 바로 붙어 있었다. 일반적 시내에 있는 큰 박물관이 아니라 방 한두 개 크기의 간단한, 트인 건물 내에 당해 유적지의 사진, 해설지 등을 붙여 놓고 관람자들에게 안내해 주는 역할을 하는 것이었다. 그래도 이름은 'Museum'이라고 써 놓았다. 이것조차도 없는 유적지가 많았으니까 다만 고마울 뿐이다.

약 15분 정도 다소 가파르게 바위산을 올라가니 암벽화 '동굴'이 나왔다. 이름들이 모두 'Cave'라고 되어 있어서 늘 보아 왔던 석회암 동굴 식의 깊이 들어가는 동굴로만 상상해 왔더니만, 그런 동굴이 아니라 바위 윗부분이 약간 튀어나와 있는 구석기 시대 바위그늘 집 식의 얕은 동굴(Shallow cave)이었다. 그래도 이름은 모두 'Cave'라고 붙여 놓았다.

하여튼 감회가 매우 깊었다. 수만 년, 수천 년 전에 이곳 아프리카 주민들이 암벽 위에 채색 그림을 그려 놓았으니 말이다. 넓은 벽면에 가득 차게 그려 놓은 대형 벽화였다. 온갖 동작의 사람들, 큰

코끼리, 코뿔소, 사슴 등등 여러 가지 동물들을 그려 놓았다. 더하여 암실 비슷한 조건 속에서도 몇백 년조차 지탱하기 어려운 암벽화들이 반(半)노천 상태에서 몇천 년 동안 그대로 그림 형태를 유지하고 있다는 사실이 어디 보통 일인가 하는 것이다. 그리고 입구에는 "존경심을 가지고 대우해 달라"는 다음과 같은 경고문이 붙어 있었다. 이후 대부분의 유적지에는 이와 동일한 문구의 경고문이 부착되어 있었다.

THIS SITE IS PROTECTED BY THE MUSEUMS AND MONU-MENTS ACT (CAP 313) TREAT IT WITH RESPECT

지금까지 유럽 지역에만 선사(구석기) 시대 채색 암벽화가 존재하는 줄 알고 15,000년 전 프랑스 라스코 동굴벽화,[10] 그와 인접한 15,000년 전 퐁드곰므 동굴벽화[11] 그리고 14,000년 전 스페인 알타미라 동굴벽화,[12] 이와 인접한 리바데세야 동굴벽화 등에만 뛰어갔었다. 그리고 감동했던 것은 사실이다. 더하여 1994년에 발견된 32,000년 전 프랑스 쇼베 동굴벽화가[13] 그들의 주장대로 인류 사회 '미술의 시작(Dawn of art)'인 줄로 생각

10) Annette Laming, translated by Eleanore Frances Armstrong, 1959, *LASCAUX - PAINTINGS AND ENGRAVINGS*, Penguin Books, p. 103, "··· the cave of Lascaux as a whole dates from about 15,000 years ago ···".

11) Paulette Gaubisse, Pierre Vidal, Jean Vouve, Jacques Brunet, translated by Alain Spiquel, 1994, *THE FONT-DE-GAUME CAVE*, Perigueux: Pierre Fanlac Editeur, p. 3, "··· revealed some 15,000 years ago".

12) Miguel Angel Garcia Guinea, translated by Lynne Polak, 1979, *Altamira and other Cantabrian caves*, Spain: Silex, p. 101, "··· Carbon 14 ··· Altamira as 13,500".

13) Jean-Marie Chauvet, Eliette Brunel Deschamps, Christian Hillaire, 1996(English edition), *DAWN OF ART: THE CHAUVET CAVE - The Oldest Known Paintings in the World*, Epilogue by Jean Clottes, Foreword by Paul G. Bahn, Thames and Hudson Ltd., London, and Harry N. Abrams, Inc., p. 122, "These paintings produced the following ages: 32,410 ± 720 BP (BP = before the present) and 30,790 ± 600 BP for the right-hand rhinoceros, 30,940 ± 610 BP for the

하였다. 유럽인들이 그렇게 말을 하니 그런 줄 알았던 것이다. 학식이 부족한 탓이었다.

그러나 이후 보게 될 짐바브웨의 이난케 동굴(Inanke Cave), 느스와투기 동굴(Nswatugi Cave), 실로즈와느 동굴(Silozwane Cave)들의 벽화들은 미리 말하기에는 좀 그렇지만 그 시간적 편년과 표현이나 인간을 포함한 모든 생물들의 사회적 구성, 구도 등에서 유럽 지역 동굴벽화에 비하여 뒤지지 않을 뿐만 아니라 경탄 외에는 다른 말이 필요하지 않다.

2. 하라레 국립화랑(National Art Gallery)

파리 피카소미술관   하라레 국립화랑

숙소로 귀환하여 푹 쉬고 이튿날 1월 7일 월요일 오전에는 하라레 소재 짐바브웨 국립 화랑을 관

---

left-hand one, and 30,340 ± 570 BP for the big bison", p. 131, "Altamira (Santander): large bison facing right: 14,330 +190 (Gif A 91181)".

람했다. 외부에 세워둔 인물 조각상, 전시실의 사람 머리상 등을 보고는 혹시 피카소의 동생이나 친척들이 아닌가 하여 깜짝 놀랐다. 특히 다음 날 불라와요 국립 화랑에 가서 그림 속의 사람들이 서로 겹쳐져 있다든가, 목이 기다랗게, 삐딱하게 그려져 있다든가 하는 그림들, 조각 등을 보고서는 피카소, 모딜리아니(Modigliani) 등이 분명히 여기를 다녀갔다는 확신을 가지게 되었다. 짐바브웨 사람들에 대해서는 유럽제국의 비자 발급이 까다롭다고 하거니와 이들은 가난해서 미술가들 여러 명이 한꺼번에 유럽여행 하기도 어려웠을 것이므로 유럽인들 그들이 온 것이 분명하다고 추단한다.

3. 응고마쿠리라(Ngomakurira) 노천 암벽

사냥꾼들과 캠프 장면: 20세기 초 Mrs Goodall 여류 화가 모사

오후에는 하라레 북동쪽 41㎞ 정도에 위치한 응고마쿠리라 유적지에 갔다. 암벽화가 산속에 있으므로 산 입구에 거주하면서 유적지를 관리하고 있는 현지 주민 가이드 에드워드 마큼베(Edward Makmbe, 36세) 씨와 그의 어린 아들을 동반하여 약 40분간 산을 올라갔다. 내려오는 데에도 35분이 걸렸으니 완전히 험한 산길 등산이었다.

현장에 도착하니 더욱 감탄의 소리가 나오는 풍경이 펼쳐졌다. 가리개 있는 그늘 바위도 아니고 완전 노천 풍우 속에 그대로 우뚝 솟은 거의 수직 바위들이 죽 늘어서 있었는데 그 위에 그림들이

좌우 응고마쿠리라 노천암벽 그림들

그려져 있었던 것이다. 상상하기 어려운 화폭이었다. 한바탕 붓을 휘두르고 싶은 거대한 바위 면이었다. 임권택 감독의 영화, 2002년 5월 제55회 칸 국제 영화제 최우수 감독상 수상작, 〈취화선〉(각본: 도올 김용옥·임권택, 촬영: 정일성 감독)이 떠올랐는데, 장승업으로 분장한 최민식씨가 왔더라면 아마도 괴성을 지르면서 빈 바위로 달려들어 마구 휘갈겨 놓았을 것이라는 상상을 해 보았다.

노천 벽화였다. 어떤 안료를 사용하였기에 햇빛과 풍우에 직접 노출되어 있으면서도 수천 년을 견디어 낼 수 있었는지 쉽게 상상되지 않는다. 안료 재질을 과학적으로 연구해봄직 하다. 라스코, 알타미라 동굴벽화들은 발견 후 대기에 노출되어 몇 년이 지나지 않아 오염 등으로 그림들이 거의 보이지가 않아서 원동굴은 폐쇄하고 바로 옆에 모사(Replica/Facsimile) 동굴벽화를 제작하여 전시하고 있었는데, 그에 비하면 짐바브웨 암벽화의 인료는 불가사의한 재료라고 생각된다.

Mrs Elizabeth Goodall 모사 응고마쿠리라 암벽화

예시한 당해 유적 벽화 사진들은 '사냥꾼들과 캠프 장면'이라고 설명되어 있으며 20세기 일찍이(earlier) 암벽화 전문 모사화가인 엘리자베스 굿올(Mrs Elizabeth Goodall) 여류 화가가 모사해 두기도 했었다.[14] 남자들은 창을 들고 사냥에 나서고 있으며, 여자들은 밥을 짓고, 어린이들은 누워서 자고 있다. 수천 년 전 아프리카인들이 이 정도의 구도로 그림을 그릴 수 있었던 사람들이었음을 가볍게 보아 넘겨서는 안 될 것이다. 유치하다든가 미숙하다든가 더 이상 야만, 미개 등으로 표현해서는 안 된다는 판단이다.

이 장면의 모사그림이 있다는 사실을 미리 알았더라면 더 상세하게 현장의 벽화 사진들을 찍어두었을 텐데, 2차 답사 때 하라레 박물관에서 오래된 안내책자를 보고서 인지했던 것이다. 앞의 모사 그림은 관리인에게 어렵게 부탁하여 깊숙이 수장해 둔 모사 그림을 출입문을 잠그고 황급히 사진 찍어 온 것이다. 그리고 1차 답사 때 찍어 둔 그림들을 확인해 보니 이 장면 몇 컷이 나왔다. 기쁘기 그지없다.

---

14) Lorraine Adams, 앞의 책, pp. 1, 14.

4. 흰 코뿔소 그늘(White Rhino Shelter)

흰 코뿔소 윤곽선 소묘

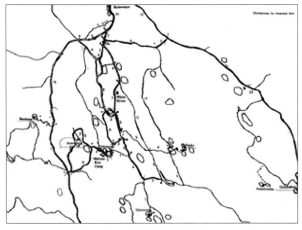

마토포 공원내 암벽화 유적지

이튿날 1월 8일 화요일 아침 일찍 하라레 공항을 출항하여 불라와요까지 국내 항공편으로 갔다. 기관 소리 우렁찬 중소형 프로펠러 비행기였는데 비행기 맛이 났다. 약 1시간 걸렸다. 남서방향으로 약 450㎞였으므로 서울-부산 거리 정도였다. 불라와요는 '학살의 도시'라는 뜻이라고 한다.

아침 9시 10분에 불라와요 홀리데이 인 호텔에 체크인 한 뒤, 택시를 대절하여 마토포 국립공원(Matopos National Park)으로 갔다. 이 국립공원은 시내로부터 약 33㎞ 떨어져 있는 마토포 구릉 지대에 넓게 지정되어 있는데 이 구역 내에 이난케, 느스와투기, 실로즈와느 등 중요한 동굴벽화 대부분이 산재하고 있었다.

입장료는 내국인(현지 교민 포함)에게는 저렴하게 받았고 외국인에게는 미화 20달러를 구분하여 징수하고 있었다. 다른 물가에 비해 좀 비싼 것 같아서 물어봤더니, 이 공원 안에 있는 유적지를 다 볼 때까지 매일 와도 된다고 했다. 다 보려면 한 달 정도 걸릴 것이니까 크게 비싼 입장료는 아닌 것 같다.

흰 코뿔소 그늘 암벽화

오늘은 빵 도시락도 준비하지 못했는데 시간이 이미 점심때가 다 되어 먼 유적지에는 가지 못하고 공원 입구로부터 가까운 암벽화 두 곳만 둘러보고 나왔다. 먼저 간 곳이 약 13㎞ 떨어져 있고 자동차길에서 약 100m 거리에 있는 '흰 코뿔소 그늘'이었다. 코뿔소 모양은 암벽 위에 그려진 윤곽선 소묘들(Outline drawings)이었는데 그림이 경쾌하였다. 오늘날 대가들이 선 몇 개 쓱쓱 그어 놓으면 훌륭한 그림이 되는 그런 식이었다. 물감이 많이 퇴색되었으나 자세히 보니까 코뿔소 외관이었다(사진 윗부분). 그림이 희미하니까 자칫하면 시원찮게 평가할 우려가 있으나, 이 물감들은 최소한 2천 년이 더 되었다고 하는 사실을 잊어버리면 안 된다. 다만 감격할 뿐이다.

5. 포몽그웨 동굴(Pomongwe Cave): 십만 년 이상 문화층
사람과 여타 동물들

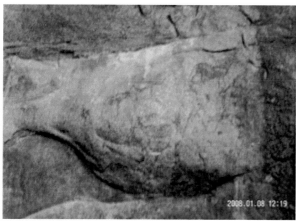

포몽그웨

다음은 거기서 또 약 10㎞ 정도 떨어져 있는 포몽그웨 동굴로 갔다.

입구에 큰 돌집 박물관이 건립되어 있었고 그 앞에 다음과 같은 표지판이 세워져 있었다.

THIS SITE MUSEUM WAS OFFICIALLY OPENED BY THE HONOURABLE VICE PRESI-DENT OF THE REPUBLIC OF ZIMBABWE,

COMRADE S. V. MUZENDA MP.

ON 1 JULY 1994

많은 그림이 남아 있지 않음에도 불구하고 이 같이 큰 건물을 지어서 고고학과 자연사에 대한 정보를 제공하고 있는 것을 보면 아마도 다른 유적지보다 비교적 쉽게 둘러볼 수 있어서 여기에 세워지지 않았을까 추측된다. 한때는 훌륭한 화랑이었을 것으로 생각되고 1960년대 크랜 쿠크(Cran Cooke)가 이 동굴 속을 광범위하게 발굴한 결과

100,000년보다 더 거슬러 올라가는 문화층을 발견했다고 하며, 이 동굴의 암벽화들은 최소한 12,000년 전에 그려졌을 것으로 판정되었다.[15] 포근하고 아담한 반(半)돔식 동굴이었다.

6. 불라와요 국립화랑(Bulawayo National Gallery)

위의 두 유적지만 확인하고서 마토포 공원을 출발하여 불라와요 시내로 돌아왔다. 곧바로 국립 자연사박물관(The Natural History Museum)으로 가서 관람하고 국립화랑을 둘러보았다. 조각, 회화 등이 많이 전시되어 있었다. 수십만 년의 예술 전통이 면면히 이어지고 있는 모양이다. 하라레 국립 화랑을 보았을 때와 마찬가지로 얼핏 보기에 서양의 많은 현대 예술가들이 여기를 둘러보고 가지 않았나 하는 생각이 들었다. 사람 다리를 솟대처럼 길게 늘려 놓지를 않나, 목을 쭉 뽑아서 비틀어 놓지를 않나, 이런 예술성이 풍부하다고 느껴지는 작품들이 너무나 닮았기 때문이다.

모딜리아니

마치 18세기 후반, 어릴 때부터 '신동'으로 불리어진 저명한 서양 음악가 모차르트(W. A. Mozart 1756~1791)가 아프리카의 이집트 음악 가락을 많이 인용하여 '모차르트 버전'으로 「이집트 사람(Egyptien)」, 「한 작은 밤 음악(Eine kleine Nacht Musik)」, 그의 생애 마지막 작품인 고대 이집트 사회를 배경으로 한 오페라 「마술 피리(Die Zauberflöte)」 등 여러 곡을 만들었듯이[16] 현대 서양의 화가, 조각가 들도 아프리카 미술에서 많은 부분 영감을 받았던 것이 아닌가 짐작된다.

---

15) Nick Walker, 앞의 책, p. 1-2.

16) Mozart egyptien 1&2 CD, HUGHES DE COURSON, EMI Records, 1997/2005/2006; 〈LAYLA MISRIYA〉 → 〈Eine kleine Nachtmusik〉(한 작은 밤음악, 기악곡 세레나데 제13번); 〈HAMILU LHAWA TAHIBOU〉 → 〈Ein Mädchen oder Weibchen〉(마술피리 제2막 중 파파게노 아리아).

7. 느스와투기 동굴(Nswatugi Cave): 4만 년 이전 물감 팔레트 출토, 3대 암벽화 중 하나, 1932년 발굴

사람들, 기린, 사슴 등 온갖 야생동물들

다음 날 1월 9일 수요일에는 AVIS 렌트카 회사로부터 승용차 1대를 빌렸다. 24시간 단위로 임대하는데 이튿날 오전 9시에 반납하니 총액 미화 254달러였다. 휘발유 값, 거리 할증, 보험료까지 모두 포함되었으니 크게 비싼 편은 아니었다.

빌린 차를 타고 곧바로 마토포 공원으로 달려갔다. 어제 입장료를 지불했으니 오늘은 그저 손만 흔들면서 들어갔다. 경비원들도 이미 얼굴을 알고 있는지 활짝 웃으면서 손을 흔들어 주었다. 먼저, 4만 년 전 팔레트가 출토되었다는 느스와투기 동굴로 찾아갔다. 어제 들린 포몽그웨 동굴로부터도 약 10㎞ 더 들어가는 곳에 위치하고 있었다. 아프리카의 자연공원답게 가는 길에 원숭이 등 갖가지 야생동물들이 튀어나오기도 하고 거닐고 있는 모습들이 보였다.

흐뭇하게 전진하고 있었는데 약 5㎞ 전에서 자갈길이 움푹 파여 물길이 되어서 승용차로는 더 이상 나아갈 수가 없었다. 도구가 역사를 전진시킨다는 사실을 실감하는 순간이었다. 도리 없이 걸어야 했다. 시간은 오전 11시였고, 이 정도 거리를 걷는 것은 큰 문제는 아니지만 혹시나 야생동물들이 달려들지 않을까 하는 걱정이 떠올랐다. 마르지 않은 큰 발자국들이 여기저기 보였다. 코끼리, 호랑이, 사자 등속이 나타나면 어떻게 하나 겁이 났다. '내 한 몸 먹이사슬로 보시하는 것은 아깝지 않으나 누가 이 짐바브웨 동굴벽화 역사를 널리 알려 유럽중심주의 고고학을 바로잡아 주겠는가 말이다. 그렇다고 되돌아갈 입장도 아니잖느냐. 에라 모르겠다, 가 보자 가. 답이 없는데 어쩐란 말이냐' 하고는 기침소리 크게 내면서 거의 달리다시피 걸어갔다.

마침내 도착했다. 입구에 초가집 비슷하게 얽어 매어 놓은 듯한 반 칸짜리 건물 박물관이 나타났다. 반가웠다. 여기에까지 박물관을 세워 놓다니 참으로 고마웠다. 문화재 보호 후원 단체로 생각되는 'THE PIETERS TRUST'의 기부에 의해 세워졌고, 1984년 8월 15일 국립박물관 기념물 관리 서부 지역 위원장 CDE. LOT SENDA 씨에 의해 공식적으로 개관되었다고 써 있었다. 이렇게 외진 곳에 이 정도의 건물을 세운다는 것이 보통 정성이 아닐 것이다. 1980년 영국으로부터 독립 후, 국가적 큰일들이 두루 쌓여 있었을 것임에도 불구하고, 곧바로 설립되었으니 짐바브웨에서도 매우 중요한 유적지로 분류되고 있음에는 틀림없는 것 같다. 1932년 네빌 존스(Neville Jones)에 의해 그림들에 관한 자료와 인공 가공품들이 발굴되었고 조사 작업이 뒤이어졌다고 한다.[17] 한참 동안 읽은 후

---

17) Sir Robert Tredgold, K.C.M.G., ed., 1956, *The Matopos - A revised edition of "A Guide to the Matopos" by Dr. E. A.*

에 동굴로 올라갔다.

느스와투기

드디어 4만 년 이전 팔레트가 출토되었다는 느스와투기(Jumping Place라는 뜻이라고 함) 동굴에[18] 도착했다. 한 폭의 대형 벽화였다. 대단했다. 감동적이었다. 현존 그림들의 제작 연대는 8,500년 전으로 추정된다고 한다. 그려진 대소 동물들의 암벽화를 보고는 한동안 말을 잊고 멍청하니 그저 바라보고만 있었다. 무슨 말이 필요하겠는가. 또한 이 그림들을 표현할 형용사들을 많이 알고 있지도 못 할 뿐만 아니라, 여기에서는 그렇게 많은 수식어가 필요하지도 않은 것 같다. 다만 '와! 화!'[19] 이것이면 충분하지 않을까 생각된다. 그 다음 형용 수식어들은 이 그림으로 학위를 취득할 사람들이 창조해 내어야 할 임무이다.

짐바브웨 동굴벽화들 중 그 우열을 논할 때, 갈레이크(P. Garlake)는 이난케(INANKE), 난케(NANKE)라고 부르기도 하는, 동굴벽화를 "아름다움, 기술적 숙련도, 복합성에서 그 정상에 다다랐다"[20]라고 평가하고 있으며, 닉 워커(Nick Walker)도 "arguably the best painted site in Zimbabwe"[21]라고 평가하고 있고, 2차 답사 때에 소개되어질 불라와요 박물관 전속 가이드 시빈디 씨 역시 이난케가 첫 번째라고 말하고 있지만 내가 보기에는 그렇게 차이 나는 1, 2위가 아니라는 느낌이었다. 'arguably'를 찾아보니, '아마 틀림없이'로 되어 있지만, 'arguable' 의미에 '논의의 여지가 있는' 이라는 것도 있으므로, 혹시 닉 워커가 이 느스와투기 암벽화를 염두에 두고 'arguably'라고

Nobbs, The Federal Department of Printing and Stationery, in Northern Rhodesia by the Government Printer, Lusaka, p. 51, "Nswatugi Cave: excavated in 1932 by the Rev. Neville Jones".

18) Nick Walker, 앞의 책, p. 2.

19) 김남주, 1989, 『솔직히 말하자』(풀빛시선 31), 서울: 풀빛, 79쪽.

20) P. Garlake, 앞의 책, p. 87, "INANKE: In this great cave, the prehistoric art of Zimbabwe reaches its peak of beauty, technical skill and complexity".

21) Nick Walker, 앞의 책, p. 4.

표현하지 않았을까 억측해 보는 바이다.

좌우간에 이런 그림들을 확인하고서도 '야만 아프리카, 유치 아프리카'를 운운한다든가, 입을 꾹 다물고 아무 말도 하지 않는 사람들은 일단 종합 검진을 받아 보아야 할 것이라는 생각이 들었다.

남아프리카공화국, 짐바브웨 등 아프리카 제국의 이러한 암벽화, 암각화들 현황에 대하여 1900년대 초부터 영국 미술 학회에 계속 보고되고 논문들도 제출되었다고 한다. 그러했음에도 불구하고 영국의 저명한 미술사학자 곰브리치(E. H. Gombrich)는 그의 저서 *The Story of Art*(미술 이야기. 한국에서는 『서양미술사』로 번역되었음)를 1950년에 제1판을 출간한 뒤 계속 수정, 증보하여(제1판 462pp. → 제11판 488pp. → 제16판 688pp.) 1995년 제16판을 발행할 때까지 유럽을 중심으로 이집트, 아시아를 포함한 세계 여러 지역 미술을 논평하

였고 선사시대 알타미라, 라스코, 퐁드곰프 동굴 등의 벽화에 대해서는 삽화사진 3장까지 넣어서 설명하면서도 아프리카 짐바브웨 동굴벽화에 대해서는 일언반구도 언급하지 않고 있다.

그뿐만 아니라 아프리카인에 대해서는 원시인으로 간주하면서 "때때로 현실과 그림을 분간하지 못하는" 작은 어린이들로 인식하고 있다. 그리고 제1판, 제2판과 1966년 제11판에 노골적 경멸칭으로 생각되는 "아프리카 니그로들(Negroes in Africa)"로 서술하고 있으니 필경 그 가운데 판은 모두 그대로 '아프리카 니그로들'로 표현했을 것으로 판단되고, 1972년 제12판부터는 "원시인(the primitives)"으로 어휘가 바뀌어져 제16판까지 지속되고 있다.[22] 『일역본』에서는 '흑인들'로 번역하고 있으나,

---

22) E. H. Gombrich, 1950, *The Story of Art*(1st edition, 370 illustrations), Phaidon Publishers Inc. distributed by The Oxford University Press·New York·MCML, p. 20, "Negroes in Africa are sometimes as vague as little children about what is a picture and what is real. On one occasion, when a European artist made drawings of their cattle, the natives were distressed: 'If you take them away with you, what are we to live on?'"; E. H. Gombrich, 1950, *The Story of Art*(2nd edition, 370 illustrations), Phaidon Publishers Inc. distributed by The Oxford University Press·New York·MCML, p. 20, "Negroes in Africa are sometimes as vague as little children about what is a picture and what is real. On one occasion, when a European artist made drawings of their cattle, the natives were distressed: 'If you take them away with you, what are we to live on?'"; E. H. Gombrich, 1966, *The Story of Art*(11th edition, 384 illustrations), Phaidon Publishers Inc.

'Negro(니그로)'와 'black people(흑인)'의 일반적 사용 의미는 판이하다고 이해된다.[23] 그리고 '원시인' 으로 용어는 바꾸었지만 전체적 문장의 뜻은 불변이고 그들에 대한 인식은 여전하다.

이보다 훨씬 앞선 19세기 후반, 노예제도에 흠뻑 젖어 이를 만끽하고 있던 같은 영국의 유명한 극작가 오스카 와일드(1854~1900)조차 그의 "흑인 노예가 수수께끼조차 모른다"고 멸시하면서도, 1882년 미주 순회 강연 중 뉴욕에서 보낸 그의 편지에서 'negro'라고 쓰지 않고 "black servant"라고 표현하고 있음을[24] 참작하면 곰브리치의 인종 편견 정도를 가늠할 수 있을 것이다.

이 책이 지금까지 7백만 부 이상 팔렸다고(over 7,000,000 sold: 'The World's Best Selling Art Book'US News & World Report) 제16판 원본 책 표지에 붉은 색 둥근 딱지를 붙여 선전하고 있으니(각국의 번역본 판매 부수까지 포함한 숫자인지는 모르겠음. 영어 사용 이외 유럽 국가들(프랑스, 독일, 이탈리아 등등)에서는 당연히 번역 출판하지 않았겠는가 짐작되고, 일본에서는 1972년과 1974년에 제11판과 12판을『美術の歩み』上(제11판, 제15장까지), 下(제12판, 제16장부터)로 번역하였고, 2007년에『美術の物語』로 원본 제목 함의에 적확하게 제목을 달아서 제16판을 번역 출판하였음), 일단 인류 미술사에 관심 있는 세계 각국의 동호인들은 모두 읽어 보았다고 추측할 수 있으므로, 그들의 아프리카 문명 인식에 대한 부정적 영향력은 크다고 판단할 수 있다. 그런데 저자인 곰브리치가 2001년에 한국 나이 93세로 사망해 버렸으니 이메일 항의도 할 수 없게 되었다.

느스와투기 동굴벽화를 보고 또 보고 난 뒤에, 떨어지지 않는 발걸음을 뒤로하고 산을 내려왔다. '논의의 여지가 있겠으나' 이 암벽화 하나만으로도 유럽중심주의 고고학을 바로잡을 수 있지 않겠는가 하는 생각이 들었다. 더 이상 다른 증거가 필요하지 않을 것 같다. 만약 유럽 지역에서 이런 동

---

distributed by Oxford University Press·New York, p. 20, "Negroes in Africa are sometimes as vague as little children about what is a picture and what is real. On one occasion, when a European artist made drawings of their cattle, the natives were distressed: 'If you take them away with you, what are we to live on?'"; E. H. Gombrich, 1972, *The Story of Art*(12th edition-enlarged & revised, 398 illustrations), Phaidon Press Limited, pp. 20-22, "The primitives are sometimes even more vague about what is real and what is a picture. On one occasion, when a European artist made drawings of cattle in an African village, the inhabitants were distressed: 'If you take them away with you, what are we to live on?'"; E. H. Gombrich, 1995, *The Story of Art*(16th edition, revised, expanded and redesigned), Phaidon Press Limited, p. 40, "The primitives are sometimes even more vague about what is real and what is a picture. On one occasion, when a European artist made drawings of cattle in an African village, the inhabitants were distressed: 'If you take them away with you, what are we to live on?'".

23) Edited by Judy Pearsall, 1998, *The New Oxford Dictionary of English*, Oxford University Press, p. 1241, "Negro: USAGE … Negro (together with related words such as Negress) has dropped out of favour and now seems out of date or even offensive in both British and US English".

24) Oscar Wilde, *The Letters of Oscar Wilde*, edited by Rupert Hart-Davis, Harcourt, Brace & World, Inc. New York(1962), p. 87, "To Norman Forbes-Robertson [15 January 1882, New York]: … Also a black servant, who is my slave—in a free country one cannot live without a slave—rather like a Christy minstrel, except that he knows no riddles".

굴벽화 하나만이라도 발견되었다면, 쇼베동굴의 습작 같은 몇 마리 동물들 암벽화를 두고 "미술의 시작(Dawn of art)"이라거나 "지구상에서 알려진 가장 오래된 그림들(The oldest known paintings in the world)"이라고 유럽 지역에 국한시키지도 않고 '지구상에서'라고 그 범위를 넘어서 최상급을 사용하여 자랑하듯이, 아마 세상천지가 떠들썩하게 홍보하면서 '인류 문명은 여기서부터 시작되다'라는 포스터를 크게 내걸고 사방 몇km 전부터 울타리 쳐 놓지 않았겠나 하는 그럴 수 있음직한 상상이 떠올랐다.

끊어진 길까지 내려오니 임대 승용차가 기다리고 있었다. 오후 2시경이었다. 이제는 짐바브웨 '제1' 벽화 사이트라는 이난케 동굴을 찾아가 보자고 했다. 안내 표지판을 보고 따라갔더니만 얼마 가지 않아서 자갈길이 나오고, 곧 끊어졌다. 할 수 없이 돌아 나와서 주위를 살펴보니 마침 실로즈와느 동굴로 가는 화살표가 나오기에 따라 갔더니만 역시 같은 순서로 전진할 수 없는 길이어서 포기하고 125,000년 이전 안료가 출토되었다는 밤바타 동굴을 찾아갔다. 오후 3시 30분경 4km 앞 입구에 도착했다. 역시 자갈길의 시작인데 더욱 험한 돌들이 늘려 있어 승용차로서는 진입 불가능했다. 4륜구동차가 그리운 순간이었다. 반드시 보아야 한다고 계획서에 써 놓은 세 유적지 모두 갈 수가 없었다.

아직 낮 시간이 좀 남았으므로 다른 유적지가 없는가 살펴보니, 이 공원 주위에 구루바훼 동굴(Gulubahwe Cave)이 있는데 거기에 그려진 동물 길이가 5m나 되어 이 나라에서 가장 장관이다(spectacular)고 써 있기에 이곳을 찾아보자고 나섰다. 지도에는 나와 있으나 길 찾기가 만만치 않았다. 그러던 중 오후 4시경 폭우가 쏟아지는데 참으로 대단했다. 차 안에 있으면서도 불안할 정도였다. 만약 느스와투기 동굴에 갔을 때 이렇게 쏟아졌다면 어쩔 뻔 했나 생각하니 한편 다행스럽기 그지없었다. 지금의 불행을 생각하지 않는 멍청한 행복이었다. 소나기도 쏟아지고 또 어두워지기 전에 시내 숙소까지 돌아가야 함으로 오늘은 그만 포기하고 돌아가자고 결정했다.

중요한 유적지 세 곳을 내일도 갈 수 없으니 답사계획을 수정해야만 했다. 이곳 불라와요는 다음 기회로 미루고 내일 하라레로 돌아가서 그곳의 차량 진입 가능한 다른 유적지들을 답사하기로 했다. 하라레행 국내선 출발은 오후 5시라고 하여 예약해 두었다. 저녁을 먹고 푹 쉬었다.

1월 10일(목) 아침 9시경 렌트카를 반납하고 택시를 대절하여 어제 찾지 못한 구루바훼 동굴로 갔다. 택시 역시 마찬가지였다. 가다가 길이 험하여 포기하고 중도 귀환했다. 그래도 두 번이나 시도를 했으니 답사하는 역사학도의 본분은 건실하게 지킨 셈이다.

오후 2시 40분 불라와요 공항에 도착, 5시 5분 출발, 6시 하라레 공항에 도착하여 호텔에 체크인했다.

8. 그레이트 짐바브웨(Great Zimbabwe): 12세기부터 축조
석축 성곽 및 구조물

1월 11일 금요일은 맑았다. 불라와요 유적지 답사 차질로 인하여 전체 일정에 여유가 생겼으므로 중세 유적인 약 12세기경부터 축조된 그레이트 짐바브웨라는 석축 성곽 및 구조물을 관람하러 갔다. 'zimbabwe'는 '돌의 집들(houses of stone)'이란 뜻이라고 한다. 짐바브웨에는 최소한 250 개소의 돌벽(stone-walled) 유적지가 있는데[25] 그중에서도 제일 규모가 큰 것이 이 '그레이트 짐바브웨'라고 한다.

일찍이 백인들은 처음 찾아왔을 때, 흑인들이 이런 거대한 구조물을 설계하고 건축할 수 있었겠는가 하고는, 페니키아인들이 만든 것으로 생각했다[26]고 한다. 지금도 그러한 원천적 인식이 바뀌어졌다고는 판단되지 않는다.

그레이트 짐바브웨는 마스빙고(Masvingo, '돌벽'이란 뜻인 rusvingo의 복수형) 지역에 소재하고 있는데, 하라레로부터 남쪽으로 약 350㎞ 떨어져 있으므로 일일왕복하려고 새벽 6시에 출발했다. 기록장

---

25) Edward Matenga, 1998, *The Soapstone Birds of Great Zimbabwe*, Harare: AFRICAN PULISHING GROUP, pp. 1, 5, 7.

26) Pachisa Nyathi, 2005, *ZIMBABWE'S CULTURAL HERITAGE*, Bulawayo: 'amaBooks, p. 87, "Early whites who visited the monument had problems acknowledging black people as having been responsible for the design and building of such a magnificent construction. They attributed the building of Great Zimbabwe to the Phoenicians".

을 보니 쾌청, 눈부심이라고 적혀져 있고 평원이 끝없이 펼쳐져 있었다. 10시경에 도착했다.

산성, 큰 울타리 경내(The Great Enclosure, 왕비 거처 궁으로서 돌벽으로 빙 둘러쳐져 있음), 출입구 구조의 돋보이는 예술성, 한국의 첨성대 비슷한 돌탑, 박물관 등을 둘러보았다. 지금까지 약 900년간 온존하고 있는 셈이다. 백인들이 의심할 만도 했다. 노예로 써먹던 '말하는 도구' 사람들이 언제 이런 훌륭한 석조 건축물을 만들 수가 있었단 말인가. 외계인까지는 심하고(약 4,600년 전 이집트 쿠푸왕 피라밋은 '믿거나 말거나' 식으로 카이로 거주 불법 한국인 가이드 등을 통해 외계인 축조설을 퍼트리고 있었음) 페니키아인 정도로 해 두자 이렇게 결정하지 않았을까 짐작해 본다. 지금까지 그들의 행태를 보면 지나친 모험은 아닐 것이다.

산성의 구조도 매우 지혜롭게 만들어 놓았는데, 적군이 쳐들어 올라오면 큰 돌을 굴릴 수 있는 비탈 통로 식으로 만들어 놓은 것이다. 또한 산성과 궁궐 사이는 지하 통로를 파 놓았다. 상대방의 급습과 지구전 양쪽 모두에 필요한 방책이었다. 유적지 구내 가이드 대학생 아르바이트 파멜라(Pamela) 양이 재미있게 설명해 주었다. 왕비궁 밖에 작은 집들이 드문드문 있었는데 저 집들의 용도는 무엇이냐 하면, 후궁들, 즉 후순위 부인들의 거소라고 했다. 그들의 거처 양상을 보니 격심한 계급사회였던 것으로 판단되었다.

박물관에도 볼 만한 유물이 많이 있었는데 그중 짐바브웨 국가를 상징하는 돌로 만든 새(bird) 조각품이 몇 개 있었다. 매우 귀중한 유물이라고 했다. 위에서 인용한 책 한 권이 이 국조에 대한 문헌인 것을 보면 유서 깊은 국가적 보물인 모양이다. 국기, 군복 외투, 화폐 등 중요한 국가적 사물에 상징으로 사용하고 있다고 한다. 책을 읽어 보니 외국으로 반출된 8개의 새 중에 4개 반(牛)을 1981년 1월 남아프리카공화국 박물관으로부터 이와 상당한 가치가 있는 곤충 채집품들과 교환 조건으로 환수했다고 한다. 불라와요 박물관에 수장하고 있었던 벌(bees), 장수말벌(wasps), 개미(ants) 등 벌목(目)에 속하는 다량의 수집품으로 곤충의 체계를 보여 주는 값을 헤아릴 수 없는(invaluable) 수집품이라고 한다. 이러한 대가를 치르고 90년 만에 국가의 상징 새 조각들 중 일부분이 반환되자 무가베(R. G. Mugabe) 대통령이 직접 관람했으며 그 사진이 실려 있다.[27]

박물관 현장에는 기념품 판매대가 없었고, 돌아오는 길옆에 노점상에서 돌로서 작은 모형을 만들어 팔고 있었는데, 돌이니까 무겁다는 생각이 들어서 귀국할 때 하라레 시내든지 공항의 기념품 상회에서 사겠다고 마음먹고는 그대로 지나왔더니만, 끝내 그 새를 파는 곳을 찾지 못했다. 지금까지 후회를 거듭하고 있다. 혹시 그레이트 짐바브웨를 답사할 경우에는 반드시 길가 노점상에서 구

---

27) Edward Matenga, 앞의 책, p. 60.

입해야 한다는 경험담을 잊지 말기를 바란다.

오후 1시 30분경 그레이트 짐바브웨를 출발했다. 돌아오는 데에도 약 4시간 소요되었을 것이다.

9. 루사페 맹세바위 그림(The Diana's Vow Rock Painting): 노천 암벽화
주술사와 사람들, 세밀화

1월 12일 토요일에는 아침 일찍 루사페(Rusape) 지역에 있는 디아나 맹세바위 그림을 보러 갔다. 루사페는 하라레로부터 동쪽으로 약 170㎞ 떨어져 있으며, 바위그림은 거기서 북동쪽으로 30㎞ 정도 더 가야 된다고 한다. 루사페에 도착하니 오전 9시였다.

길을 물으려고 두리번거리고 있는데 마침 우체국이 있었다. 얼마나 반가웠는지 모를 것이다. 집 찾는 데에 우편 집배원보다 더 잘 아는 사람이 어디 있겠는가. 문을 열고 들어가니 직원 한 사람이 있었다. 디아나 맹세바위 그림이 어디 있느냐고 물으니까, 시원스럽게 "안내해 줄 테니 기다려라"고 대답했다. 너무 고마웠다. 그래서 "언제 갈 건데요?"하고 반색하며 되물으니까, 12시 되면 갈 수 있다"라고 하였다.

어떤 작가가 『느리게 산다는 것의 의미』[28]인가 하는 제목으로 책을 냈다고 하던데, 여기 루사페에서 배워 간 것이 아닌가 생각되었다. 감사하다는 인사를 남기고 나왔다. 다시 두리번거리고 찾기 시작했다.

물어물어 찾아가니 길가에 안내 팻말이 나왔다. 'DIANAS VOW NATIONAL MONUMENT 1/2 MILE'이라고 써 있었다. 약 8, 9백 미터 되는 지점이었다. 한참을 진입해 가니 관리인이 나타났다. 자신은 이 부근에서 농사를 지으면서 관람객들이 오면 안내한다고 하였다. 체격도 우람하게 생겼는데 활짝 웃고 있었고 매우 친절했다. 다음 사진의 바위와 같은 사람이라고 상상하면 된다.

이 바위그림 역시 거의 노천 상태에 놓여 있다. 응고마쿠리라 바위보다는 약간 그늘져 있으나 좌우 면에서 풍우를 막아 주지 않으니 완전히 노천 그림이라고 말해도 크게 틀리지 않다는 생각이다. 이 그림 역시 2천 년이 넘었다고(the last millennium B.C.) 한다.

가만히 바라보니 대상물들이 상세하기가 이를 데 없다. 세밀화의 선구적 작품이 아닌가 억측된다. 사람, 동물, 과일 등 많은 사실을 전달하고 있으며 제일 위쪽에 누워 있는 사람은 아마도 주술사일 것으로 여겨진다. 머리 부분이 가려져 있다. 그림 이름도 '맹세바위'니까 맹세 현장에 주술사

---

28) 피에르 쌍소 지음/ 김주경 옮김, 1998/2000, 『느리게 산다는 것의 의미』, 서울: 동문선.

가 주례 또는 증인으로 참여하는 풍습이 아닌가 판단된다. 이 그림은 짐바브웨 홍보 책자에 많이 등장하는 바위그림이다. 다시 한 번 강조하지만 수천 년 전 그림이라는 사실을 잊어버려서는 안 된다는 것이다. 물감의 성분이 이미 밝혀졌는지는 모르지만 그렇지 않다면 시급히 정밀분석을 해 보았으면 좋겠다. 신비한 마술의 힘으로 지금까지 지탱하고 있는 것은 아닐 것이기 때문이다.

오늘도 '맹세바위 그림'이라는 의미 깊은 그림 한폭을 온 몸으로 감상하고 루사페를 떠났다. 돌아오는 길에 한 농가에서 사람들이 많이 모여 있기에 차를 세우고는 혹시 집을 좀 구경해도 되겠는가고 물었더니, 대환영해 주었다. 가축도 많고 부농으로 3대 정도가 함께 살아가고 있는 것 같았는데 그들의 친절함에 가슴이 찡해졌다. 집 내부도 둘러보고 가축 우리도 보고 함께 사진도 찍은 뒤 헤어졌다. 입장을 바꾸어 내가 다른 사람들에게 이렇게 할 여유가 있는가 반문해 보니 그렇지 않다는 대답이 곧바로 튀어나오므로, 인간적 완성도에서 이들을 경시해야할 이유가 하나도 없다는 사실을 알았다.

10. 하라레 국립화랑

하라레로 돌아오니 시간이 좀 남아서 국립 화랑에 두 번째로 가 보았다. 지난번에는 월요일이라 전시실 내부를 관람하지 못했기 때문이다. 앞에서 서술했듯이 작품 하나하나에 감동되었다. 한국에도 짐바브웨 예술 기법을 수입하면 어떨까 망상해 보았다. 예술가 제위의 용서를 구한다. 단지 감흥대로 쓰다 보니까 여기까지 말해 버린 것이다. 입을 쭉 뽑아 놓는다거나 코를 길게 늘려 놓는다든가 하는 작업에서 무한한 예술성을 느꼈기 때문이다.

위 3점 하라레 국립화랑   모딜리아니 〈머리〉

11. 구루브(Guruve) 추장 기다림

　1월 13일 일요일에는 『역사와 이데올로기』 앞표지 그림 선사 시대 암벽화 '춤추는 사람들'을 찾으러 나섰다. 구루브 지방이라고 설명되어 있기에 지도를 찾아 새벽 7시에 출발했다. 하라레부터 약 200㎞ 거리였다. 9시경 150㎞ 지점의 이 지방 중심 시장 거리에 도착했다. 우선 추장님(chief)을 만나서 허락을 받아야 했다. 공개되지 않은 어떤 특별한 지역 유적지를 답사할 때는 반드시 추장의 허가를 얻어야 한다는 것이다. 문화부 장관의 허가증이 있어도 추장이 안 된다고 하면 안 된다는 것이다. 아마도 어떤 부족의 신성한 장소로 여겨지는 곳은 부족 전체의 문제가 되기 때문인 모양이다.

　추장 집을 물었다. 그랬더니 추장님은 하라레 시내에 장 보러 가고 없다는 것이었다. 동네 사람들 모두가 추장님의 출입 현황을 알고 있었다. 언제 갔느냐고 하니까 조금 전에 갔다는 것이다. 이거 낭패다 싶어서 그 바로 밑에 직무를 맡아 보는 부하는 없느냐, 어디 있느냐고 물으니까, 카운슬러 (counselor)가 4명 있는데, 제일 가깝게 살고 있는 1명의 집이 여기서 30㎞ 떨어져 있다고 하였다. 도리가 없었다. 추장 기다리는 것보다는 30㎞ 카운슬러를 찾아가는 것이 더 빠르겠다 싶어서 집을 물어 찾아갔다. 그는 있었다. 자초지종 설명을 하고 책표지 그림을 보여 주면서 이 그림이 있는 곳으로 좀 데려가 달라, 사례는 충분히 하겠다고 했더니만, 여러 말 하지 않고 자기 손목을 ×자로 만들면서 감옥에 간다는 것이었다. '아, 그러한가' 필자도 군말 없이 수긍하고는 기념으로 사진이나 한 장 찍자고 하여 사진 한 장을 얼굴만 커다랗게 나오게 하여 찍어 두었다. 2차로 갔을 때 이 사진을 전해 주었다.

이제 남은 업무는 오로지 추장을 기다리는 일뿐이다. 시장 거리로 도로 돌아와서는 하염없이 기다렸다. 추장님이 하라레에서 시장만 보고 바로 오면 괜찮겠지만 막걸리라도 한잔 걸치면 오늘은 기약할 수 없는 날이 되고 만다. 몇 개 되지 않는 상점들을 이리 기웃 저리 기웃 하다가 한 곳에서 장기 비슷한 놀이를 하고 있는데 여러 명이 둘러앉아서 보고 있었다. 장기 말이 병뚜껑인데 한쪽은 엎고, 한쪽은 뒤집어 놓고서 잡아먹기를 하는데 아주 간단하게 보였다. 기다리는 김에 이 병뚜껑 장기라도 배워 가자 싶어서 필자도 옆에 앉아서 열심히 보았다. 한 시간도 넘게 본 것으로 생각되는데 결국 그 행마 규칙을 터득하지 못했다. 어떤 때는 한 칸 뛰어서 잡아먹고, 어떤 때는 두 칸 뛰어서 잡아먹고 하니 도무지 종잡을 수가 없었다. 한 마리 잡고 나면 막걸리를 한 잔 마시곤 했다. 필자보고도 먹어 보라고 했다. 장기판 옆에 놓여 있는 물통이 막걸리 통이다. 사진만 여러 장 찍어 두었다. 2차 답사 때 가서 전해 주려고 했더니만 다른 사람들은 보이지 않고 필자 오른편에 앉은 머리칼 길게 늘어트린 재즈 가수같이 생긴 사람만 있기에 전부 나누어 달라고 부탁했다. 서로가 반가워했다. 그랬더니 주위에 삥 둘러 서 있던 다른 사람들이 나는 왜 안 주느냐고 항의를 했다. 사진이란 화면에 나온 사람만 가지는 것은 아닌 모양이다. 흐뭇했다.

점심때가 되어도 추장이 돌아오지 않기에 포기하고 하라레로 발걸음을 되돌렸다. 내일은 한국으로 돌아가야 하므로 이것으로 이번 암벽화 답사는 일단 종료된 셈이다. 계획 없이 결과 없다는 말이 상기되지만, 사전 준비가 미진한 것 치고는 성과가 많았다고 생각된다. 인류 문명사 한 줄 바꾸는 일이 어디 쉬운 일인가, 하지만 준비가 착착 진행되고 있는 것이다.

1월 14일 월요일에는 아침 9시에 호텔 체크아웃하고 바로 국립 문서 보관소(National Archives Records Centre)에 들렀다. 거기에 자료들이 많다고 그러기에 혹시나 무언가 얻을 수 있을까 해서였다. 그런데 특별히 전시실 같은 방은 없고 자료 목록을 준비해 와서 청구를 하는 방식이었다. 시간이 조금 남기에 시내 서점을 들려 책들을 살펴보고, 마지막으로 기념품 상회에 들러 목각 한두 점 등을 사고서는 공항으로 출발, 11시 30분에 도착하여 수속을 마쳤다. 세관 검사에서 짐바브웨 달러를 반출하는지 여부를 엄격하게 조사했다.

오후 1시 40분(SA23)에 하라레를 출발하여 3시 19분에 요하네스버그 도착, 5시(SA286)에 요하네스버그를 출발했다.

1월 15일 화요일 11시 55분에 홍콩 도착, 오후 3시 45분(CX418)에 홍콩을 출발하여 저녁 7시 50분에 인천 공항에 도착했다. 비행 시간은 갈 때와 비슷했다.

12. 암벽화를 그린 사람들: 산[San(Bushmen)]족

이번 짐바브웨 동굴벽화 답사에서 알게 된 더욱 놀라운 사실은 암벽화를 그린 화가들 거의 모두가 산(San) 종족이라는, 현재까지도 산속에서 일부 생존하고 있는 검고 키가 작은 마치 피그미(Pygmy) 종족과 같은 사람들이라고 하는 것이었다.[29]

---

29) Lorraine Adams, 앞의 책, p. 4, "The painters belonged to an ethnic group known to us as "Bushmen" or "San". A San group called the !Kung still live in the semi-desert of Botswana and Namibia, using a very specialised form of resource management"; Peter Garlake, 1995, *The Hunter's Vision-The Prehistoric Art of Zimbabwe*, British Museum Press, London, pp. 7-10.

이 사실 하나만으로도 서양(유럽)인들의 "모든 인종에 대한 편견과 차별의식"[30]인 '인종주의'의 허구가 한순간에 폐기되는 실증 자료라고 할 수 있다. 그러나 이 시대 현재에도, 그것도 노벨상 수상자라는 미국 '학자'가 공개적으로 흑백 인종 지능 차이를 주장하는 망언을 하고 있다.[31]

IV. 제2차 답사

6개월 후 제2차 답사는 거의 완벽하게 준비를 했다. 건기인 6월 29일 일요일부터 7월 9일 수요일까지 11일간 정해 놓고 항공, 숙박 등을 예약해 놓았다. 다음은 4륜구동차를 마련케 하고, 그다음은 전문 가이드를 하라레, 불라와요 각 지역에 수배해 놓았다. 유적지 유무와 소재를 알지 못해 시간 낭비하는 것보다 인건비가 들어가더라도 고고학 전공자들의 도움을 받는 것이 싸게 먹힌다는 결론에서였다. 총 여행 경비를 대비해 보면 총명한 결정이었다.

하라레 지역 안내자는 국립박물관 큐레이터(Curator of Monuments, National Museum and Monuments of Zimbabwe)인 부오초(Mr. Godhi Bvocho)씨였는데, 짐바브웨 대학에서 고고학을 전공하고 노르웨이에 유학하여 석사 학위를 취득한 뒤 이곳에서 근무한다고 했다.

불라와요 지역 안내자는 불라와요 국립박물관(The Natural History Museum) 전속 가이드인 시빈디(Mr. Sivindi)씨라는 연륜이 쌓인 분인데, 필자가 평생 동안 만난 여행 가이드 중에서 최상급이었다. 흔히 패키지 여행가이드들을 보면 누가 돈을 내어 고용했는가를 까맣게 잊고서는 자신이 왕(절대적 권위의 훈련조교)이고 여행객들을 졸개(무조건 복종해야 하는 훈련생)로 취급하는 것이 일반적이었음에 반해, 이 시빈디씨는 넓고 깊은 지식을 바탕으로 성실하게 해설을 해 주고 있으면서도, 상대방의 위신, 인격, 세계관 등에 갈등을 일으킬 수 있는 소지의 한계선에 다다르면 거기에서 딱 멈추어 주는 소양을 가지고 있었다. 어떠한 사람에게도 100% 추천할 수 있는 유적지 전문 가이드였다.

위의 두 전문가 가이드 덕분에 계획한 모든 답사지들을 둘러보고 왔다. 이 지면을 통해 감사의 인사를 드린다.

두 번째 답사 때에는 짐바브웨에 내전 비슷한 사태가 발생하고 있었다. 주위에서 가지 말라고 말

---

30) 허승일(회장), 2002, 「머리말」, 『서양문명과 인종주의』, 한국서양사학회 엮음, 서울: 지식산업사, 5~7쪽.

31) 김세진 기자(서울=연합뉴스), 2007-10-21, 「'인종차별 발언' 왓슨, 논란속 굴욕적 귀국」. 미국인 노벨상수상 생명과학자 왓슨은 영국에서 흑인과 백인은 동일한 지적 능력을 가지고 있지 않다는 내용의 발언을 했다고 한다.

리는 사람도 있었다. 그런데 이미 여행 계획을 모두 짜 놓았는데 어떻게 취소할 수가 있겠나, 그 금 전적 손해는 얼마이며 또 1년이 늦어질 것인데 그러면 언제 답사기를 써 내나, 내 이미 말기로 들어 선 나이도 생각해야지 언제 종말을 고할지 누가 알 수 있나, 에라 모르겠다, 가야지 뭐 별 수 있나, 배우가 무대에서 쓰러져 죽는 것보다 더한 영광이 어디 있겠나, 역사학도가 답사하다가 총 맞아 죽 으면 일생일대의 보람 아니겠는가, 청사에 길이 남으리라, 이렇게 그럴듯한 표어를 만들어 내심 깊이 새기고는 달려간 것이다.

그런데 막상 가 보니 멀쩡한 것이었다. 이미 상황 종료 상태였는지는 모르지만 좀 과장된 언론 보 도였던 모양이다. 늘 하는 장단이 그 꼴이다. 좌우간 잘된 일이었다.

1. 치쿠포 동굴(Chikupo Cave)
타조와 그 새끼들, 머리 없이 싸우고 있는 산돼지 두 마리

6월 29일 일요일 저녁 8시 20분 1차 때와 같은 노선의 비행기로 인천 공항 을 출발했다. 6월 30일 월요일 낮 12 시 20분에 하라레 공항에 도착했다. 선선한 날씨였다. 환승지 요하네스버그 에서는 추워서 겨울 점퍼를 입었는데 도로 여름 점퍼를 꺼내 입었다. 하지만 어떤 때는 기온이 섭씨 6도까지 내려 가기도 한다는 것이다. 며칠 뒤에는 겨 울 점퍼를 꺼내 입기도 했다. 시간 절약을 위해 공항을 출발하여 치쿠포 동굴로 바로 갔다. 4륜구 동차로 걱정 없이 달려갔던 것이다.

가는 길에 박물관에 들러서 부오초씨를 태우고 오후 3시 40분에 치쿠포 동굴 입구에 도착했다. 돔보샤바 동굴과 비슷한 바위 그늘 구조였다. 그림은 대략 13,000~2,000년 전 것으로 추정된다고 한다.

많은 사람들, 동물들을 그려 놓았다. 사냥꾼 행렬도, 동물 무리 이동도 등 다양하다. 그중 「타조 와 그 새끼들」 그림은 일렬로 졸졸 따라오는 새끼들을 돌아보고 있는 어미 타조의 보살핌이 가슴에 와 닿고, 「싸우고 있는 산돼지 두 마리」 그림은 먹이를 두고 서로 싸우는지 하여튼 죽기 아니면 살기

로 맞붙어 돼지투쟁을 하고 있으므로 두 마리 모두 대가리를 없애 버린 화법이 재미있을 뿐만 아니라, 이 두 그림은 이후 짐바브웨 제 동굴벽화에서 나타난 여러 그림들과 더불어 이미 단축법(foreshortening) 또는 그 개념이 포함된 그림이었다. 곰브리치도 분명히 확인하지 않았을까 생각되는데 왜 이 사실들을 언급하지 않고 B.C. 510·500

년 고대 그리스의 「전사의 작별」(Gombrich, p. 81) 항아리 그림의 단축법만 치켜세우면서 '혁명(revolution)'이라는 둥, '옛 미술은 죽었고 묻혔다(the old art was dead and buried)'는 둥 반(反)예술적 발언을 하고 있는지[32] 납득하기 어렵다. 아울러 단축법 출현 선후 문제 이전에, 단축법이 없으면 회화, 미술의 성립, '완성'도 없다는 얘기인지, 그 그림들 감상에서 어떤 '불쾌감'이 있는지부터 먼저 물어보아야 할 것이다. 단축법이 무시된 그림들뿐만 아니라 대상물이 비틀어져 있거나 겹쳐져 있거나 찌그러져 있는 그림들까지 수백억 내지 천 수백억 원에 매매되고 있는 현실은 어떻게 이해를 해야 하는지 의문이다. The Story of Art(『미술 이야기』)에서는 하나의 사소한 그림 기법 문제를 가지고 미술 전체를 재단하는 오류를 범하고 있다. 한 회화 기법을 미술에서 절대적으로 필요한 요소인 양 부각시켜 고대 그리스 미술이 '대단한 각성(the great awakening)'을 이루었다고, 부분적으로 황당한 거짓말을 하고 있는 책이 7백만 부 이상 팔려 나간 셈이다. 이 거짓이 비록 부분적이긴 하지만 전(全) 인류 역사 인식에는 심각한 악영향을 끼치고 있으므로 반증 자료들을 폭넓게 수집하여 조속히 그의 잘못된 주장을 바로잡아야 할 것이다.

오후 5시경 하산하여 아리랑 식당으로 가서 저녁을 먹고 난 뒤 1차 때와 마찬가지로 레인보우 호텔에 체크인했다.

---

32) E. H. Gombrich, 1995, The Story of Art(16th edit.), p. 81, "Painters made the greatest discovery of all, the discovery of foreshortening. It was a tremendous moment in the history of art when, perhaps a little before 500 BC, artists dared for the first time in all history to paint a foot as seen from in front. In all the thousands of Egyptian and Assyrian works which have come down to us, nothing of that kind had ever happened", "It may seem exaggerated to dwell for long on such a small detail, but it really meant that the old art was dead and buried", p. 82, "The great revolution of Greek art, the discovery of natural forms and of foreshortening, happened at the time which is altogether the most amazing period of human history. - - - science - - - philosophy - - - theatre - - -"; 강철구, 앞의 책, 142~143쪽, "유명한 미술사학자인 곰브리치(E. H. Gombrich)는 … 그리스 미술이 미술사 전체에서 가장 중요한 혁명을 이루었다고 찬양하고 있는 것이다. 유명한 서양의 학자들이 다 그렇게 이야기하니 보통 사람들은 그저 그렇거니 하고 받아들일 수밖에 없는 상황이다".

2. 밤바타 동굴(Bambata Cave): 125,000년 이전 그림 안료 출토
「사람들, 야생동물들」「formlings」

7월 1일 화요일 아침 9시에 호텔 체크아웃하고 박물관에 가서 불라와요 박물관 전속 가이드 시빈디씨에게 보내는 부오초씨의 소개장을 받은 후 4륜구동차로 하라레를 출발하여 불라와요로 갔다. 오후 4시경 밤바타 동굴 입구에 도착했다. 1차 때 길을 알았기 때문에 곧바로 찾아간 것이다. 자갈길을 약 3km 올라가니 주차장이 나왔다. 거기서 약 2km 정도 가파른 바위산 길을 걸어가니 거의 산 정상 부분에 125,000년 이전 그림 안료가 출토되었다는 밤바타 동굴이 나타났다. 오후4시 40분이었다.

산 아래로 내려다보이는 경치가 시원하였다. 굽이굽이 산들로 이어져 있었다. 주민들이 기우제, 기원제를 한다든가 제사를 지낸다거나 할 때 의미 있는 장소로 선택하기에는 딱 들어맞는다고 생각되었다.

동굴은 중앙 부분이 산(山) 모양으로 각이 진 타원형 반(半)동굴이었다. 감개무량했다. 동물들, 사람들에 더하여 'formlings'[33]라고 불리는 원통형 비슷한 큰 손가락을 여러 개 붙여 놓은 모양의 상징적 그림이 두어 개 그려져 있었다. 이 상징화는 다른 암벽화에서도 자주 보였는데 'formlings'라는 단어가 영어사전에 나오지 않고 있어 무슨 의미인지 잘 모르겠다. 쿠두(Kudu)라는 영양 그림 하나가 단축법으로 그려져 있다. 이 동굴의 현존 그림 연대는 9,000~8,000년 및 4,000~2,000년 전 사이라고 한다. 동굴 내 언급한 안료 출토 부분은 발굴해 낸

---

33) Nick Walker, 앞의 책, p. 32.

상태 그대로 두었는데 철조망으로 막아 놓았다. 그렇게 오래전부터 그림을 그렸다니 그다음 후손들은 태어나면서부터 모두 예술가가 되었을 것이다.

오후 5시 조금 지나서 산을 내려왔다. 하라레부터 장거리를 달려와 중요한 유적지 한 곳을 둘러보고 나니 흐뭇했다. 일분일초를 낭비하지 않는 완벽한 전략전술가 전투 방식이었다. 왜냐면 시간이 돈이기 때문이다.

지난번에 투숙한 홀리데이 인 호텔에 체크인하고 부속 레스토랑 아리조나 스퍼에서 저녁밥을 먹은 후 음식 값으로 그 시각의 환율에 따라 돈을 몇 뭉치 지급했다.

3. 이난케 동굴(Inanke Cave): 3대 암벽화 중 으뜸이라 불림
「기린, 주술사, 사람들, 물고기들 유영, 여타 동물들」, 「formlings」

7월 2일 수요일 아침 9시 박물관에 가서 전속 가이드 시빈디씨를 만났다. 얼굴 표정부터 온화하고 깊이가 있어 보였다. 산전수전 다 겪은 노장다운 품위를 풍겼다. 많은 고고학 발굴 학자들을 보좌했다고 한다. 곧바로 출발하여 마토포 국립공원 정문을 지나 오전 10시 55분에 이난케 동굴 입구 관리사무실 주차장에 도착했다. 거기서부터 6.3㎞ 정도를 걸어야 하는데 필자는 누구한테 얘기할 때는 7㎞라고 쉽게 얘기한다. 왜냐하면 그저 평지 보행이 아니고 말 그대로 '산 넘고, 물 건너, 갈대, 잡목 숲을 지나고, 반(半)절벽을 오르락 내리락'했기 때문에 7㎞라고 말해도 양심의 가책을 받지 않는다.

주차장에서 조금 걸어가니 6㎞ 이정표(INANKE CAVE WALK 6KM) 팻말이 나왔다. 거기서부터 갈

대밭 등을 헤쳐 나가는데, 1차 답사 때 혹시 주차장까지 왔다고 하더라도 더 이상 전진은 불가능했을 것이다. 길을 훤히 알고 있는 전문 가이드가 아니면 100% 불가능하다는 판단이다. 길이 보이지가 않는데 어떻게 찾아갈 것인가.

7㎞를 가는 도중 도처에 암벽화가 그려져 있었다. '바위 있는 곳에 그림

있다'는 명제를 만들어 쓴다 해도 과도하지가 않을 것이다. 누누이 느끼지만 참으로 예술을 사랑하는 민족이다. 모든 것을 그려 놓는다. 이 그림들을 연구하면 선사 시대 역사의 많은 부분이 복원될 수 있을 것이다.

땀이 많이 흘렀다. 시빈디씨는 마치 평지를 걷듯이 앞서 나아가는데 따라가려니 힘들다는 것은 불문가지리라. 12시 50분 마침내 이난케 동굴에 도착했다. 거의 2시간이 걸렸는데 필자의 등산 실적으로는 신기록이었다.

이난케

바위 그늘보다 조금 더 깊이가 있는 얕은 동굴이었다. 반구(半球) 하부 화폭의 왼쪽에서 오른쪽 끝까지 쭉 연결하여 그려 놓은 장대한 구도의 벽화였다. 처음 느낌이 '과연 짐바브웨 제일'이구나 싶었다. 물론 앞에서 언급했듯이 며칠 지나고 나서부터는 느스와투기 암벽화도 결코 크게 뒤지지 않는다는 생각은 계속 하고 있지만 말이다.

기린을 포함한 온갖 동물들, 손가락을 겹쳐 놓은 듯한 상징적 그림, 주술사인 듯한데 머리 부분이 없는 사람, 물고기들의 유영 모습 등 생생하게 그려 놓았다. 색채도 여러 가지를 구사하고 있다. 그리고 사람들의 동작 하나하나를 자세하게 그려 놓았다. 여러 가지 얘기를 하고 있다. 자주 등장하는 「formlings」도 다양한 색깔로 그려져

있다. 이 그림은 계란 모양의 물건들이 앞뒤로 포개어져 나타나고 있어, 원근법(perspective)을 구사한 것으로 보인다고 한다.[34]

formlings에 대한 어휘 해석이 닉 워커의 책 말미 『Glossary』(용어풀이)에 나와 있는 것을 이제야 발견했다. 기쁘다. 그대로 옮겨 본다. "수수께끼 같은 그림인데, 통상 독특한 계란 모양 도안의 한 덩어리로서, 가끔 점들로 이루어진 다색채 그림이

---

34) Nick Walker, 앞의 책, p. 5, "This particular painting seems to show some perspective, as there appear to be further ovals stacked behind the front ones".

다. 이것들은 벌집들에 기초한 상징 혹은 힘 있는 권력의 시각적 연출로 믿어졌다. 초기의 연구자들은 곡식 저장통, 실로폰, 화살통, 바위 형성, 쟁기질한 들판, 발자국 그리고 빅토리아 폭포(!) 등까지 시사했다. 1920년대 독일의 모 인류학자가 그들을 'formling'이라는 용어로 신조어를 만들어 낸 후에는 그들은 프뢰벨의 시가 담배 또는 소시지라고 익살스럽게 불리어졌다. 때때로 택티폼(지붕 같은) 혹은 암호기록들로 불리었다(번역, 필자)".[35]

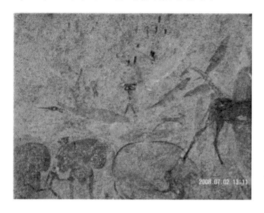

이런 그림들을 가볍게 생각하여 아마추어 수준이라고 판정해서는 곤란하다는 생각이다. 결코 취미 삼아 그림을 그리는 애호가(dilettante) 정도가 아니라 전문적 예술가들의 솜씨다. 익명의 장인들(The anonymous masters)이다. 물고기들의 생동하는 유영 모습을 처음 봤을 때 마치 한국화, 동양화에서 자주 등장하는 잉어들 노는 모습이 떠올랐다. 유연하게 헤엄치는 모습이 그대로 전달되고 있지 않은가. 어느 부분이 미숙하다고 느껴지는지, 쇼베동굴의 그림들과 비교해 볼 때 여러 사물들을 구성하는 솜씨, 동물 한 마리의 개체 묘사뿐만 아니라 다른 동물들과(사람 포함)의 관계(사회성) 표현 등에서 그 풍부함과 성숙도가 어떤지, 이런 그림을 예술이 아니라고 할 수 있는지, 다시 생각해야 될 일이다.

또 하나 흥미로운 사실은 다른 사람들보다 키, 체격이 몇 배나 큰 주술사, 또는 지도자로 생각되는 사람의 머리 부분이 루사페 지역의 「디아나 맹세바위」 그림에서와 마찬가지로 무엇인가로 가려져 있다는 것이다. 거기서는 종이 조각으로 가려 놓은 것 같았는데 여기에서는 나무 가지로 얽어 놓은 듯한 망태기를 쓰고 있다. 똑같은 얼굴이란 것을 알고 나면 믿지도 않거니와 부려먹기가 곤

35) Nick Walker, 앞의 책, p. 97, "Formlings: Enigmatic pictures, usually a cluster of distinctive oval-shaped designs, often polychromes with dots. These are believed to be symbols based on bee-hives or the visual rendition of a powerful force. Earlier workers suggested grain bins, xylophones, quivers, rock formations, ploughed fields, footprints, and even the Victoria Falls(!) etc. They were facetiously called Frobenius cigars or sausages after the German anthropologist who coined the term formling for them in the 1920s. Sometimes called tectiforms (roof-like) or cryptographs".

란하기 때문에 머리 부분을 보여 주지 않고 신비화시키고 있는 것이 아닌지 모르겠다.

며칠 전 치쿠포 동굴의 「싸우고 있는 산돼지 두 마리」 그림에서는 '돼지 투쟁'하고 있다고 두 마리 모두 머리를 떼 놓더니만, 주술사들 경우에는 모두들 머리를 가려 놓고 있다. 더 깊은 역사적 연유는 관람자들이 상상하고 연구해야 할 몫이다.

오후 1시 25분 감동 속에서 이난케 동굴을 출발했다. 오후 3시 30분 주차장에 도착, 5시 30분에 불라와요 시내로 돌아왔다. 저녁은 샹그리라라는 중국 음식점에서 먹었다. '사람 사는 곳에 중국 음식점 있었다'. 시빈디씨와 같이 식사했다. 여러 가지 얘기를 들었다. 닉 워커(Nick Walker)씨는 여기 박물관에서 오랫동안 발굴, 연구했고 지금은 이웃 나라(잠비아인가 보츠와나인가 기억나지 않음) 대학의 고고학과에 교수로 재직 중이라고 하였다. 이곳에서의 연구 업적으로 초빙되어 간 모양이다. 아프리카 전역에 암각화, 암벽화가 산재해 있다고 한다.

4. 표범 그늘(Leopard Shelter): 평지 바위
「전(全) 방위의 표범들」

이튿날 7월 3일 목요일 아침 6시 55분에 시빈디씨를 태우고 박물관을 출발하여 실로즈와느 동굴로 향했다. 가는 도중 잠시 동안 표범 그늘이란 바위 그림을 보았다. 지금까지의 산정 가까운 장소와는 달리 평지였는데, '바위 있는 곳에 그림 있었다'.

표범들을 동서남북상하 전 방위로 자유자재로 묘사해 놓았다. 왼쪽 부분은 새끼를 등에 태운 채 위로 향하게 그려 놓았는데 화가가 어느 방향에서 붓을 놀렸는지 모르겠다. 참으로 기가 막히는 회화 수법이다. '익명의 장인들'이 도처에 살고 있었다.

5. 실로즈와느 동굴(Silozwane Cave): 3대 암벽화 중 하나, 1929년 그림 모사
「솟대다리」, 「가사 장면」

오전 8시 53분에 실로즈와느 동굴 입구 주차장에 도착하여 고목 숲을 통과하고 가파른 바위 산

실로즈와느

길을 한참 올라갔다. 땀이 많이 났다. 9시 10분에는 거의 산 정상부에 있는 실로즈와느 암벽화 동굴에 도착했다. 타원형 돔식의 다소 깊은 동굴이었다. 이 동굴은 거의 최근까지도 기우제나 다른 의식들을 거행하는 데에 사용되었다고 한다.

1929년 영국과학진보협회(The British Association for the Advancement of Science)가 요하네스버그에서 모임을 갖고 여러 고고학 연구자들이 서로 격려하고 고무되어 있었는데, 이 무렵 프로베니우스 탐험대(Frobenius Expedition)에 속하는 마리아 바이어스부르크(Maria Weyersburg) 여사가 실로즈와느 동굴에서 그 암벽화를 모사했고 모사 장면 사진이 게재되어 있다.[36]

이 동굴벽화 역시 대단한 그림이었다. 3대 암벽화라고 할 만했다. '극적인 장면, 풍부함, 미술의 다양함(the dramatic scenery and richness and variety of art)'[37]이라고 표현해 놓았다. 많은 종류의 그림이 그려져 있다. 다리가 솟대처럼 긴 사냥꾼, 기린, 동양의 용처럼 기다란 동물, 그 위에 사람이나 동물이 타고 있는 모습, 여자가 돌판에 곡식을 갈고 있는 모습 등 가정의 일들도 보인다. 갈레이크는 이 암벽화에는 마토포의 모든 주제들이 포함되어 있다고 말하면서 특히 가장 인상적인 그림은 가사 장면들이라고 자세하게 설명했다.[38]

어떤 연구자는 이러한 장면을 근거로 새롭게

---

36) Peter Garlake, 2002, *Early Art and Architecture of Africa, Oxford History of Art*, Oxford University Press, p. 32.

37) Nick Walker, 앞의 책, p. 3.

38) P. Garlake, 앞의 책(1987), p. 88, "Silozwane contains the full range of Matopos subjects and themes … The most striking paintings in the cave are the domestic scenes, in dark paint, stretching high across the cave".

자코메티 〈걸어가는 남자〉

이주해 온 농업민들의 그림 기록이라고 해석하기도 하는데, 가축이나 항아리, 금속기구 등이 없고 수렵, 채집자들이 아니라는 결정적 증거는 없다는 것이다.[39] 그렇게 주장한 연구자가 이들을 원주민 산(San)족이 아니고 이주민 반투(Bantu)족 같다고 한 모양이다.[40]

　9시 45분경 하산하기 시작하여 10시 쯤 주차장으로 돌아왔다. 산으로 올라갈 때는 아무도 없었는데, 내려와 보니 공예품 파는 아주머니, 아저씨 서너 명이 좌판 시장을 형성하여 일렬로 쭉 서고, 앉아 있었다. 멀리서 다 보고 있었던 모양이다. 정다운 풍경이었다. 필자는 목각 코뿔소 두 마리를 샀다. 보면 볼수록 잘 만들었다고 느껴진다. 십 수만 년 예술 민족 후예들의 작품이었다. 짐바브웨 석기시대 3대 암벽화를 다 보고 훌륭한 기념품까지 샀으니 너무나 흐뭇하다.

6. 구루바훼 동굴(Gulubahwe Cave): 제일 긴 동물화
　「5m '용'그림」

　10시 10분에 출발하여 구루바훼 동굴로 갔다. 앞에서 소개했듯이 5m 거대 동물 그림이 있다는 곳이다. 한 시간 넘게 달려 12시 20분경 도착했다. 동굴은 찻길에서 멀지 않았다. 아담한 작은 반원형 극장 같은 얕은 동굴이었다.

---

39) Nick Walker, 앞의 책, p. 4.

40) Sir Robert Tredgold, 앞의 책, pp. 44, 48.

말 그대로 기다란 용 같은 그림이 그려져 있었다. 그 위에는 사람들이 몇십 명 타고 있고 다른 물건도 올려져 있었다.[41] 이것은 매우 친근하고 상서로운 동물로서 선박 같이 타고 다니는 모양이다. 그런데 그림이 많이 훼손되었고 또한 지금까지 너무 훌륭한 그림들만 봐서 그런지 여기서는 그렇게 큰 감흥이 일어나지 않았다. 크다고 무조건 감동되는 것은 아닌 모양이다. 다만 수천 년 전에 주민들이 그려 놓았다는 사실을 가슴속으로 되새겼다.

이 암벽화를 끝으로 불라와요에서 답사 계획한 유적지는 모두 돌아본 셈이다. 흐뭇한 마음으로 경치를 구경하면서 싸 가지고 간 빵, 과일 등을 점심 삼아 먹은 뒤 1시 30분경 시내 숙소로 돌아왔다. 약 1시간 30분 걸렸다.

7. 자료 복사 및 CD 구입

다음 날 7월 4일 금요일에는 아침 일찍 호텔 체크아웃을 하고 박물관으로 가서 구내 도서실에서 문헌자료들을 한참 찾은 뒤, 시빈디씨에게 부탁하여 자료들을 대출해 나왔다. 구내 복사기 사용이 여의치 않아 시내에 나가서 복사하기 위해서였다. 사진 복사점이라고 간판 붙은 전문 가게에서 중간 두께 책 한 권 정도 복사를 하고 스프링 철까지 했다. 본답사기에 서술한 자료 한두 개는 거기서 인용한 것이다.

복사하는 시간 동안 촌음을 아껴 큰 상가 건물 안에 있는 CD 판매점에 가서 짐바브웨 음악 CD를 몇 장 샀다. 대중음악과 북(drum) 음악인데 좋은 음악이었다. 컴퓨터에 녹음을 해 놓고 지금도 편리하게, 즐겨 듣고 있다. 부담 없이 마음이 참으로 편해진다.

복사물을 찾은 뒤 자료들을 박물관에 반납하고 시빈디씨에게 감사의 인사를 드린 후 10시 50분 불라와요를 출발하여 하라레로 향했다.

오후 4시 30분 하라레에 도착, 아리랑 식당에서 저녁을 먹고 '나그네 상' 레인보우 호텔에 체크인했다. 이런 경우에는 행복한 '나그네'다.

---

41) Nick Walker, 앞의 책, p. 5, "The main painting is a 5metre long animal-headed snake(python-lioness?), with baboons, 25 people and a jackal on its back. It is probably the most spectacular painting in the hills".

8. 구루브 좀베파타 동굴(Zombepata Cave): 『역사와 이데올로기』 표지 그림 소재지
「사람들, 코끼리, 원숭이 등등」, 「formlings」

7월 5일 토요일 아침 8시 30분에 큐레이터 부오초씨를 태우고 박물관을 출발하여 구루브 지역으로 향했다. 부오초씨 얘기가 박물관 직원 모두에게 물어봐도 이런 책 표지 그림이 있는 곳은 모르겠고 구루브 지역에는 좀베파타 암벽화 하나뿐이라는 것이었다. 그렇지만 혹시 지역 총수이 추장은 알지도 모른다고 생각하여 그를 만나면 제시하려고 국립 박물관이 발행하는 유적지 관람 허가증을 지참했다. 11시경 좀베파타 동굴에 도착했다. 산 밑 주차장에서 약 20분간 등산해 올라온 것이다. 완전 바위산 산정이었다.

좀베파타

이 유적지도 바위 그늘 얕은 동굴이었는데 이곳의 암벽화 역시 많이 언급되는 그림이다. 큰 코끼리와 몇 개의 formlings가 특징이다. 원숭이(baboon)가 단축법으로 그려져 있다. 낙서가 많다. 주로 이름을 써 놓은 것 같은데 현대와 선사 시대의 대화인 셈이다.

여기까지 쓴 뒤 좀베파타에 관하여 뭐 다른 사항들이 더 없는가 하고 갈레이크의 *The Hunter's Vision*을 뒤적여 보던 중 기가 막히는 사실 하나를 발견했다. 차라리 황당한 순간이었다고 표현하는 것이 더 맞을 것 같다. 이곳의 코끼리 그림 사진을 'Guruve'라고 기재해 놓고 있는 것이 아닌가![42] 그렇다면, 『역사와 이데올로기』 표

지의 춤추는 사람들로 생각되는 그림도 같은 장소인 바로 여기 좀베파타 암벽화에 있다는 얘기가 아닌가 말이다. 이 사실을 모르고 이날 오후에는 또다시 추장님을 만나러 가지 않았던가. 기가 막힌다. 용산에 가서 박물관은 보고 왔는데 서울의 국립 중앙 박물관은 끝내 못 찾고 왔다는 꼴이 되어 버렸다. 헛웃음이 다 나온다.

---

42) P. Garlake, 앞의 책(1995), p. 128-129 사이 그림.

찍어 온 사진들을 급히 뒤적여 봤다. 그 '춤추는 사람들' 장면은 찾지 못하고 왼쪽의 사진 하나를 겨우 찾았다. 무슨 장면인지는 모르겠으나 각각 동작이 다른 사람들을 작게 그려 놓았다. 이와 같이 '춤추는 사람들'도 어디엔가 있을 것임이 분명하다. 위의 책 69쪽에서 바로 그 표지 그림이 예시되면서 소재지 기록은 역시 'Guruve'라고 써 있다. 만약 그때 이 사실을 알았더라면 돋보기를 비추어 가면서까지 찾았을 것이다. 저자가 좀 무심하다는 생각은 들지만 구루브(Guruve) 지방임은 분명하므로 틀린 말은 아니다. 국립 중앙 박물관은 서울에 있다고 하는 사람에게 시비를 할 수는 없잖은가 하는 이치이다. 좌우간 풀지 못한 큰 문제 하나가 해결된 것이다.

11시 45분에 하산하기 시작하여 12시에 주차장에 도착, 싸 가지고 온 김밥 도시락을 먹은 뒤 12시 17분에 출발하여 1시 30분에 1차 때의 그 카운슬러 집에 도착했다. 마침 출타 중이라 빙문 밑으로 같이 찍은 사진 2매를 밀어 넣어 놓고 구루브 상점가로 갔다. 추장님 소재를 물으니 역시 출타 중이라 하여, 같이 장기 두는 것을 구경한 친구에게 사진을 전해 주면서 주위의 모든 사람들에게 예의 '춤추는 사람들' 벽화 소재지를 물었으나 아무도 모르고, 또 이 지역에는 좀베파타 동굴 암벽화 하나뿐이라고 하였다. 이 순간에 필자 스스로 홀연히 깨달아야 하는 것인데 아둔하여 구루브, 좀베파타 지명이 서로 다름에만 집착하고 일상적인 대소(大小)구역 논리, 추리력이 작동되지 않았던 것이다. 중학교 단계의 선제집합, 부분집합을 다시 익혀야 된다는 판단이다. 저자를 나무랄 이유가 하나도 없다.

오후 2시 40분 구루브 상점가를 출발하였다. 오후 5시 아리랑 식당에 도착, 저녁을 먹은 후 호텔로 돌아왔다. 이때는 아직 이 기막힌 사실을 몰랐을 때이므로 '구루브 암벽화'를 끝내 찾지 못한 아쉬움이 남아 있었다.

9. 루체라 동굴(Ruchera Cave)
「솟대몸통」, 「대형 코끼리, 줄무늬 얼룩말 등」

7월 6일 일요일 아침 7시에 박물관을 출발, 9시 2분에 루체라 동굴 주차장에 도착했다. 하라레의 북동쪽 약 167㎞였다. 유적지까지 멀지는 않으나 가파른 바위길이었다. 9시 40분에 루체라 암벽화 동굴에 도착했다.

역시 적당한 규모의 바위 그늘 얕은 동굴이었는데 많은 사람들, 온갖 동물들을 다 그려 놓았다. 비례 이상으로 과장시킨 큰 코끼리들(그 다리 주변의 얼룩말들 크기 비교 바람), 코뿔소, 산양, formlings, 잘 보지 못했던 얼룩말 줄무늬까지 선명하게 그려 놓았다. 사람 그림도 지금까지는 솟대다리만 주

루체라

로 보았는데 여기는 솟대몸통을 그려 놓았다. 이것은 또 무슨 창의적 발상인지 모르겠다. 그 변화무쌍한 예술성에 다만 경탄할 뿐이다. 모딜리아니, 자코메티(Alberto Giacometti)[43] 등 현대 서양화가, 조각가들이 분명히 보고 갔을 것으로 생각된다. 이러한 그림 모두가 그들의 상상의 빈곤을 채워 줄 수 있었을 것이다.

10. 마넴바 동굴(Manemba Cave): 대형 벽화 '역사책'

「신나는 두 남자의 벌린 발 춤」, 「역삼각형 상체」, 「인간, 동물, 추상적 주제들의 혼합체」

마넴바

10시 5분에 하산 시작하여 곧 주차장에 도착, 마넴바 동굴로 향했다.

11시 8분에 인가가 많은 마을에 도착했다. 초등학교까지 있었다. 완만한 바위산을 약 40분간 올라갔다. 동네 어린이들 서너 명이 졸졸 따라왔다. 아니 앞서갔다. 11시 55분 산등성마루에 위치한 마넴바 동굴에 도착했다. 쐐기 모양의 큰 덮개

43) Herber Read, Consulting Editor, 1994, *The Thames and Hudson Dictionary of ART AND ARTISTS-revised, expanded and updated edition Nikos Stangos*, London: Thames and Hudson Ltd, p. 145, "Giacometti: G.'s early works have an elemental, primitive force"; 해럴드 오즈본 편(1970, Oxford University Press), 한국미술연구소 옮김, 2002, 『옥스퍼드 미술사전』, 서울: 시공사, 812쪽, "자코메티: … 그 뒤 고대 조각, 원시 조각, 추상 물체, 구상적 두상 등 여러 양식을 모색하는 힘든 시기를 맞이하였다. … 그의 인체상은 때로는 극단적으로 가늘고 때로는 매우 길게 늘려서 표현한 단일 인물상 또는 군상으로, 주위 공간과의 관계 속에서 절대적인 미래상을 구하려고 하는 듯하다".

돌 바위 그늘이었다. 가로 길이가 길고 규모가 매우 컸다. 산 아래 마을과 넓게 펼쳐진 벌판이 훤히 내려다보였고 동굴 앞은 큰 집회도 할 수 있는 완만하고 넓은 바위 마당이었다.

좌우 끝에서 끝까지 그림이 꽉 차 있었다. 모든 일상사가 다 그려져 있는 것 같다. 차라리 한 권의 역사책이다. 온갖 동작의 사람들, 갖가지 동물들, 활을 들고 사냥하는 장면, 화살이 비 오듯 하는 장면, 두 남자의 신나는 벌린 발 춤(이른바 pas de deux), 사냥 도구인 듯한 여러 갈래 줄 기구를 든 튼튼한 역삼각형 상체의 남자들 등 재미있는 그림들이 많이 있었다. 솟대다리, 솟대 몸통에 이어 역삼각형 상체였다. 그 상상력은 무궁무진했고 배워 올 것이 불가승수였다. 또 하나의 그림은 "인간, 동물, 추상적 주제들의 혼합체"로 설명되어 있다.[44]

오후 1시 5분에 산을 내려오기 시작하여 1시 30분에 마을 주차장에 도착, 다음 유적지로 출발했다.

11. 마드찌무드짱가라 동굴(Madzimudzangara Cave): 낙서의 전당
「사람 포함 동물들」, 「악어」

오후 2시 10분에 마드찌무드짱가라 동굴에 도착했다. 마을에서 가까운 거리였는데 마찬가지 바위 그늘 암벽화였다. 마을이 가까워서 그런지 이름, 장난 그림 등 후손들의 낙서가 심했다. 벽화는 많이 남아 있었다. 다른 동물들에 더하여 악어 한 마리가 별도로 그려져 있었다. 다음 유적지인 '악어 사람들'에서와 같이 악어가 주민들의 생활 속 깊이 들어와 있는 것 같다.

---

44) Lorraine Adams, 앞의 책, p. 5, "This scene from Manemba, comprising a typical blend of human, animal and abstract motifs, bears the scars of natural weathering".

오후 2시 35분에 하산하여 2시 42분에 주차장 도착, 하라레로 출발, 5시 30분에 아리랑 식당 도착, 저녁 먹고 호텔로 돌아왔다.

12. 악어 사람들 바위(Crocodile Men Rock): 평지 강가

「파충류 인간」

7월 7일 월요일에 아침 일찍 박물관에 가서 문헌자료들을 찾았다. 이때 오래된 안내 책자에서 굿올 여사의 응고마쿠리라 벽화 모사 그림이 있는 사실을 확인한 것이다.

낮 12시 30분 부오초씨와 같이 악어 사람들 바위를 향해 출발했다. 낮 1시 5분에 주차장에 도착, 1시 12분 바위에 도착했다. 평지 강가의 바위 그림은 처음이었다.

정작 악어의 그림은 없는데, 사람들이 '파충류 인간[45]'이라고 설명되어 있다. 악어토템을 가진 주민들인지 모르겠다.

1시 25분에 악어 사람 바위를 떠나 다음 유적지로 향했다.

13. 응도마 바위그늘(Ndoma Rock Shelter): 바위 밀집

「사람들의 일상생활」, 「동물들」

오후 3시에 산 밑 주차장에 도착하여, 험한 바윗길을 한참 올라갔다. 15:18시 응도마 바위그늘이라는 바위군(群)에 다다랐다. 바위그늘이라기보다는 바위들이 서로 밀집되어 있는데 그 노천 벽면

---

45) Lorraine Adams, 앞의 책, p. 1, "Famous for the fifteen reptilian human figures, this painting compromises two adjacent panels each 0.75m wide and 0.7m high".

에 그대로 그림이 그려진 것이 많았다.

지금까지와는 다른 특징적 그림은 발견하지 못했으나 응고마쿠리라 암벽화와 같은 완전 노천 상태에서 견디어 낸 것이 놀라울 뿐이다. 코끼리 등 큰 그림도 있었으나 부분적으로 사람들의 일상생활을 묘사한 매우 상세한 그림이 많았다.

이 유적지를 마지막으로 제2차 짐바브웨 암벽화 답사를 모두 마친 셈이다. 감개무량하다. 이 사실을 반드시 세상에 널리 알려서 유럽중심주의 고고학, 인류 문명사를 바로잡아야 하겠다는 각오를 다시 다졌다.

오후 3시 40분 하산, 3시 57분에 주차장에 도착하여 하라레로 출발했다. 4시 57분에 아리랑 식당에 도착하여 저녁 먹고 숙소로 돌아왔다. 내일이면 한국으로 돌아가야 한다.

14. 답사 마무리

7월 8일 화요일에는 아침 일찍 레인보우 호텔에서 체크아웃하고 8시에 박물관 도서실로 가서 문헌자료들을 조사했다. 사서 노마(Mrs. Noma) 부인의 호의로 필요한 부분을 모두 사진 촬영했다. 이 지면을 빌어 노마 여사에게 감사의 인사를 드린다. 그리고 관리인에게 부탁하여 굿올 여사의 응고마쿠리라 모사 그림을 사진 찍어 왔다. 마찬가지로 고마움을 전한다.

10시 30분 큐레이터 부오초씨와 작별인사를 하고 박물관을 출발하여 기념품 상회로 가서 몇 가지를 구입하고 공항으로 향했다.

11시 40분 국제선 비행장에 도착했다. 여름 점퍼를 그대로 입고 있었던 것을 보니까 그렇게 춥지 않았던 모양이다. 그동안 안내해 준 김 사장님에게 감사와 작별인사를 하고 출국 수속장으로 들어갔다.

오후 1시 하라레 공항을 출항하여, 지난번과 마찬가지로 요하네스버그, 홍콩에서 비행기를 갈아타고 인천으로 돌아왔다.

7월 9일 수요일 저녁 9시 30분에 인천 공항에 무사히 도착했다. 멀리 아프리카 짐바브웨에 존재하고 있는 인류사적으로 중요하다고 판단되는 동굴암벽화 여러 장면을 답사하고 왔으니 기쁘기 그지 없다. 물론 필자가 답사한 암벽화는 아프리카 대륙 전역에서 극히 일부에 지나지 않을 것이고 거기에는 암벽조각을 포함하여 훌륭한 예술적 작품들이 더 많이 있을 것으로 짐작된다. 특히 이번에 찾아가지는 못하여 아쉽지만 *The Hunter's Vision*(pp. 66~68)에 실려 있는 마콘드(Makonde) 지역 암벽화, 70여 명이 뒤집어지면서 군무하는 「춤추는 사람들」 같은 구성의 그림은 지금까지 고암 이응노 화백의 먹그림 「군상」, 「군」, 「군무」[46] 외에는 잘 보지를 못한 대단한 작품으로 필자는 생각하고 있다.

하지만 이번 두 차례에 걸쳐 짐바브웨 석기시대 암벽화를 답사 확인한 결과, 그 유적 수량과 더불어 수만, 수천 년 전 벽화들의 예술성은 물론이고 그동안 노천암벽에서 견디어 온 안료의 재질, 성분 등도 인류 미술사, 문명사 첫 부분에 반드시 서술되어야 한다는 생각을 가지게 되었다. 그리하여 유럽중심주의 고고학에서 벗어나야만 하고 나아가 부당하게 편견된 인류역사를 바로잡아야 한다는 판단이다. 아울러 암벽화를 그린 담당자들에 대해서도 '존경심을 가지고' 구체적으로 언급하여 더 이상 악의적 인종주의가 횡행하지 못하게 해야 한다는 소견이다.

이상 간략하나마 미숙한 필력으로 2차에 걸친 짐바브웨 암벽화 답사기를 써 보았는데 부족한 부분에 대해서는 독자 제현의 관용을 간구하며, 이 글이 짐바브웨 암벽화에 관심을 가진 분이나 그곳을 답사하려는 분들에게 조금이나마 도움이 되었으면 한다. 잘못된 인용, 서술 부분이 있으면 고쳐 주기 바란다.

2019년 4월 보완:

본서 초판 발행 후 짐바브웨 하라레 국립박물관 큐레이터 Mr. Godhi Bvocho, 사서 Mrs. Noma 및 블라와요 전문가이드 Mr. Sivindi 세 분에게 책을 증정했더니, 3개월 반 만에 도착했다고 연락 받았으며, 《한국구석기학보》 제23호(2011.06.)에 실린 필자의 「짐바브웨 석기시대 동굴벽화 관람기 - 서구 중심 역사 서술에 대한 비판」 글과 함께 짐바브웨 박물관 〈문헌목록〉에 등재하겠다고 했다. 감사드린다.

---

46) 호암갤러리, 1988, 『고암 이응노전 - '89.1.1.▶2.26』(주최: 중앙일보사); 국립현대미술관, 2004, 『이응노 UNGNO LEE』.

一
부록

호찌민의 『목민심서』 애독 여부와 인정설의 한계
Rumor of 『Mongmin Simseo』 as Ho Chi Minh's favorite and the limitation of its acceptance

최근식*

Ⅰ. 서론: 애독설의 진위 여부와 함의

베트남의 독립영웅 호찌민 주석이 생전에 다산 정약용의 『목민심서』를 애독했다는 이야기가 한국의 많은 사람들의 인식으로 자리 잡고 있다. 그런데 자료를 찾아보니 모두가 '카더라명제' 밖에 나오지 않았다. 일반인에게 널리 알려진 소설, 중앙지 신문, 인문 서적, 인터넷 사이트 속에 서술된 문구들을 찾아서 각 저자들에게 문의해 보았으나 별다른 근거 사료 없이 그대로 들은 대로 옮겼다는 것이다. 사안의 중요성에 비해 안이함이 지나쳤다고 생각한다. 다산 정약용 선생은 주지하다시피 한국사에서 뚜렷한 자리를 차지하고 있는 큰 학자이고,[1] 호찌민 주석 역시 베트남 역사에서뿐만 아니

---

* 고려대학교 아세아문제연구소 동북아문화교류연구실 연구교수, 문학박사(崔根植, 高麗大學校 亞世亞問題研究所 東北亞文化交流研究室 研究敎授, 文學博士, Choi, Keun Sik, Korea University Asiatic Research Institute, Research Professor, Ph. D.).

** 이 글은 2010년 9월 한국평화연구학회, 『평화학연구』 제11권 제3호에 게재한 논문을 호찌민의 『옥중일기』에 대한 사항을 추가하는 등 부분적으로 수정/보완하여 2011년 5월 17일 조선대학교에서 개최된 한국베트남국제학술대회에서 발표한 후, 다시 호찌민의 「유언장」에 관한 내용을 추가하여 2011년 7월 6일 중국 장춘 길림대학에서 개최된 2011년장춘국제학술대회에서 발표한 것이다.

1) 백남운, 정인보, 안재홍, 백낙준, 월탄 등, 『신조선』 8월호(신조선 제12호) 〈정다산특집〉 (경성: 신조선사, 1935), p.27, "다산선생은 조

라 세계사적 위상을 가지는 역사적 인물로 생각된다.[2] 이러한 두 인물을 확실한 근거도 없이 엮어 놓는다는 것은 두 나라 모두에게 불명예라고 판단된다. 특히 베트남에서는 더 예민한 반응을 보일 것임이 분명하다. 호찌민은 베트남에서 국부적 존재 이상으로 예우되고 있는데 남의 나라 한 학자의 책을 아무 역사적 근거 없이 침대 한 편에 놓고 읽었으며 이로부터 호찌민의 사상과 철학이 나왔음을 암시하는가 하면 공무원들에게 이 책을 권장했고 심지어 정약용 선생의 제삿날까지 알아서 호젓이 제사를 지냈다고 얘기되고 있다.

이에 대하여 몇 연구자들은 사실 확인이 어렵다, 허구일 가능성이 크다고 말해도 잘 수긍되지가 않는다. 만약 그것이 사실이 아니고 날조된 허구의 '전설'이라고 판정된다면 큰 문제임에는 틀림없다. 먼저, 국제관계에서 중요한 상대국의 신뢰를 얻지 못할 뿐만 아니라 질못되면 진략적 동반관계로 진입한[3] 한국과 베트남 간의 외교적 문제로까지 비화될 수도 있을 것이다. 사실을 밝혀야 한다. 이에 대한 진위 검토가 중요하다.

제II장에서는 호찌민의 『목민심서』 애독설의 양상과 전문 지식인들로부터 일반인들에게 확산된 과정을 살펴보고, 제III장에서는 애독설 근거에 대한 진위를 재검토할 것이며, 제IV장에서는 삶의 행적과 정치사상적 경향, 호찌민의 『옥중일기』, 「유언장」 등을 검토하여 정약용과 호찌민의 영향 관계를 살피고, 마지막으로 역사 무검증적 애독설의 지양과 본고의 의의를 서술코자 한다.

II. 애독설의 양상과 확산 과정

호찌민의 『목민심서』 애독설은 말 그대로 베트남의 독립영웅 호찌민 주석이 다산 정약용의 『목민심서』를 애독했다는 것이다. 호찌민이 소년시대에 구해서 읽었다고도 하고, 중국 상해에 망명 시 또는 게릴라 전투 시에 옆에 두고 읽었다는 것이다. 이 책을 입수한 경로는 중국 상해에 망명 시 구했다는 설, 모스크바에서 국제레닌학교 재학시절 박헌영이 전달했다는 설 등 여러 가지가 있다. 우선

선이 가젓든 최대학자이다"(안재홍).

2) 윌리엄 J. 듀이커/정영목 옮김, 『호치민 평전』(서울: 푸른숲, 2001), p.15, "모스크바 코민테른의 요원이자, 국제 공산주의 운동 참여자이자, 베트남 승전의 기획자로서 호치민은 의문의 여지 없이 20세기의 가장 영향력 있는 정치적 인물 가운데 하나로 꼽힌다."; William J. Duiker, HO CHI MINH (New York: Hyperion, 2000), p.2.

3) 추승호 이승우 기자, "한국-베트남 전략적 협력 동반자 관계 구축을 위한 공동성명[한·베트남 정상 공동성명 전문]", 『하노이=연합뉴스』, 2009.10.21.

문헌상으로 나타난 대표적 호찌민-목민심서 관련 이야기를 시간적 순서대로 살펴보면 다음과 같다.

문헌상 처음으로 언급된 것은 1992년 4월 소설가 황인경의 소설 『소설 목민심서』 제1권 〈머리말〉이다.

"작고한 베트남의 호치민은 일생 동안 머리맡에 『목민심서(牧民心書)』를 두고 교훈으로 삼았다고 한다"[4]

고 기술되었다. 2004년 11월 20일 4판1쇄까지는 이 머리말이 그대로 실려 있다. 2007년 4월 30일 랜덤하우스코리아㈜에서 펴낸 5판1쇄에서는 머리말 내용이 바뀌면서 '호치민' 운운도 제외되었다. 그리고 책 날개 안쪽 작가 소개 난에 "현재까지 500만 부가 넘는 판매를 올리고 있는 스테디셀러이다"고 선전되어 있다. 만약 판매 부수가 사실이라면 호찌민-목민심서 애독설에 대한 한국인의 일반적 인식을 확대시키는 데에 큰 영향을 미쳤다고 판단할 수 있다.

1993년 미술사학자 유홍준 교수는 그의 저서 『나의 문화유산답사기』 제1권에서

"월맹의 호지명이 부정과 비리의 척결을 위해서는 조선 정약용의 『목민심서』가 필독의 서라고 꼽은 사실"[5]

이라고 썼다. 이 책 역시 "우리 인문서 최초의 밀리언셀러! 230만 독자를 감동시킨 국토 답사의 길잡이. 1권 100쇄 발행, 1·2·3권권 통합 200쇄 발행"이라고 ㈜창비에서 홍보되어 있다.

다음 1994년 7월 17일 경향신문 제9면에 반판 정도의 고은 시인의 〈혁명가의 죽음과 시인의 죽음〉이란 큰 글자 제목을 붙인 글이 올라와 있다. 그 밑에 세로로 된 중간 크기 글자로 "호지명은 목민심서 읽고 다산의 기일추모"라고 작은 내용제목으로 뽑아 놓았는데 다음과 같이 써놓았다.

"북베트남의 살아있는 신(神) 호치민(胡志明)이 세상을 떠났다. … 아무튼 그는 소년시대 극동의 조선후기 실학자 정약용의 『목민심서』를 구해 읽고 한동안 丁(정)의 기일(忌日)을 알아 추모하기를 잊지 않기도 했다"[6]

4) 황인경, 『소설 목민심서』 제1권 (서울: 삼진기획, 1992).

5) 유홍준, 『나의 문화유산답사기』 1 (서울: ㈜창비, 1993년 초판/1994년 개정판), p.54.

6) 고은, "혁명가의 죽음과 시인의 죽음", 『경향신문』, 1994.7.17.

그는 소년시대에『목민심서』를 구해 읽고 다산의 기일을 알아 추모까지 했다고 서술했다.

이어서 고은 시인은 1997년 그의 시집『만인보』15에서

"월남의 정신 호지명 / 일찍이 어린 시절 / 동북아시아 한자권의 조선 정약용의 책 / 그『목민심서』따위 구해본 뒤 / 정약용의 제삿날 알아내어 / 호젓이 추모하기도 했던 사람 / "[7]

이라고 묘사했다.

위와 같이 호찌민의『목민심서』애독설은 처음에는 소설가, 미술사학자, 시인 등 다양한 분야의 전문가들에 의해 언급되었던 것이다.

그리고 일반인의 애독설 인식이 다음과 같은 형태로 확대되었다. 널리 유포된 일반적 인식이라고 간주할 수 있는 인터넷 기사들 중에서 대표적인 것을 소개하면, 2004년 1월 15일 한 포털사이트에는 <베트남의 한류(韓流)와 정약용(1761-1836)-호치민(1890-1969)이 살아있을 때 시작되었던 한류(韓流)->라는 제목의 글이 올라와 있다. 부분 부분 인용해 본다.

"베트남 전쟁이 한창 벌어지고 있을 무렵 월맹군의 총수 호치민(호지명)은 그의 머리맡에 언제나 한 권의 책을 두고 읽고 있었다. 그 책은 김일성 전집도 아니오 모택동 전집도 아닌 우리나라의 역사적인 한 인물의 저작이었다. 베트남에서의 한류의 원조는 호치민의 머리맡에서부터 이미 시작되고 있었다".

"지난 60년대 70년대 월맹과 베트남이 한창 전쟁을 치르던 베트남전에서 월맹군 총지휘자요 결국은 그 전쟁에서 승전의 영웅이 되어 베트남의 '싸이공'시 이름을 그의 이름으로 바꾸어 놓은 호치민(호지명)이 베트콩들을 지휘하면서 게릴라전 현장 가는 곳마다 침대 머리맡에 두고 읽고 또 읽었던 정약용의 <목민심서>는 그저 태어난 책이 아니었다. 그것은 그의 어려운 유배지의 작품이라는 개인적인 환경과 더불어 근세 우리나라 실학사상의 발흥에서 나타난 시대적 새로운 조류를 타고 나타난 작품이다".[8]

촌각을 다투는 사투의 게릴라전 현장에서 호찌민은『목민심서』를 읽고 또 읽었으며, 베트남에서 한류의 원조는 호찌민의 머리맡에서부터 시작되었다고 한다.

---

7) 고은, "호지명",『만인보』15 (서울: 창작과비평사, 1997), p.35.

8) 다남, 인터넷사이트, 2004.01.15 22:16 http://blog.naver.com/joydepark/608961.

같은 해 11월 5일 인터넷 사이트에 올려진 <다산 정약용과 호치민의 국경과 시대를 초월한 인연../이야기속의 고전>이란 글 하나를 더 소개한다.

"통일 베트남 국민들의 정신적 지주이며 국부로 추앙을 받고 있는 호치민(胡志明)이 죽고 난 뒤 그의 유품을 정리해 보니 그 중에 주목할만한 세 가지가 있었다고 한다. 200여년 전 조선의 선각자이며 개혁사상가인 다산 정약용이 집필한 목민심서와 다 헤어진 옷 한 벌, 그리고 폐타이어로 만든 슬리퍼 한 켤레가 그것이다. 여기서 가장 의미있게 눈여겨 볼 수 있는 것은 그가 죽을 때까지 중국어판 목민심서를 항상 옆에 두고 애독하며 실천하는 삶을 살았다는 것이다".[9]

『중국어판 목민심서』를 애독했다고 한다.[10]

2004년에는 한국현대사 전문연구자의 단행본이 출간되었다. 임경석 교수는 『이정 박헌영 일대기』라는 책을 출간하면서 박헌영이 1929년 국제레닌학교 재학시절 사진 한 장을 게재했다. 거기에서 호찌민과 목민심서가 관련되었다는 직접적 이야기는 쓰지 않았지만 박헌영과 호찌민이 함께 찍은 사진이라고 다음과 같이 설명하고 있다.

"국제레닌학교 재학시절 각국 혁명가들과 함께 한 박헌영: 1929년 모스크바에서 호치민 등 아시아의 젊은 사회주의자들과 함께 찍은 사진. 앞줄 오른쪽 세 번째가 박헌영. 주세죽(가운데줄 오른쪽 세 번째), 김단야(앞줄 왼쪽 두 번째), 양명(앞줄 왼쪽 네 번째), 호치민(뒷줄 오른쪽 끝)(주세죽의 유품에서. 박비비안나 제공)"[11]

1991년 7월 10일 중앙일보 김국후 특파원은 박헌영의 친딸이 모스크바에 있다는 특종기사를 제1면에 사진과 함께 대서특필하고 제3면에 소련 유학길 열차에서 태어났다는 딸의 일생을 소개했으며, 7월 13일에는 아버지만큼 기구한 박헌영의 딸 추적 1주일 기사를 써냈다. 그리고 동년 10월, 12월에 박헌영의 두 혈육인 64세의 딸 박비비안나와 51세의 아들 박병삼(승명: 원경스님)이 모스크바, 서

---

9) 맷돌, 인터넷사이트, 2004.11.05 07:34 http://blog.naver.com/9584dol/7188897.

10) 중국은 1956년 이래 문자를 간략화 하여 이른바 간체를 사용했다고 하는데 어떤 중국어판인지 검토해보아야 할 것이다.

11) 임경석, 『이정 박헌영 일대기』 (서울: 역사비평사, 2004), p.158.

울에서 두 차례에 걸쳐 해후한[12] 뒤라 이 사진을 보고 설명을 읽는 독자들은 자연스럽게 박헌영의 목민심서 전달설을 받아드릴 소지가 있다.

이 책이 출판되자 바로 2004년 4월 6일 조선일보 문화면에서 <호치민과 이념 교류도 보여줘>라는 중간 글자 크기의 내용제목을 달고 위 책에 실린 동일한 사진을 크게 실어면서 다음과 같이 설명하고 있다.

"박헌영이 1928년 11월부터 1931년 말까지 코민테른이 운영하는 모스크바의 국제레닌학교 영어반에 재학했을 때의 일도 자세히 드러났다. 당시 그는 호치민 등 각국에서 온 청년 공산주의자들과 교유하면서 공산 혁명의 이론과 전략을 배웠고 뛰어난 역량으로 높은 평가를 받았다".[13]

전문연구자의 단행본에서 '호치민'이라고 기재되었으니 자연스럽게 호찌민 등과 교유했다고 쉽게 풀어서 더 많은 대중들에게 전달했던 것이다. 조선일보의 판매부수와 한국에서의 영향력은 더 이상 설명하지 않아도 될 것이다.

같은 해 2004년 7월에 간행된 『이정 박헌영 전집』 제9권 화보와 연보에서도 같은 사진이 수록되어 있는데 사신이 뒤십어져 있다. 이 사진에 대하여 저자에게 문의하였던 바 답해오길 『전집』 제9권에 수록된 사진이 바르다고 했다. 그러나 호찌민의 위치 설명은 "뒷줄 맨 왼쪽"이라고 같은 인물을 지적하고 있어 실물 진위판정에는 큰 불편함이 없다.[14]

그다음 2005년 정약용 선생 관련 단체로서 다산연구소 박석무 이사장이 자신의 저서 『풀어쓰는 다산이야기』에서 다음과 같이 써놓았다.

"호치민의 사상과 철학이 어디서 나왔을까가 세상의 관심거리였는데, 그 호치민의 머리맡에는 바로 『목민심서』가 항상 놓여 있었다는 것입니다. 책이 닳도록 『목민심서』를 읽고 또 읽었다는 호치민은 한시(漢詩)도 뛰어나게 잘 지을 정도로 한문에 밝은 분이었습니다. 『목민심서』를 읽는데 그치지 않고 그 책을 지은 다산 선생을 너무도 존경하여서, 다산의 제삿날까지 알아내서 해마다 제사를 극진하게 모시기도 했다는 것입니다"

12) 김국후 특파원, "북한부수상지낸 박헌영 친딸 모스크바에 있다(제1면), 부모 蘇유학길 열차서 태어나(제3면)", 『중앙일보』,1991.7.10; "아버지만큼 기구한 박헌영의 딸", 동 7.13; "박헌영 딸-아들 "모스크바 상봉"", 동 10.23; "서울 온 박헌영의 딸", 동 12.21.

13) 이선민 기자, "박헌영의 심장은 1956년 7월에 멎었다 - 호치민과 이념 교류도 보여줘", 『조선일보』, A21(문화면)나1, 2004.4.6.

14) 이정박헌영전집편집위원회, 『이정 박헌영 전집』 제9권 (서울: 역사비평사, 2004), p.45.

"베트남의 위대한 지도자 호치민은 『목민심서』를 읽고 조국의 해방과 통일을 이룩했는데, 목민심서의 종주국인 이 나라에서는 왜 그러한 지도자가 나오지 않을까요"

"호치민의 이상도 서려 있는 고전 중의 고전인 『목민심서』!".[15]

책이 닳도록 읽고 또 읽었으며 제사까지 지냈다고 한다. 호찌민이 살아 있을 때는 한국과 전쟁 중이어서 한국 측에서는 그는 격멸시켜야 할 극악무도한 공산주의 흉적이었는데[16] 그의 사상과 철학이 『목민심서』로부터 나왔다는 말이 모순됨 없이 사리에 맞는가 하는 의심도 없고, 월맹 측에서 보면 다산 선생은 필살해야 되는 적들의 가까운 조상인데 과연 그를 제사지냈음이 사실일까 하는 의문조차 암시되지 않은 위의 글은 두 인물 모두에 대한 찬사 일변도의 난해한 인식이라고 생각된다. 다산 연구의 대가가 이렇게 전달해 놓았으니 일반 독자들이 믿지 않을 수가 없게 되었다.

이런 와중에 이론을 넘어서 현실화된 측면으로 2005년 11월 15일 다산 정약용과 호찌민 주석의 생가가 있는 남양주시와 빈시 사이에 자매도시 결연을 맺었다고 한다.[17] 사건은 점점 더 확대 된 셈이다.

2007년 11월 17일에는 필명이 동곡(東谷)으로 쓰어 있는, 더욱 확대 다양화된 일반인의 인식이라고 생각되는 지나친 여행기 한 편이 올라와 있다. 다음과 같다.

"호치민과 정약용. 베트남은 아직도 전쟁영웅 호치민의 정신이 여기 저기 배어 있다. 정약용의 '목심심서'를 자신의 몸처럼 아꼈다는 호치민. 그는 다산의 가르침을 몸소 실천한 인물이다. 호치민은 국민이 있음으로 관(官)이 있다고 역설하며 철저히 국민들 속에 들어가 함께 살고자 했다. 호치민은 '3꿍 정신'을 실천한 것으로 잘 알려져 있다. '3꿍 정신'의 첫째는 국민과 함께 산다는 '꿍어', 둘째는 함께 먹는다는 '꿍안', 셋째는 함께 일한다는 '꿍땀'이 그것이다.

정약용 선생의 '목민심서'를 지침삼아 '3꿍 정신'을 철저히 실천했던 호치민. 그가 죽기 10년전까지 살았던 목조가옥엔 단백한 유품만 남아있다. 지팡이 하나와 옷 두벌, 목민심서를 비롯한 책 몇 권, 나무 책상 하나, 고물 시계 하나가 전부다. 노구의 러닝셔츠 차림으로 병사들과 함께 모래주머니를

---

15) 박석무, 『풀어쓰는 다산이야기』(파주: 문학수첩, 2005), pp.44-47.

16) 김효성, "총쏘고 칼로 찌르고 독약 먹이고 1시간 만에 380명 살육한 한국군", 『오마이뉴스』, 2007.5.22, 08:42; 김효성, "미군 학살 박물관에 걸려있는 한국군 사진", 『오마이뉴스』, 2007.6.15, 16:22.

17) 혹시 무슨 근거가 있는지 알아보려고 2009년 11월 24일 필자는 남양주시청을 방문하여 관련자를 만나보았다. 구체적 자료는 없고 전문에 의존하여 두 인물의 생가가 있는 도시 사이에 자매도시를 맺자고 제안하여 이루어졌다고 했다. 자매결연 동기에 대한 까다로운 고증절차는 생략하고 수락 측의 묵언응대로 진행되었던 것 같다. 남양주시는 이외에도 영국의 켄트주 다트포드시, 몽골의 울란바타르시, 중국 강소성 상주시, 강원도 영월군, 전라남도 강진군 등과도 자매도시 결연을 맺고 있었다.

나르는 호치민 할아버지.

호치민의 묘소는 1945년 9월2일 프랑스로부터 독립을 선언한 호치민의 바딩(Ba Dinh) 광장에 있다. 대리석을 사용해 러시아양식으로 지어진 호치민 기념관에 안치된 호치민의 시신은 방부처리 되어 유리관 내에 보관돼 있다. 마치 모스크바 붉은 광장에 레닌 무덤처럼. 내가 그의 관옆을 지날때 그는 아직도 눈을 부릅뜨고 목민심서의 정신을 외치고 있는 것 같았다.

그는 목민심서 정신 하나로 세계 최강국인 미국과 전쟁에서 승리한 전쟁영웅이다. 그가 저승으로 가서 스승(?)인 정약용 선생을 만난다면 무어라고 할까? 우리나라보다도 해외에서 더 숭앙을 받고 있는 것이 다산의 정신이다. 외제라면 무조건 사족을 못 쓰는 우리나라의 국민정신이 안타깝게만 느껴진다. 아마 다산이 중국 대륙이나 유럽의 어느 나라에서 태어났더라면 세계적인 지도자와 학자로서의 크게 추앙을 받지 않았을까?".[18]

호찌민은 다산의 가르침을 몸소 실천한 인물이라고 하면서 마치 다산 정약용의 『목민심서』가 베트남의 현대사를 발전시키는 데에 큰 동인으로 작용한 것으로 설명하고 있다.

2008년 1월 연합뉴스 베트남 특파원 권쾌현 국장은 〈정약용 17대종손 베트남서 첫 환경상 수상〉이란 세목으로 기사를 쓰면서 "베트남은 국부(國父)로 불리는 호찌민주석이 다산 정약용의 목민심서를 탐독하고 끝까지 보유하고 있었다는 말이 있어 정약용에 대한 연구가 지금도 계속되고 있다"[19]고 했다. 한걸음 더 나아가 베트남도 정약용 연구를 하고 있다고 한다.

이후 2008년 박석무 이사장은 ㈜민족21 잡지 정용일 취재부장과의 인터뷰에서 다음과 같이 답변했다.

"언젠가 베트남을 방문한 기회에 호치민박물관에 가봤지만 목민심서는 없었어요. 관장의 말이 그런 얘기는 들었지만 자기들로서는 구체적인 기록을 발견할 수는 없었다고 해요. 관장의 견해에 의하면 호 주석은 독서광이라 중국 망명시절에 많은 한서 고전을 탐독했는데 그때 읽었을 개연성은 있지만 확증은 없다고 해요. 내 생각에는 '공직자로서 가장 도덕적이기 위해서는 청렴해야 한다, 자기는 조국과 결혼했다, 아내가 있으면 사심이 생긴다'며 평생 독신으로 살고, 청탁을 거절하기 위해 고향을 알리지 않았다는 점을 보면 목민심서를 읽었을 가능성도 있는 것 같아요".[20]

---

18) 동곡, "베트남의 정신적인 지도자인 호치민." 인터넷사이트, 2007.11.17 http://cafe.daum.net/dongsehe.

19) 권쾌현 특파원, "정약용 17대종손 베트남서 첫 환경상 수상", 『하노이=연합뉴스』, 2008.1.15.

20) 정용일, "[박석무 한국고전번역원 원장] "지도자일수록 다산茶山의 목민牧民 정신 되새겨야"", 『민족21』 2008년 8월호 (통권 제89호)

박석무 이사장은 호찌민박물관에 『목민심서』가 전시되어 있지 않음을 확인했음에도 불구하고 여전히 애독 가능성을 피력하고 있다.

2009년 작가 안재성은 그의 저서 『박헌영 평전』에서 다음과 같이 서술하고 말미에 주석(미주28)을 달아 놓았다. 『목민심서』 소유와 호찌민 사진을 결합하여 애독설을 더욱 심화시켰다.

"학생 중에는 베트남 공산당의 젊은 지도자 호치민도 있었다. 한자 발음대로 호지명이라 불리던 그는 박헌영과 각별히 친해서 조선의 역사와 사상을 알게 되었다. 박헌영은 그에게 조선후기 실학자 정약용의 저서 『목민심서』를 선물했다. 나라의 관리가 어떤 마음으로 어떻게 인민을 대해야 하는가를 기록한 이 책은 장차 베트남의 지도자가 되는 호치민에게 평생의 지침이 되었다(미주28)".
"박헌영이 준 『목민심서』는 베트남 하노이의 호치민 박물관에 보관되어 있다. 박헌영은 이 책에 친한 벗이란 뜻의 붕우(朋友)라는 한자가 포함된 서명을 하여 선물했다고 한다".[21]

호찌민에게 목민심서를 누가 전했는지 처음 구체적으로 기술한 것이다. 박헌영이 모스크바 국제레닌학교 재학시절 동학인 호찌민에게 전달했다는 것이다. '붕우(朋友)'라는 한자가 포함된 서명까지 하여 선물했다고 한다. 호찌민박물관에 목민심서가 없다는 사실은 연합뉴스 베트남 특파원 김선한 국장이 2006년 1월 9일에 이미 확인, 보도한 일이다. 그러함에도 그 사실이 전혀 반영되지 않고 2009년에 와서까지 '호치민 박물관에 보관되어 있다'고 썼다. 보도기사는 제Ⅲ장에서 제시하고자 한다.
최근 2009년 11월 2일 고양시 전 시의원 김혜련의 독서노트에 다음과 같은 기사가 적혀져 있다. 다소 길지만 호찌민-목민심서에 대한 일반적 인식을 극명하게 나타내주는 중요한 자료라고 판단되어 거의 전문을 인용한다.

"한달전부터 읽기 시작한 "박헌영평전"을 어제 다 읽었다. 박헌영평전에 대한 리뷰는 "이현상평전" "조봉암과 진보당" 을 엮어서 할까 한다.
몇년전 베트남에 갔을때 호치민이 "목민심서"를 항상 갖고 다녔다는 사실을 들었다. 그리고 전두환 대통령이 베트남을 방문했을때, 목민심서 얘기를 듣고 공직자들에게 "목민심서"를 필독할 것을

(서울: (주)민족21), pp.20-27.
21) 안재성, 『박헌영 평전』(서울: 실천문학사, 2009), pp.146, 627, 미주28.

지시했다는 기사도 보았다.

어떻게 호치민이 목민심서를 읽게 되었을지 궁금했는데, 박헌영 평전에 얘기가 나왔다. 박헌영이 1차 투옥중 재판을 받던 도중 정신병자 행세를 하고 가석방되었을 때, 만삭이었던 부인 주세죽과 함께 두만강을 넘어 소련으로 망명한다. … 소련으로 망명한 박헌영과 주세죽은 당시 혁명에 성공한 소련의 극진한 대접을 받으며 지냈고 1929년 1월 레닌 국제학교에 입학하게 된다. 이곳에서 박헌영은 세계의 혁명가들과 함께 공부하게 된다.

호치민과 박헌영이 국제레닌학교의 동기동창이었다. 이때 박헌영이 호치민에게 목민심서를 건네주었다고 한다. 러시아어판이었을지, 영어판이었을지 알 수 없지만.. -_-;;

어쨌든 호치민은 목민심서를 열독하였고, 죽을 때까지 갖고 다녔다고 한다. 덕분에 베트님을 관광하는 한국사람들은 호치민과 목민심서 얘기를 다 듣고, 나름 자부심도 가지게 된다. 나도 그랬다. 의원시절 민주평통 어르신들과 베트남을 갔었는데, 어르신들도 호치민과 목민심서 얘기를 들으면서 "흠.. 그래~~ "이런 분위기였다. 하지만 그 책을 전해준 사람이 천하의 빨갱이 '박헌영'이었다는 사실을 알았다면 완전 뒤집어지지 않았을까.~~

호치민은 치밀한 전술로 베트남을 통일시키는 데에 성공했지만.. 그에 비하면 박헌영의 삶은 "비극" 그 자체이다. 사세한 이야기는 박헌영평전 리뷰에 다시~~".

그리고 앞에서 언급한 〈단체사진〉을 첨부하면서 다음과 같이 설명해 놓았다.

"사진 맨 앞줄 왼쪽에서 세번째가 박헌영, 박헌영의 왼쪽은 김단야, 뒷줄 오른쪽에서 세번째가 박헌영의 첫번째 부인 주세죽, 맨 뒷줄 오른쪽 끝에 나비넥타이 맨 이가 호치민이다. 이 사진은 주세죽의 유품으로 주세죽의 딸 박비비안나가 소장하고 있던 것이다".[22]

박헌영, 호찌민이 레닌국제학교 동기동창이었다고까지 발전했다. 점점 더 구체화 되었다.

이상 살펴본 바와 같이 호찌민-목민심서 애독설 내용은 소설가, 학자 등 전문가, 다산 관련단체, 일반인에 의해 양질 모두 확대 재생산되어 이미 한국인의 일반교양 상식 수준이 되어 버렸다. 이정도면 '일반적 인식'이라고 말해도 큰 무리가 없을 듯하다. 1992년 황인경 작가의 한 줄 정도에서

---

22) 김혜련, "호치민에게 목민심서를 건네준 사람은 누구일까?(2009.11.2)", http://passionkim.tistory.com/trackback/162 (검색일: 2009.11.10).

2009년 김혜련 고양시 전 의원에 이르러서는 스무 줄 이상으로 되어 17년 만에 양적으로 스무 배정도 늘어났으며 질적으로도 '베트남 건국 동인' 정도로까지 심화되었다.

III. 애독설의 근거 재검토와 인정설의 한계

호찌민『목민심서』애독설은『목민심서』의 소지, 호찌민의 사진을 근거로 삼고 있다. 따라서『목민심서』의 소지 여부와 사진의 진위 여부를 판정해보고자 한다.

1. 호찌민의 『목민심서』 소지 여부

한국인들이 그렇게 쉽게 믿어버린 호찌민의『목민심서』가 하노이에 있는 호찌민박물관 또는 호찌민 생전 집무실 등에 전시되어 있지 않다는 사실이 밝혀졌다. 2006년 연합뉴스는 다음과 같이 보도하고 있다.

"〈호찌민 주석 옆에는 목민심서 없다〉 (하노이=연합뉴스) 김선한 특파원 = "호찌민박물관과 집무실에는 목민심서가 없다".
프랑스로부터 베트남을 해방시킨 호찌민(胡志明) 前 베트남 국가주석의 유품을 모은 호찌민박물관과 그가 생전에 사용하던 집무실에는 다산(茶山) 정약용 선생이 쓴 목민심서가 없는 것으로 확인됐다.
베트남 수도 하노이에 위치한 호찌민박물관의 응웬 티 띵 관장은 9일 오전 박석무(朴錫武) 단국대이사장 겸 다산연구소 이사장 등 한국방문단과 만난 자리에서 "호찌민박물관에는 고인과 관련된유품 12만여 점이 소장돼 있지만 목민심서가 유품 목록에 포함돼 있다는 것은 처음 듣는다"고 목민심서 소장 사실을 사실상 부인했다고 배석했던 한 인사가 밝혔다".

위 기사는 유품 서적 등 더 구체적 사실 보도로 이어지고 있다.

"익명을 요구한 이 인사는 "띵 관장은 고인이 독립운동 등을 하면서 국내외의 수많은 양서들을 읽은 뒤 이 가운데서 좋은 내용을 국가운영 등에 사용한 것으로 안다"면서 "그러나 고인이 남긴 유품 가운데 서적은 '레닌전기' 등 소수에 불과하다"고 전했다.

그는 또 "땅 관장의 말을 종합해보면 호찌민 前 주석이 평소 한문에 조예가 있고 독립운동 과정에서 중국에 한동안 체류한 사실로 미뤄 볼 때 목민심서를 읽었을 가능성은 배제할 수 없다"고 조심스레 말했다.

위 인사는 "그러나 그가 생전에 목민심서를 침대 한 편에 놓고 읽었다거나 공무원들에게 이 책을 권장했고 심지어는 그의 관 속에 목민심서가 부장돼 있다는 식의 주장은 와전된 것이 분명하다"고 덧붙였다.

한편 한국의 일부 언론과 인터넷 사이트 등에서 한동안 이런 주장이 계속돼 베트남에 진출한 일부 대기업 주재원들이 확인작업에 나서는 등 소동을 벌이기도 했다.

shkim@yna.co.kr(끝)".[23]

위 사실 하나만으로도 애독설 인정은 지속되기 어렵다는 판단이다.[24] 이 후 애독설을 기술한 연구자들에게 일일이 확인했으나 몇 저자로부터 답해 오길 문헌 등 확인 없이 "들어서 썼다"는 것이다.

그리고 호찌민-목민심서 애독설에 대한 부정적 비판을 보면, 한인섭 서울대 법대교수는 강하게 의문을 제기하면서 제국주의와의 식민지 해방전쟁, 혁명투쟁 와중에서 그 개연성마저 희박함을 피력했다. "양식있는 베트남인들이 한국에 퍼져있는 호지명-정약용의 연관성에 대해 듣는다면, 한국인의 지적 수준을 어떻게 볼지 궁금하다", 최소한 '합리적 의심'까지 하지 않고 '카더라 명제'를 믿어버렸다는 것이다.

"문제는 '합리적 의심'을 본령으로 삼아야 할 학자군, 전문가군들도 너무나 쉽사리 '카더라통신'에 추종하고 있음이다. 평생에 걸쳐 다산 연구에 진력해온 박석무, 조선후기 예술에 대해 많은 책자를 내고 문화유산답사의 유행을 불러일으킨 유홍준, 그리고 고종석 같은 글 잘 쓰는 언론인, 존경을 받고 있는 김진홍 목사, 〈내일신문〉의 장명국 등도 예외가 없다. 우리의 자랑스런 과거를 역설하기 위해서는 가장 기본적인 '합리적 의심'도 없이 조상예찬에 아낌없이 동참해버리는 것이다.

---

23) 김선한 특파원, "호찌민 주석 옆에는 목민심서 없다", 『하노이=연합뉴스』, 2006.1.9.

24) 필자 역시 호찌민박물관 및 호찌민 생전 집무실에 『목민심서』가 과연 전시되어 있는지 없는지를 직접 확인하려고 2009년 10월 17일 토요일 오후 베트남 하노이에 있는 호찌민 영묘 광장, 호찌민 집무주거실, 호찌민박물관 등에 갔었다. 서재, 박물관 등 세밀하게 찾아보았으나 『목민심서』는 어디에도 없었다.

민족주의, 애국심은 사실검증에 눈멀게 한다. 우리의 '조국'은 우리의 위대한 '님'이다. … 베트남전에서 총부리를 맞대었던 월맹의 빨갱이 수괴(首魁)라 할지라도 우리 조상을 선양했다는 말을 들으면, 투철한 반공의식도 합리적 의심의 과학도 물러서버리는 것이다".

"나는 박석무 선생에게 호지명의『목민심서』애독설에 대해 근거가 있는가고 이메일로 두 번이나 물은 적이 있다. … 답은 오지 않았다".

"학자는 무엇보다 의심하는 존재이며, 조사하고 확인하는 존재이다. … 그러나 때로는 어렵다. 그 누구도 애국심과 민족정서, 그리고 순식간에 형성되어 광풍을 떨치는 국민정서에 홀로 맞서기는. 그러나 '인위적 실수'도, '학문적 사기'도 하지 않고, 홀로 서야 한다. 그러라고 우리 헌법은 일반적인 언론의 자유 조항에도 불구하고, 학문과 예술의 자유, 대학의 자율성을 별도의 규정을 통해 보장하고 있지 않던가".[25]

이에 더하여 한인섭 교수는 다음과 같은 〈덧글〉을 달고 있다.

"덧글: 영산대 안경환 교수는 〈호지명의 옥중일기〉를 번역한 바 있는 베트남 전문학자이다. 〈옥중일기〉는 1942년부터 380일간 중국 감옥에 수감되어 있으면서 옥중감회를 한문시로 쓴 것이며, 본 번역서에는 한문원문과 베트남어번역 그리고 한글번역이 함께 나와 있다. 위 글을 쓰고 난 뒤, 안교수에게 몇 가지 질문을 드렸던 바 다음과 같은 답을 얻었다. 앞서 지적한 '합리적 의심'을 완전 해갈한 것은 아니지만, 정확한 증거에 기초한 지식을 추구하는 그 모습을 소개할 겸 안교수의 답변을 소개하고자 한다. 수록에 동의해준 안교수께 깊은 감사를 표한다.

"목민심서 이야기로 문의하시는 분이 많아 궁금하던 차에 호찌민 옥중일기 작품에 대한 한국 서예전 준비 관계로 호찌민박물관장을 여러 차례 만날 기회가 있어 상세히 문의해 본 바, 호찌민박물관에서는 전혀 아는 바가 없으며 목민심서에 관한 자료는 전혀 없을 뿐더러 호 주석이 목민심서를 애독하였다는 이야기는 처음 듣는다는 응웬 티 띤(Nguyen Thi Tinh) 박물관장의 답변을 받았습니다. (2005년 9월 8일)

목민심서를 호찌민 주석이 탐독하고 하였다는 설은 최초에 누군가 잘못 알고 이야기한 것이 사실인 것처럼 전해져 온 것으로 판단됩니다. 저도 호찌민 주석과 목민심서와는 전혀 관계가 없다고 생

---

25) 한인섭, "호지명이『목민심서』를 애독했다고?(2007.3.27)[『한인섭의 '반딧불처럼'』", http://saegil.or.kr/SGS/20_13.pdf (검색일: 2009.10.26).

각합니다.

호 주석의 한문 실력은 그가 과거 제도가 시행되는 시기의 인물이고, 동 시대의 지식인은 모두 한자에 수준 높은 실력이 있다고 판단됩니다. 특히, 호찌민 주석은 중국어 실력이 뛰어난 분이라 목민심서를 소화할 수준은 충분히 된다고 봅니다.

그 분이 남긴 한문 작품은 옥중일기에 있는 134편의 한시를 포함하여 모두 170편의 한시가 있습니다. 한자로 기타 언론에 기고한 글은 몇 편이나 되는 지 현재 제가 자료를 가지고 있지 못합니다'".

〈호지명의 옥중일기〉를 번역한 베트남 전문학자 안경환 교수의 견해를 들으면 호찌민 주석과 『목민심서』 사이의 관련은 없음이 분명하다.

한인섭 교수는 박석무 이사장의 호찌민-목민심서 애독설에 대해 해명해 달라고 몇 년 전 이메일을 두 차례나 보냈으나 답장이 없었다고 한다. 박석무 이사장은 "관장의 견해에 의하면 호 주석은 독서광이라 중국 망명시절에 많은 한서 고전을 탐독했는데 그때 읽었을 개연성은 있지만 확증은 없다, 내 생각에는 '공직자로서 가장 도덕적이기 위해서는 청렴해야 한다, 자기는 조국과 결혼했다, 아내가 있으면 사심이 생긴다'며 평생 독신으로 살고, 청탁을 거절하기 위해 고향을 알리지 않았다는 점을 보면 목민심서를 읽었을 가능성도 있다'고 대답하고 있는데, 지금까지 호찌민-목민심서 애독설을 자랑스럽게 늘어놓았던 사실에 비하면 과학적 사실고증 방법·결과는 아닌 것으로 판단된다. 물증은 없고 다만 '개연성', '가능성' 밖에 없다는 것이다. '가능성'만으로 '역사적 사실'로 만들어서는 안 될 것이다.

2. 호찌민 사진의 진위 여부

호찌민 사진의 진위 여부는 우선 여러 문헌에 실린 사진을 참조하여 판단해 보고, 다음, 같은 시기 호찌민, 박헌영의 연표를 비교해 보면 규명할 수 있을 것이다. 제II장에서 언급한 『이정 박헌영 일대기』에 게재된 1929년 국제레닌학교 시절 박헌영, 호찌민이라고 설명된 〈사진 1〉을 자세히 들여다보았다. 박헌영과 한국의 혁명가들은 본인들이 맞는데 호찌민은 실제 인물과 확연히 달랐다. 『호치민 평전』 등 여타 문헌에 나오는 비슷한 시기에 촬영한 호찌민의 독사진, 단체사진 등 여러 장면과 비교해 보니 다른 인물로 판정되었다. 이 사진에서 우선 확실한 것은 '호치민'이라는 인물이 다른 사람들보다 키가 작다. 뒷줄에 서 있는 여섯 명 모두 동양인인데 그 중에서도 제일 작다.

〈사진 1〉 정본 사진. '호치민'이라 와전된 인물은 뒷줄 맨 좌측. 박헌영 앞줄 중앙, 주세죽 중간줄 맨 우측
(『이정 박헌영 전집』 제9권, 45쪽)

그런데 다른 문헌에 나오는 여러 사진들을 보면 호찌민은 키가 크다.[26] 1923년 여름 모스크바에서 고참 볼셰비키이자 스탈린의 친한 친구인 클레멘티 보로실로프와 당시 공산주의 인터내셔널의 책임자로 일하던 지노비예프 등과 나란히 서서 붉은 광장 시위에 참여하고 있다고 설명된 〈사진 2〉를 보면 소련인인 그들보다 오히려 더 크게 보인다. 후년이기는 하나 1945년 9월 2일 베트남 민족 독립을 선언한 직후 시립극장 계단에서 새로운 각료들과 기념 촬영한 〈사진 3〉을 보면 한 계단 위에 올라선 바로 뒷줄의 인물들과 비슷한 키이다. 그렇다면 계단 높이 하나쯤은 더 크다는 결론이다. 1946년 퐁텐블로 회담에 참석하기 위해 프랑스로 가던 도중 잠깐 머문 바아리츠 해변에서 그

〈사진 2〉 1923년 여름 모스크바 붉은 광장 시위 참여 호찌민(오른쪽부터 둘째 번)

일행들과 찍은 사진을 보아도 이 역시 월등하게 크다.[27] 사람의 키라는 것은 노년으로 들어서면 허리가 구부러져 줄어들기는 하여도 성년 이후 갑자기 커지는 경우는 드물 것이다.

1919~1920년경 혁명가 지원자 부이 럼(Bui Lam)이 파리 고블린가 6번지 2층에 있는 호찌민의 집으로 찾아 가서 호찌민을 처음 만나보고는 "키가 크고

---

26) William J. Duiker(2000), pp.330-331; Sophie Quinn-Judge, *Ho Chi Minh: The Missing Years, 1919-1941* (Berkeley Los Angeles: University of California Press, 2002), pp.56-57.

27) 윌리엄 J. 듀이커/정영목 옮김(2001), 앞의 『호치민 평전』, pp.160, 486, 547.

<사진 3> 1945년 베트남독립선언후 호찌민(앞줄 중앙)

말랐으며 안색이 창백한 30세 가량의 남자가 미소를 띠며 서 있었다"고 묘사했고 같은 혁명 지원 제자 르 만 트린 역시 그를 "큰 키에 마르고"라고 썼다.[28] 마르다거나 안색이 창백한 것은 세월에 따라, 영양 공급 상태에 따라 자주 변할 수 있다손 처도 청장년기의 키는 10년 만에 그렇게 줄어들지는 않을 것이다. 크다, 작다는 상대적 개념이지만 공통된 일반적 느낌은 있다.

<사진 4> 1924년 호찌민

<사진 5> 1924년 호찌민

<사진 6> 1934년 호찌민

그다음 1929년을 기준으로 5년 전후가 되는 1924년 및 1934년 호찌민의 세 사진을 비교해 보아도 어느 쪽과도 닮지 않았다. 그리고 1929년이면 호찌민이 우리나라 나이로 마흔 살인데 사진 속 인물은 40세 치고는 너무 젊었다. 30세인 박헌영과 비슷하거나 그 아래 나이로 보이는 얼굴이다. 이런 관찰 역시 관찰자의 개인차는 있겠지만 일반적인 느낌은 있을 것이다.

그리고 <연표 1>에서 정리한 바와 같이 1929년에는 호찌민은 태국에서 혁명투사들을 훈련시키고 있었음을 알았다.[29] 이후 호찌민이 다시 모스크바에 도착하는 것은 1934년 2월이었다.[30]

이상 호찌민의 사진들을 볼 때 키, 얼굴 등이 판이하여 그 인물은 일단 호찌민은 아니라는 판정

---

28) 찰스 펜 지음/김기태 옮김, 『호치민 평전』(서울: 자인, 1973/2001), pp.67, 108; Chares Fenn, *Ho Chi Minh-a biographical introduction* (New York: Charles Scribner's Sons, 1973), p.33.

29) 윌리엄 J. 듀이커/정영목 옮김(2001), 앞의 책, pp.241-360; Sophie Quinn-Judge(2002), p.128.

30) Pierre Brocheux, *Ho Chi Minh* (Cambridge, New York, etc.: Cambridge University Press, 2007(2003/2007 English translation)), p.197.

에 도달한다. 어떤 베트남인이 '호치민'이라 가명을 쓰고 거기 있었든지 아니면 전달과정에서 호찌민이라고 와전되었던지 했을 것으로 결론된다. 그리고 연표로 보아도 호찌민과 박헌영은 조우할 수가 없으므로 '목민심서 전달설'은 성립되기 어렵다. 이런 모든 상황을 종합해보면 애독설을 인정하기에는 한계가 있음을 알 수 있다.

<연표-1> 호찌민·박헌영 연표

연도	호찌민	박헌영
1925년		11월 29일 종로경찰서 체포됨
1927년	5월 5일 광저우 출발 홍콩행, 홍콩 도착, 홍콩 당국 24시간 내 떠나라는 명령 다음 날 선편 상하이로 떠남, 안전 위해 고급 호텔 방 사용, 돈이 바닥남, 선편으로 블라디보스톡행 6월 초 기차편 모스크바 도착 11월 코민테른 호찌민여행요청서 승낙, 모스크바 출발, 베를린 잠시 들름, 파리 체류 12월 초 브뤼셀 반제국주의동맹집행위원회 회의 참석 12월 중순 잠깐 프랑스 귀환, 이후 몇 달간 베를린 체류	1월 22일 병보석 출감 병원 입원
1928년	6월 초 베를린 출발, 스위스 통과 이탈리아 도착, 밀라노 → 로마, 경찰 심문, 석방 후 나폴리 감 6월 말 일본 배 타고 시암으로 향발 7월 방콕 도착 8월 파칫 부의 빈동 도착, 친 신부로 위장 9월 우든 타니로 감, 베트남 청년 교육훈련	8월 소련 블라디보스톡으로 출발 그의 탈출로는 육로가 아니었다. 함흥을 출발하여 블라디보스톡에 도착하기까지 육로를 선택하는 것은 여러 모로 불가능했다. 함경선 철도가 아직 완공되기 전이었다. 그 철도가 완공된 시기는 탈출 이후인 1928년 9월이었다. 아마도 협력자들의 도움을 받아 소형 어선을 타고 해로를 통해 국경을 넘지 않았을까? 8~10월 블라디보스톡에서 모쁘르(국제혁명기구원회)의 도움으로 휴양. 이동안 주세죽은 딸 비비안나를 해산했다. 11월 5일 모스크바 도착 11월 20일 국제레닌학교 입학 청원

1929년	**연초** 사콘 니콘으로 감. 베트남 교포 우돈보다 더 많음. 시암에 있던 호찌민은 1929년 5월 대회에 참석한 두 대표에게서 혁명청년회의 분열 소식을 들었으며, 9월에는 새로운 인도차이나 공산당 지도자들에게 편지를 써서 자신은 진정한 공산주의자들 외에는 아무도 신뢰할 수 없다고 무뚝뚝하게 말했다. 호찌민은 두 번이나 베트남에 가려 했지만, 경찰의 감시 때문에 국경을 넘을 수가 없었다. 막 세 번째 시도를 하려고 했을 때 얼마 전 홍콩으로부터 도착한 동료(아마 레두이디엠이었을 것이다)가 그에게 사태의 긴박성을 알렸다. 호찌민은 즉시 방콕으로 가서, 광저우로 가는 배에 올랐다.	1월 18일 국제 레닌학교 입학 허용 12월 13일 동방노력자공산대학 조선·일본반 합동회의 제1일회의에 참석, 이후 회의 계속 참석
1930년	1월 20일 광저우 도착, 홍콩 동료에 연락. 호 퉁마우는 그의 조직원 한 사람을 광둥으로 보내 호찌민을 기차로 홍콩까지 호위해 오게 했다. 호찌민은 주룽(九龍)의 한 호텔에 투숙했다. 1월 말 인도차이나의 안남공산당과 인도차이나공산당 대표들이 홍콩에 도착했다. 2월 3일 주룽의 노동 계급 지구의 작은 집에서 회의가 열렸다. 호찌민은 자신의 신분을 밝히면서 회의를 시작했다. 2월 13일 상하이로 출발 2월 18일 눌랑에게 보고서 보냄 사무소(홍콩에 새로 설립할 남부 사무소) 설립차 홍콩으로 감 3월 말 동남아시아를 두루 돌아다님 4월 중순 방콕으로 돌아감 5월 중순 홍콩으로 돌아감 9월 찬 푸는 최종 준비를 위해 홍콩으로 돌아가 호찌민에게 인도차이나의 상황을 보고했다. 호찌민과 찬 푸는 상하이에 가서 눌랑에게 보고, 상의함. 찬 푸는 10월 초 홍콩으로 귀환, 호찌민은 중순 미국 배를 타고 귀환. 10월 20일 작은 아파트에서 중앙위원회 개최	1월 31일 코민테른 동양비서부 조선위원회 회의 참석
1931년	3월 초 세르주 르프랑 홍콩에서 호찌민 만남 6월 6일 오전 2시 영국 경찰 호찌민 체포	**연말** 국제레닌학교 졸업

1932년	12월 28일 석방, 홍콩 추방 명령	1월 25일 조선공산당 재건운동 참가를 위해 상해에 도착
1933년	1월 6일 싱가포르 도착 체포, 홍콩 강제 송환 1월 22일 홍콩 다시 석방 홍콩 추방 명령 1월 25일 중국선 샤먼(廈門)행, 몇 주 후 상하이 행. 쑹칭링. 중국공산당 동료 도움 블라디보스톡 행 소련 기선 승선	7월 5일 상해에서 일본영사관 경찰에 체포 7월 말~8월 초 상해에서 나가사키(長崎)를 거쳐 서울로 압송
1934년	봄 블라디보스톡 출발 기차 모스크바 도착 9월 크림 요양소 치료, 몇 주 후 모스크바 귀환 레닌대학 입학, 6개월 과정 등록	
1935년	7월 25일 코민테른 제7차 대회 참가 9월 조속 귀국 희망 저널리스트에 인터뷰	
1936년	가을 민족 및 식민지 문제 연구소 강좌 등록	
1937~ 1938년	강좌 추가 수강, 극동국 일함	
1938년	9월 29일 학교 그만 둠 가을 중앙아시아 초원 통과 중국 우루무치 란저우 시안 옌안 구이린 팔로군 본부 도착	
1939년		9월 대전형무소 출옥

* 윌리엄 J. 듀이커/정영목 옮김, 2000/2001, 《호치민 평전》, 푸른숲, Sophie Quinn-Judge, 2002, *Ho Chi Min: The Missing Years, 1919-1941*, University of California Press, Berkeley Los Angeles.

* 임경석, 『이정 박헌영 일대기』, 역사비평사, 2004.

IV. 삶의 행적과 정치사상적 경향 검토

애독설의 진위를 판정함에는 호찌민과 정약용의 삶의 행적과 정치사상적 경향을 검토하는 것도 중요하다. 두 인물의 삶의 행적, 사상적, 학문적, 사회개혁 방법 등에서 공통된 부분이 존재하여 실제 영향을 줄 수 있었는지 여부를 파악하고자 한다.

애독설 주장자들의 호찌민-목민심서 연결 핵심은 '청렴→부정·비리 척결'이다. 다산 정약용 선생의 대표작이라고 할 수 있는 『목민심서』를 관통하고 있는 도덕 덕목이 청렴이다. 그리고 호찌민 역시 청렴했다고 한다. 따라서 청렴을 매개 인자로 호찌민과 『목민심서』가 연결되었던 것이다. 그런데 이 청렴 덕목이 과연 『목민심서』의 전유물이고 다산 정약용과 호찌민의 독창적 사상, 실천이었던가 하는 문제이다.

청렴은 다산 정약용 이전, 수천 년 전 동서양의 거의 모든 정치철학, 사상가들로부터 강조되어온 일반적 사회 덕목이 아닌가 하는 점이다. 그렇다면 다른 역사적 사실의 근거 없이 단지 청렴 덕목 하나만으로 호찌민과 다산 정약용을 연결시킴에는 무리가 있고 논리적 모순이 따른다고 할 수 있다. 그리고 부정·비리 척결은 인류 역사상 부정과 비리를 가장 심하게 저지른 사람들조차 공식적으로 주장했던 바임은 주지의 사실이다.[31] 또한 일부 연구자들에 의해 밝혀진 호찌민의 여성들과의 관계를 보면 "청렴하기 위해서는 결혼을 하지 않아야 된다"는 주장도 설득력이 떨어진다.[32] 따라서 애독에 대한 다른 구체적 사실이 거증되기 전에는 애독설을 주장해서는 안 된다는 판단이다.

다음, 두 인물의 사회개혁 방법이라는 측면에서도 고찰해보고자 한다.

『목민심서』는 중세 전제군주사회에서 왕으로부터 관리로 임명 받아 백성을 다스릴 때 부임부터 퇴임까지 어떻게 처신, 선정을 베풀 것인가를 이야기해 놓은 책이다. 위계질서 즉 계급질서 속에서 백성들에게 베풀어 보자는 덕목이 근간을 이룬다고 보아야 한다. 그러므로 이 서적이 사회체제를 어떻게 바꿀 것인가를 기획하는 혁명사상의 보고라고 보기는 어렵다. 실학사상의 한계가 무엇인가

---

31) 이준삼 기자, "'교육비리 후폭풍' 서울 지역교육장 총사임(종합)", 『서울=연합뉴스』, 2010.2.4; 김종수 기자, "이건희 "모두가 정직했으면 좋겠다"", 『서울=연합뉴스』, 2010.2.5; 김태균 기자, "'교육비리 몸통' 공정택 전 교육감 구속(종합)", 『서울=연합뉴스』, 2010.3.26.

32) 호치민 지음/월든 벨로 서문/배기현 옮김, 『호치민: 식민주의를 타도하라』(서울: 프레시안북, 2007/2009), p.14, "그를 공산주의의 성자로 보기는 힘들다. 그는 여자와 함께 많은 시간을 보냈고, 자주 타협했으며, 다른 민족주의 정당에 잠입하기도 했다. 언제나 정직했던 건 아니었으며, 정치적 신념을 순수하게 따르는 것을 무모하다고 여겼다"; Sophie Quinn-Judge(2002), p.1, "Ho is still held personally responsible by many Vietnamese for all the suffering which war and communism brought to their country."("호찌민은 전쟁과 공산주의가 그들의 나라에 가져온 모든 고통에 대하여 개인적으로 여전히 많은 베트남인들에게 책임을 저야한다": 필자 옮김), p.6, "Ho was not some sort of a celibate monk; he had two documented relationships with women during the period under examination here.[저자 서문 미주 24: The first of these women, known as 'Tuyet Minh', was a Cantonnese student of midwifery who started living with Ho as his wife in October 1926. She is not mentioned in Chapter 3 on Canton, since the relationship ended when Ho fled from China in the spring of 1927. … The second relationship, with Nguyen Thi Minh Khai, was politically more significant(see Chapter 5, 6 and 7).] He was a complex political animal and not a god. The traditional Vietnamese focus on Ho's exemplary leadership has led to a tendency to see him as the prime mover in any situation—he is pictured as the lead character in a series of morality plays."("호찌민은 독신주의 수도사와 같은 부류는 아니었다; 그는 여기서 검토하고 있는 기간 동안 여자들과 관계를 가졌던 두 개의 실례가 있다.[저자 서문 미주 24 …] 그는 복합적인 정치적 동물이었지 신이 아니었다. 호찌민의 모범적 지도자 정신에 맞춘 전통적 베트남의 초점은 그를 어떠한 경우에서도 그 원동력으로 보려는 경향으로 끌었다—그는 일련의 도덕적 희곡들에서 주도적 인물로 묘사되었다": 필자 옮김).

하면 당시 봉건사회 체제의 부정까지 가지는 못했다는 점이라고 한다. 다산 정약용은 조선후기의 실학을 집대성한 학자라고 연구되어져 있으며[33] 그의 대표작인 『목민심서』 또한 이 실학 학문체계의 범주에 속함은 분명하다.

한국사학자 강만길 고려대 명예교수는 실학사상의 성격을 다음과 같이 규정하고 있다.

"그들의 교양과 사상적 바탕이 성리학에서 완전히 이탈하지 못한 한계성 때문에 그 이론도 반성리학적·반조선왕조적 단계까지 나아가지 못했고, 이 때문에 그들이 제시한 방법론은 대체로 개량주의적 한계에 머물러 있었다".

"실학사상은 … 그것은 혁명주의적 사상이라기보다 조선왕조의 존재를 인정하는 범위 안에서의 개량주의적 사상일 수밖에 없었다. 이 때문에 "봉건국가의 왕권강화에 봉사한 사상"으로 평가되기도 한다".[34]

한영우 서울대 명예교수도 『여유당전서』에 대한 논문에서 "다산은 정치의 주체를 민중이라고 보았고, 또 민중을 위한 정치를 강조하였으나, 민중을 정치의 담당자로까지 적극적으로 주장한 것은 아니었다. 즉 그는 군주의 존재를 전적으로 부정하지는 아니하였으며, 오히려 덕과 예를 바탕으로 한 '왕정'을 이상적인 정치형태로 생각하였다"[35]고 했다.

『목민심서』를 일별하면 정치체제 개혁에 대한 제안이 전무함은 물론이러니와 토지제도에 관한 「호전: 전정, 세법」 항목에서도 획기적인 경제제도 개선 방안을 찾기는 어렵다. 전정은 "수령의 직책 54조 중에서 가장 어려운 것"이라고 규정하면서 양전법, 진전 감세, 은결, 여결 등에 관해 언급하고 아전, 감관 등의 농간 등을 지적하고 있으나, 이런 폐해를 적극적으로 개혁할 방안 즉 침탈 토지를 강제 몰수한다든가 농간 아전들에게 엄한 형벌을 내려야 한다든가 하는 대책을 제시하지는 않고 있다. 백성들을 긍휼히 여기는 마음은 문구마다 배어나 있고 관리들의 부정·부패를 여러 부분에서 고발하고 있으나, 폭력혁명을 통해 전제군주제도를 폐지하고 민주공화국을 지향하며 기본적으로 토지의 무상몰수, 무상분배를 기획하는 공산주의자들의 방법과는 달리 기존의 토지제도 속에서 담당 관리들을 훈유하고 백성들의 부담을 덜어주는 소극적 개량방법을 모색하고 있다.[36]

---

33) 이우성, "여유당전서 해제", 『증보 여유당전서』 1 (서울: 경인문화사, 1970).

34) 강만길, 『고쳐쓴 한국근대사』(서울: 창작과비평사, 1994), pp.150, 158.

35) 한영우, "정약용의 『여유당전서』", 『실학연구입문』(역사학회 편) (서울: 일조각, 1973/중판1983), p.323.

36) 정약용 저/다산연구회 역주, "호전: 전정, 세법", 『역주 목민심서』 II (서울: 창작과비평사, 1985), pp.174-269.

그러한데 호찌민의 30대 초반까지 삶의 행적과 그 학문적, 사상적 경향을 보면 다산 정약용과 그의 『목민심서』와는 참으로 판이함을 알 수 있다.

호찌민은 1890년 프랑스 식민지배하의 베트남에서 태어났다. 그의 아버지는 관리였으나 프랑스 지배에 반대하여 파면당하거나 또는 사임하고 순회 교사 또는 약제를 처방하는 일까지 하면서 민족독립운동에 관여하였다. 호찌민에게 누나와 형이 있었는데 그들은 아버지보다 훨씬 더 전투적인 자세를 취했다.[37]

1909년 호찌민은 판티에트라는 항구 도시로 가서 덕타인 학교에서 8개월 동안 2학년과 3학년에게 프랑스어와 베트남어를 가르쳤다. 그 후 호찌민은 사이공으로 가서 기술학교에 입학하여 3개월 간 공부한 뒤 1911년 말 바(Ba)라는 이름으로 바꾸고 샤르그 레유니 회사의 국제선 '아미릴라두쉬 트레비'호의 보조 요리사로 들어갔다. 1913년 말경 호찌민은 2년에 가까운 선원생활을 끝낸 뒤 프랑스 르아브르 항에 도착하고, 이어서 런던으로 가서 1914년 혁명노동자연합에 가입했다. 영어에 익숙해지고 좌익정치와도 관련을 맺고 나자 호찌민은 베트남 문제와 관련된 분야로 나아가야 한다고 생각하고 한 동포단체와 접촉하고 활동을 같이 했다. 1917년 프랑스 파리로 돌아와서 베트남 노동자들을 선동하는 작업에 관여했다. 1919년 안남애국자연합을 결성하고 온건한 8개조의 청원서인 '안남 민족의 요구'를 발표하고 6월에는 프랑스사회당 당원으로 가입하며, 가장 유명한 공산주의 신문 『뤼마니테(L'Humanite)』 등 파리의 간행물에 기고하기 시작했다. 그는 맑스주의를 공부하면서 프랑스의 노동자와 베트남 노동자 사이에 공통점이 많다는 것을 알았고 한편 프랑스 친구들로부터 극동문제의 전문가로 인정받게 되었으며 몇 가지 면에서는 최고 수뇌부 대접을 받기도 했다. 친구들이란 『뤼마니테』의 편집장 폴 바이앙 쿠투리에(Paul Vaillant-Couturier), 20년 후 프랑스의 수상이 된 레온 블룸(Leon Blum), 칼 맑스의 조카이자 영향력 있는 사회주의 신문 『르 포풀레르(Le Populaire)』의 편집장이던 샤를르 롱게(Charles Longuet), 프랑스 공산당원이 된 극좌파의 리더 마르셀 캬샹(Marcel Cachin) 등이다.

1920년 '제3인터내셔널 협력위원회' 위원이 되고 12월 투르대회에서 프랑스공산당이 창당되고 코민테른에 가입한다. 1921년 국제식민지연맹(식민지 민족들의 독립 투쟁을 통일할 조직)을 결성하고 1922년 『르 파리아(Le Paria)』를 창간하여 편집인이자 중요한 기고자로 활동한다. 같은 해 10월 파리에서 열린 프랑스공산당 전국대회에서 식민지 문제에 좀더 관심을 기울일 것을 촉구하는 결의안을 제출한

---

37) 호찌민은 이 같은 가족의 분위기 속에서 성장했고 아버지의 친구인 독립운동가 판보이쩌우의 영향도 받으면서 15세경에 이미 독립운동의 대열에 끼게 되었다고 한다. 판보이쩌우의 '불온' 행위로 호찌민이 프랑스 지방장관에게 소환당하여 최초의 사법기록을 남겼다. 이후 호찌민은 프랑스인 교사진으로 구성된 프랑스식 중학교에 입학하여 4년 동안 소속되어 있었는데 1908년 대대적인 반란에도 참가하는 등 이로부터 그는 더욱더 활발하게 혁명운동에 빠져들었다고 한다. 같은 해 조세 반대시위에 가담하여 학교에서 퇴학을 당했다.

다. 1923년 6월 모스크바로 탈출하여 코민테른 극동국에서 근무하고 12월부터 스탈린 학교에서 교육을 받는다.[38]

이러한 식민지해방투쟁 경력에 더하여 호찌민의 「레닌주의로 나를 이끌었던 길」이란 글을 보면, 그가 '읽고 또 읽었던' 책은 민족과 식민지 문제에 대한 레닌의 테제였다.[39] 그리고 "기쁨의 눈물을 흘렸으며, 그 이후로는 레닌을, 제3인터내셔널을 완전히 신뢰하게 되었다"고 했다. 이후 "프롤레타리아와 민족해방을 함께 이룰 수 있는 유일한 길은 공산주의와 세계혁명뿐입니다"[40]는 사회주의 혁명, 식민지 해방투쟁 등에 관한 글들이 뒤를 잇고 실천 또한 뒤따라 공산주의 국가 베트남을 건국하는 데 핵심적 인물이 되었다. 다산 정약용의 삶과 봉건시대의 관리들에 대한 훈유 성격이 짙은 『목민심서』와는 거리가 멀다.

그리고 호찌민의 『옥중일기』[41]를 읽어보면, 총 134편의 한시(漢詩) 중에 어느 부분도 다산 정약용을 회상케 하는 대목이 없다. 인도의 네루에게는 두 편의 시를 부치면서, 장개석의 훈사를 칭송하고, "어려서는 배우고 장성하면 행하라. / 위로는 당과 국가에, 아래로는 국민에 충성하라. / 근검하고 용감하며 염정하라는/ 양(梁)공의 가르침을 저버릴 수 없구나."라는 소후해(小候海)에게 주는 글은 쓰면서, 그렇게 청렴 결백하여 제사를 지낼만한 스승'이었고 『목민심서』를 머리맡에 두고 책이 닳도록 읽었'다면 어찌 380일 동안의 감옥생활에서 다산 선생의 '청렴, 정직'과 그의 18년간 유배생활이 상기되지 않았겠는지 상상할 수 없다. 일반적으로 독립/민주투사들이 투옥되어 거의 죽을 고생을 할 때는 더욱더 평소에 존경하던 인물이 상기되는 것이 상식일 것이다. 따라서 『옥중일기』를 보아도 호찌민은 다산이라든가 『목민심서』와는 전혀 관계가 없다는 사실을 알 수 있다.

다음은, 이 문제에서 가장 중요한 입증자료라고도 생각할 수 있는, 1965년에 쓰고 1968년과 1969

---

38) 윌리엄 J. 듀이커/정영목 옮김, 앞의 책; 찰스 펜 지음/김기태 옮김, 앞의 『호치민 평전』; Pierre Brocheux, English translation, 앞의 책, *Ho Chi Minh*.

39) Bernard B. Fall, *HO CHI MINH On Revolution, Selected Writings, 1920-66* (New York: Frederick A. Praeger, Publishers, 1967), p.6, 「THE PATH WHICH LED TO LENINISM」, "And a comrade gave me Lenin's "Thesis on the National and Colonial Questions", published by / 'Humanite, to read./ There were political terms difficult to understand in this thesis. But by dint of <u>reading it again and again</u>,(밑줄: 필자) finally I could grasp the main part of it. What emotion, enthusiasm, clear-sightedness, and confidence it instilled into me! I was overjoyed to tears. Though sitting alone in my room, I shouted aloud as if addressing large crowds: "Dear martyrs, compatriots! This is what we need, this is the path to our liberation!"/ After then, I had entire confidence in Lenin, in the Third International".

40) 호치민 지음/월든 벨로 서문/배기현 옮김(2007/2009), 앞의 책, 『호치민: 식민주의를 타도하라』 p.46; Ho Chi Minh/Introduction by Walden Bello, *DOWN WITH COLONIALISM!* (London, New York: Verso, 2007), p.6, "The liberation of the proletariat is the necessary condition for national liberation. Both these liberations can only come from communism and world revolution".

41) 호찌민 저/안경환 역, 『옥중일기』, (서울: 지만지, 2008); Lady Borton, 2007, *HO CHI MINH - A JOURNEY*, (Vietnam: The Gioi Publishers), pp.81-82, *"Prison Diary"*.

년 5월에 보완된 호찌민의 자필 「유언장」[42]을 보면, 미국 또는 미제국주의의 침략에 대하여 투쟁할 것을 모두 6개소에서 언급하면서, "나는, 칼 맑스, V. I. 레닌과 다른 혁명적 선배들을 만나야할 그 날을 기대하면서 이 몇 줄을 남긴다: 이리하여 이 나라 민인들, 공산당 동지들, 그리고 세계의 우리 친구들이 놀라지 않게 될 것이다"고 했다. 그리고 공산당, 단결, 사회주의를 건설하는 데에 맑시즘-레닌니즘과 프롤레타리아 국제주의를 바탕으로 할 것과 "붉음", "전문가" 등을 얘기하면서, 주검은 화장을 해달라고 써놓았다. 4년에 걸쳐 고쳐 쓴 「유언장」 어느 문장 속에서도 '목민심서', '정약용' 얘기는 없다.

살아생전과 죽은 뒤에도 모두 중요하다고 생각되는 일들을 적어 놓는 것이 「유언장」이다. 그렇다면 이 「유언장」만 보아도 호찌민-목민심서 애독설은 상상할 수도 없는 황당무계한 낭설이라고 판단할 수 있을 것이다.

다음으로 『목민심서』를 호찌민에게 전달했다는 박헌영의 성장 배경 및 학문적 경향을 살펴보면 중세사회 한국고전 탐독 또는 한자권 문헌에 대한 취향과는 거리가 있다. 1900년에 태어난 박헌영은 다산 정약용과 같이 조선시대 양반 대가의 한적을 쌓아놓은 집안에서 출생, 성장한 것이 아니라 알려진 바와 같이 어린 시절부터 사회경제적으로 넉넉지 못한 환경 속에서 성장했다고 봐도 큰 잘못이 없을 것 같다. 한문 서적 수집해 놓은 서고 또는 한적도서관 주위에서 학문을 연마했다는 분위기가 감지되지 않는다.[43] 그리고 그의 학문적, 사상적 경향과 민족해방, 공산주의 혁명 투쟁 경력을 볼 때 보통학교 이후는 주로 영어강습실, 영어반 등에 소속하면서 영문서적, 사회주의 이론서, 공산혁명 강령 등에 심취해 있었다.

일본 경찰의 수사기록에 따르면, 박헌영은 경성고보 입학 직후부터 5년 동안 줄곧 영어공부에 힘을 기울였다. 1915년 5월 2일 경성중앙기독교청년회 영어과에 입학, 1920년 3월 20일까지 계속해서 수업했다. 그리고 1945년 9월 박헌영이 작성한 러시아어 이력서의 한 구절이 "17~20세까지는 중학교에서 배우기 시작한 영어를 전문적으로 익혔다"로 되어 있다. 1919년 3·1운동에 참여하여 용감하고 탁월한 모습을 보여주었으며, 훗날 소련 역사학자 샤브시나 여사와의 대담에서 "1919년의 사건

---

42) Ho Chi Minh, 1965/1969, The Central Committee of The Communist Party of Vietnam(1989), *PRESIDENT HO CHI MINH'S TESTAMENT*, Vietnam: The Gioi Publishers(2001), p.50, "I therefore leave these few lines in anticipation of the day when I shall go and join Karl Marx, V. I. Lenin and other revolutionary elders; this way, our people throughout the country, our comrades in the Party, and our friends in the world will not be taken by surprise.", p.51, "The working Youth Union members and our young people in general are good; they are always ready to come forward, fearless of difficulties and eager for progress. The Party must foster their *revolutionary virtues* and train them to be our successors, both "red" and "expert", in the building of socialism.".

43) 원경, 대담 윤해동, "한국현대사의 증언, 혁명과 박헌영과 나", 『역사비평』 계간 37호(1997년 여름) (서울: 역사비평사), pp.99-151.

은 나를 공산주의자 진영으로 이끌어 들였습니다. … 수많은 각성된 조선인이 있던 상해로 달려가려 했었지요"[44]라고 했다.

1920년 9월에는 조선에스페란토협회 창립에 참여하고 사교부 소속 위원이 되었고 같은 달 유학을 목적으로 동경으로 갔지만 예상외로 많은 돈의 학자금이 필요하게 되자, 어떤 학교에도 입학하지 않고, 그 해 11월 말 동경을 출발해서 나가사키(長崎)를 경유하여 상해로 도항했다고 한다. 상해에 도착하여 민족 단체들과 연계를 맺고, 조선인 공산주의자들이 만든 공산당 조직에 들어갔는데 이 조직의 지도자들로는 김만겸, 이동휘 등이 있었다고 한다.

1921년 1월경부터 약 6개월간 상해기독청년회 영어야학부에 통학했으며, 같은 해 3월에는 고려공산청년회를 조직했고 박헌영은 이 공청회의 비서가 되었으며 당의 비합법 기관지인『올타』의 편집자로 활동했다고 한다. 그리고 박헌영은 몇몇 동지들과 함께 사회주의연구소를 조직하고『국제공산당헌법』,『국제공산당독본』,『올타(正報)』,『사회주의연구』,『노동신문』,『개조』,『해방』등의 출판물과 함께 사회주의에 관한 여러 연구를 하고 있었다고 한다.

1922년 4월 2일 비밀리에 입국하려다가 신의주 경찰에게 체포되어 1년 6월의 징역형을 선고 받았다. 1924년 1월 19일 만기 출옥하여 1925년 4월 17일 조선공산당 창립대회에 참석하고 같은 해 11월 29일 종로경찰서에 체포된다. 1927년 11월 22일 병보석으로 출감하여 병원에 입원하고 1928년 8월 소련으로 탈출했다. 1929년 1월 18일 모스크바 국제레닌학교에 입학이 허용되었다. 입학한 뒤에는 영어로 강의가 이루어지는 영어반에 소속해 있었으며 이후 수강한 과목은 노동운동사, 정치경제학, 레닌주의 등이었다. '맑스주의 철학 강좌'를 수강할 때 작성한 학습노트가 중요 명제의 요약, 인용, 메모 등으로 구성되어 남아 있는데 그 속에는 변증법적 유물론의 원리와 여러 범주, 논리학, 인식론, 사적유물론, 계급과 계급투쟁, 국가와 혁명, 이데올로기론 등에 관한 명제들이 요약되어 있다고 한다.

1931년 말 국제레닌학교를 졸업하고 1932년 1월 25일 조선공산당 재건운동 참가를 위해 상해에 도착한다. 상해에서 김단야와 함께 조선 공산주의운동 기관지『콤무니스트』를 발행했으며 이 잡지는 1933년 7월까지 발간되었다. 같은 해 7월 5일 상해에서 일본영사관 경찰에게 체포되어 나가사키(長崎)를 거쳐 서울로 압송되었다. 징역 6년형을 선고 받고 1939년 9월에 대전형무소를 출옥했다.[45]

박헌영의 이와 같은 삶과 민족해방투쟁 경력을 감안할 때 혁명사상이 내포되지 않은 전제군주 시대 관리(官吏) 훈유적 성격의『목민심서』를 가까이 했다는 말은 수긍하기 어렵다. 따라서 박헌영

---

44) F. 샤브시나 꿀리꼬바, 1994,「소련의 여류 역사학자가 만난 박헌영」『역사비평』계간25호, 1994 여름, p.174.

45) 앞의 책,『이정 박헌영 전집』제9권, pp.111-219.

이『목민심서』를 호찌민에게 선물했다는 등, '붕우'라는 서명을 했다는 등 하는 이야기는 허구에 불과하다고 판정할 수 있다.

이상 호찌민, 박헌영 등의 삶과 정치사상적 경향을 살펴본 결과 정약용의『목민심서』에는 사회체제를 근본적으로 바꾸자는 내용이 미흡한데 비해 호찌민 등은 현 계급사회를 혁명을 통해 개혁하자는 경향이 강했다. 따라서 사회주의 혁명을 주도하는 호찌민 등이 현 사회에 대한 근원적 의문을 제기하지 않는『목민심서』를 애독, 심취했다고 판단하기에는 무리가 따른다.

V. 결론: 역사 무검증적 수용의 탈피

호찌민-목민심서 애독설은 이렇게 정리된다. "호치민은 일생동안 머리맡에『목민심서』를 두고 교훈으로 삼았다고 한다"로부터 시작하여, "호지명이 부정과 비리의 척결을 위해서는 조선 정약용의『목민심서』가 필독의 서라고 꼽은 사실", 나아가 "그는 소년시대 극동의 조선후기 실학자 정약용의『목민심서』를 구해 읽고 한동안 丁(정)의 기일(忌日)을 알아 추모하기를 잊지 않기도 했다", "호치민의 사상과 철학이『목민심서』로부터 나왔다", "호치민은『목민심서』정신 하나로 세계 최강국인 미국과 전쟁에서 승리한 전쟁영웅이다. 그가 저승으로 가서 스승(?)인 정약용 선생을 만난다면 무어라고 할까?"로 발전하여,『목민심서』가 베트남 현대사 발전 동인으로까지 규정해 놓았다.

본 연구는 애독설의 근거인『목민심서』소지, 사진의 진실 등에 대해 문제의식을 가지고 진행되었다. 연구 결과 호찌민은『목민심서』를 소지하지 않은 것으로, 사진 또한 신장, 얼굴 형태 등에서 호찌민이 아닌 것으로 판정되었고, 정치사상적 경향,『옥중일기』,「유언장」등의 검토에서도 애독설을 발견하기는 어려우므로 애독 인정설에는 한계가 있음을 알았다. 가혹한 식민지배 현실 속에서 제국주의로부터 해방을 갈구하여 투쟁하고 있는 독립운동, 공산주의운동 현장에서는 잘 부합되지 않는 서적이라는 판단이다.

1992년부터 현재까지 호찌민-목민심서 애독설을 전파한 인쇄된 문헌들 발행 숫자는 기록적이다.『소설 목민심서』가 "현재까지 500만 부가 넘는 판매를 올리고 있는 스테디셀러"이고,『나의 문화유산답사기』는 "우리 인문서 최초의 밀리언셀러! 230만 독자를 감동시킨 국토 답사의 길잡이. 1권 100쇄 발행, 1·2·3권 통합 200쇄 발행"되었으며,『만인보』,『풀어쓰는 다산이야기』, 경향신문, 조선일보의 판매부수 또한 상당할 것으로 생각된다.

그 결과 거의 허구에 가까운 '전설'을 한국의 일반인들이 역사적 사실로 믿게 되었다. 허구를 토대로 한 조상 선양작업은 멀지 않아 허물어질 것이고 그 결과 또한 참담하게 될 것이다. 선조를 빛내려고 하다가 도리어 선조를 불경스럽게 만드는 것이다. 무지 또는 거짓과 비굴함, 자괴감만 남을 것이다.

베트남 측의 반응을 보면 자신들의 국부 이상의 존재가 남의 나라 학자의 제사까지 지냈다고 하니 그들에게는 유쾌한 일이 아닐 것이고 어이없어 할 것임은 명약관화하다. 호찌민은 다산의 가르침을 몸소 실천한 인물이라고 하면서 『목민심서』가 베트남의 현대사를 발전시키는 데에 큰 동인으로 작용한 것으로 서술하고 있는데 과연 베트남인들이 동의할 수 있겠는지 의문이다. 이런 글들을 베트남인들이 읽으면 우선 '한국인의 지적 수준을 의심하지 않을까'하여 심히 우려된다.

한국인에게 널리 회자되고 있는 호찌민-목민심서 '전설'을 빨리 바로 잡아야 한다. 우선 진실을 밝히는 것이 무엇보다 중요하다. 그 다음 양국간의 전략적 동반관계 외교를 위해서도 그러하다. 진실을 토대로 해야 한다. 그래야 상대의 신뢰와 마음을 얻을 수 있다. 어떤 '숭고한' 목적이 있더라도 사실의 날조, 왜곡은 안 된다. 비열함이 생산될 뿐이다. 이로 인해 외교적 문제가 야기될지도 모른다. 이미 일부 베트남인들은 베트남 주재 한국인들에게 바르게 고쳐달라고 요청하기도 했다는 것이다.

호찌민박물관에 『목민심서』가 없다는 사실은 확실하고 더 이상 동일한 주장이 어려우니까 이제는 '그 당시에는 호치민박물관에 분명히 있었는데 지금은 누가 치워버렸다고 하더라'라는 얘기까지 만들어 놓았다. 이 정도면 국가차원에서 나서서 바로잡아야 하지 않을까 판단된다.

이상의 연구는 현재까지 나타난 애독설에 국한하여 진위 여부를 판정한 한계를 가지고 있으나, 애독설 인정에는 한계가 있고 국내외 파장이 광심하므로 조속한 교정이 필요하고, 또한 사회 일부에서 역사적 사실의 검증 없이 무비판적으로 '카더라'명제를 전달하는 전문 지식인들의 더욱 신중한 사실 확인, 연구검토가 필요함을 밝혔음에 의의가 있다고 할 수 있다.

참고문헌

강만길,『고쳐쓴 한국근대사』, 서울: 창작과비평사, 1994.

고은, "호지명",『만인보』15, 서울: 창작과비평사, 1997.

박석무,『풀어쓰는 다산이야기』, 파주: 문학수첩, 2005.

백남운, 정인보, 안재홍, 백낙준, 월탄 등,『신조선』8월호(신조선 제12호)〈정다산특집〉, 경성: 신조선사, 1935.

원경, 대담 윤해동, "한국현대사의 증언, 혁명과 박헌영과 나",『역사비평』계간 37호(1997년 여름), 서울: 역사비평사.

안재성,『박헌영 평전』, 서울: 실천문학사, 2009.

유홍준,『나의 문화유산답사기』1, 서울: ㈜창비, 1993년 초판/1994년 개정판.

이우성, "어유당진서 해제",『증보 여유당전서』1, 서울: 경인문화사, 1970.

이정박헌영전집편집위원회,『이정 박헌영 전집』제9권 화보와 연보, 서울: 역사비평사, 2004.

임경석,『이정 박헌영 일대기』, 서울: 역사비평사, 2004.

정약용 저/다산연구회 역주, "호전: 전정, 세법",『역주 목민심서』II, 서울: 창작과비평사, 1985.

정용일, "[박석무 한국고전번역원 원장] "지도자일수록 다산茶山의 목민牧民 정신 되새겨야"",『민족21』2008년 8월호
　　　(통권 제89호), 서울: (주)민족21.

한영우, "정약용의『여유당전서』",『실학연구입문』(역사학회 편), 서울: 일조각, 1973/중판1983.

황인경, "미리말",『소설 목민심서』제1권, 서울: 삼진기획, 1992.

고은, "혁명가의 죽음과 시인의 죽음",『경향신문』, 1994.7.17.

권쾌현 특파원, "정약용 17대종손 베트남서 첫 환경상 수상",『하노이=연합뉴스』, 2008.1.15.

김국후 특파원, "북한부수상지낸 박헌영 친딸 모스크바에 있다(제1면), 부모 蘇유학길 열차서 태어나(제3면)",『중앙일
　　　보』, 1991.7.10.

김국후 특파원(취재후기), "아버지만큼 기구한 박헌영의 딸",『중앙일보』, 1991.7.13.

김국후 특파원, "박헌영 딸-아들 "모스크바 상봉", "『중앙일보』, 1991.10.23.

김국후 기자, "서울 온 박헌영의 딸",『중앙일보』, 1991.12.21.

김도윤 기자, "남양주시 동남아시장 개척 주력",『남양주=연합뉴스』, 2006.4.27.

김선한 특파원, "호찌민 주석 옆에는 목민심서 없다",『하노이=연합뉴스』, 2006.1.9.

김종수 기자, "이건희 "모두가 정직했으면 좋겠다"",『서울=연합뉴스』, 2010.2.5.

김진홍 목사/두레마을대표, "호지명같은 지도자(제6면)",『중앙일보』, 1997.9.14.

김진홍 목사/두레공동체대표, "경륜 있는 지도자를 기다리며(제31면)",『중앙일보』, 2006.1.5.

김창금 기자, "IOC, 이건희 위원 징계: 분과위 활동금지·견책…'복권 전제조건, "윤리헌장 위반에 올림픽 이미지 훼손"",
　　　『한겨레인터넷신문』, 2010.2.9/2010.2.10.

김태균 기자, ""교육비리 몸통' 공정택 전 교육감 구속(종합)",『서울=연합뉴스』, 2010.3.26.

김효성, "총쏘고 칼로 찌르고 독약 먹이고 1시간 만에 380명 살육한 한국군",『오마이뉴스』, 2007.5.22.

김효성, "미군 학살 박물관에 걸려있는 한국군 사진",『오마이뉴스』, 2007.6.15.

박경조 논설실장, "토착비리(내용: 호찌민-목민심서 소개)",『영남일보』, 2008.9.9.

유상우, "'북 로켓 축하' 신해철, 11일 전후 검찰소환 통보[서울=뉴시스]", 『한겨레인터넷신문』, 2010.1.10.

이선민 기자, "박헌영의 심장은 1956년 7월에 멎었다 - 호치민과 이념 교류도 보여줘", 『조선일보』, A21(문화면)나1, 2004.4.6.

이준삼 기자, "'교육비리 후폭풍' 서울 지역교육장 총사임(종합)", 『서울=연합뉴스』, 2010.2.4.

전성훈, "'신해철 북로켓발사 경축발언' 경찰이 수사", 『서울=연합뉴스』, 2009.4.27.

정대형 중령(육군3군사령부 관리처), "목민심서와 호찌민", 『국방일보』, 2008.9.4.

조용준 기자, "호치민의 목민심서[조용준기자의 세상속으로]", 『주간동아』 제308호, 2001.11.8.

추승호 이승우 기자, "한국-베트남 전략적 협력 동반자 관계 구축을 위한 공동성명[한·베트남 정상 공동성명 전문]", 『하노이=연합뉴스』, 2009.10.21.

김정길, 인터넷사이트, 2004. 10. 07. 16:52. 마로니에 샘가, 〈호치민과 목민심서〉.

김종두, 인터넷사이트, 2005. 2. 17. 충효예의리더십, 〈호치민 리더십과 목민심서 관련 자료〉.

김종두, (사)한국군사학회 인터넷사이트, 2006. 1. 6. 〈실사구시와 인간 중심〉.

김혜련, "호치민에게 목민심서를 건네준 사람은 누구일까?(2009.11.2)",http://passionkim.tistory.com/trackback/162 (검색일: 2009.11.10).

정건영, 위클리조선 2008년 2월 특별판, 〈호찌민과 목민심서〉[인터넷사이트, 2008.05.25 18:09].

조은뿌리, 인터넷사이트 다음블로그 책속의 역사답사기, 2009. 11. 1. 〈목민심서를 통한 이정 박헌영과 호치민과의 만남(2009.11.1)〉. http://blog.daum.net/hl2aci/17435315 (검색일: 2010.1.26).

차은량, 인터넷사이트, 2006. 3. 13. 13:27:10. 베트남·앙코르와트 여행기 4, 〈호치민과 목민심서〉.

최승호 통신원, 미디어다음, 2004. 11. 27. 18:44:19. 〈호치민 머리맡에 놓인 목민심서〉.

태국 국립 씨나카린위롯 대학교 객원교수, 경남연합일보, 2008. 7. 18. 〈좌충우돌 베트남 여행기 14 - 호치민: 목민심서 애독했던 청렴의 상징 호치민, 현실과 비교해보다 깊은 상념에 빠지네〉.

한인섭, "호지명이 『목민심서』를 애독했다고?(2007.3.27)[『한인섭의 '반딧불처럼']", http:..saegil.or.kr/SGS/20_13.pdf (검색일: 2009.10.26).

다남, "베트남의 한류(韓流)와 정약용(1761-1836)-호치민(1890-1969)이 살아있을 때 시작되었던 한류(韓流)-", 2004.01.15 22:16 http://blog.naver.com/joydepark/608961 (검색일: 2009.11.1).

동곡(東谷), "베트남의 정신적인 지도자인 호치민", 2007.11.17 http://cafe.daum.net/dongsehe (검색일: 2009.11.1).

맷돌, "다산 정약용과 호치민의 국경과 시대를 초월한 인연../이야기속의 고전", 2004.11.05 07:34 http://blog.naver.com/9584dol/7188897 (검색일: 2009.11.1).

Bernard B. Fall, *HO CHI MINH On Revolution, Selected Writings, 1920-66*, New York: Frederick A. Praeger, Publishers, 1967.

Charles Fenn, *Ho Chi Minh-a biographical introduction*, New York: Charles Scribner's Sons, 1973.

찰스 펜 지음/김기태 옮김, 『호치민 평전』, 서울: 자인, 1973/2001.

F. 샤브시나 꿀리꼬바, "소련의 여류 역사학자가 만난 박헌영", 『역사비평』 계간25호, 1994 여름, 서울: 역사비평사.

호찌민 저/안경환 역, 『옥중일기』, 서울: 지만지, 2008.

Ho Chi Minh/Introduction by Walden Bello, *DOWN WITH COLONIALISM!*, London, New York: Verso,

2007.

호치민 지음/월든 벨로 서문/배기현 옮김, 『호치민: 식민주의를 타도하라』, 서울: 프레시안북, 2007/2009.

Ho Chi Minh, 1965/1969, The Central Committee of The Communist Party of Vietnam(1989), *PRESIDENT HO CHI MINH'S TESTAMENT*, Vietnam: The Gioi Publishers(2001).

Lady Borton, 2007, *HO CHI MINH - A JOURNEY*, Vietnam: The Gioi Publishers.

Pierre Brocheux, *Ho Chi Minh*, Cambridge, New York, etc.: Cambridge University Press, 2007(2003/2007 English translation).

Sophie Quinn-Judge, *Ho Chi Minh: The Missing Years, 1919-1941*, Berkeley Los Angeles: University of California Press, 2002.

William J. Duiker, *HO CHI MINH*, New York: Hyperion, 2000.

윌리엄 J. 듀이커/정영목 옮김, 『호치민 평전』, 시울: 푸른숲, 2000(지음)/2001(옮김).

국문초록

주제어: 호찌민, 『목민심서』, 애독설, 무근거, 교정요

베트남의 호찌민 주석이 생전에 정약용의 『목민심서』를 애독했다는 이야기가 한국인의 일반적 인식으로 되어 있다. "호치민은 일생동안 머리맡에 『목민심서』를 두고 교훈으로 삼았다고 한다"로부터 시작하여, "호지명이 부정과 비리의 척결을 위해서는 조선 정약용의 『목민심서』가 필독의 서라고 꼽은 사실", 나아가 "그는 소년시대 극동의 조선후기 실학자 정약용의 『목민심서』를 구해 읽고 한동안 丁(정)의 기일(忌日)을 알아 추모하기를 잊지 않기도 했다", "호치민의 사상과 철학이 『목민심서』로부터 나왔다", "호치민은 『목민심서』 정신 하나로 세계 최강국인 미국과 전쟁에서 승리한 전쟁영웅이다. 그가 저승으로 가서 스승(?)인 정약용 선생을 만난다면 무어라고 할까?"로 발전하여, 『목민심서』가 베트남 현대사 발전 동인으로까지 규정해 놓았다.

만약 그것이 사실이 아니고 날조된 허구의 '전설'이라고 판정된다면 큰 문제임에는 틀림없다. 잘못되면 국제관계에서 중요한 상대의 신뢰를 얻지 못할 뿐만 아니라 한국과 베트남 간의 외교적 문제로까지 비화될 수도 있을 것이다. 사실을 밝혀야 한다. 이에 대한 진위 검토가 중요하다.

일반인에게 널리 알려진 소설, 중앙지 신문, 인문 서적, 인터넷 사이트 속에 서술된 애독설 문구들을 찾아서 각 저자들에게 문의해 보았으나 별다른 근거 사료 없이 들은 대로 옮겼다는 것이다. 옮겨진 자료 모두가 '카더라명제'에 불과했다.

그리고 호찌민의 『목민심서』 소지여부, 사진의 진위, 정치사상적 경향, 호찌민의 『옥중일기』, 「유언장」 등을 검토한 결과 어느 부분에서도 애독설을 인정할 만한 사실을 발견하지 못했다. 따라서 애독설의 인정에는 한계가 있음을 알았다. 거의 허구에 가까운 '전설'을 한국의 일반인들이 역사적 사실로 믿게 되었던 것이다.

허구를 토대로 한 조상 선양작업은 멀지 않아 허물어질 것이고 그 결과 또한 참담하게 될 것이다. 선조를 빛내려고 하다가 도리어 선조를 불경스럽게 만드는 것이다. 무지 또는 거짓과 비굴함, 자괴감만 남을 것이다. 진실을 밝히는 것이 무엇보다 중요하다. 나아가 양국간의 전략적 동반관계 외교를 위해서도 그러하다. 진실을 토대로 해야 한다. 그래야 상대의 신뢰와 마음을 얻을 수 있다. 어떤 '숭고한' 목적이 있더라도 사실의 날조, 왜곡은 안 된다. 비열함이 생산될 뿐이다. 이로 인해 외교적 문제가 야기될지도 모른다. 이미 일부 베트남인들은 베트남 주재 한국인들에게 바르게 고쳐달라고 요청하기도 했다는 것이다.

한국인에게 널리 회자되고 있는 호찌민-목민심서 '전설'을 빨리 바로 잡아야 한다. 호찌민박물관에 『목민심서』가 없다는 사실은 확실하고 더 이상 동일한 주장이 어려우니까 이제는 '그 당시에는 호치민박물관에 분명히 있었는데 지금은 누가 치워버렸다고 하더라'라는 얘기까지 만들어 놓았다. 이정도면 국가차원에서 나서서 바로잡아야 하지 않을까 판단된다.

그리고 역사적 사실에 대한 인식, 수용에서 전문 지식인은 무비판적, 무검증적 '카더라'명제로부터 벗어나 신중한 연구, 검토가 필요함을 밝혔음이 본 연구의 한 의의로 생각할 수 있을 것이다.

<Abstract>

Rumor of 『*Mongmin Simseo*』 as Ho Chi Minh's favorite and the limitation of its acceptance

Key words: Ho Chi Minh, 『*Mongmin Simseo*』, rumor of 『*Mongmin Simseo*』 as his favorite, no evidence, required correction

It has been a general perception of Koreans that Premier Ho Chi Minh of Vietnam enjoyed reading 『*Mongmin Simseo* (Selections from Admonitions on Governing the People)』 of Jeong Yak-Yong during his lifetime. This perception starts from "Ho Chi Minh always had 『*Mongmin Simseo*』 at hand and learned a lesson from it" and moves to "Ho Chi Minh assigned 『*Mongmin Simseo*』 of Jeong Yak-Yong as a must-read for eradicating corruptions", "When he was a boy, he read 『*Mongmin Simseo*』 of Jeong Yak-Yong who was a scholar of far east in the late of Chosun Dynasty and he even never forgot commemorating anniversary of Jeong Yak-Yong's death for a while", "Ideas and philosophy of Ho Chi Minh came from 『*Mongmin Simseo*』", "Ho Chi Minh is a national war hero who has won battles against the most powerful nation U.S. only based on the spirit of 『*Mongmin Simseo*』. What would he say when he met his teacher Jeong Yak-Yong in an afterlife?", and 『*Mongmin Simseo*』 has been provided even as the driver for the modern history development of Vietnam.

If this is not the fact but fabricated 'myth', it must be a big problem. If things go wrong, it might create diplomatic problems between Korea and Vietnam. We should shed light on the truth. Therefore, it is important to examine the genuineness of this perception.

I have searched rumor of 『*Mongmin Simseo*』 as his favorite in publicly well-known novels, newspapers, academic journals and internet sites and made inquiries to each writer, but they just copied what they have heard without any evidence. All copied materials are just 'Someone says something proposition'.

And as a result of examining whether Ho Chi Minh had 『*Mongmin Simseo*』 or not, the genuineness of pictures, his political ideas, his <Prison Diary> and his <Testament> I couldn't find any evidence which supports rumor of 『*Mongmin Simseo*』 as his favorite.

Therefore, it was discovered that there is limit for accepting rumor of 『*Mongmin Simseo*』 as his favorite. This means that Korean people have believed this purely fictitious 'myth' as a historic fact.

Enhancement of ancestor based on the fabrication will be broken up pretty soon and its result also might be disastrous. This is the disgrace of ancestor, not the enhancement of ancestor. Revealing truth is the most important, but it is also important for strategic partnership diplomacy relations between Korea and Vietnam. Everything should be based on truth. Even though there might be a 'noble' purpose, the fabrication and distortion of the fact should not be overlooked. This might cause diplomatic problems between Korea and Vietnam. Already, some Vietnamese people have requested the correction to Korean people who reside in Vietnam.

We need to correct this Ho Chi Minh-*Mongmin Simseo* 'myth' well-known to Korean immediately. Since it is a fact that there is no 『*Mongmin Simseo*』 in the Ho Chi Minh Museum so that the same claim cannot be presented any more, people even made a story 'It was in the Ho Chi Minh Museum at that time, but someone removed it'. It is considered from this level of misconception that the government might need to step up and correct this fabrication.

And, it can be considered as a significance of this study that educated people should stay away from 'Someone says something proposition' and carefully study and roposie the perception and accommodation of historic facts.

Choi, Keun-Sik, Korea University Asiatic Research Institute, Research Professor, Ph. D.

베토벤의 음악작품에 붙여진 부제(副題)들은
'변혁(變革)'의 이름으로 고쳐져야 한다
- 특히 제5번 교향곡의 반(反)본질적 별명인 '운명'에 대하여 -

최 근 식

음악은 다른 예술분야와 달리 눈에 보이지도 않고 문자언어로 표현되어 있지 않기 때문에 적당하게 해석되어 작품의 본질이 잘못 인식되고 있어도 그 오류가 쉽게 고쳐지지 않는다.

제대로 평가되지 못하고 매장되어 있는 사물(事物)이 한두 가지가 아닐 것이고, 역사 있는 곳에 그 날조(捏造)가 먼저 자리 잡고 있는 경우가 많지만, 무형(無形)의 음악작품(音樂作品)에 있어서는 해석의 조작이 더욱 쉽게 자행되고 있다.

그 중에서도 서양음악사상 한 기(期)를 획(劃)하는 베토벤의 작품에 대한 왜곡보다 더 심한 경우는 없다. 한결같이 대립(對立)된 개념의 언어로 덮어놓은 별명(別名)들은 그 엄청난 예술작품을 철저하게 반(反)의미화 시켜서 대중들의 올바른 감동(感動)을 방해하고 있다.

정당한 권리를 빨리 되찾게 해주어야 될 것이다.

먼저 서양음악 하면 떠올려지는 작품인 베토벤의 제5번 교향곡에 대하여 살펴보고자 한다. 고1 음악시간에 처음으로 감상되어져 그저 쿵쾅거리는 소리밖에 듣지 못한 것으로 기억되는 이 교향곡은 지금까지 셀 수도 없을 만큼 여러 번(아마 수 백 번 정도) 감상해왔는데, 문제는 이 악곡(樂曲)이 왜 하필 '운명'이라고 이름지어져있는가 이다.

작품번호 67번으로 발표된 그의 제5번 교향곡이 제6번같이 작곡자에 의하여 아예 표제(標題)되었다면 전혀 문제될 것이 없으나 그저 작품번호만 매겨져서 출보(出譜)되었기 때문에 사계(斯界)의 평론가에 의하여 그런 '교묘한' 부제(副題)가 붙게 된 것이다.

작명(作名) 내력(來歷)을 알아보니, '· · · —'라는 특징 있는 모티프(motif)가 마치 '운명'이 문을 두드리는 소리와 같다는 것이다. 퍽 그럴듯한 해석같이 들리지만 그런 박진감 넘치는 함축의 주제가 어떻게 수동적(受動的)인 '운수(運數)'로 들려지는지가 의문이다. 땀 흘려 쌓아 올린 삶의 축적(蓄積)과 가치(價値)는 한순간에 부정되고 존재 자체를 허망하게 만드는 '운명(運命)'이란 소리가 웬 말인가!

백 번 양보하여 설사 작가가 모티프의 의미에 대하여 끈질기게 물어오는 호사적(好事的) 제자(쉰들러)에게 "운명이 이렇게 문을 두드린다네"라고 쉽게 대답한 것이 사실이라고 치더라도, 전개되어 결말지어지는 내용이 '인간승리'라고 한다면 '운명'이라는 별명은 매우 부당한 것이다. 핵심 되는 결론은 제쳐지고 어찌 던져진 상황이 제목으로 되어 버젓이 자리를 차지하고 있단 말인가? 잘못된 '숙명적, 체념적' 감동은 누가 책임질 것인가?

차라리 부제를 '극복'이라고 하든지 아니면 '심한 역경에 처했지만 극복했노라'라고 하는 것이 올바른 작명법이라고 생각된다.

제3번 교향곡의 비약에 더하여 여기서는 지금까지 악기신분제(樂器身分制)처럼 엄격히 정형(定型)된 교향관현악 악기구성에 일대 확장·변혁을 시도하고 있다. 즉 세 종류의 관악기(피콜로, 콘트라파곳, 트롬본)가 과감하게 추가되어 음역의 확장, 음색의 다양화가 획기적으로 이루어지고 있는 것이다.

그리고 어떠한 악기도 중요하지 않은 것이 없다는 느낌이 들도록 하나하나의 악기를 부각시키어 심금을 울리게 하고 있다. 인습적으로 주로 가락을 맡아왔고 품격이 비교적 높다고 간주되었던 바이올린이나 플루트가 강조되기 보다는 호른, 트럼펫, 오보에, 파곳, 저음(低音) 현악기 등이 관현악사(史)의 전면에 나서게 된다. 악기들의 개적(個的) 위상이 대대적으로 상승되고 있다.

멍청한 소리로 느껴지고 주로 동반(同伴)악기로 사용되던 크라리넷까지도 이 교향곡의 시작부터 관악기를 대표하여 단독으로 현(絃)과 더불어 모티프를 불어대는 등 중요한 가락을 연주하게 되며, 심지어 타악기인 팀파니도 유기체(有機體)의 치명기관(致命器官)이 되어 활약하고 있다. 이제 더 이상 시종(侍從)의 역할만 하고 있는 악기는 없다는 것을 보여준다.

거기에다 교향곡사(史)에서 처음으로 제1악장에 개별악기 독주(獨奏)의 아다지오 카덴짜(cadenza)가 설치되는데 그것도 오보에에게 맡기고 있다. 물론 절대음정을 비교적 양호하게 간직하고 있어 튜닝(tuning) 시에 다른 악기의 기준이 되므로 중요한 악기라고 생각되나, 협주곡이나 소나타 등이 그리 많지 않은데도 불구하고 '고신분(高身分)' 가락악기를 제쳐놓고 이런 중요한 부분을 연주한다는 것은 예사로운 일이 아니다. 악기평등화(樂器平等化)가 철저히 실행되고 있는 셈이다.

다음은 작품의 내용(內容) 문제인데, 악보를 아무리 쳐다봐야 무엇을 이야기하고 있는지 알 수가 없다. 따라서 현학적인 미사여구나 어설픈 감탄사 몇 개보다는, 차라리 선가(禪家)식 직관(直觀)으로 "들어보면 모르겠나?"하면서 입 다물고 묵묵히 있는 것이 최선일 것도 같지만, 주로 내용물의 성격에 따라 담겨질 그릇이 결정된다는 원리를 생각해 볼 때 조합된 음(音)들의 의미(意味)는 그리 어렵지 않게 파악될 수도 있다.

이 악곡(樂曲)의 내용은 그것이 규정한 형식과 같이 개적적(開拓的)이고 보통인간적(普通人間的)이다. 또한 종전 상류사회의 신선놀음적(的)인, 매끄러운 '아름다움'만 추구하던 비(非)현실적인 미적 가

치관과는 판이하게 틀린다. 하나의 모티프가 마치 투사가 변혁을 위하여 처절한 투쟁을 전개하면서 전진하듯이 제1악장부터 제4악장 끝까지 전곡(全曲)을 통하여 약동하고 있다. 한마디로 질풍노도의 개벽적(開闢的) 작품이다. 어느 누가 이런 느낌을 부정할 수 있을 것인가!

이와 같이 새로운 역사를 창조해 가는 예술창작품을 두고 과연 '운명'이라고 이름 붙여서야 되겠는지 의문을 가져본다.

그것은 단연코 잘못되었으며 이 교향곡은 '변혁3'으로 불리어져야 하는 중요한 작품이라고 판단된다. 그런데 어이없게도 '운명'이라고 뒤집어 씌워놓고 2백년 가까이 암흑생활을 시키고 있다.

제3교향곡부터 시작하여 작품번호 57번(피아노소나타 제23번 '열정'), 제5교향곡 등은 이미 여러 면에서 '혁명적'임에도 불구하고 그 질적(質的) 변화(變化)는 완전히 무시된 채 진정한 의미가 고의로 무의미화 내지는 왜곡되고 있는 것이다.

왜 운명이라고 왜곡하는지? 무사려(無思慮)하고 안일한 명명(命名)은 아니었는지? 혹시나 보수 이념가들의 가증스런 슬쩍 뒤집어놓기 수법은 아닌지. 바뀌어 질 수는 없다, 있는 그대로에 순응하라고. 마치 작가가 운명이라고 절규하고 있는 것처럼.

그렇다면 어떻게 귀먹어 가는 역경(逆境)[유서(遺書)]에 이르게 하는 고통·고뇌을 극복하고 예술을 완성시켜 놓았는지? 그것도 음(音)의 예술가가. 운명이라고 체념하지 않고서.

후대의 한 문호(로망롤랑)로부터 '위대한 창조자(創造者)'로 평가되던 베토벤(Ludwig van Beethoven, 1770~1827)의 일생은 가히 불굴역동적(不屈力動的)이었다고 생각된다.

'몽고왕(蒙古王)'이라고 불리울 만큼 상식적 예상을 불허한 창작활동은 평범한 음악선생(하이든)에게는 불감당이었을 것이고 도리어 '기괴(奇怪)'하게 보였을 것이다.

피아노 악보로 된 위의 제5번 교향곡을 듣고 '애써 감흥을 감추고는' 그저 의례적인 소리로 "꽤 괜찮은 곡이구먼"하던 당대 이름 있던 시인(詩人) 괴테와 더불어 하루는 전원을 산책하는데 마침 왕족(王族) 일행(황후, 황태자, 루돌프 대공을 포함한 귀족들)의 행차와 마주치게 되자, 모자를 벗고 머리를 숙이면서 길을 비켜주던 시인과는 달리 "왜 우리 같은 예술가(창작가)들이 비켜야 되나, 저네들이 돌아가야지"라고 나무라면서 계속 걸어가니까 오히려 귀족들이 인사를 하면서 피해 갔다는 유명한 일화를 보면 알 수 있듯이, 그의 삶은 신분제 등 낡은 제도에 반대하는 불굴의 투지로 일관되어 있음을 알 수 있다.

1789년 불란서 시민혁명으로 봉건체제가 붕괴되고 평민들의 역사가 전개된 시대적 배경 속에서 그의 예술은 성숙되어 갔으며 특히 나폴레옹의 공화정 표방은 인근 나라에 있는 한 음악가의 가슴을 벅차게 만들었던 것이다.

공화주의자인 베토벤은 이를 열렬히 환영하여 '보나파르트를 위하여'라고 제3번 교향곡 악보의 앞장에 써서 기념하였는데 얼마 후 나폴레옹이 황제에 즉위했다는 소식을 듣고는 "이 친구도 역시 속물(俗物)에 불과하구먼"하고는 표지를 북북 찢어버렸다는 이야기를 들어보면 그가 음악작품에 담아내고자 했던 정신, 사상이 어떠한 성격이었던가를 알 수가 있다.

이와 같은 시대적 변화를 체감(體感)하고 사회발전을 갈구하던 베토벤의 작품세계에도 혁명이 불어닥친 것이 아닌가?

그리하여 제3번 교향곡을 비롯한 일련의 작품들이 창작되었는데, 종래 음악의 한 특징이라고 할 수 있는 소수 특별 신분계층들의 전유물적 감상에 적합한 살롱적(실내악적) 분위기를 벗어나 이제는 뒤에 서있는 많은 사람들까지도 들을 수 있도록 장(場)판적 대형(大形) 악곡으로 그 구성이 바꾸어져 나갔다.

따라서 재래의 고정(固定)된 '틀'에서는 이러한 표현량(表現量)을 도저히 담을 수가 없으므로 음(音)의 영역(領域)이 확장되고 양식(樣式)이 바뀌어지는 등 그 틀이 깨어질 수밖에 없었고, 질(質) 또한 귀족적인 것으로부터 대중적(大衆的)인 것으로 급격히 전화(轉化)되어 갔던 것이다.

이와 같이 '고전적'인 종전의 작품들과 분명한 시기구분이 되는 것을 보면, 음악예술 역시 여타 사회 제분야들의 변화·발전과 무관하지 않게 조응(調應)하고 있음을 알 수 있다. 예술의 역사 또한 인간의 역사이기 때문에.

제3번 교향곡(작품번호 55번)을 보자. 먼저 누구도 부인할 수 없는 확실한 외형(外形)부터 살펴보면, 작품이 대단히 길어졌다는 사실이다. 이전의 교향곡들이 약 30분 내외의 연주용으로 만들어졌는데 비하여 이 곡은 전악장을 연주하는 데에 약 52분 정도가 소요되어 양적(量的)인 면에서 일대 비상한 개혁이 일어났음을 알 수 있다.

다음은 악장 구성인데, 제2악장을 유래 없는 '장송행진곡'으로 명기(明記) 작곡(作曲)하고 있어 그 시사하는 바가 크다. 무릇 시공(時空)에 부적합한 사물(事物)은 장례·전송하여 끌어 묻어야 된다는 암시인 것 같으며, 이러한 편성이 전곡(全曲)의 유기체적 속성을 더욱 공고히 하고 있다.

제3악장은 재래의 권위주의적 중압감이 흐르는 상류계급의 궁중무도 분위기를 자아내는 데에 습관 된 미뉴엣 형식을 지양하여 대중들의 변화무쌍한 움직임들을 표현하는 데에 적당하다고 생각되는 스켈쪼(scherzo)로 대치(代置)하고 있다.

물론 제1교향곡에서 내용이 스켈쪼 화(化)되고 제2번 교향곡에서는 악보상 스켈쪼라고 처음으로 명기(明記)되어 제3악장이 제작되고 있으나 내용에 있어서 여기와는 비교가 되지 않는다. 또한 트리오 다음에 반복되는 스케르쪼 부분은 관습적인 단순한 도돌이가 아니라 압축·변모되어 되풀이되고, 균형 속의 파격으로 느껴지는 절분음(切分音)으로도 부족하여 중도의 네 마디는 4박자로 변박(變拍)시켜 Alla breve로 연주케 하며, 마지막에는 코다(coda)를 설치하는 등 격렬한 변화를 보여주고 있다. 명실공히 자유분방한 스케르쪼 악장이 되었고 감히 누구도 흉내낼 수 없을 정도의 종횡무진이다.

그 다음은 악기편성에서 호른이 3개로 편성되어 음량(音量)을 크게 하고 있다는 점이다. 얼핏 보면 대수롭지 않은 일 같이 보이지만 전통적인 악기편성에서 이 정도의 변화를 가한다는 것도 무척 어려운 일이다. 고정된 규칙을 깨트려 양질(量質)의 전화(轉化)를 가져오게도 할 수 있을 것이다.

다음은 작품의 내용(內容) 문제인데 이 부분은 가시적이지 않으므로 문자화(文字化)시키기에 매우 어렵다고 생각된다. 하지만 고대 건축물의 아름다움과 현대 조형물들의 예술성 내지는 미적 가치가 확연히 구별되듯이 약간의 소양만 있으면 음악작품도 들어보면 금방 알 수가 있다. 이전의 작품들과는 청동(靑銅)과 철(鐵)이 틀리는 만큼 다르다는 것을.

또한 획기를 하는 데에 중요한 점은 이제부터는 더 이상 각 악장(樂章)의 분리된 감상이 불가하다는 것이다. 제5교향곡 등에서는 아예 3, 4악장이 붙어서 작곡되고 있으나, 이 곡에서부터는 제1악장에서 제4악장 끝까지 내용 면에서 이미 연결되어 있다는 점이다. 각 악장을 따로 떼어서 감상한다는 것은 마치 사람을 신체 각 부분으로 떼어서 바라보는 것과 비슷하다고 비유할 수 있다.

이와 같이 내용, 악장구성, 분량, 악기편성, 네 개의 악장을 관통·불가분(不可分)하는 유기체적 전체성(性) 등에서 제3번 교향곡은 가히 혁명적이다. 전대(前代)(하이든, 모찰트)의 작품 및 고전 형식에 머물던 제2번까지의 교향곡과는 마치 임금님과 대통령이 틀리는 만큼 다르다고 할 수 있다. 따라서 '영웅'보다는 차라리 '변혁(變革)1'로 부제(副題)되어야 마땅하다. 왜냐하면 무심결에 '영웅주의'로 감동되기 쉽기 때문이다. 오히려 '혁명1'이 더 적확(的確)하다고 생각되지만 너무 과격한 용어이므로 피하기로 한다.

그 다음, 피아노소나타 제23번은 어떠한가. '열정(熱情)'이라고 감관(感官)의 차원에서만 이름 지어질 것이 아니라 이 작품은 '변혁2'로 불리어져야 한다. 시중에 흔히 나도는 열(熱)내는 노래 정도로 가볍게 처리되어서는 곤란하다는 생각이다.

제5번 교향곡과 같은 시기에 작곡된 것으로 파악되는 이 곡은 주제 역시 비슷한 양상(樣相)을 띠고 있다. 폭풍전야의 정적과 같은 피아니시모 모티프(— ╲, — ╱)는 장렬(壯烈)한 연타음(連打音)이 되어 변화·발전을 거듭하고 있는데 이런 천지를 뒤바꾸는 듯한 작품이 어떻게 단지 '열정'이라고만 표현되어 머물고 있어야 한단 말인가. 더 본질(本質)의 이름을 찾아주어야지.

그 다음 '변혁4'로 부르고 싶은 작품은 피아노협주곡 제5번(작품번호 73)인데 이 또한 어이없게도 '황제(皇帝)'라고 부제되어 '위대한 창조자'를 모독하고 있다는 생각이 든다. 카덴짜 풍으로 시작되는 웅장한 도입부가 마치 로마의 황제를 연상시킨다고 강변할지 모르지만 실제로 이 곡(曲)을 만든 예술가의 인생(一生)과 사상(思想)을 너무나 무시(無視)·왜곡(歪曲)한다는 느낌이다. 그래 놓으니까 데드마스크가 인상을 잔뜩 찌푸리고 있는 모양이다.

이어서 제7번 교향곡(작품번호 92)이 생산되어 '변혁5'에 해당한다고 생각되는데 이 또한 '무용(舞踊)의 화신(化身)'이라는 무성격(無性格)한 이름으로 별칭 되고 있다.

음악을 듣노라면 온갖 상상이 다 떠오르겠지만 각기 표현형태가 다른 예술의 분야를 아무 내용 없이 무턱대고 비유해버린다는 것은 별 의미가 없는 것으로 생각된다. 이런 정도의 청후감(聽後感) 밖에 쓸 수 없다면 그런 '권위자'(바그너)는 단상에서 내려와야 할 것이다.

그 후 만년의 대작(大作)인 제9번 교향곡[작품번호 125번, 합창이 붙여져 소나타형식의 기악합주(器樂合奏)라는 교향곡의 본래적 개념을 깨트려 놓았고, 연주시간이 약 70여 분에 이르며, 마침내 형식과 내용에서 변화의 극치를 이루었다고 생각되는]이 든든하게 자리잡고 있는데 이는 이미 작가에 의하여 쉴러(Schiller)의 「환희를 송(頌)함」이 빌려져 와 있으므로 작품 내용 시비는 할 것이 없지만, 변혁(變革)의 맥락에서 보자면 나름대로의 '변혁일단완성(完成)'이라고 규정하고 싶다.

위와 같은 격변의 작품들에 이어서 마침내 합창환상곡(작품80)부터는 영감이 시작되고, 장엄미사(작품123)에서 승화되며, "그래야만 되는가?" "그래야만 한다"고 문답하는 제16번 현악4중주(작품135)에서는 음악의 본원인 철학으로 고양·몰입되어 가는 게 아닌지 판단된다.

무신론자(無神論者)임에도 불구하고 장엄미사곡에서는 가히 승화된 예술의 진수를 보여준다. 특히 Santus 구절(句節)에서 Benedictus로 이어지는 고음(高音) 현악기의 독주 부분은 인간 정신 고양의 지극함을 보여준다. 어떤 경지에 오름을 알 수 있다.

예술은 '길다'기보다는 차라리 삶의 맛이고 동력(動力)이라고 생각된다. 또한 대단한 것이고. 이론(理論)은 과학(科學)이 제공하지만 움직이게 하는 것은 예술(藝術)이 아닌가?

결론으로 갖추리자면 베토벤의 제5번 교향곡의 부제는 '변혁3'으로 정정되어야 하고, 제3교향곡은 '변혁1', 피아노소나타 제23번은 '변혁2', 피아노협주곡 제5번은 '변혁4', 제7교향곡은 '변혁5'로 불리어져야 한다.

[『낭만음악』 1994년 여름호, 낭만음악사(서울): 필자 수정/보완]

현대판 '전족' 하이힐은 해롭다
- 부권사회의 왜곡된 미의식, 누구를 위한 아름다움인가 -

최근식(崔根植)

'우리를 슬프게 하는 것들'이 이 세상에 한두 가지가 아니지만 그 중에서도 아무 생각 없이 매일 보이면서 참으로 심각한 것 중에 하나를 꼽으라면 여성들의 '하이힐'을 들 수 있다.

"그것이 무어가 그렇게 슬픈고? 예쁜데 그래"라고 무심하게 답할 수도 있으나, 숙달되지 않은 여성들이 하이힐을 신고 기우뚱거리면서 위험하고 고통스럽게 걷는 모습을 찬찬히 바라보노라면 필경 연민의 정이 일어나지 않을 수가 없을 것이다.

왜 저런 고생을 해야 되노? 멋이 있어서? 키 커 보이기 위해서? 아름답게 보이기 위해서? 아름다움이 뭔고? 누가 저걸 아름답다고 규정해 놓았나? 왜 저런 위험한 일을 감수해야 되는지? 누구를 위하여? 라는 여러 가지 의문이 떠오른다.

의학계의 연구에 따르면, 하이힐을 오래 동안 신고 다닌 중년여성들 중에서 무지외반증(拇趾外反症 Hallux Valgus)이라는 발 변형 환자가 많이 발견된다고 한다. 이 증상은 엄지발가락이 검지발가락 쪽으로 뒤틀려 들어가서 관절부위에 심한 고통을 유발시키는 병이다. 발은 '제2의 심장' 또는 '발 보호는 전신 보호'라 할 정도로 신체의 중요한 기능을 담당하고 있는데 무지외반증은 대부분 엄지발가락 관절 부위의 격통까지 동반하여 평상적인 활동에도 막대한 영향을 초래한다[조선일보, 1992.3.24, 제23면, 윤영신기자].

굽 높은 구두는 임신부의 허리근육을 긴장시켜 요통을 일으키고, 발 뒤쪽 아키레스건에도 치명상을 입힌다. 장기적으로 골반 및 골반 내 자궁을 변형시킬 수도 있다고 한다. 굽이 높아 신체균형을 못 잡은 5개월 된 한 임신부가 넘어져 태아에 충격을 주기도 했다는 것이다. 또한 다섯째 발가락이 죄어져서 비참하다. 발꿈치가 쳐들려지니까 무게중심이 자연히 앞쪽으로 쏠리게 되고 구두 볼이 좁기 때문에 발가락들이 죄어지기 마련이다. 특히 다섯째 발가락은 무참하게 기어 들어가듯이 찌그러진다.

구두는 발을 압박하지 않아야 하며 특히 발가락을 서로 죄지 않도록 약간의 여유가 있어야 된다고 한다. 발이 자연스럽고 편해야 혈액순환도 잘되고 활동하기에도 좋다. 그렇지 않으면 다섯째 발가락이 구부러지고 티눈이 생기며 발바닥에 못이 박힌다[최기홍(의학박사·이대의대교수·정형외과장), 『국민의학대백과』 제6권, 286~289쪽, 금성출판사, 1982].

족부(足部)학회[정형외과 교수모임, 1991년 설립] 등의 보고에 따르면 10년 내지 20년간 하이힐을 착용한 한국여성의 경우는 10퍼센트가 무지외반증을 앓고 있으며 미국여성의 경우는 약 40퍼센트에 다다른다고 한다. 일상적인 착용시간이 상대적으로 길기 때문일 것으로 판단된다.

무지외반증 환자의 비뚤어진 발 뼈 사진을 보면 아마 정나미가 뚝 떨어질 것이다. 참으로 불쌍하다는 생각이 뭉클 솟아오른다. 남자로 태어난 게 얼마나 다행인가하고 안도의 숨을 내쉬면서 그렇게 된 사연을 곰곰이 따져보고자 한다.

그리 오래 되지 않은 중국의 역사 속에 너무나 기가 막히는 기습(奇習)이 하나 있었는데 그것이 바로 전족(纏足)의 풍습이었다. 대략 10세기경부터 유행했다고 하는 이 악습의 내용은 다음과 같다.

중국에서 인위적인 방법으로 발을 작게 하는 폐습으로서 여자아이가 4~5세가 되면 양쪽 발을 천으로 감아 발의 발육을 정지시킨다. 엄지발가락을 제외한 나머지 네 개의 발가락을 발바닥 쪽으로 구부려서 발등이 높은 작은 발로 만든다. 그 모양에 따라 궁족(弓足)·금련(金蓮)·춘순(春笋)이라는 별명이 붙었다. 이로 인하여 고통이 심하고 똑바로 서서 걷는데 불안정해 졌으나 신발이 작을수록 미인으로 여겨왔으며 모양이나 살이 붙어 있는 정도에 따라 명칭과 등급을 매겨서 이를 감상했다.

전족의 시행은 음력 8월 24일(小脚姑娘의 탄생일)에 시작되는데 지방에 따라 다르다. 발은 성장이 방해되고 엄지발가락 외의 네 발가락이 발 뒤로 접혀져 고통 또한 심하다. 바로 서기, 걷기 등이 모두 불안정하고 발끝으로 서서 걷는 모양이 되며 자세도 허리부분이 툭 튀어나와 팔자걸음을 걷게 된다.

이 전족이 발생한 원인으로서는 한대(漢代) 이후에 남자들이 가는 허리와 섬세한 손 그리고 작은 발을 좋아하는 풍습이 있었다는 점, 부인의 경제적·육체적 자유행동을 제한하여 가정에 속박하려고 한 점, 더우기 전족으로 말미암아 발달된 허리에 미묘한 성적 매력을 느꼈다는 점 등을 들 수 있다. 또 다른 의견으로 당나라 때 서방 오랑캐 여인의 발끝으로 추는 춤이 유행했는데 이것이 중국 전체에 내재화된 것이라고도 한다. 전통적인 남존여비, 남성의 여성 독점욕 그리고 가는 허리와 더불어 전족을 미인의 특질로 한 점 등 여러 가지 논의가 있으나 아무튼 남성의 변태적 기호의 대상이 된 점은 『금병매(金甁梅)』 등의 예를 볼 필요도 없이 분명하다.

이런 전족 폐풍이 언제부터 발생하였는가는 확실치 않으나 일반적인 설에 의하면 오대후당(五代

後唐의 이후주(李後主)가 궁녀 요랑의 다리를 천으로 감아 초생달 모양으로 만든 데서 시작되었다고 전해지고 있다. 송말(宋末) 장방기(張邦基)는 그의 저서 『묵장만록(墨莊漫錄)』에서 전족은 근세에 생겼다고 하는데 오대(五代)나 북송 무렵에 이미 있었던 것 같다.

전족은 명대(明代)에 전성기를 이루어 특히 화북(華北)에서 성행되었으며, 청말(淸末) 때부터 금지령이 내려 차차 없어졌다. 북쪽에서도 산서(山西)지방의 대동(大同따퉁) 부근에서 가장 성행했고, 남쪽 지방에서는 그다지 심한 편은 아니었으며 만주기인(滿洲旗人)에게도 도조(刀條)라는 이름의 일종의 전족이 행해졌다.

1664년 금지령이 내려 신체훼손금지작업이 시작되었으나 뚜렷한 효과를 보지 못했던지 그로부터 200년이나 넘는 1894년에 다시 서태후(西太后)의 강력한 금지법령이 반포된다. 이울러 청말(淸末)의 천족(天足; 자연형의 발. 크든 작든 '있는 그대로'가 최상이라는 의식)운동과 태평천국의 규제법이 성과를 더하였고 민국(民國)에 들어와서는 여성운동에 의해 전족 해방이 제창되어 현재는 거의 소멸된 상태이다. 그러나 1940년대까지 대도시인 상해에서 의연하게 여자 종의 발을 전족으로 만들어 감상하고 있었으며[고홍흥(高洪興), 1995, 「서언」 『전족사(纏足史)』, 상해문예출판사, 3쪽], 여전히 <u>소각(小脚: 전족의 발)</u>에 비해 <u>대각(大脚: 전족하지 않은 발)</u>은 천시되었다. 남녀계급이 존재하는 한 '작은 발이 아름답다'는 미의식을 이념적으로 지속시키지 않겠는가 하는 생각이 든다[『교육세계백과사전』 제16권, 504~505쪽, 교육도서, 1990; 『중앙대백과』, 1587쪽, 중앙일보사, 1986; 『동아원색세계대백과사전』 제24권, 487쪽, 동아출판사, 1984; 『학원사대백과사전』 제5권, 445쪽, 학원사, 4292년].

미흡하나마 전족에 대한 백과사전의 설명들을 인용해 보았는데 전족풍습을 말로만 듣다가 문득 뒤틀려진 발가락의 사진을 보는 순간 눈물이 왈칵 쏟아지려고 했다. 아니 오히려 시뻘건 분노가 치솟아 올랐다고 표현함이 옳은 것 같다. 발가락들이 90도 안쪽으로 돌려져 있는 사진과 변형된 발의 X레이 사진을 쳐다보고서 분노를 느끼지 않을 사람은 아마 없으리라 생각된다. 이것은 엄연한 범죄행위가 아닌가?

나의 딸, 나의 어머니, 나의 아내 역시 저런 발이 되었을 게 아닌가 말이다. 누가, 왜, 무엇을 위하여 그러한 전족이 '아름답다'고 규정해 놓았는지 알아보아야 될 것이다. 어떤 음험한 의도가 있었는지 반드시 밝혀내야만 한다.

전족이 아름답다고 생각하고는 많은 사람들이 특히 여성들이 무조건 전족미(美)를 신봉하게 된 것을 지금 생각하면 어이가 없는 일이지만 당시에는 그것이 여성들의 최고 아름다움으로 통했다. 따라서 그런 고통을 참고 견디면서 죽으라고 발을 생짜로 졸라매었던 것이다. 한 손에 들어가는 부인용 신발의 사진이 시사하듯이 여성들을 '애완용'같이 '한 손'에 움켜쥐려는 심사로 그것을 강요했던 것이 아닌지. 남의 고통 위에서 어떤 무리들이 집단적으로 이득을 보고 있는가는 불을 보듯이 환하다.

이러한 '아름다움'이 지금은 참으로 '부끄러운' 역사가 되어버렸다.

그러면 오늘날의 '하이힐'은 과연 어떠한지? 지난 날 전족과의 차이점은 무엇인가? 본질적으로 차이가 있는지? 현대판 '전족'이 아닌지? 서양판 전족이라고 이름 붙여도 괜찮을 것 같다. 잡아 매어두는 방법도 참으로 교묘하다는 생각이 든다. 뒤를 깔짝 쳐든 모습이 그렇게 보기 좋단 말인가? 언제부터 그런 아름다움이 자리를 잡게 되었는지? 하이힐 신고 무슨 일을 할 수 있겠는가. 균형 잡아 곧바로 서기도 어려운데 어떻게 뛰겠으며 어떤 활발한 동작을 할 수 있겠는지. 조심조심 걷는 것 밖에는 아무 운동도 할 수 없을 것이다.

이 '하이힐 미(美)'의 본질 역시 전족과 마찬가지로 '여성들을 잡아 두겠다'는 의도임이 분명함을 알 수 있다. 이 남성천하 부권사회에서 여자들이 뛰어다니면 딱 골치가 아플 것이므로. 그것이 아름답다고 은근히 부추기고 있는 것이다.

이와같은 연유로 필자는 발전적인 '신발미관(美觀)'은 이렇다고 감히 말하고자 한다.

「하이힐 신은 모습은 아름답지 않다. 자칫 잘못하면 발을 삐게 되므로 너무 위험하다. 위태롭게 보여서 불안하다. 생물의 움직이려는 본성을 방해하는 장신구는 어떠한 경우에도 용납되어서는 안 된다. 또한 미의 본질과는 정반대로 위배된다. 아름다움이란 합리적일 때에 생기는 것이다. 생물체를 잘 움직이게 해주는 장신구, 도구들이 '아름다운 것'이다. 기득권자들의 보이지 않는 흉계를 과감하게 떨치고 나와야 한다. 하이힐을 벗어 던지고 잘 뛸 수 있는 '평평한 신'을 신어라. 그것이 '아름답다'」.

도처에 은폐·관철되고 있는 보수·반(反)역사적 이념들을 하나하나 노출·불식시켜 사람들을 자유스럽게 해 주어야 될 것이다. 구태여 급진적 용어로 '여성해방' 운운할 것까지도 없이, 우선 좀 편하게 해주어야 안 되겠나. 꼰들거리면서 꼿꼿하게 걸으려고 안간힘을 쓰는 여자들을 볼 때마다 너무 안쓰럽고 불쌍하다는 생각이 든다. 앞에서 살펴본 바와 같이 관절계통 등 여러 신체부위에 치명적인 손상을 입히고 있음이 의학적으로도 판명되고 있다.

그런데 왜 그 '하이힐'을 신어야만 하는지 너무나 답답하다. 양장을 정장으로 할 때에는 반드시 하이힐이란 등식도 없을 것이고 만약 그렇다고 한다면 잘못된 것이다. 우리가 양장을 하는 이유가 서양문물을 무조건 따라가자고 하는 것이 아니고 행동하기 편하므로 입는 것이라면 불편한 요소들은 제거하고 받아드리는 것이 옳다고 판단된다.

이 작은 주장이 여성들 개개인에게는 물론이고, 남성들을 포함하여 여성운동가 및 진보적인 미술평론가·신발디자이너들에게 심각하게 논의되었으면 한다. 족쇄를 채우는 '아름다움'은 더 이상 발을 붙이지 못하게 해야 된다.

어떻게 '하이힐 인식'을 전환시킬 것인가 하는 문제는 임금님이 이 나라의 주인이 아니라는 것을 깨닫게 하는 것과 비슷하게 어려울지도 모르겠다. 오늘날 서양문화 지상주의 속에서 널리 중독되어 있는, 꿈속에서도 그리던 '높은 하이힐에 백설같은 각선미'를 한 순간에 털어버리기는 어려울 것이다. 하지만 이 세상에 진정 남녀(인간)평등·민주주의가 이루어지기 위해서는 남녀차별을 위한 근본적인 관념형태로 기능하고 있는 하이힐 인식이 바뀌어야 한다.

『여성신문』 제370호, 1996.4.12, 제19면, 여성신문사(서울): 필자 수정/보완]